U0136028

中國古典四大名著主題與表達研究
原生態客觀主義文學經典

「三國」所「演」之「義」
「水滸」所「傳」之江湖

孫定輝　著

蘭臺出版社

本書得到四川外國語大學中國語言文學重點學科經費獎勵

引言[1]

原生態客觀主義文學經典。

與古今中外迥異，中國古典四大名著秉承史傳文學原生態客觀傳統，依據原生態客觀存在，設計眾多原生態主題性人物及其原生態人格個性，設計情節，多線索形式全面鋪展，表達原生態客觀社會政治、歷史、文化等主題。筆者名之為原生態客觀主義文學。

明性主題與原生態客觀隱性主題。

秉承史傳文學原生態客觀傳統，中國古典四大名著不僅多維思想視角共存，而且作家刻意設置了明性主題與原生態客觀隱性主題，處於雙重主題共存狀態。四大名著明性主題是作家遵照封建社會主流思想意識形態，刻意設計的明顯的主題，而原生態客觀隱性主題則是作家秉承史傳文學傳統表達的原生態客觀社會政治、歷史、文化等主題。就二者關係而言，體現社會主流意識形態的明性主題似乎是華彩包裝，而原生態客觀隱性主題則是深沉主體內核，是文本真正的主題；表面上作家似乎誇讚明性主題，而眾多主題性人物在封建社會某種典型處境中體現的人格個性及其轉折和結局展示的原生態客觀隱性主題恰好證明：明性主題被原生態客觀隱性主題批判，諷刺，否決，而且是作家刻意而為。

---

[1]　在進行本課題研究同時，筆者開設了《古典文學專題：明清小說與四大名著》選修課。有學生將筆者的教案《古典文學專題：明清小說與四大名著》考去，2010 年上了百度文庫和豆丁網。筆者向百度和豆丁投訴後，該剽竊文檔被撤下。特此聲明。

　　古今中外小說、影視、戲劇均處於明性主題單一存在狀態，因而我們對四大名著作家確定的明性主題非常敏感，被其蒙蔽，而沒有準確抓住眾多主題性人物，對這些主題性人物在某種社會政治、歷史文化典型處境中的人格反應進行人格分析，進而發掘出作家刻意設計的批判否決明性主題的原生態客觀社會政治、歷史、文化隱性主題。此亦「隱性主題」之所以成為「隱性主題」。

　　「三國」之「演義」。演：河流從源頭擴散，漫延。《小雅》曰：「演，廣也，遠也。」義：正義、道德、道理、意義。故而古代文學之「演義」，即依據史實推演道理。羅翁貫中先生《三國演義》即依據三國興亡史實及其相關人物，還原性設計描述，展示三國之興、三國之亡的原生態客觀，推演王朝興亡之道理。此道理即是原生態客觀隱性主題：奸雄政治。其主題性人物有三類：大奸大雄、小奸小雄、無奸無雄。

　　「水滸」之「傳」。傳：本意古驛站所備驛車。因驛車多傳遞符信[2]，故衍生出「傳記」意，即依據史實寫作以圖傳諸後世之史傳小說。《春秋左傳》、《春秋穀梁傳》、《春秋公羊傳》就是依據史官所記簡扼之「經」，「傳」寫的史傳文學。施翁耐庵先生之《水滸傳》「傳」水滸，即秉承史傳文學傳統，依據現實，原生態地描述展示以宋江為首的109個江湖人物。他們構成中國封建社會之江湖原生態，每一個人物都是主題的一部分。水滸人物有四類：佔山為王

---

[2]　古朝廷傳達命令，調兵遣將的憑證，雙方各執一半以辨真假。有銅虎符，竹使符。

的匪道人物、橫霸州縣鄉鎮的黑道人物、黑道官道均佔的貪官污吏、起初信誓旦旦剿滅梁山，兵敗被俘立即投降的朝廷軍官。他們構成江湖，禍害生民，其江湖之「義」是邪義；跪拜效忠昏君奸臣貪官污吏朝廷，其忠是邪忠！是小邪忠於大邪！

　　請看「三國」、「水滸」之明性主題與原生態客觀隱性主題。

目 次

導論：研究的出發點和方法

　　古典四大名著卓絕非常，其主題研究，眾說紛紜，各有其切入點，各有所得，但其主題的研究怎樣才能切入四大名著自身，發掘其主題，得到學界和讀者的廣泛認同？這是一個「難題」，也是本書的「實際意義」和「理論意義」。古典四大名著主題的研究，至今沒有學界公認的定論，筆者以為其主要原因有三，也是筆者研究的切入點和方法、研究的結果。

一、文學批評主題分析的關鍵

　　文學批評主題分析的關鍵在：主題性人物的確定與人格分析方法。

　　高爾基說：「文學是人學。」此言揭示了文學的本質。更準確地說：文學是訴諸語言的形象的人格展示學。文學寫作的關鍵在：理解人，洞察人及其社會、歷史、文化，提煉主題；設計人物個性，設計線索，安排情節展示個性以吸引受眾，表達

主題。文學批評主題分析的關鍵在：找准作品的主題性人物，對人物在某種處境中的人格反應進行人格分析，發現其促使情節發生，推動情節發展，導致故事結局的種種人格因素。這些人格因素與處境就是主題所在。主題性人物是在某種處境中促使情節發生，推動情節發展，導致故事結局的人物。

因而，找准主題性人物之後，小說主題分析的第二步是對主題性人物在某種處境中的人格反應進行人格分析。對人的理解與分析要從其人格個性組合的四大本能、三大品性去把握。

一、四大本能。凡人皆有動物性的四大天生本能：生存、趨利避害、性本能、權利意志。人類一切行為、言語、心理都受四大本能驅動，這四大本能是人類一切言語、行為、心理活動的最基本的原始驅動力。

1、生存是人的第一本能。生存第一，貪生怕死，因而躲避危險，絕境求存，饑餓需要食物，乾渴需要水，寒冷需要溫暖，疲勞需要睡眠等等，都是生存本能的體現。

2、趨利避害是人的第二本能，是生存本能的必然結果。受生存本能的需要驅動，人必定有趨利避害的第二本能，怎樣做才更能適應生存，就怎麼做。

3、性本能是人的第三本能，主要表現為性欲、性交，對性對象的尋覓、爭奪、佔有和保護，以及對後代的撫養和保護。

4、權利意志本能與上述三大本能相關，表現為三個層面：

（1）平等權利意志本能。視自己生存、趨利避害、性本能為自己不可剝奪的權利意志。自尊，不甘心受人欺辱，俯身人下，要求社會機遇、權力和利益的平等共用。「人人生而平等」就是人類權利意志本能的直接表達。因生而不平等，故而有「生而平等」的本能反應。

（2）自由權利意志本能。總是意欲按照自我意志行事，並

將自我意志作為自我自由權利訴諸於社會，行使於社會，其基本要求是思想、言論、行動的自由。弗蘭克林‧羅斯福說「哪兒有自由，哪兒就是我的祖國」就是人類之自由權利意志本能的直接表達。

（3）支配權利意志本能。與平等自由本能相關，人均有支配人群、社會、世界依隨自我意志運轉的欲望，即通常所謂稱王稱霸的「野心」，只不過因其本性，其強度差別甚大。《史記》記載陳勝揭竿起事，大喊：「帝王將相寧有種乎？」目睹秦始皇巡遊全國的儀仗威風，項羽說：「彼可取而代也！」劉邦說：「嗟乎！大丈夫當如此也！」這一類本性強傲者佔有世界，支配社會，以他們為中心運行的權利意志欲望就特別強烈。

二、三大品性。社會中人皆有本性、歷史文化品性、社會品性等三大品性。處境刺激人的四大本能，而人的本性、社會品性、歷史文化品性不同，其人格個性迥異，其在同一處境中的人格反應也迥異，故而情節變化不同，結局不同。

1、要從人的本性理解人，洞察人。本性指人由父母血緣基因決定的天性。（瑞士）榮格心理類型有八類劃分：思維外傾與內傾型、情感外傾與內傾型、感覺外傾與內傾型、直覺外傾與內傾型。[1]（美）蘇姍‧贊諾斯按照古典九宮圖將人劃分為：月亮型（孤獨，柔弱、笨拙、固執，心懷恐懼）、金星型（天生的追隨者、依附者，喜氣洋洋）、水星型（主動敏捷，協調，主要特徵為虛榮）、火星型（具有權利與破壞性傾向，當然有正面的火星，也有反面的火星）、木星型（生性快活幽默，接受一切）、土星型（嚴肅、自信、宰制，有領導能力）等十四

---

[1] 黃希庭《人格心理學》。浙江教育出版社。2002 年 9 月。頁 118。

種人格類型[2]。然而人的個性有的比較簡單，有的非常複雜，且因其處境、文化品性、社會品性而變異，非上述人格類型所能囊括。

一個人的基因本性不同，其四大本能欲望的表現方式和力度也不同。在生存艱難時，生性狹隘殘暴的人，可能選擇搶劫；生性懦弱的人會乞討；生性放達，有智慧的人，會想法積極謀生。

2、要從人的歷史文化品性理解人，洞察人。每一個人都是自身所在國家、民族、地區、階級、階層、集團的歷史文化傳統的造物，也是自身經歷的造物。歷史文化品性指人無意識中或有意識中所承繼的國家、民族、地區、階級、階層、集團的歷史文化傳統、是人對自我的一種自我認可，即一個人認為我之為我，我之是我的意識。人的文化品性會壓抑，或懲惠人的本能和本性。一個人的文化品性不同，其本能本性的表現方式和力度也不同。基督徒、佛教徒、真主教徒、儒士、隱者等等在某種處境中人格反應不同，人生遭際、結局就不同。

3、要從人的社會品性理解人，洞察人。社會是一部機器，人是社會的產品。社會政治制度、經濟制度與相應的文化制度造就人的社會品性。社會品性指人的社會身份（包括人所處國家的社會政治、經濟、文化制度、區域、種族、家族、家庭、階級、階層、職業、收入等等）對人的規定和限制。人的社會品性使人的本能本性表現方式和力度也不同，也影響到人的文化品性。封建專制社會生產三類人：主子、奴才、奴隸，當然也有極少數因其本性強傲和堅守文化品性而拒絕做奴隸、奴才

---

[2] 蘇珊・贊諾斯（劉蘊芳譯）《人的類型》。北京：新華出版社。2003 年 1月。頁 127-233。

的另類人物。民主社會的人們普遍具有民主、平等、自由、自尊的社會品性。

請注意：四大本能是天生的，是人類行為的第一驅動力；人類一切行為都與四大本能驅動相關。社會現實處境刺激人的本能，本能驅動人採取行動，但人的本性、文化品性、社會品性不同且組合相異，其本能驅動的行動體現的人格個性反應也迥然相異，而且面對社會現實處境的刺激，一個人的本能反應、本性反應、文化品性反應、社會品性反應有時候是諧調統一的，更多的時候是衝突分裂的。

四大名著深受中國古代史傳文學傳統影響，依據原生態客觀，設計眾多主題性人物及其原生態人格個性，表達原生態客觀社會政治、歷史、文化等主題。只有找准促使情節發生，發展，轉折，導致故事結局的主題性人物，對人物進行人格分析，發現其在某中處境中促使情節發生，發展，轉折，結局的種種主題性人格因素，方能確定四大古典名著之主題。

二、四大名著的史傳文學傳統

四大名著的史傳文學傳統：原生態客觀主義文學。

西方小說與中國近現代小說主題性人物比較單一，容易確定，一般而言人物人格個性比較平面，故而其主題分析相對比較容易。四大名著秉承中國史傳文學傳統，依據原生態社會客觀，設計眾多原生態主題性人物，表達原生態社會政治、歷史、文化等主題。這些主題性人物雖有主次之分，但在某種處境中其人格個性之表現、轉變、結局都是主題的一部分，或與主題相關。只有對這些主題性人物進行人格分析，發現這些人物在某種處境中促使情節發生、推動情節發展、轉折，導致故事結局的種種人格因素，才能確定四大名著的主題。四大名著完全

秉承了史傳文學原生態客觀傳統。

關於中國古典小說的起源，大體有四種說法。

一、稗官說。小說「蓋出自稗官」，來自班固《漢書‧藝文志》。稗原意為葉子似稻，節間無毛，雜生於稻田中的草，人稱「稗子」。「稗官」是非正統的民間小官。稗官收集雜聞軼事，是民間下言上達的管道。因稗官也收集民間故事，因此也稱小說家，其作品稱稗官野史，簡稱稗史、稗記。然而，稗官所採集的民間故事，只是「小說」中比較微小的一部分。

二、方士說。其依據是張衡《西京賦》所言「小說九百，本自虞初」。漢武帝追求長生不死，嗜好方術，寵信方士，而方士將行術、方術故事形諸文字便是最初的小說。然而，方士只是方術故事的作者，方術故事只是小說中的一種。

三、神話說。源自魯迅先生《中國小說史略》。先生以為中國小說：「探其根本，則亦猶他民族然，在於神話與傳說。」魯迅以後的郭箴一《中國小說史》、劉大傑《中國文學發展史》、吳祖緗《關於我國古代小說的發展和理論》都以神話傳說為中國古代小說的源頭。神話對小說有影響，小說創作三要素——思想、故事、人物在神話中已經具備了，比如《山海經》中的《夸父追日》、《精衛填海》等。上古神話是中國古典小說講神怪傳統的源頭，但不是中國小說的主流源頭。

四、史傳說。小說起源於人與社會的需要。人是有情感反應和理性思維的動物，所見所聞所想，如果刺激其感覺、情感，激發其理性思維，他必定要將其所見所聞所感所想進行還原客觀的形象表達，訴諸於人。最初的小說就是人們記載於書面的描述自己所見所聞而有所思所想所感的人物、事件、奇景、奇遇的文體，這在《山海經》、《詩經》均有，然而中國小說的真正主流源頭是史傳，或稱「史傳小說」。

　　西方小說直接起源於神話史詩。古希臘之神以人為摹本，是神化的人，或者說人化的神。人與神同一時空，同樣的生理、心理、行為、語言。《荷馬史詩》以神為人物行為的驅動力，而人物及其情節則是主體，是詩體形式的小說、戲劇。這樣的神話史詩演變為以人物對白、動作為主的戲劇，以語言文字刻畫人物，描述情節為主的小說是自然而然的事。與古希臘不同，上古中國人與神疏離，神以自然為摹本，以泛自然為神，以自然萬象為神意符號，沒有如古希臘《荷馬史詩》之類的神話史詩。中國最初成型的以人為主體的小說不是神話史詩，而是「史傳」。

　　錢鐘書先生論《左傳》之記事說：「史家追敘真人實事，每須遙體人情，懸想事勢，設身局中，潛心腔內，忖之度之，以揣以摩，庶幾入情合理，蓋與小說、院本之臆造人物，虛構境地，不盡同而可相通也。」[3]

　　中國漢民族歷史意識早熟，以人物言論、事件記述歷史。殷周設置有專職史官，《禮記・玉藻》說：「動則左官書之，言則右官書之。」《漢書・藝文志》：「左史記言，右史記事。」西方寫史是概略的敘事，中國寫史也概略敘事，但又有「史傳」。「史傳」就是解說歷史，即依據「史」加以想像，將其情節化、形象化，具有文學虛構成分，可稱之謂「史傳小說」。《左傳》就是「左丘明解說《春秋》經義」。《春秋》中一段非常扼要的「經」，他加以再造想像地一「傳」，就成了非常形象的「小說」。《左傳》、《國語》、《戰國策》許多篇章均如此，如《春秋左傳》「元年經」中一句僅僅九字的簡扼敘事：「夏，五月，鄭伯克段于鄢。」在「元年傳」中卻擴張為七百三十六

---

[3] 錢鐘書《管錐編（第一冊）》。上海：三聯出版社。2007 年 10 月。頁 272-273。

字的紀實小說：

初，鄭武公娶於申，曰武姜，生莊公及共叔段。莊公寤生，驚姜氏，故名曰寤生，遂惡之。愛共叔段，欲立之，亟請於武公，公弗許。及莊公即位，為之請制。公曰：「制，岩邑也，虢叔死焉；他邑唯命。」請京，使居之，謂之京城大叔。祭仲曰：「都城過百雉，國之害也。先王之制，大都不過參國之一；中，五之一；小，九之一。今京不度，非制也，君將不堪。」公曰：「姜氏欲之，焉辟害？」對曰：「姜氏何厭之有！不如早為之所，無使滋蔓！蔓，難圖也。蔓草猶不可除，況君之寵弟乎！」公曰：「多行不義，必自斃。子姑待之。」既而大叔命西鄙北鄙貳於己。公子呂曰：「國不堪貳，君將若之何？欲與大叔，臣請事之。若弗與，則請除之，無生民心。」公曰：「無庸，將自及。」大叔又收貳以為己邑，至於廩延。子封曰：「可矣！厚將得眾。」公曰：「不義不暱，厚將崩。」

大叔完聚，繕甲兵，具卒乘，將襲鄭。夫人將啟之。公聞其期，曰：「可矣！」命子封帥車二百乘以伐京。京叛大叔段，段入於鄢。公伐諸鄢。五月辛醜，大叔出奔共。書曰：「鄭伯克段于鄢。」段不弟，故不言弟；如二君，故曰克；稱鄭伯，譏失教也；謂之鄭志，不言出奔，難之也。遂置姜氏於城穎，而誓之曰：「不及黃泉，無相見也！」既而悔之。穎考叔為穎谷封人，聞之，有獻於公。公賜之食，食舍肉。公問之。對曰：「小人有母，皆嘗小人之食矣，未嘗君之羹，請以遺之。」公曰：「爾有母遺，繄我獨無！」穎考叔曰：「敢問何謂也？」公語之故，且告之悔。對曰：「君何患焉！若闕地及泉，

隧而相見，其誰曰不然？」公從之。公入而賦：「大隧之中，其樂也融融！」姜出而賦：「大隧之外，其樂也洩洩！」遂為母子如初。

君子曰：「潁考叔，純孝也，愛其母，施及莊公。《詩》曰：『孝子不匱，永錫爾類。』其是之謂乎？」

這就是以史為本寫就的史傳小說。故而中國史傳有用語言形象地反映歷史，且富有想像、虛構、創造性的文學特點。完全虛構的故事，如《戰國策·魏策·唐雎不辱使命》：

秦王使人謂安陵君曰：「寡人欲以五百里之地易安陵，安陵君其許寡人！」安陵君曰：「大王加惠，以大易小，甚善；雖然，受地於先王，願終守之，弗敢易！」秦王不說。安陵君因使唐雎使於秦。」

秦王謂唐雎曰：「寡人以五百里之地易安陵，安陵君不聽寡人，何也？且秦滅韓亡魏，而君以五十里之地存者，以君為長者，故不錯意也。今吾以十倍之地，請廣於君，而君逆寡人者，輕寡人與？」唐雎對曰：「否，非若是也。安陵君受地於先王而守之，雖千里不敢易也，豈直五百里哉？」

秦王怫然怒，謂唐雎曰：「公亦嘗聞天子之怒乎？」唐雎對曰：「臣未嘗聞也。」秦王曰：「天子之怒，伏屍百萬，流血千里。」唐雎曰：「大王嘗聞布衣之怒乎？」秦王曰：「布衣之怒，亦免冠徒跣，以頭搶地爾。」唐雎曰：「此庸夫之怒也，非士之怒也。夫專諸之刺王僚也，彗星襲月；聶政之刺韓傀也，白虹貫日；要離之刺慶忌也，蒼鷹擊於殿上。此三子者，皆布衣之士也，懷怒未發，休祲降於天，與臣而將四矣。若士必怒，伏屍

二人，流血五步，天下縞素，今日是也。」挺劍而起。
秦王色撓，長跪而謝之曰：「先生坐！何至於此！寡人
諭矣：夫韓、魏滅亡，而安陵以五十里之地存者，徒以
有先生也。」

布衣之士唐睢慷慨赴義，視死如歸，此文美甚！但此為明
顯的虛構故事。秦王以五百里疆土交換安陵君之安陵不見史
實，更不知為何？唐睢帶劍上殿，也不合秦國禮賓制度。據秦
制，大臣、來賓進殿觀見秦王都必須解下佩劍等兵器，且非詔
不得上殿。荊軻刺秦王嬴政，只能藏匕首於匣內地圖中。圖窮
匕首見，秦王被荊軻繞殿追殺，秦大臣目睹危局卻無刀劍相救，
且無命不敢上殿相救。《史記‧奇俠列傳》記載：「荊軻逐秦王，
秦王環柱而走。髃臣皆愕，卒起不意，盡失其度。而秦法，髃
臣侍殿上者不得持尺寸之兵；諸郎中執兵皆陳殿下，非有詔召
不得上。方急時，不及召下兵，以故荊軻乃逐秦王。」

可以說，春秋戰國時期的《左傳》、《國語》、《戰國策》、
漢代的《史記》許多篇章均是小說性質的史傳或者說史傳性質
的小說，基本依據真實存在的歷史人物、事件而寫，人物眾多，
事件繁複，以對歷史最為真實的原生態客觀描述，還原原生態
歷史客觀為宗旨，只不過文學描述與史料簡述交錯，繁簡不一，
沒有統一的人物、線索、情節的設計和安排。

西方小說與中國近現代小說以理想人和理想國裁判人世，
追求理想人和理想國，人物真、善、美，假、醜、惡區分，對
比分明。四大古典名著完全秉承史傳文學傳統：多維度思想視
角共存（作家自我思想視角也在其中），依據原生態客觀設計
眾多主題性人物及其原生態人物個性，多線索形式全面鋪展，
表達原生態客觀社會、歷史、文化主題，而且既不虛美，也不
隱惡，把作家自我傾向性愛憎隱藏在人物言行、情節和場面中，

自然流露，一心追求讀者自己去推究、辨識、判定、揭秘。這
是四大名著與西方小說和中國近現代小說的根本區別，更是中
國四大名著的卓絕之處。筆者名之為原生態客觀主義文學。

三、四大名著主題的雙重共存狀態

　　四大古典名著主題的雙重共存狀態：作家刻意設計的明性
主題與原生態客觀隱性主題。

　　筆者以為四大名著主題分析爭論不休，其主因在其文本處
於明性主題與原生態客觀隱性主題的雙重共存狀態，而且是作
家刻意而為。

　　明性主題是文本作家確定的明顯的主題。古今中外文學作
品大多處於明性主題單一存在狀態，比較容易確定，得到廣泛
認同。

　　秉承史傳文學傳統的四大古典名著與眾不同，不僅多維思
想視角共存，而且作家刻意設置了明性主題與原生態客觀隱性
主題，處於雙重主題共存狀態。四大名著明性主題是作家遵照
封建社會主流思想意識形態，刻意設計的明顯的主題，而原生
態客觀隱性主題則是作者秉承史傳文學傳統，依據原生態客觀
存在，設計眾多原生態主題性人物及其原生態人格個性，設計
情節，多線索形式全面鋪展，表達的原生態客觀社會政治、歷
史、文化等主題。此主題，是作家自我人格、思想、意識的表
達。

　　就二者關係而言：體現社會主流意識形態的明性主題似乎
是華彩包裝，而原生態客觀隱性主題則是深沉主體內核，是文
本真正的主題；表面上作家似乎誇讚明性主題，而眾多主題性
人物在封建社會某種典型處境中的人格反應，導致其情節發
生、發展、轉折、結局展示的原生態客觀隱性主題恰好證明：

明性主題被原生態客觀隱性主題批判，諷刺，否決，而且是作家刻意而為。設身處地，我們應該理解，在專制獨裁社會，一個作家要批判獨裁者之統治制度及其統治文化，只得選擇此寫作方法把自己與觀點隱蔽起來，一如英國電影《V字仇殺隊》中V先生所言：「政治家用謊言掩蓋裝飾真相，文學家用謊言揭露批判真相。」

古今中外小說、影視戲劇均處於明性主題單一存在狀態，因而我們對四大名著作家確定的明性主題非常敏感，被其蒙蔽，而沒有準確抓住眾多主題性人物，對這些主題性人物在某種社會政治、歷史文化典型處境中的人格反應進行人格分析，進而發掘出作家刻意設計的批判否決明性主題的原生態客觀社會政治、歷史、文化隱性主題。此亦「隱性主題」之所以成為「隱性主題」。

古典四大名著均處於作家刻意設計的「明性主題與原生態客觀隱性主題雙重共存狀態」，且各有其思想出發點和藝術奧妙，且原生態客觀隱性主題是四大名著統領全篇的真正主題。

以上三點是筆者研究古典四大名著主題的切入點。只有找准那些在某種處境中促使情節發生，推動情節發展、轉折，導致故事結局的主題性人物，對人物進行深入的人格分析，發現其在某種處境中促使情節發生，推動情節發展、轉折、導致故事結局的種種人格因素，而這些人格因素與相應的處境就是主題所在。我們才能發現被明性主題（即封建專制社會主流思想文化意識）所遮蔽的文本客觀存在的原生態客觀隱性主題，評價這兩種主題及其奧妙。

此下，筆者論羅翁貫中在《三國演義》與施翁耐庵在《水滸傳》刻意設置的明性主題與原生態客觀隱性主題。

第一章
《三國演義》主題與表達研究

引論：羅貫中與《三國演義》明性主題和原生態客觀隱性主題

羅翁貫中（1330-1440），元末明初著名小說家、戲曲家，中國章回小說鼻祖。名本，字貫中，山西太原人，一說錢塘（今浙江杭州）或盧陵（今江西吉安）人。貫中先祖為仕宦，後世羅氏家族一直保持「耕讀傳家，詩書教子」的家風，故而貫中從小喜讀書，博覽經史，為後來創作奠定了博實基礎。貫中所處時代，社會矛盾尖銳，蒙古元朝的殘酷統治，激起全國民眾的反抗。爭天下的群雄趁機而起，諸如朱元璋、陳友諒、張士誠等等。他們一面大戰元軍，同時又相互兼併。據說年輕羅貫中，此時浪跡江湖，進入張士誠幕府充任幕僚。王圻《稗史彙編》說羅貫中為「有志圖王」者。

政治抱負失落，貫中先生從事稗官野史的寫作，成為中國

文學史第一個以寫作為業的小說家，且有許多著作傳世，諸如小說《隋唐兩朝志傳》、《殘唐五代史演義》、《三遂平妖傳》、《粉妝樓》和雜劇《宋太祖龍虎風雲會》等。據傳，他還寫過十七史通俗演義，並參與編撰施耐庵的《水滸傳》。四大名著之一的《三國演義》是他的傑作。

　　近三百年來，對《三國演義》思想藝術研究浩如煙海，但該小說究竟表達了什麼主題迄今未有定論，原因就在《三國演義》有作家羅翁貫中刻意設計的明性主題與原生態客觀隱性主題，處於雙重主題共存狀態。關於《三國演義》的主題，學界主要有以下三種觀點，其中就有羅翁貫中確定的明性主題，但沒有發現他的原生態客觀隱性主題。

　　1、「尊劉貶曹」。閱讀《三國演義》，我們非常明確地感覺到文本對漢室宗親劉備的讚揚，對「挾天子以令諸侯」曹操的貶損。這是貫中以中國封建社會忠義文化為寫作視角確定的明性主題，即以漢室宗親劉備為正統，以非漢室的曹操為奸邪。然而以此「明性主題」為《三國演義》的主題，既不完全符合文本基本採自《三國志》等史料的劉備與曹操的人格展示，也基本忽視了決定三國興亡的其他主題性人物，即建立吳國的孫氏、滅蜀吳篡魏立晉的司馬氏。

　　2、袁行霈先生主編的大學中文專業通用教材《中國文學史》（第四卷）採用了當今學界廣泛認可的觀點，認為《三國演義》主旨是：「政治上嚮往仁政，人格上注重忠義，才能上崇尚智勇」。[4]的確，這也是羅貫中在《三國演義》明確體現的封建專制社會的君臣人格價值取向，但決定三國興亡，最後立晉的

---

[4] 袁行霈主編《中國文學史（第四卷）》北京：高等教育出版社。2005 年 7 月。頁 23。

是人物的「仁政」、「忠義」、「智勇」？

　　3、「反映三國興亡」。持這種觀點者認為《三國演義》主題是通過對東漢末年統治階級內部錯綜複雜矛盾的描寫，特別是通過對魏、蜀、吳三國之間的政治、軍事鬥爭的描述，揭露統治階級爭權奪利、爾虞我詐的階級本質和殘殺壓迫人民的罪行，是一部形象的三國興亡史。的確，《三國演義》是一部形象的三國興亡史，是「爭權奪利，爾虞我詐」，但這一觀點沒有建立在對主題性人物的人格分析之上。我們可以僅僅依據人物的階級身份來判定其善惡？清末農民洪秀全佔領南京，不也稱帝，財色裹身，大權獨攬，分封諸王使其共保洪家天下嗎？秦末農民陳勝、吳廣，明末農民李自成如果取得天下，也不過變身為新皇帝罷了。

　　《三國演義》「尊劉貶曹」和「政治上嚮往仁政，人格上注重忠義，才能上崇尚智勇」是羅翁貫中依據封建社會主流思想意識確定的明性主題，但依據筆者「主題性人物」的確定與人格分析方法、《三國演義》題名，我們可以發現文本中羅翁貫中刻意設計的原生態客觀隱性主題。

　　主題性人物是促使情節發生，推動情節發展，導致故事結局的人物，故而《三國演義》主題性人物比較多，應該是決定三國興亡的人物：興魏的曹操。建蜀的劉備。立吳的孫堅、孫策、孫權。最後滅西蜀、東吳，篡魏立晉的司馬懿、司馬師、司馬昭、司馬炎。這些主題性人物在《三國演義》中「依史演義」，展演了一場封建王朝末世政治權場原生態客觀性質的奸雄政治：在沒有正常權力更替秩序的封建專制社會，稱霸天下者必定是奸雄。雄者必奸，奸者方雄；大奸大雄者必以忠義仁德為面具，以權財名位為誘餌，以奸詐權謀為手段，以武力專權為本質。這就是《三國演義》文本存在的原生態客觀隱性主

題。

《三國演義》表達奸雄政治這一主題的人物有三類：

大奸雄，即上述所言決定三國興亡的九大奸雄：曹操、劉備、孫氏之孫堅、孫策、孫權、司馬氏之司馬懿、司馬師、司馬昭、司馬炎。當然他們各有其奸雄演變歷程與奸雄人格個性。

小奸雄，即諸如董卓、袁紹、袁術、呂布等人。這些人物稱霸一時，因缺乏大奸大雄必備的人格素質，而成小奸小雄，最後被大奸大雄所滅。從表達方法論，小奸小雄是大奸大雄的陪襯。

無奸無雄，即因不具備奸雄素質而亡漢的漢桓帝、靈帝、少帝、獻帝，亡了曹魏的曹睿、曹爽、曹芳、曹髦、曹奐，亡蜀的劉禪，亡吳的孫亮、孫休、孫皓等。從表達方法論，這些人物是大奸大雄的反襯。

這些人物各有其人格個性，其人格個性在某種處境中的反應導致的情節發生、發展、轉折、結局。大奸大雄者成王霸之業，小奸小雄者囂張一時，但瞬息之間便城毀身亡，無奸無雄者則身死國滅。羅翁貫中在《三國演義》中原生態地展演了封建王朝末世的「奸雄政治」主題。

這也與《三國演義》之題名相合。演：本義河流從源頭擴散，漫延。《小雅》曰：「演，廣也，遠也。」義：本意正義、道德、道理，故而古代文學之「演義」，即依據史實推演，詳述道理。羅翁貫中《三國演義》即依據三國興亡史實及其相關人物，還原性描述，展示三國之興，三國之亡，推演王朝興亡之道理。此道理即是主題：奸雄政治。

我們先說第一類大奸大雄曹操、劉備、孫氏之孫堅、孫策、孫權、司馬氏之司馬懿、司馬師、司馬昭、司馬炎等人在《三國演義》中的奸雄個性及其演變歷程。

第一節　大奸雄

一、曹操：由忠義之雄轉變為以忠義為面具之大奸雄

奸雄，是專制政治權力場的生存規則。雄者必奸，奸者方雄，而大奸大雄者，必以忠義仁德為面具，以權財名位為誘餌，以奸詐權謀為手段，以武力專權為本質。《三國演義》第一回記載汝南名士許劭評價曹操說：「子治世之能臣，亂世之奸雄。」即在太平治世，曹操必定是忠心治國的賢才能臣；在皇權衰敗的亂世，曹操必定是稱霸天下的大奸雄。

在漢末專制權場角逐處境中，曹操的人格個性相當複雜：由忠義英雄轉變為以忠義為面具的奸雄曹操；在權力場爭鬥中因挾天子以令諸侯，而成為眾矢之的的奸雄政治家曹操；作為軍事家身臨戰陣的曹操；信奉孔孟，效法文王以德治天下的政治家曹操；作為性情中人的具有七情六欲的文人曹操。

（一）從政伊始到征討董卓，曹操一直是忠義英雄

1、第一回。中平元年張角、張寶、張梁黃巾起事，播亂天下，身為騎都尉的曹操出場，討伐黃巾。文中回顧曹操：「年二十，為郎，除洛陽北部尉。初到任，即設五色棒十餘條於縣之四門，有犯禁者，不避豪貴，皆責之。中常侍蹇碩之叔，提刀夜行，操巡夜拿住，就棒責之。由是，內外莫敢犯者，威名頗震。」這體現曹操為朝廷執法之忠直。此時征討黃巾，他追殺張寶和張梁，因有功除濟南相，更可見他的忠義。

2、第二回。中平六年靈帝駕崩，曹操進言國舅大將軍何進「今日之計，先宜正君位，然後除賊」。皇子協即位以後，何進聽從司隸校尉袁紹「召四方英雄之士，勒兵來京，盡誅閹豎」之計。曹操反對，說：「宦官之禍，古今皆有，但世主不當假之權寵，使至與此。若欲治罪，當除元惡，但付一獄吏足矣，

何必紛紛招外兵乎？欲盡誅之，事必宣露。吾料其必敗也。」何進拒諫且懷疑「孟德亦懷私意」。董卓奉詔進京，何進自己死於宦官之手，繼而有董卓專權獨霸朝廷之亂，果然應了曹操之言。據此可見曹操忠義，有預見，善斷。

3、第四回。司徒王允得渤海太守袁紹「欲掃清王室」，除掉董卓的密信，尋思無計。第二天假託生日，設宴招請舊臣相聚。宴席間，談及「董卓欺主弄權，社稷旦夕難保」，他掩面大哭，於是眾官皆哭，惟獨驍騎校尉曹操撫掌大笑曰：「滿場公卿，夜哭到明，明哭到夜，還能哭死董卓否？」王允憤怒質疑，曹操說：「吾非笑別事，笑眾位無一計殺董卓耳。曹雖不才，願即斷董卓頭，懸之都門，以謝天下。」並披露自己：「近日操屈身以事卓者，實欲乘間圖之耳。」隨即借得王允寶刀，第二天刺殺董卓。雖未成功，也足見曹操之忠勇可赴死，又隱忍多謀善臨場應變：

> 次日，曹操佩著寶刀，來至相府，問：「丞相何在？」從人云：「在小閣中。」操徑入。見董卓坐於床上，呂布侍立於側。卓曰：「孟德來何遲？」操曰：「馬羸行遲耳。」卓顧謂布曰：「吾有西涼進來好馬，奉先可親去揀一騎賜與孟德。」布領令而出。操暗忖曰：「此賊合死！」即欲拔刀刺之，懼卓力大，未敢輕動。卓胖大不耐久坐，遂倒身而臥，轉面向內。操又思曰：「此賊當休矣！」急掣寶刀在手，恰待要刺，不想董卓仰面看衣鏡中，照見曹操在背後拔刀，急回身問曰：「孟德何為？」時呂布已牽馬至閣外。操惶遽，乃持刀跪下曰：「操有寶刀一口，獻上恩相。」卓接視之，見其刀長尺餘，七寶嵌飾，極其鋒利，果寶刀也；遂遞與呂布收了。操解鞘付布。卓引操出閣看馬，操謝曰：「願借試一騎。」

卓就教與鞍轡。操牽馬出相府，加鞭望東南而去。

4、第四回。董卓懷疑曹操行刺，李儒獻計試探，差獄卒前往喚曹操前來，得知曹操不曾回寓所，假稱丞相緊急公事，飛馬出東門而去，於是董卓全國通緝捉拿曹操。曹操逃往譙郡，路過中牟縣為，守關將士所獲，被擒見縣令陳宮。曹操自稱：「我是客商，複姓皇甫。」陳宮認出他就是自己在洛陽求官時認識的，現今被當朝太師丞相董卓通緝的曹操。至夜分，陳宮命親隨人暗從監獄取出曹操，到自家後院中審究。兩人以下對白，足見曹操<u>以忠為義不畏死</u>：

> 縣令（即陳宮）問曰：「我聞丞相（指董卓）待汝不薄。何故自取其禍？」操曰：「『燕雀安知鴻鵠之志哉！』汝既拿住我，便當解去請賞。何必多問！」（曹操忠且臨死不懼。）縣令屏退左右，謂操曰：「汝休小覷我。我非俗吏，奈未遇其主耳。」操曰：「吾祖宗世食漢祿，若不思報國，與禽獸何異？吾屈身事卓者，欲乘間圖之，為國除害耳。今事不成，乃天意也！」縣令曰：「孟德此行，將欲何往？」操曰：「吾將歸鄉里，發矯詔，召天下諸侯興兵共誅董卓：吾之願也。」縣令聞言，乃親釋其縛，扶之上坐，再拜曰：「公真天下忠義之士也！」曹操亦拜，問縣令姓名。縣令曰：「吾姓陳，名宮，字公台。老母妻子皆在東郡。今感公忠義，願棄一官，從公而逃。」

陳宮感於曹操忠義，跟隨曹操。前往陳留途中，他們途經成皋，曹操前往父親的結義兄弟呂伯奢家打聽消息。呂伯奢告訴曹操，他父親已避難陳留。呂伯奢留宿二人，外出沽酒。曹操和陳宮聽見房後有磨刀聲和「縛而殺之，何如？」的對話，

以為呂伯奢一家要殺了他們請賞。他倆操刀而起，殺了呂家八口，到了廚房，看見一頭被綁待殺的豬，方知這是誤會。明知是誤會，騎馬逃出呂家，路逢沽酒回家待客的呂伯奢。言談款留之際，曹操一刀殺了呂伯奢。面對陳宮「知而故殺，大不義也」的詰問，曹操說：「寧教我負天下人，休教天下人負我。」僅就這事而言，如果曹操不殺呂伯奢，極可能呂伯奢會因家人之死而告密，帶領官軍前往陳留捕捉曹操，曹操不僅不能舉忠義之旗，討伐董卓，而且曹氏家族必遭株連滅族之禍。<u>陳宮不忍「知而故殺」，而曹操能，也足見曹操奸雄素質：多疑、心狠。在專制權場爭奪中，沒有多疑的預見，沒有心狠的搏殺只有死路一條</u>。大將軍何進被十常侍所殺，其妹何太后和少帝被廢，死於董卓之手就是如此。

5、第五回《發矯詔諸侯應曹公　破關兵三英戰呂布》。因殺呂伯奢，陳宮以為曹操不義，棄之而去。忠義為第一的曹操回到陳留，招募義兵，發矯詔聯絡諸鎮。他拜請當地的富豪衛弘到家，告曰：「今漢室無主，董卓專權，欺君害民，天下切齒。曹欲力扶社稷，恨力不足。公乃忠義之士，敢求相助！」衛弘曰：「吾有是心久矣，恨未遇英雄耳。既孟德有大志，願將家資相助。」操大喜，先發矯詔馳報各州道，然後召集義兵，高豎「忠義」大白旗。曹操作檄文以達諸郡。請看其檄文體現之忠勇：

> 操等謹以大義佈告天下：董卓欺天罔地，滅國弒君；穢亂宮禁，殘害生靈；狼戾不仁，罪惡充積！今奉天子密詔，大集義兵，誓欲掃清華夏，剿戮群凶。望興義師，共泄公憤；扶持王室，拯救黎民。檄文到日，可速奉行！

操發檄文去後，各鎮諸侯皆起兵相應：第一鎮，後將軍南

陽太守袁術。第二鎮，冀州刺史韓馥。第三鎮，豫州刺史孔伷。第四鎮，兗州刺史劉岱。第五鎮，河內郡太守王匡。第六鎮，陳留太守張邈。第七鎮，東郡太守喬瑁。第八鎮，山陽太守袁遺。第九鎮，濟北相鮑信。第十鎮，北海太守孔融。第十一鎮，廣陵太守張超。第十二鎮，徐州刺史陶謙。第十三鎮，西涼太守馬騰。第十四鎮，北平太守公孫瓚。第十五鎮，上黨太守張楊。第十六鎮，烏程侯長沙太守孫堅。第十七鎮，祁鄉侯渤海太守袁紹。諸路軍馬，多少不等，有三萬者，有一二萬者，各領文官武將，開往洛陽。

十七鎮諸侯率兵聚集會盟，足見董卓罪惡滔天，曹操此舉深得眾望。仗義的曹操推舉最先與他會盟的袁紹為盟主，隨即築台、盟誓：

> 操曰：「袁本初四世三公，門多故吏，漢朝名相之裔，可為盟主。」紹再三推辭，眾皆曰非本初不可，紹方應允。次日築台三層，遍列五方旗幟，上建白旄黃鉞，兵符將印，請紹登壇。紹整衣佩劍，慨然而上，焚香再拜。其盟曰：「漢室不幸，皇綱失統。賊臣董卓，乘釁縱害，禍加至尊，虐流百姓。紹等懼社稷淪喪，糾合義兵，並赴國難。凡我同盟，齊心戮力，以致臣節，必無二志。有渝此盟，俾墜其命，無克遺育。皇天后土，祖宗明靈，實皆鑒之！」讀畢歃血[5]。眾因其辭氣慷慨，皆涕泗橫流。歃血已罷，下壇。眾扶紹升帳而坐，兩行依爵位年齒分列坐定。操行酒數巡，言曰：「今日既立盟主，各聽調遣，同扶國家，勿以強弱計較。」袁紹曰：「紹雖

---

[5]　歃（shà）血：古人盟會時，微飲牲血，或含於口中，或塗於口唇，以示信守誓言。

不才，既承公等推為盟主，有功必賞，有罪必罰。國有常刑，軍有紀律。各宜遵守，勿得違犯。」眾皆曰惟命是聽。

可見，此時的曹操確是漢王朝的大忠臣，而且心胸闊達，只因袁紹此時名望過人，最有號召力而推薦為盟主，自己全無爭權邀寵之心。此時應邀而起的十七鎮諸侯也皆因忠義而興兵征討董卓。

6、第六回《焚金闕董卓行兇　匿玉璽孫堅背約》。討董同盟大敗董卓，佔領洛陽之後，各路諸侯異心萌發，按兵不動，沒有乘勝追擊劫持漢獻帝和洛陽百萬黎民逃往長安的董卓群凶。面對曹操「今董賊西去，正可乘勢追襲；本初按兵不動，何也？」之詰問，袁紹藉口「諸軍疲困，進恐無益。」面對曹操「董賊焚燒宮室，劫遷天子，海內震動，不知所歸：此天亡之時也，一戰而定天下矣。諸公何疑而不進？」之詰問，「眾諸侯皆言不可輕動。」曹操大怒曰：「豎子不足為謀。」他自率六員將領、萬餘孤軍追擊董卓，在滎陽中了董卓伏擊而大敗。就在曹操孤軍追擊失敗的時候，屯兵城內的孫堅從殿南井中打撈出一宮婦屍首，從其頸項錦囊中，得到傳國玉璽。他自以為「必有登九五之分」。第二天他面見盟主袁紹，「托疾辭歸」，得到密報的袁紹要他交出傳國玉璽，孫堅拔劍欲殺告密士卒，使袁紹差一點與他火拼。眾位諸侯勸解，孫堅離洛陽而去。袁紹密書荊州刺史劉表截奪傳國玉璽。劉表得到袁紹書信，派將領兵萬餘攔截，欲奪取玉璽。孫堅大敗，奪路回江東。自此孫堅與劉表結仇。

孤軍追擊董卓，兵敗回洛陽的曹操知曉這一切，他對袁紹歎曰：「吾始興大義，為國除賊。諸公既仗義而來，操之初意，欲煩本初到河內之眾，臨孟津、酸棗；諸將固守成皋，據敖倉，

塞轘轅、太谷，制其險要；公路率南陽之軍，駐丹、析，入武
關，以震三輔。皆深溝高壘，勿與戰，益為疑兵，示天下之勢。
以順誅逆，可立定也。今遲疑不進，大失天下之望。操竊恥之。」

可見曹操真乃忠勇又多智謀之士：其文韜武略能隱身近身
刺董卓，更能度勢、善謀善斷。文韜武略是治世能臣、亂世奸
雄的必備素質。各路諸侯一時激於大義而起兵，但大多心中早
有異心。袁紹首次出場在第三回，是一個以「冊立新君，盡誅
閹豎，掃清朝廷，以安天下」為志的司隸校尉。何進被宦官謀
殺，是袁紹和曹操斬關入殿，誅殺十常侍。第三回專權朝政的
董卓欲廢少帝立陳留王為獻帝，聲言：「有不從者斬！」群臣
惶怖莫敢對，只有袁紹挺身而出，厲聲譴責董卓：「廢嫡立庶，
非反而何？」當場拔劍與董卓對敵，經眾官勸解，憤憤離去。
第四回時任渤海太守的袁紹密書聯繫司徒王允以圖董卓「欲掃
清王室」，然而自計漢室不可復興，袁紹也藏有「爭天下」的
異心。此可見第三十三回，建安七年曹操大破袁紹於官渡。攻
佔冀州時，袁紹已死，曹操親往袁紹墓前設祭，再拜而哭，訴
及當初與袁紹起兵征討董卓時相互的問答：

> 本初問吾曰：「若事不輯，方面何所可據？」吾問之曰：
> 「足下意欲若何？」本初曰：「吾南據河，北阻燕代，兼
> 沙漠之眾，南向以爭天下，庶可以濟乎？」吾答曰：「吾
> 任天下之智力，以道御之，無所不可。」

可見，袁紹與各路諸侯有「爭天下」之野心，是野心與忠
義並存者，即漢室可救，則忠；漢室不可救，則爭奪天下，自
立為王，而此時曹操雖有預後，但並無定算。

幾乎在頃刻之間，各路諸侯摒棄忠義，開始了其野心權欲
支配下的天下爭奪戰。第七回《袁紹盤河戰公孫　孫堅跨江擊

劉表》就有袁紹謀取冀州,袁紹與公孫瓚爭奪冀州,孫堅跨江
攻擊劉表。他們相互混戰,爭霸天下,導致生民苦難,曹操有
詩《蒿裡行》:

> 關東有義士,興兵討群凶。
> 初期會盟津,乃心在咸陽。
> 軍合力不齊,躊躇而雁行。
> 勢利使人爭,嗣還自相戕。
> 淮南弟稱號,刻璽於北方。
> 鎧甲生蟣蝨,萬姓以死亡。
> 白骨露於野,千里無雞鳴。
> 生民百遺一,念之斷人腸。

　　此亦可見此時的曹操,忠義可赴死,但生民第一。其後以
忠義為面具,挾天子以令諸侯爭天下,但也以生民第一。就在
這第六回,「操見紹等各懷異心,料不能成事,自引軍投楊州
去」。第六回是曹操忠義的頂點,此後他由忠義英雄演變為以
忠義為面具之奸雄。在封建專制政治權場角逐中,帝之昏昧不
能忠,懦弱無權之帝不可忠。

　　(1)君無仁德智信,臣忠於昏君是愚忠,是自己找死。《三
國演義》第一回:「桓帝禁錮善類,崇信宦官,及桓帝崩,靈
帝即位,大將軍竇武、太傅陳蕃[6],共相輔佐。時有宦官曹節
等弄權,竇武、陳蕃謀誅之,機事不密,反為所害,中涓自此

---

[6] 竇武,字游平,東漢名將竇融玄孫。桓帝崩,拜竇武大將軍。史載竇武雖
　　女為桓帝皇后,但「多辟名士,清身疾惡,禮略不通,妻子衣食才充足
　　而已」,而且「歲儉民饑」。他目睹宦官專權,「黨錮之禍」,上書桓
　　帝,赦免「黨人」而與宦官結怨。陳蕃,字仲舉。漢桓帝時太尉,靈帝
　　時為太傅。史載其為官清廉,有「不畏強權陳仲舉」之名。

愈橫。」光和元年<u>議郎蔡邕</u>[7]進言，借各種不祥異象進言說「蜺墮雞化乃婦寺干政所致」，而被曹節陷害，放歸田里。其後靈帝寵信張讓、趙忠、封諝、段珪、曹節、侯覽、蹇碩、程曠、夏惲等十常侍。靈帝尊信張讓，呼為「阿父」。宦官們朋比為奸，朝政失德，盜賊蜂起，有太平道張角、張梁、張寶的黃巾之亂。第二回<u>諫議大夫劉陶和司徒陳耽</u>[8]直諫漢靈帝：「四方盜賊並起，侵掠州郡。其禍皆因十常侍賣官害民，欺君罔上。朝廷正人皆去，禍在目前也！」而被昏庸靈帝和十常侍謀殺於獄中。

（2）皇帝死，後宮爭嗣奪位，無正皆邪，不可忠。第二回後宮爭權。時中平六年夏四月，靈帝病篤，董后與何后爭嗣。大將軍何進起身屠家，因其妹入宮為貴人，生皇子劉辯，遂立

---

[7] 蔡邕，東漢著名文學家、書法家，字伯喈。有「蔡邕書骨氣洞達，爽爽有神力」之贊。作《胡茄十八拍》的蔡文姬即其女兒。蔡邕死於董卓之亂，蔡文姬被匈奴掠去，為左賢王妃，並生二子。建安十三年曹操得知蔡文姬被擄南匈奴，派使臣攜黃金千兩、白璧一雙，贖回蔡文姬，並安排嫁給田校尉董祀。

[8] 劉陶，字子奇。史載為人居簡不修小節。桓帝初遊太學，上書言事。後舉孝廉，累官侍御史，封中陵鄉侯。三遷尚書令，拜侍中。屢切諫，為權臣所畏。徙京兆尹，到職當出修官錢千萬，陶恥以錢買職，稱疾不聽政。靈帝重其才，徵拜諫議大夫。陶上陳及八事，言亂由宦官。由是宦官交譖之，卒被收下獄死。陶著書數十萬言，又作《七曜論》、《匡老子》、《反韓非》、《複孟軒》及上書言當世之條、教、賦、奏、書、記、辯、疑凡百餘篇。陳耽，字海公。史載陳耽以忠正稱，歷位三司。光和五年，太尉許馘、司空張濟承望內宮宦官，收取貨賂，其宦者子弟賓客，雖貪污穢濁，皆不敢問，而虛糾邊遠小郡清修有惠化者二十六人。吏人陳述，陳耽與議郎曹操上言：「公卿所舉，率黨其私，所謂放鴟梟而囚鸞鳳。」帝讓許馘、張濟，由是諸坐謠言者皆拜議郎。宦官怨之，遂陷陳耽，死於獄中。

為皇后，何進由是得權，寵任大將軍。其後靈帝又寵倖王美人，生皇子劉協。何后嫉妒，鴆殺王美人。靈帝之母董太后養皇子協於後宮，勸靈帝立皇子協為太子。靈帝亦偏愛協，欲立之。靈帝病篤，中常侍蹇碩奏曰：「若欲立協，必先誅何進，以絕後患。」帝然其說，宣何進入宮。何進至宮門，司馬潘隱謂何進曰：「不可入宮。蹇碩欲謀殺公。」何進大驚，急歸私宅，召諸大臣，點御林軍五千，引何顒、荀攸、鄭泰等大臣三十餘員，相繼而入，就靈帝柩前，扶立太子辯繼皇帝位。何太后命何進參錄尚書事，親信皆封官職。

董太后大怒，宣張讓等入宮商議。次日設朝，董太后降旨，封皇子協為陳留王，董重為驃騎將軍，張讓等共預朝政。其後兩后互相指責，辱罵，爭競。何后連夜召何進入宮，告以前事。何進出，召三公共議。來早設朝，使廷臣奏董太后原系藩妃，不宜久居宮中，合仍遷於河間安置，限日下即出國門。一面遣人起送董后；一面點禁軍圍驃騎將軍董重府宅，追索印綬，董重自刎於後堂。宦官張讓、段珪等見董后一支已廢，遂皆以金珠玩好結交何進弟弟何苗並其母舞陽君，令早晚入何太后處，善言遮蔽，因此十常侍又得寵愛。六月，何進暗使人鴆殺董后於河間驛庭。

後宮為權力而自相殘殺，臣子忠於誰都是為東邪西毒效勞。

（3）君懦弱無權且少智勇，臣忠於懦弱之君也是自己找死。《三國演義》第四回少帝懦弱，沒有權柄與智勇，眼見忠臣被害，只能哀哭：

> 九月朔，請帝升嘉德殿，大會文武。卓拔劍在手，對眾曰：「天子暗弱，不足以君天下。今有策文一道，宜為宣讀。」乃命李儒讀策曰：「孝靈皇帝，早棄臣民；皇帝承嗣，海內側望。而帝天資輕佻，威儀不恪，居喪慢

惰：否德既彰，有忝大位。皇太后教無母儀，統政荒亂。永樂太后暴崩，眾論惑焉。三綱之道，天地之紀，毋乃有闕？陳留王協，聖德偉懋，規矩肅然；居喪哀戚，言不以邪；休聲美譽，天下所聞，宜承洪業，為萬世統。茲廢皇帝為弘農王，皇太后還政，請奉陳留王為皇帝，應天順人，以慰生靈之望。」李儒讀策畢，卓叱左右扶帝下殿，解其璽綬，北面長跪，稱臣聽命。又呼太后去服候敕。帝后皆號哭，群臣無不悲慘。

階下一大臣，憤怒高叫曰：「賊臣董卓，敢為欺天之謀，吾當以頸血濺之！」揮手中象簡，直擊董卓。卓大怒，喝武士拿下：乃尚書丁管也。卓命牽出斬之。管罵不絕口，至死神色不變。

再看少帝、唐妃、何太后與忠臣伍孚之死：

卻說少帝與何太后、唐妃困於永安宮中，衣服飲食，漸漸少缺；少帝淚不曾乾。一日，偶見雙燕飛於庭中，遂吟詩一首。詩曰：「嫩草綠凝煙，嫋嫋雙飛燕。洛水一條青，陌上人稱羨。遠望碧雲深，是吾舊宮殿。何人仗忠義，泄我心中怨！」

董卓時常使人探聽。是日獲得此詩，來呈董卓。卓曰：「怨望作詩，殺之有名矣。」遂命李儒帶武士十人，入宮弒帝。帝與后、妃正在樓上，宮女報李儒至，帝大驚。儒以鴆酒奉帝，帝問何故。儒曰：「春日融和，董相國特上壽酒。」太后曰：「既云壽酒，汝可先飲。」儒怒曰：「汝不飲耶？」呼左右持短刀白練於前曰：「壽酒不飲，可領此二物！」唐妃跪告曰：「妾身代帝飲酒，願公存母子性命。」儒叱曰：「汝何人，可代王死？」

乃舉酒與何太后曰：「汝可先飲？」后大罵何進無謀，引賊入京，致有今日之禍。儒催逼帝，帝曰：「容我與太后作別。」乃大慟而作歌，其歌曰：「天地易兮日月翻，棄萬乘兮退守藩。為臣逼兮命不久，大勢去兮空淚潸！」唐妃亦作歌曰：「皇天將崩兮后土頹，身為帝姬兮命不隨。生死異路兮從此畢，奈何煢速兮心中悲！」歌罷，相抱而哭，（可憐！失去權柄被架空，不能奸，更無法雄，性命無法自保，真是大奸大雄的反襯。）李儒叱曰：「相國立等回報，汝等俄延，望誰救耶？」太后大罵：「董賊逼我母子，皇天不佑！汝等助惡，必當滅族！」儒大怒，雙手扯住太后，直攛下樓；叱武士絞死唐妃；以鴆酒灌殺少帝。

還報董卓，卓命葬於城外。自此每夜入宮，姦淫宮女，夜宿龍床。嘗引軍出城，行到陽城地方，時當二月，村民社賽，男女皆集。卓命軍士圍住，盡皆殺之，掠婦女財物，裝載車上，懸頭千餘顆於車下，連軫還都，揚言殺賊大勝而回；於城門外焚燒人頭，以婦女財物分散眾軍。越騎校尉伍孚，字德瑜，見卓殘暴，憤恨不平，嘗於朝服內披小鎧，藏短刀，欲伺便殺卓。一日，卓入朝，孚迎至閣下，拔刀直刺卓。卓力大，兩手摳住；呂布便入，揪倒伍孚。卓問曰：「誰教汝反？」孚瞪目大喝曰：「汝非吾君，吾非汝臣，何反之有？汝罪惡盈天，人人願得而誅之！吾恨不車裂汝以謝天下！」卓大怒，命牽出剖剮之。孚至死罵不絕口。

第八回《王司徒巧使連環計　董太師大鬧鳳儀亭》司空張溫私通袁術，企圖謀殺董卓被斬。第九回《除暴凶呂布助司徒　犯長安李傕聽賈詡》司徒王允以獻美女貂嬋為計，離間，

挑撥呂布殺了董卓。隨後王允也因董卓餘黨李傕、郭汜作亂而死於虛有名位而無軍政實權的獻帝眼前。

漢室衰微，昏昧懦弱無權無謀無勇之帝不可忠，不能忠，故而意欲爭霸天下的奸雄並起。方此之時，欲在以武力和奸詐為本質的專制權場生存，必須是奸雄，而最終成帝稱王者，必是大奸大雄。大奸大雄者，必以忠義仁德為面具，以權財名位為誘餌，以奸詐權謀為手段，以武力專權為本質。

第六回之後各路諸侯忠心滅而異心起，奸詐權謀，開始了爭權奪地之大戰。第十回《勤王室馬騰舉義　報父仇曹操興師》曹操在袞州招賢納士，「文有謀臣，武有猛將，威震山東」，因其父曹嵩被徐州都尉張闓殺害，他討伐徐州，與太守陶謙大戰。呂布乘曹操出兵徐州之際，襲取袞州，進軍濮陽，迫使曹操放棄徐州，回軍與呂布大戰。

可見，在皇權衰微的封建末世，在生存本能和野心權欲的驅動下，由忠而奸是大多臣子的必然選擇。曹操由忠義之英雄轉變為以忠義為面具的大奸雄。

（二）曹操由忠義之雄轉變為以忠義為面具之大奸雄

這一轉變主要有以下表現：

1、帝王野心萌發。第十回《勤王室馬騰舉義　報父仇曹操興師》曹操聽從劫持獻帝獨霸朝政的董卓餘黨李傕、郭汜之命，征討黃巾餘黨，被封為征東將軍。其後，曹操在兗州招賢納士，謀士荀彧來投，他讚道：「此吾之子房也。」子房即漢高祖劉邦謀臣張良。曹操以「吾之子房」稱荀彧，可見他以高祖劉邦自喻，有稱霸稱帝之心。第十四回，獻帝遭逢李傕、郭汜之亂，曹操聽從荀彧「奉天子以成眾望」之言出兵，將戰亂中逃出洛陽，前往山東避難的漢獻帝接回洛陽，與李傕、郭汜大戰。猛將許褚陣斬李傕之兩侄子，曹操手撫其背曰：「子真吾之樊噲

也！」樊噲為漢高祖劉邦心腹猛將，曹操如此讚揚許褚，亦可見他的野心。

2、確定「挾天子以令諸侯」的稱霸戰略。就在第十四回《曹孟德移駕幸許都　呂奉先乘夜襲徐郡》，遭逢李傕、郭汜之亂的獻帝知曹操討伐董卓之忠義，又得知「曹操在山東，兵強將盛」，故而宣召他入朝，輔佐王室。曹操這次應詔入朝可不是出於忠義，而是聽從謀士荀彧之言：「昔晉文公納周襄王而諸侯服從；漢高祖為義帝發喪而天下歸心。今天子蒙塵，將軍誠因此時首倡義兵，奉天子以成眾望，不世之略也。若不早圖，人將先我而為之矣。」曹操大喜接詔，克日興師。此為曹操最終成就其霸業的戰略決策，即：以忠義為面具，挾持天子以號令諸侯而稱霸天下。

3、應天命遷都許昌，架空獻帝，獨攬朝政大權。第十四回《曹孟德移駕幸許都　呂奉先乘夜襲徐郡》侍中太史令王立私下對宗正劉艾說：「吾仰觀天文，自去春太白犯鎮星於斗牛，過天津，熒惑又逆行，於太白會於天關，金火交會，必有新天子出。吾觀大漢氣數將終，晉魏之地，必有興者。」且將此天相密奏獻帝。曹操得知，派人私下對王立說：「知公忠於朝廷，然天道深遠，幸勿多言。」曹操將此言告訴荀彧，荀彧進言曰：「漢以火德王，而明公乃土命也。許都屬土，到彼必興。火能生土，土能旺木：正合董昭、王立之言。他日必有興者。」於是曹操毅然決定遷都許都，「迎鑾駕到許都，蓋造宮室殿宇，立宗廟社稷、省台司院衙門，修城郭府庫；封董承等十三人為列侯。賞功罰罪，並聽操處置」。操自封為大將軍武平侯，封荀彧為侍中尚書令，荀攸為軍師，郭嘉為司馬祭酒，劉曄為司空倉曹掾，毛玠、任峻為典農中郎將，程昱為東平相，范成、董昭為洛陽令，滿寵為許都令。夏侯淵、曹仁、曹洪等等皆為

將軍。呂虔、李典、樂進、于禁、徐晃為校尉，許褚、典韋皆為都尉。其餘將士各各封官。

　　大奸大雄必以「權財名位為誘餌」，封賞效忠於自己的臣屬，正如馬基維利《君主論‧第九章》所言：「一個英明的君主應有一個辦法，使他的臣民無論在哪一個時期對於國家和他本人都有所依賴和企求。這樣他們就永遠忠誠於他了。」自此大權皆歸曹操：「朝廷大務，先稟曹操，然後方奏天子。」其後，曹操「挾天子以令諸侯」，以天子詔命征討劉表、劉繡、袁紹、袁術、呂布等等，擁有了北方。建安十五年曹操統一了淮河以北的廣大地區，政權逐漸鞏固，增強擴展軍隊實力，奠定了曹魏基業。

　　（三）曹操奸雄個性

　　在皇權第一的封建專制社會，「挾天子以令諸侯」起初有其利，如第十八回郭嘉論袁紹十敗，曹操十勝之一「紹以逆動，公以順率」，也如第二十四回謀臣程昱勸告曹操不要廢獻帝所言「明公所以能威震四方，號令天下者，以奉漢家名號故也」。然而，「挾天子以令諸侯」即假借天子之名，而自圖王霸之業，名為臣子，實操皇權，被指責為「名為漢相，實為漢賊」，不可避免地結仇於大權旁落的漢帝、皇族、外戚、忠臣而成為眾矢之的，成為人人得而誅之的「漢賊」，成為各路奸雄如袁紹、袁術、劉繡、孫權、劉備等討伐曹操，開疆拓土，稱王圖霸的藉口。身陷其中，成為眾矢之的，曹操必須多疑心狠手毒方可震懾對手以自保；面對各路諸侯，曹操必須是一個文韜武略，多謀善斷，臨陣決機兼備的軍事家。這形成曹操奸雄特性。

　　1、心狠手毒殺戮

　　封建專制社會以對皇帝的「忠義」為臣民遵循的主流文化規則。臣民忠於皇帝，受帝王及其官僚體系的剝削壓迫，但能

維持天下太平。天下太平既是君臣之願，也是百姓之望，故而對皇帝的「忠義」成為封建社會奉行的主流文化規則。曹操「挾天子以令諸侯」，獨攬朝政大權，架空皇帝，在皇帝、皇族、忠臣眼中就是必殺的圖謀篡權奪位的「奸雄」。身處人心難測之險境，曹操為自保必然多疑心狠，而且每次都是漢室皇族、忠臣們暗算在先，他不得不撕下忠義面具殺戮在後。心狠殺戮是奸雄們之必備素質，也是迫不得已的選擇，一如在第六十六回曹操亂棒打死圖謀誅殺他的伏皇后所言：「吾不殺汝，汝必殺我！」第四回他殺了呂伯奢，面對陳宮「知而故殺，大不義也」的責問，他說出一句特能體現其奸雄素質的一句話：「寧教我負天下人，休教天下人負我。」

　　馬基維利《君主論·第十五章》：「許多人曾經幻想那些從來沒有存在過的共和國和君主國。可是人們實際怎樣，與人們應當如何生活之間，差距如此之大，以致一個人要是為了應該怎樣而忘記了實際上是怎麼回事，那麼他不但不能保衛自己，反而會自我毀滅。一個人如果在一切事情上都立誓行善，那麼，他處身於許多惡人當中，定會遭到毀滅。所以，一個君主如果保持自己的地位，就必須知道怎樣做不合乎道德的事情，並且必須知道依據情況的需要使用這一手或不使用這一手。」

　　（1）「衣帶詔」事件。第二十回許田射獵，獻帝射鹿未中，要陪同的曹操射。曹操借用獻帝金鈚弓箭，射中一鹿，情節發生轉折：

> 群臣將校，見了金鈚箭，只道天子射中，都踴躍向帝高呼「萬歲」恭賀……曹操縱馬直出，遮於天子之前以迎受之。

　　此本為誤會，但羅貫中借此點染，體現曹操野心。獻帝射鹿未中，要曹操射，隨侍的曹操沒佩帶弓箭，借得獻帝金鈚弓箭射鹿，一箭得中。他騎馬在獻帝駕前，而「群臣將校，見了金鈚箭，只道天子射中，都踴躍向帝高呼『萬歲』恭賀」。明是誤會，《三國演義》為了貶損曹操，將此情節設置為曹操謀士程昱說曹操：「今明公威名日盛，何不乘此時行王霸之事？」曹操說：「朝廷股肱尚多，未可輕動。吾當請天子田獵，以觀動靜。」於是就有了許田射獵。文中說「群臣將校，見了金鈚箭，只道天子射中，都踴躍向帝呼『萬歲』。曹操縱馬直出，遮於天子之前以迎受之。」這不合曹操遠謀深慮的個性。他知道「朝廷股肱甚多，未可輕動」，會以如此「欺君罔上的僭越行為」挑戰獻帝，觀察群臣「動靜」？實際許田射獵所謂欺君罔上，僭越行為只是一個誤會。

　　明是誤會，但大權旁落的獻帝深受刺激，以為曹操「早晚必有異謀」。回宮後他咬破手指，血書衣帶詔，密遞國舅車騎將軍董承，要他謀誅曹操。先後參與其事者有：車騎將軍董承、工部侍郎王子服、長水校尉種輯、議郎吳碩、昭信將軍吳子蘭、西涼太守馬騰、左將軍劉備、太醫吉平。

　　第二十三回董承與太醫吉平相見。讀了衣帶詔，吉平嚙指為誓，決意用藥，毒死曹操。時逢董承家奴慶童與侍妾雲英私通，被董承發現，喚左右捉下，各人杖脊四十，將慶童鎖於冷房。慶童懷恨，當夜將鐵鎖扭斷，跳牆而出，徑入曹府告密。次日，曹操詐患頭風，召吉平用藥。吉平試圖用毒而被擒。曹操痛打兩個時辰，吉平皮開肉裂，血流滿階，死不開口。

　　繼日曹操設宴，請眾大臣飲酒。董承稱病不來。王子服等恐怕操生疑，只得俱至。曹操將四人拿住監禁。看看面對敵手國舅車騎將軍董承，曹操之心狠手毒：

次日，曹操帶領眾人徑投董承家探病。承只得出迎。操曰：「緣何夜來不赴宴？」承曰：「微疾未痊，不敢輕出。」操曰：「此是憂國家病耳。」承愕然。操曰：「國舅知吉平事乎？」承曰：「不知。」操冷笑曰：「國舅如何不知？」喚左右：「牽來與國舅起病。」承舉措無地。須臾，二十獄卒推吉平至階下。吉平大罵：「曹操逆賊！」操指謂承曰：「此人曾攀下王子服等四人，吾已拿下廷尉。尚有一人，未曾捉獲。」因問平曰：「誰使汝來藥我？可速招出！」平曰：「天使我來殺逆賊！」操怒教打。身上無容刑之處。承在座視之，心如刀割。操又問平曰：「你原有十指，今如何只有九指？」平曰：「嚼以為誓，誓殺國賊！」操教取刀來，就階下截去其九指，曰：「一發截了，教你為誓！」平曰：「尚有口可以吞賊，有舌可以罵賊！」操令割其舌。平曰：「且勿動手。吾今熬刑不過，只得供招。可釋吾縛。」操曰：「釋之何礙？」遂命解其縛。平起身望闕拜曰：「臣不能為國家除賊，乃天數也！」拜畢，撞階而死。操令分其肢體號令。……操見吉平已死，教左右牽過秦慶童至面前。操曰：「國舅認得此人否？」承大怒曰：「逃奴在此，即當誅之！」曰：「他首告謀反，今來對證，誰敢誅之？」承曰：「丞相何故聽逃奴一面之說？」操曰：「王子服等吾已擒下，皆招證明白，汝尚抵賴乎？」即喚左右拿下，命從人直入董承臥房內，搜出衣帶詔並義狀。操看了，笑曰：「鼠輩安敢如此！」遂命：「將董承全家良賤，盡皆監禁，休教走脫一個。」操回府以詔狀示眾謀士商議，要廢獻帝，更立新君。

因衣帶詔，第二十四回曹操欲廢棄獻帝，「更擇有德者立

之」。程昱諫曰：「明公所以能威震四方，號令天下者，以奉漢
家名號故也。今諸侯未平，遽行廢立之事，必起兵端矣。」為
保留忠義這一面具，曹操只得罷了，將董承、王子服、種輯、
吳碩、吳子蘭、吉平等並其全家老小，押送各門處斬。死者共
七百餘人，「城中官民見者，無不下淚」。接著曹操殺董承的妹
妹董妃：

> 且說曹操既殺了董承等眾人，怒氣未消，遂帶劍入宮，
> 來弒董貴妃。貴妃乃董承之妹，帝幸之，已懷孕五月。
> 當日帝在後宮，正與伏皇后私論董承之事，至今尚無音
> 耗。忽見曹操帶劍入宮，面有怒容，帝大驚失色。操曰：
> 「董承謀反，陛下知否？」帝曰：「董卓已誅矣。」操
> 大聲曰：「不是董卓！是董承！」帝戰慄曰：「朕實不
> 知。」操曰：「忘了破指修詔耶？」帝不能答。操叱武
> 士擒董妃至。帝告曰：「董妃有五月身孕，望丞相見憐。」
> 操曰：「若非天敗，吾已被害。豈得復留此女，為吾後
> 患！」伏后告曰：「貶於冷宮，待分娩了，殺之未遲。」
> 操曰：「欲留此逆種，為母報仇乎？」董妃泣告曰：「乞
> 全屍而死，勿令彰露。」操令取白練至面前。帝泣謂妃
> 曰：「卿於九泉之下，勿怨朕躬！」言訖，淚下如雨。
> 伏后亦大哭。操怒曰：「猶作兒女態耶！」（兒女父母
> 情態者，別進入封建專制權力場，別降生帝王家。史載
> 李自成打入北京，崇禎皇帝殺女兒：「城陷，帝入壽寧宮，
> 主（長平公主）牽帝衣哭。帝曰：『汝何故生我家！』以
> 劍揮斫之，斷左臂；又斫昭仁公主於昭仁殿。」）叱武士
> 牽出，勒死於宮門之外。後人有詩歎董妃曰：「春殿承
> 恩亦枉然，傷哉龍種並時捐。堂堂帝主難相救，掩面徒
> 看淚湧泉。」（失去權柄被架空，不能奸，更無法雄，

且性命無法自保，真是大奸大雄的反襯。）操諭監宮官曰：「今後但有外戚宗族，不奉吾旨，輒入宮門者，斬；守禦不嚴，與同罪。」又撥心腹人三千充御林軍，令曹洪統領，以為防察。

繼而第五十七回曹操聽從荀攸之計，將也在「衣帶詔」上簽名的征南將軍馬騰誘入許都，殺了馬騰及其子馬鐵、馬休。同謀者門下侍郎黃奎一家老小、告密者黃奎之妻弟苗澤和黃奎之妾李春香均被殺。

此殺心狠手毒，但身處封建專制權場又不得不如此。曹操只有兩種選擇，殺或者被殺，故而進入專制權力場，必須如李宗吾先生《厚黑學》所言，必須「臉皮厚，心子黑」。民諺也說「好人不當官，當官無好人。」

（2）「伏皇后」事件。第六十六回曹操欲晉升為王，獻帝預感「魏公欲自立為王，不久必將篡位」，一見曹操就「戰慄不已」。伏皇后聯絡其父伏完，謀除曹操。曹操的宮中間諜，密告此事。請看曹操快速心狠的反應，特別是伏皇后之死：

> 原來早有人報知曹操。操先於宮門等候。穆順回遇曹操，操問：「那裡去來？」順答曰：「皇后有病，命求醫去。」操曰：「召得醫人何在？」順曰：「還未召至。」操喝左右，遍搜身上，並無夾帶，放行。忽然風吹落其帽。操又喚回，取帽視之，遍觀無物，還帽令戴。穆順雙手倒戴其帽。操心疑，令左右搜其頭髮中，搜出伏完書來。操看時，書中言欲結連孫、劉為外應。操大怒，執下穆順於密室問之，順不肯招。操連夜點起甲兵三千，圍住伏完私宅，老幼並皆拿下；搜出伏后親筆之書，隨將伏氏三族盡皆下獄。平明，使御林將軍郗慮持節入宮，先

收皇后璽綬。是日，帝在外殿，見郗慮引三百甲兵直入。帝問曰：「有何事？」慮曰：「奉魏公命收皇后璽。」帝知事泄，心膽皆碎。慮至後宮，伏后方起。慮便喚管璽綬人索取玉璽而出。伏后情知事發，便於殿後椒房內夾壁中藏躲。少頃，尚書令華歆引五百甲兵入到後殿，問宮人：「伏后何在？」宮人皆推不知。歆教甲兵打開朱戶，尋覓不見；料在壁中，便喝甲士破壁搜尋。歆親自動手揪后頭髻拖出。后曰：「望免我一命！」歆叱曰：「汝自見魏公訴去！」后披髮跣足，二甲士推擁而出。

且說華歆將伏后擁至外殿。帝望見后，乃下殿抱后而哭。歆曰：「魏公有命，可速行！」后哭謂帝曰：「不能復相活耶？」帝曰：「我命亦不知在何時也！」甲士擁后而去，帝捶胸大慟。見郗慮在側，帝曰：「郗公！天下寧有是事乎！」哭倒在地。（自古只有君殺臣如割草，哪有臣殺皇后如切菜，且大權旁落的皇帝自己是菜根，不能自保，安能保菜葉？）郗慮令左右扶帝入宮。華歆拿伏后見操。操罵曰：「吾以誠心待汝等，汝等反欲害我耶！吾不殺汝，汝必殺我！」（此言為真話，也為假話。「吾不殺汝，汝必殺我」，是真話；說自己「吾以誠心待汝等」卻是假話，其「誠心」不過是「挾天子以令諸侯」，稱霸天下罷了。）喝左右亂棒打死。隨即入宮，將伏后所生二子，皆鴆殺之。當晚將伏完、穆順等宗族二百餘口，皆斬於市。朝野之人，無不驚駭。

獻帝自從壞了伏后，連日不食。操入曰：「陛下無憂，臣無異心。（此為假話。曹操有異心，但此時不敢訴諸行為。）臣女已與陛下為貴人，大賢大孝，宜居正宮。」（曹操逼獻帝立自己女兒為正宮皇后可不是求什麼皇親

國戚，而是保留忠義這一面具，昭告天下：「我曹操可沒有什麼篡逆之心，我總不會對自己女兒動手吧！」）獻帝安敢不從。於建安二十年正月朔，就慶賀正旦之節，冊立曹操之女曹貴人為正宮皇后。群下莫敢有言。

（3）「五臣死節」事件。殺了伏皇后之後的第六十九回曹操晉封王爵，出入用天子車服。侍中少府耿紀「心甚不平」，與司直韋晃、金瑋、太醫吉平之子吉邈和吉穆結盟，商議決定在元宵節起義滅曹操。事敗，曹操殺盡五家宗族老小。他還懷疑當夜出門之官員「助賊」，殺三百餘員。

奸雄就是專制獨裁者，獨裁者維持其權力主要手段就是行使暴力。馬基維利在《君主論·第十七章》說：「究竟受人愛戴好，還是被人畏懼好？我的回答是：最好兩者兼備。當然，將兩者合二為一是難上加難的。如果一定要有所取捨，那麼被人畏懼比受人愛戴更安全。」《君主論·第十五章》：「如果某些惡行可以挽救國家，君主完全沒有必要因為這些惡行會受到責備而良心不安，因為仔細思考就會發現某些事情看起來好像是好事，可是如果君主照辦就會自取滅亡，而另一些是看起來是惡行，可是假如照辦了會給他帶來安全和幸福。」果然經過這一系列殺戮，再加以君臣聯姻，獻帝與曹操關係基本穩定，再沒有相互謀算。

2、順我者昌，逆我者亡

封建專制社會以對皇帝的「忠義」為臣民遵循的主流文化規則。臣民忠於皇帝，能保持天下太平，既是君臣之願，也是百姓之望，故而以對皇帝的「忠」為「義」成為封建社會奉行的主流文化規則。曹操「挾天子以令諸侯」就是沒有忠義的奸臣，無法以德服人，要實現自我意志，只能順我者昌，逆我者亡。一如《韓非子·外儲說右上·經一》所言：「勢不足以化則

除之。」

（1）第四十回，曹操欲起兵討伐劉備、劉表、孫權。太中大夫孔融進府勸諫：「劉備、劉表皆漢室宗親不可輕伐」，「興此無義之師，恐失天下之望」。曹操拒絕。孔融出府歎息：「以至不仁伐至仁，安得不敗乎！」曹操就殺了孔融和他的兩個小兒子。

（2）第六十一回。長史董昭贊曹操功德勝於周公、呂望，「合受魏公之位，加九錫以彰功德」。荀彧反對說：「不可。丞相本興義兵，匡扶漢室，當秉忠貞之志，守謙退之節。君子愛人以德，不宜如此。」曹操聞言，勃然變色。當初曹操可是聽從荀彧「挾天子以令諸侯」而成奸雄的，這時候他反要曹操「當秉忠貞之志，守謙退之節」。荀彧後悔，可以全身而退，但身為皇室、忠臣、其他奸雄謀算對象的曹操則不能。曹操沒聽荀彧之言。董昭上表，奏請尊操為魏公，加九錫。荀彧感歎：「吾不想今日見此事！」「操聞，深恨之，以為不助己也。」隨即，曹操興兵下江南，隨行的荀彧託病止於壽春。沒有多久，得到曹操送來的一食品盒。此盒空空，荀彧知曹操意旨，服毒自殺。

（3）第六十六回王粲、杜襲、衛凱、和洽四人議尊曹操為魏王。中書令荀攸說：「不可。丞相官至魏公，榮加九錫。位已極矣。今又進升王位，於理不可。」曹操聞之，怒曰：「此人欲效荀彧耶！」荀攸知之，「憂憤成疾而死」。荀攸之「憂憤」，在推度曹操要篡漢自立；曹操之「怒」，在他以為荀攸與荀彧一樣背叛自己。第六十八回，尚書崔琰反對文武眾官議立曹操為魏王，曹操大怒，收其入獄，杖殺之。然後讓群臣表奏天子，自立為魏王。據第二十二回陳琳所寫討曹檄文述載，違逆曹操意志而被殺的還有九江太守邊讓、議郎趙彥、太尉楊

彪等。

3、為求「深藏不露」而殺知自己心計心機者

身處人心難測之險境，為自保曹操最忌怕能知自己心計心機者，以為大敵而殺之。《韓非子・三守》勸告君主防亡國「三守」之一就是「深藏不漏」，即讓臣子無法揣摩自己，深感君威神秘難測，誠惶誠恐，不敢有異心。《孫子兵法》說：「知己知彼方能百戰百勝。」為將為帝為王者，都希望知己知彼，但最怕敵方「知己」，故而在人心難測的險惡處境中視「知己者」為大敵。他殺楊修就因楊修特能揣度其心。第七十二回《諸葛亮智取漢中　曹阿瞞兵退斜穀》曹操兵困漢中，兩面受敵：

> 操屯兵日久，欲要進兵，又被馬超拒守；欲收兵回，又恐被蜀兵恥笑，心中猶豫不決。適庖官進雞湯。操見碗中有雞肋，因而有感於懷。正沉吟間，夏侯惇入帳，稟請夜間口號。操隨口曰：「雞肋！雞肋！」惇傳令眾官，都稱「雞肋」。行軍主簿楊修，見傳「雞肋」二字，便教隨行軍士，各收拾行裝，準備歸程。有人報知夏侯惇。惇大驚，遂請楊修至帳中問曰：「公何收拾行裝？」修曰：「以今夜號令，便知魏王不日將退兵歸也：雞肋者，食之無肉，棄之有味。今進不能勝，退恐人笑，在此無益，不如早歸：來日魏王必班師矣。故先收拾行裝，免得臨行慌亂。」夏侯惇曰：「公真知魏王肺腑也！」遂亦收拾行裝。於是寨中諸將，無不準備歸計。當夜曹操心亂，不能穩睡，遂手提鋼斧，繞寨私行。只見夏侯惇寨內軍士，各準備行裝。操大驚，急回帳召惇問其故。惇曰：「主簿楊德祖先知大王欲歸之意。」操喚楊修問之，修以雞肋之意對。操大怒曰：「汝怎敢造言亂我軍心！」喝刀斧手推出斬之，將首級號令於轅門外。

……（殺楊修的次日，曹操兵出斜谷，大敗回營。）方憶楊修之言，隨將修屍收回厚葬，就令班師。

此可見楊修真能知曹操「雞肋」口令體現的「進不能勝，退恐人笑」的心理活動，而曹操因楊修揣度其心，怒而殺之。

第七十二回殺楊修之後，文中交代曹操為何殺楊修，說「原來楊修為人恃才放曠，數犯曹操之忌」，即能知曹操之心。有三事：

操嘗造花園一所；造成，操往觀之，不置褒貶，只取筆於門上書一「活」字而去。人皆不曉其意。修曰：「『門』內添『活』字，乃『闊』字也。丞相嫌園門闊耳。」於是再築牆圍，改造停當，又請操觀之。操大喜，問曰：「誰知吾意？」左右曰：「楊修也。」操雖稱美，心甚忌之。（曹操當歎息：修真知吾心，恐為敵所用，千萬提防。）又一日，塞北送酥一盒至。操自寫「一合酥」三字於盒上，置之案頭。（此為興之所至，信筆而寫，並無他意。）修入見之，竟取匙與眾分食訖。操問其故，修答曰：「盒上明書一人一口酥，豈敢違丞相之命乎？」操雖喜笑，而心惡之。（此揣度雖為玩笑且不中，但此人喜歡揣度曹操心理，且不令而行，大忌。）
操恐人暗中謀害己身，常分付左右：「吾夢中好殺人；凡吾睡著，汝等切勿近前。」一日，晝寢帳中，落被於地，一近侍慌取覆蓋。操躍起拔劍斬之，復上床睡；半晌而起，佯驚問：「何人殺吾近侍？」眾以實對。操痛哭，命厚葬之。人皆以為操果夢中殺人；惟修知其意，臨葬時指而歎曰：「丞相非在夢中，君乃在夢中耳！」操聞而愈惡之。

　　楊修知道曹操因怕暗殺而忌諱睡夢時有人近身，故而對近侍有「吾夢中好殺人；凡吾睡著，汝等切勿近前」之告誡。殺近侍一案，也通常為貶曹操者所用，然誰能為知曹操者？曹操「挾天子以令諸侯」，被遍天下指罵「名為漢相，實為漢賊」，成為劉漢王朝皇族貴戚與忠臣們的眼中釘、肉中刺，為自保必然多疑。一個首領，最怕身邊人被人收買，變心殺他，故有上述吩咐。沒想到此近侍犯規近身，曹操一定以為近侍行刺，慌忙中有此反應。殺之後，沒見證據，又自覺無法辯說，故而復上床佯睡，繼而佯驚，繼而痛哭，命厚葬。從心理分析而言，曹操此時的痛哭，可是真因心痛而哭！他為誰哭？他為自己近侍哭，自己冤殺了他！他更為自己哭，因「挾天子以令諸侯」成為眾矢之的，弄得自己連身邊人都不敢信任，日夜提防，晝夜難眠，非他所願，然而已經成為眾矢之的，又不可放權，退身，一如他在《讓縣自明本志令》所言：

> 設使國家無有孤，不知當幾人稱帝，幾人稱王。（此言真。）或人見孤強盛，又性不信天命之事，恐私心相評，言有不遜之志，妄相忖度，每用耿耿。齊桓、晉文所以垂稱至今日者，以其兵勢廣大，猶能奉事周室也。論語云「三分天下有其二，以服事殷，周之德可謂至德矣」，夫能以大事小也。（上述假中有真，只因臣心在漢，吏民輿論在漢，曹操此時不敢篡漢，非為「德」。）昔樂毅走趙，趙王欲與之圖燕，樂毅伏而垂泣，對曰：「臣事昭王，猶事大王；臣若獲戾，放在他國，沒世然後已，不忍謀趙之徒隸，況燕後嗣乎！」胡亥之殺蒙恬也，恬曰：「自吾先人及至子孫，積信于秦三世矣；今臣將兵三十餘萬，其勢足以背叛，然自知必死而守義者，不敢辱先人之教以忘先王也。」孤每讀此二人書，未嘗不愴然流涕也。（此

言真。因愚忠而放棄兵權，是自殺。）

　　楊修自度曹操之心，曹操當然「愈惡之」，再加以楊修不智，介入曹操兒子之間的奪嗣之爭：

　　操第三子曹植，愛修之才，常邀修談論，終夜不息。操與眾商議，欲立植為世子。曹丕知之，密請朝歌長吳質入內府商議；因恐有人知覺，乃用大簏藏吳質於中，只說是絹匹在內，載入府中。修知其事，徑來告操。（即使操不殺修，修後必為丕所殺。）操令人於丕府門伺察之。丕慌告吳質，質曰：「無憂也：明日用大簏裝絹再入以惑之。」（前以假混真，此以真混假，巧妙之極。）丕如其言，以大簏載絹入。使者搜看簏中，果絹也，回報曹操。操因疑修譖害曹丕，愈惡之。（真可惡。）操欲試曹丕、曹植之才幹。一日，令各出鄴城門；卻密使人分付門吏，令勿放出。曹丕先至，門吏阻之，丕只得退回。植聞之，問于修。修曰：「君奉王命而出，如有阻當者，竟斬之可也。」植然其言。及至門，門吏阻住。植叱曰：「吾奉王命，誰敢阻當？」立斬之。於是曹操以植為能。（修教以威權殺人，不是好人。）後有人告操曰：「此乃楊修之所教也。」操大怒，因此亦不喜植。（楊修助力曹植，在相互欣賞，更在日後攀龍附鳳。）修又嘗為曹植作答教十餘條，但操有問，植即依條答之。操每以軍國之事問植，植對答如流。操心中甚疑。後曹丕暗買植左右，偷答教來告操。操見了，大怒曰：「匹夫安敢欺我耶！」此時已有殺修之心；今乃借惑亂軍心之罪殺之。修死年三十四歲。

4、真心真情對待忠臣

　　身處亂世危局而欲爭天下的奸雄，必定感激忠勇效命於自己的臣子，待之以真心真情和高官厚祿。當然這也是一種釣人術，姜尚所作《六韜・文師》開篇就說：「夫魚食其餌，乃牽於緡；人食於祿，乃服於君。故以餌取魚，魚可殺，以祿取人，人可竭。」劉備、孫權均如此。劉備「喜怒不形於色」，曹操性情中人，常常形於色。

　　（1）對忠勇猛將典韋。第十六回曹操征張繡。張繡投降，而曹操與張繡叔叔的妻子鄒氏有染。張繡以為辱，夜襲曹操。曹操心腹貼身猛將典韋獨戰，至死方休。曹操得脫，一路逃跑，來到淯水河邊，侄子曹安民被砍作肉泥，他的馬中箭倒地。長子曹昂跳下馬，將自己的馬給父親，自己被亂箭射死。繼而曹操轉敗為勝，安營之後，曹操賞罰諸將之後：

> 又設祭祭典韋，操自哭而奠之，顧謂諸將曰：「吾折長子、愛侄，俱無深痛；獨號泣典韋也！」眾皆感歎。

　　第十七回曹操回許都，「思慕典韋，立宗祠祭之；封其子典滿為中郎，收養在府。」第十八回第二年曹操再征張繡，再哭典韋：

> 且說操軍緩緩而行，至襄城，到淯水，操忽於馬上放聲大哭。眾驚問其故，操曰：「吾思去年於此地折了吾大將典韋，不由不哭耳！」因即下令屯住軍馬，大設祭筵。操親自拈香哭拜，三軍無不感歎。祭奠典韋畢，方祭侄曹安民及長子曹昂，並祭陣亡將士，連那匹射死的大宛馬，也都致祭。

　　此都出於《三國志・魏書十八・典韋》：「車駕每過（典韋墓地），常祠以中牢。太祖思韋，拜滿（典韋之子）為司馬，引

自近。」作為性情中人曹操感激捨身效忠，救了自己的典韋，故而哭，厚待其子，也在鼓勵將士謀臣忠於自己。

（2）對謀臣郭嘉。郭嘉年輕多謀，為曹操討伐各地諸侯，平定天下立了大功。第三十三回曹操追殺袁紹兒子袁尚、袁熙，西擊烏桓。三十八歲的郭嘉染病留在易州，死前留下按兵不動之遺計。曹操回易州：

> 操到易州時，郭嘉已死數日，停柩在公廨。操往祭之，大哭曰：「奉孝死，乃天喪吾也！」回顧眾官曰：「諸君年齒，皆孤等輩，惟奉孝最少，吾欲托以後事。不期中年夭折，使吾心腸崩裂矣！」

曹操讀郭嘉遺計。遺計說：「公孫康久畏袁氏吞併，二袁往投之必疑。若以兵擊之，必並力迎敵，急不可下；若緩之，公孫康、袁氏必自相圖，其勢然也。」因此曹操在易州按兵不動，坐等公孫康與二袁相互謀算。結果公孫康殺二袁，獻其頭給曹操。郭嘉此計在知人，兵不血刃，平定了遼東。

第五十回曹操兵敗赤壁，一路逃亡，多次中伏遇險，全無懼怯，到達南郡，再次痛哭郭嘉：

> 曹操既脫華容之難。行至谷口，回顧所隨軍兵，止有二十七騎。比及天晚，已近南郡，火把齊明，一簇人馬攔路。操大驚曰：「吾命休矣！」只見一群哨馬沖到，方認得是曹仁軍馬。操才心安。曹仁接著，言：「雖知兵敗，不敢遠離，只得在附近迎接。」操曰：「幾與汝不相見也！」於是引眾入南郡安歇。隨後張遼也到，說雲長之德。操點將校，中傷者極多，操皆令將息。曹仁置酒與操解悶。眾謀士俱在座。操忽仰天大慟。眾謀士曰：「丞相于虎窟中逃難之時，全無懼怯；今到城中，人已得食，馬已得

料，正須整頓軍馬復仇，何反痛哭？」操曰：「吾哭郭奉
孝耳！若奉孝在，決不使吾有此大失也！」遂捶胸大哭
曰：「哀哉，奉孝！痛哉，奉孝！惜哉，奉孝！」眾謀士
皆默然自慚。

曹操真性情中人。許多評論家都說，這是奸雄術，即感動
激勵將士為自己賣命。的確，這也是效果之一，但這眼淚卻不
是藥水激發的，必定發自真心。一個人能為自己而死，他會不
感動嗎？而且郭嘉是他心腹謀臣，多次謀算得中，本想托以後
事，不料卻英年早故。赤壁大敗，想起一去不可復回的郭嘉，
他能不哭嗎？在沒有正常權力更替秩序的專制權場，身為奸
雄，曹操多疑心狠，但面對忠於自己的謀臣武將，他確是一個
性情中人。

5、實居皇帝之威權，而以忠義為面具

挾天子以令諸侯，曹操大權獨攬，實際上他已是皇帝，但
他為何不稱帝？推究其因就在挾天子以令諸侯已成眾矢之的，
篡逆為帝更將成眾矢之的，故而曹操力求保留忠義這一面具。

第二十四回曹操因衣帶詔殺了董妃和同盟者國舅董承等五
人及其全家老小。本想廢獻帝，但謀士程昱勸告：「明公所以
能威震四方，號令天下者，以奉漢家名號故也。今諸侯未平，
遽行廢立之事，必起兵端矣。」操乃止，就為保留忠義面具以
求社會平定。

第六十六回伏皇后聯絡其父伏完，謀除曹操。曹操得知，
收伏氏三族下獄，亂棒打死伏后，鴆殺伏后二子，殺伏完、宦
官穆順等宗族二百餘人，但他卻沒有殺主謀獻帝，反而入宮曰：
「陛下無憂，臣無異心。臣女已與陛下為貴人，大賢大孝，宜
居正宮。」此舉意在昭告天下，我曹操沒有「異心」，忠於獻
帝。

第五十六回曹操大會文武於銅雀台。王朗、鐘繇、王粲、陳琳等文官進獻詩章，多稱頌曹操功德巍巍、合當受命之意。曹操逐一覽畢，笑曰：「諸公佳作，過譽甚矣。孤本愚陋，始舉孝廉。後值天下大亂，築精舍於譙東五十里，欲春夏讀書，秋冬射獵，以待天下清平，方出仕耳。不意朝廷征孤為典軍校尉，遂更其意，專欲為國家討賊立功，圖死後得題墓道曰：『漢故征西將軍曹侯之墓』，平生願足矣。念自討董卓，剿黃巾以來，除袁術、破呂布、滅袁紹、定劉表，遂平天下。身為宰相，人臣之貴已極，又複何望哉？如國家無孤一人，正不知幾人稱帝，幾人稱王。或見孤權重，妄相忖度，疑孤有異心，此大謬也。孤常念孔子稱文王之至德，此言耿耿在心，但欲孤委捐兵眾，歸就所封武平侯之國，實不可耳：誠恐一解兵柄，為人所害；孤敗則國家傾危；是以不得慕虛名而處實禍也。諸公必無知孤意者。」

此語大多出自曹操《讓縣自明本志令》，說自己忠義無「異心」是撒謊，但說「如國家無孤一人，正不知幾人稱帝，幾人稱王」，自己之所以不解兵柄，不讓位，「誠恐一解兵柄，為人所害；孤敗則國家傾危」是「慕虛名而處實禍」，誠為老實話。身處奸詐權力爭奪場，奸雄之言，真中有假，假中有真；真就是假，假就是真，得靠讀者自己依據其處境的人格反應去推斷。

第七十八回。孫權殺關羽取荊州，憂慮劉備報復，遣使上書曹操稱臣，並蠱惑曹操廢漢稱帝，剿滅劉備。請看曹操的反應：

> 操取書拆視之，略曰：「臣孫權久知天命已歸王上，伏望早正大位，遣將剿滅劉備，掃平兩川，臣即率群下納土歸降矣。」操觀畢大笑，出示群臣曰：「是兒欲使吾居爐

火上耶！」侍中陳群等奏曰：「漢室久已衰微，殿下功德
巍巍，生靈仰望。今孫權稱臣歸命，此天人之應，異氣
齊聲。殿下宜應天順人，早正大位。」操笑曰：「吾事漢
多年，雖有功德及民，然位至於王，名爵已極，何敢更
有他望？苟天命在孤，孤為周文王矣。」

可見，曹操實據帝王之威權而不稱帝，其因在他深知民心
在漢，臣心在漢，篡漢自立將成天下之敵而「居爐火之上」，
故而竭力為自己裝飾忠義，但他挾天子以令諸侯之奸雄本質天
下皆知，無法掩飾。「苟天命在孤，孤為周文王矣」即說他自
己不稱帝，是為兒子周武王創下稱帝基業的周文王。

6、傑出政治家、軍事家的曹操

奸雄必須善於運用武力，即「兵行詭道」。一個身臨戰陣
的首領，其兵法韜略來自平素對兵法與戰爭戰役的研究和知己
知彼，但其臨陣決機之判斷，也多賴其對敵之敏感預見。趙國
趙括熟讀兵書，只會紙上談兵，故有長平大敗。世界各國軍校
畢業生眾多，但真正傑出者非常少。第三十回《戰官渡本初敗
績　劫烏巢孟德燒糧》荀彧與郭嘉對曹操與袁紹的評論，兼及
曹操作為一個傑出軍事家的多種素質。這些評論來自陳壽《三
國志》，體現了曹操的將帥素質。

《三國志・荀彧傳》荀彧言袁紹四敗、曹操四勝：「紹貌
外寬而內忌，任人而疑其心，公明達不拘，唯才所宜，此度勝
也。紹遲重少決，失在後機，公能斷大事，應變無方，此謀勝
也。紹御軍寬緩，法令不立，士卒雖眾，其實難用，公法令既
明，賞罰必行，士卒雖寡，皆爭致死，此武勝也。紹憑世資，
從容飾智，以收名譽，故士之寡能好問者多歸之，公以至仁待
人，推誠心不為虛美，行己謹儉，而與有功者無所吝惜，故天
下忠正效實之士咸願為用，此德勝也。」

　　《三國志‧賈詡傳》賈詡言曹操四勝袁紹：「公明勝紹，勇勝紹，用人勝紹，決機勝紹，有此四勝而半年不定者，但顧萬全故也。必決其機，須臾可定也。」

　　《三國志‧郭嘉傳》郭嘉言袁紹十敗、曹操十勝：「嘉竊料之，紹有十敗，公有十勝，紹雖兵強，無能為也。紹繁禮多儀，公體任自然，此道勝一也。紹以逆動，公奉順以率天下，此義勝二也。漢末政失於寬，紹以寬濟寬，故不攝，公糾之以猛，而上下知制，此治勝三也。紹外寬內忌，用人而疑之，所任唯親戚子弟，公外易簡而內機明，用人無疑，唯才所宜，不問遠近，此度勝四也。紹多謀少決，失在後事，公策得輒行，應變無窮，此謀勝五也。紹因累世之資，高議揖讓以收名譽，士之好言飾外者多歸之，公以至心待人，推誠而行，不為虛美，以儉率下，與有功者無所吝，士之忠正遠見而有實者皆願為用，此德勝六也。紹見人饑寒，恤念之形於顏色，其所不見，慮或不及也，所謂婦人之仁耳，公於目前小事，時有所忽，至於大事，與四海接，恩之所加，皆過其望，雖所不見，慮之所周，無不濟也，此仁勝七也。紹大臣爭權，讒言惑亂，公御下以道，浸潤不行，此明勝八也。紹是非不可知，公所是進之以禮，所不是正之以法，此文勝九也。紹好為虛勢，不知兵要，公以少克眾，用兵如神，軍人恃之，敵人畏之，此武勝十也。」太祖笑曰：「如卿所言，孤何德以堪之也！」

　　上述兼及人格本性之心性、情商、智商，人格文化品性之軍政學養、個人德行禮儀修養多方面，似有阿諛奉承之嫌，然據史實而論，此言不假。曹操將帥質素皆備，善文韜武略，能料敵在前，且有大將臨陣決機之智勇。戰陣中的曹操個性豐富複雜，使讀者滋生多種感覺、感慨。在此我們只說官渡之戰。

　　官渡之戰，曹袁兩軍相持。操兵微將寡，軍糧告罄，而袁

紹兵多將眾，糧食豐厚。袁紹謀士許攸得到曹操軍糧罄盡的情報，要袁紹出奇兵襲取曹操後方許都，首尾相攻被袁紹拒絕，並因自己家族子弟貪污幾乎被殺。第三十回他離開袁紹，投奔故友曹操。請看曹操作為統帥面對從敵營來的昔日故友：

> 卻說許攸暗步出營，徑投曹寨，伏路軍人拿住。攸曰：「我是曹丞相故友，快與我通報，說南陽許攸來見。」軍士忙報入寨中。時操方解衣歇息，聞說許攸私奔到寨，大喜，不及穿履，跣足出迎，遙見許攸，撫掌歡笑，攜手共入，操先拜於地。（故友棄敵來投，興奮得光腳出迎，撫掌歡笑，禮拜於地，真性情曹操。）攸慌扶起曰：「公乃漢相，吾乃布衣，何謙恭如此？」操曰：「公乃操故友，豈敢以名爵相上下乎！」（這就是曹操，不似袁紹、袁術以官爵門第待人，以情以禮平等待故舊，令人感動佩服。）攸曰：「某不能擇主，屈身袁紹，言不聽，計不從，今特棄之來見故人。願賜收錄。」操曰：「子遠肯來，吾事濟矣！願即教我以破紹之計。（直言不諱：需要的就是這個。）」攸曰：「吾曾教袁紹以輕騎乘虛襲許都，首尾相攻。（先嚇唬曹操，彰顯自己有智。）」操大驚曰：「若袁紹用子言，吾事敗矣。」（此言情不自禁，為兵家大忌。）攸曰：「公今軍糧尚有幾何？」操曰：「可支一年。」（此時冷靜，兵不厭詐，故友來投，可是真心？）攸笑曰：「恐未必。」操曰：「有半年耳。」（兵不厭詐，兵行詭道。）攸拂袖而起，趨步出帳曰：「吾以誠相投，而公見欺如是，豈吾所望哉！」（逼說真話，方見自己的價值。）操挽留曰：「子遠勿嗔，尚容實訴：軍中糧實可支三月耳。」（兵不厭詐，兵行詭道。）攸笑曰：「世人皆言孟德奸雄，今果然也。」操亦笑曰：「豈不聞兵不厭詐？」（兵不厭詐，

兵行詭道，我不得不奸雄。）遂附耳低言曰：「軍中止有
此月之糧。」（兵不厭詐。）攸大聲曰：「休瞞我！糧已
盡矣！」操愕然曰：「何以知之？」（吃驚：敵方知我軍
糧告罄！完了！）攸乃出操與荀彧之書以示之曰：「此書
何人所寫？」操驚問曰：「何處得之？」攸以獲使之事相
告。操執其手曰：「子遠既念舊交而來，願即有以教我。」
（感慨萬千，求急救之方。）攸曰：「明公以孤軍抗大敵，
而不求急勝之方，此取死之道也。攸有一策，不過三日，
使袁紹百萬之眾，不戰自破。明公還肯聽否？」操喜曰：
「願聞良策。」攸曰：「袁紹軍糧輜重，盡積烏巢，今撥
淳于瓊守把，瓊嗜酒無備。公可選精兵詐稱袁將蔣奇領
兵到彼護糧，乘間燒其糧草輜重，則紹軍不三日將自亂
矣。」操大喜，重待許攸，留於寨中。

次日，操自選馬步軍士五千，準備往烏巢劫糧。張遼曰：
「袁紹屯糧之所，安得無備？丞相未可輕往，恐許攸有
詐。」操曰：「不然，許攸此來，天敗袁紹。今吾軍糧不
給，難以久持；若不用許攸之計，是坐而待困也。彼若
有詐，安肯留我寨中？且吾亦欲劫寨久矣。今劫糧之舉，
計在必行，君請勿疑。」（不戰必敗，戰可望勝，且推度
許攸行為而下此訣心。此為曹操戰前決機。）遼曰：「亦
須防袁紹乘虛來襲。」操笑曰：「吾已籌之熟矣。」便
教荀攸、賈詡、曹洪同許攸守大寨，夏侯惇、夏侯淵領
一軍伏于左，曹仁、李典領一軍伏於右，以備不虞。（思
慮周全的軍事家的曹操，能料敵之先。）教張遼、許褚
在前，徐晃、于禁在後，操自引諸將居中：共五千人馬，
打著袁軍旗號，軍士皆束草負薪，人銜枚，馬勒口，黃
昏時分，望烏巢進發。（曹操作為中軍主帥而臨陣在前，

不怕死，手下將士安不效死相隨。）是夜星光滿天。……
曹操領兵夜行，前過袁紹別寨，寨兵問是何處軍馬。操
使人應曰：「蔣奇奉命往烏巢護糧。」袁軍見是自家旗
號，遂不疑惑。凡過數處，皆詐稱蔣奇之兵，並無阻礙。
及到烏巢，四更已盡。操教軍士將束草周圍舉火，眾將
校鼓噪直入。時淳于瓊方與眾將飲了酒，醉臥帳中；聞
鼓噪之聲，連忙跳起問：「何故喧鬧？」言未已，早被撓
鉤拖翻。睢元進、趙睿運糧方回，見屯上火起，急來救
應。曹軍飛報曹操，說：「賊兵在後，請分軍拒之。」操
大喝曰：「諸將只顧奮力向前，待賊至背後，方可回戰！」
（前後皆敵，能臨陣決機的曹操：偷襲在趁其不備，集
中兵力攻克烏巢，分兵對後則烏巢不能克，且腹背受敵，
必大敗。而「只顧奮力向前」攻烏巢，身後敵軍鼓噪，
將士自奮勇克前，再回身擊後。此也是「置之死地而後
生」。）於是眾軍將無不爭先掩殺。一霎時，火焰四起，
煙迷太空。睢、趙二將驅兵來救，操勒馬回戰。（揮戈大
戰的曹操。）二將抵敵不住，皆被曹軍所殺，糧草盡行
燒絕。淳于瓊被擒見操，操命割去其耳鼻手指，縛於馬
上，放回紹營以辱之。（羞辱袁紹以洩氣的曹操。）

這一章節充分體現曹操人格個性。聽報昔日故友許攸棄紹
來投，曹操「大喜，不及穿履，跣足出迎，遙見許攸，撫掌歡
笑，攜手共入，操先拜於地」，可見曹操無「以名爵相上下」
的真性情，待人以心。何況在兩軍相持，敵強我弱，陷入困境
之際，故友從敵方來，當然怡然相迎。當許攸問及糧草多寡，
曹操三次撒謊，最後得知缺糧情報已經洩漏，方吐真言。兵行
詐道，舊友許攸新來，未知底細，不可言真，此為將帥身處戰
陣之常理，亦見曹操謹慎處。然後曹操聽從許攸之計，偷襲烏

巢，再於自家營壘伏兵，以防袁紹偷襲。曹操自己親率人馬偷襲烏巢。後來烏巢破，果然袁紹出兵兩路，一路援救烏巢而為時已晚，一路欲趁虛殺入曹操營壘而中埋伏。此足可見曹操不僅有文韜武略，也真有大將臨陣血火衝殺之勇，臨陣決機瞬間定勝敗之急智。

官渡之戰曹操勝利的關鍵在他聽信許攸而劫取烏巢，而赤壁大戰曹操失敗的關鍵又在聽信東吳間諜闞澤之言，相信黃蓋來降，中了苦肉計，導致火燒赤壁的大失敗。為將者，是否運用謀臣之策，朋友之見，全在自己對真假、利弊的衡量，判斷。兵臨戰陣，多行詭道，勝敗全在是否知彼知己。作為傑出軍事家、戰陣元帥，曹操在大戰智破呂布、馬超等也有傑出表現。

7、曹操奸雄情節之人格辨

曹操是《三國演義》中最複雜、最生動、最典型的人物。他身處多方面複雜，相互矛盾衝突，變化莫測的處境，更影響到他的人格品性。公認的關於曹操奸雄的情節比較多，在此辯說一回。

（1）「奸詐心毒」又「身先士卒」，「多謀算」再「割髮代首」的曹操

第十七回曹操征討袁術，又面臨軍糧告罄，他先借糧官之頭以安慰眾心，次日大戰又能身先士卒，得勝之後凱旋途中，又「割髮代首」明軍令以安民。曹操奸雄人格多面性得到生動深刻體現。首先借人頭以收拾軍心，曹操的確心狠手毒：

> 卻說曹兵十七萬，日費糧食浩大，諸郡又荒旱，接濟不及。操催軍速戰，李豐等閉門不出。操軍相拒月餘，糧食將盡，致書於孫策，借得糧米十萬斛，不敷支散。管糧官任峻部下倉官王垕人稟操曰：「兵多糧少，當如之

何？」操曰：「可將小斛[9]散之，權且救一時之急。」昱曰：「兵士倘怨，如何？」操曰：「吾自有策。」（策就是借你的頭。）昱依命，以小斛分散。操暗使人各寨探聽，無不嗟怨，皆言丞相欺眾。操乃密召王昱入曰：「吾欲問汝借一物，以壓眾心，汝必勿吝。」（心狠，視命為無物，且黑色幽默。）昱曰：「丞相欲用何物？」操曰：「欲借汝頭以示眾耳。」昱大驚曰：「某實無罪！」操曰：「吾亦知汝無罪，但不殺汝，軍必變矣。汝死後，汝妻子吾自養之，汝勿慮也。」（身處奸詐權力場和戰場廝殺的曹操，似乎完全冷血。）昱再欲言時，操早呼刀斧手推出門外，一刀斬訖，懸頭高竿，出榜曉示曰：「王昱故行小斛，盜竊官糧，謹按軍法。」於是眾怨始解。

當然，王昱一事，不見史載，是貫中先生完全虛構用以貶損曹操者。次日親歷戰陣，身先士卒，激勵將士，又見曹操之勇：

次日，操傳令各營將領：「如三日內不並力破城，皆斬！」操親自至城下，督諸軍搬土運石，填壕塞塹。城上矢石如雨，有兩員裨將畏避而回，操掣劍親斬於城下，遂自下馬接土填坑。於是大小將士無不向前，軍威大振。城上抵敵不住，曹兵爭先上城，斬關落鎖，大隊擁入。

接著又見曹操多謀算，善調度以應變：

李豐、陳紀、樂就、梁剛都被生擒，操令皆斬於市。焚燒偽造宮室殿宇、一應犯禁之物；壽春城中，收掠一空。

[9]　斛（hú）：古量器名，也是容量單位元元，十斗為一斛。

商議欲進兵渡淮，追趕袁術。荀彧諫曰：「年來荒旱，糧食艱難，若更進兵，勞軍損民，未必有利。不若暫回許都，將來春麥熟，軍糧足備，方可圖之。」操躊躇未決。忽報馬到，報說：「張繡依托劉表，復肆猖獗、南陽、江陵諸縣復反；曹洪拒敵不住，連輸數陣，今特來告急。」操乃馳書與孫策，令其跨江佈陣，以為劉表疑兵，使不敢妄動；自己即日班師，別議征張繡之事。臨行，令玄德仍屯兵小沛，與呂布結為兄弟，互相救助，再無相侵。呂布領兵自回徐州。操密謂玄德曰：「吾令汝屯兵小沛。是掘坑待虎之計也。公但與陳珪父子商議，勿致有失。某當為公外援。」話畢而別。

對「割髮代首」，古今學界都以為奸雄術之典範：

操留荀彧在許都，調遣兵將，自統大軍進發。行軍之次，見一路麥已熟；民因兵至，逃避在外，不敢刈麥。操使人遠近遍諭村人父老，及各處守境官吏曰：「吾奉天子明詔，出兵討逆，與民除害。方今麥熟之時，不得已而起兵，大小將校，凡過麥田，但有踐踏者，並皆斬首。軍法甚嚴，爾民勿得驚疑。」百姓聞諭，無不歡喜稱頌，望塵遮道而拜。官軍經過麥田，皆下馬以手扶麥，遞相傳送而過，並不敢踐踏。操乘馬正行，忽田中驚起一鳩。那馬眼生，竄入麥中，踐壞了一大塊麥田。操隨呼行軍主簿，擬議自己踐麥之罪。主簿曰：「丞相豈可議罪？」操曰：「吾自製法，吾自犯之，何以服眾？」即掣所佩之劍欲自刎。眾急救住。郭嘉曰：「古者《春秋》之義：法不加於尊。丞相總統大軍，豈可自戕？」操沉吟良久，乃曰：「既《春秋》有法不加於尊之義，吾姑免死。」乃

以劍割自己之髮，擲於地曰：「割髮權代首。」使人以髮
傳示三軍曰：「丞相踐麥，本當斬首號令，今割髮以代。」
於是三軍悚然，無不懔遵軍令。後人有詩論之曰：「十萬
貔貅[10]十萬心，一人號令眾難禁。拔刀割髮權為首，方
見曹瞞詐術深。」

　　割髮代首是奸雄詐術嗎？曹操治軍行善政，自己誤犯軍
令，總不能自戕，使國家失去棟樑，軍隊失去統帥吧？割髮代
首使「三軍悚然，無不懔遵軍令」。亂世軍閥爭霸，百姓屍橫
荒野，曹操有《蒿裏行》痛心描述：「白骨露於野，千里無雞
鳴。生民百餘一，念之斷人腸。」作為一個政治家，曹操對清
平政治的理想可見其《對酒》詩：

對酒歌，太平時，吏不呼門。
王者賢且明，宰相股肱皆忠良。
咸禮讓，民無所爭訟。
三年耕有九年儲，倉穀滿盈。斑白不負載。
雨澤如此，百谷用成。卻走馬，以冀其土田。
爵公侯伯子男，咸愛其民，以黜陟幽明。
子養有若父與兄。犯禮法，輕重隨其刑。
路無拾遺之私。囹圄空虛，冬節不斷。
人耄耋，皆得以壽終。恩德廣及草木昆蟲。

（2）七情六欲戰場色鬼曹操
　　第十六回。曹操欲起兵征討呂布，得到情報說：「張濟侄子
張繡結連劉表，屯兵宛城，欲興兵犯闕奪駕。」曹操欲興兵討
之，又恐呂布來侵許都，聽從荀彧，加官賜賞呂布，令與玄德

---

[10]　貔貅（pí xiū）：古代傳說兇猛野獸。

解和。呂布高興，就沒有遠圖。然後曹操起兵五十萬討伐張繡。張繡舉眾投降。曹操引兵入宛城屯駐，餘軍分屯城外，寨柵聯絡十餘里。一住數日，繡每日設宴請操。

> 一日操醉，退入寢所，私問左右曰：「此城中有妓女否？」（因酒及色，阿瞞露人之本相。）操之兄子曹安民知操意，乃密對曰：「昨晚小侄窺見館舍之側有一婦人，生得十分美麗。問之，即繡叔張濟之妻也。」操聞言，便令安民領五十甲兵往取之。須臾，取到軍中。操見之，果然美麗。問其姓，婦答曰：「妾乃張濟之妻鄒氏也。」操曰：「夫人識吾否？」鄒氏曰：「久聞丞相威名，今夕幸得瞻拜。」操曰：「吾為夫人故，特納張繡之降。不然，滅族矣。」（將天大人情賣與美婦，買其心。）鄒氏拜曰：「實感再生之恩。」操曰：「今日得見夫人，乃天幸也。今宵願同枕席，隨吾還都安享富貴，何如？」鄒氏拜謝。（買賣：同枕席的代價是安享富貴。）是夜，共宿於帳中。鄒氏曰：「久住城中，繡必生疑，亦恐外人議論。」操曰：「明日同夫人去寨中住。」次日，移於城外安歇，喚典韋就中軍帳房外宿衛，他人非奉呼喚，不許輒入。因此，內外不通。操每日與鄒氏取樂，不想歸期。（奸雄如曹操，亦流連美色而忘返，可見美色之於人。）張繡家人密報繡。繡怒曰：「操賊辱我太甚！」便請賈詡商議。詡曰：「此事不可洩漏。來日等操出帳議事，如此如此。」

張繡夜襲曹操，全賴猛將典韋擋住寨門，曹操從寨後上馬逃奔，一路侄子曹安民被殺死，長子曹昂被亂箭射死。典韋死戰至死，曹操走脫，路逢諸將，收集殘兵。

（3）戰場文人曹操：雄謀韻事與文心

　　《三國志‧魏書》說:「太祖御軍三十餘年,手不舍書。書
則講武策,夜則思經傳。登高必賦,及造新詩,被之管弦,皆
成樂章。」《三國演義》尊劉貶曹,曹操吟詩只在第四十八回中
有。曹操南征東吳,兩軍在赤壁地區隔江相持,似乎一切順利。
一晚夜宴諸將,言談瀟灑,說自己「與國家除凶去害」之志,
言及將「銅雀深處鎖二喬」的風流韻事,然後賦詩一首,特體
現曹操「雄謀韻事與文心」:

> 時建安十三年冬十一月十五日,天氣晴明,平風靜
> 浪。……曹操正笑談間,忽聞鴉聲望南飛鳴而去。操問
> 曰;「此鴉緣何夜鳴?」左右答曰:「鴉見月明,疑是天
> 曉,故離樹而鳴也。」操又大笑。時操已醉,乃取槊立
> 於船頭上,以酒奠于江中,滿飲三爵,橫槊謂諸將曰:「我
> 持此槊,破黃巾,擒呂布,滅袁術,收袁紹,深入塞北,
> 直抵遼東,縱橫天下:頗不負大丈夫之志也。今對此景,
> 甚有慷慨。吾當作歌,汝等和之。」歌曰:
> 對酒當歌,人生幾何:譬如朝露,去日苦多。
> 慨當以慷,憂思難忘;何以解憂,惟有杜康。
> 青青子衿,悠悠我心;但為君故,沉吟至今。
> 呦呦鹿鳴,食野之蘋;我有嘉賓,鼓瑟吹笙。
> 明明如月,何時可掇?憂從中來,不可斷絕!
> 越陌度阡,枉用相存;契闊談宴,心念舊恩。
> 月明星稀,烏鵲南飛;繞樹三匝,無枝可依。
> 山不厭高,水不厭深:周公吐哺,天下歸心。

　　時年曹操五十六歲,自以為「譬如朝露,去日苦多」,而天
下尚未平定,故而「憂思難忘」,惟有杜康酒能醉中解憂,然而
「鼓瑟吹笙」,「契闊談宴」之後,其雄謀與文心相攜而出:曹

操功蓋天下依然「山不厭高，水不厭深」，惟願效法「周公吐哺」，使「天下歸心」。

「雄謀韻事與文心」，這就是曹操。文中敘述曹操吟詩之後，揚州刺史劉馥直言烏鵲為不吉之兆，操大怒，手起一槊，刺死劉馥，完全為杜撰。《三國志》記載曹操識賢用賢：「太祖方有袁紹之難，謂馥可任以東南之事，遂表為揚州刺史。」建安十三年劉馥死於揚州刺史任上，是一個甚得百姓喜愛的有德行和遠見的官員。

（4）空空食盒殺人：文人怨毒之殺的曹操

第六十一回因荀彧反對曹操稱王，曹操殺了荀彧。此為文人怨毒之殺：

> 曹操在許都，威福日甚。長史董昭進曰：「自古以來，人臣未有如丞相之功者，雖周公、呂望，莫可及也。櫛風沐雨三十餘年，掃蕩群凶，與百姓除害，使漢室復存，豈可與諸臣宰同列乎？合受魏公之位，加九錫[11]以彰功德。」……侍中荀彧曰：「不可。丞相本興義兵，匡扶漢室，當秉忠貞之志，守謙退之節。君子愛人以德，不宜如此。」（荀彧此言出自《三國志・荀彧傳》：「彧以為太祖本興義兵以匡朝寧國，秉忠貞之誠，守退讓之實；君

---

[11] 九錫：一、車馬：大輅、戎輅各一。大輅，金車也。戎輅，兵車也。玄牡二駟，黃馬八匹。二、衣服：袞冕之服，赤舃副焉。袞冕，王者之服。赤舃，朱履也。三、樂懸：樂懸，王者之樂也。四、朱戶：居以朱戶，紅門也。五、納陛：納陛以登。陛，階也。六、虎賁：虎賁三百人，守門之軍也。七、鈇鉞：鈇鉞各一。鈇，即斧也。鉞，斧屬。八、弓矢：彤弓一，彤矢百。彤，赤色也。玄旅弓十，玄旅矢千。玄旅，黑色也。九、秬鬯圭瓚：秬鬯一卣，圭瓚副焉。秬，黑色也。鬯，香酒，灌地以求神於陰。卣，中樽也。圭瓚，宗廟祭器，以祀先王也。

子愛人以德，不宜如此。太祖心由是不能平。」）曹操聞言，勃然變色。董昭曰：「豈可以一人而阻眾望？」遂上表請尊操為魏公，加九錫。荀彧歎曰：「吾不想今日見此事！」操聞，深恨之，以為不助己也。（荀彧可是曹操心腹謀臣，第十四回出謀要曹操挾天子以令諸侯。曹操聽之而身陷天下之敵的困境。荀彧今日忽作此言語，是其心變而思後退之路？然荀彧可退，曹操則無路可退，怎不變色深恨？）建安十七年冬十月，曹操興兵下江南，就命荀彧同行。（過去曹操遠征，皆倚重荀彧而令坐鎮京城，今令同行，當以為荀彧心變？難以測度，故命其隨行以監察。）彧已知操有殺己之心，託病止於壽春。（這更使得曹操心疑。）忽曹操使人送飲食一盒至，盒上有操親筆封記。開盒視之，並無一物。彧會其意，遂服毒而亡。

　　昔漢文帝賜食於周亞夫而不設箸，是說一理：有食需自尋碗筷。今曹操以空盒賜荀彧，食箸亦均無，明是使彧絕食之意，彧安得不死？關於荀彧之死，史書中的記載有三種說法：

　　《三國志》卷一〇《荀彧傳》：「太祖軍至濡須，彧疾留壽春，以憂薨，時年五十。諡曰敬候。」《魏氏春秋》：「太祖饋彧食，發之乃空器也，於是飲藥而卒。」《獻帝春秋》：「彧卒於壽春，壽春亡者告孫權，言太祖使彧殺伏后，彧不從，故自殺。」羅貫中這一情節設計基本合於曹操心理。

　　（5）戰後：多面目的曹操

　　第三十二回——三十三回。曹操戰敗第一大敵袁紹，攻佔冀州後，有多面目個性表現。

　　其一、對敵方忠臣和文臣。第三十二回曹操攻克冀州，堅守冀州的袁紹謀臣審配被俘，曹操勸降，審配拒絕說：「不降！

不降！」並罵投降曹操的辛毗說：「吾生為袁氏臣，死為袁氏鬼，不似爾輩讒諂阿諛之賊！可速斬我！」臨刑，叱行刑者曰：「吾主在北，不可使我面南而死！」乃北跪，引頸就刃。「審配既死，操憐其忠義，命葬於城北。」這是鼓勵自己的屬下要忠，以死效忠自己主子就是「義」。第三十二回「眾將請曹操入城。操方欲起行，只見刀斧手擁一人至，操視之，乃陳琳也。操謂之曰：『汝前為本初作檄，但罪狀孤可也，何乃辱及祖、父耶？』琳答曰：『箭在弦上，不得不發耳。』左右勸操殺之。操憐其才，乃赦之，命為從事。」文人欣賞文人，也知道專制權柄之下的文人之難。袁紹命陳琳罵曹操，陳琳安敢不從？

其二、大度能容的曹操：

> （第三十三回）曹操統領眾將入冀州城，將入城門，許攸縱馬近前，以鞭指城門而呼操曰：「阿瞞，汝不得我，安得入此門？」曹操大笑。（故友以昔日相處之名相稱，曹操大度能容且笑，因其言真。）眾將聞言，俱懷不平。一日許褚走馬入東門，正迎許攸。攸喚許褚曰：「汝等無我，安能出入此門乎？」許褚怒曰：「吾等千生萬死，身冒血戰，奪得城池，汝安敢誇口！」許攸罵曰：「汝等皆匹夫耳，何足道哉！」（許攸自誇；許褚量狹。）許褚大怒，拔劍殺攸，提頭來見曹操，說：「許攸如此無禮，某殺之矣。」操曰：「子遠與吾舊交，故相戲耳，何故殺之！」深責許褚，令厚葬許攸。

故友相戲，大度能容，此也為曹操。

其三、面對袁紹陵墓與舊友陳宮，痛昔日同盟同志者成敵手的曹操：

> （第三十三回）操既定冀州，親往袁紹墓下設祭，再拜

而哭，甚哀。顧謂眾官曰：「昔日吾與本初共起兵時，本初問吾曰：『若事不輯，方面何所可據？』吾問之曰：『足下意欲若何？』本初曰：『吾南據河，北阻燕代，兼沙漠之眾，南向以爭天下，庶可以濟乎？』吾答曰：『吾任天下之智力，以道御之，無所不可。』此言如昨，而今本初已喪，吾不能不為流涕也！」眾皆歎息。操以金帛糧米賜紹妻劉氏。乃下令曰：「河北居民遭兵革之難，盡免今年租賦。」一面寫表申朝，操自領冀州牧。

袁紹死了，曹操回想到他們過去歃血為盟[12]，袁紹為盟主，金戈鐵馬討伐董卓的生死情誼，曹操哭！想到昔日同盟戰友現今成為相互絞殺的敵人，曹操哭！真性情中詩性中人。與哭袁紹相同，第十九回曹操大勝，生擒斬殺呂布，但面對曾經救過自己而今為敵的呂布的謀士陳宮，曹操哭：

徐晃解陳宮至。操曰：「公台別來無恙！」（故友相見，情不自禁問好。）宮曰：「汝心術不正，吾故棄汝！」（見曹操念舊，故說我棄你而去的理由：即：明知誤殺呂伯奢家人，但又殺買酒款待他倆的呂伯奢本人，面對陳宮詰問，還說：「寧教我負天下人，休教天下人負我。」）操曰：「吾心不正，公又奈何獨事呂布？」（此問既承認自己雖不得不殺呂伯奢，但實屬不義，又反責陳宮為全無仁德的呂布謀更為不義。）宮曰：「布雖無謀，不似你詭詐奸險。」（此答言不對題：呂布見利忘義，更無義。陳宮為何投靠？唯一解釋是：呂布英勇無敵，陳宮以為再加以自己的智謀，可以奪取天下。）操曰：「公自謂足

---

[12] 古人盟會時，飲牲血，或含於口中，或塗於口唇，以示信守誓言。

智多謀，今竟何如？」宮顧呂布曰：「恨此人不從吾言！若從吾言，未必被擒也。」（此為陳宮唯一後悔處，可見陳宮不義，而不識人而事之，也少智，豈不聞古人說「良鳥擇枝而棲，良臣擇主而事」？）操曰：「今日之事當如何？」（曹操心冷，讓陳宮自己選擇。）宮大聲曰：「今日有死而已！（為呂布而死，死節者乎？）」操曰：「公如是，奈公之老母妻子何？」（以老母妻子勸降。）宮曰：「吾聞以孝治天下者，不害人之親；施仁政於天下者，不絕人之祀。老母妻子之存亡，亦在於明公耳。吾身既被擒，請即就戮，並無掛念。」（即願曹操以仁孝待自己父母妻子，而以死讓自己殉志。）操有留戀之意。（回顧過去，曹操謀刺董卓不成，潛逃途中被身為中牟縣縣令的陳宮所擒，陳宮因感曹操忠義而釋放，並跟隨他。今雖成敵，回顧往事，安得不留戀？）宮徑步下樓，左右牽之不住。操起身泣而送之。（為陳宮不降，自己不得不殺而哭。）宮並不回顧。操謂從者曰：「即送公台老母妻子回許都養老。怠慢者斬。」（再次以陳宮老母妻子勸降，也是報恩，讓就死的陳宮放心。）宮聞言，亦不開口，伸頸就刑。眾皆下淚。操以棺槨盛其屍，葬於許都。（借此聊慰我心。）

　　的確，曹操面臨兩種選擇：放呂伯奢回家，呂伯奢回家，看見家人被殺，一定報官追捕，或者聚眾追殺二人，他倆完蛋，家族連坐受誅，討伐董卓之計畫將付諸東流，而殺了呂伯奢，的確又是大不義，難以兩全。曹操選擇了殺呂伯奢，其言「寧教我負天下人，休教天下人負我」，一則體現其心高自負，志在支配社會按照他曹操的意志旋轉，而此殺特體現曹操在理性忖度利害之後，能心狠手毒地擇利以避害。馬基維利《君主論·

序言》說：「達到目的證明手段正確。」

其四、愛民的政治家曹操。攻佔冀州後：

> （第三十三回）曹操乃令人遍訪冀州賢士。冀民曰：「騎都尉崔琰，字季珪，清河東武城人也。數曾獻計於袁紹，紹不從，因此托疾在家。」操即召琰為本州別駕從事，因謂曰：「昨按本州戶籍，共計三十萬眾，可謂大州。」琰曰：「今天下分崩，九州幅裂，二袁兄弟相爭，冀民暴骨原野，丞相不急存問風俗，救其塗炭，而先計校戶籍，豈本州士女所望於明公哉？」操聞言，改容謝之，待為上賓。

曹操對一個指責自己的人，能「改容謝之，待為上賓」，心胸大度一如孔子。《論語‧述而篇》記載孔子曾經說錯了話，有人指責。孔子聞過則喜：「丘也有幸，苟有過，人必知之。」曹操發自於心的愛民詩多寫民生之苦，《謠俗詞》就是其中之一：

> 甕中無斗儲，發篋無尺繒。
> 友來從我貸，不知所以應。

（四）曹操的結局：多疑心狠至死，兒子曹丕篡漢立魏

身為眾矢之的，曹操臨死也多疑而心狠。第七十七回曹操因「每夜合眼便見關公」而驚懼。第七十八回，夢見「披髮仗劍，身穿皂衣，直至面前」的梨樹神，「操大叫一聲，忽然驚覺，頭腦疼痛不可忍。急傳旨遍求良醫治療，不能痊可」。請來名醫華佗：

> 操即差人星夜請華佗入內，令診脈視疾。佗曰：「大王頭腦疼痛，因患風而起。病根在腦袋中，風涎不能出，枉服湯藥，不可療治。某有一法：先飲麻肺湯，然後用利

斧砍開腦袋，取出風涎，方可除根。」操大怒曰：「汝要殺孤耶！」佗曰：「大王曾聞關公中毒箭，傷其右臂，某刮骨療毒，關公略無懼色；今大王小可之疾，何多疑焉？」操曰：「臂痛可刮，腦袋安可砍開？汝必與關公情熟，乘此機會，欲報仇耳！」呼左右拿下獄中，拷問其情。賈詡諫曰：「似此良醫，世罕其匹，未可廢也。」操叱曰：「此人欲乘機害我，正與吉平無異！」急令追拷。

後來曹操殺了華佗。當然華佗能用藥麻醉病人，用斧頭開腦治病，被曹操猜忌而被殺這一情節純係杜撰，專以表達曹操多疑。再看曹操因多殺戮而產生的精神分裂幻覺：

是夜，操臥寢室，至三更，覺頭目昏眩，乃起伏几而臥。忽聞殿中聲如裂帛，操驚視之，忽見伏皇后、董貴人、二皇子，並伏完、董承等二十餘人，渾身血污，立於愁雲之內，隱隱聞索命之聲。操急拔劍，望空砍去，忽然一聲響亮，震塌殿宇西南一角。操驚倒於地，近侍救出，遷於別宮養病。次夜，又聞殿外男女哭聲不絕。

曹操臨終多種操心：國事、家事、妻妾日後生活、自己死後的算計：

操召曹洪、陳群、賈詡、司馬懿等，同至臥榻前，囑以後事。曹洪等頓首曰：「大王善保玉體，不日定當霍然。」操曰：「孤縱橫天下三十餘年，群雄皆滅，止有江東孫權、西蜀劉備未曾剿除。孤今病危，不能再與卿等相敘，特以家事相托。孤長子曹昂，劉氏所生，不幸早年歿于宛城。今卞氏生四子：丕、彰、植、熊。孤平生所愛第三子植，為人虛華少誠實，嗜酒放縱，因此不立。次子曹

彰，勇而無謀；四子曹熊，多病難保。惟長子曹丕，篤
厚恭謹，可繼我業。卿等宜輔佐之。」曹洪等涕泣領命
而出。操令近侍取平日所藏名香，分賜諸侍妾。且囑曰：
「吾死之後，汝等須勤習女工，多造絲履，賣之可以得
錢自給。」（英雄氣盡，兒女情長。）又命諸妾多居於銅
雀台中，每日設祭，必令女伎奏樂上食。（人間無樂，陰
間找樂。）又遺命於彰德府講武城外，設立疑塚七十二：
「勿令後人知吾葬處，恐為人所發掘故也。」囑畢，長
歎一聲，淚如雨下。須臾，氣絕而死。（樹敵多，故生多
疑，死亦憂疑自防，甚苦矣。後人將七十二疑塚盡掘之，
但至今未見曹操葬身墳塋。可見老曹深算，後人不及。）
壽六十六歲。時建安二十五年春正月也。

就這樣曹操平定了北方，為後代篡漢立魏奠定了基業。第
八十回其子曹丕廢漢獻帝，稱帝建立魏國。繼而，劉備也借此
「正位續大統」建立蜀漢。再其後，孫權稱帝建立吳國。

總之，曹操人格個性主要有三面：

其一、曹操本性真心真情善良，感覺敏銳，具有深厚文化
品性，有「周公吐哺，天下歸心」之志。他的許多詩文都是其
心聲。如《觀滄海》：

東臨碣石，以觀滄海。
水何澹澹，山島竦峙。
樹木叢生，百草豐茂。
秋風蕭瑟，洪波湧起。
日月之行，若出其中；
星漢燦爛，若出其裡。
幸甚至哉，歌以詠志。

其二、在沒有正常權力更替秩序的社會，曹操本想效忠漢室，為生民平定天下，但漢室衰微，為平定天下他「挾天子以令諸侯」，成為以忠義為面具的奸雄，成為大權旁落的漢室皇族及其忠臣謀算的對手，為自保，他只能多疑心狠，順我者昌，逆我者亡。第一回記載汝南許劭評價曹操：「子治世之能臣，亂世之奸雄。」即在太平治世，曹操必定是賢才能臣，在皇權衰敗的亂世，曹操必定是大奸雄。

其三、面對諸侯，征戰天下，兵行詭道，曹操是傑出軍事家，必須奸雄。他善文韜武略，多謀善斷，有大將臨陣之智，臨戰決機之能，身先士卒之勇。

在沒有正常權力更替秩序的封建專制社會，欲實現自我意志者必須是奸雄。雄者必奸，奸者方雄；大奸大雄者必以忠義仁德為面具，以權財名位為誘餌，以奸詐權謀為手段，以武力專權為本質。

這些構成曹操奸雄人格個性的複雜性，矛盾性。曹操死後，文中所引《鄴中歌》對曹操的評述基本勘定的曹操人格個性與走馬天下的人生歷程：

> 鄴則鄴城水漳水，定有異人從此起：雄謀韻事與文心，
> 君臣兄弟而父子；英雄未有俗胸中，出沒豈隨人眼底？
> 功首罪魁非兩人，遺臭流芳本一身。文章有神霸有氣，
> 豈能苟爾化為群？橫流築台距太行，氣與理勢相低昂；
> 安有斯人不作逆，小不為霸大不王？霸王降作兒女鳴，
> 無可奈何中不平；向帳明知非有益，分香未可謂無情。
> 嗚呼！古人作事無巨細，寂寞豪華皆有意；書生輕議塚
> 中人，塚中笑爾書生氣！

誠哉斯言！身處險惡專制權場，曹操有政治家、軍事家統

一天下，治國安民之雄謀，又有詩人詩性詩情之詩心，更有為子孫創天下基業的文王之心，同時實為君而名為臣，心為君而身為臣等等多種人格變異，故而內心衝突，個性複雜。統一北方，善待生民，使生民安居安業，他是「功首」，「流芳」百世；身處專制權場和殘酷戰陣，兩隻放火眼，一片殺人心，他是「罪魁」，「遺臭」萬年。

嗚呼老曹，哀哉老曹！縱觀曹操一生，他勝在何處？敗在何處？曹操因「挾天子以令諸侯」而立，更因「挾天子以令諸侯」成為皇族外戚和忠臣必除的「奸雄」、「漢賊」，使自己不能名正言順取天下，而袁紹、孫權、劉備等等大小奸雄卻均以討伐「漢賊」為藉口與曹操對敵，爭奪天下。曹氏奸雄僭越行為在前，而同樣心懷異心的眾奸雄卻以「鋤奸」之名僭越在後，但罪歸曹操；曹操稱王，劉備、孫權隨後也稱王，但罪歸曹操；曹操兒子曹丕威逼漢獻帝禪讓而為帝立曹魏，劉備、孫權也隨後稱帝而建劉蜀、孫吳，但罪歸曹操；曹操「挾漢天子以令諸侯」，其子曹丕篡漢立魏，而司馬懿、司馬師、司馬昭則仿效「挾魏天子以令諸侯」，最後司馬炎以曹丕篡漢立魏為藉口而篡魏立晉。可見曹操成在「挾天子以令諸侯」，敗也在「挾天子以令諸侯」。憑曹操傑出的智慧與雄才膽略，他完全可以不用荀彧「挾天子以令諸侯」之計，憑他在第三十三回所言「吾任天下之智力，以道御之」而得天下！惜哉！

二、劉備：由仁德誠信之弱主轉變為以仁德誠信為面具之大奸雄

曹操由忠義之雄，轉變為以忠義為面具，「挾天子以令諸侯」的大奸雄。自稱漢室宗親的劉備卻從來不忠於漢帝，相反企圖以漢室宗親身份和仁德誠信取天下，但屢屢失敗，而最終

轉變為以仁德誠信為面具的大奸雄，方得成為蜀漢霸主。

　　從本性論，劉備本性善，又寬宏有度，且能將野心奸詐深藏內心，喜怒不形於色，更因其皇家子孫身份，且氏族衰敗，以至於「家貧，販屨織席為業」，故而自幼就有稱帝霸天下之雄心。

　　從文化品性論，封建王朝臣民以忠義為社會主流文化規則，但與其稱帝野心相關，劉備並不忠於漢帝，特信奉孔孟以仁德誠信為手段取天下，講求仁德誠信並以此為榮，但因仁德誠信而在奸雄競爭中多次失敗，故而他只得拋棄仁德誠信，以仁德誠信為面具，成就其蜀漢帝業。

　　（一）劉備不忠漢帝，企圖以漢室宗親身份和仁德誠信為本取天下

　　通觀《三國演義》，自稱「中山靖王劉勝之後，漢景帝閣下玄孫」的劉備除初起征討黃巾之外，從來沒有履行為臣忠義之道，相反有篡權稱帝之心。

　　1、第一回黃巾大亂天下，劉備出場。文中敘述其身世，可見早有篡逆之心：

　　　　且說張角一軍，前犯幽州界分。幽州太守劉焉，乃江夏竟陵人氏，漢魯恭王之後也。當時聞得賊兵將至，召校尉鄒靖計議。靖曰：「賊兵眾，我兵寡，明公宜作速招軍應敵。」劉焉然其說，隨即出榜招募義兵。
　　　　榜文行到涿縣，引出涿縣中一個英雄。<u>那人不甚好讀書；性寬和，寡言語，喜怒不形於色；素有大志，專好結交天下豪傑</u>；生得身長七尺五寸，兩耳垂肩，雙手過膝，目能自顧其耳，面如冠玉，唇若塗脂；（《麻衣神相》為帝王之福相；從基因分析為返祖猿猴。）中山靖王劉勝之後，漢景帝閣下玄孫，姓劉名備，字玄德。昔劉勝之

子劉貞，漢武時封涿鹿亭侯，後坐酎金失侯，因此遺這一枝在涿縣。玄德祖劉雄，父劉弘。弘曾舉孝廉，亦嘗作吏，早喪。玄德幼孤，事母至孝；家貧，販屨織席為業。家住本縣樓桑村。其家之東南，有一大桑樹，高五丈餘，遙望之，童童如車蓋。相者云：「此家必出貴人。」玄德幼時，與鄉中小兒戲於樹下，曰：「我為天子，當乘此車蓋。」（此可見家人當時常傲然談及自家皇家宗派，其祖中山靖王、漢景帝等，小劉備深受影響。）叔父劉元起奇其言，曰：「此兒非常人也！」因見玄德家貧，常資給之。年十五歲，母使遊學，嘗師事鄭玄、盧植，與公孫瓚等為友。

後來劉備義子名為劉封，親子名為劉禪。封禪為古代帝王祭天地之大典：泰山上築土為壇，報天之功，稱封；在泰山下的梁父山辟場祭地，報地之德，稱禪。此也可見劉備之篡位稱帝之心。

2、第二十回《曹阿瞞許田打獵　董國舅內閣受詔》曹操陪同獻帝來到許田射獵。荊棘中跳出一鹿，獻帝連射三箭未中，要身邊的曹操射。曹操借得獻帝寶雕弓、金鈚箭，扣滿一射，正中鹿背，倒在草叢。群臣將校，見了鹿身上的金鈚箭，只道天子射中，全都踴躍向獻帝呼「萬歲」。曹操身在獻帝之前，誤得將士拜祝。[13]在群臣看來，此為「欺君罔上」僭越之行，

---

[13] 《三國演義》為了貶損曹操，將此情節設置為曹操謀士程昱說曹操：「今明公威名日盛，何不乘此時行王霸之事？」曹操說：「朝廷股肱甚多，未可輕動。吾當請天子田獵，以觀動靜。」於是就有了許田射獵。文中說「群臣將校，見了金鈚箭，只道天子射中，都踴躍向帝呼『萬歲』。曹操縱馬直出，遮于天子之前以迎受之。」這不合曹操遠謀深慮的個性。他知道「朝廷股肱甚多，未可輕動」，會以如此「欺君罔上的僭越行為

關羽提刀拍馬要殺曹操。看看劉備言行：

> 玄德見了，慌忙搖手送目。關公見兄如此，便不敢動。
> 玄德欠身向操稱賀曰：「丞相神射，世所罕見」。操笑
> 曰：「此天子洪福耳。」乃回馬向天子稱賀。

　　狩獵回宮後，漢獻帝哭著對伏皇后說，曹操欺君罔上，「早晚必有異謀」。伏皇后的父親伏完便推薦車騎將軍國舅董承，謀除曹操。獻帝咬破手指，血寫密詔，密賜董承。第二十一回《曹操煮酒論英雄　關公賺城斬車冑》董承深夜前往玄德公館。相互試探一番之後，董承給劉備看此血詔。見此血詔，董承諸人表現與劉備成鮮明對比：車騎將軍董承「涕淚交流，一夜不能寐」。校尉種輯、議郎吳子蘭「讀詔，揮淚不止」。西涼太守馬騰讀詔，「毛髮倒豎，咬齒嚼唇，滿口流血」。而在《三國演義》中動輒即哭，眼淚最多的劉備讀此血詔，卻無淚，只是「不勝悲憤」。一個「不勝悲憤」的表演容易，只要瞪眼，喘氣就成，但要「揮淚不止」、「毛髮倒豎」一類，非得有真心情不可。劉備表面「不勝悲憤」，簽名要「以圖國賊」，但為求自身之安，沒有為獻帝做任何事，可見他不忠。在第三十一回他趁曹操在倉亭大戰袁紹之機，乘虛襲擊許昌與回軍援救汝南的曹操相遇，方拿出衣帶詔宣讀，稱：「汝託名漢相，實為漢賊！吾乃漢室宗親，奉天子密詔，來討反賊！」這不過借忠義之名，行利己圖王霸業之實罷了。

　　3、第五十四回劉備死了甘夫人，周瑜獻計，孫權假言以妹許配劉備，賺劉備到南徐拘囚之以討還荊州。劉備到南徐，甘

挑戰獻帝，觀察群臣「動靜」？實則許田涉獵所謂欺君罔上，僭越行為只是一個誤會。

露寺遇險。大將趙雲「見房內有刀斧手埋伏」，劉備跪求吳國
太，並「泣而告」，求手下留情。已經選中劉備為女婿的吳國
太責罵孫權，劉備方免此難。繼後言行特能體現劉備真心：

> 玄德更衣出殿前，見庭下有一石塊。玄德拔從者所佩之
> 劍，仰天祝曰：「若備能夠回荊州，成王霸之業，一劍
> 揮石為兩段。如死於此地，劍剁石不開。」手起劍落，
> 石為兩段。孫權在後面看見，問曰：「玄德何恨此石？」
> 玄德曰：「備年近五旬，不能為國家剿除賊黨，心常自
> 恨。今蒙國太招為女婿，此平生之際遇也，恰才問天買
> 卦，如破曹興漢，砍斷此石。今果然如此。」

面對敵手假言敷衍，不足為怪。「破曹興漢」我劉備「成
王霸之業」；我劉備姓劉，是漢室宗親，我就是「漢」。

4、與曹操不同，劉備既無過人之智謀，也無過人武藝，且
「家貧販屨[14]織席為業」。他爭天下唯一可憑藉者有二：一是
漢景帝玄孫，中山靖王劉勝之後。二是企圖以仁德誠信獲得民
心，博取天下。這一博取天下的韜略非常明確地體現在第六十
回他與謀士龐統的對話中：「今與吾水火相敵者，曹操也。操
以急，吾以寬；操以暴，吾以仁；操以譎[15]，吾以忠；每與操
相反，事乃可成。」然而，在封建王朝末世群雄並起的政治權
場的角逐中，「漢室宗親」和「仁德誠信」是劉備立身之本，
但同時「仁德誠信」又使他成為「無基業」的弱主。在歷經挫
敗，苟且求存的過程中，劉備吸取教訓，由仁德誠信之弱主轉
變為以仁德誠信為面具之大奸雄，而成就其蜀漢帝業。

---

[14] 屨（jù）：用麻、葛等製成的單底鞋，即草鞋。

[15] 譎（jué）：欺詐。

5、第一回中平元年太平道教張角、張梁、張寶黃巾播亂天下。劉備以「我本漢室宗親」的身份與「有志欲破賊安民」之仁德取得關羽、張飛崇敬，與他桃園結義，成為「上報國家，下安黎庶」、「不求同年同月同日生，只願同年同月同日死」的兄弟。聚鄉勇五百餘人，由鄒靖引見涿縣太守漢魯恭王後裔劉焉，「三人參見畢，各通姓名。玄德說其宗派，劉焉大喜，遂認玄德為侄」。第二回討伐黃巾以後，因戰功，朝廷加皇甫嵩為車騎將軍，領冀州牧。曹操亦以有功除濟南相……朱儁班師回京，詔封為車騎將軍和河南尹。孫堅有人情，除別郡司馬。最後郎中張鈞面見漢帝指責十常侍「賣官鬻爵，非親不用，非仇不誅」，十常侍方任劉備為定州中山府安喜縣尉。劉備「署縣事一月，與民秋毫無犯，民皆感化。到任之後，與關、張食則同桌，寢則同床」，而「玄德在稠人廣座，關張侍立，終日不倦」。可見關、張之所以效忠劉備，奉劉備為主就因他漢室宗親身份加仁德誠信。

這是劉備霸業的起步。其後，他以「漢室宗親」為政治社交名片，企圖以仁德誠信征服天下。特別精彩的是第十回、第十一回。曹操因徐州太守陶謙部將張闓謀殺其父曹嵩而欲將徐州「城中百姓，盡行屠戮，以雪父仇」[16]。陶謙不能自守，別駕從事糜竺建議向北海郡太守孔融求救。時逢孔融也被黃巾餘黨管亥數萬圍困，不僅不能救援陶謙且無法自保。因老母平時多受孔融關照，從遼東回家探親的太史慈匹馬救援孔融。孔融對太史慈說「吾聞劉玄德乃當世英雄」，派太史慈突圍求救於時任平原相的劉備。第十一回太史慈突出重圍，面見劉備，兩

---

[16] 此不見史載，是羅貫中隨從封建社會主流意識與看客喜好，為貶損曹操而杜撰。曹操父親被徐州陶謙部將所殺，與百姓何干？曹操報父仇卻滅百姓？他不會如此弱智。

人有以下對白：

> 玄德看畢（孔融求救的書信），問慈曰：「足下何人？」
> 慈曰：「某太史慈，東郡之鄙人也。與孔融親非骨肉，
> 比非鄉黨，特以氣誼相投，有分憂共患之意。今管亥暴
> 亂，北海被圍，孤窮無告，危在旦夕。聞君仁義素著，
> 能救人危急，故特令某冒鋒突圍，前來求救。」玄德斂
> 容（收斂面容，一幅莊嚴得意之態。）曰：「孔北海知世
> 間有劉備耶？！」（孔融可是孔子的後代。他知我仁義素
> 著，求援於我劉備矣！）乃同雲長，翼德點精兵三千，
> 往北海郡進發。

可見，劉備以人知其「仁義素著」為榮，尤其是孔子後裔
名人孔融向自己求援。接著劉備馳援，大敗黃巾餘黨，解北海
郡之圍。二人相見，孔融希望劉備同往救援徐州陶謙。劉備先
以自己「兵微將寡」推辭，孔融則以劉備「汝乃漢室宗親」與
「融之欲救謙雖因舊誼，亦為大義。公豈無仗義之心耶」以激
之。劉備答應救援徐州，說要到公孫瓚處「借三五千人馬，隨
後便來」。融曰：「公切勿失信。」玄德曰：「公以備為何如
人也？聖人云：自古皆有死，人無信不立。劉備借得軍或借不
得軍，必然親至。」接著他驅馬來到公孫瓚處借兵，公孫瓚也
勸他說：「曹操與君無仇，何苦替人出力！」劉備說：「備已
許人，不敢失信。」借得大將趙子龍、兵馬二千，前往徐州與
曹操對敵。雖因呂布攻襲曹操後方兗州，曹操聽從郭嘉之言「賣
個人情與劉備，退軍去復兗州」而退軍，劉備並未與曹操交戰，
但此也足可見劉備與其他諸侯迥異之仁德誠信。

其後，劉備因「漢室宗親」的身份與「仁德誠信」的行為
而聲名遠播。後來徐庶、趙雲投奔，特別是諸葛亮、龐統等人

出山效勞，皆賴其「漢室宗親」身份與「仁德誠信」之行為和聲名。

（二）仁德誠信使劉備成為無稱霸基業的弱主

劉備憑藉仁德誠信和漢室宗親身份而立，然而在專制權場的角逐中，全無奸偽，不分內外的仁德誠信使劉備成為沒有稱霸基業的弱主。正如馬基維利在《君主論・第十五章》所言：「一個人如果在一切事情上都立誓行善，那麼，他處身於許多惡人當中，定會遭到毀滅。」

1、劉備因仁德誠信而失去安喜縣尉。第二回劉備因征討黃巾有功，得以「除定州中山府安喜縣尉。……與關、張到安喜縣中到任。署縣事一月，與民秋毫無犯，民皆感化」。未及四月，適逢督郵[17]到縣作威發怒。縣吏提示劉備：「督郵作威，無非要賄賂耳。」玄德曰：「我與民秋毫無犯，那得財物與他？」於是督郵逼勒縣吏，指稱縣尉害民，欲加害劉備。張飛怒鞭督郵，欲致其死。督郵向劉備討饒，文中說「劉備終是仁慈的人，急喝張飛住手」，然後掛印綬於督郵之頭頸，離開安喜縣，往代州投靠劉恢。「恢見玄德乃漢室宗親，留匿在家。」這是劉備第一次因講求仁德誠信，不肯行賄而失去立身之本。

2、劉備因仁德誠信而失去徐州。第十一回、十二回、十六回劉備因仁德誠信而救援徐州。陶謙因他「帝室之胄，德廣才高」先後三次欲將徐州相讓於劉備。前兩次陶謙讓徐州，不管關羽、張飛等人怎麼勸他收下徐州，劉備均以「大義」、「為義」、「無端據而有之，天下將以備為無義人矣」而拒絕，只願駐軍小沛「以保徐州」。第十二回陶謙染病將死，第三次以徐州相托，他依然拒絕。徐州軍民和關張「再三相勸」，「劉

---

[17] 漢時官吏名，代表太守督察下屬縣吏政績優劣、宣講禮教的佐吏。

備乃許權領徐州牧」，但接著就因為奉行仁德誠信而將徐州葬
送於呂布之手，只得苟且求存。

　　第十三回曹操大破呂布於定陶。呂布欲投袁紹，但袁紹因
其「豺虎之性」反助曹操攻打呂布。呂布無奈，投奔「新領徐
州」的劉備。劉備不聽麋竺、張飛等人「呂布乃虎狼之徒，不
可收留」的勸告，要「以德報德」，「救窮」。他說：「前者
非布襲兗州，怎解此郡之禍。今彼窮而投我，豈有他心！」故
而收留呂布，就如張飛所言：「哥哥心腸忒好。」繼後呂布因
為張飛不能相容而欲辭別，劉備說「將軍若去，某罪大矣」，
勸呂布留下，屯軍徐州近邑小沛。

　　第十四回曹操聽從荀彧「二虎競食」之計，封劉備為征東
將軍宜城亭侯領徐州牧，並附密書，令劉備殺呂布。劉備不聽
張飛「呂布本無義之人，殺之何礙」的勸說，而以「他勢窮而
來投我，我若殺之，亦是不義矣」，「此非大丈夫所為」而拒
絕關羽、張飛殺呂布「以絕後患」的懇求。再後來，曹操聽從
荀彧「明詔劉備討袁術。兩邊相並，呂布必生異心」的「驅虎
吞狼」之計。劉備開讀詔書，明知是計，但他對麋竺說：「雖
是計，然王命不可違。」於是兵出徐州討伐袁術。這一仁德誠
信行為，既得罪當時與曹操勢力相當，企圖稱帝的袁術，更讓
呂布有機會，乘張飛酒醉襲取徐州而失去稱霸基業。

　　第十五回得知呂布襲取徐州，為報劉備攻打之仇，袁術以
糧、馬、金銀、彩緞等賄賂呂布，聯合呂布夾攻劉備。劉備敗
退，無路可去。後因袁術失信，沒給呂布賄賂，呂布聽從陳宮
「請劉備還屯小沛，使為我羽翼」以防袁術之言，劉備方得以
在彈丸之地小沛棲身。

　　第十六回袁術再次討伐劉備「以報前日無故相攻之恨」。
面對袁術大將紀靈率領的十萬大軍，「糧寡兵微」的劉備只得

發書，向呂布哀哀求救：「伏自將軍垂念，令備於小沛容身，實拜雲天之德。今袁術欲報私仇，遣紀靈領兵到縣，亡在旦夕，非將軍莫能救。望驅一旅之師，以救倒懸之急，不勝幸甚！」呂布「吾想劉備屯軍小沛，未必能為我害；若袁術並了玄德，則北連泰山諸將以圖我，我不能安枕矣；不若救玄德」，因此呂布轅門射戟，解了劉備之圍。接著呂布因張飛劫其戰馬，聽從陳宮之言，不聽劉備懇求，要「殺劉備」。劉備只好棄小沛，逃往許都，寄身曹操。曹操本想聽從荀彧之言「殺劉備」，但又因謀臣郭嘉「不可除一人之患，以阻四海之望」之言，表薦劉備為豫州牧以吸引天下「智謀之士」。

這是劉備因仁德誠信而造成的大失敗，即失去稱霸之基業的徐州而孤窮，一如落湯小雞，驚懼忍辱求存，而上下虎目狼視，四面磨刀霍霍。第十七回劉備奉曹操命，先殺韓暹、楊奉，又與仇敵呂布聯手，配合曹操，圍攻袁術。後又聽從曹操指令「掘坑待虎」以圖呂布，而全無自主權地離開豫州，再次屯兵彈丸之地小沛。第十八回呂布的謀士陳宮發現劉備給曹操「圖呂布」的密書，呂布大怒攻打劉備。第十九回呂布大敗劉備，戰亂中關羽、張飛不知去向，劉備匹馬逃難，再次投靠曹操。至此，他開始了由仁德誠信到以仁德誠信為面具之奸雄的轉變。

（三）劉備由仁德誠信轉變為以仁德誠信為面具之大奸雄

吸取教訓，劉備開始了其奸雄轉變：對非漢室宗親則奸，而對漢室宗親依然講求仁德誠信。這是劉備由仁德誠信到奸雄的第一轉變歷程，但這使得劉備在專制權場角逐中僅有小勝，卻有大失敗。

1、對非漢室宗親則奸，有小成功

（1）無信殺呂布。第十八回呂布因發現劉備給曹操「圖呂布」的密書而攻打駐軍小沛的劉備。第十九回劉備戰敗匹馬逃

難，再次投靠曹操。接著曹操征討呂布，圍攻徐州，呂布被擒。請看劉備與被捆綁的呂布在白門樓的表演：

> 方操送宮下樓時，布告玄德曰：「公為座上客，布為階
> 下囚，何不發一語相寬乎？」玄德點頭。（點頭就是答
> 應，許下諾言。）及操上樓來，布叫曰：「明公所患，
> 不過於布；布今已服矣。公為大將，布副之，天下不難
> 定也。」操回顧玄德曰：「何如？」玄德答曰：「公不
> 見丁建陽、董卓之事乎？」（劉備第一次違背諾言。）
> 布目視玄德曰：「是兒最無信者！」操令牽下樓縊之。
> 布回顧玄德曰：「大耳兒，不記轅門射戟時耶？」

可以說，在封建末世政治權場爭鬥中，這是劉備第一次非仁德誠信的奸偽，以呂布先後背叛義父丁建陽、董卓而殺之的事，要曹操殺呂布。他真為曹操著想？作為敵手，劉備當然不會，他一怕呂布真效勞曹操，二在報呂布奪徐州之仇。

（2）屈身事曹操，取得徐州：初步奸雄。第二十回討伐呂布成功的曹操凱旋回軍許昌。徐州百姓「請留劉使君為牧」，曹操藉口「劉使君功大，且待面君封爵」，將劉備帶回許都。劉備無奈，屈身跟隨曹操回許都，上朝拜見漢獻帝。獻帝取宗族世譜察看，認劉備為「皇叔」，以為「有此英雄之叔，朕有助矣！」但劉備為了自己並沒有為獻帝除掉曹操。此前有述，許田射獵，曹操誤受群臣向獻帝的拜賀。此為「欺君罔上」之行，關羽提刀拍馬要殺曹操，劉備「慌忙搖手送目。關公見兄如此，便不敢動。玄德欠身向操稱賀：『丞相神射，世所罕見。』」狩獵回宮後，漢獻帝哭訴曹操欺君罔上，早晚必將篡逆。伏皇后父親伏完舉薦國舅大將軍董承。獻帝咬破手指，血寫一詔書，密賜董承，要他聯絡忠臣除去曹操。第二十一回董承見劉備。

相互試探一番之後，董承將此獻帝血詔給劉備看。劉備似乎「不勝悲憤」簽名要「以圖國賊」，但為求自身之安，沒有為獻帝做任何事。其後就是大家熟知的劉備「學圃」，即「在住家處後園種菜，親自澆灌，以為韜晦之計」，向曹操表示自己無稱雄之心。接著劉備以「袁術投奔袁紹」必從徐州經過為藉口，向曹操請率一軍半路截擊，脫離曹操謀求自立。袁術敗亡之後，劉備得到徐州，並留下曹操的兵馬。可以說，這是劉備第一次因奸雄術而得逞。

（3）投奔袁紹，人面狐心：進一步奸雄。第二十四回曹操率兵二十五萬，分兵五路攻打徐州。劉備再次大敗，與關羽、張飛離散，自思無路可歸，想：「袁紹有言，倘若不如意，可來相投，今不若暫往依棲，別做良圖。」他見到袁紹卻說：「孤窮劉備，久欲投於門下，奈機緣未遇。今為曹操所攻，妻子俱陷，想將軍容納四方之士，徑來相投。望乞收錄，誓當圖報。」劉備初步學會奸雄術：心中算計一回事，言語表達卻是另一回事，即「口是心非」。故而，孔子要人們「聽其言而觀其行」以識別防範奸詐。

第二十八回劉備對袁紹假言說自己前往荊州，遊說漢室宗親劉表「共攻曹操」，實則乘機前往汝南與離散異地的關羽、張飛兩兄弟重聚，駐紮汝南「招兵買馬，徐圖征進」。

（4）以忠義為面具，攻打曹操：進一步奸雄。第三十一回。曹操與袁紹官渡大戰，劉備乘虛攻打許昌。與曹操對壘，這時他方拿出漢獻帝衣帶血詔，以「汝託名漢相，實為國賊！吾乃漢室宗親，奉天子密詔，來討反賊！」為藉口與曹操對敵，但又一次被曹操打敗。無奈之際，劉備聽從孫乾之言，前往荊州，投奔漢室宗親劉表。

從第十七回到第三十一回，劉備對非漢室宗親則奸，其奸

詐有小的成功，但終因兵微將寡且不精兵法而大失敗。投奔漢室宗親劉表，他又以仁德誠信待之，故而有荊州之大失敗。

2、對漢室宗親講求仁德誠信，故有荊州大失敗

（1）第三十一回，劉備投靠荊州劉表，劉表因劉備同為漢室宗親而收留了他。劉表之妻蔡夫人弟弟蔡瑁疑忌劉備，多次欲謀害劉備，但對漢室宗親講求仁德誠信的劉備並無謀奪荊州之異心。第三十七回——三十八回劉備三顧茅廬，請諸葛亮出山輔佐。縱論天下大勢，聽諸葛亮天下三分之策：

> 諸葛亮命童子取出畫一軸，掛於中堂，指謂玄德曰：「將軍欲成霸業，北讓曹操佔天時，南讓孫權佔地利，將軍可佔人和。先取荊州為家，後取西川建基業，以成鼎足之勢，然後可圖中原也。」劉備聞言，避席拱手謝曰：「先生之言，頓開茅塞，使備撥雲霧而見天象。但荊州劉表、益州劉璋，皆漢室宗親，備安忍奪之。」孔明曰：「亮夜觀天象，劉表不久人世；劉璋非立業之主；久後必歸將軍。」玄德聞言，頓首拜謝。

可見，在劉備看來「天意」可從，但自謀其宗親則不可。

（2）第三十九回劉表希望劉備協助，攻擊孫權，以報孫權攻佔夏口，殺黃祖之仇，並許諾說：「吾今老病，不能理事，賢弟可來助我。我死之後，弟便為荊州之主也。」劉備推辭說：「兄何出此言！量備安敢當此重任。」他對意欲謀取荊州的諸葛亮說：「劉景升待我恩禮交至，安忍乘其危而奪之。」孔明也歎息說：「真仁慈之主也！」

（3）第四十回孔明再次勸告劉備乘劉表病危奪取荊州，並說：「今若不取，後悔何及！」劉備立誓說：「吾寧死，不忍作負義之事。」繼之劉表病危托孤於劉備，要劉備「自領徐州」，

而劉備泣拜拒絕。劉表死，孔明、尹籍勸說劉備以弔喪為名，襲取荊州。劉備垂淚曰：「吾兄臨危托孤於我，今若執其子而奪其地，異日死於九泉之下，何面目復見吾兄乎？」其後曹操攻打荊州，劉表妻子蔡夫人獻荊州，投降曹操。劉備失去荊州，棄新野，一路逃亡，投身江夏的劉琦。曹操此時如果追打劉備這窮寇，不伐東吳，即便有諸葛亮輔佐，劉備也只有徹底失敗。

可見，在專制權場爭奪中，政行詭道，陰謀奸詐者勝，仁德者必敗。

3、劉備由仁德誠信之弱主到以仁德誠信為面具之奸雄的最終轉變

第五十一回東吳周瑜火燒赤壁大敗曹操之際，劉備自思「我今孤窮一身，無置足之地，欲得南郡，權且容身」。孔明大笑曰：「當初亮勸主公取荊州，主公不聽，今日卻想耶？」玄德說：「前為景升之地，故不忍取，今為曹操之地，理合取之。」繼而聽諸葛之計，劉備假意與周瑜約定：周瑜先攻打南郡，周瑜不能得南郡，則劉備取。實則乘周瑜與曹仁大戰，諸葛亮幾乎兵不血刃襲取南郡、荊州、襄陽三地。面對魯肅的責問，劉備以荊州為劉表基業，其子劉琦當領為藉口，並許諾如果劉琦「不在」，即將城池還東吳，但劉琦死後，並沒有踐行諾言。可見劉備依然堅持對非漢室宗親則奸而對漢室宗親則仁德誠信之行事準則。與其他奸雄不同，劉備由仁德誠信轉變為以仁德誠信為面具的奸雄，特別困難，幾經猶豫彷徨，特別精彩地體現在他謀取其宗親劉璋[18]的西川。

第三十八回劉備接受諸葛亮在隆中對天下三分的分析，深知他唯一可取之地是同宗劉璋統治的西川，然而雖經歷一系列

---

[18]同宗，即同一祖宗者。劉璋，字季玉，漢魯恭王後裔。

失敗，他依然因劉璋為「同宗」不忍相圖。第六十回到第六十五回最能體現劉備人格中仁德誠信與霸業野心的衝突。漢中張魯欲奪取西蜀，劉璋著急。益州別駕張松圖謀出賣西蜀給曹操，借機遊說劉璋道：「某聞許都曹操，掃蕩中原，呂布、二袁皆為所滅，近又破馬超，天下無敵矣。主公可備進獻之物，松親往許都，說曹操興兵取漢中，以圖張魯。則魯拒敵不暇，何敢復窺蜀中耶？」劉璋大喜，收拾金珠錦綺為進獻之物，遣張松為使，前往許都，聯絡曹操。劉松「暗藏西川地理圖本，帶從人數騎，取路赴許都」。有密報入荆州，「孔明便使人入許都打探消息」。張松到許都見到曹操，因言語衝突沒得到曹操厚遇，反被亂棒打出門。張松繞道荆州，又圖謀將西蜀賣給劉備。請看買主劉備與賣主張松相見，虛偽地相互誘釣。此段落特能體現劉備與張松的虛偽，即特別想做醜事，但又特別慮及自己的名聲，故而全段評述：

> 松歸館舍，連夜出城，收拾回川。松自思曰：「吾本欲獻西川州郡與曹操，誰想如此慢人。我來時於劉璋之前開了大口；今日怏怏空回，須被蜀中人所笑。吾聞荆州劉玄德仁義遠播久矣，不如徑由那條路回。試看此人如何，我自有主見。」（此主見就是看劉備是否是好買主？自己是否獲利豐厚？）於是乘馬引僕從望荆州界上而來。前至郢州界口，忽見一隊軍馬，約有五百餘騎，為首一員大將，輕妝軟扮，勒馬前問曰：「來者莫非張別駕乎？」松曰：「然也。」那將慌忙下馬，聲喏曰：「趙雲等候多時。」松下馬答禮曰：「莫非常山趙子龍乎？」雲曰：「然也，某奉主公劉玄德之命，為大夫遠涉路途，鞍馬驅馳，特命趙雲聊奉酒食。」言罷，軍士跪奉酒食，雲敬進之。松自思曰：「人言劉玄德寬仁愛客，今果如此。」（心腹

大將趙雲遠迎，軍士跪奉酒食，趙雲敬進之，就是「寬仁愛客」，即愛我張松，就是「寬仁」。有了初步好印象。）遂與趙雲飲了數杯，上馬同行，來到荊州界首。是日天晚，前到館驛。見驛門外百餘人侍立，擊鼓相接。一將於馬前施禮曰：「奉兄長將令，為大夫遠涉風塵，令關某灑掃驛庭，以待歇宿。」松下馬與雲長、趙雲同入館舍。講禮敘坐。須臾，排上酒筵，二人殷勤相勸。飲至更闌，方始罷席，宿了一宵。（心腹兄弟關羽第二站，且百餘人侍立，鼓樂齊奏相接，酒筵敬獻，一如諸侯郡王蒞臨。）次日早膳畢，上馬行不到三五里，只見一簇人馬到。乃是玄德引著伏龍、鳳雛，親自來接。遙見張松，早先下馬等候（心腹猛將趙雲第一站，心腹兄弟關羽第二站，劉備親領一龍一鳳相迎，禮儀隆重，極其恭敬，非為區區益州別駕張松也，為西川這一金斗玉盆耳。）松亦慌忙下馬相見。玄德曰：「久聞大夫高名，如雷灌耳。恨雲山遙遠，不得聽教。今聞回都，專此相接。倘蒙不棄，到荒州暫歇片時，以敘渴仰之思，實為萬幸。」（為了西川，玄德阿諛奉承拍馬屁，誇小公雞為鳳凰，奸！）松大喜，（小雞公成鳳凰，得遇捧場買主，張松當然大喜！）遂上馬並轡入城。至府堂上，各各敘禮，分賓主依次而坐，設宴款待。飲酒間，玄德只說閒話，並不提起西川之事。（自己提西川會讓人疑心，敗壞自己仁德之聲譽，也讓擁有者提防。）松以言挑之曰：「今皇叔守荊州，還有幾郡？」孔明答曰：「荊州乃暫借東吳的，每每使人取討。今我主因是東吳女婿，故權且在此安身。」松曰：「東吳據六郡八十一州，民強國富，猶且不知足耶？」龐統曰：「吾主漢朝皇叔，反不能佔據州郡；其他

皆漢之蟊賊[19]，卻都恃強侵佔地土；惟智者不平焉。」
玄德曰：「二公休言，吾有何德，敢多望乎？」（假意謙
遜。）松曰：「不然。明公乃漢室宗親，仁義充塞乎四海。
休道佔據州郡，便代正統而居帝位，亦非分外。」（一龍
一鳳一吹一唱，正要張松說此話。）玄德拱手謝曰：「公
言太過，備何敢當。」（這正是玄德衷心希望的，也衷心
希望張松說的，但一味假意謙遜，方是玄德。玄者，深
藏幽邃不露也，深藏不露方可「德」，故而老子《道德經》
說：「玄之又玄，眾妙之門」。）

自此一連留張松飲宴三日，並不提起川中之事。（三日後
還不提起，只等張松猴急自己提起，以免萬一張松不賣
而劉璋有防。由此也可想見，劉備玄德這幾天表面從容，
心裡猴急，真不好過。）松辭去，玄德於十里長亭設宴
送行。玄德舉酒酌松曰：「甚荷大夫不外，留敘三日。今
日相別，不知何時再得聽教？」言罷，潸然淚下。（就怕
張松不說賣西川事，潸然淚下非為張松，為西川耳，朝
思暮想，想得哭，而這寶貝西川就在張松手中。）張松
自思：「玄德如此寬仁愛士，安可舍之？不如說之，令取
西川。」（這正是劉備隆重接待，阿諛奉承、巧言令色的
目的。）乃言曰：「松亦思朝暮趨侍，恨未有便耳。松觀
荊州：東有孫權，常懷虎踞；北有曹操，每欲鯨吞。亦
非可久戀之地也。」（只說荊州不可居，尚不好意思自言
出賣西川，垂釣引路，要他劉備自己說。）玄德曰：「故
知如此，但未有安跡之所。」（也只以言釣之，要他張松
自己說。一個要買，一個要賣，但均覺沒臉，一對好面

---

[19] 蟊（máo）：本意危害莊稼的害蟲，多指危害國家生民的壞人。

子的小偷與強賊！真是好戲！）松曰：「益州險塞，沃野千里，民殷國富。智能之士，久慕皇叔之德。若起荊襄之眾，長驅西指，霸業可成，漢室可興矣。」（至此，張松終於耐不得，只得和盤托出西川；劉備夢寐以求，此刻終於如願以償矣。）玄德曰：「備安敢當此？劉益州亦帝室宗親，恩澤布蜀中久矣。他人豈可得而動搖乎？」（劉備急求「動搖」之計，且言語謙遜，此為劉備也。）松曰：「某非賣主求榮，（明明是賣主求榮，偏要先辯白一句，亦自覺「賣」而無臉，但「榮」不可不求。）今遇明公，不敢不披瀝肝膽。劉季玉雖有益州之地，稟性暗弱，不能任賢用能；加之張魯在北，時思侵犯，人心離散，思得明主。松此一行，專欲納款於操。何期逆賊恣逞奸雄，傲賢慢士，故特來見明公。（劉璋真「稟性暗弱，不能任賢用能」，出賣西川的張松就是一例。你張松自稱「賢士」，劉璋不是用你為益州別駕嗎？你應該助劉璋富裕西川、強大西川，你卻一路北上賣西川，賣給曹操不成，因為曹操「傲」你張松這「賢」，「慢」你張松這「士」，就是「逆賊」。你就轉身兜售西川給劉備！就為得「任用」高官厚祿。你張松為「賢士」乎？非也！賢者，多德行者也；士者，通古今，辨是非者也。）明公先取西川為基，然後北圖漢中，收取中原，匡正天朝，名垂青史，功莫大焉。明公果有取西川之意，松願施犬馬之勞，以為內應。未知鈞意若何？」（連日殷勤相待，言語奉承，只為鈞他這幾句話。）玄德曰：「深感君之厚意。奈劉季玉與備同宗，若攻之，恐天下人唾罵。」（這就是劉備，想偷搶，又怕名譽不好聽。古今中外賊盜，惟有劉備，這也難得。）松曰：「大丈夫處世，當努力建

功立業，著鞭在先；今若不取，為他人所取，悔之晚矣。」
玄德曰：「備聞蜀道崎嶇，千山萬水，車不能方軌，馬不
能聯轡；雖欲取之，用何良策？」（到此方露真心，劉備
所慮，主要在此。唐代李白詩也說：「蜀道之難，難於上
青天。」）松於袖中取出一圖，遞與玄德曰：「深感明公
盛德，敢獻此圖。但看此圖，便知蜀中道路矣。」（讓買
主放心。）玄德略展視之，上面盡寫著地理行程，遠近
闊狹，山川險要，府庫錢糧，一一俱載明白。松曰：「明
公可速圖之。松有心腹契友二人：法正、孟達。此二人
必能相助，如二人到荊州時，可以心事共議。」（又引出
兩個同夥，一同做賊。）玄德拱手謝曰：「青山不老，綠
水長存。他日事成，必當厚報。」（在此，劉備不說「仁
德」了，且許奸賊以「厚報」。）松曰：「松遇明主，不
得不盡情相告，豈敢望報乎？」（此為真話：重禮相迎，
酒肉款待，且許以「厚報」，就是「明主」。此也為假話，
真話是：「吾出賣西川，就為厚報也。」買賣就是實物與
貨幣之交易。）說罷作別。孔明命雲長等護送數十里方
回。

張松回到益州，聯絡軍議校尉法正與校尉孟達同賣西蜀。
面見劉璋，張松大說曹操壞話，勸說劉璋邀請劉備進川，抵抗
曹操、張魯。劉璋上當，命張松的同夥法正攜帶邀請函，前往
荊州。慮及自己的名聲，劉備再一次猶豫：

法正離益州，徑取荊州，來見玄德。參拜已畢，呈上書
信。玄德拆封視之。書曰：
弟劉璋，再拜致書于玄德宗兄將軍麾下：久伏電天，蜀
道崎嶇，未及齎貢，甚切惶愧。璋聞吉凶相救，患難相

扶,朋友尚然,況宗族乎?今張魯在北,旦夕興兵,侵犯璋界,甚不自安。專人謹奉尺書,上乞鈞聽。倘念同宗之情,全手足之義,即日興師剿滅狂寇,永為唇齒,自有重酬。書不盡言,端候車騎。

玄德看畢大喜,設宴相待法正。酒過數巡,玄德摒退左右,密謂正曰:「久仰孝直英名,張別駕多談盛德。今獲聽教,甚慰平生。」(大喜,奉承。法正為內賊,招外寇,劫奪主人。劉備這外賊,自然久仰其「英名」、「盛德」。)法正謝曰:「蜀中小吏,何足道哉!蓋聞馬逢伯樂而嘶,人遇知己而死。張別駕昔日之言,將軍復有意乎?」玄德曰:「備一身寄客,未嘗不傷感而歎息。嘗思鷦鷯尚存一枝,狡兔猶藏三窟,何況人乎?蜀中豐餘之地,非不欲取;奈劉季玉系備同宗,不忍相圖。」(玄德又在西川這塊肥肉與仁德名聲之間猶豫徘徊。下口劫奪,似乎不義;不下口劫奪,自己餓得慌,且這肉又特別肥厚。)法正曰:「益州天府之國,非治亂之主,不可居也,今劉季玉不能用賢,此業不久,必屬他人。(法正、張松都說劉璋不能用賢。劉璋真不能識賢,用賢!所任用之軍議校尉法正、益州別駕張松,賣西川求榮就是實證。與他倆同夥的孟達更是反復無常之人。孟達本為劉璋屬下校尉,與張松、法正同謀,出賣劉璋,投靠劉備。東吳魯遜偷襲荊州,腹背受敵的關羽被圍困於麥城,派廖化突圍向據守上庸的劉封、孟達求救。孟達攛唆劉封,不發援兵,導致關羽敗亡而觸怒劉備,故而孟達投奔曹魏。此後又欲反曹魏而歸蜀漢,被司馬懿所殺。)今日自付與將軍,不可錯失。豈不聞逐兔先得之語乎?將軍欲取,某當效死。」(從張鬆手中得西川地圖,今又得一個入侵

西蜀嚮導。）玄德拱手謝曰：「尚容商議。」

劉備再一次徘徊於仁與不仁之間。當日龐統一番言說辭，最終使他改變了原定的以仁德誠信取天下的韜略，成為以仁德誠信為面具的奸雄：

> 當日席散，孔明親送法正歸館舍。玄德獨坐沉吟。龐統進曰：「事當決而不決者，愚人也。主公高明，何多疑耶？」玄德問曰：「以公之意，當復何如？」統曰：「荊州東有孫權，北有曹操，難以得志。益州戶口百萬，土廣財富，可資大業。今幸張松、法正為內助，此天賜也。何必疑哉？」玄德曰：「今與吾水火相敵者，曹操也。<u>操以急，吾以寬；操以暴，吾以仁；操以譎，吾以忠：每與操相反，事乃可成</u>。若以小利而失信義於天下，吾不忍也。」（簡而言之就是「以仁德取天下」。正因此，不忍奪劉表荊州、劉璋西川。）龐統笑曰：「主公之言，雖合天理，奈離亂之時，用兵爭強，固非一道；若拘執常理，寸步不可行矣，宜從權變。且『兼弱攻昧』、『逆取順守』[20]，湯、武之道也。若事定之後，報之以義，封為大國，何負於信？今日不取，終被他人取耳。主公幸熟思焉。」（這意思就是：強奪他人財貨以為本錢，霸佔天下之後，再將這本錢加倍還給原主。）玄德乃恍然曰：「金石之言，當銘肺腑。」（此一舉兩得：雖一時聲名有損，但奪得天下，又能彌補自己的聲名，既美名滿天下，又霸得天下，兩全其美。真金石之言，自當銘記肺腑。）於是遂請孔

---

[20] 「兼弱攻昧」，即兼併，攻取弱小、愚昧的國家。「逆取順守」，即用逆行取天下，用正道統治天下。

明，同議起兵西行。

　　劉備終於明白了龐統闡明的專制權場爭奪的規則：「離亂之時，用兵爭強，固非一道；若拘執常理，寸步不可行也，宜從權變」，即必須是非仁德的「奸雄」。正如馬基維利《君主論・序言》所言：「目的總是證明手段正確。」《君主論・第十五章》：「如果某些惡行可以挽救國家，君主完全沒有必要因為這些惡行會受到責備而良心不安，因為仔細思考就會發現某些事情看起來好像是好事，可是如果君主照辦就會自取滅亡，而另一些是看起來是惡行，可是假如照辦了會給他帶來安全和福祉。」

　　接著，劉備借助西川抵抗張魯為名，出兵奪西川，但不同於諸位奸雄，以仁德為懷的劉備，總想以仁德取天下，因而再一次徘徊於對漢室宗親的仁德與奸雄之間：

> 是年冬月，引兵望西川進發。行不數程，……劉璋將三萬人馬往涪城來，裝載資糧錢帛一千餘輛，來接玄德。卻說玄德前軍已到墊沮。所到之處，一者是西川供給；二者是玄德號令嚴明，如有妄取百姓一物者斬。於是所到之處，秋毫無犯，百姓扶老攜幼，滿路瞻觀，焚香禮拜。玄德皆用好言撫慰。（初來便惑取民心。）兩軍皆屯于涪江之上。玄德入城，與劉璋相見，各敘兄弟之情。禮畢，揮淚訴告衷情。（劉備初見劉表未嘗揮淚，今見劉璋而淚者，只因將取其西川，心有所不忍耳。劉備本性仁德，然霸業不可不成，良心不得不棄也。）飲宴畢，各回寨中安歇。璋謂眾官曰：「可笑黃權、王累等輩，不知宗兄之心，妄相猜疑。吾今日見之，真仁義之人也。吾得他為外援，又何慮曹操、張魯耶？非張松則失之矣。」

（劉璋被劉備眼淚所迷惑。）乃脫所穿綠袍，並黃金五
百兩，令人往成都賜與張松。時部下將佐劉璝、泠苞、
張任、鄧賢等一班文武官曰：「主公且休歡喜。劉備柔中
有剛，其心未可測，還宜防之。」（後來此四人皆死於西
川保衛戰。）璋笑曰：「汝等皆多慮。吾兄豈有二心哉！」
眾皆嗟歎而退。

　　人言劉璋暗弱，其言行果然暗弱。暗者，眼昏不明者也，
即不曉世事奸險，不辨人心真假，不精通陰謀詭計之非奸雄者
也。

　　畢竟，劉璋非呂布，且是同宗兄弟，第六十回劉備再次在
「仁德」與奸雄之間徘徊，猶豫：

　　　卻說玄德歸到寨中。龐統入見曰：「主公今日席上見劉季
　　玉動靜乎？」玄德曰：「季玉真誠實人也。」（老弟誠實
　　憨厚，取西川如探囊取物，但心有不忍，固有此歎息。）
　　統曰：「季玉雖善，其臣劉璝、張任等皆有不平之色，其
　　間吉凶未可保也。以統之計，莫若來日設宴，請季玉赴
　　席，於壁衣中埋伏刀斧手一百人，主公擲杯為號，就筵
　　上殺之。一擁入成都，刀不出鞘，弓不上弦，可坐而定
　　也。」玄德曰：「季玉是吾同宗，誠心待吾；（此句是實。）
　　更兼吾初到蜀中，恩信未立；若行此事，上天不容，下
　　民亦怨。（此句為主。）公此謀，雖霸者亦不為也。」（「得
　　民心者得天下。」得民心是手段，得天下是目的。）統
　　曰：「此非統之謀，是法孝直得張松密書，言事不宜遲，
　　只在早晚當圖之。」（殺人劫財，當然得趁主人昏睡時趕
　　緊動手。）言未已，法正入見，曰：「某等非為自己，乃
　　順天命也。」（此言滑稽！殺主劫財，賣給劉備是「非為

自己，乃順天命也」，劉備就是「天命」？）玄德曰：「劉季玉與吾同宗，不忍取之。」正曰：「明公差矣。若不如此，張魯與蜀有殺母之仇，必來攻取。明公遠涉山川，驅馳士馬，既到此地，進則有功，退則無益。若執狐疑之心，遷延日久，大為失計。且恐機謀一泄，反為他人所算。不若乘此天與人歸之時，出其不意，早立基業，實為上策。」龐統亦再三相勸。

緊接其上的第六十一回：

卻說龐統、法正二人，勸玄德就席間殺劉璋，西川唾手可得。玄德曰：「吾初入蜀中，恩信未立，此事決不可行。」（不說絕不可殺，只說因恩信未立。可見他的恩信只是收羅民心，為取西川，建王霸業積累籌碼。）二人再三說之，玄德只是不從。次日，復與劉璋宴於城中，彼此細敘衷曲，情好甚密。酒至半酣，龐統與法正商議曰：「事已至此，由不得主公了。」便教魏延登堂舞劍，乘勢殺劉璋。延遂拔劍進曰：「筵間無以為樂，願舞劍為戲。」龐統便喚眾武士入，列於堂下，只待魏延下手。劉璋手下諸將，見魏延舞劍筵前，又見階下武士，手按刀靶，直視堂上，從事張任亦掣劍舞曰：「舞劍必須有對，某願與魏將軍同舞。」二人對舞於筵前。魏延目視劉封，封亦拔劍助舞。於是劉璝、冷苞、鄧賢各掣劍出曰：「我等當群舞，以助一笑。」（鴻門宴上，舞劍只項莊、樊噲兩人，西蜀劉家兄弟宴會卻有無數項莊、樊噲群舞。驚心動魄。）玄德大驚，急掣左右所佩之劍，立于席上曰：「吾兄弟相逢痛飲，並無疑忌。又非鴻門會上，何用舞劍？不棄劍者立斬！」（魏延舞劍，早知龐統謀殺計畫的玄德

當知其用心，卻不即刻呵斥命退，直到雙方舉劍群舞時，料不能勝，故出此言。）劉璋亦叱曰：「兄弟相聚，何必帶刀？」命侍衛者盡去佩劍。眾皆紛然下堂。玄德喚諸將士上堂，以酒賜之，曰：「吾弟兄同宗骨血，共議大事，並無二心。汝等勿疑。」（此言虛偽之極。）諸將皆拜謝。劉璋執玄德之手而泣曰：「吾兄之恩，誓不敢忘。」（劉璋驚嚇，此時依舊視玄德為「兄」，果然嬰兒般暗弱。）二人歡飲，至晚而散。玄德歸寨，責龐統曰：「公等奈何欲陷備於不義耶？今後斷勿為此。」（龐統、法正之謀太急，不如玄德之緩。急則不免於惡，緩則不失為仁。）統嗟歎而退。

卻說劉璋歸寨，劉璝等曰：「主公見今日席上光景乎？不如早回，免生後患。」劉璋曰：「吾兄劉玄德，非比他人。」眾將曰：「雖玄德無此心，他手下人皆欲吞併西川，以圖富貴。」璋曰：「汝等無間吾兄弟之情。」遂不聽，日與玄德歡敘。忽報張魯整頓兵馬，將犯葭萌關。劉璋便請玄德往拒之。玄德慨然領諾，即日引本部兵望葭萌關去了。眾將勸劉璋令大將緊守各處關隘，以防玄德兵變。為後文取涪關張本。璋初時不從，後因眾人苦勸，乃令白水都督楊懷、高沛二人，守把涪水關。劉璋自回成都。<u>玄德到葭萌關，嚴禁軍士，廣施恩惠，以收民心。</u>

　　劉玄德不欲遽殺劉璋，亦為先收民心，而後取西川。遍觀古今，奸雄均以仁德為衣飾，而且衣不蔽體，因為言行不一，因為笑臉後藏著屠刀。接著第六十二回曹操興兵攻打濡須，劉備聽龐統計，假言勒兵回荊州，救援孫權，發書給劉璋，欲騙

取「精兵三四千，行糧十萬斛[21]，卻另作商議」。蜀郡群臣以劉備「自從入川，廣布仁德，以收民心，其意甚是不善。今求軍馬錢糧，切不可與」苦諫劉璋。劉璋乃「量撥老弱軍四千，米一萬斛。仍令楊懷、高沛緊守關隘」。劉備這下可有了變臉的理由：

> 劉璋使者到葭萌關見玄德，呈上回書。玄德大怒曰：「吾為汝禦敵，費力勞心。汝今積財吝賞，何以使士卒效命乎？」遂扯毀文書，大罵而起。

劉備立即提兵到涪城，假言回荊州，請涪水關守將楊懷、高沛出關相別，殺了二將，兵不血刃取得涪水關，佔領涪城。

惡狼要吃小羊，所謂弄混了它的水都是藉口，本義就是「我太想吃你的肉啦！」曹操「挾天子以令諸侯」，劉備也總要給自己奸雄行為找一個冠冕堂皇之藉口、理由，作為仁德誠信的面具，但「積財吝賞」卻是一塊根本無法遮醜的破布，不是藉口的藉口，不成理由的理由。我們也理解，劉備這仁德的狼要吃劉璋這同宗兄弟羊，實在找不出任何冠冕堂皇的面具、藉口、理由來，只好用破布勉強遮羞啦。

（四）劉備奸雄個性

曹操「挾天子以令諸侯」，劉備則總要給自己奸雄行為找一個冠冕堂皇之仁德誠信面具和各種理由。

1、第六十二回劉備拋棄仁德誠信面具，變臉進攻劉璋西川，首戰奪得涪水關。次日勞軍設宴，請看酒醉的劉備與龐統對話：

---

[21] 斛（hú）：古量器名，也是容量單位元元元，十斗為一斛，一斛相當於現在的 4 斤。十萬斛即四十萬斤糧食。

> 玄德酒酣，顧龐統曰：「今日之會，可為樂乎？」（拋
> 棄仁德重負，首戰得勝，霸業有望，身心皆暢達，豈不
> 樂？）龐統曰：「伐人之國而以為樂，非仁者之兵也。」
> （依劉備過去的心理，挖苦劉備。）玄德曰：「吾聞昔
> 日武王伐紂，作樂象功，此亦非仁者之兵歟？汝言何不
> 合道理？可速退！」

　　酒後吐真言！拋棄仁德誠信，劉備如釋重負；初戰奪得宗
親劉璋的涪水關，佔領涪城，劉備痛快！當龐統以劉備此前的
思路，反諷嘲笑說「伐人之國而以為樂，非仁者之兵也」時，
劉備大怒，引史強辯說自己是「武王伐紂，作樂象功」。武王
討伐危害生民的殷紂王，可與劉備襲取善良劉璋的西川相提並
論？這是劉備奸雄偽善的一個特點，總要給自己奸雄行為戴上
冠冕堂皇之仁德誠信面具。龐統撕開這面具，露出他不堪入目
的真相，他自然大怒。

　　2、第六十五回，劉備、劉璋倆同宗兄弟「攻戰三年」之後，
劉備兵臨益州城下，又加上本前來援救益州的馬超投降劉備，
劉璋「驚得面如土色，氣倒於城上」。他對輕信玄德宗兄後悔
不及，決定投降以救益州百姓：

> 眾官救醒。璋曰：「吾之不明，悔之何及！不若開門投
> 降，以救益州百姓。」董和曰：「城中尚有兵三萬餘人；
> 錢帛糧草，可支一年：奈何便降？」劉璋曰：「吾父子
> 在蜀二十餘年，無恩德以加百姓。攻戰三年，血肉捐於
> 草野，皆我罪也。我心何安？不如投降以安百姓。」眾
> 人聞之，皆墮淚。

　　劉璋真仁德之主！接著劉璋出城投降，看敵對三年的倆同
宗兄弟相見：

次日，（劉璋）親齎印綬文籍，與簡雍同車出城投降。玄德出寨迎接，握手流涕曰：「非吾不行仁義，奈勢不得已也！」（此為老實話，在專制權場角逐中，必須放棄仁德誠信，行奸雄之術，臉皮必須厚，心眼必須黑；這也不是老實話，因為講求仁德誠信者，必定遠離專制權力污濁垃圾場以保自身仁德清白。）共入寨，交割印綬文籍，並馬入城。（劉璋無語，面對如此宗兄，他能說什麼？）

接著諸葛亮建議驅趕劉璋出川，劉備也採用了：

孔明請曰：「今西川平定，難容二主，可將劉璋送去荊州。」玄德曰：「吾方得蜀郡，未可令季玉遠去。」孔明曰：「劉璋失基業者，皆因太弱耳。主公若以婦人之仁，臨事不決，恐此土難以長久。」玄德從之，設一大宴，佩給劉璋以振威將軍印綬，請劉璋收拾財物，佩領振威將軍印綬，令將妻子良賤，盡赴南郡公安住歇，即日起行。

孔明深知專制權場爭鬥第一規則：臥榻之側，豈容他人酣睡？不可行仁！必須臉皮厚，心眼黑。孔子、孟子苦口婆心勸諸侯以仁德取天下，以仁德保天下，然而從古至今，沒有人靠仁德取得天下，保天下，而是相反。就如前此所引馬基維利所記歷代專制者的心得秘笈：「目的總是證明手段正確。」「如果某些惡行可以挽救國家，君主完全沒有必要因為這些惡行會受到責備而良心不安，因為仔細思考就會發現某些事情看起來好像是好事，可是如果君主照辦就會自取滅亡，而另一些是看起來是惡行，可是假如照辦了會給他帶來安全和福祉。」

3、第七十三回，順從群僚「攀龍附鳳，建功立業」之心自立漢中王，表奏天子卻以振興王族，「以寧社稷」為面具。當

時諸葛亮智取漢中，曹操兵退斜谷之後，「玄德安民已定，大賞三軍，人心大悅。於是眾將皆有推尊玄德為帝之心」。代表群臣意志的諸葛亮與劉備有以下對話：

孔明隨引法正等入見玄德，曰：「今曹操專權，百姓無主；主公仁義著於天下，今已有兩川之地，可以應天順人，即皇帝位，名正言順，以討國賊。事不宜遲，便請擇吉。」玄德大驚曰：「軍師之言差矣。劉備雖漢之宗室，乃臣子也；若為此事，是反漢矣。」孔明曰：「非也。方今天下分崩，英雄並起，各霸一方。四海才德之士，捨身忘死而事其上者，皆欲攀龍附鳳，建立功名也。今主公避嫌守義，恐失眾人之望。願主公熟思之。」（孔明所言皆為臣之言、為臣之心，亦諸葛孔明之心也。攀龍附鳳，即攀附主子以求取功名富貴耳。此中國歷代臣子之所以忠，且以忠為義者。然則此悖逆孔子所教：孔子曰「君仁臣忠」，即臣忠君之仁，而「仁者愛人」，「克己復禮為仁」。）玄德曰：「要吾居僭尊位，吾必不敢。可再商議長策。」眾將齊聲言曰：「主公若只推卻，眾心解矣。」（跟著你打天下，就想分一杯羹，如同阮家三兄弟上山為匪，就為了大塊吃肉，大碗喝酒，大秤分金銀。）孔明曰：「主公平生以義為本，未肯便稱尊號。今有荊襄、兩川之地，可暫為漢中王。」玄德曰：「汝等雖欲尊吾為王，不得天子明詔，是僭也。」（所以奏表一定要給自己找一個冠冕堂皇的理由。）孔明曰：「今宜從權，不可拘執常理。」張飛大叫：「異姓之人，皆欲為君，何況哥哥乃漢室宗派！莫說漢中王，就稱皇帝，有何不可！」玄德叱曰：「汝勿多言！」孔明曰：「主公宜從權變，然後表奏天子，未為遲也。」玄德再三推

辭不過，只得依允。

建安二十四年秋，劉備「南面而坐，受文武拜賀為漢中王」，子劉禪立為世子。其群僚皆「攀龍附鳳」：許靖為太傅，法正為尚書。諸葛亮為軍師，總理軍國重事。封關羽、張飛、趙雲、馬超、黃忠為五虎大將，魏延為太守。其餘各擬功定爵。正如馬基維利《君主論·第九章》所言：「一個英明的君主應有一個辦法，使他的臣民無論在哪一個時期對於國家和他本人都有所依賴和企求。這樣他們就永遠忠誠於他了。」然而劉備上奏天子之表卻完全是假話面具。此表首先自吹對漢室的忠義，不顧事實將曹操剿滅群凶的功績說成是「賴陛下聖德威臨」：

> 備以具臣之才，荷上將之任，總督三軍，奉辭於外；不能掃除寇難，靖匡王室，久使陛下聖教陵遲，六合之內，否而未泰：惟憂反側，疢如疾首。曩[22]者董卓，偽為亂階。自是之後，群凶縱橫，殘剝海內。<u>賴陛下聖德威臨，人臣同應，或忠義奮討，或上天降罰，暴逆並殪，以漸冰消。</u>

接著以「忠義」粉飾自己，欺騙天下：

> 惟獨曹操，久未梟除，侵擅國權，恣心極亂。臣昔與車騎將軍董承，圖謀討操，機事不密，承見陷害。臣播越失據[23]，忠義不果，遂得使操窮凶極逆：主后戮殺，皇子鴆害。雖糾合同盟，念在奮力；懦弱不武，歷年未效。常恐殞沒，辜負國恩；寤寐永歎，夕惕若屬。

---

[22] 曩（nǎng）：以往，過去。

[23] 播越失據，即到處逃亡。

　　此言為謊言。第二十一回獻帝血書衣帶詔，國舅車騎將軍董承等七人謀誅殺曹操。劉備只簽了一個名，接著為「防曹操謀害」回家種菜。繼而他以攔截從徐州經過的袁術為藉口，逃離許都，殺孤窮袁術，然後躲在徐州，不回許都。第二十二回曹操在黎陽與袁紹對敵，派部將劉岱、王忠，虛打「曹丞相」旗號，虛張聲勢，與劉備對敵。王忠、劉岱被擒，劉備不思配合袁紹，進取許都，夾攻曹操，解救認他為皇叔的獻帝，反而款待王忠、劉岱，說：「備受丞相大恩，正思報效，安敢反耶？二將軍至許都，望善言為備分訴，備之幸也。」第二十三回董承等七人被曹操所殺，劉備則安然無恙。也就是說劉備並不忠，沒有為獻帝做任何事，但為名正言順地稱王圖霸，他給自己裝飾「忠義」面具，欺騙天下，撒謊說自己曾經「圖謀討操」，只遺憾「播越失據，忠義不果」。

　　然後將自己順應群僚「攀龍附鳳，建功立業」之心，自封漢中王，變換為「群僚迫臣以義」，效法「虞書敦敍九族」，「周監二代，並建諸姬」，「高祖龍興，尊王子弟」等。完全是謊言：

> 今臣群僚以為：在昔虞書敦敍九族，庶明勵翼，帝王相傳，此道不廢；周監二代，並建諸姬，實賴晉、鄭夾輔之力；高祖龍興，尊王子弟，大啟九國，卒斬諸呂，以安大宗。今操惡直醜正，實繁有徒，包藏禍心，篡盜已顯；既宗室微弱，帝族無位，斟酌古式，依假權宜：上臣為大司馬、漢中王。臣伏自三省：受國厚恩，荷任一方，陳力未效，所獲已過，不宜復忝高位，以重罪謗。群僚見逼，迫臣以義。臣退惟寇賊不梟，國難未已；宗廟傾危，社稷將墜：誠臣憂心碎首之日。若應權通變，以寧靜聖朝，雖赴水火，所不得辭。輒順眾議，拜受印璽，以崇國威。仰惟爵號，位高寵厚；俯思報效，憂深

責重。驚怖惕息，如臨於谷。敢不盡力輸誠，獎勵六師，
率齊群義，應天順時，以寧社稷。謹拜表以聞。

以上不僅是假言面具，而且也特別體現中國歷代奸雄慣用
的「用史證今」的騙人伎倆。

所謂「虞書敦敘九族，庶明勵翼，帝王相傳，此道不廢」
引例《尚書‧虞書‧堯典》說堯帝「克明俊德，以親九族（發
揚美德，使家族親和，融洽）」標榜自己，即：我劉備封自己為
王，是效法堯帝「克明俊德，以親九族」。

所謂「周監二代[24]，並建諸姬」，引例周王朝借鑒夏商二代
之滅，封賞姬姓兄弟為諸侯保衛西周。也就是說：我劉備封自
己為王，是效法周王。

所謂「（周襄王）實賴晉、鄭夾輔之力」指晉文公和鄭莊公
維護周襄王。周襄王被弟弟姬帶驅逐，是晉文公重耳發兵，迎
周襄王回國。後來晉文公重耳又平定周亂，立周匡王。鄭國諸
侯王鄭桓公、鄭莊公是周平王手下卿士，二人配合周平王控制
卿大夫勢力，十分得力。也就是說，我劉備為王，會效法晉文
公、鄭桓公、鄭莊公，保護你漢獻帝。

此類引證十分荒謬。周代諸侯王，是周王所封，而劉備是
自己封自己。此引證更非常片面，指一為十，全不顧正因為分
封姬姓子弟與功臣為各地諸侯，導致周王不能控制諸侯，導致
諸侯爭霸，周朝由比較穩定的「春秋」時代，演變為諸侯爭霸
的「戰國」時代，導致周王朝衰落的基本史實，而只說晉文公、
鄭桓公、鄭莊公的個例。

所謂「高祖龍興，尊王子弟，大啟九國，卒斬諸呂，以安
大宗」，引證漢高祖劉邦立國之後，分封劉姓宗族為諸侯王。劉

---

[24] 此「監」通「鑒」，即借鑒。「周監二代」，即周王朝借鑒夏商二代。

姓諸侯後來平定呂氏諸侯反叛,保住劉姓漢朝。也就是說,我劉備封自己為王,是效法高祖劉邦。然而漢初之亂就在分封諸侯。

楚漢相爭,為了對抗項羽,劉邦逼迫分封包括韓信在內的七個異姓諸王。奪得天下後,他以為秦之所以亡,在沒有封同宗子弟為諸侯王,因此他滅韓信等異姓王,封劉氏子弟為王,還特地殺白馬為盟,立誓「非劉姓為王,天下共擊之」。這是第一次封王之亂。

劉邦死後,呂后專權,爭奪權力,劉邦八個兒子,她殺了六個,而封諸呂為王,達十幾個。呂后死後,諸呂為自保,準備政變。齊王劉肥兒子劉長與太尉周勃、丞相陳平協手滅絕諸呂,立代王劉恒為帝,即文帝。這是第二次封王之亂。

漢文帝即位,保留舊有劉姓諸侯王,又新立六個劉姓諸侯王。諸侯勢力急劇膨脹,與朝廷矛盾激化。當時漢有 54 郡,諸侯就佔有 39 個,而中央王朝只統轄 15 個。文帝削減諸侯封地,激起矛盾。文帝三年(前 117 年),濟北王劉興叛亂,文帝派兵鎮壓。又過三年,淮南王劉長欲反,文帝得悉,傳訊他進京,罷其封號,發配蜀郡,但並未解決諸侯分權與朝廷集權的根本矛盾。文帝死後,景帝即位。漢景帝三年(前 154 年),景帝和晁錯削劉邦侄吳王劉濞封地會稽、豫章兩郡。劉濞串通楚、趙、膠西、膠東、菑川、濟南六國劉姓諸侯王,發動聯合叛亂,聯合匈奴、東越、閩越,舉兵西向,兵臨梁國(今河南商丘)。如果不是太尉周亞夫用兵如神,漢景帝中央朝廷就玩完。這是第三次封王之亂。

可見劉備此證十分荒謬,自己封自己為王,卻以周王、漢帝分封諸侯為證,更不顧史實,以一代十,指一為十。專制社會裡的奸雄都如此,他們寫歷史,常常掩蓋歷史,歪曲歷史,

為他們所用。歷史完全被肆意裁剪，成了他們的遮羞布。

4、順從群僚「攀龍附鳳，建功立業」之心自立為帝，卻以「天命」、「民意」、「祖業」為冠冕堂皇的仁德誠信面具。建安二十五年曹操病故，其子曹丕嗣位。第八十回得悉曹丕廢漢獻帝自立為大魏皇帝且傳言獻帝已遇害，劉備痛哭終日，下令百官掛孝，遙望設祭。孔明與太傅許靖、光祿大夫譙周商議，欲尊劉備為帝。接著孔明與許靖、譙周引大小官僚上表，請劉備即皇帝位。劉備駁之以「卿等欲陷孤為不忠不義之人耶？」「孤豈效逆賊所為！」「孤雖是景帝之孫，並未有德澤以布於民；今一旦自立為帝，與篡竊何異！」以拒之。孔明苦勸數次，劉備堅執不從。孔明乃設一計，稱病不出。劉備聞孔明病篤，親到臥榻探問，雙方有如下對話。請看孔明自述「憂心如焚」的理由與劉備自述不稱帝的原因：

> 孔明喟然歎曰：「臣自出茅廬，得遇大王，相隨至今，言聽計從；今幸大王有兩川之地，不負臣夙昔之言。目今曹丕篡位，漢祀將斬，文武官僚，咸欲奉大王為帝，滅魏興劉，共圖功名；（「滅魏興劉」目的就在「共圖功名」。人心無饜足！主子為小官，自己只是一僕從；主子是刺史，僕從官升幕僚；主子是王，幕僚官升王臣；主子是皇帝，幕僚官則升丞相、太傅、車騎將軍、王侯。再以後當然窺視覬覦皇帝寶座啦，如果這皇帝暗弱，寶座必然移位。）不想大王堅執不肯，眾官皆有怨心，不久必盡散矣。若文武皆散，吳、魏來攻，兩川難保。（無高官厚爵，則怨，則散，這可是最可怕的後果。高官厚祿可釣人，姜太公善釣，其《六韜・文師》開篇就說：「夫魚食其餌，乃牽於緡；人食於祿，乃服於君。故以餌取魚，魚可殺，以祿取人，人可竭。」）臣安得不憂乎？」漢中

王曰：「吾非推阻，恐天下人議論耳。」（有賊心，但不想有賊名，故而猶疑，自思最好是一個冠冕堂皇的賊，即李宗吾先生所言「厚黑學」最高境界：「臉皮厚而無形，心子黑卻發亮」。）

孔明曰：「聖人云：名不正則言不順，今大王名正言順，有何可議？豈不聞天與弗取，反受其咎？」漢中王曰：「待軍師病可，行之未遲。」孔明聽罷，從榻上躍然而起，將屏風一擊，（「躍然而起」！治孔明之病，藥只要一味：丞相冠冕！）外面文武眾官皆入，拜伏於地曰：「王上既允，便請擇日以行大禮。」（三叩九拜，非叩拜你劉備，叩拜三公六卿冠冕耳。）

漢中王視之，乃是太傅許靖、安漢將軍糜竺、青衣侯向舉、陽泉侯劉豹、別駕趙祚、治中楊洪、議曹杜瓊、從事張爽、太常卿賴恭、光祿卿黃權、祭酒何宗、學士尹默、司業譙周、大司馬殷純、偏將軍張裔、少府王謀、昭文博士伊籍、從事郎秦宓等眾也。漢中王驚曰：「陷孤於不義，皆卿等也！」

自立為帝，本為劉備自己之心，也是群僚「共圖功名」之心，但自立為帝「不義」，「恐天下人議論耳」，故而自己登壇稱帝理由一定要充分，沒有也得硬編，捏造，冠冕堂皇遮掩自己效法「逆賊」之「篡竊」：

惟建安二十六年四月丙午朔，越十二日丁巳，皇帝備，敢昭告於皇天后土：漢有天下，歷數無疆。曩者王莽篡盜，光武皇帝震怒致誅，社稷復存。<u>今曹操阻兵殘忍，戮殺主后，罪惡滔天；操子丕，載肆凶逆，竊據神器。</u>（這是以曹丕篡漢為藉口，也就是說：他做小偷，我也

可以做小偷。）<u>群下將士，以為漢祀墮廢，備宜延之，</u>
<u>嗣武二祖，躬行天罰。</u>（以屬下心意為藉口，以延續漢
室為藉口，我姓劉，我就是漢。）備懼無德忝帝位，詢
于庶民，外及遐荒君長，僉[25]曰：天命不可以不答，祖
業不可以久替，四海不可以無主。率土式望[26]，在備一
人。（以民意為藉口。此言最能見劉備臉皮厚而無形：
我劉備原本羞於自己無才無德，有辱帝位，但調查民意，
從平民百姓、到偏僻荒野的老人都這樣說：「天命不可不
從，高祖帝業不可衰落，四海不可無主。全中國五湖四
海百姓全仰望依賴您劉備一人啊。」你劉備何曾「詢于
庶民，外及遐荒君長」？這是假借民意，行專權利己之
實的謊言！古今中外，假借民意，編造民言，行利己專
權之實，可是專制者第一奸雄術。此可是李宗吾先生所
言「厚黑學」最高境界：臉皮厚而無形，心子黑卻發亮。）
備畏天明命，又懼高、光之業，將墜於地，（此言說：
天命我劉備為帝，天命不可違呀！祖宗創下的帝業，我
這嫡孫必須接下來啊！）謹擇吉日，登壇告祭，受皇帝
璽綬，撫臨四方。惟神饗祚漢家，永綏曆服！

　　此文主題就在為自立為帝編造謊言，以謊言為藉口、面具。
　　讀罷祭文，孔明率眾官恭上玉璽。文武各官，皆呼萬歲。
拜舞禮畢，改元章武元年。立妃吳氏為皇后，長子劉禪為太子；
封次子劉永為魯王，三子劉理為梁王。群僚也「攀龍附鳳，建
功立業，共圖功名」：「封諸葛亮為丞相，許靖為司徒；大小
官僚，一一升賞。大赦天下。兩川軍民，無不欣躍。」

---

[25] 「僉」：即皆、所有。

[26] 率土：即全中國五湖四海。式望：仰望、依賴。

　　不忠於漢帝的劉備本想以皇室宗親身份和仁德誠信取王霸之業，然而外為天下奸雄所迫，內為欲「攀龍附鳳，建功立業」的群僚所逼，不得不成為以仁德誠信為面具，以奸詐權謀為手段，以武力專權為本質之大奸雄，而成就其蜀漢帝業。曹操「挾天子以令諸侯」成為奸雄在前，劉備、孫權等奸雄以「討奸賊」為冠冕堂皇面具，攻城掠地在後；曹操稱王、曹丕稱帝在前，是篡逆僭越無道，劉備、孫權稱王稱帝於後，同樣篡逆僭越則可以冠冕堂皇。劉備、孫權應該感恩曹操、曹丕。孔子罵「始作俑者，其無後乎！（起初用人陪葬者，該斷子絕孫！）」[27]，然而沒有罵「繼作俑者」！可歎！凡作惡者，都該以罪惡大小判刑，無論其先後。

　　當然，與曹操、孫權相同，劉備對尊奉自己的群僚和治下庶民以仁德誠信相待，無猜忌濫殺之行。這也典型地體現在第八十五回他猇亭兵敗後，在白帝城染病將死，給太子劉禪的遺詔：「……勉之！勉之！勿以惡小而為之，勿以善小而不為。惟賢惟德可以服人；卿父德薄，不足效也。卿與丞相從事，事之如父，勿怠！勿忘！卿兄弟更求聞達。至囑！至囑！」其後，一直到劉禪投降專權曹魏之司馬昭，蜀國少有叛離之臣，筆者以為皆得力於劉備之漢室宗親身份與仁德誠信，又讓臣子們得以「攀龍附鳳，建功立業，共圖功名」，贏得諸葛亮、趙雲、黃忠等諸臣眾將之耿耿忠心。

三、大奸雄東吳孫氏：坐擁江東地利，因勢權變，望風使舵

　　與曹操、劉備不同，吳國初起者為孫堅，占江東創業者為

---

[27] 語見《孟子·梁惠王上》。

孫堅長子孫策，其弟弟孫權則善於坐擁江東地利。從人格論，其奸雄特點是：他們都是變色龍。孫權由忠而奸雄特順當，孫堅、孫權兩兄弟特能因勢權變，望風使舵，成就其江東孫吳帝業。

（一）孫堅由忠義而奸雄

比較曹操、劉備，孫堅由忠而奸，特別容易。

1、孫堅之忠。第二回討伐黃巾，孫堅出場。文中交代孫堅年十七歲時，因智殺海賊而被「薦為校尉」。其後，會稽許昌自稱「陽明皇帝」，聚眾數萬造反。孫堅與郡司馬招募勇士千餘人，破之，斬許昌和其子許韶。黃巾起事，天下大亂，官為下邳[28]丞的孫堅「今見黃巾寇起，聚集鄉中少年及諸商旅，並淮泗精兵一千五百餘人，前來接應」朱儁。可見孫堅忠義。

第五回身為烏程侯長沙太守的孫堅參與曹操討董聯盟，征討董卓，挺身為先鋒。因袁術聽信讒言不發糧草而敗於董卓大將華雄之手，第六回他前往袁術營寨面見袁術，譴責曰：「董卓與我，本無仇隙。令我奮不顧身，親冒矢石，來決死戰者，上為國家討賊，下為將軍家門之私。」回到營寨董卓愛將李傕前來求見，他遊說孫堅。兩人有以下對白，可見孫堅之忠：

> 堅曰：「汝來何為？」傕曰：「丞相所敬者，惟將軍耳。今特使傕來結親：丞相有女，欲配將軍之子。」堅大怒，叱曰：「董卓逆行無道，蕩覆王室，吾欲夷其九族，以謝天下，安肯與逆賊結親耶！吾不斬汝，汝當速去，早早獻關，饒你性命，倘若遲誤，粉身碎骨！」

2、孫堅由忠而奸。與曹操和劉備不同，孫堅由忠而奸並沒

---

[28] 今江蘇省睢寧北。

有絲毫猶豫，特別容易。第六回打敗董卓的眾諸侯分屯洛陽，按兵不動，曹操獨自追擊董卓失敗，而孫堅得到傳國玉璽，自以為有「登九五之分」，異心萌發：

> 卻說眾諸侯分屯洛陽。孫堅救滅宮中餘火，屯兵城內，設帳于建章殿基上。堅令軍士掃除宮殿瓦礫，凡董卓所掘陵寢，盡皆掩閉。於太廟基上，草創殿屋三間，請眾諸侯立列聖神位，宰太牢[29]祀之。祭畢，皆散。堅歸寨中，是夜星月交輝，乃按劍露坐，仰觀天文。見紫微垣中白氣漫漫[30]，堅歎曰：「帝星不明，賊臣亂國，萬民塗炭，京城一空！」言訖，不覺淚下。
>
> 傍有軍士指曰：「殿南有五色毫光起于井中。」堅喚軍士點起火把，下井打撈。撈起一婦人屍首，雖然日久，其屍不爛：宮樣裝束，項下帶一錦囊。取開看時，內有朱紅小匣，用金鎖鎖著。啟視之，乃一玉璽：方圓四寸，上鐫五龍交紐；傍缺一角，以黃金鑲之；上有篆文八字云：「受命於天，既壽永昌。」堅得璽，乃問程普。普

---

[29] 牢，本意關養牛、羊的圈。此牢，指古代祭祀或宴享時用的牲畜。牛、羊、豕各一，曰太牢。羊豕各一，曰少牢。

[30] 此為皇朝命運的天象，古人觀之測興衰。紫薇垣以北極附近一片星群構成，包括北緯五十度以北範圍的天區。左垣牆由八顆星（左樞、上宰、少宰、上弼、少弼、上衛、少衛、少丞）排列而成，右垣牆由七顆星（右樞、少尉、上輔、少輔、上衛、少衛、上丞）排列而成，即皇宮的宮牆。星座的垣牆還有正對著北斗星斗柄的南斗，正對著奎星的北斗。紫薇垣牆內有兩列星座。一是天樞星，西面圍有四顆斗形星，南面一串小星，第一顆後宮，即傳說中的王母娘娘，再往南是庶子、帝、太子、中樞。另一列是鉤陳六星，呈鉤狀的四顆星包圍的一顆星是天皇大帝。紫薇垣牆內還有侍奉天帝的御女四星，代表天帝不同方位座向的五帝內座星等等共有星官三十九顆。帝星不明，為王朝衰敗之天象。

曰：「此傳國璽也。此玉是昔日卞和於荊山之下，見鳳
凰棲于石上，載而進之楚文王。解之，果得玉。秦二十
六年，令良工琢為璽，李斯篆此八字於其上。二十八年，
始皇巡狩至洞庭湖。風浪大作，舟將覆，急投玉璽於湖
而止。至三十六年，始皇巡狩至華陰，有人持璽遮道，
與從者曰：『持此還祖龍。』言訖不見，此璽復歸於秦。
明年，始皇崩。後來子嬰將玉璽獻與漢高祖。後至王莽
篡逆，孝元皇太后將璽打王尋、蘇獻，崩其一角，以金
鑲之。光武得此寶於宜陽，傳位至今。近聞十常侍作亂，
劫少帝出北邙，回宮失此寶。今天授主公，必有登九五
之分[31]。此處不可久留，宜速回江東，別圖大事。」堅
曰：「汝言正合吾意。明日便當托疾辭歸。」商議已定，
密諭軍士勿得洩漏。

　　孫堅觀「帝星不明，賊臣亂國，萬民塗炭，京城一空！」
「不覺淚下」。眼淚未乾，眨眼之間得到傳國玉璽，就異心萌
發，以為自己就是帝星，該榮登九五。第二天孫堅稱「抱小疾，
欲歸長沙」，面辭盟主袁紹。得到密報的袁紹要他交出傳國玉
璽，孫堅賭咒發誓說沒有此物。袁紹喚出告密軍士作證，孫堅
拔劍要殺告密軍士，使袁孫之間幾乎火拼。眾諸侯勸住，孫堅
拔寨離洛陽，回長沙追求自己的「九五之分」。

　　（二）孫策的奸雄

　　比較其父，孫策圖王霸業，特能見風使舵，面面俱到。第
六回荊州劉表得到袁紹密信，半路截擊，要孫堅交出私匿的傳
國玉璽，雙方大戰結怨。第七回孫堅起兵報仇，跨越長江，攻

---

[31] 指帝位，詞源來自《周易・乾》：「九五：飛龍在天，利見大人。」故
　　而有「九五之分」與「九五之尊」的說法。

擊劉表，中伏而死。第八回孫策用被俘的劉表部將黃祖，換回
父親屍首，罷戰回江東。

　　第十五回孫策退居江南，因揚州刺史劉繇與母舅丹陽太守
吳景水火不容，大戰將起，他移其母其家居住在曲阿，自己屈
身投靠袁術為懷義校尉。他為袁術征討涇縣大帥祖郎、盧江太
守陸康，得到袁術信任。隨後與袁術謀士呂範、孫堅舊從事官
朱治商議，以傳國玉璽為質當，「借兵往江東，假名救吳景，
實圖大業」。請看孫策面對袁術，真真假假渾然一體的表演：

> 三人計議已定。次日，策入見袁術，哭拜曰：「父仇不
> 能報，今母舅吳景，又為揚州刺史劉繇所逼；策老母家
> 小皆在曲阿，必將被害。（此言為真，故哭泣，但此哭
> 目的在借兵「實圖大業」，又為假。）策敢借雄兵數千，
> 渡江救難省親。恐明公不信，有亡父留下玉璽，權為質
> 當。」（流淚，動袁術以情；玉璽，誘袁術之心。）術
> 聞有玉璽，取而視之，大喜曰：……。

　　孫策借得兵馬，經過一系列鏖戰，盡得江東地面。然後「孫
策分撥將士，守把各處隘口，一面寫表申奏朝廷，一面結交曹
操，一面致書袁術取玉璽」。

　　第二十九回孫策自霸江東，兵精糧足。建安四年襲取盧江，
敗劉勳，使虞翻馳檄豫章，豫章太守華歆投降。自此聲勢大振，
乃遣使張紘往許昌獻捷。曹操感歎：「獅兒難與爭鋒也！」並
將曹仁之女許配給孫策的小弟孫匡，以交好孫策。

　　（三）孫權的奸雄

　　孫策之奸雄建立了東吳霸業，其弟孫權的奸雄也基本秉承
其兄：既不像曹操挾天子以令諸侯而開罪天下，也不像劉備、
諸葛亮以仁德為名，圖霸中原，與曹操為敵。他有野心，但能

面面俱到，特能在曹劉之間因勢權變，望風使舵。其「鼎足江東以觀天下之釁」的基本韜略來自第二十九回周瑜舉薦的魯肅：

> 一日，眾官皆散，權留魯肅共飲，至晚同榻抵足而眠。夜半，權問肅曰：「方今漢室傾危，四方紛擾；孤承父兄之業，思為桓、文之事[32]，君將何以教我？」肅曰：「昔漢高祖欲尊事義帝而不獲者，以項羽為害也。今之曹操可比項羽，將軍何由得為桓文乎？肅竊料漢室不可復興，曹操不可卒除。為將軍計，惟鼎足江東，以觀天下之釁。今乘北方多務，剿除黃祖，進伐劉表，竟長江所極而據守之；然後建號帝王，以圖天下：此高祖之業也。」

　　魯肅此言勸告孫策不要效忠不可復興的漢朝，謀求「建號帝王，圖天下」，其戰略決策就是：「鼎足江東，以觀天下之釁」，即觀天下之裂痕、變異，因勢權變，望風使舵。繼而，魯肅舉薦的諸葛瑾「勸權勿通袁紹，且順曹操，然後乘便圖之」，使得曹操奏封孫權為將軍兼會稽太守，然後孫權「舉賢任能，使各盡力以保江東」，「威震江東，深得民心」。此後，孫權因勢權變的典型事例主要有：

　　1、因勢權變聯合劉備，破曹操於赤壁。第三十九回，到四十二回曹操大破劉備，兵臨長江。孔明前往東吳，遊說孫權共拒曹操。第四十三回包括張昭在內的眾謀士都以為：「曹操擁百萬之眾，借天子之名以征四方，拒之不順。且主公大勢可以拒操者，長江也。今操既得荊州，長江之險，已與我共之矣，

---

[32] 指齊桓公小白與晉文公重耳，春秋時先後稱霸，為當時諸侯盟主。孫權有志效法齊桓公、晉文公，故有此問。

勢不可敵。以愚之計，不如納降，為萬安之策。」第四十四回
孫權回答吳國太詢問說：「今曹操屯兵于江漢，有下江南之意。
問諸文武，或欲降，或欲戰者。欲待戰來，恐寡不敵眾；欲待
降來，又恐曹操不容，因此猶豫不決。」後來雖有諸葛亮的智
激，周瑜的分析，但最終促使孫權下定決心，不怕犧牲，抵抗
曹，當是第四十三回聽眾謀士主張投降之言後，他聽了魯肅的
告誡：

> 肅曰：「恰才眾人之言，深誤將軍。眾人皆可以降曹操，
> 惟將軍不可降曹操。」權曰：「何以言之？」肅曰：「如
> 肅等降操，當以肅還鄉黨，累官故不失州郡也；將軍降
> 操，欲安所歸乎？位不過列侯，車不過一乘，騎不過一
> 匹，從不過數人，豈得南面稱孤哉！眾人之意，各自為
> 己，不可聽也。將軍宜早定大計。」

後來雖然他依然猶豫，彷徨，但支撐他決意「定大計」聯
合劉備抗曹，主要是「南面稱孤」。

2、荊州事變，最能體現孫權在兩強之間因勢權變，望風使
舵。

（1）因勢權變聯合曹操，襲取荊州，又獻關羽之首「遺禍
於曹操」。第七十三回曹操採用司馬懿之計，利用劉備與孫權
爭奪荊州，交好孫權，要孫權「興兵取荊州」，「大王興兵去
取漢川，令劉備首尾不能相救」。而孫權則採用顧雍和諸葛瑾
之計，「一面約會曹操，首尾相擊；一面使人過江探雲長動靜」，
即為孫權之子求婚關羽之女，試探關羽對東吳的親疏：「若雲
長肯許，即與雲長計議共破曹操；若雲長不肯，然後助曹取荊
州。」結果是「關羽勃然大怒曰：『吾虎女安肯嫁犬子！』」，
拒絕婚姻結盟。孫權立即聯盟曹操，乘關羽大戰曹仁時，乘機

襲取荊州。關羽敗走麥城，被殺。孫權又用張昭「遺禍曹操」之計，將關羽首級獻給曹操。此舉嫁禍曹操，使劉備以為東吳攻荊州、殺關羽，主謀是曹操，讓劉備對曹操開戰報仇，自己則「觀其勝負就中取事」。

（2）因勢權變，孫權向曹操稱臣以求庇護。第七十六回因奪荊州，殺關羽，劉備準備討伐東吳。為求得曹操的庇護，孫權遣使前往許都，上書向曹操稱臣。其表曰：「臣孫權久知天命已歸王上，伏望早正大位，遣將剿滅劉備，掃平兩川，臣即率群下納土歸降矣。」當然曹操並沒有上當，反而將計就計，給孫權「封官賜爵，令拒劉備」。

（3）因勢權變，孫權先屈身向劉備求饒，接著向曹魏曹丕稱臣，以求庇護。曹操死，曹丕威逼獻帝禪位，稱帝建立魏國。第八十二回劉備為報關羽之仇，兵至夔關，駐軍白帝城。孫權遣諸葛瑾為使，說荊州關羽之事，「因呂蒙與關公不睦，故擅自興兵，誤成大事」，「乃呂蒙之罪，非吳侯之過」，今吳侯「願送歸夫人，縛還降將，並將荊州仍舊交還，永結盟好，共滅曹丕，以正篡逆之罪」。劉備斷然拒絕。孫權再次因勢權變，「屈身」向大魏皇帝曹丕「寫表稱臣」，欲「使襲漢中，則蜀兵自危」。當然曹丕並未上當，而是「封孫權為吳王，加九錫」，打定主意：「朕既不助吳，亦不助蜀。待看吳、蜀交兵，若滅一國，止存一國，那時除之，有何難哉？」

（4）其後第八十三回吳蜀大戰。初戰劉備「連勝十餘陣」，孫權因勢權變，將殺張飛的原張飛部將範疆、張達二人捆縛，令使臣捧著張飛首級，交給屯兵猇亭的劉備，傳言曰：「交與荊州，送歸夫人，共圖滅曹。」再次遭到劉備的拒絕。無路可退，孫權方啟用陸遜，在猇亭火燒劉備連營七百里，大敗劉備。

3、因勢權變，吳蜀交和，聯盟抗拒曹魏。第八十六回曹魏

調四路大軍取川。同時，曹丕派遣使臣，面見孫權，許諾：「東吳可來接應。若得蜀土，各分一半。」孫權聽陸遜之言，以「軍需未辦，擇日便當起程」為藉口應付曹魏，自己則坐觀其變：「若四路兵勝，諸葛亮首尾不能相顧，則發兵擊蜀；如四路兵敗，別作商議。」得知曹魏四路兵敗，吳立即聯絡蜀，雙方互派使節，聯盟共圖曹魏。這一聯盟立即見效。魏主曹丕得知吳蜀交好以圖中原，起兵伐吳。得到東吳求救資訊的諸葛亮立即派遣趙雲「出陽平關，徑取長安」。腹背受敵的曹丕無奈，只得回軍自保。

第九十八回吳蜀雙方互相利用。諸葛亮兩次出兵祁山，大敗魏都督曹真。孫權趁機稱帝，聽張昭言：內修德政以安民心，外則遣使入川，與蜀同盟，共分天下。諸葛亮也令人「齎禮物入吳祝賀，乞遣陸遜興師伐魏。魏必命司馬懿拒之。懿若南拒東吳，我再出祁山，長安可圖」。孫權更高明，他從陸遜之計，「虛作起兵之勢，遙與西蜀為應。待孔明攻魏急，吾可乘虛取中原也」。結果曹真和司馬懿與孔明在漢中交兵大戰，而孫權得以坐山觀虎鬥。

其後，在蜀魏敵對之間，孫權及其後人多次因勢權變，權衡利弊，望風使舵，盡得其利，使吳國得以在兩雄之間，鼎足三分，佔有一分。此也可見，在武力建國，以干戈擴疆拓土的時代，國與國之間只有利益，沒有友誼。

四、大奸雄司馬氏：深諳奸雄術且能代代相傳

自司馬懿起，兒子司馬師、司馬昭把持曹魏朝政，到司馬昭的兒子司馬炎篡魏立晉，司馬氏三代四人，深諳奸雄術。曹操「挾天子以令諸侯」為司馬氏所效法，曹丕篡漢立魏更成為司馬炎篡魏立晉的理由。從人格論，司馬三代皆本性陰深，多

謀神算，心狠手毒，又特善臨場表演，掩飾自己惡心毒意。司馬氏之晉朝興，曹魏、孫吳敗亡，三者一體，互為因果。

（一）司馬懿的奸雄

因善韜略，司馬懿成為歷代魏主不得不倚靠的掌握軍權的重臣；因掌握軍權，司馬懿又被魏主疑忌，身家皆危，不得不奸雄。他老謀深算，特善做戲。

司馬懿善韜略，是諸葛亮之大敵。諸葛亮北伐十年，六出祁山，攻打魏國，均是司馬懿率軍抗擊，將他擊退。第一〇四回，諸葛亮六出祁山，是司馬懿在五丈原拖死了諸葛亮。因其文韜武略，司馬懿為魏主不得不倚重的權臣。曹操、曹丕、曹睿臨終托孤之臣，皆有司馬懿。而司馬懿之奸雄，則主要因自己善韜略，被曹魏君主及其宗族疑忌而產生。

第七十八回曹操病重，「召曹洪、陳群、賈詡、司馬懿等，同至臥楊前」，囑以後事，立世子曹丕為王。此時的司馬懿在曹洪、陳群、賈詡之後，排名第四。

曹操建安二十五年春正月死，曹操次子鄢陵侯曹彰「自長安領十萬大軍來爭王位」。幸虧諫議大夫挺身而出，正言正色說得曹彰「默然無語」。曹彰面見曹丕，「兄弟二人，相抱大哭。曹彰將本部軍馬盡交於曹丕。丕令回鄢陵自守。」接著曹丕以臨淄侯曹植、蕭懷侯曹雄不來奔喪而問罪，導致曹雄自縊身死。得知曹植對此問罪不滿，曹丕令許褚擒拿曹植。曹植口吟「煮豆燃豆萁，豆在釜中泣。本是同根生，相煎何太急」一詩，使曹丕「聞之，潸然淚下」。曹植得以免死，被貶為安鄉侯。兄弟相殘，曹氏初露敗亡之象。

第九十一回已經篡漢稱帝的曹丕患寒疾，醫治無效，自知必死，他「乃召中軍大將軍曹真、鎮軍大將軍陳群、撫軍大將軍司馬懿三人入寢公」，託付其子曹睿，說：「今朕病已沉重，

不能復生。此子年幼，卿等三人，可善輔之，勿負朕心。」此時司馬懿在曹真、陳群之後，名列第三。即位的曹睿封鐘繇為太傅、曹休為大司馬、華歆為魏太尉、王郎為司徒、陳群為司空、司馬懿為驃騎大將軍。司馬懿名列第六，位居末尾。曹睿派他到遠離京師的魏蜀邊界，督訓雍、涼兵馬。新即位的曹睿對司馬懿雖有疑忌之心，但司馬懿善韜略，又只得選用他對付諸葛亮。

　　第九十一回剛南征蠻夷回來的諸葛亮得知曹丕死，司馬懿總督雍、涼兵馬，是蜀國大患。他聽從馬謖所言「司馬懿雖是魏國大臣，曹睿素懷疑忌。何不密遣人往洛陽、鄴郡等處散佈流言，道此人欲反；更作司馬懿告示天下榜文，遍貼諸處。使曹睿心疑，必然殺此人也」，密遣間諜，到洛陽鄴城，散佈留言，偽造簽名司馬懿的「造反」榜文。本疑忌的曹睿中了離間計，奪司馬懿兵權，將他削職，遣返回故鄉。

　　第九十二回諸葛亮乘機北伐，智取南安、安定、天水三城；攻克冀城，降服姜維。繼而，大敗曹真，兵臨渭水，直逼兩京。曹睿這時方知中了離間計，不得不重新啟用司馬懿，恢復其官職，使「孔明大驚」。司馬懿果然不負眾望，設計攻克反將孟達的新城，殺孟達。曹睿大喜，命司馬懿出關破敵。司馬懿再次不負所望，大敗馬謖，奪占漢中要塞街亭、列柳城，逼得孔明退兵，回軍漢中。面對蜀國諸葛亮這一大敵，曹睿不得不倚重司馬懿。

　　第九十八回曹魏總兵曹真病，此時諸葛亮奪取陳倉、攻克散關，再出祁山。同時，諸葛亮聯絡的東吳也在武昌訓練人馬，作勢即將入寇魏國。曹睿驚慌，召司馬懿商議。司馬懿精明地預料東吳「興兵作勢以應之，實是坐觀成敗耳」，使曹睿心定神安，封司馬懿為大都督，總攝隴西諸路軍馬，令近臣前去取

曹真的總兵將印，給司馬懿。司馬懿曰：「臣自去取之。」請看叩見曹真，司馬懿小心翼翼演戲，就怕兵權在手，反而惹禍上身，身家性命難保：

> 遂辭帝出朝，徑到曹真府下，先令人入府報知，懿方進見。問病畢，懿曰：「東吳、西蜀會合，興兵入寇，今孔明又出祁山下寨，明公知之乎？」真驚訝曰：「吾家人知我病重，不令我知。似此國家危急，何不拜仲達為都督，以退蜀兵耶？」懿曰：「某才薄智淺，不稱其職。」真曰：「取印與仲達。」懿曰：「都督少慮。某願助一臂之力，只不敢受此印也。」真躍起曰：「如仲達不領此任，中國必危矣！吾當抱病見帝以保之！」懿曰：「天子已有恩命，但懿不敢受耳。」真大喜曰：「仲達今領此任，可退蜀兵。」懿見真再三讓印，遂受之，入內辭了魏主，引兵往長安來與孔明決戰。

第九十九回司馬懿再次不負眾望，將諸葛亮逼回漢中。第一百回曹真不聽司馬懿之預言而戰敗，司馬懿救援曹真，打退蜀軍，與諸葛亮對峙。司馬懿派遣蜀國降將苟安回成都散佈流言，說「孔明自倚大功，早晚必將篡國」，使得劉禪降詔，召回諸葛亮。第一○一回到一○四回司馬懿與再出祁山的諸葛亮對峙。司馬懿處處能料諸葛亮，堅守渭南，在五丈原拖死了諸葛亮，其功德甚偉。第一○五回，魏曹睿青龍三年，封司馬懿為太尉，總督軍馬，安鎮諸邊。

第一○六回遼東公孫淵自號燕王，曹睿召司馬懿入朝，出兵征討。司馬懿攻佔遼東襄平，殺了公孫淵父子。司馬懿班師回洛陽途中，曹睿病重，封曹真之子曹爽為大將軍，總攝朝政。接著曹睿病危，急令召司馬懿還朝。臨終托孤，他特別看重司

馬懿：

> 睿病漸危，急令使持節詔司馬懿還朝。懿受命，徑到許
> 昌，入見魏主。睿曰：「朕惟恐不得見卿；今日得見，死
> 無恨矣。」懿頓首奏曰：「臣在途中，聞陛下聖體不安，
> 恨不肋生兩翼，飛至闕下。今日得睹龍顏，臣之幸也。」
> 睿宣太子曹芳，大將軍曹爽，侍中劉放、孫資等，皆至
> 御榻之前。睿執司馬懿之手曰：「昔劉玄德在白帝城病
> 危，以幼子劉禪托孤于諸葛孔明，孔明因此竭盡忠誠，
> 至死方休：偏邦尚然如此，何況大國乎？朕幼子曹芳，
> 年才八歲，不堪掌理社稷。幸太尉及宗兄元勳舊臣，竭
> 力相輔，無負朕心！」又喚芳曰：「仲達與朕一體，爾宜
> 敬禮之。」遂命懿攜芳近前。芳抱懿頸不放。睿曰：「太
> 尉勿忘幼子今日相戀之情！」言訖，潸然淚下。懿頓首
> 流涕。魏主昏沉，口不能言，只以手指太子，須臾而卒；
> 在位十三年，壽三十六歲，時魏景初三年春正月下旬也。

可見曹睿疑忌司馬懿，但又離不開，不得不倚重司馬懿的心理矛盾。曹睿「潸然淚下」，殷切希望司馬懿效法諸葛亮，效忠自己的兒子曹芳。此時的司馬懿感動得「頓首流涕」，還沒有篡魏立晉的野心。

然而輔佐曹芳的曹氏親族對司馬懿的疑忌，使司馬懿深感危殆，而不得不奪軍權以自保，開始了奸雄的人格轉變。第一〇六回《公孫淵兵敗死襄平　司馬懿詐病賺曹爽》曹爽聽何晏之言「主公大權，不可委託他人，恐生後患」。《韓非子・愛臣》就有「人臣太貴，必移主位」的告誡。曹爽上奏曹芳，以「司馬懿功高德重，可加為太傅」為藉口，奪其軍權，使司馬懿位尊，但無權。曹爽掌握兵權，大用曹氏親族：其弟曹羲為

中領軍、曹訓為武衛將軍、曹彥為散騎常侍。司馬懿則以「推病不出，二子亦退職閒居」應對曹氏的疑忌。第一〇六回，曹爽想外出打獵，其弟曹羲諫阻，要他提防司馬懿。曹爽令新任荊州刺史李勝到太傅府，查探司馬懿疾病的虛實。請看奸雄司馬懿的卓絕表演：

> 曹爽一向專權，不知仲達虛實，適魏主除李勝為荊州刺史，即令李勝往辭仲達，就探消息。勝徑到太傅府中，早有門吏報入。司馬懿謂二子曰：「此乃曹爽使來探吾病之虛實也。」乃去冠散髮，上床擁被而坐，又令二婢扶策，方請李勝入府。勝至床前拜曰：「一向不見太傅，誰想如此病重。今天子命某為荊州刺史，特來拜辭。」懿佯答曰：「並州近朔方，好為之備。」勝曰：「除荊州刺史，非並州也。」懿笑曰：「你方從並州來？」勝曰：「漢上荊州耳。」懿大笑曰：「你從荊州來也！」勝曰：「太傅如何病得這等了？」左右曰：「太傅耳聾。」勝曰：「乞紙筆一用。」左右取紙筆與勝。勝寫畢，呈上，懿看之，笑曰：「吾病得耳聾了。此去保重。」言訖，以手指口。侍婢進湯，懿將口就之，湯流滿襟，乃作哽噎之聲曰：「吾今衰老病篤，死在旦夕矣。二子不肖，望君教之。君若見大將軍，千萬看覷二子！」言訖，倒在床上，聲嘶氣喘。李勝拜辭仲達，回見曹爽，細言其事。爽大喜曰：「此老若死，吾無憂矣！」
> 司馬懿見李勝去了，遂起身謂二子曰：「李勝此去，回報消息，曹爽必不忌我矣。只待他出城畋獵之時，方可圖之。」

可見，司馬懿的老謀深算，善於作偽，精通表演且臨場不

亂。文中沒有描述司馬懿的心理，但他必定感覺自己萬分危險：因自己老謀深算，魏主面對危局，不得不倚重自己；因自己老謀深算，又必定被魏主疑忌，每一刻都有身家性命毀滅的危險。因此他不得不奪回兵權，以求自保。緊接著第一〇七回《魏主政歸司馬氏　姜維兵敗牛頭山》司馬懿乘曹爽出獵之際，以曹爽「背先帝托孤之恩，奸邪亂國」為藉口，屯兵洛陽浮橋，威逼曹爽交出兵權。無能的曹爽「手腳無措」，又擔憂「吾等全家皆在城中，豈可投他處求援？」而交出兵權。請看曹爽的最後決斷：

> 是夜，曹爽意不能決，乃拔劍在手，嗟歎尋思；自黃昏直流淚到曉，終是狐疑不定。桓範入帳催之曰：「主公思慮一晝夜，何尚不能決？」爽擲劍而歎曰：「我不起兵，情願棄官，但為富家翁足矣！」範大哭，出帳曰：「曹子丹以智謀自矜！今兄弟三人，真豚犢耳！」痛哭不已。（曹爽膽怯而無知：不知擲劍給人，一如豬牛，生死在人。）

接著司馬懿「押曹爽兄弟三人並一干人犯，皆斬于市曹，滅其三族；其家產財物，盡抄入庫」。此可見司馬懿如曹操一般心眼皆黑。曹芳被迫「封司馬懿為丞相，加九錫」，「父子三人，統領國事」。從此，曹魏大權盡歸司馬氏。

可見，欲保自家天下太平，主子信用大智大勇者有一個前提，即主子自己必須精於政治與軍事文韜武略，且能臨變果敢不亂。曹操善韜略，多智勇，善識人用人，殺伐果斷，臨危不亂，血陣當先，使得群僚佩服，不願、不能，更不敢篡權。如果主子自身弱，面對危局，將家天下依託於智勇者，則有韓非子所言「人臣太貴必移主位」的危險，因而必定對智勇者心懷

疑忌；但如果用無智勇的奴才，則國弱民怨，往往亡於外敵入寇。宋朝之所以亡於蒙古而成元，明朝之所以亡於滿洲而成清，皆如是。以史為鑒，古今中外成王霸業者，皆因自身文韜武略出類拔萃，文臣武將皆不敢望其項背，只能忠，不願也不敢反叛；而其後代失去天下，皆因自身既無文韜，又無武略，且大多稟性羸弱如少帝、獻帝、曹爽者，昏庸無德如漢靈帝、漢桓帝、宋徽宗者，愚昧如蜀漢劉禪者。一如馬基維利在《君主論‧第十三章》所言：「世界上最弱最不牢固的東西，莫過於不以自己力量為基礎而帶來的權利和名譽了。」

第一○八回《丁奉雪中奮短兵　孫峻席間施密計》司馬懿派遣長子司馬師在牛頭山大敗姜維，回師洛陽。嘉平三年秋八月，司馬懿染病將亡，請看他對二子的臨終遺言，盡道其處境一如曹操，似乎心無篡逆，但必須小心謹慎，掌握軍權，不可放鬆：

> 姜維折兵數萬，領敗兵回漢中屯紮。司馬師自還洛陽。至嘉平三年秋八月，司馬懿染病，漸漸沉重，乃喚二子至榻前囑曰：「吾事魏歷年，官授太傅，人臣之位極矣；人皆疑吾有異志，吾嘗懷恐懼。吾死之後，汝二人善理國政。慎之！慎之！」言訖而亡。長子司馬師，次子司馬昭，二人申奏魏主曹芳。芳厚加祭葬，優錫贈謚；封師為大將軍，總領尚書機密大事，昭為驃騎上將軍。

從此，曹魏權柄由司馬師、司馬昭兄弟倆專掌。

（二）司馬師的奸雄

司馬師之奸雄主要在對權勢爭奪者心狠手毒，殺無赦，一如曹操。第一○九回。一如曹操專權，漢獻帝如坐針氈，司馬師、司馬昭專制朝政，「群臣莫敢不服。魏主曹芳每見師入朝，

戰慄不已，如針刺背」。曹芳秘密召見光祿大夫皇丈張緝、太常夏侯玄、中書令李豐，哭訴：「司馬師視朕如小兒，覷百官如草芥，社稷早晚歸此人。」言畢大哭，脫下龍鳳汗衫，咬破指尖，書寫血詔，要三人設計誅殺司馬師、司馬昭。司馬師在宮中的間諜將此事密報司馬師，三人剛出宮門，司馬師率數百武士帶劍而來，擒拿三人，搜查，發現龍鳳汗衫血詔。司馬師將三人腰斬於市，滅其三族，絞死作為皇后的張緝之女張后，而皇帝曹芳不能保：

> 魏主曹芳正與張皇后商議此事。皇后曰：「內廷耳目甚多，倘事洩露，必累妾矣！」正言間，忽見師入，皇后大驚。師按劍謂芳曰：「臣父立陛下為君，功德不在周公之下；臣事陛下，亦與伊尹何別乎？今反以恩為仇，以功為過，欲與二三小臣，謀害臣兄弟，何也？」芳曰：「朕無此心。」師袖中取出汗衫，擲之於地曰：「此誰人所作耶！」芳魂飛天外，魄散九霄，戰慄而答曰：「此皆為他人所逼故也。朕豈敢興此心？」師曰：「妄誣大臣造反，當加何罪？」芳跪告曰：「朕合有罪，望大將軍恕之！」師曰：「陛下請起。國法未可廢也。」乃指張皇后曰：「此是張緝之女，理當除之！」芳大哭求免，師不從，叱左右將張后捉出，至東華門內，用白練絞死。後人有詩曰：「當年伏后出宮門，跣足哀號別至尊。司馬今朝依此例，天教還報在兒孫。」

然後司馬師廢曹芳，立曹髦。「曹芳泣拜太后，納了國寶，乘王車大哭而去。只有數員忠義之臣，含淚相送。後人有詩曰：昔日曹瞞相漢時，欺他寡婦與孤兒。誰知四十餘年後，寡婦孤兒亦被欺。……改嘉平六年為正元元年，大赦天下，假大將軍

司馬師黃鉞，入朝不趨，奏事不名，帶劍上殿。文武百官，各有封賜。」

第一一○回目睹司馬師廢主，專權，魏國忠臣揚州都督毋丘儉、刺史史文欽在淮南起兵，聲言仗義討伐司馬兄弟。司馬師左眼生肉瘤，但無可以信用之將，只得親自帶兵出戰。平定淮南後，他臥病不起，自料難保，令人前往洛陽喚來司馬昭，遺言曰：「吾今權重，雖欲卸肩，不可得也。汝繼我為之，大事切不可輕托他人，自取滅族之禍。」司馬懿、司馬師與曹操一樣，因權重被疑忌而殺人太多，遭人仇恨，而失去權力就會滅族。

（三）司馬昭的奸雄

司馬昭之奸雄特色在知人知心，自有深算，又使人真假難辨，特善演戲。

第一一一回司馬師死，司馬昭繼承其兄，與其兄一樣小心翼翼，緊握權柄。曹髦知司馬師死，命司馬昭暫留許昌以防東吳。司馬昭心中猶豫未決，聽從鍾會「大將軍新亡，人心未定，將軍若留於此，萬一朝廷有變，悔之何及？」之言，起兵還，屯兵洛水之南。此舉驚得曹髦封司馬昭為大將軍，錄尚書事。「自此，中外大小事情，皆歸於昭。」奸雄必須小心謹慎，不怕一萬，只怕萬一。

最能見司馬昭之奸雄在第一一四回殺曹髦，表現之奸偽實乃古今中外一絕。司馬昭欲伐蜀，中護軍賈充以為：「未可伐也。天子方疑主公，若一旦輕出，內難必作也。」言畢，他獻媚將曹髦的《潛龍詩》「傷哉龍受困，不能躍深淵。上不飛天漢，下不見於田。蟠居於井底，鰍鱔舞其前。藏牙伏爪甲，嗟我亦同然！」透露給司馬昭，說這是「明明道著主公」。司馬昭大怒，謂賈充曰：「此人欲效曹芳也！若不早圖，彼必害我。」

充曰：「某願為主公早晚圖之。」司馬昭帶劍上殿，髦起迎之。群臣皆奏曰：「大將軍功德巍巍，合為晉公，加九錫。」髦低頭不答。昭厲聲曰：「吾父子兄弟三人有大功於魏，今為晉公，得毋不宜耶？」髦乃應曰：「敢不如命？」昭曰：「汝之詩，視吾等如鰍鱔，是何禮也？」髦不能答。昭冷笑下殿，眾官凜然。

　　曹髦不忍坐受司馬昭廢棄之辱，要侍中王沈、散騎常侍王業、尚書王經相助討之。王沈、王業怕死，密告司馬昭。司馬昭布下埋伏。曹髦不聽尚書王經之哭諫，命令護衛焦伯，聚集殿中宿衛蒼頭官僮僕從三百人，驅車出南闕，討伐司馬昭，死於司馬昭手下賈充、成濟之手。賈充叱左右綁縛尚書王經，報知司馬昭。請看司馬昭的表演，與第一○六回他父親司馬懿裝病騙曹爽的奸偽表演，堪稱奸雄雙絕：

> 昭入內，見髦已死，乃佯作大驚之狀，以頭撞輦而哭，令人報知各大臣。時太傅司馬孚入內，見髦屍，首枕其股而哭曰：「弒陛下者，臣之罪也！」遂將髦屍用棺槨盛貯，停於偏殿之西。昭入殿中，召群臣會議。群臣皆至，獨有尚書僕射陳泰不至。昭令泰之舅尚書荀顗召之。泰大哭曰：「論者以泰比舅，今舅實不如泰也。」乃披麻帶孝而入，哭拜於靈前。昭亦佯哭而問曰：「今日之事，何法處之？」泰曰：「獨斬賈充，少可以謝天下耳。」昭沉吟良久，又問曰：「再思其次？」泰曰：「惟有進於此者，不知其次。」昭曰：「成濟大逆不道，可剮之，滅其三族。」濟大罵昭曰：「非我之罪，是賈充傳汝之命！」昭令先割其舌。濟至死叫屈不絕。弟成倅亦斬於市，盡滅三族。昭又使人收王經全家下獄。次日，王經全家皆押赴東市受刑。

　　司馬昭以王禮葬曹髦，然而當賈充等勸司馬昭受魏禪，即天子位，司馬昭效法曹操說：「昔文王三分天下有其二，以服事殷，故聖人稱為至德。魏武帝不肯受禪於漢，猶吾之不肯受禪於魏也。」賈充等聞言，已知司馬昭留意於自己的兒子司馬炎，遂不復勸進。是年六月，司馬昭立曹奐為帝，曹奐封昭為相國、晉公，賜錢十萬、絹萬匹。其文武多官，各有封賞。其後，朝中大臣因昭收川有功，欲尊之為王，表奏魏主曹奐。時奐名為天子，實不能主張，政皆由司馬昭，不敢不從，遂封晉公司馬昭為晉王。

　　司馬昭之奸雄還體現在利用鄧艾、鍾會滅蜀，又使二人相互算計殘殺，得免西蜀再現一個鍾玄德或鄧玄德。第一一五回《詔班師後主信讒　托屯田姜維避禍》蜀後主劉禪聽信宦官黃皓，溺於酒色，於是賢人漸退，小人增多。姜維此時正在祁山攻打魏國城池，黃皓讒言姜維屢戰無功，命閻宇取代。姜維班師回成都，查知真相，欲斬黃皓，後主袒護。為避禍姜維只得屯兵隴西遝中。司馬昭得知這一消息決定伐蜀，請看其謀略、判定：

> 昭曰：「吾自征東以來，息歇六年，治兵繕甲，皆以完備，欲伐吳、蜀久矣。今先定西蜀，乘順流之勢，水陸並進，併吞東吳；此假號取虞之道也。吾料西蜀將士，守成都者八九萬，守邊境者不過四五萬，姜維屯田者不過六七萬。今吾已令鄧艾引關外隴右之兵十餘萬，絆住姜維於遝中，使不得東顧；遣鍾會引關中精兵二三十萬，直抵駱谷，三路以襲漢中。蜀主劉禪昏暗，邊城外破，士女內震，其亡可必也。」

　　繼承其父司馬懿，知己知彼，司馬昭頗有謀略勝算，使朝

中官吏「眾皆拜服」。西曹椽邵悌對司馬昭說：「愚料會（即
鍾會）志大心高，不可獨掌大權。」司馬昭的回答體現他特精
於精神分析：「朝臣皆言蜀不可伐，是其心怯；若使強戰，必
敗之道也。今鍾會獨建伐蜀之策，是其心不怯；心不怯，破蜀
必矣。蜀即破，則蜀人心膽已裂；敗軍之將，不可言勇；亡國
之大夫，不可以圖存。會即有異志，蜀人安能助之乎？至若魏
人得勝思歸，必不從會而反，更不足慮耳。此言乃吾與汝知之，
切不可洩露。」可以說，司馬昭是一個很好的心理學家。

　　破蜀之後，鄧艾欲自征東吳。司馬昭疑有反意，聽賈充之
言，封鍾會以挾制鄧艾。鍾會圖謀自霸西蜀，趁機陷害鄧艾。
司馬昭命鍾會收殺鄧艾，同時要曹奐御駕親征鄧艾，自己則帶
兵暗算鍾會。鍾會收押捆綁了鄧艾父子後，與姜維商議圖謀獨
霸西川，得知司馬昭引兵前來，自知大禍臨頭。次日宴會諸將，
他假言奉郭太后遺詔，要興兵討伐司馬昭，但諸將思歸中原，
不願造反。鍾會收監諸將，欲坑殺。是夜諸將舉兵，殺了鍾會，
姜維也死於亂軍之中，鄧艾父子也被鍾會手下衛瓘所殺。

　　鍾會這事全應了司馬昭之事先預算：「蜀即破，則蜀人心
膽已裂；敗軍之將不可言勇；亡國之大夫，不可以圖存。會即
有異志，蜀人安能助之乎？至若魏人得勝思歸，必不從會而反，
更不足慮耳。」因收復西川有功，大臣表奏尊司馬昭為王。曹
奐名為天子，但全受司馬昭挾制，只得封司馬昭為晉王。

　　（四）司馬炎之奸雄

　　關於司馬炎親仁厚德，親賢任能，使得臣民效忠，其後述
吳國敗亡將說到。在此僅僅交待他篡位立晉。第一一九回，司
馬昭死，其子司馬炎繼位晉王。安葬其父後，司馬炎立即效法
曹丕篡漢立魏，自己篡魏立晉：

　　　召賈充、裴秀入宮問曰：「曹操曾雲：若天命在吾，吾其

為周文王乎！果有此事否？」充曰：「操世受漢祿，恐人議論篡逆之名，故出此言。乃明教曹丕為天子也。」炎曰：「孤父王比曹操何如？」充曰：「操雖功蓋華夏，下民畏其威而不懷其德。子丕繼業，差役甚重，東西驅馳，未有寧歲。後我宣王、景王，累建大功，布恩施德，天下歸心久矣。文王併吞西蜀，功蓋寰宇。又豈操之可比乎？」炎曰：「曹丕尚紹漢統，孤豈不可紹魏統耶？」賈充、裴秀二人再拜而奏曰：「殿下正當法曹丕紹漢故事，復築受禪壇，佈告天下，以即大位。」炎大喜，次日帶劍入內。此時，魏主曹奐連日不曾設朝，心神恍惚，舉止失措。炎直入後宮，奐慌下御榻而迎。炎坐畢，問曰：「魏之天下，誰之力也？」奐曰：「皆晉王父祖之賜耳。」炎笑曰：「吾觀陛下，文不能論道，武不能經邦。何不讓有才德者主之？」奐大驚，口噤不能言。傍有黃門侍郎張節大喝曰：「晉王之言差矣！昔日魏武祖皇帝，東蕩西除，南征北討，非容易得此天下；今天子有德無罪，何故讓與人耶？」炎大怒曰：「此社稷乃大漢之社稷也。曹操挾天子以令諸侯，自立魏王，篡奪漢室。吾祖父三世輔魏，得天下者，非曹氏之能，實司馬氏之力也：四海咸知。吾今日豈不堪紹魏之天下乎？」

節又曰：「欲行此事，是篡國之賊也！」炎大怒曰：「吾與漢家報仇，有何不可！」叱武士將張節亂瓜打死于殿下。奐泣淚跪告，炎起身下殿而去。奐謂賈充、裴秀曰：「事已急矣，如之奈何？」充曰：「天數盡矣，陛下不可逆天，當照漢獻帝故事，重修受禪壇，具大禮，禪位與晉王：上合天心，下順民情，陛下可保無虞矣。」奐從之，遂令賈充築受禪壇。以十二月甲子日，奐親捧傳國

璽,立於壇上,魏遂亡。

司馬氏由專權而奪權,完全是曹氏的完整翻版。此也可見,曹操採用荀彧或「挾天子以令諸侯」之計,弊遠大於利,使曹操不能名正言順取天下,使其後代不能名正言順繼承天下,卻使同為奸雄的司馬氏能名正言順地篡奪曹魏,建立司馬晉朝。

第二節　大奸雄的陪襯：小奸雄

一、董卓與呂布

曹操圖謀爭霸天下,以忠義為面具,挾天子以令諸侯。劉備有帝王之志,以漢室宗親為社交名片,以仁德為面具。董卓有霸天下之心,帝王之志,但全無面具,赤裸裸獸性張狂,塗炭臣民,禍害天下,得罪天下,最後身死家滅。呂布悍勇,但惟趨利無義,失信於天下,以至於內外皆叛,孤身被擒而死。此二人夠狠,夠毒,也夠勇,但沒有取天下的文韜武略與將自己裝扮成太陽的曜民術,所以他倆只是大奸大雄陪襯——小奸小雄。

董卓出場在第一回。劉關張桃園結義,投靠涿縣太守劉焉,剿滅黃巾。天公將軍張角殺敗當時為中郎將的董卓,被劉關張所救。回到營寨,「卓問三人現居何職,玄德曰:『白身。』卓甚輕之,不為禮」,氣得張飛要提刀入帳殺他,若不是劉備因「他是朝廷命官,豈可擅殺」,也許他董卓就身首異處。身處危局,卻以官爵門第視人,而不以才能看人,一如袁術。

觀三國:董卓乃一巨口獠牙沼澤食人鱷,以血食為樂;呂布乃一尖嘴利齒荒野兜豹,唯利是趨。二人夠毒夠狠,但無智或曰少智。

（一）董卓無智:只憑刀劍,妄行廢立,得罪天下

　　董卓第二次出場在第三回。當時靈帝死，內宮爭嗣，何太后兒子劉辯即位，年僅七歲，即漢少帝。何進聽從袁紹之謀，召董卓來京，誅殺依附何太后的宦官張讓等十常侍。董卓破黃巾無功，本該治罪，因賄賂十常侍得免罪，官任西涼刺史，統大兵二十萬，文中說他「常有不臣之心」。這時得到入京密詔，「大喜」，提兵往洛陽進發，屯兵澠池，按兵不動，等待何進命令。張讓、段珪等宦官等見勢不對，借何太后詔命，騙何進入宮而殺之。繼而他們劫持少帝劉辯和陳留王劉協，冒煙突火出京城，連夜奔走北邙山。袁紹、袁術、曹操等帶領追兵至，張讓無路可逃，投河而死，段珪被殺。亡命流落鄉野的少帝劉辯和陳留王劉協被一農莊莊主崔毅所救，收留。後來河南中部椽吏閔貢、司徒王允、太尉楊彪、中軍校尉袁紹等尋找到少帝和陳留王，護駕回城。回城途中，遇見率領大隊兵馬前來的董卓。面對身份不明的董卓，十四歲的少帝劉辯「戰慄不能言」，年九歲的陳留王劉協則能「以言撫慰董卓，自始至終，並無失語。卓暗奇之，已懷廢立之意」。

　　董卓只憑自身好惡，以殺戮為手段，強行廢立大事，完全不考究皇權興廢綱常和臣民之心。第三回他「每日帶鐵甲軍馬入城，橫行街市，百姓惶惶不安」。接著聽從謀臣李儒之言，在溫明園中召集百官，言廢少帝劉辯立陳留王劉協為帝。荊州刺史丁原推案而出，厲聲反對。董卓大怒曰：「順我者生，逆我者死！」拔劍欲殺丁原。丁原義子呂布在丁原背後，怒目而視。經李儒勸解，丁原上馬而去。

　　丁原走後，董卓廢少帝，立劉協為帝的主張受到盧植質問：「明公差矣。昔太甲不明，伊尹放之於桐宮；昌邑王登位方二十七日，造惡三千餘條，故霍光告太廟而廢之。今上雖幼，聰明仁智，並無分毫過失。公乃外郡刺史，素未參與國政，又無

伊、霍之大才,何可強主廢立之事?聖人云:『有伊尹之志則可,無伊尹之志則篡也。』」董卓「大怒,拔劍向前欲殺植」,被勸止。

　　盧植所言是中國古代社會唯一兩件臣子廢帝王的事件。商湯嫡長孫太甲昏庸無德,宰相伊尹把他囚禁在桐宮。漢昌邑王劉賀登基才二十七天,造惡三千多條,所以霍去病的異母兄弟霍光前往太廟,祭告先帝劉邦將他廢了。少帝年幼可造,且沒有任何過失,妄行廢立就是篡逆無道。

　　民主社會,權力更替在民;封建專制社會皇權更替,與臣民無關。奸雄以武力和陰謀詭計奪天下,建立皇權。皇權建立後,為了避免皇族外戚爭奪皇權,實行皇權世襲嫡長子繼承制。如果皇帝沒有兒子,則由皇帝本人指定親族中人繼承皇位而與皇族外戚臣民無關。這是專制制度的權力更替方式,也是為了避免因爭奪皇權,導致天下傾覆,生民塗炭的唯一的權力更替制度,故而皇帝必定專權,必定要求臣民絕對忠順,而忠順能保天下太平,既是君主之望,也是臣民之願,故而對皇帝絕對的忠順,是中國封建社會臣民第一道德文化準則。

　　(二)董卓無智:呂布乃「見利忘義」之徒,卻收他為「義子」

　　董卓與呂布,因金權而成父子,因美色而反目,令人捧腹。因董卓擅行廢立,溫明園會議的第二天,並州刺史丁原引軍挑戰。董卓大怒引軍出迎,被丁奉義子呂布大敗而歸。董卓聚眾商議,虎賁中郎將李肅說:「主公勿憂。某與呂布同鄉,知其有勇無謀,見利忘義。某憑三寸不爛之舌,說得呂布來降,可乎?」果然,就因為「赤兔馬、金珠、玉帶」與「公若到彼,貴不可言」的引誘,呂布就「一刀砍下丁原首級」,投降董卓。董卓置酒相待,請看二人見面:

卓先下拜曰：「卓今得將軍，如旱苗之得甘雨也。」布
納卓坐而拜之曰：「公若不棄，布請拜為義父。」卓以
金甲錦袍賜布，暢飲而散。

物以類聚，人以群分。董卓、呂布臭味相投，結拜為父子，
他們不過荒原狂獸罷了。獸類相聚，力大身壯者、齒尖爪利者
為首領，而依附者效勞，一在畏懼其權勢，也在其恩賜羊臀、
鹿骨的誘惑。人間仁義道德，在它們眼中沒有半點痕跡。所以，
呂布因赤兔馬、金珠、玉帶、高官厚祿而殺義父丁原，拜董卓
為義父，又因為貂蟬之色而殺了董卓這義父，非常的自然而然。

收買呂布後的第四回，董卓「拔劍在手」，強行廢棄少帝
劉辯，立陳留王劉協為獻帝，還當場殺了反對者尚書丁管。此
後他身「為相國，贊拜不名，入朝不趨，劍履上殿，威福莫比」。
可見，董卓之所以廢少帝，立獻帝，不過就是為了自己官升相
國，專權天下。

（三）董卓心毒，全無仁德，肆意殺戮，令人戰慄

第四回鴆殺十四歲的少帝，殺何太后、絞死唐妃：

卻說少帝與何太后、唐妃困於永安宮中，衣服飲食，漸
漸少缺；少帝淚不曾乾。一日偶見雙燕飛於庭中，遂吟
詩一首。詩曰：「嫩草綠凝煙，嫋嫋雙飛燕。洛水一條青，
陌上人稱羨。遠望碧雲深，是吾舊宮殿。何人仗忠義，
泄我心中怨！」
董卓時常使人探聽。是日獲得此詩，來呈董卓。卓曰：「怨
望作詩，殺之有名矣。」遂命李儒帶武士十人，入宮弒
帝。帝與后、妃正在樓上，宮女報李儒至，帝大驚。儒
以鴆酒奉帝，帝問何故。儒曰：「春日融和，董相國特上
壽酒。」太后曰：「既云壽酒，汝可先飲。」儒怒曰：「汝

不飲耶？」呼左右持短刀、白練於前曰：「壽酒不飲，可領此二物！」唐妃跪告曰：「妾身代帝飲酒，願公存母子性命。」儒叱曰：「汝何人，可代王死？」乃舉酒與何太后曰：「汝可先飲！」后大罵何進無謀，引賊入京，致有今日之禍。儒催逼帝，帝曰：「容我與太后作別。」乃大慟作歌，其歌曰：「天地易兮日月翻，棄萬乘兮退守藩，為臣逼兮命不久，大勢去兮空淚潸！」唐妃亦作歌曰：「皇天將崩兮后土頹，身為帝姬兮命不隨。生死異路兮從此畢，奈何縈速兮心中悲！」歌罷，相抱而哭。李儒叱曰：「相國立等回報，汝等俄延，望誰救耶？」太后大罵：「董賊逼我母子，皇天不佑！汝等助惡，必當滅族！」儒大怒，雙手扯住太后，直攛下樓；叱武士絞死唐妃；以鴆酒灌殺少帝。

上述基本錄自《後漢書》。少帝（176-190）死時，年僅十四歲。史書稱他為皇子辨或弘農王。史載他最後一句話：「王謂姬曰：『卿為王者妃，勢不復為吏民妻，幸自愛！從此長別！』遂飲鴆死。時年十四。」

（第四回）殺了少帝、何后、唐妃之後，董卓「自此每夜入宮，姦淫宮女，夜宿龍床。曾引軍出城，行到陽城地方，時當二月，村民社賽，男女皆集。卓命軍士圍住，盡皆殺之，掠婦女財物，裝載車上，懸頭千餘顆於車下，連軫還都，揚言殺賊大勝而回；於城外焚燒人頭，以婦女財物分散眾軍」。

中國歷代軍閥大都如此，其將官、士卒就是成夥的狼群，視生民如草芥，搶劫燒殺姦淫，無惡不作。民國初年，四川軍閥劉湘、劉文輝、楊森等等內戰。他們攻城，焚燒，擄掠，強姦，殺戮，紳民塗炭。佔據一個地方以後，他們所謂剿匪，也與董卓一樣以民為匪，殺了，還要當地鄉紳出錢犒勞，敲詐一

番，方大鼓鐘樂，班師回營。

古人常說：「得民心者得天下。」「得民心」是手段，目的在「得天下」，當然不是為生民謀幸福，為萬世開太平，要將自己裝扮成普照萬物的太陽，騙取民心以取天下，這是奸雄們常用的奸雄術。義帝被項羽所殺，漢高祖劉邦就裝模作樣地為義帝發喪，使天下歸心。秦末陳勝揭竿而起之前，唆使吳廣假扮神狐，大呼：「大楚興，陳勝王！」其意就在讓同行者以為「天命在陳勝，跟著他造反吧」。明末農民李自成爭奪明朝天下，有非常誘惑民心的口號：「迎闖王，不納糧！」清末洪秀全爭天下，自稱是基督的兒子，似乎平等、博愛。千萬不要當真！這只是蠱惑民心，欺騙民心，掩飾醜心惡心的奸雄術。但董卓這傢夥赤裸裸的，連面具都沒有，不懂得奸雄術。看他以暴虐殺戮為樂：

> （第八回）一日，卓出橫門，百官皆送，卓留宴。適北地招安降卒數百人到。卓命於座前，或斷其手足，或鑿其眼睛，或割其舌，或大鍋煮之。哀號之聲震天，百官戰慄失箸，卓飲食談笑自若。又一日，卓於省台大會百官，列坐兩行。酒至數巡，呂布徑入，向卓耳邊言不數句，卓笑曰：「原來如此。」命呂布於筵上揪司空張溫下堂。百官失色。不多時，侍從將一紅盤，托張溫頭入獻。百官魂不附體。卓笑曰：「諸公勿驚，張溫結連袁術，欲圖害我，因使人寄書來，錯下在吾兒奉先處。故斬之。公等無故，不必驚畏。」眾官唯唯而散。

《三國志》中的司空張溫並無結連袁術，圖謀殺董卓事，實因「素不善卓，卓心怨之，因天有變，欲以塞咎，使人言溫與袁術交關，遂笞殺之」。

　　董卓如此行為，一見其本性如魔，如此暴行宴請百官意在使百官畏懼，不敢算計他，卻不知人面對倒懸累卵之危，必會鼓勇除暴。就在張溫事件的當天，司徒王允回府，坐立不安，就深感「百姓有倒懸之危，君臣有累卵之急」。於是他用貂蟬[33]設下美色連環計，使呂布因貂蟬而與董卓反目成仇，殺了董卓。《三國志》記載董卓與呂布反目之原因與他全無克制的兇暴個性相關，也與美色相關：一是「卓性剛而褊，忿不思難，常小失意，拔手戟擲布」，二是「布與卓侍婢私通，恐事發覺，心自不安」，故而王允要呂布為內應，呂布就手刃董卓。

　　董卓與呂布不過全無智慧，蒙人皮的野獸罷了。荒原猛獸常因食色而沆瀣一氣，狼狽為奸，也常因食色而相互變臉，兇神惡煞般地齜牙咧嘴，相互撕咬。董卓死後，呂布憑其三叉畫戟，也曾張狂一時，但就因為其見利忘義，輕與去就，失信於天下，且少文韜武略，有勇無謀，最後身死家滅。

　　大奸大雄者必以忠義仁德為面具，以權財名位為誘餌，以奸詐權謀為手段，以武力專權為本質。董卓、呂布完全沒有文韜武略，心胸氣度，全憑武力暴虐張狂一時，只不過是小奸雄罷了，是大奸雄們的陪襯。

二、袁紹與袁術

　　袁紹、袁術是兄弟且情節彼此關聯，故而一併論述。兩兄弟起初與曹操一起滅專權的宦官，其後聯盟討伐董卓，再後爭霸天下成為曹操敵手，故而說二袁，得將曹操一起說。兄長袁紹有雄氣勇力，但少謀略，年老更成了一個心胸狹隘且多謀少斷，或謀而不斷，或斷而無謀，或當斷不斷，外寬內忌[34]的小

---

[33]　《三國志》並無貂蟬記載，貂蟬是一個民間傳說的美女。

[34]　外表寬和，內心狹隘。

奸雄。弟弟袁術更是心胸狹隘，既無文韜，更無武略，不知天高地厚，全憑感覺，全無理性度量。倆兄弟唯一可倚仗的是大司徒袁隗之子，其祖輩四世三公，門生故吏遍天下，幾乎處處成為曹操的陪襯。

（一）袁紹有勇力，但既無權衡大局之韜略，更不知人

第二回袁紹第一次出場，時中平六年夏四月，靈帝病篤，兩宮爭競。何皇后欲立自己的兒子皇子辯為太子，靈帝之母董太后欲立被何皇后鴆殺的王美人的兒子皇子協。靈帝愛皇子協，寵信宦官十常侍，聽宦官中常侍蹇碩之言，欲誅殺何皇后的哥哥時任大將軍的何進，立皇子協。何進得悉此陰謀，急歸私宅，召大臣欲盡誅宦官。時任典君校尉的曹操建言：「今日之計，先宜正君位，然後圖賊。」時為司隸校尉的袁紹挺身而出：「願借精兵五千，斬關入內，冊立新君，盡誅閹豎，掃清朝廷，以安天下！」於是袁紹全身披掛，率領御林軍五千護衛，何進引大臣三十餘員，進宮在靈帝靈柩前，冊立太子辯為皇帝。袁紹入宮殺了宦官「十常侍」的頭子蹇碩，本欲盡誅其他九個同夥宦官以除後患，但何皇后感恩中常侍宦官張讓舉薦她為皇后，沒能盡誅十常侍。

接著何皇后與董太后爭權。何皇后兒子劉辯為皇帝，董太后垂簾聽政，封皇子劉協為王。何進暗地唆使廷臣上奏，以董太后原是藩地妃子為藉口，貶董太后到河間，進而派人鴆殺董太后於河間驛庭。此事敗露，袁紹進言何進，要盡誅宦官，但寵信宦官的何皇后不從。袁紹又出謀給何進：「可召四方英雄之士，勒兵來京，盡誅閹豎。」主薄陳琳堅決反對，斷言召外兵，會反生亂。曹操說：「宦官之禍，古今皆有；但世主不當假以權寵，使至於此。若欲治罪，當除元惡，但付一獄吏足也，何必紛紛召外兵乎？欲盡誅之，事必宣露。吾料其必敗也。」

何進無視陳琳、曹操勸告,採信袁紹之言,反而叱罵曹操「孟德亦懷私意矣」。曹操無奈退出,歎息曰:「亂天下者,必進也。」「常有不臣之心」的西涼刺史董卓得詔書,統二十萬大軍往洛陽進發。侍御史鄭泰、盧植深知董卓豺狼之心,先後進諫,但何進不聽。

後來豺狼董卓獨霸朝廷,臣民塗炭,果然一如曹操、陳琳、鄭泰、盧植所料。可見袁紹無權衡大局之韜略,更不知人:既無對得知外兵入京的宦官當有何反應之思慮,也全無對擁兵入京董卓之心性斟酌、預計。接著就有張讓等十常侍伏甲宮廷,誘殺何進,劫持少帝和陳留王外逃之亂,董卓入京專權朝政之亂。

董卓廢少帝,立獻帝。滿朝公卿戰戰兢兢,惟獨袁紹挺身而出,斥罵董卓:「廢嫡立庶,非反而何!」與董卓在筵席上持劍相對。眾人勸阻,袁紹「手提寶劍,辭別百官,懸節東門,奔冀州去了」。董卓因「袁氏樹恩四世,門生故吏遍天下」,怕他「收豪傑以聚徒眾」,反而即日差人拜袁紹為渤海太守,以安其心。此足見袁紹之勇。此時曹操卻走另一條為天下圖賊之路:他討好接近董卓,圖謀刺殺董卓。

第三回何進被宦官刺殺,袁紹的弟弟袁術也「引兵突入內廷,但見閹官,不論大小,盡皆殺之」。曹操阻止,說:「欲治罪,當除元惡。」袁術濫殺無辜。試想,那些被閹割的小男孩何罪之有。可見袁術同哥哥一樣,殺心頓起,全無衡度。

(二)袁紹、袁術以名爵看人

征討董卓,袁紹、袁術既無文韜武略,又臨陣寡斷。臨陣寡斷,是為將者大忌,而以官爵門第視人,則是執政、治軍,欲稱霸天下者之大忌。袁紹、袁術都有這個性缺陷,袁術比哥哥更差勁。袁紹表面寬和,內心狹隘妒嫉。袁術心胸特別狹隘,

盡現於其言行，常因一言一物廢大事。

第四回曹操謀刺董卓不成，匹馬逃難回到家鄉譙郡，先發矯詔，馳報各道，後作檄文送達諸郡。袁紹率先領兵三萬，離渤海，前往譙郡與曹操會盟。曹操因「袁本初四世三公，門生故吏遍天下，漢朝名相之後裔」而推舉他為盟主。這時袁紹也有忠心，歃血為盟，眾諸侯「因其辭氣慷慨，皆涕泗橫流」。但袁氏兄弟以袁氏四世三公自傲，以門第名爵視人，恰與曹操相反。

當時劉備為平原縣令、關羽為馬弓手、張飛為步弓手，依附於北平太守公孫瓚，前來討伐董卓。在營帳裡，公孫瓚介紹了劉備討伐黃巾的功勞、漢室宗派出身。袁紹說：「既是漢室宗派，取坐來。」又說：「吾非敬汝名爵，吾敬汝是帝室之胄耳。」於是劉備坐在末位。

接著董卓大將華雄挑戰，先後殺了應戰的袁術大將俞涉、韓馥大將潘鳳，使各路諸侯皆驚懼。關羽大呼而出，要出戰華雄，袁紹和袁術倆兄弟以官爵為貴賤看人，而曹操相反：

> 袁紹問何人。公孫瓚曰：「此劉玄德之弟，關羽也。」紹問：「現居何職？」瓚曰：「跟隨劉玄德充馬弓手」。帳上袁術大喝：「汝欺吾眾諸侯無大將耶？量一弓手，安敢亂言！與我打出！」曹操急止之曰：「公路息怒。此人既出大言，必有勇略；試教出馬，如其不勝，責之未遲。」袁紹曰：「使一弓手出戰，必被華雄所笑。」操曰：「此人儀表不俗，華雄安知他是弓手？」

於是曹操燙酒一杯，關羽迫不及待，拒酒上馬，陣斬華雄，提頭入帳，其酒尚溫。曹操「大喜」。張飛高聲大叫，要乘勢「殺入關去，活拿董卓！」對此袁術妒嫉，大怒：「俺大臣尚

自謙讓，量一縣令手下小卒，安敢再在此耀武揚威！都與趕出帳去！」曹操直言說：「得功者賞，何計貴賤乎？」袁術就小氣狹隘地賭氣說：「既然公等只重一縣令，我當告退。」曹操又直言說袁術：「豈可因一言而誤大事耶？」命公孫瓚帶玄德、關羽、張飛回寨，暗地裡再派人抬著牛酒，撫慰劉、關、張三人。

袁術心胸狹隘，「因一言而誤大事」還體現在此回對孫堅。袁紹命袁術「總督糧草，應付諸營，無使有缺」。孫堅為先鋒，領兵攻打汜水關。初戰告捷，孫堅派人前去向袁紹報捷，同時到袁術處催糧草。有人對袁術說：「孫堅乃江東猛虎；若打破洛陽，殺了董卓，正是除狼而得虎也。今不與糧，彼軍必散。」袁術聽從，不發糧草。孫堅軍中缺糧，自亂，被華雄打敗。第六回面對孫堅的責問，袁術「惶恐無言，命斬進讒之人，以謝孫堅」。此也可見袁術對人、對事全無衡度，因一言、一物而誤大事是袁術心胸狹隘，全無衡度的個性特點。

就在這第五回，張飛、關羽、劉備三英大戰呂布，呂布大敗。董卓派遣愛將李傕收買孫堅不成，撤兵回洛陽。他們焚燒宮闕，盡殺袁氏門下和宗黨，劫持獻帝，驅趕居民數十萬，逃奔長安。討董聯軍進了洛陽，袁紹、袁術、孫堅各位諸侯野心萌發，不追擊董卓。袁紹臨陣，身為盟主，卻全無決斷：

> 且說孫堅飛奔洛陽，遙望火焰沖天，黑煙鋪地，二三百里，並無雞犬人煙。堅先發兵救滅了火，令諸侯各於荒地上屯住軍馬。曹操來見袁紹曰：「今董賊西去，正可乘勢追擊。本初按兵不動，何也？」紹曰：「諸兵疲困，進恐無益。」操曰：「董賊焚燒宮室，劫遷天子，海內震動，不知所歸，此天亡之時也，一戰而天下定也。諸公何疑而不進？」眾諸侯皆言不可輕動。操大怒曰：「豎

子不足以謀！」遂自引兵萬餘，領夏侯惇、夏侯淵、曹
仁、曹洪、李典、樂進，星夜來趕董卓。

　　曹操孤軍追擊董卓，在滎陽中了董卓的伏擊，大敗。曹操
肩膀中箭，帶箭逃脫。埋伏在山坡草叢中的軍士見曹操馬來，
出槍刺馬，馬倒，曹操被二卒擒拿。危急時刻曹洪趕來，揮刀
砍殺二卒，下馬救起曹操。曹操說：「吾死於此也，賢弟可速
去！」洪曰：「公急上馬！洪願步行。」操曰：「賊兵趕上，
汝將奈何？」曹洪危急之中說出他心裡話，也是曹操絕大部分
謀臣武將的心中話：「天下可無洪，不可無公！」

　　的確，曹操初出仕，官任洛陽北部尉，即不避豪貴，棒責
中常侍蹇碩的叔叔。繼而，他助何進滅專權濫行，亂天下的十
常侍，謀刺董卓，發矯詔討伐董卓。這一系列事件體現出曹操
的忠直、智勇、文韜武略，天下無人可比，而袁紹、袁術兩兄
弟更不在話下。

　　就在第六回孫堅從建章殿水井中撈出傳國玉璽，自以為有
登九五之分，稱病回江東，差一點與袁紹火拼。中董卓埋伏，
帶傷回來的曹操，在接風筵席上責備袁紹與眾諸侯：

　　飲宴間，操歎曰：「吾始興大義，為國除賊。諸公既仗
　　義而來，操之初意，欲煩本初引河內之眾，臨孟津，酸
　　棗；諸將固守成皋，據敖倉，塞轘轅、太谷，制其險要；
　　公路率南陽之軍，駐丹、析，入武關，以震三輔。皆深
　　溝高壘，勿與戰，益為疑兵，示天下形勢。以順誅逆，
　　可立定也。今遲疑不進，大失天下之望。操竊恥之。」
　　紹等無言可對。既而席散，操見紹等各懷異心，料不能
　　成事，自引軍投揚州去了。公孫瓚謂玄德、關、張曰：
　　「袁紹無能為也，久必有變。吾等且歸。」遂拔寨北行。

與曹操截然相反，袁紹既無文韜武略，又無臨陣決機之智，他實在無能擔任盟主。此時他與各路諸侯一樣都野心萌發，引軍回。袁紹投關東，袁術引兵回南陽，兄弟倆欲爭霸天下，但其謀略、智勇、心性卻非爭天下者。

（三）袁紹有奸詐，也有臨陣之勇；袁術野心大，但心胸狹隘，無文韜武略，又無臨陣之勇

袁紹無總領全域的文韜武略，但常有小奸詐，且有臨戰之勇。第七回當時袁紹屯兵關東河內，缺少糧草。冀州牧韓馥遣人送糧草，以資軍用，以示交好，沒想到善行卻得到惡報。袁紹聽謀士逄紀之言，密約北平太守公孫瓚，夾攻韓馥冀州，共分其地。公孫瓚大喜，即日興兵，袁紹卻派人見韓馥，密報韓馥：公孫瓚起兵攻打冀州。韓馥慌忙請袁紹「同治州事」，袁紹兵不血刃，得到冀州。公孫瓚不知就裡，依約定欲平分冀州，派遣弟弟公孫越到冀州，要瓜分冀州。袁紹要公孫越回去，要公孫瓚自己來。在返回途中，公孫越被袁紹的刺客殺死。於是公孫瓚與袁紹磐河大戰。當時為公孫瓚手下大將的趙雲，大敗袁紹，公孫瓚團團圍攻，袁紹也體現其臨陣之勇：

> 後面瓚軍團團圍裹上來。田豐慌忙對紹曰：「主公且於空牆內躲避！」紹以兜鍪撲地，大呼曰：「大丈夫願臨陣鬥死，豈可入牆以望活乎！」眾軍齊心死戰，趙雲衝突不入，紹兵大隊掩至，顏良亦引軍來到，兩路拼殺。

於是公孫瓚大敗。兵不血刃巧取冀州，可見袁紹之謀，與公孫瓚磐河之戰，可見袁紹臨陣之勇，但關鍵的，決定袁紹命運的官渡之戰，敗在何處？以後再說。

在這第七回，袁術心地狹隘，特別可笑：

> 卻說袁術在南陽，聞袁紹新得冀州，遣使來求馬千匹。

紹不與，術怒。自此兄弟不睦。又遣使往荊州，問劉表借糧二十萬石，表亦不與。術恨之，密遣人遺書於孫堅，使伐劉表。其書曰：「前者劉表截路，吾兄本初之謀也。今本初又與表私議，欲襲江東。公可速興兵伐劉表，吾為公取本初，二仇可報。公取荊州，吾取冀州，切勿誤也！」

　　於是引發孫堅、劉表之大戰。袁術心胸如此狹隘，豈可得人而霸天下？實在可笑！前者討伐董卓時，袁術因身邊人一言，不給先鋒孫堅糧草，使孫堅大敗，這是因一言而廢大事；華雄威猛無敵，關羽欲出戰，袁術以官爵視人，曹操力挺關羽，他就要「告退」，也是因一言而誤大事。在第十五回他可以因一物（玉璽）而使孫策佔有江東。

　　為報第六回荊州刺史劉表聽信袁紹，攔截傳國玉璽之仇，第七回孫堅跨江攻打荊州，中伏而死。其子孫策抬著父親屍體，回到江南，但無所歸，只得依附袁術。他不甘淪落，欲借袁術兵馬，圖江東。袁術謀士呂範說：「只恐袁公路不肯借兵。」孫策說：「吾有亡父留下傳國玉璽，以為質當。」深知袁術的呂範說：「公路欲得此久也！以此相質，必肯發兵。」果然，袁術「聞有玉璽，取而視之，大喜」，就借兵三千，馬五百匹，並表薦孫策為折沖校尉。孫策憑此過江，得到江南，為以後孫權建立東吳，奠定基業。孫策「一面寫表，申奏朝廷；一面交結曹操，一面使人致書與袁術取玉璽」，而袁術因這玉璽卻「暗有稱帝之心」，回書推託不還。

　　筆者並非貶斥袁術稱帝野心。權力意志為人之本能，人人皆有，只不過因本性而有大小強弱之別。袁紹野心大，想稱帝霸天下，卻沒有實現此野心的心胸、韜略、勇力。他自己不去征佔江南，卻因一塊玉璽而將江南賣給孫策。圖王霸業者，制

轄土地廣闊，方可圖王霸業。袁術連這一點都不懂，還能當皇帝？

亂世群雄爭霸，智者當審度時勢，確定「攻交大略」，且因時勢權變。秦始皇之所以霸天下，其攻交大略為「遠交近攻」。孫權的攻交戰略是位居曹劉之間，因勢權變，時而「交」曹「攻」劉，又因勢權變，變臉「交」劉「攻」曹。袁術全無攻交大略，且既輕信，又食言。第十四回曹操採用荀彧「驅虎吞狼」之計，令人騙袁術說：劉備上密表，要佔南郡。袁術全無交好劉備，共釋前嫌，治理內政，坐觀外變，反而輕信曹操，大怒，攻打徐州劉備。袁劉兩奸雄相拼，寄居徐州小沛的奸雄呂布趁機奪取徐州，使得劉備退軍。袁術得知呂布襲奪徐州，差人星夜去見呂布，許以糧食、馬匹，金銀萬兩，彩緞千匹，引誘呂布夾攻劉備。大敗劉備後，呂布發書袁術，索要所許，袁術卻食言，回書說「待捉了劉備，那時方以所許之物相送」。這一來袁術因輕信曹操，與劉備進一步結仇；因食言，失信於見利忘義的呂布。

接著第十六回袁術使用小奸雄術，屢屢失敗。他要征討劉備，想使呂布按兵不動，他又送糧食給呂布。面對袁術大將紀靈率領的十萬大軍，只有五千人馬的劉備只得向呂布求救。考慮袁術滅劉備，將是自己大敵，呂布轅門射戟，使紀靈不得不罷兵，救了劉備。袁術再用紀靈「疏不間親」之計，求呂布女為兒婦。呂布以為「袁公路天賜國寶（即玉璽），早晚當為帝」，鼓樂喧天，送出女兒。見此情景，陳珪直言：此為袁術滅劉備的用心。呂布又反悔，搶回女兒。後來劉備被呂布打出小沛，投靠曹操，全因呂布疑忌劉備欲奪回徐州，而與袁術無關。

袁術完全是一個小奸雄，對時勢全無洞察，人格個性缺陷甚多：無文韜，既不能將自己裝扮為太陽，吸引民心，又不能

識人用人。無武略，既無洞曉敵我之全局戰略，又無攻交應變方略，更別說臨陣決計，瞬間定勝敗之急智。只因官爵門第，就自高自大，心胸狹隘，妒賢嫉能；只因哥哥沒給他馬，就兄弟結仇，出賣哥哥。輕信曹操之言，攻打劉備，結仇於劉備；以行賄的方式結交呂布，又出爾反爾，食言失信，結怨於呂布。

　　如此袁術在第十七回卻不自量力地稱帝，非常可笑，非常自然。請看袁術稱帝的理由：

> 卻說袁術在淮南，地廣糧多，又有孫策所質玉璽，遂思僭稱帝號；大會群下議曰：「昔漢高祖不過泗上一亭長，而有天下；今歷年四百，氣數已盡，海內鼎沸。吾家四世三公，百姓所歸；吾效應天順人，正位九五。爾眾人以為何如？」主簿閻象曰：「不可。昔周後稷積德累功，至於文王，三分天下有其二，猶以服事殷。明公家世雖貴，未若有周之盛；漢室雖微，未若殷紂之暴也。此事決不可行。」術怒曰：「吾袁姓出於陳。陳乃大舜之後。以土承火，正應其運。又讖云：『代漢者，當塗高也』。吾字公路，正應其讖。又有傳國玉璽。若不為君，背天道也。吾意已決，多言者斬！」遂建號仲氏，立台省等官，乘龍鳳輦，祀南北郊，立馮方女為后，立子為東宮。

　　袁術愚蠢，讓人捧腹。他完全不考究自己是否有與天下群雄為敵，征服天下之文韜武略？屬下謀臣是否有呂尚、張良？武將是否有蒙恬、韓信？只因「吾家四世三公」，只因「袁姓出於陳。陳乃大禹之後」，只因巫師討好他，說「代漢者，當塗高[35]也」，只因有傳國玉璽，就妄自稱帝，而成為天下之敵。

---

[35] 讖（chèn）言：巫師預測，以為將應驗的語言。塗即路，塗高，即高路，

　　前此已述，這傳國玉璽是第六回十七路諸侯討伐董卓，佔據洛陽後孫堅所得。得此玉璽，孫堅自以為「有登九五之分」，遂藏匿玉璽，向袁紹稱病回江東。荆州刺史劉表得袁紹書信，攔截孫堅，要孫堅交出傳國玉璽。兩軍大戰，孫堅敗逃回江東。第七回孫堅報復劉表，跨江攻擊荆州，死於亂石萬箭之下。這傳國玉璽並沒有使孫堅榮登九五成帝王，反而死於刀劍之下。這必然使其兒子孫策明白，是否成王霸業？不在玉璽，在武力，在地盤，在韜略，故而第十七回孫策以傳國玉璽為質當，向袁術借兵三千、馬五百匹，得霸江東。袁術可曾想到過孫堅之死？很可能他以為孫堅無此命而死，因而玉璽落到他手中，此謂天命顯示：該他袁術稱帝！

　　袁術稱帝，呂布食言，沒有嫁送自己女兒給袁術兒子，並將袁術派遣的媒人韓胤解赴許都，被曹操斬殺。袁術大怒，率領二十七萬人馬，分七路，攻打徐州呂布。原本因逃避曹操而依附袁術的漢將韓暹、楊奉因袁術稱帝叛漢，反戈一擊。請看袁術首戰崩潰的臨陣敗逃之象：

> 是夜二更時分，韓暹、楊奉分兵到處放火，接應呂家軍入寨。勛軍大亂。呂布乘勢掩殺，張勛敗走。呂布趕到天明，正撞紀靈接應。兩軍相迎，恰待交鋒，韓暹、楊奉兩路殺來。紀靈大敗而走，呂布引兵追殺。山背後一彪軍到，門旗開處，只見一隊軍馬，打龍鳳日月旗幡，四斗五方旌幟，金瓜銀斧，黃鉞白旄，黃羅銷金傘蓋之下，袁術身披金甲，腕懸兩刀，立於陣前，大罵：「呂布，背主家奴！」（罵呂布「背主」，即罵呂布先後背叛

即古代修建之公路。袁術字「公路」，恰合此讖，故而袁術以為自己有帝王的命。

兩個義父即丁原、董卓，但袁術稱帝，可是悖逆其主漢獻帝。這不過大偷罵小偷。）布怒，挺戟向前。術將李豐挺槍來迎；戰不三合，被布刺傷其手，豐棄槍而走。呂布麾兵衝殺，術軍大亂。呂布引軍從後追趕，搶奪馬匹衣甲無數。袁術引著敗軍，走不上數里，山背後一彪軍出，截住去路。當先一將乃關雲長也，大叫：「反賊！還不受死！」袁術慌走，餘眾四散奔逃，被雲長大殺了一陣。袁術收拾敗軍，奔回淮南去了。

　　袁術臨陣膽怯，軍陣不堪一擊，不說比曹操，比哥哥袁紹也差遠了。第三回、第四回董卓欲廢少帝，立陳留王為獻帝，「群臣惶怖莫敢對」，袁紹可以挺身而出，指責董卓「廢嫡立庶，非反而何？」拔劍與董卓相對。第七回袁紹大戰公孫瓚。面對團團包圍，謀臣田豐要他入空牆中躲避，袁紹「以兜鍪撲地，大呼曰：『大丈夫當臨陣鬥死，豈可入牆而望活乎？』」此言行激勵士氣，反敗為勝。這袁術自己「慌走」，自然「餘眾四散奔逃」。

　　袁術第二次敗仗，同樣臨陣不堪一擊，同時也是他全無攻交方略，得罪劉備、呂布的結果。袁術敗退回淮南，派人往江東向孫策借兵報仇。孫策以他「賴吾玉璽，僭稱帝號，背反漢室，大逆不道！吾方欲加兵問罪」為藉口而聯絡曹操。曹操趁機聯合孫策、劉備、呂布，進攻袁術。請看袁術軍隊的敗亡之象：

　　　袁術知曹兵至，令大將橋蕤引兵五萬作先鋒。兩軍會與壽春界口。橋蕤當先出馬，與夏侯惇戰不三合，被刺死。術軍大敗，奔走回城。忽報孫策發兵攻江邊西面，呂布引兵攻東面，劉備、關、張引兵攻南面，操自引軍攻北

面。術大驚，急聚眾文武商議。楊大將曰：「壽春水旱連年、人皆缺食。今又動兵擾民、民既生怨、兵至難以拒敵。不如留軍在壽春、不必與戰；待彼兵糧盡，必然生變。陛下且統御林軍渡淮，一者就熟，二者暫避其銳。」術用其言，留李豐、樂就、梁剛、陳紀四人，分兵十萬，堅守壽春，其餘將卒，並庫藏金玉寶貝，盡數收拾過淮去了。

又一次臨陣不堪一擊，袁術只得放棄壽春，過淮河避難。可見袁術妄自稱帝，與天下為敵，實在不自量力！再看曹操因糧食殆盡，急於攻佔壽春，其大將軍臨陣之風，與袁術相反：

次日，操傳令各營將領：「如三日內不並力破城，皆斬！」操親自至城下，督諸軍搬石運土，填壕塞塹。城上石矢如雨，有兩員裨將畏避而回，操掣劍親斬於城下，遂自下馬接土填坑。於是大小將士無不向前，軍威大振。城上抵敵不住。曹兵爭先上城，斬關落鎖，大隊擁入。

如此曹操，身先士卒，令人佩服。因糧食艱難，且張繡依附劉表作亂，曹操回軍，征伐張繡。袁術得以苟延殘喘，但他並沒有力圖復興，反而（第二十一回）「在淮南驕奢過度，不恤軍民，眾皆背反。術使人歸帝號於袁紹。紹欲取玉璽，術約親自送至，欲棄淮南歸河北」。途中第三次臨陣即敗，毀於當時兵微將寡的劉備之手：

玄德兵至徐州，刺史車冑出迎。公宴畢，孫乾、糜竺等都來參見。玄德回家探視老小，一面差人探聽袁術。探子回報：「袁術奢侈太過，雷薄、陳蘭皆投嵩山去了。術勢甚衰，乃作書讓帝號於袁紹。紹命人召術，術乃收拾

人馬、宮禁御用之物，先到徐州來。」

玄德知袁術將至，乃引關、張、朱靈、路昭五萬軍出，正迎著先鋒紀靈至。張飛更不打話，直取紀靈。鬥無十合，張飛大喝一聲，刺紀靈於馬下，敗軍奔走。袁術自引軍來鬥。玄德分兵三路：朱靈、路昭在左，關、張在右，玄德自引兵居中，與術相見，在門旗下責罵曰：「汝反逆不道，吾今奉明詔前來討汝！汝當束手受降，免你罪犯。」袁術罵曰：「織席編屨小輩，安敢輕我！」（死到臨頭，依然以官爵門第出身看人，真愚蠢至極。）麾兵趕來。玄德暫退，讓左右兩路軍殺出。殺得術軍屍橫遍野，血流成渠；兵卒逃亡，不可勝計。（不說袁術軍陣不堪一擊，筆者實在不明白，中國歷代貧民從軍當兵為歷代皇帝保天下，為歷代奸雄們爭天下而自相殘殺，弄得自身血濺沙場，百姓餓殍載道，白骨遍野！聽官命罷了！為一口飯罷了！如此愚蠢。）又被嵩山雷薄、陳蘭劫去錢糧草料。欲回壽春，又被群盜所襲，只得住於江亭。止有一千餘眾，皆老弱之輩。時當盛暑，糧食盡絕，只剩麥三十斛，分派軍士。家人無食，多有餓死者。術嫌飯粗，不能下嚥，乃命庖人取蜜水止渴。庖人曰：「止有血水，安有蜜水！」術坐於床上，大叫一聲，倒於地下，吐血斗餘而死。時建安四年六月也。後人有詩曰：漢末刀兵起四方，無端袁術太倡狂，不思累世為公相，便欲孤身作帝王。

<u>強暴枉誇傳國璽，驕奢妄說應天祥。</u>渴思蜜水無由得，獨臥空床嘔血亡。

袁術無文韜武略，心胸狹隘，全無肚量，可以因一言、一物而誤大事，輕信又食言，完全就是一個智商、情商皆欠缺的

官二代兼富二代。如果只是帶著無數僕從、無數二奶，駕豪車，一路撞死平民，或者飛刀殺不順眼的貧民，只要輕聲道：「我爹是司徒！」或「我爹是袁剛」，量無人敢言語，但他特弱智，不知人，也不自知，對大局全無衡度，野心勃勃，妄自稱帝，圖霸天下，導致身家皆亡。他全無攻交方略，輕信，食言失信，四處樹敵。他有王天下之心，但沒有王天下之奸雄心胸、氣度、文韜武略以及臨陣決死的勇力，是三國群雄中最差勁的人物。之所以能稱霸一方，全因當時天下大亂，他又「官二代」兼「富二代」，其父輩「四世三公」奠定下基業，在以官為榮耀的封建專制社會有一些威名罷了。現在我們再說袁紹。

（四）袁紹兵敗：既不能戰略決策，更不能臨陣決策

袁紹失敗有多種原因，但其主要原因在戰略決策、臨陣決策的失誤。戰略決策和臨陣決策，均要考究天時地利人和，在知己知彼，臨陣決策更在用奇。

1、第一次袁曹交兵：袁紹貿然出兵，兩軍相對卻優柔寡斷，無果而終。第二十一回投靠曹操的劉備截殺投靠袁紹的袁術，佔領徐州。劉備恐怕曹操討伐，求與「袁紹三世通家」的鄭玄作書，要袁紹出兵相救。袁紹出兵荒唐：

> 紹覽畢，自忖曰：「玄德攻滅吾弟，本不當相助，但重以鄭尚書之命，不得不往救之。」（袁紹沒有兄弟之情，更沒有誰為敵我之交攻判斷，只因「三通世家」鄭玄書信就貿然出兵。）遂聚文武官，商議興兵伐曹操。謀士田豐曰：「兵起連年，百姓疲憊，倉廩無積，不可復興大軍。宜先遣人獻捷天子，若不得通，乃表稱曹操隔我王路，然後提兵屯黎陽；更於河內增益舟楫，繕制兵器，分遣精兵，屯紮邊鄙。三年之中，大事可定也。」（田豐知己，要安民、備戰，等待戰機。）謀士審配曰：「不然。以明

公之神武，撫河朔之強盛，興兵討曹，易如反掌，何必遷延日月？」（此言阿諛奉承，全無軍事度料和權衡。）謀士沮授曰：「制勝之策，不在強盛。曹操法令既行，士卒精練，比公孫瓚坐受困者不同。今棄獻捷良策，而興無名之兵，竊為明公不取。」（田豐知己之困窘，沮授知彼之非凡。）謀士郭圖曰：「非也。兵加曹操豈曰無名？公正當及時早定大業。願從鄭尚書之言，與劉備共仗大義，剿滅曹賊，上合天意，下合民情，實為幸甚。」（仗大義也得知己知彼，找准戰機。）四人爭論未定，紹躊躇不決，忽許攸、荀諶自外而入。紹曰：「二人多有見識，且看如何主張。」二人施禮畢，紹曰：「鄭尚書有書來，令我起兵助劉備，攻曹操。起兵是乎？不起兵是乎？」二人齊聲應曰：「明公以眾克寡，以強攻弱，討漢賊以扶王室，起兵是也。」（二人知袁曹雙方之大勢，但眾就強，寡定弱？）紹曰：「二人所見，正合我心。」（於是率兵六十萬，進發黎陽。）

　　謀士各有所見。袁紹對田豐所言軍備困窘，應該屯兵黎陽備戰等待戰機，沮授所言曹操士卒精煉，全無考量，而聽許攸、荀諶所言「明公以眾克寡，以強攻弱，討漢賊以扶王室」而貿然出兵，但「眾」就「強」，「寡」就「弱」嗎？
　　曹操及其謀臣特能知己知彼。第二十二回得知袁紹出兵，曹操聚眾謀士商議迎敵，荀彧評價袁紹謀臣武將：

　　孔融聞之，來見操曰：「袁紹勢大，不可與戰，只可與和。」荀彧曰：「袁紹無用之人，何必議和？」融曰：「袁紹士廣民強，其部下如許攸、郭圖、審配、逢紀皆智謀之士；田豐、沮授皆忠臣也；顏良、文丑勇冠三軍；其餘高覽、

張郃、淳于瓊等俱世之名將。何謂紹為無用之人乎？」
或笑曰：「紹兵多而不整。田豐剛而犯上，許攸貪而不治，
審配專而無謀，逢紀果而自用。<u>此數人者，勢不相容，
必生內變</u>，顏良、文丑，匹夫之勇，一戰可擒。其餘碌
碌等輩，縱有百萬，何足道哉！」融默然。操大笑曰：「皆
不出荀文若之料。」

　　此孔融、荀彧對白出自《三國志・魏書・荀彧荀攸賈詡第
十》。後來「匹夫之勇」顏良、文丑臨陣授首，專權而無謀的審
配因「貪而不治」的許攸之家人不軌犯法，收押其妻子而使許
攸叛袁紹而投曹操，剛而犯上的田豐直言勸諫而被「外寬內忌」
的袁紹誅殺，皆中荀彧所料。

　　通觀三國曹操勝，袁紹敗，盡應了《三國志・魏書・荀彧荀
攸賈詡第十》所載荀彧言強弱轉換，曹操四勝、袁紹四敗：

太祖乃以紹書示彧，曰：「今將討不義，而力不敵，何如？」
彧曰：「古之成敗者，誠有其才，雖弱必強，苟非其人，
雖強易弱，劉、項之存亡，足以觀矣。今與公爭天下者，
唯袁紹耳。紹外寬內忌，任人而疑其心，公明達不拘，
唯才所宜，此度勝也。<u>紹遲重少決，失在後機</u>，公能斷
大事，應變無方，此謀勝也。紹御軍寬緩，法令不立，
士卒雖眾，其實難用，公法令既明，賞罰必行，士卒雖
寡，皆爭致死，此武勝也。紹憑世資，從容飾智，以收
名譽，故士之寡能好問者多歸之，公以至仁待人，推誠
心不為虛美，行己謹儉，而與有功者無所吝惜，故天下
忠正效實之士咸願為用，此德勝也。夫以四勝輔天子，
扶義徵伐，誰敢不從？」

　　此言鼎鼎。回顧曹袁之戰，袁紹主要敗在謀臣內訌，「勢不

相容」，而他自己「遲重少決，失在後機」，即憂疑不決，不能把握臨陣之戰機，知己知彼，果斷決策，大膽用奇。因此第二十二回勢大的袁紹與兵寡的曹操第一次對敵，卻無果而終：

> 曹操自引兵至黎陽。兩軍隔八十里，各自深溝高壘，相持不戰。自八月守至十月。<u>原來許攸不樂審配領兵，沮授又恨紹不用其謀，各不相和，不圖進取。袁紹心懷疑惑，不思進兵。</u>操乃喚呂布手下降將臧霸守把青、徐；于禁、李典屯兵河上；曹仁總督大軍，屯於官渡；操自引一軍，竟回許都。

袁紹輕率出兵，臨陣又疑惑寡斷，而謀臣內鬥，勢不相容，以至於此，皆應荀彧所言。

2、袁紹第二次失去戰機：婦孺心腸，非大帥之才。第二十四回因獻帝衣帶詔事件，曹操殺了車騎將軍國舅董承等五人與全家老小和董承妹妹董妃，他穩住屯軍西涼的馬騰，征討劉備，置屯兵官渡的袁紹於不顧，因他深知「袁紹雖強，事多懷疑不決」。謀士郭嘉也深知「紹性遲而多疑，其謀士各相妒忌，不足憂也」。果然如此：

> 細作探知，報入徐州。孫乾先往下邳報知關公，隨至小沛報知玄德。玄德與孫乾計議曰：「此必求救於袁紹，方可解危。」於是玄德修書一封，遣孫乾至河北。乾乃先見田豐，具言其事，求其引進。豐即引孫乾入見紹，呈上書信。只見紹形容憔悴，衣冠不整。豐曰：「今日主公何故如此？」紹曰：「我將死矣！」豐曰：「主公何出此言？」紹曰：「吾生五子，惟最幼者極快吾意；今患疥瘡，命已垂絕。吾有何心更論他事乎？」豐曰：「今曹操東征劉玄德，許昌空虛，若以義兵乘虛而入，上可以保天子，

下可以救萬民。此不易得之機會也，惟明公裁之。」紹
曰：「吾亦知此最好，奈我心中恍惚，恐有不利。」豐曰：
「何恍惚之有？」紹曰：「五子中惟此子生得最異，倘有
疏虞，吾命休矣。」遂決意不肯發兵，乃謂孫乾曰：「汝
回見玄德，可言其故。倘有不如意，可來相投，吾自有
相助之處。」田豐以杖擊地曰：「遭此難遇之時，乃以嬰
兒病，失此機會！大事去矣，可痛惜哉！」跌足長歎而
出。

這應了曹操、郭嘉所料。此前袁紹伐曹操，田豐要他等待
戰機。這一回田豐看准此「乘虛而入」的戰機，但袁紹卻因小
兒病不能「乘虛而入」，失去霸天下的最好時機。袁紹秉性如一
婦孺，真不過一個小奸雄罷了！

3、第三次不看戰機，輕率出兵，又疑忌不前。就在第二十
四回劉備被曹操打敗，投靠袁紹。第二十五回袁紹聽從劉備言，
不看戰機，又輕率出兵：

卻說玄德在袁紹處，旦夕煩惱。紹曰：「玄德何故常憂？」
玄德曰：「二弟不知音耗，妻小陷於曹賊；上不能報國，
下不能保家：安得不憂？」紹曰：「吾欲進兵徐都久矣。
方今春暖，正好興兵。」便商議破曹之策。田豐諫曰：「前
操攻徐州，徐都空虛，不及時進兵；今徐州已破，操兵
方銳，未可輕敵。不如以久持之，待其有隙而後動可也。」
紹曰：「待我思之。」因問玄德曰：「田豐勸我固守，何
如？」玄德曰：「曹操欺君之賊，明公若不討之，恐失大
義於天下。」紹曰：「玄德之言甚善。」遂欲興兵。田豐
又諫。紹怒曰：「汝等弄文輕武，使我失大義！」田豐頓
首曰：「若不聽臣良言，出師不利。」紹大怒，欲斬之。

玄德力勸，乃囚於獄中。

田豐果然如荀彧所言「剛而犯上」，但兩強相爭，取勝主因一在是否有能乘虛而入之戰機；二在臨陣決策，是否能知己知彼，出奇制勝。袁紹之所以出兵卻在「方今春暖，正好興兵」和所謂討伐欺君之賊的「大義」。田豐因言獲罪，其他謀臣如審配等則對袁紹阿諛奉承以討歡心，就自然而然了。因此第二十六回袁紹興兵攻打曹操，然而只因投降曹操的關羽殺了他的心腹大將顏良、文丑，他又「令退軍武陽，按兵不動」，又一次臨戰疑忌寡斷，猶豫不前。

4、第四次不看戰機，輕率出兵，官渡大敗。第三十回佔據江東的孫策死，孫權立。曹操封孫權為將軍，結為外應。袁紹「大怒」，不聽囚禁在獄中田豐「今且宜靜守以待天時，不可妄興大兵」之言，「遂起冀、青、幽、並等處人馬七十餘萬，復來攻取許昌」。袁紹兵臨官渡，他不聽沮授「我軍雖眾，而勇猛不及彼軍；彼軍雖精，但糧草不如我軍。彼軍無糧，利在急戰，我軍有糧，宜緩守」之言為臨陣決策，反而將他囚禁於軍中，曰：「待我破曹之後，與田豐一體治罪。」

當然袁、曹在官渡第一戰，曹軍大敗，並未應田豐、沮授之言，但兩強相爭，戰略決策與臨陣決策二者皆嘉者，可以一鼓得勝；戰略決策不夠好，但臨陣決策能知己知彼，能用出奇者亦可制勝，而戰略決策與臨陣決策均誤者，必敗。謀臣言自己之所見，決斷在統帥，豈可因言獲罪！第三十回兩軍相持，也是雙方謀臣大比拼：

袁紹聽從審配之戰術，在曹操寨前築成土山五十餘座，弓弩手居高臨下，箭矢如雨，使曹軍借蒙楯伏地，但為曹操謀臣劉曄所造「發石車」所破。審配又獻計暗打地道，直透曹營，也被劉曄「繞營掘長塹」所破，使紹軍「掘伏道到塹邊，果不

能入」。

曹操戰勝袁紹，就在曹操能用奇兵致勝，而袁紹不能。僅就烏巢之戰來說，袁紹有兩個失誤：

其一、袁紹不識人，用人之誤。曹操遣軍截取袁紹大將韓猛押送的軍糧。審配曰：「行軍以軍糧為重，不可不用心提防。烏巢乃屯糧之處，必得重兵守之。」此為用兵之常，但袁紹用人失誤。袁紹派遣大將淳于瓊守烏巢，而淳于瓊「性剛好酒，軍士多畏之；既至五朝，終日與諸將聚飲」。後來許攸投奔曹操，曹操聽從許攸計，偷襲烏巢成功，就因為淳于瓊「方與眾將飲了酒，醉臥帳中」，措手不及，被生擒。

其二、袁紹臨陣之際，既不能大膽用奇決勝負，又不能隱忍一時。戰略決策主要在天時地利人和，在知己知彼，在戰機；臨陣決策也在知己知彼，把握戰機，出奇制勝。此前（第二十四回）袁紹既不能用田豐「乘曹操東征劉備之機，乘虛攻取許昌」之言為戰略決策；也不聽沮授「彼軍無糧，利在急戰；我軍有糧，宜且緩守。若能曠以日月，則彼軍自敗」之言為臨陣決策。

第三十回曹操軍糧告罄，發使往許昌催辦糧草。使者被袁軍擒捉，許攸得到催辦糧草的書信，出奇謀說：「曹操屯軍官渡，與我相持已久，許昌必空虛；若分一軍星夜掩襲許昌，則許昌可拔，而操可擒也！」袁紹說：「曹操詭計極多，此書乃誘敵之計也。」臨陣決機在知己知彼，大膽用奇。曹操重兵在官渡，許昌空虛，夜襲必取；曹操得知許昌危急，必分兵援救，袁紹大軍追擊，曹操必敗。此真乃決定曹袁勝敗之臨陣妙計，可惜袁紹猶疑不決，沒能採用。後來投靠曹操的許攸對曹操說：「吾曾教袁紹以輕騎襲許都，首尾相攻。」曹操大驚曰：「若袁紹用子言，吾事敗也！」可惜！

袁紹臨陣不能用忍。許攸勸告袁紹奇兵夜襲許昌時，袁紹接到審配來書，稱許攸「在冀州時，曾濫受民間財物，且縱令子侄輩多科稅，錢糧入己」，故收押其子侄入獄。即便審配所言為真，大敵當前，袁紹也該知而不露，待戰後再審查真相，或者當場拘押許攸，囚送冀州庭審。但袁紹不能隱忍，當場大罵許攸「濫行匹夫」，還直言懷疑「汝與曹操有舊，想今受他賄賂，為他作奸細」等等，威脅說「今權且寄頭在項」，但他又不拘押許攸，囚送冀州待審。於是許攸反，當晚投奔曹操。這應了《三國志》中荀彧之言：「袁紹外寬內忌，任人而疑其心」，「許攸貪而不治」，「審配專而無謀，逢紀果而自用，此二人留知後事，若攸家犯其法，必不能縱也，不縱，攸必為變。」

投奔曹營的許攸出計，要曹操出奇兵偷襲袁紹屯糧的烏巢。曹操深知「吾軍糧不給，難以持久；若不用許攸之計，是坐而待困也」。曹操留下大軍守大寨，布下兩路埋伏，等待袁紹，自己只率三千人馬，打袁軍旗號，趁夜偷襲烏巢。

就這樣「嗜酒無備」的淳于瓊丟了烏巢，而袁紹軍一路直接救援烏巢，一路襲擊曹營，「圍魏救趙」以救烏巢，盡應曹操所算。袁紹兩路大軍，均大敗。當天晚上，曹操再次抓住戰機，三路劫寨，使「紹軍折其大半」。接著曹操再用許攸之計，聲言分兵襲擊鄴郡、黎陽，要斷袁紹歸路，使袁紹分兵救援，而曹操大軍八路正面出擊，攻殺「俱無鬥志」的袁紹軍隊八萬餘人，大敗袁紹。

袁紹敗在戰略決策不能等待時機，把握時機，更在臨陣決策不能把握戰機，用奇制勝，且外寬內忌。第三十一回失敗回冀州途中，袁紹心胸狹隘，自覺無臉見勸諫他「等待時機」的田豐，命使者先回冀州殺了田豐，真正「外寬內忌」：

軍行之次，夜宿荒山。紹於帳中聞遠遠有哭聲，遂私往

聽之。卻是敗軍相聚，訴說喪兄失弟，棄伴亡親之苦，各各捶胸大哭，皆曰：「若聽田豐之言，我等怎遭此禍！」紹大悔曰：「吾不聽田豐之言，兵敗將亡，今回去，有何面目見之耶！」（不因其言中而敬信其人且禮見之，反因其言中而羞見之，奸臣譖言自此得入。）次日，上馬正行間，逢紀引軍來接。紹對逢紀曰：「吾不聽田豐之言，致有此敗。吾今歸去，羞見此人。」（真將帥，以此敗為羞，含羞見智者以求重整，但袁紹因羞卻不見智者，進而殺之。此袁紹之為袁紹。）逢紀因譖曰：「豐在獄中聞主公兵敗，撫掌大笑曰：『果不出吾之料！』」袁紹大怒曰：「豎儒怎敢笑我！我必殺之！」（逢紀說田豐的壞話，郭圖說張合、高覽的壞話，而袁紹皆信之，因他們均看准袁紹表面寬容而內心妒忌，不能容人，當疑而不疑。）袁紹命使者齎寶劍先往冀州獄中殺田豐。（不重用智能之臣，反而殺戮！此為袁紹自殺。）

卻說田豐在獄中。一日，獄吏來見豐曰：「與別駕賀喜。」（用獄吏之見反襯袁紹之心胸狹隘。）豐曰：「何喜可賀？」獄吏曰：「袁將軍大敗而回，君必見重矣。」（心胸闊大，能自悔自悟，勵志復興者，當如此。）豐笑曰：「吾今死矣！」獄吏問曰：「人皆為君喜，君何言死也？」（用常人之見反襯袁紹之心胸狹隘。）豐曰：「袁將軍外寬而內忌，不念忠誠。若勝而喜，猶能赦我；今戰敗則羞，吾不望生矣。」（知袁紹必敗，又知袁紹心底狹隘，必因羞而殺智者，田豐真智者！然汝為何奉袁紹為主？可歎！可惜！）獄吏未信。忽使者齎劍至，傳袁紹命，欲取田豐之首，獄吏方驚。豐曰：「吾固知必死也。」獄吏皆流淚。（敗逃軍士哭，是思田豐之言可以活自己；獄

吏流淚，是惜田豐之死，也悲自己事奉袁紹為主。）豐曰：「大丈夫生於天地間，不識其主而事之，是無智也。今日受死，夫何足惜！」（老先生，孔子早就說：「君仁臣忠」，即臣忠於仁德之君主也！古人常言「良鳥擇樹而棲，良臣擇主而事」，應該先識而後定。）乃自刎於獄中。後人有詩曰：

昨朝沮授軍中失，今日田豐獄內亡。

河北棟樑皆折斷，本初焉不喪家邦！

袁紹真心胸狹隘，外寬內忌。劉備兵敗於東吳，自覺羞愧無臉回成都見孔明等眾臣與鄉親父老，留滯於奉節白帝城，卻沒有如此心地狹隘，不容智能之臣。袁紹回冀州，兒子袁譚、袁尚引兵前來，聚兵二三十萬，到倉亭與曹操對陣，再次失敗，「軍馬死亡殆盡。紹抱三子痛哭一場，不覺昏倒」，口吐鮮血。這時如果不是在汝南的劉備乘虛攻擊許昌，逼得曹操回軍與劉備大戰，袁紹滅亡就在眼前。

第三十一回打敗劉備的曹操，回軍攻擊冀州袁紹。袁紹生病，兒子袁尚和袁譚引兵迎敵。袁尚自負其勇，引軍對陣，大敗而回。得知袁尚兵敗，袁紹吃驚，舊病復發，吐血而死。攻打冀州，久攻不克，曹操聽郭嘉「靜待袁家兄弟相爭」之計，引軍征討荊州劉表。袁尚、袁譚果然內訌，曹操乘機攻佔冀州。第三十三回袁熙、袁尚領幾千騎兵投奔遼東烏桓公孫康，而曹操在易州坐等，說公孫康會自己送來袁熙、袁尚的首級來。「諸將皆不肯信。」沒多久果然公孫康殺了二袁，派人送來首級。就因為他知己知彼，採用了郭嘉留下的遺計：「今聞袁熙、袁尚往投遼東，明公切不可加兵。公孫康久畏袁氏吞併，二袁往投必疑。若以兵擊之，必並力迎敵，急不可下；若緩之，公孫康、袁氏必自相圖，其勢然也。」

可見為將帥者，知敵我之勢，更要知敵我之心，方可用兵如神。曹操能料袁紹，而袁紹卻不能料曹操。

通觀袁紹之敗，曹操之勝，最能看透成敗之因是荀彧所言「度勝、謀勝、武勝、德勝」：「古之成敗者，誠有其才，雖弱必強，苟非其人，雖強易弱，劉、項之存亡，足以觀矣。今與公爭天下者，唯袁紹耳。紹外寬內忌，任人而疑其心，公明達不拘，唯才所宜，此度勝也。紹遲重少決，失在後機，公能斷大事，應變無方，此謀勝也。紹御軍寬緩，法令不立，士卒雖眾，其實難用，公法令既明，賞罰必行，士卒雖寡，皆爭致死，此武勝也。紹憑世資，從容飾智，以收名譽，故士之寡能多問者多歸之，公以至仁待人，推誠心不為虛美，行己謹儉，而與有功者無所吝惜，故天下忠正效實之士咸願為用，此德勝也。夫以四勝輔天子，扶義征伐，誰敢不從？」

體現在武略：一在戰略決策，知己知彼，把握戰機，二在臨陣決策，知己知彼，大膽用奇。

第三節　大奸雄的反襯：無奸無雄的帝王

封建專制君主欲保天下，必須遵循《韓非子》之「法、術、勢」。法，指維護君主絕頂威權的法律條文。術，即君主駕馭臣民，使之服從統治的權術。勢，即權勢，指君主必須絕對掌握統治全國臣民的政權、軍權、法權。法、術、勢相互依存。君主深諳法、術，是為了佔有絕對的權勢，而有權勢的君主，其法、術方可生效。不懂法、術之君王，其勢必衰，而權勢已衰的君主，即便懂得法、術，即便殫精竭慮，夙興夜寐，但為時已晚，一如明崇禎皇帝。前此所述劉漢之亡於曹魏，曹魏之亡於司馬晉，皆因主政帝王自身非奸雄，只得倚重奸雄，使其大權獨攬，最終篡竊，無可奈何。

一、漢朝衰敗：皇帝昏庸，宦官專權，內宮爭權，導致丟權，無權

《三國演義》開篇第一句話說：「話說天下大勢，分久必合，合久必分。」似乎王朝興亡，一如陰陽輪回，一切在天。本質上，專制王朝衰敗，就因為專制任人唯親，不能選賢任能，而權力失去監控，必定腐敗。如此則民不堪命，天下大亂，奸雄蜂起，爭奪天下，而奪取天下的大奸雄大都會吸收前朝滅亡的教訓，選賢任能，但專制權力失去監督，必定腐敗，繼而再次民不堪命，天下大亂，群雄並起。專制必定腐敗，腐敗必定滅亡。中國專制王朝大多兩百多年，必然滅亡，即是此理。

（一）桓帝、靈帝昏庸，不任賢用能，寵信宦官

《三國演義》第一回將漢末之亂歸因於桓帝靈帝「禁錮善類，寵信宦官」。靈帝時，大將軍竇武、太傅陳蕃，被宦官曹節所殺。建甯二年議郎蔡邕進諫，被陷害，「放歸田裡」。其後張讓、趙忠、封諝、段珪、曹節、侯覽、蹇碩、程曠、夏惲、郭勝十太監，朋比為奸，號稱「十常侍」。靈帝「尊信張讓，呼為『阿父』。朝政日非，以致天下人心思亂，盜賊蜂起」，故而有黃巾之亂。

（二）外戚、內宮爭權

第二回交待，何進妹妹入宮為貴人，生皇子辯，遂立為皇后。靈帝寵倖王美人，生皇子協；何后嫉妒，鴆殺王美人。董太后勸靈帝立皇子協，欲殺何進，而何進則率御林軍入宮，強立太子辯為皇帝，自己參錄尚書事。董太后見狀，降旨封皇子協為陳留王，弟弟董重為驃騎將軍。何后、何進則尋找藉口遷董后於河間而鴆殺之，點禁軍圍驃騎將軍董重府邸，逼迫董重自刎。第三回何進圖謀誅殺十常侍，導致張讓、段珪等謀殺何進，劫持漢少帝劉辯和陳留王劉協，連夜奔走北邙山之大亂。

（三）漢帝喪權，董卓專權，君臣換位

宦官專權，何進不智，詔來董卓，進入洛陽。董卓專權獨霸朝政，第四回廢十四歲少帝劉辯，立九歲的陳留王劉協為獻帝。「卓叱左右扶帝下殿，解其璽綬，背面而跪，稱臣聽命。又呼太后去服候赦。帝后皆號哭，群臣無不悲慘。」看失去權勢，任由宰割的少帝劉辯。此前已引，述董卓兇暴，此再引，述帝王千萬不能失去權柄：

> 卻說少帝與何太后、唐妃困於永安宮中，衣服飲食，漸漸少缺；少帝淚不曾乾。一日，偶見雙燕飛於庭中，遂吟詩一首。詩曰：
> 嫩草綠凝煙，嫋嫋雙飛燕。
> 洛水一條青，陌上人稱羨。
> 遠望碧雲深，是吾舊宮殿。
> 何人仗忠義，泄我心中怨！
> 董卓時常使人探聽。是日獲得此詩，來呈董卓。卓曰：「怨望作詩，殺之有名矣。」遂命李儒帶武士十人，入宮弒帝。帝與后、妃正在樓上，宮女報李儒至，帝大驚。儒以鴆酒奉帝，帝問何故。儒曰：「春日融和，董相國特上壽酒。」太后曰：「既云壽酒，汝可先飲。」儒怒曰：「汝不飲耶？」呼左右持短刀白練於前曰：「壽酒不飲，可領此二物！」唐妃跪告曰：「妾身代帝飲酒，願公存母子性命。」儒叱曰：「汝何人，可代王死？」乃舉酒與何太后曰：「汝可先飲？」后大罵何進無謀，引賊入京，致有今日之禍。儒催逼帝，帝曰：「容我與太后作別。」乃大慟而作歌，其歌曰：「天地易兮日月翻，棄萬乘兮退守藩。為臣逼兮命不久，大勢去兮空淚潸！」唐妃亦作歌曰：「皇天將崩兮後土頹，身為帝姬

分命不隨。生死異路兮從此畢，奈何觱速兮心中悲！」歌罷，相抱而哭，李儒叱曰：「相國立等回報，汝等俄延，望誰救耶？」太后大罵：「董賊逼我母子，皇天不佑！汝等助惡，必當滅族！」儒大怒，雙手扯住太后，直攧下樓；叱武士絞死唐妃；以鴆酒灌殺少帝。

（四）李傕、郭汜專權，君臣換位

第九回王允用貂蟬為美人計，使董卓與乾兒子呂布反目，呂布殺了董卓。李傕、郭汜打敗呂布，攻入長安，當著獻帝的面，殺了唯一忠臣司徒王允。他們本想「殺天子謀大事」，但「恐眾人不服」，故而挾持獻帝，獨霸朝政，「先去其羽翼，然後殺之，天下可圖也」。

李傕自封大司馬、郭汜自封大將軍，獻帝完全成了李傕、郭汜的工具。第十三回太尉楊彪、大司馬朱儁密奏獻帝，詔取「擁兵二十萬，謀臣武將數十員」的曹操。同時設離間計，使李傕、郭汜分裂成仇大戰。戰亂之中李傕劫持獻帝，郭汜前來爭搶，說：「贏的便把皇帝取去罷了。」楊彪與朱儁等朝廷官僚六十多人前來勸和，被郭汜監押。「自此以後，傕、汜每日廝殺，一連五十餘日，死者不知其數。」被監押的獻帝、群臣無可奈何。其後郭汜出兵搶劫獻帝和群臣，幸虧楊奉、董誠前來救駕，獻帝和百官、宮人，流落於安邑縣，迫不得已，招「嘯聚山林之賊」李樂前來護駕。李樂專權，封賞他的「無徒、部曲、巫醫、走卒二百餘名為校尉、御史等官。刻印不及，以錐畫之，全不成體統」。獻帝回洛陽，「宮室燒盡，街市荒蕪，滿目皆是蒿草，……百官朝賀，皆立於荊棘之中」，故而詔來「兵強將盛」的曹操入朝「以輔王室」。曹操未到，李傕、郭汜部卒漫山遍野而來，獻帝只得放棄洛陽，往山東避難。

（五）曹操專權，君臣換位

　　第十四回欲「挾天子以令諸侯」的曹操出現，兵精將勇，打敗李傕、郭汜，救獻帝和群臣於危難。繼而曹操挾天子以令諸侯，專權朝政，而失去權勢的獻帝日夜不安。第二十四回許田射獵，曹操無意得到將士三呼萬歲，導致獻帝疑惑。獻帝回宮，血書衣帶詔給董平，聯絡劉備、馬騰等六人欲誅曹操。太醫吉平參與，欲毒殺曹操，被董承家奴慶童告密，曹操擒殺吉平，發現衣帶詔，將董承等五人及其全家老小，押送各門處斬。死者共七百餘人。接著，他進宮殺董承妹妹董貴妃。此前已引，述曹操之凶狠，此引，述帝王千萬別失去權柄：

　　　　且說曹操既殺了董承等眾人，怒氣未消，遂帶劍入宮，
　　　　來弒董貴妃。貴妃乃董承之妹，帝幸之，已懷孕五月。
　　　　當日帝在後宮，正與伏皇后私論董承之事，至今尚無音
　　　　耗。忽見曹操帶劍入宮，面有怒容，帝大驚失色。操曰：
　　　　「董承謀反，陛下知否？」帝曰：「董卓已誅矣。」操
　　　　大聲曰：「不是董卓！是董承！」帝戰慄曰：「朕實不
　　　　知。」操曰：「忘了破指修詔耶？」帝不能答。操叱武
　　　　士擒董妃至。帝告曰：「董妃有五月身孕，望丞相見憐。」
　　　　操曰：「若非天敗，吾已被害。豈得復留此女，為吾後
　　　　患！」伏后告曰：「貶於冷宮，待分娩了，殺之未遲。」
　　　　操曰：「欲留此逆種，為母報仇乎？」董妃泣告曰：「乞
　　　　全屍而死，勿令彰露。」操令取白練至面前。帝泣謂妃
　　　　曰：「卿於九泉之下，勿怨朕躬！」言訖，淚下如雨。
　　　　伏后亦大哭。操怒曰：「猶作兒女態耶！」叱武士牽出，
　　　　勒死於宮門之外。後人有詩歎董妃曰：「春殿承恩亦枉
　　　　然，傷哉龍種並時捐。堂堂帝主難相救，掩面徒看淚湧
　　　　泉。」操諭監宮官曰：「今後但有外戚宗族，不奉吾旨，
　　　　輒入宮門者，斬，守禦不嚴，與同罪。」又撥心腹人三

千充御林軍，令曹洪統領，以為防察。

再看第六十六回失去權柄，任由宰割的獻帝、伏后：

> 一日，曹操帶劍入宮，獻帝正與伏后共坐。伏后見操來，慌忙起身。帝見曹操，戰慄不已。操曰：「孫權、劉備各霸一方，不尊朝廷，當如之何？」帝曰：「盡在魏公裁處。」操怒曰：「陛下出此言，外人聞之，只道吾欺君也。」帝曰：「君若肯相輔則幸甚；不爾，願垂恩相舍。」操聞言，怒目視帝，恨恨而出。左右或奏帝曰：「近聞魏公欲自立為王，不久必將篡位。」帝與伏后大哭。后曰：「妾父伏完常有殺操之心，妾今當修書一封，密與父圖之。」帝曰：「昔董承為事不密，反遭大禍；今恐又洩漏，朕與汝皆休矣！」后曰：「旦夕如坐針氈，似此為人，不如早亡！妾看宦官中之忠義可托者，莫如穆順，當令寄此書。」乃即召穆順入屏後，退去左右近侍。

間諜報知曹操。操先於宮門等候，攔截，搜查穆順，得到伏后給伏完的秘信：

> 操看時，書中言欲結連孫、劉為外應。操大怒，執下穆順於密室問之，順不肯招。操連夜點起甲兵三千，圍住伏完私宅，老幼並皆拿下；搜出伏后親筆之書，隨將伏氏三族盡皆下獄。平明，使御林將軍郗慮持節入宮，先收皇后璽綬。是日，帝在外殿，見郗慮引三百甲兵直入。帝問曰：「有何事？」慮曰：「奉魏公命收皇后璽。」帝知事洩，心膽皆碎。慮至後宮，伏后方起。慮便喚管璽綬人索取玉璽而出。伏后情知事發，便於殿後椒房內

夾壁中藏躲。少頃，尚書令華歆引五百甲兵入到後殿，問宮人：「伏后何在？」宮人皆推不知。歆教甲兵打開朱戶，尋覓不見；料在壁中，便喝甲士破壁搜尋。歆親自動手揪后頭髻拖出。后曰：「望免我一命！」歆叱曰：「汝自見魏公訴去！」后披髮跣足，二甲士推擁而出。華歆將伏后擁至外殿。帝望見后，乃下殿抱后而哭。歆曰：「魏公有命，可速行！」后哭謂帝曰：「不能復相活耶？」帝曰：「我命亦不知在何時也！」甲士擁后而去，帝捶胸大慟。見郗慮在側，帝曰：「郗公！天下寧有是事乎！」哭倒在地。郗慮令左右扶帝入宮。華歆拿伏后見操。操罵曰：「吾以誠心待汝等，汝等反欲害我耶！吾不殺汝，汝必殺我！」喝左右亂棒打死。隨即入宮，將伏后所生二子，皆鴆殺之。當晚將伏完、穆順等宗族二百餘口，皆斬於市。朝野之人，無不驚駭。時建安十九年十一月也。

以武力奪取天下者必絕對掌握武力維持其專制霸權，否則會失去天下，身首異處。第七十八回曹操亡故後，曹氏權勢日益坐大，更無法遏止。第八十回曹丕與群臣威逼獻帝效法堯舜，築受禪壇。曹丕登壇受禪建立魏國：

> 至期，獻帝請魏王曹丕登壇受禪，<u>壇下集大小官員四百餘員，御林軍虎賁禁軍三十餘萬</u>，帝親捧玉璽奉曹丕。丕受之。

漢之亡，盡中韓非之言。《韓非子・亡征》列舉亡國四十七種徵兆，其一即：「凡人主之國小而家大，權輕而臣重者，可亡也。」《韓非子・愛臣》也說：「愛臣太親，必危其身；人臣太貴，必易主位。」《韓非子・三守》勸告君主「三守」

以防亡國：「深藏不漏、自主決策、大權獨攬。」

總而言之，專制君主欲保天下且傳諸後代，必須是大奸大雄，而大奸大雄關鍵在「大權獨攬」，而「大權獨攬」之根本在專制君主的奸雄素質。馬基維利論大奸大雄之名言警句，震懾全世界君主，而且非常形象生動且深刻。《君主論‧第十八章》說：「君主應該同時效仿狐狸與獅子。因為獅子不能防止自己落入陷阱，狐狸則不能抵禦豺狼。因此，君主必須是一頭識別陷阱的狐狸，同時也是一頭能震懾豺狼的獅子。」

僅僅是狐狸者、或獅子者不能做專制君主，兔子、老鼠更別想獸界為王，莫留戀寶座。專制君主必須是狐狸與獅子雜交的獅狐。

這太難了！

二、西蜀敗亡：內因劉禪無能，西蜀少賢才；外因司馬昭奸雄，能識賢，用賢，防賢

漢朝、曹魏之衰亡，主要在皇帝無能，失去權柄，而權臣主政，導致君臣換位。西蜀之敗亡，內因劉禪無能，西蜀少賢才，且諸葛亮、姜維戰略失誤；外因司馬昭奸雄，能識賢，用賢，防賢。

後主劉禪天生智障無能，但他為太子，故而成了蜀漢皇帝，全賴諸葛亮的忠心和智慧輔佐。諸葛亮死後，他「溺于酒色，信任黃皓，不理國事，只圖歡樂」。

西蜀丞相諸葛亮和繼後之姜維的戰略錯誤。諸葛亮以弱攻強，六出祁山，攻打魏國，只為報答「先帝知遇之恩」，全不顧國力、民力，全無征伐時機、方略的考究。

西蜀少賢才，且不能舉賢任能。劉、關、張死後，黃忠、趙雲、馬超先後去世，西蜀缺少賢臣猛將。第一〇四回諸葛亮

與司馬懿在五丈原對峙，殫精竭慮將死。尚書李福奉蜀主劉禪
命，趕來問丞相百年之後，可任大事者，諸葛亮僅僅說出蔣琬、
費禕兩人名字，可見當時西蜀人才稀少。《三國志》記西蜀有
才者楊儀、魏延，但二人勢如水火，互不相容。楊儀恃才自傲，
「性狷狹」。劉備漢中王時，他為尚書，與尚書令劉巴「不睦」，
被貶為弘農太守。建興三年，諸葛亮用楊儀為參軍，數次出征，
楊儀、魏延隨行不可少。「儀常規畫分部，籌度糧穀，不稽思
慮，斯須便了。軍戎節度於儀。」「（魏延）既善養士卒，勇
猛過人，又性矜高，當時皆避下之，唯楊儀不假借延，延以為
至忿，有如水火。」「亮深惜儀之才幹，憑魏延之驍勇，常恨
二人之不平，不忍有所偏廢也。」[36]故而《三國演義》第一〇
五回諸葛亮鞠躬盡瘁於五丈原，生前命楊儀總督軍事，退軍回
蜀，而魏延不服造反，被楊儀所殺。楊儀「既領軍還，又誅魏
延，自以為功勳至大，宜當代亮秉政」，但因「儀性狷狹」，
故而諸葛亮「意在蔣琬」。諸葛亮死後，後主封蔣琬尚書令兼
益州刺史，而楊儀「拜為軍師，無所統領，從容而已」。楊儀
「自惟年宦先琬，才能逾之，於是怨憤形於聲色，歎吒之音發
於五內」，對前往慰省的軍師費偉抱怨，當年諸葛丞相亡沒之
際，當「舉軍以就魏氏」，被費偉上奏，貶為民，又上書「誹
謗」，因而被捕入獄而自殺。

　　可惜！諸葛亮生前能用兩人之才，但未能使二人自省，交
好，同心協力共保蜀漢。

　　從《三國演義》、《三國志》看，西蜀最有才智者是譙周。
第一〇一回，五出祁山未得寸土的諸葛亮六出祁山。行前時任
太史的譙周借天象勸告說：「盛氣在北，不利伐魏。」即北魏

[36] 《三國志‧蜀書‧劉彭廖李劉魏楊傳第十》

強大，不要以卵擊石。諸葛亮不聽此言，全無雙方國力、軍力、時機的衡度，發誓曰：「誓竭力盡心，剿滅漢賊，恢復中原，鞠躬盡瘁，死而後已。」果然，此次諸葛亮被司馬懿久困五丈原，心力憔悴而死。其後姜維完全重複諸葛亮，八次進軍北魏，弄得國衰民疲，西蜀面臨敗亡。時為散大夫的譙周最為清楚。第一一二回，四次討伐魏國兵敗的姜維得知淮南諸葛誕起兵討伐司馬昭，東吳孫綝助之，遂表奏後主，興兵伐魏。譙周歎息，作《仇國論》預言不遵國家興亡規律，「其國將危」：

> 中散大夫譙周聽之，歎曰：「<u>近來朝廷溺于酒色，信任中貴黃皓，不理國事，只圖歡樂；伯約累欲征伐，不恤軍士，國將危矣</u>！」（內政不治，官府上下貪污苟且無為，民不聊生；對外征討不恤國力、軍力，必然國弱民恨，真亡國之兆。）乃作《仇國論》，寄與姜維。維拆封視之。論曰：「或問：古往能以弱勝強者，其術何如？曰：處大國有憂者，恒多慢；處小國無患者，恒思善。多慢則生亂，思善則生治，理之常也。故周文養民，以少取多；句踐恤眾，以弱斃強，此其術也。或曰：曩者楚強漢弱，約分鴻溝，張良以為民志既定則難動也，率兵追羽，終斃項氏；豈必由文王、句踐之事乎？曰：商周之際，王侯世尊，君臣久固。當此之時，雖有漢祖，安能仗劍取天下乎？及秦罷侯置守之後，民疲秦役，天下土崩，於是豪傑並爭。今我與彼，皆傳國易世矣，既非秦末鼎沸之時，實有六國並據之勢，故可為文王，難為漢祖。時可而後動，數合而後舉，故湯武之師，不再戰而克，誠重民勞而度時審也。如遂極武黷征，不幸遇難，雖有智者，不能謀之矣。」
> 姜維看畢，大怒曰：「腐儒之論也！」擲之於地，遂提

川兵來取中原。

譙周之言出發點在審時度勢。若處秦末天下鼎沸大亂之時則取法漢高祖，乘機仗劍取天下；若處六國並居之勢，則取周文王、句踐養民恤眾，觀時勢而動。當時正處於三國並立之勢。蜀國內政，應「養民，恤眾」。其關鍵在主政者的德行：「處大國有憂者，恒多慢；處小國無患者，恒思善。多慢則生亂，思善則生治，理之常也。」北宋歐陽修《新五代史‧伶官傳序》言「憂勞可以興國，逸豫可以亡身，自然之理也。」蜀國對外政策，應「時可而後動，數合而後舉」，即「待機而動，觀勢而行」。

劉禪愚昧，而主政姜維，不能聽此箴言，貿然出兵。第五次伐魏，果然又成畫餅。而魏國司馬昭則特能對內「養民，恤眾」，對外征伐則「待機而動，觀勢而行」，且能識賢、用賢、防賢。

第一一三回姜維第七次出兵征伐魏國，大敗魏國大將軍鄧艾。鄧艾知己知彼，派遣襄陽黨均作間諜，「賷金珠寶物，徑到成都接連黃皓，布散留言，說姜維怨望天子，不久投魏」。黃皓奏知後主，即遣人星夜宣姜維入朝。姜維無可奈何，只得班師。第一一五回，姜維不聽廖化勸諫，第八次征伐魏國，兩軍大戰。此時在成都的劉禪，「聽信宦官黃皓之言，又溺於酒色，不理朝政。時有大臣劉琰妻胡氏，極有顏色；因入宮朝見皇后，后留在宮中，一月方出」。劉琰懷疑妻子與後主私通，命軍士用鞋打妻子臉，而後主斬了劉琰，「一時官僚以後主荒淫，多疑怨者。於是賢人漸退，小人日進」。接著後主聽信黃皓，欲任用依附黃浩的右將軍閻宇，一日三道詔書，召回困鄧艾於祁山的姜維，而閻宇得知鄧艾善用兵，自知不能敵，又棄權無為。姜維回成都得知真相，上奏殺黃浩不成，懼禍回漢中，

提兵八萬，往遝中屯田以避禍。

此時魏國丞相司馬昭「見機而作」，部署兩路兵馬，夾攻西蜀：「拜鐘會為鎮西將軍，……都督關中人馬，調遣青、徐、兗、豫、荊、揚等處；一面差人持節令鄧艾為鎮西將軍，都督關外隴上，使約期伐蜀。」鄧艾、鐘會皆司馬昭所言當世「良將」，對西蜀山川路道暸若指掌，何處進退，何處囤糧，早有準備，導致蜀國滅亡。且司馬昭能識賢用賢，又能知賢之心而防賢。請看第一一五回司馬昭遠送鐘會出師，與邵悌的對話：

> 時魏景元四年秋七月初三。司馬昭送之於城外十里方回。西曹掾邵悌密謂司馬昭曰：「今主公遣鐘會領十萬兵伐蜀，愚料會志大心高，不可使獨掌大權。」昭曰：「吾豈不知之？」悌曰：「主公既知，何不使人同領其職？」昭言無數語，使邵悌疑心頓失。正是：
> 方當士馬驅馳日，早識將軍跋扈心。
> （第一一六回）司馬昭謂西曹掾邵悌曰：「朝臣皆曰蜀未可伐，是其心怯；若使強戰，必敗之道也。今鐘會獨建伐蜀之策，是其心不怯；心不怯，則破蜀必矣。蜀既破，則蜀人心膽已裂；敗軍之將，不可以言勇；亡國之大夫，不可以圖存。會即有異志，蜀人安能助之乎？至若魏人得勝思歸，必不從會而反，更不足慮耳。此言乃吾與汝知之，切不可洩露。」邵悌拜服。

其後，鐘會伐蜀，果然如司馬昭所料。伐蜀之後欲叛魏，霸蜀自立，但少助，最後死於眾將之手，但他與鄧艾確為司馬昭所用。

鐘會令臨近吳諸州郡，各造大船，虛張聲勢，似乎伐吳，而暗地裡用許褚兒子許儀為先鋒，星夜啟程，進軍西蜀，第一

戰，奪得陽安關。鄧艾第一戰，派遣諸葛緒，先斷姜維歸路，然後左右夾攻，大敗姜維。後主寵信宦官黃皓，「聽信師巫之言，不肯發兵」，姜維四面楚歌，只好放棄漢中，回軍守劍閣關，此時後方成都平原空虛。於是鄧艾從漢中引軍，走陰平小路，翻越秦嶺，偷襲江油，直襲涪城，「城內官吏軍民疑從天降，盡皆投降」。鄧艾進軍成都，第一一七回大敗諸葛亮的兒子諸葛瞻、孫子諸葛尚。諸葛瞻、諸葛尚戰死，鄧艾逼近成都。多次進言勸戒的譙周見大勢已去，審時度勢，只得勸後主劉禪投降。劉禪兵微將寡只得投降，身在劍閣關的姜維假投降，意欲引誘鍾會稱王西蜀，再作打算，這一切都在司馬昭算計之中。司馬昭挑動鍾會、鄧艾內訌。鍾會、鄧艾爭功，一心稱霸西蜀的鍾會殺了鄧艾，自己卻被不從其反的諸將所殺，姜維在亂軍中自刎。蜀漢滅亡。

　　蜀漢之亡，就在其主劉禪既無奸，更無雄，對內不能舉賢任能，才智之士甚少；內政不能養民恤眾，增強國力；外政窮兵黷武，不能審時度勢，見機而作，而魏國盛軍強，丞相司馬昭手下智能之臣多多，他既能聽其言，又能知其心，防患於未然。遭遇如此強敵，蜀漢焉得不敗。

三、東吳衰亡：吳主或懦弱無權或暴虐無道，而權臣專權，內爭，無才智之士

　　東吳並不像諸葛亮、姜維不養民恤眾，窮兵黷武，而是敗在吳主無權，而權臣內訌爭權。第一〇八回東吳陸遜、諸葛瑾皆亡，「一應大小事務歸於諸葛恪」。諸葛恪是諸葛瑾的兒子，時任太傅。蜀漢延熙十五年四月，孫權死，太傅諸葛恪立太子孫亮為帝。司馬師得知孫權死，乘機伐吳，諸葛恪領軍應敵，東興第一戰大敗魏軍，乘勢進取中原。在新城諸葛恪中了守將

張特假言欲降，實則緩兵以修城之計，加以天氣炎熱，「軍士面色黃腫，各帶病容」，大敗而回。諸葛恪「恐人議論，先搜求眾官將過失，輕則發遣邊方，重則斬首示眾。於是內外官僚，無不驚懼。又令心腹將領張約、朱恩統率御林軍，以為爪牙」。此奪了孫堅弟弟孫靜曾孫孫峻的御林軍權，導致孫峻、太常卿滕胤、吳主孫亮的不滿。繼而孫峻殺諸葛恪，吳主孫亮封孫峻為丞相、大將軍、富春侯，總督中外諸軍事，「自此權柄歸孫峻矣」。

　　第一一一回，東吳丞相孫峻病亡，其弟孫綝接替輔政，任大將軍。孫綝「為人強暴，殺大司馬滕胤、將軍呂據、王惇等，因此權柄皆歸於綝」。第一一二回諸葛誕聯合東吳孫綝，討伐「欺君罔上，廢主弄權」的司馬昭，但二人不是對手。諸葛誕先中計大敗，被困壽春。孫綝全無知己知彼，嚴令「不勝必斬」。他先斬大敗的朱異，又威脅全端、全禕父子：「若退不得魏兵，汝父子休來見我！」他自己卻回建業。困守壽春的諸葛誕「以殺為戒」，導致人心大變，壽春城破，吳兵大半降魏。司馬昭殺了諸葛誕一家與不降士卒，卻又能聽鍾會「古之用兵者，全國為上，戮其元惡而已。若盡坑之，是不仁也。不如放歸江南，以示中國之寬大」之言，放回投降士卒。東吳大將全端、唐諮投降，「昭皆重用，令分佈三河之地」。此舉深得東吳人心，而（第一一三回）東吳大將軍孫綝則殺了全端、唐諮之全家老少。「吳主孫亮時年十六歲，見綝殺戮太過，心甚不然」，他「雖然聰明，卻被孫綝把持，不能主張」。接著孫亮與國舅全紀同謀，要殺「專權妄殺，欺朕太甚」的孫綝。全紀的母親告密，孫綝殺全紀、全尚、劉丞，廢了孫亮，立孫權的第六子琅邪王孫休為帝，而「孫綝一門五侯，皆典禁兵，權傾人主」。吳主孫休謹防之，「恐其內變，陽示恩寵，內實防之」。冬二

月，孫綝奉敬牛酒，孫休不受。孫綝以為受辱，欲兵變。於是老將丁奉出計，殺了孫綝。

第一一九回司馬昭中風死去，其子司馬炎繼位為王，篡魏立晉。司馬炎雖不見其祖司馬懿之韜略、其父輩之明智果決，但其親仁厚德，用賢任能，使得臣民效忠。東吳孫皓則完全相反，荒淫暴虐，使臣民心變，自取滅亡。第一二〇回蜀漢已滅，司馬炎篡魏立晉稱帝，吳主孫休憂慮而死，群臣立孫皓為君。孫皓無才無德，面對強敵晉朝，既不思內政養民，也不思外政治軍，「兇暴日甚，酷溺酒色」，寵幸宦官，「濮陽興、張布諫之，皓怒，斬二人，滅其三族。由是廷臣緘口，不敢再諫」。「又奢侈無度，公私匱乏」，大興土木，更信術士用蓍草占卜天下事，以為「庚子歲，青蓋當入洛陽」，自不量力，命大將陸抗伐晉。陸抗上疏，「備言晉未可伐之狀，且勸吳主修德慎罰，以安內為念，不當以黷武為事」。孫皓就罷其兵權，降為司馬。「前後十餘年殺忠臣四十餘人。皓出入常帶鐵騎五萬。群臣恐怖，莫敢奈何」。

與東吳相反，晉之君臣相互仁德相待，更能審時度勢，知己知彼，見機而作。鎮守襄陽的羊祜上表請伐吳，奏表曰：

> 夫期運雖天授，而功業必因人而成。今江淮之險，不如劍閣；孫皓之暴，過於劉禪；吳人之困，甚于巴蜀；而大晉兵力，盛於往時；不於此際平一四海，而更阻兵相守，使天下困於征戍，經歷盛衰，不可長久也！

司馬炎「觀表大喜，便令興兵」，但群臣皆言不可，司馬炎「因此不行」。其後羊祜再諫司馬炎，想乘孫皓暴虐，失去臣心民意，「不戰而克」，只怕孫皓亡歿，而吳國「更立賢君」。司馬炎「大悟」，要羊祜提兵往伐，但羊祜老病，不堪此任。

仁主方有賢臣，請看羊祜病危，司馬炎車駕千里，親臨其家探望。君臣言談，相對而泣，羊祜臨死推薦杜預：

> 是年十一月，羊祜病危，司馬炎車駕親臨其家問安。炎至榻前，祜下淚曰：「臣萬死不能報陛下也！」（君親臨病臣之床，且曰「問安」，古今惟一，祜怎不感動君主仁德、平等。）司馬炎泣曰：「朕深恨不能用君伐吳之策。今誰可繼卿之志？」（司馬炎哭賢臣將死，一如曹操哭郭嘉。）祜含淚而言曰：「臣死矣，不敢不盡愚誠：右將軍杜預可任；若伐須當用之。」炎曰：「舉善薦賢，乃美事也；卿何薦人於朝，即自焚其稿，不令人知之矣？」（自古權臣舉薦門生、親朋、故舊，必使被舉薦者知曉，期以厚報，此古今官場常規，但羊祜古今另類，故司馬炎有此一問。）祜曰：「拜官公朝，謝恩私門，臣所不取也。」言訖而亡。炎大哭回宮，敕贈太傅、巨平侯。（薦賢才，只要賢才謝恩於國，效忠於國，而非謝恩，效忠我羊祜也！古今專制王朝重臣惟此羊祜！司馬炎怎不佩服感動！痛失如此羊祜，怎不大哭！）南州百姓聞羊祜死，罷市而哭。江南守邊將士，亦皆哭泣。襄陽人思祜存日，常遊峴山，遂建廟立碑，四時祭之。往來見其碑文者，無不流涕，故名為墮淚碑。（民哭，軍哭，古今來往觀其碑文亦哭，只因古今賢官稀少，惟一羊祜也；古今軍民見官員車駕，唾罵蓋頂，聞官員死，笑聲震天，只因古今貪官多如牛毛，耳聞目睹，數不勝數。）

君仁臣忠，君賢臣德；君濫臣爛，君暴臣叛；君智臣才，君昏臣蠢。孫皓荒淫暴逆，司馬炎用鎮南大將軍杜預為大都督，水陸二十餘萬，戰船數萬艘，五路出擊，水陸並進，「所到之

處，無不克勝」，「吳人望旗而降」，「兵不戰自潰」。孫皓
聞晉兵入城，欲自刎。中書令胡沖、光祿勳薛瑩奏曰：「陛下
何不效安樂公劉禪乎？」皓從之，亦自輿櫬自縛，率諸文武，
詣王濬軍前歸降。司馬炎封孫皓為歸命侯。

　　總之，劉禪、孫皓非可霸天下之大奸雄，自當「歸命」，
圖一個「安樂」。劉禪愚蠢，做一富貴公子，「安樂」一生足
也。孫皓暴虐無道，自當「歸命」投降，在家鞭打妻妾小兒罷
了。結局必定妻、妾、兒女離心散去，他就孤家寡人，稱霸庭
房三間，鞭打老鼠、臭蟲。

結語

　　「三國演義」即依據三國興亡推繹道理，此道理就是主題。
《三國演義》有雙重主題：作家羅貫中遵照封建專制社會忠義
文化與聽書人傾向而設定的「尊劉貶曹」和「政治上嚮往仁政，
人格上注重忠義，才能上崇尚智勇」明性主題，而全書則依史
演義，氣勢恢弘地展示封建王朝末世「奸雄政治」原生態客觀
主題。全書以導致三國興亡的曹操、劉備、孫氏之孫堅、孫策、
孫權、司馬氏之司馬懿、司馬師、司馬昭、司馬炎為主題性人
物，氣勢恢弘，令人百感交集地表演了一場封建專制王朝末世
政治權場原生態客觀的奸雄政治：在沒有正常權力更替秩序的
專制社會，欲稱霸天下者，必須是奸雄：雄者必奸，奸者方雄；
大奸大雄者，必以忠義仁德為面具，以權財名位為誘餌，以奸
詐權謀為手段，以武力專權為本質。這就是《三國演義》的原
生態客觀主題，是三國演義真正的主題。國人大多被統治者忠
義文化所蒙蔽、所蠱惑而「尊劉貶曹」，沒有對決定三國興亡
之主題性人物進行人格分析，故而封建社會原生態客觀的「奸
雄政治」主題成為隱性主題。

　　《三國演義》中董卓、袁紹、袁術、呂布、張繡諸人稱霸一時或一地，因不具備大奸大雄素質而被大奸大雄所滅，只是小奸小雄。從表達主題的方法論，小奸小雄是大奸大雄的陪襯。因不具備奸雄素質而亡了漢朝之桓帝、靈帝、少帝、獻帝，亡了曹魏之曹睿、曹爽、曹芳、曹髦、曹奐，亡了西蜀的劉禪，亡了東吳的孫亮、孫休、孫皓等，從表達主題的方法論，這些人物是大奸大雄的反襯。他們都是奸雄政治的一部分。

　　奸雄政治是全世界專制時代普遍的政治權利本質。世界各國歷代專制帝王以奸雄之術取天下，以奸雄之術保天下，因不懂奸雄之術而滅國毀家，其根本原因就在沒有民主的權力更替制度，只能選擇以忠義仁德為面具，以權財名位為誘餌，以權謀奸詐為手段，以武力專權為本質的權力更替方式。請看尼可羅・馬基維利《君主論》的奸雄名言：

　　《君主論・序言》：「達到目的證明手段正確。」

　　《君主論・第十八章》：「君主應該同時效仿狐狸與獅子。因為獅子不能防止自己落入陷阱，狐狸則不能抵禦豺狼。因此，君主必須是一頭識別陷阱的狐狸，同時也是一頭能震懾豺狼的獅子。」

　　《君主論・第三章》：「誰使別人獲利，誰就自取滅亡。費盡心機或使用武力幫助別人強大，那個受益者一定會懷疑你別有用心，終究會倒打一耙。」

　　《君主論・第十三章》：「世界上最弱最不牢固的東西，莫過於不以自己力量為基礎而帶來的權利和名譽了。」

　　《君主論・第十五章》：「許多人曾經幻想那些從來沒有存在過的共和國和君主國。可是人們實際怎樣，與人們應當如何生活之間，差距如此之大，以致一個人要是為了應該怎樣而忘記了實際上是怎麼回事，那麼他不但不能保衛自己，反而會

自我毀滅。一個人如果在一切事情上都立誓行善,那麼,他處身於許多惡人當中,定會遭到毀滅。所以,一個君主如果保持自己的地位,就必須知道怎樣做不合乎道德的事情,並且必須知道依據情況的需要使用這一手或不使用這一手。」「如果某些惡行可以挽救國家,君主完全沒有必要因為這些惡行會受到責備而良心不安,因為仔細思考就會發現某些事情看起來好像是好事,可是如果君主照辦就會自取滅亡,而另一些看起來是惡行,可是假如照辦了會給他帶來安全和幸福。」

《君主論・第九章》:「因此,一個英明的君主應有一個辦法,使他的臣民無論在哪一個時期對於國家和他本人都有所依賴和企求。這樣他們就永遠忠誠於他了。」

《韓非子》總結春秋戰國史,得出帝王專制的七大奸雄術:帝王監察群臣術、帝王防止大臣勢重篡位術、帝王專制制國術、帝王修身術、帝王聽言術、帝王用人術、帝王樹立威勢術。請看其奸雄名言:

《韓非子・外儲說右上》:「勢不足以化則除之。」

《韓非子・愛臣》:「愛臣太親,必危其身;人臣太貴,必易主位;主妾無等,必危嫡子;兄弟不服,必危社稷。」

《韓非子・孤憤》:「萬乘之患,人臣太重;千乘之患,左右太信。此人主之所公患也。」

《韓非子・奸劫弒臣》:「凡奸臣皆欲順人主之心以取親幸之勢者也。是以主有所善,臣從而譽之;主有所憎,臣因而毀之。凡人之大體,取捨同者則相是也;取捨異者則相非也。……此幸臣之所以得欺主成私者也。故臣必欺於上,而主必重於下,此之謂擅主之臣。」

《韓非子・三守》勸告君主「三守」以防亡國:「深藏不漏、自主決策、大權獨攬。」

　　《韓非子‧亡徵》列舉了導致亡國四十七種徵兆。專制王者當謹記：

　　「凡人主之國小而家大，權輕而臣重者，可亡也。簡法禁而務謀慮，荒封內而恃交援者，可亡也。群臣為學，門子好辯，商賈外積，小民右仗者，可亡也。好宮室臺榭陂池，事車服器玩好，罷露百姓，煎靡貨財者，可亡也。用時日，事鬼神，信卜筮，而好祭祀者，可亡也。聽以爵不待參驗，用一人為門戶者，可亡也。官職可以重求，爵祿可以貨得者，可亡也。緩心而無成，柔茹而寡斷，好惡無決，而無所定立者，可亡也。饕貪而無饜，近利而好得者，可亡也。喜淫辭而不周於法，好辯說而不求其用，濫於文麗而不顧其功者，可亡也。淺薄而易見，漏泄而無藏，不能周密，而通群臣之語者，可亡也。很剛而不和，愎諫而好勝，不顧社稷而輕為自信者，可亡也。恃交援而簡近鄰，怙強大之救，而侮所迫之國者，可亡也。羈旅僑士，重帑在外，上間謀計，下與民事者，可亡也。民信其相，下不能其上，主愛信之而弗能廢者，可亡也。境內之傑不事，而求封外之士，不以功伐課試，而好以名問舉錯，羈旅起貴以陵故常者，可亡也。輕其適正，庶子稱衡，太子未定而主即世者，可亡也。大心而無悔，國亂而自多，不料境內之資而易其鄰敵者，可亡也。國小而不處卑，力少而不畏強，無禮而侮大鄰，貪愎而拙交者，可亡也。太子已置，而娶於強敵以為后妻，則太子危，如是，則群臣易慮，群臣易慮者，可亡也。怯懾而弱守，蚤見而心柔懦，知有謂可，斷而弗敢行者，可亡也。出君在外而國更置，質太子未反而君易子，如是則國攜，國攜者，可亡也。挫辱大臣而狎其身，刑戮小民而逆其使，懷怒思恥而專習則賊生，賊生者，可亡也。大臣兩重，父兄眾強，內黨外援以爭事勢者，可亡也。婢妾之言聽，愛玩之智用，外內悲惋

而數行不法者，可亡也。簡侮大臣，無禮父兄，勞苦百姓，殺
戮不辜者，可亡也。好以智矯法，時以行雜公，法禁變易，號
令數下者，可亡也。無地固，城郭惡，無畜積，財物寡，無守
戰之備而輕攻伐者，可亡也。種類不壽，主數即世，嬰兒為君，
大臣專制，樹羇旅以為黨，數割地以待交者，可亡也。太子尊
顯，徒屬眾強，多大國之交，而威勢蚤具者，可亡也。變褊而
心急，輕疾而易動發，心悁忿而不訾前後者，可亡也。主多怒
而好用兵，簡本教而輕戰攻者，可亡也。貴臣相妒，大臣隆盛，
外藉敵國，內困百姓，以攻怨讎，而人主弗誅者，可亡也。君
不肖而側室賢，太子輕而庶子伉，官吏弱而人民桀，如此則國
躁，國躁者，可亡也。藏怒而弗發，懸罪而弗誅，使群臣陰憎
而愈憂懼，而久未可知者，可亡也。出軍命將太重，邊地任守
太尊，專制擅命，徑為而無所請者，可亡也。后妻淫亂，主母
畜穢，外內混通，男女無別，是謂兩主，兩主者，可亡也。后
妻賤而婢妾貴，太子卑而庶子尊，相室輕而典謁重，如此則內
外乖，內外乖者，可亡也。大臣甚貴，偏黨眾強，壅塞主斷而
重擅國者，可亡也。私門之官用，馬府之世絀，鄉曲之善舉，
官職之勞廢，貴私行而賤公功者，可亡也。公家虛而大臣實，
正戶貧而寄寓富，耕戰之士困，末作之民利者，可亡也。見大
利而不趨，聞禍端而不備，淺薄於爭守之事，而務以仁義自飾
者，可亡也。不為人主之孝，而慕匹夫之孝，不顧社稷之利，
而聽主母之令，女子用國，刑餘用事者，可亡也。辭辯而不法，
心智而無術，主多能而不以法度從事者，可亡也。親臣進而故
人退，不肖用事而賢良伏，無功貴而勞苦賤，如是則下怨，下
怨者，可亡也。父兄大臣祿秩過功，章服侵等，宮室供養太侈，
而人主弗禁，則臣心無窮，臣心無窮者，可亡也。公婿公孫與
民同門，暴傲其鄰者，可亡也。

亡徵者，非曰必亡，言其可亡也。夫兩堯不能相王，兩桀不能相亡，亡王之機，必其治亂、其強弱相踦者也。木之折也必通蠹，牆之壞也必通隙。然木雖蠹，無疾風不折；牆雖隙，無大雨不壞。萬乘之主，有能服術行法以為亡徵之君風雨者，其兼天下不難矣。」

可以說，《三國演義》就是小說形式的《君主論》和《韓非子》。

第二章
《水滸傳》主題與表達研究

引論：施耐庵與《水滸傳》明性主題和原生態客觀隱性主題

　　（明末清初）金聖歎將《水滸傳》與《離騷》、《莊子》、《史記》、《杜詩》、《西廂記》合稱為「六才子書」。（明）馮夢龍將《水滸傳》與《三國演義》、《西遊記》、《金瓶梅》定為「四大奇書」。現今公認《水滸傳》為「中國古典四大名著」之一。

　　作者施翁耐庵，元末明初小說家（生卒年不詳。一說為1296-1371年），名彥端，字子安，號耐庵。祖籍泰州海陵縣，住蘇州閶門外施家巷，後遷居興化縣白駒場（今江蘇省大豐市白駒鎮）。根據民間流傳的宋江故事，他寫成長篇小說《水滸傳》。《水滸傳》或題施耐庵著，或題施耐庵、羅貫中合著。學界多以為屬耐庵獨著。

　　關於《水滸傳》主題，論述汗牛充棟，但其主題至今沒有學界一致認可的定論，其原因就在與其他古典四大名著一樣，《水滸傳》有作家施耐庵刻意設計的明性主題與原生態客觀隱性主題。關於《水滸傳》主題主要有以下觀點，其中就有耐庵先生刻意設計的作為諷刺批判對象的明性主題。

　　1、反貪官不反皇帝的奴才。魯迅先生在《三閑集·流氓的變遷》中提出此觀點。他評價《水滸傳》說：「俠字漸消，強盜起了，但也是俠之流，他們的旗幟是『替天行道』。他們反對的是奸臣，不是天子，他們所打劫的是平民，不是將相。……一部《水滸》說得很分明：因為不反對天子，所以大軍一到，便受招安，替國家打別的強盜——不『替天行道』的強盜去了，終於是奴才。」

　　這一觀點得到毛澤東先生的高度讚賞，但這是小說的主題嗎？這一觀點沒有建立在對水滸人物的人格具體全面地分析之上。水滸人物口口聲聲似乎反奸臣，但他們後來跪拜昏君奸臣，投降昏君奸臣。他們是「俠之流」嗎？包括晁蓋在內的 109 人或者佔山為王，打家劫舍，攔路搶劫；或者獨霸一方，魚肉市鎮；或者黑道、官道均佔，濫行無道；或者身為朝廷將官，起初興兵信誓旦旦剿滅梁山，然而臨陣被擒立即變臉投降。他們是俠客嗎？

　　2、歌頌農民起義。此為從十九世紀五十年代起，到當今各種教科書，文學史和小說史所持的主流觀點。袁行霈先生所主編《中國文學史》（第四冊 43 頁）也採用了這一觀點。確定梁山水滸基本性質是農民起義之後，結論說：「小說作者站在造反英雄立場上，沿著『亂自上做』、『造反有理』的思路，揭示了封建社會的基本矛盾，藝術地再現了中國古代農民起義的發生、發展和失敗的全過程，並從中總結了一些帶有規律性的

東西。這在整部中國文學史上是十分罕見、難能可貴的。正是在這個意義上，可以說《水滸傳》是一部悲壯的農民起義的史詩。」

不說《水滸傳》中農民少，且基本是小嘍囉，筆者要問判斷一件事和一個人的本質是依據這人的身份？這人是農民，就一定是「起義」？而且這一觀點也沒有建立在對水滸人物全面的人格分析之上。《水滸傳》中 109 人是「起義」嗎？他們「義」的內涵及其表現何在？

3、（明）左懋認為這是一部寫給強盜看的書，是教人做強盜的書。他認為《水滸傳》教壞了百姓，讓強盜學宋江。並且認為如果不禁毀《水滸傳》，對於世風的影響是不堪設想的。當時朝廷接受了他的建議，傳令全國各地收繳《水滸傳》。另外一個同持這種觀點的著名人物是明末清初金聖歎。請看他的觀點，這也是他把七十回以後砍掉的原因之一：

> 乃吾所以斷宋江之為強盜，而萬萬必無忠義之心者，亦
> 正於此。何也？夫招安，則強盜之變計也。其初父兄失
> 教，喜學拳勇；其既恃其拳勇，不事生產；其既生產乏
> 絕，不免困劇；其既困劇不甘，試為劫奪；其既劫奪既
> 便，遂成嘯聚；其既嘯聚漸夥，必受討捕；其既至於必
> 受討捕。而強盜因而自思：進有自贖之榮，退有免死之
> 樂，則誠莫如招安之策為至便也。若夫保障方面，為王
> 幹城，如秦明、呼延等，世受國恩，寵綏未絕，如花榮、
> 徐寧等，奇材異能，莫不畢效，如凌振、索超、董平、
> 張清等，雖在偏裨，大用有日，如彭玘、韓滔、宣贊、
> 郝思文、龔旺、丁得孫等：是皆食宋之祿，為宋之官，
> 感宋之德，分宋之憂，已無不展之才，已無不吐之氣，
> 已無不竭之忠，已無不報之恩者也。乃吾不知宋江何心，

必欲悉擒而致之於山泊。悉擒而致之，而或不可致，則
必曲為之說曰：其暫避此，以需招安。嗟乎！強盜則須
招安，將軍胡為亦須招安？身在水泊則須招安而歸順朝
廷，身在朝廷，胡為亦須招安而反入水泊？以此語問宋
江，而宋江無以應也。

　　聖歎先生之問，切中要害，但無解。能解得此問，即得解
《水滸傳》。聖歎先生所言之忠義與《水滸傳》之忠義相悖，
而先生沒有分析，破解《水滸傳》之忠義。水滸之義，江湖義
氣也，此 109 人組合之江湖本質決定此義的本質；水滸之忠，
忠於以宋徽宗為首的朝廷官道也，此朝廷官道之本質決定此忠
的本質。

　　至於宋江等為何收羅投降軍官，乞求招安？宋江私下對心
腹吳用談論這一問題，他一定會說：「想當官，殺人放火受招
安。任用投降軍官壯大力量，打敗朝廷征剿，此為增加招安受
重用的本錢。」吳用深知此理，他反對不講價錢接受招安，要
將「王師」多次打敗，增加自己當官的籌碼。第七十五回第一
次招安沒成，吳用就對宋江說：「一兩陣殺得他人亡馬倒，片
甲不回，夢著也怕，那時卻再商量。」眾人道：「軍師言之極
當。」史書宋江得到招安就是如此。《宋史·卷三百五十一·
侯蒙傳》[37]：

　　宋江寇京東，蒙上書言：「江以三十六人橫行齊、魏，
　　官軍數萬無敢抗者，其才必過人。今青溪盜起，不若赦
　　江，使討方臘以自贖。」

《水滸傳》宋江等得到招安也因連敗童貫、高俅，全宋朝

---

[37]　轉引自《水滸傳資料彙編》。南開大學出版社，第 30 頁。

無敵手。通觀《水滸傳》，江湖人物結成團夥，或佔山為王，或橫霸市鎮，後來跟隨大哥宋江嘯聚水泊梁山，一因情勢所迫，更因他們人格內核中所謂江湖之「義」。繼後宋江以武力迫使朝廷昏君奸臣招安，他率領兄弟們投降，接受招安，征遼討方臘，就因為他人格內核中對昏君奸臣朝廷之「忠」，而且自己當官，兄弟們也當官，這樣一來可是雙贏：對朝廷的「忠」與對江湖兄弟的「義」能夠兩全，自己又「博得個封妻蔭子，久後青史留得一個好名」[38]。這「義」和「忠」內涵就是主題。

4、明代李贄認為《水滸傳》表現的是忠義思想。他重點評定宋江，認為其行事仁義道德，肯定宋江對以皇帝徽宗為首的朝廷的忠順、對父行孝、對江湖的義氣、對朋友和百姓散財的性格及行為，並認為他是一個善於領導，有益於社會朝廷的忠臣形象，故而將《水滸傳》命名為《忠義水滸傳》。袁行霈先生主編的《中國文學史》也採納這一觀點。在對宋江進行簡略分析後，結論說：「蓋棺論定，宋江就是一個忠義之烈（李贄《忠義水滸傳敘》）。自稱為『書林』、『儒流』的《水滸》作者，以『忠義』為指導思想來塑造宋江，並描寫了以宋江為首的『全忠仗義』、『替天行道』的武裝隊伍。至於像叫嚷『招安招安，招甚鳥安』的李逵等，只是作為『忠義』映襯而存在。《水滸傳》在歌頌宋江等梁山英雄『全忠仗義』的同時，深刻地揭露了上至朝廷、下至地方的一批貪官污吏、惡霸豪紳的『不忠不義』……並揭示了『官逼民反』的道理，是很有意義的。但作者在這裏要強調的乃是這樣一個悲劇：『全忠仗義』的英雄不能『在朝廷』、『在君側』、『在干城心腹』（李贄《忠義水滸傳敘》），而反倒在『水滸』，『替天行道』的好漢改

---

[38] 第三十二回宋江對即將上二龍山為匪的武松所言。

變不了悖謬的現實，而最後還是被這個『不忠不義』的社會所
吞噬。『自古權奸害忠良，不容忠義立家邦。』作者以『忠義』
為武器批判這個無道的天下時，對傳統道德無力扭轉這個顛倒
乾坤感到極大的痛苦和悲哀，以至對『忠義』這一批判武器自
身也表現出一種深沉的迷惘。」[39]

此忠義主題正是施翁刻意設計的作為批判諷刺對象的明性
主題。正是宋江等 109 人的江湖之「義」，他們嘯聚水泊梁山；
正是宋江對朝廷之「忠」，他謀求招安、投降、征遼、討方臘，
最後梁山覆滅。在文本表面，施翁似乎極力讚頌以宋江為首的
109 人的江湖之義，極力讚頌他們對以宋徽宗為首的朝廷之
忠，然而依據《水滸傳》題名，并對江湖人物進行全面人格分
類分析，我們可以得出施翁在《水滸傳》中表達的封建王朝江
湖社會原生態客觀隱性主題：

「水滸傳」之「傳」：本意古驛站所備驛車。因驛車多傳
遞符信，故衍生出「傳記」意，即依據史實記載，擴寫描述以
圖傳諸後世。《春秋左傳》、《春秋谷梁傳》、《春秋公羊傳》
就是依據史官所記簡扼之「經」，擴寫的史傳文學。傳記文學
即秉承史傳文學傳統，依據史實或現實加以想像，進行原生態
還原性描述展示。施翁耐庵《水滸傳》即依據現實還原性展示，
描述封建社會以宋江為首、以水滸梁山為中心集聚地之江湖。
此江湖的本質即主題，109 個江湖人物都是主題所在。

《水滸傳》以朝廷昏君奸臣貪官污吏為社會政治背景，廣
闊描述展示了中國封建王朝江湖社會原生態。水滸人物有四
類：佔山為王的匪道人物、橫霸州縣鄉鎮的黑道人物、黑道官

---

[39] 袁行霈主編《中國文學史》（第四卷）北京：高等教育出版社。2005 年
年 7 月第二版。第 41 頁。

道均佔的貪官污吏、起初信誓旦旦剿滅梁山，兵敗被俘立即投降的朝廷軍官。他們構成江湖，禍害生民，他們之間的江湖之「義」是邪義。作為封建社會江湖的國家政治背景，朝廷是昏瞶荒淫之君、奸貪之臣，州縣官場全是貪官污吏，故而上述水滸人物投降昏奸君、奸臣、貪官污吏之「忠」是邪忠。施翁耐庵以朝廷昏君奸臣貪官污吏為社會背景，全面展示描述了中國封建時代江湖社會原生態客觀及其邪義和邪忠。

在《水滸傳》文本表面，施翁似乎極力稱讚江湖之「義」，稱他們為「好漢、義士、壯士」，而這些江湖歹徒們也自誇，互贊「好漢、義士、壯士」，然而這些江湖人物為匪者燒殺搶掠，為黑者橫霸城鎮，禍害生民，卻揭示他們完全是匪道強賊、黑道霸主、黑道官道均佔的貪官污吏，他們之間的「義」是危害生民的「邪義」，而那些起初信誓旦旦剿滅土匪，一旦被俘立即藉口所謂江湖「義氣」，立即投降土匪，更體現此「義」之邪！在《水滸傳》文本表面，施翁似乎極力讚賞宋江代表的封建專制社會作為政治主流文化原則之「忠」，但匪道匪寇、黑道歹徒當貪官，效忠貪官朝廷，是小邪效忠大邪，是「邪忠」。從表達技巧論此為施翁對封建社會忠、義文化非常老道的反諷、冰山刺骨的黑色幽默。

從封建社會的原生態客觀真實論，此為施翁還原性表達：江湖歹徒們以相互庇護，協作，暴虐殘忍，劫財害命，獨霸市鎮，金銀交往為「義」，而且自誇，互贊「好漢、義士、壯士」；專制腐敗王朝最需要，最讚賞臣民對他們絕對的「忠」，故而以「忠」為「義」，賞「忠」為奴官，造「忠」為神仙，成為中國主流文化，控制中國幾千年。

施翁批判反諷此「邪義」、「邪忠」，與明史記載施翁人格高尚，拒絕與統治者合作一致。

　　（明）王道生《施耐庵墓誌》：「公諱子安，字耐庵。生於元貞丙申歲，為至順辛末進士。曾官錢塘二載，以不合當道權貴，棄官歸里，閉門著述，追溯舊聞，鬱鬱不得志，賚恨以終。」（明）楊新《故處士施公墓誌銘》：「處士施公，諱讓，字以謙。鼻祖世居揚之興化，後徙海陵白駒，本望族也。先公耐庵，元至順末進士，高尚不仕。國初，征書下至，堅辭不出。」[40]

　　《興化縣續志》所錄《施耐庵傳》和韓國鈞等《吳王張士誠載記》卷四《附編‧附考》記載施翁拒絕張士誠的徵聘，而《明史》記載「以操舟運鹽為業」的張士誠頗似《水滸傳》「仗義疏財，揮金如土」又殺戮心毒的宋江：「士誠輕財好施，得群輩心」，「弓手丘義尤窘辱士誠甚。士誠忿，帥諸弟及壯士李伯昇等十八人殺義，並滅諸富家，縱火焚其居」。（宋）張守《毗陵集‧卷十三‧左中奉大夫充秘閣修撰蔣公墓誌銘》記載：「宋江嘯聚亡命，剽掠山東一路，州縣大震，吏多逃匿。」[41]時任禮部侍郎的著名詩人李若水的詩《捕盜偶成》也記載了宋江的歹徒行徑：「去年宋江起山東，白晝橫戈犯城郭。殺人紛紛翦草如，九重聞之慘不樂。」[42]

　　可見史載之張士誠與宋江同類，其「義」是江湖的邪義，絕非社會正義。施翁拒絕時為吳王的張士誠的徵聘。《吳王張士誠載記》卷四《附編‧附考》的《耐庵小史》記載[43]：

　　　　施耐庵，白駒場人。與張士誠部將元亨友善。士誠初善

---

[40] 此上轉引自《水滸傳資料彙編》，南開大學出版社，第 12 頁、121 頁。

[41] 轉引自《水滸傳資料彙編》，南開大學出版社，第 6 頁。

[42] 見李若水《忠湣集》卷二。

[43] 《水滸傳資料彙編》，南開大學出版社，第 13 頁。

　　甲兵，聞耐庵名，徵聘不至，士誠造其門，見正命題為
　　《江湖豪客傳》。士誠曰：「先生不顯達當時，而弄文
　　以自遣，不亦虛糜歲月乎？」耐庵遜謝，以母老，妻弱，
　　子女婚嫁未畢辭之。因避去。

　　施翁在《水滸傳》表面讚揚江湖人物江湖之「邪義」，表面讚頌這些傢夥對昏君奸臣貪官污吏的「邪忠」，實則是極為老道的反諷、刺骨冰山的黑色幽默。當然他也不得不如此，在封建專制社會，如果某人竟敢明目張膽批判對皇帝朝廷之忠為「邪忠」，必被砍頭並禍及九族；在黑道匪道江湖橫霸的社會，如果某人竟敢明目張膽著書痛罵江湖之義為「邪義」，必定被「好漢」所殺並禍及九族，故而施翁也只得深藏不漏，用反諷、黑色幽默技法。

　　在此須對所謂「江湖」做一個界定。「江湖」本為地理名詞。後來「江湖」成為隱士文化意蘊，主要源自《莊子‧大宗師》：「泉涸，魚相與處於陸，相呴以濕，不如相忘於江湖。」此寓言表達脫離封建專制社會非人性羈絆，進入自然江湖尋求自由。從此「江湖」成為自由隱士世界的代稱。（東晉）陶淵明《與殷晉安別》詩有：「良才不隱世，江湖多賤貧。」當然，這是一種反諷的自我表白。《南史‧隱逸傳序》曰：「或遁跡江湖之上，或藏名巖石之下。」（唐）賈島《過唐校書書齋》詩曰：「江湖心自切，未可掛頭巾。」（宋）王安石《和王勝之雪霽借馬入省》曰：「超然遂有江湖意，滿紙為我書窮愁。」

　　在《水滸傳》中，「江湖」成為封建社會「好漢」們所在特定社會的專稱。好漢們的性質決定江湖的性質。因此，分析《水滸傳》原生態客觀江湖主題之關鍵在：我們千萬不要因為施翁稱梁山水泊109個江湖人物為「好漢、義士、壯士」，他們相互也自稱「好漢、義士、壯士」，就以為他們真是「好漢、義

士、壯士」，而要從孔子所教「聽其言而觀其行」[44]，做一個智者，辨識這些自稱「好漢、壯士、義士、忠義」的傢夥們，確解他們奉行之江湖「邪義」，對朝廷昏君奸臣貪官污吏之「邪忠」，裁定此原生態客觀「江湖」真乃藏污納垢之大廁所，方不負施翁之心。

第一節　宋江與原生態客觀江湖

引論：《水滸傳》明性主題「忠義」的定調

　　《水滸傳》以宋江、史進、魯智深、林沖、楊志、武松等主要主題性人物為線索，展示了以封建末世朝廷昏君奸臣貪官污吏官道社會為背景的中國江湖社會原生態。這一原生態展示有三個階段：江湖黑道和匪道社會與朝廷奸君奸臣貪官污吏官道社會相依相生——江湖黑道匪道社會與朝廷奸君奸臣貪官污吏官道社會發生爭奪，衝突——江湖黑道匪道接受奸君奸臣貪官污吏朝廷的招安，投降，做官，進入貪官污吏官道，征遼，討伐方臘，大多死於戰陣。宋江、盧俊義等頭領死於奸君奸臣陰謀。最終結局是朝廷奸君奸臣貪官污吏們大獲全勝。

　　依據《水滸傳》的線索和主題性人物，筆者主要評述《水滸傳》中有專章描述的宋江、史進、魯智深、林沖、楊志、武松，評述其人格個性及其經歷所展示的江湖黑道和匪道各種人物、投降軍官以及朝廷奸君奸臣、貪官污吏官道社會。重點評論宋江人格個性及其江湖黑道經歷、匪道經歷、投降以及征遼討方臘后的結局。這樣我們就能清楚以宋江為首的江湖社會的

---

[44]　《論語·顏淵篇》「樊遲問知（何為智者？）。子曰：『知人（善鑒識人，即智者）。』」《論語·公治長第五》「子曰：『始吾於人也，聽其言而信其行；今吾於人也，聽其言而觀其行。』」

發生、膨脹、聚集、結局及其邪義與邪忠。

　　《水滸傳》「引首」是對《水滸傳》明性主題「忠義」的定調。「引首」就是引子，說宋太祖武德皇帝趙匡胤是「上界霹靂大仙」下凡。這是耐庵依據中國帝王「天命天子論」，對《水滸傳》之「忠」的定調：

> 那時朝屬梁，暮屬晉，正謂是：朱李石劉郭，梁唐晉漢周，都來十五帝，播亂五十秋。後來感得天道迴圈，向甲馬營中生下太祖武德皇帝來，這朝聖人出世，紅光滿天，異香經宿不散，乃是上界霹靂大仙下降。英雄勇猛，智量寬洪，自古帝王都不及這朝天子，一條杆棒等身齊，打四百座軍州都姓趙！那天子掃清寰宇，蕩靜中原，國號大宋，建都汴梁，九朝八帝班頭，四百年開基帝主。

　　然後將後周柴世宗柴榮迫於檢點官趙匡胤的武力威脅，陳橋讓位，禪讓江山社稷，說成是「上合天心，下合地理」。圈定趙匡胤稱帝是君權神授，是天命天道：

> 那時西嶽華山有個陳摶[45]處士，是個道高有德之人，能辨風雲氣色。一日，騎驢下山，向那華陰道中正行之間，聽得路上客人傳說：「如今東京柴世宗讓位與趙檢點登基。」那陳摶先生聽得，心中歡喜，以手加額，在驢背上大笑，顛下驢來。人問其故。那先生道：「天下從此

---

[45] 陳摶（872 年-989 年），五代末，漢族，宋朝初期亳州真源（今河南鹿邑）人，一說普州崇龕人（四川資陽市安嶽、樂至一帶，一說重慶市潼南縣），五代宋初著名道教學者。字「圖南」，號「扶搖子」、賜號「希夷先生」（希指視而不見，夷指聽而不聞），常被尊稱為陳摶老祖、希夷祖師等。

定矣！正乃上合天心，下合地理，中合人和。」

宋太祖，傳位太宗。太宗傳位於真宗。真宗傳位仁宗。文中說，仁宗「乃是上界赤腳大仙」，有「文曲星」包拯、「武曲星」狄青輔佐。君權神授是臣民忠順的基礎，趙家皇帝是天子，忠於皇帝就是忠於天帝，就是「順天承命」；宋江忠於皇帝，就是「替天行道」。接著說，仁宗治下二十七年，「天下太平，五穀豐登，萬民樂業，路不拾遺，夜不閉戶」，號為「三登之世」，「那時百姓受了些快樂」。樂極生悲，宋嘉佑三年春天，天下瘟疫流行。於是開始了第一回。

第一回《張天師祈禳瘟疫　洪太尉誤走妖魔》則是施翁耐庵依據「天命論」對《水滸傳》明性主題「忠、義」的定調。耐庵將以宋江為首的江湖人物設計為 108 個天罡、地煞「妖魔」下凡[46]，第七十一回天降碣石，其鐫文說他們是 108 個天罡地煞相聚，即將他們禍害天下，效忠昏君奸臣貪官朝廷歸因於天命。仁宗嘉佑三年春，天下瘟疫流行，從江南直至兩京。參政知事范仲淹上奏仁宗請天師來京，禳滅瘟疫。仁宗派遣殿前太尉洪信，前往江西信州貴溪縣龍虎山請張天師。文中說洪太尉到達龍虎山時，張天師已經乘鶴駕雲去東京，禳瘟疫去了。洪太尉來到唐代洞玄真人的「伏魔之殿」。不聽勸阻，他揭開封皮，打開殿門，在黑暗中發現一石碑，碑後鑿著「遇洪而開」四字。文中說：「一來天罡星合當出世，二來宋朝必現忠良，三來湊巧遇著洪信。豈不是天數！」於是洪信放倒石碑，掘開石龜，撬開青石板，露出一個萬丈地穴，於是被鎖鎮的 108 個「天罡地煞」妖魔出世：

---

[46] 包括晁蓋，共有 109 人。

只見穴內刮喇喇一聲響亮，那響非同小可。響亮過處，只見一道黑氣，從穴裡滾將起來，掀塌了半個殿角。那道黑氣，直沖上半天裡，空中散作百十道金光，望四面八方去了。眾人吃了一驚，發聲喊，撇下鋤頭鐵鍬，盡從殿內奔將出來，推倒顛翻無數。驚得洪太尉目瞪口呆，罔知所措，面色如土。奔到廊下，只見真人向前叫苦不迭。太尉問道：「走了的卻是甚麼妖魔？」真人道：「太尉不知：此殿中，當初老祖天師洞玄真人傳下法符，囑咐道：『<u>此殿內鎮鎖著三十六員天罡星，七十二座地煞星，一共是一百單八個魔君在裡面。上立石碣，鑿著龍章鳳篆姓名，鎮住在此。若還放他出世，必惱下方生靈。</u>』如今太尉放他走了，怎生是好！」洪太尉聽罷，渾身冷汗，捉顫不住；急急收拾行李，引了從人下山回京。

請注意，施翁特意在第一回將 108 江湖人物聚集梁山定位為「天罡星合當出世」、「必惱下方生靈」的「妖魔」，而他們後來投降也是「宋朝必現忠良」，都是「天數」。「妖魔」卻成了宋朝的「忠良」，此「宋朝」定是巨大的妖魔集團，而「天」是妖魔集團的總舵爺。這是施翁對水滸之忠義的基本定調。

第二回《王教頭私走延安府　九紋龍大鬧史家莊》首先將宋神宗的兒子端王（即後來導致「靖康之恥」北宋滅亡的宋徽宗）定位為「這浮浪子弟門風，幫閒之事，無一般不曉，無一般不會，更無一般不愛。更兼棋琴書畫，儒釋道教，無所不通。踢毬打彈，品竹調絲，吹彈歌舞，自不必說」的皇家紈綺浮浪子弟。高俅這個「吹彈歌舞，刺槍使棒，相撲頑耍，亦胡亂學詩書詞賦；若論仁義禮智，信行忠良，卻是不會」的傢夥，只因踢得一腳好氣毬，成了端王的寵物。接著，沒有太子的哲宗

晏駕，端王成了皇帝，帝號徽宗。沒有半年，他「直抬舉高俅做到殿帥府太尉職事」。高俅上任第一天就依仗權勢，要杖責因生病沒有入衙簽到的教頭王進，只因王進的父親曾經打過他這潑皮。於是，王進逃往延安府，引出九紋龍史進，史進引出魯達。

亂自上做。小說以朝廷昏君奸臣貪官污吏官道社會為背景，開始展示描述中國江湖社會原生態。妖魔們奉行江湖之「邪義」，上梁山之後聽命於大哥舵爺宋江，「邪忠」昏君奸臣貪官污吏妖魔朝廷。

下面，我們以《水滸傳》主要的主題兼線索性人物山東呼保義宋公明宋江為評述線索，考究包括晁蓋在內的 109 個江湖人物展示的江湖原生態。

一、黑道、官道均佔的宋江、朱全、雷橫與晁蓋

《水滸傳》中宋江是導致梁山聚集，擴張，最後滅亡的主題兼線索性人物。他的個性與經歷廣闊深入地展示了江湖人物原生態，展示江湖「邪義」與他對封建皇朝奸君奸臣貪官污吏的「邪忠」。他的人生與個性歷程有四個階段：

其一、黑道官道均佔。身為鄆城縣官道人物，他既是主管司法的押司，又是江湖大哥「呼保義」。這一階段驅使他行動的主要是「江湖義氣」，而這「義」是江湖黑道和匪道「邪義」。

其二、因殺了閻婆惜成為一個逃犯、囚徒之後，作為江湖黑道匪道大哥宋江的黑道和匪道經歷，所展示的各種江湖人物更可體現這原生態江湖之邪義。

其三、題寫反詩之後，梁山匪道和江州黑道劫法場，宋江走上梁山，江湖「邪義」與他對朝廷奸君奸臣的「邪忠」衝突並存，繼而以「邪忠」領導「邪義」，竭力謀求招安。

其四、求得招安後，宋江繼續以「邪忠」領導「邪義」，征遼，討伐方臘，最後「邪義」滅於「邪忠」：梁山人物大多戰死，頭目宋江和盧俊義喝奸君奸臣毒酒而死，梁山覆滅，宋朝奸君奸臣大獲全勝。

宋江出場在第十八回《美髯翁智穩插翅虎　宋公明私放晁天王》。因參與黃泥岡劫取蔡京生辰綱的白日鼠白勝被濟州緝捕使何濤抓獲，供出首犯鄆城縣東溪村保正晁蓋以及吳用等七人，何濤前往鄆城縣抓捕，引出鄆城縣押司宋江。托塔天王晁蓋、智多星吳用、赤髮鬼劉唐、阮家三兄弟（立地太歲阮小二、短命二郎阮小五、活閻羅阮小七）、白日鼠白勝劫取蔡京十萬貫生辰綱的案件引出宋江，故而我們先說說晁蓋諸人，也可據此理解宋江之江湖「義氣」。

人們往往因為晁蓋、吳用為首的七人劫取了大名府貪官梁中書為其岳丈的當朝太師貪官蔡京進奉的十萬貫生辰綱就肯定：《水滸傳》梁山109人是俠義好漢、英雄；江湖大哥鄆城押司宋江「冒著血海般的干係」秘密通報，鄆城都頭朱全、雷橫私下放行晁蓋等人，就是「俠義」。

我們千萬不要僅僅一件事，就判定某人的善惡，而要從其心性，從其前後整體行為判定其本質，更不要因為他們自稱「好漢、義士」，就真以為他們是「好漢、義士」，要遵孔子所教「聽其言，觀其行」。我們千萬不要以為幾個平生搶劫平民的慣犯，偶爾有一回搶了貪官，就以一代萬地封他為「好漢」。強寇搶劫，眼中只有錢，絕對不看這錢是「不義之財」，還是「有義之財」，只要是財，就殺，就搶！

晁蓋出場在第十四回《赤髮鬼醉臥靈官殿　晁天王認義東溪村》。與宋江、柴進等一樣，晁蓋也是一個黑道官道均佔的「做私商」的江湖人物。文中交代：

> 原來那東溪村保正，姓晁名蓋，祖是本縣本鄉富戶，平
> 生仗義疏財，專愛結識天下好漢。但有人來投奔他的，
> <u>不論好歹</u>，便留在莊上住。若要去時，又將銀兩賚助他
> 起身。

宋代王安石實行鄉村保甲法，規定鄉村五百人都設都保正一人，副都保正一人，其下還有保長、副保長，掌管戶口治安，訓練壯勇，保護村坊，屬於鄉村級官員。但身為江湖中人，晁蓋這保正卻「不論好歹」，只要是江湖「好漢」，就「不論好歹」，「仗義疏財」留住，金銀賚送。可見他黑官兩道均佔，與當時江湖名稱「山東呼保義」宋江、「小旋風」柴進相同，而「不論好歹」地「仗義疏財」，為江湖「義氣」規則之一。

文中首先交代晁蓋江湖名號及其聞名江湖的由來。當時晁蓋所在的東溪村，溪流對面的西溪村經常鬧鬼，迷人下溪水。一位路過僧人指點，叫村民用青石鑿個寶塔，鎮住溪邊，「其時西溪村的鬼，都趕過東溪村來。那時晁蓋得知了大怒，從溪裡走將過去，把青石寶塔獨自奪了過來東溪邊放下。因此人皆稱他做托塔天王。<u>晁蓋獨霸在那村坊，江湖上都聞他名字</u>」。

因「托塔」有了江湖名號，因「獨霸在那村坊，江湖上都聞他名字」，可見晁蓋就是黑官兩道均佔的橫霸鄉鎮的歹徒。第十四回東潞州的赤髮鬼劉唐「聞名」前來投奔他，更可見為何「江湖上都聞他名字」。晁蓋黑官兩道均佔，與江湖人物經常互通商路財物情報，邀聚同夥打劫，即「做私商」。

私商，本義指商人販運商務私貨。江湖用語「做私商」則專指在江湖上打探商務財物來往資訊，再私自或結夥劫財害命。「做私商」屬於江湖黑道人物跟蹤搶劫，還不是明火執仗，佔山為王的匪道。《水滸傳》第三十七回張橫對宋江交待，自己原本與弟弟張順在潯陽江以賤價哄騙乘客上船。船到中流，

他拿出刀來，「嚇」弟弟張順跳水，威逼船客拿高價。又說：「如今我倆兄弟都改了業，我便只在這潯陽江做些私商。」此改業即他在潯陽江「做私商」，尋機搶劫來往客商，宋江自己就差點吃了他的「板刀麵」，而弟弟張順則在江州做魚行黑道霸主。《二刻拍案驚奇》卷二七：「為頭的叫柯成大官人，有幾個兄弟，多有勇力，專在江湖中做私商勾當。」《說岳全傳》第六十回：「故此不想富貴，只圖安樂，在此大江邊做些私商，倒也快活。」晁蓋因「做私商」，聞名江湖。

　　就在第十四回，鄆城縣都頭雷橫奉命巡查賊盜。五更時分在晁蓋所在的東溪村外靈官廟抓住一個赤條條地睡在供桌上的身份不明的大漢（即赤髮鬼劉唐）。雷橫押著他去晁保正莊上，欲「討些點心吃了，卻解去縣裡取問」。於是晁蓋出場，兩人相見，「酒食管待」。言談間，晁蓋聽說抓住一個大漢，吊在門房裏。看看他為何騙雷橫放了劉唐，只因為「一套富貴」。晁蓋假稱淨手，私下見到劉唐：

> 晁蓋道：「你來我這村裡投奔誰？」那漢道：「我來這村裡投奔一個好漢。」晁蓋道：「這好漢叫做什麼？」那漢道：「他叫做晁保正。」晁蓋道：「你卻尋他有什麼勾當？」那漢道：「<u>他是天下聞名的義士好漢，如今我有一套富貴來與他說知，因此而來。</u>」晁蓋道：「你且住，只我便是晁保正。卻要我救你，你只認我做娘舅之親。少刻我送雷都頭那人出來時，你便叫我阿舅，我便認你做外甥。只說四五歲離了這裡，今番來尋阿舅，因此不認得。」那漢道：「若得如此救護，深感厚恩。義士提攜則個！」

　　看看，劉唐提及「如今我有一套富貴來與他說知」，江湖

黑道「做私商」的直覺使晁蓋反應非常敏捷，知道此話「我有一套富貴來與他說知」即「前來密告關於錢財金寶的信息，共謀劫取」。怕洩密，晁蓋立刻叫他「你且住」。然後當著雷橫的面，晁蓋、劉唐出色表演離別多年的舅舅見外甥，騙得雷橫當場釋放劉唐。晁蓋還取出十兩雪花銀，賄賂雷橫。雷橫走後，晁蓋與劉唐急切相見，相互試探，透底：

> 晁蓋卻同那漢到後軒下，取幾件衣裳與他換了，取頭巾與他戴了，便問那漢姓甚名誰，何處人氏。（先不問那套富貴，問是否是江湖中人。）那漢道：「小人姓劉，名唐，祖貫東潞州人氏，因這鬢邊有這搭朱砂記，人都喚小人做赤髮鬼。（劉唐說出自己的江湖名號，以求晁蓋放心。）特送一套富貴來與保正哥哥。（此「送」即傳遞錢財資訊，策劃搶劫。送此情報即送富貴。）昨夜晚了，因醉倒在廟裡，不想被這廝們捉住，綁縛了來。正是：有緣千里來相會，無緣對面不相逢。今日幸到此，哥哥坐定，受劉唐四拜。」（江湖這一拜，可是相互之間生命相托，要晁蓋放心。）拜罷，晁蓋道：「你且說送一套富貴與我，現在何處？」（晁蓋也放心，故急問這「送一套富貴與我，現在何處？」此問是看取之是否容易，沒有是否「義財」之意。）
>
> 劉唐道：「小人自幼飄蕩江湖，多走途路，專好結識好漢。（即多幫派、地域、碼頭結交黑道匪道人物。）往往多聞哥哥大名，不期有緣得遇。曾見山東、河北<u>做私商的</u>多曾來投奔哥哥，因此劉唐敢說這話。（為何「多聞哥哥大名」？不僅因「晁蓋獨霸那村坊，江湖上都知他姓名」，更在「做私商」。「山東、河北做私商的多曾來投奔」的晁蓋必定因「做私商」而聞名江湖，故而與「做

私商的」來往的劉唐「敢說這話」。）這裡別無外人，方
可傾心吐膽對哥哥說。」晁蓋道：「這裡都是我心腹人，
但說無妨。」（「做私商的」晁蓋必定經常搶劫，而許多
莊客是其「心腹」歹徒，不用避諱。）劉唐道：「小弟
打聽得北京大名府梁中書，收買十萬貫金珠寶貝器玩等
物，送上東京與他丈人蔡太師慶生辰。去年曾送十萬貫，
來到半路裡，不知被誰人打劫了，至今也無捉處。今年
又收買十萬貫金珠寶貝，早晚安排啟程，要趕這六月十
五的生辰。小弟想此是一套不義之財，取之何礙！便可
商議個道理，去半路上取了。天理知之，也不為罪。（「義」
財可搶，何況不義之財。）聞知哥哥大名，是個真男子，
武藝過人。（故而來找他。）小弟不才，頗也學得本事。
休道三五個漢子，便是一二千軍馬隊中，拿條槍也不懼
他。」（要晁蓋放心，我這做私商的也不是窩囊匪。）
晁蓋道：「壯哉！且再計較。你既來這裡，想你吃了些
艱辛，且去客房裡將息少歇。暫且待我從長商議，來日
說話。」（「壯哉！」晁蓋極度興奮：十萬貫！古代民間
說誰「萬貫家財」即說此人極頂富貴，何況是十萬貫。）
晁蓋叫莊客引劉唐廊下客房裡歇息。

　　這一回「不義之財，取之何礙」，但此前兩位「做私商的」
傢夥劫取的該是「有義之財」吧？此後他們上梁山，明火執仗，
佔據津渡路口搶劫也是「有義之財」吧？可見即便「有義之財」，
他們也必定「取之何礙」。

　　晁蓋等七人上梁山之後，打家劫舍，攔路殺人搶劫。在梁
山泊各個要道津渡，設置酒店，偵探來往客商貨物資訊，安排
殺人搶劫。這些酒店與菜園子張青和母夜叉孫二娘在孟州十字
坡的酒店一樣，兼營搶劫和人肉販賣。見客人有財物，暗地在

酒盅摻入蒙汗藥麻翻客商，劫取錢財，將人拖進人肉作坊開剝，剁成人肉餡或成塊販賣。第三十九回黑官兩道均佔的神行太保戴宗前往東京，為江州蔡九知府傳送給父親蔡京的私信[47]。途經梁山泊，他走進路旁酒店喝酒，被旱地忽律朱貴蒙汗藥麻翻。朱貴「背入人肉作坊去開剝」時，從他隨身攜帶的書信、文件得知此人是軍師吳用的「至愛相識」，而且信裡有江湖大哥宋江的消息，戴宗方免於成人肉饅頭。據第五十八回《三山聚義打青州　眾虎同心歸水泊》交待，這樣的酒店有四處：「山西路酒店今令張青、孫二娘夫妻——二人原是酒家——前去看守[48]；山南路酒店仍令孫新、顧大嫂看守；山東路酒店依舊朱貴、樂和看守；山北路酒店還是李立[49]、時遷看守。」第六十回稱此四處酒店為「山下四路作眼酒店」，即偵探商務來往財貨情報，傳信梁山，組織搶劫，同時兼營人肉菜肴。而菜園子張青、母夜叉孫二娘、催命判官李立可是用蒙汗藥麻醉人，搶劫財物，開剝人體做人肉饅頭和菜肴的老手！可見托塔天王晁蓋、智多星吳用、入雲龍公孫勝、林沖、阮氏三兄弟、白日鼠白勝等等，是義士俠客嗎？生辰綱一案本質，即：江湖黑道歹徒搶劫奸臣貪官的金銀珠寶。

　　參與生辰綱一案的軍師吳用在第十四回出場，他公開身份為東溪村附近村學教師。劉唐因「雷橫那廝，平白騙了晁保正十兩銀子」而追趕，倆人刀槍廝殺。在場的吳用聽雷橫說劉唐是晁蓋外甥，自思：「晁蓋與我自幼相交，<u>但有些事，便和我商議計較。</u>」「做私商的」晁蓋「但有些事，便和吳用計較」，

---

[47]　他被蒙著，實際是蔡九聽從黃通判之言，向父親請示如何處理題寫反詩的宋江的信。

[48]　此夫妻可是孟州道十字坡賣人肉的老手。

[49]　揭陽嶺上賣人肉的一霸，江湖名號「催命判官李立」。

此「但（只要）」可見吳用是晁蓋「私商事務」不可缺少的軍師。第十五回吳用前往梁山泊附近石碣村，以買魚為名說誘阮家三兄弟加入劫取生辰綱，特能體現書生吳用的黑道匪道江湖個性與江湖黑道匪道性質。

　　阮家三兄弟家住梁山泊的石碣村，處境比較艱難。梁山泊所在的湖口津渡、陸路要道都被梁山土匪王倫、杜遷、宋萬、朱貴、林沖所佔據。他們殺人搶劫，三兄弟捕魚不敢駕船深入梁山泊，捕魚收穫少，生活十分拮据，但他們並不痛恨這些土匪，反而羨慕不已，故而第十五回《吳學究說三阮撞籌　公孫勝應七星聚義》吳學究前往石碣村引誘三兄弟，請他們到一家村店飲酒試探，稍加誘惑，他們就跟著去劫生辰綱。文中對仨兄弟肖像、衣著的描述體現其窮困，但他們心性歹毒。阮小二江湖「人稱立地太歲，果然混世魔王」，阮小七「村中叫作活閻羅」，阮小五「面皮上常有些笑容，心窩裡深藏著鴆毒。能生橫禍，善降非災」，江湖名號「短命二郎」。談到梁山泊土匪時，心性歹毒仨兄弟表達了對匪徒生活的嚮往：

> 　　阮小五道：「他們不怕天，不怕地，不怕官司；論秤分
> 　金銀，異樣穿錦；成甕吃酒，大塊吃肉。如何不快活？
> 　我們弟兄三個空有一身本事，怎地學得他們！」（他們
> 　三兄弟只知酒肉、金銀、全無善惡之辨，故而吳用「暗
> 　暗歡喜」，臭味相投嘛。）吳用聽了，暗暗地歡喜道：「正
> 　好用計了。」
> 　　阮小七說道：「『人生一世，草生一秋！』我們只管打
> 　魚營生，學得他們過一日也好！」吳用道：「這等人學
> 　他做甚麼！他做的勾當不是笞杖五七十的罪犯，空自把
> 　一身虎威都撇了！倘或被官司拿住了，也是自做的罪。」
> 　　阮小二道：「如今官司沒甚分曉，一片糊塗！千萬犯了

迷天大罪的倒都沒事！我兄弟們不能快活，若是但有肯帶挈我們的，也去了罷。」（專制沒有法制，必腐敗，必定滋生匪道、黑道。）阮小五道：「我也常常這般思量：我弟兄三個的本事又不是不如別人。誰是識我們的！」吳用道：「假如便有識你們的，你們便如何肯去？」阮小七道：「若是有識我們的，水裡水裡去，火裡火裡去！若能夠見用一日，便死了開眉展眼！」（要找識貨者，賣自己，價錢也賤，只要「夠見用一日」。）吳用暗地想道：「這三個都有意了。我且慢慢地誘他。」又勸他三個吃了兩巡酒。正是：只為奸邪屈有才，天叫惡曜下凡來。試看小阮三兄弟，動取生辰不義財。（施公此詩，說的就是封建社會的人才理論。封建社會的人才就是「惡曜」，沒有任用為官，享受榮華富貴，這些「惡曜」就要危害貪官政府，故而一定要囊括這些「惡曜」為貪官污吏，為貪官政府所用，方可保天下太平。小阮三兄弟沒當官，就要劫取蔡京「不義財」，如果蔡京讓他們當了官，「不義財」就安然無恙。）吳用又說道：「你們三個敢上梁山泊捉這夥賊麼？」阮小七道：「便捉得他們，哪裡去請賞？也吃江湖上好漢們笑話。」（無處請賞，因為官不管匪，而作為江湖中人他們也得遵守江湖規矩，捉拿強賊會「吃江湖上好漢們笑話」，因為此時的江湖就三部分組成：匪道強賊、黑道霸主、黑官兩道均佔的貪官污吏。據此可見江湖義氣與是「江湖好漢」的內涵。）吳用道：「小生短見，假如你怨恨打魚不得，也去那裡撞籌，卻不是好？」阮小二道：「老先生你不知，我弟兄們幾遍商量，要去入夥。聽得那白衣秀士王倫的手下人都說道他心地窄狹，安不得人，前番那個東京林

沖上山，慪盡他的氣。王倫那廝不肯胡亂著人，因此，我弟兄們看了這般樣，一齊都心懶了。」（王倫不容比他歹的貨，不然這三個歹貨早去了。）阮小七道：「他們若似老兄這等慷慨，愛我弟兄們便好。」（酒肉慷慨款待就是愛。）阮小五道：「那王倫若得似教授這般情分時，我們也去了多時，不到今日。我弟兄三個便替他死也甘心！」（不過幾頓酒肉，便可以替他死。獸類常常因為幾塊肉而相互廝殺，一般的結果是一獸壯烈犧牲，一獸英勇受傷。）吳用道：「量小生何足道哉，如今山東河北多少英雄豪傑的好漢。」阮小二道：「好漢們盡有，我弟兄自不曾遇著！」吳用道：「只此鄆城縣東溪村晁保正，你們曾認得他麼？」阮小五道：「莫不是叫做托塔天王的晁蓋麼？」吳用道：「正是此人。」阮小七道：「雖然與我們只隔得百十里路程，緣分淺薄，聞名不曾相會。」吳用道：「這等一個人仗義疏財的好男子，如何不與他相見？」阮小二道：「我弟兄們無事，也不曾到那裡，因此不能夠與他相見。」吳用道：「小生這幾年也只在晁保正莊上左近教些村學。如今打聽得他有一套富貴待取，（此「取」即搶劫。）特地來和你們商議，我等就那半路裡攔住取了，如何？」阮小五道：「這個卻使不得：既是仗義疏財的好男子，我們卻去壞他的道路，須吃江湖上好漢們知時笑話。」（一夥黑道匪道歹徒圖謀的財物，其他歹徒不可動手，這也是江湖規矩。武松之所以醉打蔣門神，就因孟州快活林市場本來是金眼彪施恩仗恃老爸是牢城管營搶先獨霸，你蔣門神倚仗張團練、張都監來搶奪，就是不義，我武松就要打。）

吳用道：「我只道你們弟兄心志不堅，原來真個惜客好義！（考察合格總結詞。此「好義」即勇於搶劫發財，且遵循江湖規則不相互違礙。）我對你們實說，果有協助之心，我教你們知此一事。我如今見在晁保正莊上住。保正聞知你三個大名，特地教我來請說話。」阮小二道：「我弟兄三個真真實實地沒半點假！晁保正敢有件奢遮的私商買賣，有心要帶挈我們？一定是煩老兄來。若還端的有這事，我三個若捨不得性命幫助你時，殘酒為誓，教我們都遭橫事，惡病臨身，死於非命！」（看看，三兄弟也知道「做私商」，而「奢遮的私商買賣」即搶劫數目驚人的商路財寶，故激動發誓。）阮小五和阮小七把手拍著脖項，道：「這腔熱血只要賣與識貨的！」（激動，賣血，終於遇見「識貨的」，一定得到高價！）吳用道：「你們三位弟兄在這裡，不是我壞心術來誘你們。這件事非同小可的勾當！目今朝內蔡太師是六月十五日生辰。他的女婿是北京大名府梁中書，即日起解十萬貫金珠寶貝與他丈人慶生辰。今有一個好漢，姓劉，名唐，特來報知。如今欲要請你去商議，聚幾個好漢向山凹僻靜去處取此一套不義之財，大家圖個一世快活，因此，特教小生，只做買魚，來請你們三個計較，成此一事。不知你們心意如何？」（就為了「圖一世快活」，此財「義」或「不義」，沒關係。）阮小五聽了道：「罷！罷！」叫道：「七哥，我和你說甚麼來？」（激動萬分！這可是十萬貫哪！）阮小七跳起來道：「一世的指望，今日還了願心！正是搔著我癢處，我們幾時去？」（萬分激動！十萬貫哪！）

吳用道：「請三位即便去來。明日起個五更，一齊都到

晁天王莊上去。」阮家三弟兄大喜。當夜過了一宿。

就為了大碗喝酒，大塊吃肉，大秤分金銀，圖個一世快活，他們開始打劫。這生辰綱是十萬貫！參與者共八人，平均每人可分 1.25 萬貫。此次打劫不義之財，但即便是有義之財，從上述言談和上山後行為看，他們也肯定會劫殺無悔。後來他們因生辰綱被追捕，上了梁山，以殺戮搶劫為生。當然，文盲阮家仨漁夫，說得直白，吳學究明知自己與晁蓋勾結，從事私商活動，早就壞了心術，還要強說「不是我壞了心術」，畢竟是識得幾個字的教村學的知識歹徒、教授嘛！

接著與「做私商的」劉唐一樣，「久聞鄆城縣東溪村晁保正大名，無緣不得拜識。今有十萬貫金珠寶貝，專送與保正作進見禮」前來投奔的是薊州道士入雲龍公孫勝。此再可見晁蓋「做私商的」名滿江湖，也可見這公孫勝也一定是「做私商的」。當時晁蓋、吳用、劉唐和阮家三兄弟決定搶劫，發誓燒化錢紙，正在喝酒，沒有空閒接待，他就打翻十幾個莊客。此道士非道教之道，更非老莊之道，只是假冒道士之名，行霸天下的歹徒。《水滸傳》此類假冒僧道的歹徒多多，其後會依次出場表演。參與搶劫的還有吳用推薦的黃泥岡東面安樂村的閑漢「白日鼠（即光天化日偷竊的老鼠）」白勝，也即第十八回濟州府三都緝捕使臣何濤弟弟何清所言「賭客」。

總之，我們千萬不要因為晁蓋等八人此次搶劫蔡京的不義之財就以偏概全，就以為他們是「好漢」，而要從他們的心性，他們此前「做私商」，此後上梁山明火執仗，殺戮搶劫，打家劫舍的整體行為來判定他們江湖黑道歹徒的本質。下面，我們開始說論庇護黑道匪道的江湖大哥舵爺宋江。

（一）晁蓋生辰綱案：黑官兩道均佔的押司宋江與都頭朱全和雷橫

　　宋江是一個黑官兩道均佔的江湖大哥，既是江湖中人崇拜的「山東呼保義」，同時又是鄆城縣主管刑事司法的押司。他的江湖經歷特別能展示江湖黑道匪道原生態與朝廷奸君奸臣貪官污吏的錢權交易和濫用職權。江湖只有邪義，全無正義。

　　宋江在第十八回《美髯翁智穩插翅虎　宋公明私放晁天王》出場。當時濟州觀察使何濤奉命破案，他捕獲參與者之一白日鼠白勝，從白勝口中得知劫取蔡京生辰綱的主謀是鄆城縣東溪村的晁蓋，參與者還有吳用、劉唐、公孫勝、阮小二、阮小五、阮小七等共八人。連夜前來抓捕，來到鄆城時剛好天亮，縣衙還未開門，他在旁邊的茶館喝茶等候，巧遇宋江。這是《水滸傳》最重要的江湖人物出場：

> 眼如丹鳳，眉似臥蠶。滴溜溜兩耳懸珠，明皎皎雙睛點漆。唇方口正，髭須地閣輕盈；額闊頂平，皮肉天倉飽滿。（此為麻衣神相中的極頂福相，即菩薩像。）坐定時渾如虎相，走動時有若狼形。（心狠手毒如虎狼，此為江湖人物必備素質。）年及三旬，有養濟萬人之度量；（葛朗台家財百萬，卻是吝嗇鬼。宋江一個縣城刀筆吏，卻有可養濟萬人的財物，錢財從何而來？）身軀六尺，懷掃除四海之心機。志氣軒昂，胸襟秀麗。刀筆敢欺蕭相國，聲名不讓孟嘗君。（一個刀筆吏，黑且矮，但心計、心志了得。）
>
> 那押司姓宋，名江，表字公明，排行第三，祖居鄆城縣宋家村人氏。為他面黑身矮，人都喚他做黑宋江；又且於家大孝，為人仗義疏財，人皆稱他做孝義黑三郎。上有父親在堂，母親早喪，下有一個兄弟，喚做鐵扇子宋清，自和他父親宋太公在村中務農，守些田園過活。這宋江自在鄆城縣做押司。他刀筆精通，吏道純熟，更兼

愛習槍棒，學得武藝多般。<u>平生只好結識江湖上好漢，但有人來投奔他的，若高若低，無有不納，便留在莊上館穀，終日追陪，並無厭倦；若要起身，盡力資助，端的是揮霍，視金似土。</u>人問他求錢物，亦不推託，且好做方便，每每排難解紛，只是周全人性命。如常散施棺材藥餌，濟人貧苦，周人之急，扶人之困，以此山東、河北聞名，都稱他做及時雨，即把他比做天上下的及時雨一般，能救萬物。曾有一首《臨江仙》讚宋江好處：

起自花村刀筆吏，英靈上應天星，疏財仗義更多能。事親行孝敬，待士有聲名。

濟弱扶傾心慷慨，高名水月雙清。及時甘雨四方稱，山東呼保義，豪傑宋公明。

請注意，此為江湖歹徒歌讚大哥舵爺宋江的頌歌：他是歹徒江湖的「及時雨、呼保義、豪傑、英靈」。從人格論，宋江本性虎狼兇惡，有「掃除四海之心機」；其形容又如菩薩，養濟萬人造就自己的歹徒江湖，使江湖歹徒忠於自己；又極有文韜武略，驅使江湖歹徒，實現其「掃除四海之心機」。與此相關，他最尊奉江湖規則，他對江湖歹徒最講義氣，雖不能說為義捨身，但可以為義捨金，丟官，棄家，因此走上梁山，嘯聚水泊，這歹徒江湖之義是邪義。與江湖歹徒們不同，宋江對朝廷特忠，因此千方百計投降，東征西討，就為當一個大官，求得鐘鳴鼎食，封妻蔭子，青史留名，但忠於昏君奸臣貪官污吏是邪忠、愚忠，而且他忠於奸君奸臣、貪官污吏更是一種認同，因他本人也是貪官，因而想做一個更大的貪官，因而嘯聚梁山，殺人放火求招安，投降做個大貪官。

宋江因「端的是揮霍，視金似土」而贏得江湖「及時雨」和「呼保義」之美名。一個鄆城縣押司，「養濟萬人」的錢財從

何而來？按宋朝官吏的薪俸制度，正七品的知縣月俸為 30 貫。每年還發棉二十兩、絹是十兩、粟 20 石。宋江作為押司，月俸當不過 20 貫，一年也就 240 貫收入而已，且沒有衣料和祿粟這類的收入。他「上有父親在堂，母親早喪，下有一個兄弟，喚做鐵扇子宋清，自和他父親宋太公在村中務農，守些田園過活」，錢財從何而來？耐庵翁閉嘴沒說，但宋江官位雖低，卻是一個主管刑事司法的押司，而且從他特別善於使錢行賄看，他的錢財一定來路不正。善於行賄的官，一定也善於索取賄賂，而且見慣不驚，因為行賄的目的就為佔有權利，索取更多賄賂。貪官污吏，自然容納貪官污吏事；黑道首領，自然容得黑道匪道行為，只要是一夥的。

此上引文還說他「人問他求錢物，亦不推託，且好做方便，每每排難解紛，只是周全人性命。如常散施棺材藥餌，濟人貧苦，周人之急，扶人之困」。似乎是個善德人物？這正是宋江與其他江湖夕徒不同之處，即背地裡黑道匪道，明處則是司法押司，且愛民，此為貪官們流行的為自己買政聲的手法：臺上為人，臺下為鬼；當面為人，背後為鬼；說話為人，行動為鬼。前者為假面，後者是真相。宋江此後的經歷，體現他特精通此奸雄手法。

宋江一出場，就遇見在茶館裡等著縣衙開門的濟州府緝捕觀察使何濤。茶館老闆介紹兩位司法官相識，從何觀察口中，宋江得知鄆城縣東溪村保正晁蓋為首，有六名從賊，在黃泥崗用蒙汗藥麻翻押送蔡太師生辰綱軍健一十五人，劫去十一擔珍珠寶貝，計該十萬貫正贓。宋江一丁點沒有這一行為是否正義的想法，首先是江湖義氣。請看書中對他的心理描寫：

> 宋江聽罷，吃了一驚，肚裡尋思道：「晁蓋是我心腹弟兄。他如今犯了<u>彌天大罪</u>，<u>我不救他時</u>，捕獲將去，性命便

休了！」心內自慌，卻答應道：「晁蓋這廝，奸頑役戶，本縣內上下人，沒一個不怪他。今番做出來了，好教他受！」

前此已述「晁蓋獨霸在那村坊，江湖上都聞他名字」，而且山東、河北許多「做私商的多曾來投奔」，共謀搶劫。作為鄆城司法押司、江湖大哥的宋江，稱「晁蓋是我心腹弟兄」，應該知道此晁蓋，也應該多次庇護。此時從何觀察口中得知晁蓋此次搶劫朝廷第一貪官蔡京生辰綱卻以為「犯了彌天大罪」，可見在宋江心目中，打劫商路財物是正常江湖行為，打劫朝廷第一貪官蔡京的生辰綱是「彌天大罪」，此「天」就是貪婪朝廷，然而因「晁蓋是我心腹兄弟」，宋江也要救。他藉口知縣在睡覺，要何觀察喝茶等候，說：「小吏略到寒舍，分撥了些家務便到，觀察少坐一坐。」何觀察一坐下，他立即飛馬趕往東溪村，通報晁蓋：

> 晁蓋見莊客報說宋押司在門前。晁蓋問道：「有多少人隨從著？」莊客道：「只獨自一個飛馬而來，說快要見保正。」晁蓋道：「必然有事。」（做私商的直覺：司法小弟暗地裡通風報信來了。那賴賬星不就是司法官通風報信才逃到加拿大的嗎？）慌忙出來迎接。宋江道了一個喏，攜了晁蓋手，便投側邊小房裡來。晁蓋問道：「押司如何來得慌速？」宋江道：「哥哥不知，兄弟是心腹弟兄，我舍著條性命來救你。如今黃泥岡事發了！白勝已自拿在濟州大牢裡了，供出你等七人。濟州府差一個何緝捕，帶著若干人，奉著太師府鈞帖，並本州文書，來捉你等七人，道你為首。天幸撞在我手裡，我只推說知縣睡著，且教何觀察在縣對門茶坊裡等我。以此

飛馬而來，報導哥哥。『三十六計，走為上計』。若不
快走時，更待甚麼？我回去引他當廳下了公文，知縣不
移時，便差人連夜下來，你們不可耽擱，倘有些疏失，
如之奈何！休怨小弟不來救你。」

宋江認定劫取朝廷高級貪官蔡京生辰綱是「彌天大罪」，
只因「晁蓋是我心腹兄弟」，就「舍這條性命」來救晁蓋。可
見，晁蓋平時「做私商」搶劫，作為「心腹兄弟」的宋江因江
湖義氣，也必定經常庇護。此後晁蓋一夥逃脫追捕，上了梁山，
林沖火拼王倫，晁蓋成了首領。第二十回他們打敗官軍，生擒
濟州團練黃安。濟州府行文，通令各地防備。再看宋江得知此
消息的看法：

> 本州孔目，差人齎一紙公文，行下所屬鄆城縣，教守禦
> 本境，防備梁山泊賊人。鄆城縣知縣看了公文，教宋江
> 迭成文案，行下各鄉村，一體守備。宋江見了公文，心
> 內尋思道：「晁蓋等眾人，不想做下這般大事，<u>犯了大
> 罪</u>，劫了生辰綱，殺了做公的，傷了何觀察，又損害了
> 許多官軍人馬，又把黃安活捉上山。如此之罪，是滅九
> 族的勾當。雖是被人逼迫，事非得已，於法度上卻饒不
> 得。倘有疏失，如之奈何？」自家一個心中納悶。分付
> 貼書後司張文遠將此文書立成文案，行下各鄉各保。

此也再可見，他認定劫奪頂級貪官蔡京生辰綱是「大罪」，
並沒有「做私商」晁蓋等人所謂「不義之財，劫之何礙」的行
動出發點或倫理依據，只是因為江湖義氣「晁蓋是我心腹兄弟」
而私放晁蓋。第二十回《梁山泊義士尊晁蓋　鄆城縣月夜走劉
唐》晁蓋派遣劉唐帶著書信和 100 兩金條答謝宋江，宋江只受
了一根金條，急忙叫劉唐趕快回梁山，文中說：「宋江與劉唐

別了，自慢慢行回下處來，一頭走，一面肚裡尋思道：『早是沒做公的看見，爭些兒惹出一場大事來！』一頭想：『那晁蓋倒去落了草，直如此大弄。』」

可見，宋江並不贊成「落草」為寇。他因江湖義氣放了晁蓋，但處於一個黑官兩道均佔的執法押司與一個江湖人物的矛盾之中。因此這第十八回鄆城縣押司宋江與鄆城縣都頭插翅虎雷橫和美髯翁朱仝私放晁蓋，特別能體現黑官兩道均佔的官員的枉法無道、江湖社會的「邪義」，而且官道官僚加入黑道匪道江湖的高效驅動力就是：金銀！

宋江向晁蓋報信後，飛馬趕回縣衙，與等候他的何觀察一同去見知縣時文彬。知縣命插翅虎雷橫、美髯翁朱仝兩位都頭前往東溪村晁家莊捉拿晁蓋、吳用等六人。同樣黑官兩道均佔的都頭朱仝、雷橫因為晁蓋是「江湖兄弟」而虛張聲勢，明捕捉，暗中放行。文中說：「朱仝有心要放晁蓋，故意賺雷橫去打前門。這雷橫亦有心要救晁蓋，以此爭先來打後門，卻被朱仝說開了，只得去打他前門。故意這等大驚小怪，聲東擊西，要催晁蓋走了。」小說主要對朱仝做了具體描述：

> 朱仝那時到莊後時，兀自晁蓋收拾未了。莊客看見，來報與晁蓋，說道：「官軍到了！事不宜遲！」晁蓋叫莊客四下裡只顧放火，他和公孫勝引了十數個去的莊客，吶著喊，挺起樸刀，從後門殺出去，大喝道：「當吾者死！避吾者生！」朱仝在黑影裡叫說：「保正快走！朱仝在這裡等你多時。」晁蓋哪裡聽得說，同公孫勝捨命只顧殺出來。朱仝虛閃一閃，放開路讓晁蓋走。晁蓋卻叫公孫勝引了莊客先走，他獨自押著後。
> 朱仝使步弓手從後門撲入去，叫道：「前面趕捉賊人！」雷橫聽得，轉身便出莊門外，叫馬步弓手分頭去趕。雷

橫自在火光之下，東觀西望，做尋人。朱仝撇了士兵，挺著刀去趕晁蓋。晁蓋一面跑，口裡說道：「朱都頭，你只管追我做甚麼？我須沒歹處！」（這話說：我平時對您可是酒肉情深、金銀厚誼。）朱仝見後面沒人，方才敢說道：「保正，你兀自不見我好處。我怕雷橫執迷，不會做人情，被我賺他打你前門，我在後門等你出來放你。你沒見我閃開條路讓你過走？你不可投別處去，只除梁山泊可以安身。」晁蓋道：「深感救命之恩，異日必報！」（報答這人情，就是金銀。後來上梁山後晁蓋守信然諾，派劉唐送給宋、朱、雷三人各 100 兩金條以報恩。）朱仝正趕間，只聽得背後雷橫大叫道：「休教走了人！」朱仝分付晁蓋道：「保正，你休慌，只顧一面走，我自使他轉去。」朱仝回頭叫道：「三個賊望東小路去了！雷都頭，你可急趕！」

雷橫領了人，便投東小路上，並士兵眾人趕去。漸漸黑影裡不見了晁蓋，朱仝只做失腳，撲地倒在地下。眾士兵隨後趕來，向前扶起。朱仝道：「黑影裡不見路徑，失腳走下野田裡，滑倒了，閃挫了左腳。」縣尉道：「走了正賊，怎生奈何！」朱仝道：「非是小人不趕，其實月黑了，沒做道理處。這些士兵全無幾個有用的人，不敢向前！」縣尉再叫士兵去趕。眾士兵心裡道：「兩個都頭尚兀自不濟事，近他不得，我們有何用！」都去虛趕了一回，轉來道：「黑地裡正不知哪條路去了。」雷橫也趕了一直回來，心內尋思道：「朱仝和晁蓋最好，多敢是放了他去？我卻不見了人情！」回來說道：「哪裡趕得上！這夥賊端的了得！」

縣尉和兩個都頭回到莊前時，已是四更時分。何觀察見

眾人四分五落，趕了一夜，不曾拿得一個賊人，只叫苦
道：「如何回得濟州去見府尹！」縣尉只得捉了幾家鄰舍
去，解將鄆城縣裡來。這時知縣一夜不曾得睡，立等回
報，聽得道：「賊都走了，只拿得幾家鄰舍。」

雷橫這一次沒讓晁蓋見其人情，前此已述他第一次出場的
第十四回和第十五回，因為晁蓋的人情，他放了赤髮鬼劉唐，
晁蓋也給他十兩花銀，作為回報。

請注意，只要是江湖兄弟，無論善惡必須庇護，而且通觀
《水滸傳》，這江湖義氣一定與錢財賄賂，酒肉來往相關。這就
是江湖義氣基本內涵。從古至今中國可是「熟人、朋友」文化：
「熟人」之「熟」本義是火燒烹煮的肉，故而「熟人」就是酒
肉桌上相識的人。「朋友」之「朋」，上古貨幣貝殼形，五貝為
一朋，而「友」是象形會意字，即兩手相握，故而「朋友」之
義即因金錢交往而兩手相攜的至交。故而中國自古有一句名
言：「受人錢財，替人消災。」還有「酒肉親家」、「酒肉兄弟」
等等感受語。

（二）閻婆惜被殺案：黑官兩道均佔的宋江、朱仝、雷橫
與鄆城官場

在第二十回宋江殺死閻婆惜，朱仝、雷橫再次枉法。他倆
配合鄆城官場大佬縣令時文彬放走殺死閻婆惜的宋江。閻婆惜
與父母來鄆城縣投奔一個親戚。沒想到，親戚外遷，他們一家
子沒有著落。閻婆惜父親染病身死，宋江出錢買了棺材，父親
才得以入土為安。閻婆見宋江富可敵國而無妻小，使人說合，
租賃了一所樓房，養她女兒閻婆惜為外宅[50]。文中說宋江是一

---

[50] 外宅，即沒有正式婚娶，但有性關係的女子。相當於現今官場、錢場流
  行的二奶。

個好漢，不以女色為戀，上外宅門的時間少，閻婆惜與宋江的同事張文遠押司相識，兩人一見鍾情，暗地裏私情來往。宋江風聞此事，就不再到閻婆惜住所去。閻婆怕宋江拋棄自己的女兒，使自己和女兒生活失去倚靠。一天晚上，她軟纏硬拉，要宋江到她家，要女兒討他喜歡。與張文遠相好的閻婆惜不搭理宋江，宋江氣惱半夜開門出走。閻婆惜從宋江遺留在床上的招文袋中看見一根金條和晁蓋從梁山寫給宋江的書信，知曉宋江與梁山的關係和晁蓋所送 100 兩金子，她判定這是警匪勾結。宋江回來尋找招文袋，要閻婆惜歸還。閻婆惜要求宋江離開她，容許她改嫁張文遠，並要留下宋江置辦的衣飾、傢俱、還有晁蓋所送 100 兩黃金，方不告狀。宋江一一都應承，但一時拿不出那 100 兩黃金。兩人爭執，宋江滅口殺了閻婆惜。凌晨時分，得知女兒被殺，閻婆將宋江扭扯到衙門前。與宋江交好，不知底細的唐牛兒以為閻婆無理取鬧，扭住閻婆，宋江乘機逃脫。閻婆大哭將唐牛兒扭至衙門控告。看知縣時文彬的表演：

> 知縣聽得有殺人的事，慌忙出來升廳。眾做公的把這唐牛兒簇擁在廳前。知縣看時，只見一個婆子跪在左邊，一個漢子跪在右邊。知縣問道：「甚麼殺人公事？」婆子告道：「老身姓閻。有個女兒，喚做婆惜。典與宋押司做外宅。昨夜晚間，我女兒和宋江一處吃酒，這個唐牛兒一逕來尋鬧，叫罵出門，鄰里盡知。今早宋江出去走了一遭回來，把我女兒殺了。老身結扭到縣前，這唐牛兒又把宋江打奪了去。告相公做主！」知縣道：「你這廝怎敢打奪了兇身？」唐牛兒告道：「小人不知前後因依。只因昨夜去尋宋江搪碗酒吃，被這閻婆又小人出來。今早小人自出來賣糟薑，遇見閻婆結扭押司在縣前。小人見了，不合去勸她，他便走了。卻不知他殺死她女

兒的緣由。」知縣喝道：「<u>胡說！宋江是個君子誠實的</u><u>人，如何肯造次殺人？這人命之事必然在你身上！左右</u><u>在哪裡！</u>」便喚當廳公吏。隨即取人口詞，就替閻婆寫了狀子，疊了一宗案，便喚當地方件作行人並坊廂里正鄰右一干人等來到閻婆家，開了門，取屍首登場檢驗了。身邊放著行兇刀子一把。當時再三看驗得系是生前項上被刀勒死，眾人登場了當，屍首把棺木盛了，寄放寺院裡；將一干人帶到縣裡。<u>知縣卻和宋江最好，有心要出</u><u>脫他，只把唐牛兒再三推問。</u>唐牛兒供道：「小人並不知前後。」知縣道：「你這廝如何隔夜去他家尋鬧？一定你有干涉！」唐牛兒告道：「小人一時撞去搪碗酒……」知縣道：「胡說！打這廝！」左右兩邊狼虎一般公人把這唐牛兒一索捆翻了。打到三五十，前後語言一般。<u>知</u><u>縣明知他不知情，一心要救宋江，只把他來勘問，</u>且叫<u>取一面枷來釘了，禁在牢裡。</u>

控告人閻婆對兇手宋江的指控明確，但知縣「明知他不知情」，卻冤誣唐牛兒，一心救宋江，完全是枉法濫權。這時閻婆惜的情人押司張文遠出面，執意要糾正這冤案，擒拿元兇：

那張文遠上廳來稟道：「雖然如此，見有刀子是宋江的壓衣刀，必須去拿宋江來對問，便有下落。」知縣見他三五次來稟，遮掩不住，只得差人去宋江下處捉拿。宋江已自在逃去了。只拿得幾家鄰人來回話：「凶身宋江在逃，不知去向。」張文遠又稟道：「犯人宋江逃去，他父親宋太公並兄弟宋清現在宋家村居住，可以勾追到官，責限比捕，跟尋宋江到官理問。」
知縣本不肯行移，只要朦朧做在唐牛兒身上，日後自慢

慢地出他；怎當這張文遠立主文案，唆使閻婆上廳，只
管來告。知縣情知阻當不住，只得押紙公文，差三兩個
做公的去宋家莊勾追宋太公並兄弟宋清。

幾個公人到宋家莊。宋太公說「老漢數年前，本縣官長處
告了他忤逆[51]，出了他籍，不在老漢戶內人數」，即與宋江脫
離了父子關係。而「眾人都是和宋江好的，明知道這個是預先
開的門路，苦死不肯做冤家」，再加上「太公隨即宰殺些雞鵝，
置酒管待了眾人，發了十數兩銀子」，於是眾公人抄了脫離父
子關係的執憑公文，辭別宋太公，回去報告知縣說：「宋太公
三年前出了宋江的籍，告了執憑文帖，現有抄白在此，難以勾
捉。」知縣開脫宋江，便說道：「既有執憑公文，他又別無親
族；只可出一千貫賞錢，行移諸處海捕捉拿便了。」又是張文
遠出面，閻婆哭告，縣令方令雷橫與朱仝去搜查：

> 那張三又挑唆閻婆去廳上披頭散髮來告道：「宋江實是
> 宋清隱藏在家，不令出官。相公如何不與老身做主去拿
> 宋江？」知縣喝道：「他父親已自三年前告了他忤逆在
> 官，出了他籍，見有執憑公文存照，如何拿得他父親兄
> 弟比捕？」閻婆告道：「相公！誰不知道他叫做孝義黑
> 三郎？這執憑是個假的。只是相公做主則個！」知縣道：
> 「胡說！前官手裡押的印信公文，如何是假的？」閻婆
> 在廳下叫屈叫苦，哽哽咽咽地價哭告道：「相公！人命
> 大如天！若不肯與老身做主時，只得去州裡告狀！只是
> 我女兒死得甚苦！」那張三又上廳來替她稟道：「相公

---

[51] 忤逆，即叛逆，不孝敬父母。文中「告忤逆，出了他的籍」是說告他不
孝，與他脫離父子關係。這是「預先開的門路」。可見宋江對自己身在
江湖，很可能犯罪牽連家人，早做了準備。

不與她行移拿人時，這閻婆上司去告狀，倒是利害。倘
或來提問時，小吏難去回話。」知縣情知有理，只得押
了一紙公文，便差朱全，雷橫二都頭當廳發落：「你等
可帶多人去宋家村大戶莊上搜捉犯人宋江來。」朱、雷
二都頭領了公文，便來點起士兵四十餘人逕奔宋家莊上
來。宋太公得知，慌忙出來迎接。

可憐的閻婆不知道官府權力上下左右成網，官員們權錢交
易，相互勾結，相互庇護。鄆城縣都頭插翅虎雷橫、美髯翁朱
全與宋江都是黑官兩道均佔的江湖兄弟，自然要幫大哥的忙，
讓大哥逃走。雷橫進莊假搜一回，朱全則直接進堂屋，敲開地
下室，面見宋江，要他趕快逃跑：

> 朱全道：「我只是放心不下。雷都頭，你和眾弟兄把了
> 門。我親自細細地搜一遍。」宋太公道：「老漢是個識
> 法度的人，如何敢藏在莊上！」朱全道：「這個是人命
> 的公事，你卻嗔怪我們不得。」太公道：「都頭尊便。
> 自細細地去搜。」朱全道：「雷都頭，你監著太公在這
> 裡，休教他走動。」（大庭廣眾一面目，背地裡是另一
> 面目。）朱全自進莊裡，把樸刀倚在壁邊，把門來拴了；
> 走入佛堂內去，把供床拖在一邊，揭起那片地板來。板
> 底下有條索頭。將索子頭只一拉，銅鈴一聲響。宋江從
> 地窖裡鑽將出來，見了朱全，吃了一驚。朱全道：「公
> 明哥哥，休怪小弟捉你。只為你閒常和我最好，有的事
> 都不相瞞，一日酒中，兄長曾說道：『我家佛堂底下有
> 個地窖子，上面供的三世佛。佛座下有片地板蓋著，上
> 便壓著供床。你有些緊急之事，可來這裡躲避。』小弟
> 那時聽說，記在心裡。（兩人黑官兩道均佔，都有犯罪

事發準備，而且相互交流。）今日本縣知縣差我和雷橫
兩個來時，沒奈何，要瞞生人眼目。相公有些覷兄長之
心，只是被張三和這婆子在廳上發言發語道，本縣不做
主時，定要在州裡告狀；因此上又差我兩個來搜你莊上。
我只怕雷橫執著，不會周全人，倘或見了兄長，沒個做
圓活處：因此小弟賺他在莊前，一逕自來和兄長說話。
（閻婆惜死不瞑目。）此地雖好，也不是安身之處。倘
或有人知得，來這裡搜著，如之奈何？」宋江道：「我
也自這般尋思。若不是賢兄如此周全，宋江定遭縲紲之
厄！」朱仝道：「休如此說。兄長卻投何處去好？」宋
江道：「小可尋思有三個安身之處：一是滄州橫海郡小
旋風柴進莊上，二乃是青州青風寨小李廣花榮處，三者
是白虎山孔太公莊上。他有個兩個孩兒：長男叫做毛頭
星孔明，次子叫做獨火星孔亮，多曾來縣裡相會。那三
處在這裡躊躇未定，不知投何處去好。」朱仝道：「兄
長可以作急尋思，當行即行。今晚便可動身，切勿遲延
自誤！」宋江道：「上下官司之事全望兄長維持；金帛
使用只顧來取。」（衙門中人，自然知道有錢能使衙門
鬼官推磨，他自己也是因為錢才推磨的。）朱仝道：「這
事放心，都在我身上。兄長只顧安排去路。」（朱仝真
義氣！）宋江謝了朱仝，再入地窖子去。朱仝依舊把地
板蓋上，還將供床壓了，開門，拿樸刀，出來說道：「真
個沒在莊裡。」叫道：「雷都頭，我們只拿了宋太公去，
如何？」雷橫見說要拿宋太公去，尋思：「朱仝那人和
宋江最好。他怎地顛倒要拿宋太公？這話一定是反說。
他若再提起，我落得做人情！」（雷橫真義氣！）朱仝，
雷橫叫了士兵都入草堂上來。宋太公慌忙置酒管待眾

人。朱仝道：「休要安排酒食。且請太公和四郎同到本縣裡走一遭。」雷橫道：「四郎如何不見？」宋太公道：「老漢使他去近村打些農器，不在莊裡。宋江那廝，自三年前已把這逆子告出了戶，現有一紙執憑公文在此存照。」朱仝道：「如何說得過！我兩個奉知縣台旨，叫拿你父子二人，自去縣裡回話！」雷橫道：「朱都頭，你聽我說。宋押司他犯罪過，其中必有緣故，也未便該死罪。既然太公已有執憑公文，系是印信官文書，又不是假的，我們須看押司日前交往之面，權且擔負他些個，只抄了執憑去回話便了。」（雷橫「落得做人情」，濫行很直率；朱仝就要掩藏不露真相，真是美髯翁！）朱仝尋思道：「我自反說，要他不疑！」朱仝道：「既然兄弟這般說了，我沒來由做甚麼惡人。」宋太公謝了，道：「深感二位都頭相覷！」隨即排下酒食，犒賞眾人，將出二十兩銀子，送與兩位都頭。朱仝，雷橫堅執不受，把來散與眾人——四十個士兵——分了，抄了一張執憑公文，相別了宋太公，離了宋家村。（酒食「犒賞」，再用銀子堵眾人的嘴。）朱、雷二位都頭引了一行人回縣去了。

縣裡知縣正值升廳，見朱仝，雷橫回來了，便問緣由。兩個稟道：「莊前莊後，四圍村坊，搜遍了二次，其實沒這個人。宋太公臥病在床，不能動止，早晚臨危。宋清已自前月出外未回。因此，只把執憑抄白在此。」（完全放悶屁，雖不響，至今都臭，且得到滿官場響屁回應！）知縣道：「既然如此……」一面申呈本府，一面動了紙海捕文書，不在話下。縣裡有那一等和宋江好的相交之人都替宋江去張三處說開。（這相交即錢交酒交。）那

張三也耐不過眾人面皮；況且婆娘已死了；張三平常亦受宋江好處；因此也只得罷了。（這「好處」也是錢和私情照顧等等。）朱仝自湊些錢物把與閻婆，教她不要去州裡告狀。這婆子也得了些錢物，沒奈何，只得依允了。（自知無奈，好歹有些錢可以度日。）朱仝又將若干銀兩教人上州裡去使用，文書不要駁將下來。（本縣上下左右買通，再買通上司。）又得知縣一力主張，出一千貫賞錢，行移開了一個海捕文書，只把唐牛兒問做成個「故縱凶身在逃」，脊杖二十，刺配五百里外；干連的人盡數保放寧家。

有錢能使群鬼推磨。這就是閻婆惜案件的結束。閻婆、張生無可奈何，閻婆惜死不瞑目，唐牛兒活活被冤，而施耐庵卻似乎表面完全贊同雷橫、朱仝、知縣等官道貪官污吏們對宋江的庇護，貶損閻婆惜、閻婆、張生，實則是隱匿到無形的反諷。

宋江從此離開官道，走入江湖黑道、匪道。臨走前還囑咐父親進行權錢交易：「父親可使人暗暗地送些金銀去與朱仝，央他上下使用，及資助閻婆些少，免得她上司去告擾。」宋江身為腐敗官場中押司，深知權錢運行規則。如此腐敗官場必定滋生黑社會，而官員黑官兩道均佔，拿黑道官道雙份金銀。宋江在江湖黑道中的第一步是投靠滄州橫海郡小旋風柴進。

二 宋江的黑道和匪道經歷

宋江江湖黑道、匪道經歷，充分展示了因為「遮奢」即「端的是揮霍，視金似土」，周濟天下黑道、匪道、黑官兩道均佔的江湖人物而得到全江湖崇拜，成為江湖共認的大哥舵爺，更典型且全面地展示描繪了黑道、匪道、黑官兩道均佔的各種江湖人物。宋江首先投奔的是柴進。

（一）黑官兩道均佔的宋江和柴進　武松為何拜宋江為大哥

　　柴進完全是黑官兩道均佔的濫行人物，聲名遠播。他雖不是現職官員，但其祖乃大周柴世宗，因陳橋讓位給趙匡胤，故而從趙匡胤開始，歷代宋帝均眷顧柴世宗歷代後人，故而人稱柴進為大官人，是一個不是官的大官，而且柴進與官道貪官污吏、江湖黑道匪道廣泛交往，江湖人稱「小旋風」。第九回林沖被高俅陷害，發配滄州牢城，途經柴進村莊旁路口酒店，店主要林沖前去投奔他，說：「他是大周皇帝柴世宗嫡派子孫，自陳橋讓位有德，宋太祖賜予誓書鐵卷在家，誰都不敢欺負他。專一招接天下來往的好漢，三五十個養在家中。有流配犯人，必資助。」第二十二回殺死閻婆惜後，宋江第一個選擇就是投奔柴進。鐵扇子宋清也對哥哥宋江說：「人都說他仗義疏財，專一結識天下好漢，救助遭配的人，是個現世的孟嘗君，我兩個只投奔他去。」看看柴進見到殺人犯罪，逃到他家的江湖大哥的言語、神情、行為，果然名不虛傳：

> 　　那莊客入去不多時，只見那中間莊門大開，柴大官人引著三五個伴當，慌忙跑將出來，亭子上與宋江相見。柴大官人見了宋江，拜在地下，口稱道：「端的想殺柴進！天幸今日甚風吹得到此，大慰平生渴想之念！多幸！多幸！」宋江也拜在地下，答道：「宋江疏頑小吏，今日特來相投。」柴進扶起宋江來，口裡說道：「昨夜燈花，今日鵲噪，不想卻是貴兄降臨。」滿臉堆下笑來。宋江見柴進接得意重，心裡甚喜。便喚弟兄宋清也相見了。柴進喝叫伴當收拾了宋押司行李在後堂西軒下歇處。柴進攜住宋江的手，入到裡面正廳上，分賓主坐定。柴進道：「不敢動問。聞知兄長在鄆城縣勾當，如何得暇來

到荒村敝處？」宋江答道：「久聞大官人大名，如雷貫耳。雖然節次收得華翰，只恨賤役無閑，不能夠相會。今日宋江不才，做出一件沒出豁的事來；弟兄二人尋思，無處安身，想起大官人仗義疏財，特來投奔。」柴進聽罷，笑道：「兄長放心，遮莫做下十惡大罪，既到敝莊，俱不用憂心。不是柴進誇口，任他捕盜官軍，不敢正眼兒覷著小莊。」宋江便把殺了閻婆惜的事一一告訴了一遍。柴進笑將起來，說道：「兄長放心。便殺了朝廷的命官，劫了府庫的財物，柴進也敢藏在莊裡。」

這十惡大罪，可是中國封建社會十惡不赦的重罪，即「謀反、謀大逆、謀叛、惡逆、不道、大不敬、不孝、不睦、不義和內亂」等罪大惡極、不可饒恕的犯罪行為。柴進仰仗祖輩皇牌，黑官兩道均佔，其行為言談放縱張狂，肆無忌憚。火燒草料場以後，第十一回林沖藏身於柴進莊裡。因緝捕甚緊，林沖要走，柴進說自己與「聚集著七八百小嘍囉，打家劫舍」的梁山土匪白衣秀士王倫、摸著天杜遷、雲裡金剛宋萬「交厚」，立馬修書一封，介紹林沖前往梁山入夥。林沖來到梁山泊下湖邊一酒店飲酒，與店主旱地忽律朱貴結識。兩人交談，朱貴說：「山寨裡叫小弟在此間開酒店為名，專一探聽來往客商經過。但有財帛者，便去山寨裡報知。但是孤單客人到此，無財帛的放他過去；有財帛的來到這裡，輕則蒙汗藥麻翻，重則頓時結果，將精肉片為耙子，肥肉煎油點燈。」柴進可專門結識這類「好漢」。武松與人爭執，出手致其昏死，自以為打死了，逃到柴進莊上，柴進也沒有任何善惡衡量就收留了他。第二十三回在柴進莊子中，宋江見到武松，於是武松作為一個江湖重要人物出場了。關於武松要專章評論，在此只說說宋江怎麼對待武松，使武松拜他為大哥。宋江之所以是江湖舵爺大哥，就在

會用錢。這可是江湖義氣的重要內涵之二：

> 話說宋江因躲一杯酒，去淨手了，轉出廊下來，趿了火
> 鍁柄，引得那漢焦躁，跳將起來就欲要打宋江，柴進趕
> 將出來，叫起宋押司，因此露出姓名來。那大漢聽得是
> 宋江，跪在地下哪裡肯起，說道：「小人有眼不識泰山！
> 一時冒瀆兄長，望乞恕罪！」宋江扶起那漢，問道：「足
> 下是誰？高姓大名？」柴進指著道：「這人是清河縣人
> 氏。姓武，名松，排行第二。已在此間一年了。」宋江
> 道：「江湖上多聞說武二郎名字，不期今日卻在這裡相
> 會。多幸！多幸！」柴進道：「偶然豪傑相聚，實是難
> 得。就請同做一席說話。」
> 宋江大喜，攜住武松的手，（初次見面就如此親熱。）
> 一同到後堂席上，便喚宋清與武松相見。柴進便邀武松
> 坐地。宋江連忙讓他一同在上面坐。（柴進不如宋江：
> 他要武松「坐地」，宋江則要他「上坐」。）武松哪裡肯
> 坐。謙了半晌，武松坐了第三位。柴進教再整杯盤，來
> 勸三人痛飲。
> 　　宋江在燈下看那武松時，果然是一條好漢，（何為
> 好漢？請看下述。）心中歡喜，便問武松道：「二郎因
> 何在此？」武松答道：「小弟在清河縣，因酒後醉了，
> 與本處機密[52]相爭，一時間怒起，只一拳打得那廝昏沉，
> 小弟只道他死了，因此，一逕地逃來投奔大官人處來躲
> 災避難。今已一年有餘。後來打聽得那廝卻不曾死，救
> 得活了。今欲正要回鄉去尋哥哥，不想染患瘧疾，不能
> 夠動身回去。卻才正發寒冷，在那廊下向火，被兄長趿

---

[52] 指古縣衙中，管機密文檔房的人。

了鍬柄；吃了那一驚，驚出一身冷汗，敢怕病倒好了。」宋江聽了大喜。（為何大喜？武松動輒出手打人且特能打，出手狠，可以一拳將人打暈如死。心狠手毒，動輒打人殺人就是江湖「好漢」！）當夜飲至三更。酒罷，宋江就留武松在西軒下做一處安歇。次日起來，柴進安排席面，殺羊宰豬，管待宋江，不在話下。過了數日，宋江取出些銀兩與武松做衣裳。柴進知道，哪裡肯要他壞錢；自取出一箱緞匹綢絹，門下自有針工，便教做三人的稱體衣裳。（同屋睡，同席吃，拿銀錢做衣服。這讓柴進特別尷尬。）

說話的，柴進因何不喜武松？原來武松初來投奔柴進時，也一般接納管待；次後在莊上，但吃醉了酒，性氣剛，莊客有些管顧不到處，他便要下拳打他們；因此，滿莊裡莊客沒一個道他好。眾人只是嫌他，都去柴進面前，告訴他許多不是處。柴進雖然不趕他，只是相待得他慢了。卻得宋江每日帶挈他一處，飲酒相陪，武松的前病都不發了。（武松投靠於人，卻如此對待主人的莊客，柴進自當有此反應。打狗看主人，武松不看主人面。）相伴宋江住了十數日，武松思鄉，要回清河縣看望哥哥。柴進、宋江兩個都留他再住幾時。武松道：「小弟因哥哥多時不通資訊，只得要去望他。」宋江道：「實是二郎要去，不敢苦留。如若得閒時，再來相會幾時。」武松相謝了宋江。柴進取出些金銀送與武松。（江湖黑道匪道來往，錢財相互贈送，此為江湖義氣之一。柴進送「些」金銀，而此後宋江一送「十兩銀子」。真「端的是揮霍，視金似土」，故而名冠江湖，贏得江湖「及時雨」和「呼保義」的美名。）武松謝道：「實是多多相擾了

大官人！」

武松縛了包裹，拴了哨棒要行，柴進又治酒食送路。武松穿了一領新衲紅繡襖，戴著個白範陽氈笠兒，背上包裹，提了哨棒，相辭了便行。宋江道：「賢弟少等一等。」回到自己房內，取了些銀兩，趕出到莊門前來，說道：「我送兄弟一程。」宋江和兄弟宋清兩個等武松辭了柴大官人，宋江也道：「大官人，暫別了便來。」

三個離了柴進東莊，行了五七里路，武松作別道：「尊兄，遠了，請回。柴大官人必然專望。」宋江道：「何妨再送幾步。」路上說些閒話，不覺又過了三二里。（結交一年有餘的柴進不送，僅僅相識十數日的宋江遠送。真是一見鍾情。）武松挽住宋江手道：「尊兄不必遠送。常言道：送君千里，終須一別。」宋江指著道：「容我再行幾步。兀那官道上有個小酒店，我們吃三鍾了作別。」

三個來到酒店裡，宋江上首坐了；武松倚了哨棒，下席坐了；宋清橫頭坐定；便叫酒保打酒來，且買些盤饌果品菜蔬之類，都搬來擺在桌上。三人飲了幾杯，看看紅日半西，武松便道：「天色將晚；哥哥不棄武二時，就此受武二四拜，拜為義兄。」

宋江大喜。武松納頭拜了四拜。（宋江大喜，他苦心所求就為此。要知道江湖中這一拜可是將生命交給他大哥了，隨他支配，肝腦塗地，萬死不辭。）宋江叫宋清身邊取出一錠十兩銀子送與武松。武松哪裡肯受，說道：「哥哥客中自用盤費。」宋江道：「賢弟，不必多慮。你若推卻，我便不認你做兄弟。」武松只得拜受了，收放纏袋裡。宋江取些碎銀子還了酒錢，武松拿了哨棒，三個出酒店前來作別。武松墮淚拜辭了自去。（窮困武

松，因銀墮淚，銀就是恩。結拜賣命錢，不過十兩，也
賤！）宋江和宋清立在酒店門前，望武松不見了方才轉
身回來。

　　於是，武松一路想到宋江，就尋思道：「江湖上只聞說及
時雨宋公明，果然不虛！結識得這般弟兄，也不枉了！」初次
見面就「攜手」，就邀請「上坐」同席吃酒肉，就一同睡好床，
就出銀子作新衣，送行遠遠超出十里長亭，還酒肉纏綿依依送
別，特別是臨別贈送十兩大銀，真是窮困武松的「及時雨」呀！
前此已說按宋朝的薪俸制度，正七品的知縣月俸為 30 貫，作為
押司宋江月俸不過 20 貫，但對武松出手就是十兩銀子。按照宋
代銅錢、銀、金兌換比率：1 兩黃金=10 兩白銀=10000 文銅錢。
這十兩銀子價值 10000 文銅錢，一兩黃金！難怪武松當即流
淚，一路念想「結識得這般兄弟也不枉了」。

　　此後，《水滸傳》專章說武松，武松回清河縣找尋哥哥武
大郎，走上他自己的江湖之路，筆者有專章評述。武松走後，
宋江惜別柴進，來到白虎山，躲藏在自己的徒弟獨火星孔亮、
毛頭星孔明的父親孔太公莊上。宋江的徒弟也是鄉鎮黑道霸主。

　　第三十二回宋江第二次出場，與武松再次相遇。第三十一
回武松從孟州殺人出逃，得到孟州道十字坡賣人肉的菜園子張
清、母夜叉孫二娘的幫助，打扮成一個頭陀逃往二龍山落草。
第三十二回途徑白虎山，因酒店沒有酒菜賣給他，他揮拳毆打
店主，惹惱在店飲酒的本地霸王孔亮。兩漢拳腳相對，武松將
孔亮拋進溪水。隨身的潑皮從溪流裡撈出孔亮，扶攜逃走。酒
家驚散，空寂無人，武松哈哈大笑，吃了孔亮的酒肉，大醉出
店門，倒在冰冷溪流中。哥哥孔明帶領「長王三、矮李四、急
三千、慢八百、笆上糞、屎裡蛆、米中蟲、飯內屁、鳥上刺、
沙小生、木伴哥、牛筋等」一群鄉村潑皮追來，跳進溪流，捆

綁武松，拖回孔家莊吊打，引出逃亡在他家的宋江。請看孔亮、孔明與宋江的對話：

> 卻才打得三五下，只見莊裡走出一個人來問道：「你兄弟兩個又打甚麼人？」（「又打甚麼人？」可見兄弟倆經常毆打人。）只見這兩個大漢叉手道：「師父聽稟：兄弟今日和鄰莊三四個相識去前面小路店裡吃三杯酒，巨耐這個賊行者到來尋鬧，把兄弟痛打了一頓，又將來攧在水裡，頭臉都磕破了，險些凍死，卻得相識救了回來。歸家換了衣服，帶了人再去尋他，那廝把我酒肉都吃了，卻大醉，倒在門前溪裡，因此，捉拿在這裡細細的拷打。看起這賊頭陀來也不是出家人，——臉上見刺著兩個『金印』，這賊卻把頭髮披下來遮了。——必是個避罪在逃的囚徒。問出那廝根原，解送官司理論！」（要將在逃囚徒送交官司理論。）
>
> 這個吃打傷的大漢道：「問他做甚麼！這禿賊打得我一身傷損，不著一兩個月將息不起，不如把這禿賊一頓打死了，一把火燒了他，才與我消得這口恨氣！」（因酒菜打架，打死，火燒，方解恨。）說罷，拿起藤條，恰待又打。只見出來的那人說道：「賢弟，且休打，待我看他一看。這人也像是一個好漢。」

「且休打」意思是說，暫且莫打，我看看是不是江湖「好漢」；不是則打死一把火燒了也無妨。接著宋江認出這人是「我兄弟武二郎」，武松認出「那人」「是我哥哥」宋江，情節就發生突變。他們三人聽武松自述其殺人經歷：

> 武松答道：「小弟自從柴大官人莊上別了哥哥，去到得景陽岡上打了大蟲，送去陽谷縣，知縣就抬舉我做了都

頭。後因嫂嫂不仁，與西門慶通姦，藥死了我先兄武大，被武松把兩個都殺了，自首告到本縣，轉發東平府。後得陳府尹一力救濟，斷配孟州。」至十字坡，怎生遇見張青、孫二娘；到孟州，怎地會施恩，怎地打了蔣門神，如何殺了張都監一家十五口，又逃在張青家，母夜叉孫二娘教我做了頭陀行者的緣故；過蜈蚣嶺，試刀殺了王道人；至村店吃酒，醉打了孔兄；把自家的事從頭備細告訴了宋江一遍。

孔明孔亮兩個聽了大驚，撲翻身便拜。

可見，江湖中人最崇拜相互庇護者、遮奢者（即揮金如土，捨得給錢者）；特崇拜心狠手毒，動輒殺人，特能殺人，精於殺人者。毛頭星孔明、獨火星孔亮第二次出現在第五十七回，他們倆效法武松：「因和本鄉一個財主爭競（也即孔亮所說『爭些閒氣』），把他一門良賤盡都殺了，聚集起五七百人，佔住白虎山，打家劫舍。」因為一點小事爭吵就殺了鄰村一家，上二龍山落草為寇。在宋江為首的江湖，動輒致人死命，殺人放火，打家劫舍是很酷，很時髦，很追星的事。武松是江湖殺人明星，孔明、孔亮則是他的粉絲、追星族。

（二）清風山強賊案：江湖大哥宋江與黑官兩道均佔的花榮

武松告別，繼續自己的江湖人生。宋江則告別孔家莊，前往清風寨投奔花榮，途經清風山遇見了錦毛虎燕順、矮腳虎王英、百面郎君鄭天壽。請看文中所謂「好漢」。

宋江路經清風山，天色已晚，腳踩清風山伏路小嘍囉的絆索，跌倒，被捆綁到山寨裡。幾個小嘍囉說：「大王方才睡，且不要去報。等大王酒醒時卻請起來，解剖這牛子心肝做醒酒湯，我們大家吃塊新鮮肉。」繼而燕順酒醒，首先出場，文中

對他的肖像和為何上山為匪，賦詩介紹：

> 赤髮黃鬚雙眼圓，臂長腰闊氣沖天。
> <u>江湖稱作錦毛虎</u>，好漢原來卻姓燕。
> 那個<u>好漢</u>祖貫山東萊州人，姓燕名順。原是販羊馬客人，
> 因為消折了本錢，流落在綠林叢中<u>打劫</u>。

　　姓「燕」非燕，卻是虎。「因為消折了本錢」，他燕順就
殺人搶劫，就是江湖「好漢」。得知拿得一個牛子，他吩咐嘍
羅用牛子心肝做醒酒湯，要小嘍羅去請矮腳虎王英、百面郎君
鄭天壽同吃：

> 小嘍囉去不多時，只見廳側兩邊走上兩個好漢來：左邊
> 一個，五短身材，一雙光眼。怎生打扮？但見：
> 駝褐色衲襖錦繡補，形貌崢嶸性粗鹵。
> <u>貪財好色最強梁，殺人放火王矮虎</u>。（「貪財好色最強梁，
> 殺人放火」就是「好漢」。）
> 這好漢祖貫兩淮人氏，姓王名英。因五短身材，江湖上
> 人叫他矮腳虎。原是車家出身，為因<u>半路上見財起意，
> 就勢劫了客人</u>。事發到官，越獄走了，上清風山，和燕
> 順佔住此山，打家劫舍。（見財起意，搶劫，就是「好
> 漢」。）左邊這個，生得白淨面皮，三牙掩口髭鬚，瘦長
> 膀闊，清秀模樣，也裹著頂絳紅頭巾。他祖貫浙西蘇州
> 人氏。姓鄭，雙名天壽。為他生得白淨俊俏，人都號他
> 做白面郎君。原是打銀為生，因他自小好習槍棒，流落
> 在江湖上，因來清風山過，撞著王矮虎，和他鬥了五六
> 十合，不分勝敗。因此燕順見他好手段，留在山上，坐
> 了第三把交椅。（打家劫舍得銀子比為人打銀為生好，
> 就上山為匪，即「好漢」。）

　　當下三土匪頭領坐下，王矮虎便道：「孩兒們，正好做醒酒湯。快動手！」小嘍囉們就動手，宋江歎氣道：「可惜宋江死在這裡！」燕順對這江湖第一舵爺的名字非常敏感，詢問這「牛子」，得知他就是「殺了閻婆惜逃走在江湖上的山東及時雨宋公明」，情節便發生天翻地覆的變化：

> 燕順吃了一驚，便奪過小嘍囉手內尖刀，把麻索都割斷了。便把自己身上披的棗紅絳絲衲襖脫下來，裹在宋江身上，便抱在中間虎皮交椅上，便叫王矮虎、鄭天壽快下來。三人納頭便拜。
>
> 宋江滾下來答禮，問道：「三位壯士，何故不殺小人，反行重禮，此意何在？」亦拜在地。（自己心肝險些成了土匪醒酒湯，卻拜禮，自稱「小人」，尊稱土匪為「壯士」，追問「何故不殺小人」，怪哉！）那三個好漢一齊跪下。燕順道：「小弟只要把尖刀剜了自己的眼睛，原來不識好人。一時間見不到處，少問個緣由，爭些兒壞了義士。若非天幸，使令仁兄自說出大名來，我等如何得知仔細！小弟在江湖上綠林叢中，走了十數年，聞得賢兄仗義疏財、濟困扶危的大名，只恨緣分淺薄，不能拜識尊顏。今日天使相會，真乃稱心滿意。」（身為司法押司，卻庇護，疏財救濟江湖困危歹徒，得到燕順、王矮虎、鄧天壽等土匪江湖的崇拜，稱為「仗義」，此義邪門！）宋江答道：「量宋江何德何能，叫足下如此錯愛！」（用詞錯誤：不是「錯愛」，是「臭愛」即「同為大糞，臭味相愛」。）燕順道：「仁兄禮賢下士，結交豪傑，名聞寰宇，誰不欽敬？！梁山泊如此興旺，四海皆聞。曾有人說道，盡出仁兄之賜。不知仁兄獨自何來，今卻到此？」宋江把救晁蓋一節、殺閻婆惜一節，卻投

柴進並孔太公許多時，及今次要往清風寨尋小李廣花
榮，這幾件事，一一備細說了。三個頭領大喜，隨即取
套衣服給宋江穿了。一面叫殺羊宰馬連夜筵席，當夜吃
到五更，叫小嘍囉伏伺宋江歇了。住了五七日，每日好
酒好肉管待。

　　請注意，施耐庵在文中稱這些傢夥為好漢，這些傢夥也自
稱為好漢、壯士、義士。沒有壞傢夥說自己是壞傢夥，沒有歹
徒說自己是歹徒，沒有土匪自稱土匪；壞傢夥、歹徒、土匪總
要給自己粉飾粉飾，世人不吹捧，首先自己吹捧自己，互相吹
捧。接著，在臘月上墳時期，王矮虎在山上抓獲一個坐著轎子
上山祭奠亡靈的俏夫人，強拖進房要「求歡」。宋江開始以為
是花榮之妻，立即阻止，詢問。從夫人口中得知她是「清風寨
文官知寨劉高」的妻子，宋江想：「她丈夫既是和花榮同僚，
我不救時，明天到那裡須不好看。」於是便為「朝廷命官」妻
子說情，並許諾王英「日後宋江揀一個停當好的，在下拿財進
禮，取一個服侍賢弟」，要王矮虎「做個人情，放了小人友人
同僚正官之妻」。聽大哥的話，清風寨頭目燕順不管王矮虎性
饑色慌，放了花榮同僚劉高的夫人。可見，如果這婦人不是與
「花榮同僚」的朝廷命官的妻子，宋江一定任由兄弟王矮虎「求
歡」享用了。

　　宋江在山寨中住了五七天後依依惜別，三人將打劫而來的
金寶贈送大哥。請注意，從此後，宋江每一次與江湖匪道或黑
道相遇，臨別都要接受海量的金銀饋贈。江湖黑道匪道來往，
錢財不分家，是江湖「義」之一，宋江自己只因為「端的是揮
霍，視金似土」而成黑道匪道公認的大哥舵爺。宋江下山，投
奔清風寨副知寨小李廣花榮。看看黑道官道均佔的花榮見到宋
江的表現：

只見寨裡走出那個少年的軍官來，拖住宋江，喝叫軍漢
接了包裹、樸刀、腰刀，扶到正廳上，便請宋江當中上
坐了，納頭便拜四拜，起身道：「自從別了兄長之後，
屈指又早五六年矣，常常念想。聽得兄長殺了一個潑煙
花，官司行文書各處追捕。小弟聞得，如坐針氈，連連
寫了十數封書，去貴莊問信，不知曾到也不？今日天賜，
幸得哥哥到此，相見一面，大慰平生。」說罷又拜。

　　身為清風寨副知寨，小李廣花榮知道宋江殺人出逃而磕頭
四拜，收留厚待，而且辱罵被殘殺的閻婆惜是「潑煙花」。可
見，花榮黑官兩道均佔，全無善惡衡量，不講什麼法律規則。
聽宋江說自己在清風山看在花榮面子上救了正知寨劉高的妻
子，花榮反而不高興，說：「兄長不知，不是小弟說口，這清
風寨是青州緊要去處，若還是小弟獨自在這裡守把時，遠近強
人怎敢把青州擾得粉碎！近日除將這個窮酸餓醋來做個正知
寨：這廝又是文官，又沒本事；自從到任，只把鄉間些少上戶
詐騙；朝庭法度，無所不壞。小弟是個武官副知寨，每每被這
廝嘔氣，恨不得殺了這濫污賊禽獸。兄長卻如何救了這廝的婦
人？打緊這婆娘極不賢，只是調撥她丈夫行不仁的事，殘害良
民，貪圖賄賂。正好叫那賤人受些玷辱。兄長錯救了這等不才
的人。」

　　花榮仇恨劉高，根本在權力爭奪。因為劉高是正知寨，他
自己拜殺人出逃的江湖黑社會頭子宋江為大哥，反罵劉高「朝
庭法度，無所不壞」；因為劉高是正知寨，就嫉恨說劉高是「窮
酸餓醋」；因為自己是副知寨就覺得「每每被這廝嘔氣」，就
「恨不得殺了這個濫污賊禽獸」。可見花榮與這劉高的矛盾不
在「殘害良民，貪圖賄賂」，根本在嫉妒劉高為正職，自己為
副職。而深知這一點的宋江則勸花榮：「冤仇可解不可結。他

和你是同僚官，又不合生事。亦且他是個文墨的人，你如何不諫他？他雖有些過失，你可隱惡揚善。賢弟休如此淺見。」可見，花榮在官場混，在江湖中混，遠沒有宋江老道。「隱惡揚善」可是中國專制官場通行規則。官員自己述職隱惡揚善，相互之間也必定隱惡揚善，各級衙門年終總結全都要隱惡揚善，全無善行，也必須編造。

花榮誇口「若還是小弟獨自在這裡守把時，遠近強人怎敢把青州擾得粉碎！」如果此言為真，花榮應該上書青州府知府慕容彥達，自告奮勇征討將「青州擾得粉碎」的各山強賊，慕容彥達必定大喜，封賞豐厚。但此話假，清風山土匪近在咫尺，清風寨武官花榮完全聽之由之，沒有任何征討。根本在「獨自守把」，即自己當正知寨，獨霸清風寨，但絕對不會征討土匪，白討苦吃。以後的事實也證明：劉高與清風山強賊、宋江為敵，而花榮則是一丘之貉。

繼之，因為會「使錢」，宋江使陪伴自己遊玩的人「落得銀子，又得身閒」，討得花榮寨中人「無一個不敬他」，但因為劉高及其妻子，情節發生了陡轉。清風寨元宵節，宋江上街看花燈，被劉高妻子認出是清風山「賊頭」而被劉高捉拿。前面花榮所言劉高濫行文中未見事實，然而劉高及其妻子對來自清風山的「賊頭」宋江，並未因他曾經放她下山就法外施恩，討好土匪，反而捉拿，審問宋江。宋江挨打，謊稱自己是鄆城虎張三。花榮得知大哥宋江被捉拿，大驚，先寫信給劉高，稱宋江為「薄親劉丈」，要求「放免」。劉高讀信，真相大白，他大罵道：「花榮這廝無禮！你是朝廷命官，如何卻與強賊通同，也來瞞我。這賊已招是鄆城縣張三，你卻如何寫濟州劉丈！俺須不是你侮弄的；你寫他姓劉，是和我同姓，憑的我便放了他！」喝令左右把下書人推將出去。

　　由此可見，與花榮截然相反，劉高是一位嚴守法律的官員。於是花榮披掛上馬，從劉高寨中搶回宋江。然後在自家門口拉弓射箭，賣弄箭藝，嚇退劉高派去捉拿宋江、花榮的兩位教頭。當晚他與宋江商議，宋江決定：「今晚我先上清風山去躲避，你明日卻好和他白賴，終究只是文武不合相毆的官司。」可見作為司法押司的宋江的確老道，但哪知劉高提防著這一手。當天晚上，劉高叫手下埋伏在前往清風山路徑的草木中，果然拿得潛往清風山的宋江。他立即寫申狀給青州知府慕容彥達。文中這青州知府「複姓慕容，雙名彥達，是今上徽宗天子慕容貴妃之兄；倚托妹子的勢，要在青州橫行，殘害良民，欺罔僚友，無所不為」，但處理這一事件卻無可挑剔：

> 知府接來看了劉高的文書，吃了一驚，便道：「花榮是個功臣之子，如何結連清風山強賊？這罪犯非小，未審虛實？」便教喚那本州兵馬都監來到廳上，吩咐他去。原來那個都監，姓黃，名信。

　　《水滸傳》投降宋江的軍官出場，起初都信誓旦旦要剿滅草寇，似乎真是武士，然而一旦被擒拿立即下拜投降，而且均以所謂「義」為面具掩飾其貪生怕死，苟且求存。青州軍官都監黃信和隨後出場的青州兵馬總管統制秦明是《水滸傳》中第一撥投降宋江的朝廷軍官。請看秦明、黃信被擒前後判若兩人的表演。

　　（三）清風山強賊案的繼續：第一撥變臉投降的朝廷軍官黃信與秦明

　　青州都監黃信自稱「鎮三山」，因那青州地面有三座惡山：第一便是燕順、王矮虎、鄭天壽所在清風山，第二便是魯智深、楊志、武松所在二龍山，第三便是李忠、周通所在的桃花山。

他們攔路搶劫，打家劫舍，禍害村鎮縣府，無人能治，黃信卻
自誇要捉盡三山人馬，因此自稱「鎮三山」。由此可見，作為
青州指揮司軍官都監黃信的雄心壯志。黃信受命來到清風寨，
以奉慕容知府勸解「文武不和」為名，置酒騙來花榮，捉拿花
榮，花榮大叫。看黃信的反應：

> 黃信大笑，喝道：「你兀自敢叫哩！你結連清風山強賊，
> 一同背反朝廷，當得何罪？我念你往日面皮，不去驚動
> 你家老小！」花榮叫道：「也須有個證見。」黃通道：
> 「還你一個證見！教你看真贓真賊，我不屈你。左右！
> 與我推將來！」無移時，一輛囚車，一個紙旗兒，一條
> 紅抹額，從外面推將入來。花榮看時，卻是宋江，目睜
> 口呆，面面相覷，做聲不得。

這時候的黃信似乎真是「鎮三山」，首先鎮住了花榮。黃
信立即押送宋江和花榮前往青州。途經清風山路口，清風山燕
順、王英、鄭天壽攔路劫奪宋江和花榮。沒用的黃信只打了十
個回合，「怕吃他三個拿了，壞了名聲，哪裡顧得眾人，獨自
飛馬奔回清風寨去了」。這一下軍心崩潰，劉高被擒，被押解
到清風山匪巢。宋江大罵，花榮「刀去劉高心窩裡只一剜，那
顆心獻在宋江面前」。劉高至死沒有求饒。可見，劉高的確是
一個有氣節的文人正知寨。

黃信這「鎮三山」完全是自我標榜的虛名。逃回清風寨，
他急忙寫申狀告急：「反了花榮，結連清風山強盜，時刻清風
寨不保。事在告急，早遣良將，保守地方。」慕容知府得到告
急信，立即派遣號稱霹靂火的青州兵馬總管統制秦明前往清風
山征剿。這秦明與花榮在清風山下，馬上提槍見面，他嚴詞斥
罵，似乎真是「霹靂火」：

秦明大喝道：「花榮！你祖代是將門之子，朝廷命官。教你做個知寨，掌握一境地方，食祿於國，有何虧你處，卻去結連賊寇，反背朝廷。我今特來捉你！會事的下馬受縛，免得腥手污腳。量你何足道哉！」

秦明知道花榮「接連賊寇，反背朝廷」，似乎是霹靂火。然而經過一系列戰鬥，秦明戰敗被俘，聽說匪首是「山東及時雨宋公明」就「連忙下拜」，這霹靂無火，但面對燕順要他「權就此間落草，論秤分金銀，整套穿衣服，不強似受那大頭巾的氣」的勸告，他說「秦明生是大宋人，死為大宋鬼。朝廷教我做到兵馬總管，兼受統制使官職，又不曾虧了秦明，我如何肯做強人，背反朝廷！你們眾位要殺時，便殺了我。」這也似乎也有一點霹靂火，然而他之所以「生為大宋人，死為大宋鬼」，只因為「朝廷教我做到兵馬總管，兼受統制使官職，又不曾虧了秦明」，因此「我如何肯做強人，背反朝廷」。也就是說，這「忠心」建立在是否讓他做官，讓我做官者，就忠！沒讓我做官，自然就反！可悲！這就是大宋朝廷兵馬總管統制，相當於現今省市警備司令，職銜起碼為少將。

宋江心毒。為了逼迫秦明上山，宋江設毒計，讓一個嘍囉假扮秦明，騎著秦明的馬，穿著秦明的衣甲，在青州城外居民區殺人放火。第二天，完全蒙在鼓裡的秦明被宋江等人釋放，他騎馬回到青州城外，看見「原有數百戶人家，都被火燒做白地，一片瓦礫，場上橫七豎八，殺死的男子婦女不知其數」。他大吃一驚，打馬跑過煙火瓦礫場，來到城邊大叫開門。

以為秦明投降土匪，在城頭上佈置防務的慕容知府這時看見秦明，以為秦明來賺開城門搬取妻小。他大罵秦明：「反賊！你如何不知羞恥！昨夜引人馬來打城子，把許多好百姓殺了，又把許多房屋燒了，你這廝倒如何行此不仁！」他不聽秦明辯

白,告訴秦明,「你的妻子今早已都殺了」,並命將秦明妻子
兒女首級挑在槍尖上,叫秦明看。秦明氣破胸腹,無路可去,
被宋江等人接回清風山。從宋江口中得知這一事件真相後,秦
明既不為青州百姓報仇,也不為自己的妻兒雪恨,一番尋思之
後,就投降:

> 秦明見說了,怒氣攢心;欲待要和宋江等廝並,卻又自
> 肚裡尋思:一則是上界星辰合契;二乃被他們軟困,以
> 禮待之;三則又怕敵他們不過。因此,只得納了這口氣。
> 便說道:「你們弟兄雖是好意要留秦明,只是害得我忒
> 毒些個,斷送了我妻小一家人口!」宋江答道:「不恁
> 地時,兄長如何肯死心塌地?若是沒了嫂嫂夫人,宋江
> 恰知得花知寨有一令妹,甚是賢慧。宋江情願主婚,陪
> 備財禮,與總管為室,如何?」秦明見眾人如此相敬相
> 愛,方放心歸順。

　　這就是大宋王朝的高級軍官。文中說秦明投降「一則是上
界星辰合契」,此照應《水滸傳》開篇第一回洪太尉放走的伏
魔殿裡的 108 個天罡地煞妖魔。這是作者給所有投降宋江的軍
官找的「天理」,說白了就是妖魔相見,臭味相投。臭味相投
的大哥在青州城外殺人放火,陷害他,害死他一家妻子老小,
但這時做主將花榮處女妹子許配他,還有絕大財禮相贈,秦明
就臭味相投地認定這是「如此相敬相愛」,這秦明可真是天罡
地煞怪物。這天罡地煞怪物立即忘了青州城外數百戶人家的橫
七豎八的平民屍體與結髮妻子、嬌小兒女之死,「霹靂火」立
即轉向,燒殺清風寨。他們一夥商議攻打清風寨,秦明急忙獻
出他投降宋江的「進見禮」,他說:「這事容易,不須眾弟兄
費心。黃信那人亦是治下;二者是秦明教他的武藝;三乃和我

過得最好。明日我先去叫開柵門，一席話，說他入夥投降，就取了花知寨寶眷，拿了劉高的潑婦，與仁兄報仇雪恨，作<u>進見之禮</u>，如何？」

秦明無義忘情，寡廉無恥，霹靂火變臉就燒自家人，而且又急又響，當然「花知寨寶眷」中有花榮的妹妹。得到宋大哥首肯，秦明立即驅馬趕往清風寨。黃信在寨門上認出是自己師父秦統制到來，慌忙開門接納。倆人見面，有以下對話：

> 秦明當下先說了損折軍馬等情，後說：「山東及時雨宋公明，疏財仗義，結識天下好漢，誰不欽敬他？如今見在清風山上；我今次也在山寨入了夥。你又無老小，何不聽我言語，也去山寨入夥，免受那文官的氣？」
> 黃信答道：「既然恩官在彼，黃信安敢不從？（教徒弟武藝，又讓徒弟當官，當然是恩官。）只是不曾聽得說有宋公明在山上，今次卻說及時雨宋公明，自何而來？」
> 秦明笑道：「便是你前日解去的鄆城虎張三便是。他怕說出真名姓，惹起自己的官司，以此只認說是張三。」
> 黃信聽了，跌腳道：「若是小弟得知是宋公明時，路上也自放了他。一時見不到處，只聽了劉高一面之詞，險不壞了他性命。」

看看秦明這套說辭：「山東及時雨宋公明，疏財仗義，結識天下好漢，誰不欽敬他？」他秦明不知道所謂好漢就是匪道強賊、黑道霸主？他不知道宋公明這傢夥殺人出逃且與清風山土匪勾結？他沒看見青州城外數百戶人家被燒成「一片白地，一片瓦礫場」和「橫七豎八」「不知其數」的屍體？他沒看見因為宋江的陰謀，自己妻兒慘死，頭顱掛在青州城頭上的槍尖上搖晃？這一切他秦明都親眼目睹卻信口雌黃，全無羞恥，為

自己投降找理由，他完全是一個不可思議的怪物！而黃信得知
鄆城虎張三就是宋江，也「跌腳道」：自己如果知道這惡徒是
宋江，也會徇私枉法放了他。這兩個朝廷軍官一丁點善惡衡量
都沒有嗎？他們不知道宋江是殺人出逃而且跟清風山土匪們沆
瀣一氣？這樣的人值得「欽敬」？因為「恩官在彼」，更因為
「宋公明」的大名，黃信就不「鎮三山」，立即變臉投降，開
門迎接宋江，「鎮壓」了清風寨。黃信「鎮三山」是虛名，「鎮
清風」才是他的江湖名號：

> 宋江早傳下號令：休要害一個百姓，休傷一個寨兵；叫
> 先打入南寨，把劉高一家老小，盡都殺了。（噯！這就
> 是中國的好漢！）王矮虎自先奪了那個婦人。小嘍囉盡
> 把應有家私金銀財物寶貨之資都裝上車子；再有馬匹牛
> 羊，盡數牽了。花榮自到家中，將應有財物等項裝載上
> 車，搬取妻小、妹子。

此可見宋江不會「無故殺人」，但會「有故殺人」，為逼
秦明投降，可以殺了青州城外數百戶無辜百姓；為自己，殺了
「劉高一家老小」。返回清風寨，燕順聽宋江的話，殺了王英
本打算強留作壓寨夫人的劉高妻子。燕順與王英幾乎火拼，宋
江再次許諾「宋江日後別娶一個好的，叫賢弟滿意」，「王英
方才甘休」。「次日，宋江和黃信主婚，燕順、王矮虎、鄭天
壽做媒說合，要花榮把妹子嫁與秦明。一應禮物都是宋江和燕
順出備，吃了三五日筵席。」

自己守護的青州民眾被土匪殺戮，自己妻兒被土匪害死，
反而投靠土匪，娶土匪的妹妹為妻。老天有眼，定會將秦明這
「邪火」電殺雷劈。花榮妹妹可憐，她在文中始終沒有出現。
她願意自己哥哥與黑道、匪道勾結，放棄清風寨安祥的生活成

為土匪？她願意嫁給不為自己妻兒報仇，反而與殘害自己妻兒的土匪沆瀣一氣的秦明？可惜，在封建社會作為一個女子，她沒有婚嫁自由，沒有愛情。在江湖黑道和匪道大哥宋江和哥哥花榮等一夥的手中，她只是一小顆誘惑秦明忘義悖情的小小籌碼。

可見，宋江、清風山的燕順、王英、鄭天壽完全是十惡不赦的土匪，而秦明、黃信全無善惡正邪之衡量，自知不能禦敵，就藉口所謂江湖義氣，加以得到好處，就完全悖逆人道、親情和自己的職責，成為土匪宋江的走狗。

第三十五回聽說慕容知府要「起大軍來征剿掃蕩清風山」，他們一行奔赴梁山，途中引出爭奪對影山的賽仁貴郭盛、小溫侯呂方。呂方「平昔愛學呂布為人，因此習學這枝方天畫戟。人都喚小人做『小溫侯』呂方。因販生藥到山東，消折了本錢，不能夠還鄉，權且佔住這對影山，打家劫舍」。郭盛自言「祖貫四川嘉陵人氏。因販水銀貨賣，黃河裡遭風翻了船，回鄉不得。因方天畫戟使得精熟，人都稱小人做『賽仁貴』郭盛。在江湖上聽說對影山有個使戟的佔山頭打家劫舍，因此來比拼戟法，奪山頭」。兩人都崇拜宋大哥，於是「歡天喜地」隨之上梁山。

佔山為王，打家劫舍，二人乃惡賊，非好漢。當然二人崇拜的人，也是惡徒。《三國志》中的呂布，武藝是三國第一人，當時人稱「馬中有赤兔，人中有呂布」，但人格上卻是一個「見利忘義，輕於去就」的小人。他本是荊州刺史丁原的義子，因為得到獨霸朝廷的太師董卓的赤兔馬和金銀以及高官厚祿的誘惑，當晚就變臉殺了義父丁原，並立即跪拜董卓為義父。繼而因為美人貂蟬的誘惑，他又殺了董卓這個義父。「平昔愛學呂布為人」的呂方會是好漢？「賽仁貴」是郭盛自吹比唐朝名將

薛仁貴厲害。

（四）宋江人生一轉折：因父親引發的「忠義」本質與閻
婆惜案的結局

　　他們結成一夥，繼續向梁山進發。途經一個酒店，遇見來
自鄆城縣，送書信給宋江的石將軍石勇。石勇自我介紹：「哥
哥聽稟：小人姓石名勇，原是大名府人氏。日常只靠放賭為生。
本鄉起小人一個異名，喚做『石將軍』。為因賭博上，一拳打
死了個人，逃走在柴大官人莊上。多聽得往來江湖上人說哥哥
大名，因此特去鄆城縣投奔哥哥。卻又聽得說道，為事出外；
因見四郎，聽得小人說起柴大官人來，卻說哥哥在白虎山孔太
公莊上。」石勇要去尋找宋江，四郎宋清請石勇捎了一封信給
大哥。

　　石勇一個賭徒，因賭博殺人出逃。物以類聚，人以群分，
柴進會收納這麼一個傢夥，真是臭旋風。殺人賭徒所崇拜的宋
江會是好人一個？宋江看了石勇的信。信中說宋太公病逝，四
弟宋清要大哥回家奔喪。宋江大哭，不顧眾人勸阻，立即起程
回家奔喪。回到家中，方知父親因得知皇上大赦天下，要他回
家投案自首，以此假信，騙宋江回家。得知父親用心，宋江忠
孝之心大作，不打算上山為匪。這是似乎是宋江人格個性的一
個重大回轉，他「忠孝」之心發作，開始運行。這忠孝為何？
請看繼後。

　　得知宋江回家，鄆城縣兩個新都頭來捉拿他。宋江「開了
莊門，請兩個都頭到莊裡堂上坐下；連夜殺雞宰鵝，置酒相待。
那一百士兵人等，都與酒食管待，送些錢物之類；取二十兩花
銀，把來送與兩位都頭做好看錢」。送錢臉好看，不送臉難看。
繼之，他們一家在鄆城縣衙門「上下使用銀子」。看看閻婆惜
被殺案的結局：

知縣時文彬見了大喜，責令宋江供狀。當下宋江一筆供招：「不合於前年秋間典贍到閻婆惜為妾。為因不良，一時恃酒，爭論鬥毆，致被誤殺身死，一向避罪在逃。今蒙緝捕到官，取前情，所供甘罪無詞。」知縣看罷，且叫收禁牢裡監候。滿縣人見說拿得宋江，誰不愛惜他，都替他去知縣處告說討饒，備說宋江平日的好處。（這些人當是官吏紳士，平時濫行，錢權交易，多得司法押司庇護。）知縣自心裡也有八分開豁他，（十分有「八分」徇私枉法，再加以眾人說情加一分，就「九分」枉法了。）當時依准了供狀，免上長枷，只散禁在牢裡。宋太公自來買上告下使用錢帛。（再加上銀子，就十分枉法了。宋江押司時期，必定有許多罪犯家屬與許多被誣告者的家屬來拜見，買通宋江，自然而然宋江每逢節假日、知縣生辰、兒女喜事，都得送錢。當然比現今官員差遠啦，網上說一個小鎮長喜事，收賀禮三十萬人民幣。陝西一煤老闆年終送貪官四百萬，貪官大怒，送一千萬方笑納。）那時閻婆已自身故了半年，沒了苦主；（可以想見閻婆孤苦無親，怨恨堵心的臨死慘狀。）這張三又沒了粉頭，不來做甚冤家。（即便要做冤家，也不會成功，只能招知縣、衙門左右白臉。）縣裡疊成文案，待六十日限滿，結解上濟州聽斷。本州府尹看了申解情由，救前恩宥之事，已成減罪，把宋江脊杖二十，刺配江州牢城。<u>本州官吏亦有認得宋江的，更兼他又有錢帛使用，名喚做斷杖刺配，又無苦主執證，眾人維持下來，</u>都不甚深重。

　　江州可是一個魚米之鄉。這就是閻婆惜一案的結局。閻婆惜和閻婆死不瞑目；唐牛兒活活被冤，流放五百里，不知生死，

很可能死多活少，或者活不如死，因為他沒有錢。《水滸傳》
每一處監獄，囚犯必須送錢行賄，不然死於非命，但唐牛兒缺
的就是錢。宋江殺了人，犯了一系列罪惡，卻流放江州。江州
可是魚米之鄉，而宋江有的是錢！深得朝政腐敗好處，宋江當
然聽父親的話，不做「不忠不孝」的土匪。前往江州服刑的途
中，路經梁山，赤髮鬼劉唐奉命要殺死兩個押送公人，劫奪他
上山，他說：「這個不是你們兄弟抬舉宋江，倒要陷我於<u>不忠
不孝</u>之地，萬劫沉埋。若是如此來挾我，只是逼宋江性命，我
自不如死了！」迎接宋江的吳用、花榮要解開他頭頸上的枷鎖，
他也說：「賢弟，是甚麼話？此是國家法度，如何敢擅動！」
見到晁蓋，他也自稱是「犯罪囚人」。晁蓋勸他上山：

> 宋江道：「哥哥，你這話休提！這等不是抬舉宋江，明明
> 的是苦我。家中上有老父在堂，宋江不曾孝敬得一日，
> 如何敢違了他的教訓，負累了他？前者一時乘興與眾位
> 來相投，天幸使令石勇在村店裡撞見在下，指引回家。
> 父親說出這個緣故，情願教小可明吃了官司；及斷配出
> 來，又頻頻囑咐；臨行之時，又千叮萬囑，教我休為快
> 樂，苦害家中，免累老父憶惶驚恐。因此，父親明明訓
> 教宋江。小可不爭隨順了哥哥便是上逆天理，下違父教，
> 做了不忠不孝的人，在世雖生何益？如不肯放宋江下
> 山，情願只就眾位手裡乞死！」說罷，淚如雨下，便拜
> 倒在地。

這時候的宋江與他在晁蓋案、殺閻婆惜案、清風寨與清風
山案、青州府城外居民區殺人案件中的行為完全判若兩人，似
乎是一個知法度，明忠孝的人。是嗎？究其原因，不過得到朝
廷上下腐敗的絕妙好處，自己殺人死罪得以輕判，到魚米之鄉

江州服刑，而且自己有的是錢；自己黑官兩道均佔，在江湖、在腐敗的官場依舊能逍遙自在，當然不願意背叛這狗屁朝廷，上山為匪與這狗屁朝廷作對。後來因為「反詩」被迫上山后，千方百計想得到這狗屁朝廷招安，做大官，也是這意思。站在宋江立場想想，黑官兩道均佔，深曉官場權錢交易規則和權謀奸詐術，僅僅一個押司官他在鄆城縣過得多好！揮金如土而且聲名遠播！如果能在儘是貪官污吏的狗屁朝廷做一個更大的貪官，豈不是飛龍在天！

深知其心的吳用成全他，還給他一封信，介紹宋大哥認識他的至交即同樣黑官兩道均佔的江州兩院押牢節級神行太保戴宗。於是宋江背著梁山匪徒打劫得來的「一盤金銀」，告別梁山，前往江州。

（五）江湖大哥舵爺宋江與揭陽三霸

在第三十五回宋江途經揭陽嶺，結識「揭陽三霸」。這「揭陽三霸」可不是筆者說的，而是「揭陽三霸」之一「揭陽嶺上下一霸」混江龍李俊自己說的。

在揭陽嶺，宋江和兩個公人首先遇見「揭陽嶺上下一霸」之催命判官李立，看看他的肖像、行為：

> 赤色虯鬚亂撒，紅絲虎眼睜圓。揭陽殺人魔梟，酆都催命判官。
>
> 那人出來，頭上一頂破頭巾，身穿一領布背心，露著兩臂，下面圍一條布手巾。……（囚徒宋江和兩個押送公人，進店飲酒吃飯，他用蒙汗藥將三人麻翻。）酒店裡那人道：「慚愧！好幾日沒買賣！今日天送這三個行貨來與我！」（非常幽默！在他眼中，人就是會走的貨，即「行貨」。）先把宋江倒拖了，入去山邊人肉作坊裡，放在剝人凳上，又來把這兩個公人也拖了入去。那人再來，卻

把包裹行李都提在後屋內，打開看時，都是金銀。那人自道：「我開了許多年酒店，不見著這等一個囚徒！量這等一個罪人，怎地有許多財物，卻不是從天降下賜與我的！」那人看罷包裹，且去門前望幾個火家歸來開剝。

正要開剝，「揭陽嶺上下」另一霸即結夥搶劫兼獨霸「專販私鹽」的混江龍李俊和出洞蛟童威、翻江蜃童猛上嶺來。李俊得知自己崇拜的「奢遮好男子」宋江斷配江州，他帶著童威、童猛在嶺下專候，久等不至，上嶺來詢問李立。在人肉作坊裡，他看到押送公文，得知這挺在剁人凳上的又黑又矮的傢夥就是大哥宋江，感歎說道：「慚愧，天使令我今日上嶺來，早是不曾動手，爭些兒誤了我哥哥的性命。」如果囚徒名字不叫宋江，宋江和兩個押送公人肯定成了他們的盤中餐，口中肉，一定品味說：「這肉有山東官場味兒，好肉！」

宋江吃解藥醒過來，得知這些傢夥的江湖名號、行為和自己差一點成人肉菜肴，他什麼也沒有說，相反把自己殺閻婆惜開始一直到清風山、清風寨、青州城外的種種罪惡「備細」說了一遍，使「四人稱歎不已」。然後吃了幾天酒席，背著李俊給的銀兩，宋江和兩個公人離開揭陽嶺，來到揭陽鎮。第三十七回他們在街市遇見「揭陽鎮一霸」沒遮攔穆弘、小遮攔穆春。

穆弘和穆春倆兄弟獨霸揭陽鎮，當地人、來往過客，都得送錢給他。因路過此地，使槍棒賣膏藥的病大蟲薛永「那廝不先來見他兄弟兩個（即拜碼頭，交納過路費）」，便去鎮上撇呵賣藥，教使槍棒」，他們便「吩咐了鎮上的人，分文不要與他賞錢」。宋江不知這底細，看薛永使槍棒，出手給了薛永五兩銀子。穆春打宋江，與薛永發生衝突，被薛永打翻。這一下大難臨頭：飯店也不敢買飯菜給他們吃，酒家說：「酒肉自有，只是不敢賣與你們吃。卻才和你們廝打的大漢，已使人吩咐了：

若是賣與您們吃，把我這店子都打得粉碎。我這裡卻是不敢惡
他。這人是此間揭陽鎮一霸，誰敢不聽他說！」「連連走幾家，
都是一般話說。」投宿住店也沒人敢收留。繼而穆弘、穆春帶
著「賭房裡一夥人」，抓住薛永，把薛永暴打一頓，「捆吊在
都頭家裡」，打算抓住宋江和兩個公人「明日送去江邊，捆著
一塊拋在江裡，出這口鳥氣！」可見，這「揭陽鎮黑道霸主」
心狠手毒，而且與縣府警官都頭是一夥的。

　　宋江和兩個公人無處投宿，來到潯陽江岸，恰巧投宿在穆
弘、穆春的父親穆太公的穆家莊。穆宏、穆春帶著大群嘍囉、
潑皮，點著火把，聲勢驚人地回家來。宋江從門縫窺見這一場
景，立即和兩個公人撬開房後竹籬牆逃出，趁著月光，來到「滿
目蘆花，一派大江，滔滔浪滾」的潯陽江畔。穆弘、穆春隨後
吶喊追來。正在危急時，蘆葦叢中悄悄搖出一隻船，讓他們上
船。這是揭陽又一霸，潯陽江邊霸主「做私商的」船火兒張橫。
穆弘、穆春趕來，看看這些江湖歹徒的言行，特能理解張橫、
晁蓋「做私商」。晁蓋等人是在江湖上偵知商路財物資訊，然
後結夥搶劫，張橫則是在潯陽江個人尋機打劫：

> 那梢公早把船放得攏來。三個連忙跳上船去。一個公人
> 便把包裹放下艙裡；一個公人便將水火棍拓開了船。<u>那
> 梢公一頭搭上櫓，一面聽著包裹落艙有些好響聲，心中
> 暗喜。</u>（聽覺敏感：金銀落進艙。）把櫓一搖，那只小
> 船早蕩在江心裡。岸上那夥趕來的人早趕到灘頭，有十
> 餘個火把，為頭兩個大漢各挺著一條樸刀，隨從有二十
> 餘人，各執叉棒。（如此揭陽鎮黑道霸主，可見該鎮百姓
> 終日惶恐，可見警務司法多麼腐敗。）口裡叫道：「你那
> 梢公快搖船攏來。」宋江和兩個公人做一塊兒伏在船艙
> 裡，說道：「梢公！卻是不要攏船！我們自多謝你些銀

子！」那梢公點頭，只不應岸上的人，把船望上水裡咿
咿啞啞地搖將去。那岸上這夥人大喝道：「你那梢公不搖
攏船來，教你都死！」那梢公冷笑幾聲，也不應。岸上
那夥人又叫道：「你那梢公，直恁大膽不搖攏來？」
那梢公冷笑應道：「老爺叫做張梢公！你不要咬我鳥！」
岸上火把叢中那個長漢說道：「原來是張大哥！你見我弟
兄兩個麼？」那梢公應道：「我又不瞎，做甚麼不見你！」
那長漢道：「你既見我時，且搖攏來和你說話。」那梢公
道：「有話明朝來說，趁船的要去得緊。」那長漢道：「我
弟兄兩個正要捉這趁船的三個人！」那梢公道：「趁船的
三個都是我家親眷，衣食父母。請他歸去吃碗『板刀麵』
了來！」（板刀砍殺，劫財害命。）那長漢道：「你且搖
攏來，和你商量。」那梢公道：「我的衣飯，倒攏來把與
你，倒樂意。」那長漢道：「張大哥！不是這般說！我弟
兄只要捉這囚徒！你且攏來！」那梢公一頭搖櫓，一面
說道：「我自好幾日接得這個主顧，卻是不搖攏來，倒你
接了去！你兩個只休怪，改日相見！」宋江呆了，不知
話裡藏機，在船艙裡悄悄的和兩個公人說：「也難得這個
梢公！救了我們三個性命，又與他分說！不要忘了他恩
德！卻不是幸得這只船來渡了我們！」卻說那梢公搖開
船去，離得江岸遠了。

　　這完全是江湖黑道語言，也許江湖黑道匪道大哥宋江一路
驚慌，沒有注意聽講，自以為遇到善人。直到聽這艄公唱歌，
他們才明白大難再一次臨頭：

三個人在艙裡望岸上時，火把也自去蘆葦中明亮。宋江
道：「慚愧！正是好人相逢，惡人遠離，且得脫了這場災

難！」只見那梢公搖著櫓，口裡唱起湖州歌來，唱道：
「老爺生長在江邊，不怕官司不怕天。昨夜華光來趁我，
臨行奪下一金磚！」
宋江和兩個公人聽了這首歌，都酥軟了。

接著，艄公變臉：

只見那艄公放下櫓，說道：「你這個撮鳥，兩個公人，平
日最會詐害做私商的，（「做私商的」艄公不認識宋江，
以為是「撮鳥」，而公人平日敲詐，威脅他們這些做私商
的。）今夜卻撞在老爺手裡，你三個卻是要吃板刀麵？
卻是要吃餛飩？」宋江道：「家長休要取笑，怎地喚著板
刀麵？怎地是餛飩？」那艄公睜著眼：「老爺和你要什麼
鳥！俺有一把潑風也似快刀在這艎板地下，我不消三刀
五刀，我只一刀一個，都剁你們三個人下水去。你若要
吃餛飩時，你三個快脫了衣裳，都赤條條地跳下江裡自
死！」（這就是「做私商的」張橫，他私自獨身巡遊，尋
機劫財殺人，而「山西、山東做私商的投奔」的晁蓋則
是對商務大筆錢財的結夥搶劫。）

宋江求告不成，在板刀麵的威脅下，他與倆公人選擇了自
己跳江成餛飩以求全屍。這時候在揭陽嶺迎接過他的混江龍李
俊與童威童猛的船來了，於是情節陡變。請看這些黑道人物的
言談，耐庵翁對這江湖人物非常熟悉：

星光之下，早到面前。那船頭上橫叉的大漢便喝道：「前
面是甚梢公，敢在當港行事？船裡貨物，見者有分！」
（揭陽第一霸，其他三霸或小歹徒在此地盤打劫所得，
他要分紅。）這船公回頭看了，慌忙應道：「原來卻是李

大哥！我只道是誰來！大哥，又去做買賣？只是不曾帶
挈兄弟。」（此「買賣」即私鹽販賣或結夥搶劫。）大漢
道：「張家兄弟，你在這裡又弄這一手！船裡甚麼行貨？
有些油水麼？」梢公答道：「教你得知好笑：我這幾日沒
道路又賭輸了，沒一文。正在沙灘上悶坐，岸上一夥人
趕著三頭行貨來我船裡，卻是兩個鳥公人，解一個黑矮
囚徒，正不知是哪裡人。他說道，迭配江州來的，卻又
項上不帶行枷。趕來的岸上一夥人卻是鎮上穆家哥兒兩
個，定要討他。我見有些油水，我不還他。」船上那大
漢道：「咄！莫不是我哥哥宋公明？」宋江聽得聲音熟，
便艙裡叫道：「船上好漢是誰？救宋江則個！」那大漢失
驚道：「真個是我哥哥！早不做出來！」宋江鑽出船上來
看時，星光明亮，那船頭上立的大漢正是混江龍李俊；
背後船梢上兩個搖櫓的：一個是出洞蛟童威，一個翻江
蜃童猛。這李俊聽得是宋公明，便跳過船來，口裡叫道：
「哥哥驚恐？若是小弟來得遲了些個，誤了仁兄性命！
今日天使李俊在家坐立不安，棹船出來江裡趕些私鹽，
不想又遇著哥哥在此受難！」那梢公呆了半晌，做聲不
得，方問道：「李大哥，這黑漢便是山東及時雨宋公明
麼？」李俊道：「可知是哩！」那梢公便拜道：「我那爺！
你何不通個大名，省得著我做出歹事來，爭些兒傷了仁
兄！」（殺平民不是歹事，殺大哥宋江就是歹事。）宋江
問李俊道：「這個好漢是誰？請問高姓？」（同為江湖歹
徒，歹徒就成了「好漢」。）李俊道：「哥哥不知。這個
好漢卻是小弟結義的兄弟，姓張，是小孤山下人氏，單
名橫字，綽號船火兒，專在此潯陽江做這件穩善的道路。」
宋江和兩個公人都笑起來。（「穩善」即穩妥良善，而以

殺人搶劫為「穩善」，混江龍李俊可真會幽默，宋江與倆公人笑了！剛才差一丁點就吃了「板刀麵」，他仨真笑得出來？施翁黑色幽默真老道。）當下兩隻船並著搖奔灘邊來，纜了船，艙裡扶宋江並兩個公人上岸。李俊又與張橫說：「兄弟，我常和你說：天下義士，只除非山東及時雨鄆城宋押司。今日你可仔細認著。」（身為司法押司，卻庇護，周濟江湖歹徒、匪道強賊，故而滿江湖歹徒們以為神降而崇拜。）張橫打了火石，點起燈來，照著宋江，撲翻身又在沙灘上拜，道：「哥哥恕兄弟罪過！」……（文中有詩素描張橫，說他是「天差列宿害生靈」。）那艄公船火兒張橫拜罷，問道：「義士哥哥為何事配來此間？」李俊把宋江犯罪的事說了，「今來迭配江州」。張橫聽了，說道：「好教哥哥得知，小弟一母所生的親弟兄兩個：長的便是小弟；我有個兄弟，卻又了得：渾身雪練也似一身白肉，浮得五十里水面，水底下伏得七日七夜，水裡行一似一根白條，更兼一身好武藝，因此，人起他一個異名，喚做浪裡白條張順。當初我弟兄兩個只在揚子江邊做一件<u>依本分</u>的道路。」宋江道：「願聞則個。」（依本分即依本性做事為人，看看他們做私商前的本分。）張橫道：「我弟兄兩個，但賭輸了時，我便先駕一隻船，渡在江邊靜處做私渡。有那一等客人，貪省貫百錢的，又要快，便來下我船。等船裡都坐滿了，卻教兄弟張順，也扮做單身客人背著一個大包，也來趁船。我把船搖到半江裡，歇了櫓，拋了錨，插一把板刀，卻討船錢。本合五百足錢一個人，我便定要他三貫。卻先問兄弟討起，教他假意不肯還我。我便把他來起手，一手揪住他頭，一手提定腰胯，撲通地攛下江裡，排頭兒定

要三貫。一個個都驚得呆了，把出來不迭。都得足了，卻送他到僻靜處上岸。我那兄弟自從水底下走過對岸，等沒了人，卻與兄弟分錢去賭。那時我兩個只靠這道路過日。」（這就是他們的「本分」。）宋江道：「可知江邊多有主顧來尋你私渡。」（此「私渡」，是「死渡」。宋江真會幽默，討人喜歡。）李俊等都笑起來，（果然都得意地笑起來。）張橫又道：「如今我弟兄兩個都改了業；我便只在這潯陽江裡做私商；（由持刀威脅敲詐勒索，變為私自尋機殺人搶劫。）兄弟張順，他卻如今自在江州做賣魚牙子。如今哥哥去時，小弟寄一封書去——只是不識字，寫不得。」李俊道：「我們去村裡央個門館先生來寫。留下童威、童猛看船。」

　　注意，張橫所說的「改業」。倆兄弟原先誘騙客人上船，持刀威脅，敲詐錢財，後來張橫改業為「做私商」，即在潯陽江尋機，個人殺人搶劫。前此所述晁蓋「做私商的」則是大團夥行為，在江湖上打探商路財物來往資訊，暗地裡結夥劫財害命。張橫弟弟張順後來「改業」，成了江州黑道魚行霸主即「魚牙主人」。宋江到江州後，這浪裡白條要出場。接著，三人上岸到村子裡找紙筆，給張順寫信，看見打著火把、沿江追趕宋江的穆弘、穆春。李俊用手一招，忽哨了一聲，穆紅、穆春飛奔過來。從李俊口中得知，這「在鎮上出銀兩賞那使棒的，滅俺鎮上威風」的囚徒，就是江湖上大名鼎鼎的「山東及時雨鄆城宋押司公明哥哥」：

　　那弟兄兩個撇了朴刀，撲翻身便拜，道：「聞名久矣！不期今日方得相會！卻甚是冒瀆，犯傷了哥哥，望乞憐憫恕罪！」

> 宋江扶起二人，道：「壯士，願求大名？」李俊便道：「這
> 弟兄兩個富戶是此間人。姓穆，名弘，綽號沒遮攔。兄
> 弟穆春，喚做小遮攔。是揭陽鎮上一霸。我這裏有『三
> 霸』，哥哥不知，一發說與哥哥知道。揭陽嶺上嶺下便是
> 小弟和李立一霸；揭陽鎮上是他弟兄兩個一霸；潯陽江
> 邊做私商的卻是張橫，張順兩個一霸；以此謂之『三
> 霸』。」宋江答道：「我們如何省得！既然都是自家弟兄情分，望
> 乞放還了薛永！」（這就是他們的江湖同夥認同，他們就
> 是中國江湖原生態之一。）穆弘笑道：「便是使棒的那廝？
> 哥哥放心。」隨即便教兄弟穆春：「去取來還哥哥。我們
> 且請仁兄到敝莊伏禮請罪。」

這就是他們的江湖同夥認同，他們就是封建社會中國江湖原生態萬分之一。李俊當是揭陽三霸的第一霸，其他兩霸都得聽他的。有這揭陽三霸，揭陽地區的百姓過的是什麼日子，來往的客商旅人是如何提心吊膽，有多少人財物被劫且命喪黃泉，曝屍山野，流血漂船。與在清風山一樣，宋江與「揭陽三霸」互稱「好漢」、「壯士」、「義士」、「大哥」、「小弟」。他們在穆太公莊上歡會，殺豬宰牛，大辦筵席。臨走，宋江再一次得到「一盤金銀」，倆公人也得了一些銀兩，來到江州。

（六）江湖大哥舵爺宋江與黑官兩道均佔的司法節級官戴宗、獄卒李逵、黑道霸主張順

倆公人押宋江到知府前，見了知府蔡德章。文中說蔡德章「是當朝太師蔡京的第九個兒子，因此江州人叫他做蔡九知府。那人為官貪濫，作事驕奢。為這江州是錢糧浩大的去處，抑且人廣物盈，因此，太師特地教他來做個知府」。亂自上作，因為蔡京貪，江州蔡九知府貪，其下屬官吏自然一窩一窩地貪。宋江來到江州牢城，《水滸傳》兩個比較重要的黑官兩道均佔

的牢城節級官員江湖名號神行太保戴宗與江湖名號黑旋風獄卒李逵先後出場。

熟知官場權錢規則的宋江公關，送差撥十兩銀子，送管營二十兩銀子加帶人事，牢城管事人和軍健都得到銀子，「因此無一個不喜歡宋江」，宋江得以免受一百殺威棒。他經常置辦酒宴，經常送錢，因此「滿營裡沒有一個不喜歡他」。但宋江就不送銀子給江州牢城押牢節級官員戴宗，差撥勸告他，這是對戴宗的間接描寫：

> 宋江一日與差撥在抄事房喝酒，那差撥說與宋江道：「賢兄，我前日和你說的那個節級常例人情，如何多日不使人送去與他？今已一旬之上了。他明日下來時，須不好看」。
>
> 宋江道：「這個不妨。那人要錢，不與他；若是差撥哥哥，但要時，只顧問宋江取不妨。那節級要時，一文也沒！等他下來，宋江自有話說。」差撥道：「押司，那人好生利害，更兼手腳了得！倘或有些言語高低，著了他些羞辱，卻休道我不與你通知。」宋江道：「兄長由他。但請放心，小可自有措置。敢是送些與他，也不見得；他有個不敢要我的，也不見得。」
>
> 正恁的說未了，只見牌頭來報道：「節級下在這裡了。正在廳上大發作，罵道：『新到配軍如何不送常例錢與我！』」差撥道：「我說是麼？那人自來，連我們都怪。」宋江笑道：「差撥哥哥休怪罪，不及陪侍，改日再得作杯。小可且去和他說話。」差撥也起身道：「我們不要見他。」宋江別了差撥，離了抄事房，自來點視廳上見這節級。

　　正說到戴宗，戴宗來了。差撥不敢見他，宋江去見他。第三十八回《及時雨會神行太保　黑旋風鬥浪裡白條》開篇戴宗現身，來牢城榨取囚徒「常例錢」。這是對戴宗的正面直接描寫：

　　話說當時宋江別了差撥，出抄事房來，到點視廳上看時，見那節級掇條凳子坐在廳前，高聲喝道：「那個是新配到囚徒？」牌頭指著宋江道：「這個便是。」那節級便罵道：「你這黑矮殺才，倚仗誰的勢，不送常例錢來與我？」（仗勢可以欺人，無勢可仗則被人欺，必須送錢！沒錢就是該死的「殺才」！這可是專制社會通行律。宋江黑又矮，故而稱「黑矮殺才」。）宋江道：「人情，人情，在人情願。你如何逼取人財？好小哉相！」兩邊看的人聽了，倒捏兩把汗。那人大怒，喝罵：「賊配軍！安敢如此無禮，顛倒說我小哉相！那兜馱的，與我背起來！且打這廝一百訊棍！」
　　兩邊營裡眾人都是和宋江好的，見說要打他，一哄都走了，只剩得那節級和宋江。那人見眾人都散了，肚裡越怒，拿起訊棒，便奔來打宋江。宋江說道：「節級你要打我，我得何罪？」那人大喝道：「你這賊配軍，是我手裡行貨！輕咳嗽便是罪過！」宋江道：「便尋我過失，也不到得該死。」那人怒道：「你說不該死！我要結果你也不難，只似打殺一個蒼蠅！」宋江冷笑道：「我因不送得常例錢便該死時，結識梁山泊吳學究卻該怎地？」那人聽了這話，慌忙丟了手中訊棍，便問道：「你說甚麼？」宋江道：「我自說那結識軍師吳學究的，你問我怎地？」那人慌了手腳，拖住宋江問道：「你正是誰？哪裡得這話來？」宋江笑道：「小可便是山東鄆城縣宋

江。」那人聽了，大驚，連忙作揖，說道：「原來兄長正是及時雨宋公明！」

這就是利用權勢敲詐囚徒，視囚徒為自己手中「行貨」，「輕咳嗽便是罪過」，打死如「打殺一隻蒼蠅」的兩院押牢節級官員戴宗。得知這「黑矮殺才」、「賊配軍」是黑道匪道大哥「山東及時雨宋公明」，戴宗的臉立即就變了。兩人一起到江州酒樓宴飲，酒肉為媒，「心腹相愛」：

> 那人問道：「兄長何處見吳學究來？」宋江懷中取出書來，遞與那人。那人拆開封皮，從頭讀了，藏在袖內，起身望著宋江便拜。宋江慌忙答禮，道：「適間言語衝撞，休怪。」那人道：「小弟只聽得說：『有個姓宋的發下牢城營裡來。』往常時，但是發來的配軍，常例送銀五兩。今番已經十數日，不見送來。今日是個開暇日頭，因此下來取討。不想卻是仁兄。恰在營內，甚是言語冒瀆了哥哥，萬望恕罪！」宋江道：「差撥亦時常對小可說起大名。宋江有心要拜識尊顏，卻不知足下住處，又無因入城，特地只等尊兄下來，要與足下相會一面，以此耽誤日久。不是為這五兩銀子不捨得送來，只想尊兄必是自來，故意延挨。今日幸得相見，以慰平生之願。」

「常例」即公開的經常的慣例。牢城每一個新到囚徒，必須送牢城各級官員「常例錢」，每個須送戴宗五兩銀子，可見包括戴宗的整個司法界濫行無道。對此宋江並沒有譴責，只不過以此「等尊兄下來」，「以慰平生之願」，「不是為這五兩銀子不捨得送來」。戴宗說這是配軍送的常例錢，只不過沒有想到「這黑矮殺才」是宋公明「仁兄」。可見作為司法界的官員，他倆都認可這一行為；可見他倆都是勒索囚犯的貪官。每

一個來江州的囚犯都得送管營、差撥、押牢節級、牢城管事和軍健銀子，不送或沒錢送，就是死。《水滸傳》每一個牢城，如武松所到的孟州牢城、林沖所到的滄州牢城都是如此。《水滸傳》中每一件涉及司法的刑事案，都是權錢交易的結果。據此可知活活被冤的沒有錢的唐牛兒，死多活少，即便活著也是活不如死。

接著他們二人飲酒談心，說江湖：

> 宋江訴說一路遇見許多好漢，眾人相會事務。戴宗也<u>傾心吐膽</u>，把和吳學究相交來往的事，告訴了一遍。兩個正說到<u>心腹相愛</u>之處，（即相互交底：你我都是壞傢夥，放心相愛！）才飲得兩杯酒過，聽得樓下喧鬧起來。

《水滸傳》重量級人物黑旋風李逵出場，來了。

李逵是沂州沂水縣百丈村人，因為打死了人，流竄到江州為戴宗所收納，「現今在此牢裡勾當」，即作一個獄卒。這也可見，司法官戴宗濫行無道。宋江可以與戴宗這樣的貪官污吏「傾心吐膽」，「心腹相愛」，當然欣然結交黑旋風李逵。戴宗喚來李逵，李逵騙戴宗說自己一錠大銀當了十兩銀子賭輸了，要賭坊主人借十兩銀子，贖那大銀子回來。主人不肯，他「待要和那廝放對，打得他家粉碎」。戴宗介紹宋江與李逵相識，早聞宋江大名的李逵「撲翻身軀便拜」，宋江立即拿出十兩銀子讓李逵去贖銀子回來。戴宗說李逵拿銀子去賭，宋江卻不當一回事，表現了江湖黑道匪道最崇拜的「奢遮」，他說：「院長尊兄，何必見外。量這些銀兩，何足掛齒。由他去賭輸了罷。若要用時，再送些與他使。我看這人倒是個忠直漢子。」

果然，李逵開始了對宋江的「忠直」，他得了這銀子，尋思道：「難得宋江哥哥，又不曾和我深交，便借我十兩銀子。

果然仗義疏財，名不虛傳。」他立即前往賭坊，想贏錢宴請宋江，沒想到又輸了，輸錢就搶，就打。戴宗覺得沒面子責備李逵，宋江卻對李逵說：「賢弟但要銀子使用，只顧來問我討。今日既是明明地輸與他了，快把來還他。」宋江作主，將李逵輸的銀子還給贏家。然後三人一起到潯陽江琵琶亭喝酒，宋江要酒保給李逵一個大碗喝酒，於是李逵再次佩服，笑道：「真個好個宋哥哥，人說的不差了！便知我兄弟的性格！結拜得這位哥哥，也不枉了！」接著，宋江嫌魚不鮮，想吃鮮魚湯，李逵要去搶魚。戴宗攔阻，而宋江卻讓他去搶魚：

> 李逵跳起來道：「我自去討兩尾活魚來與哥哥！」戴宗道：「你休去！只央酒保去拿回幾尾來便了。」李逵道：「船上打魚的不敢不與我。值得甚麼！」戴宗攔擋不住，李逵一直去了。戴宗對宋江說道：「兄長休怪。小弟引這人來相會，全沒些個體面，羞辱殺人！」宋江道：「他生性是恁的，如何教他改得？我倒敬他真實不假。」兩個自在琵亭上笑語說話取樂。

李逵「討魚」就是「搶魚」，戴宗攔擋不住，宋江卻「倒敬他真實不假」。在宋江看來，想犯罪就犯罪，就是值得敬佩的「真實不假」；想犯罪，因為畏忌法律、道德、面子，就是應該鄙視的「虛偽」。

李逵來潯陽江搶魚，「作私商的」船火兒張橫的弟弟浪裡白條張順出場。張順不打魚，卻是「魚牙主人」。「牙人」在宋朝本是市場買賣雙方的中介，溝通雙方，議定商品品質等級和價格者，但張順卻不是一般的魚牙，他是「魚牙主人」，即江州鮮魚批發市場的黑道霸主。他不來，漁民不敢開艙賣魚，魚牙子不敢溝通買賣雙方談價，魚販子不敢買魚。故而李逵來

要魚時，潯陽江琵琶亭的酒保說：「今日的活魚還在船內，等魚牙主人不來，<u>未曾敢賣動，因此未有好鮮魚。</u>」李逵走到江邊，「見那漁船一字兒排開，約有八九十只」。他走到船邊，吆喝：「你們船上的活魚，把兩尾與我。」那漁人應道：「我們等不見魚牙主人來，不敢開艙。你看那行販都在岸上坐地。」李逵嘴搶不到魚，就上船手搶，打漁民和販子。這時候魚牙的主人浪裡白條張順出場：

> 李逵忿怒，赤條條地，拿了截折竹篙，上岸來趕打，行販都亂紛紛地挑了擔走。正熱鬧裡，只見一個人從小路裡走出來。眾人看，叫道：「主人來了！這黑大漢在此搶魚，都趕散了漁船！」那人道：「甚麼黑大漢，敢如此無禮？」眾人把手指李逵道：「那廝兀自在岸邊尋人廝打！」那人搶將過去，喝道：「你這廝吃了豹子心，大蟲膽，也不敢來攪亂老爺的道路！」（此道路就是黑社會斂財之道。）

張順就是這江州魚行黑道霸主，而李逵敢「攪亂老爺的道路」，兩人必然放對，廝打。在陸地，張順不是對手，被打得鼻青臉腫；在水裡，李逵不是對手，被「浸的眼白」。在岸上的戴宗呼喚，張順看這江州兩院節級戴院長的面子，放了李逵。聞知宋江大名，張順對宋江也是「納頭便拜」，宋江將張橫的書信給了張順。然後張順與李逵一同下琵琶亭，來到潯陽江邊。張順要了四尾金色鯉魚，叫李逵拿回琵琶亭去。文中說：「張順自點了行販，吩咐小牙子去把秤賣魚。」可見，那個販子可以買魚，小牙子把秤賣魚，都得張順說了算。「張順自己卻來琵琶亭上陪侍宋江」，這樣一來江州魚行黑道霸主張順與黑官兩道均佔的戴宗和李逵、流放此地的黑社會大哥宋江一起飲酒

說江湖。席間，李逵指頭戳翻唱戲的宋玉蓮，其父母聽得是黑旋風李逵，「先自驚得呆了半晌，哪裡敢說一言」。宋江見仨人「本分」，「不願經官」且同姓，給了二十兩銀子，了結此事。

　　可見，宋江完全是一個江湖中的面善心毒的彌勒佛，「大肚能容，能容天下難容之事；笑口常開，笑納世間可惡之人」。這以後，他們三人在江州四處喝酒論江湖，這就是宋江的囚徒生活。

　　（七）宋江反詩案：梁山劫法場，屠戮生民；「黃蜂刺」的悲慘結局

　　第三十九回宋江貪吃，多吃了張順鮮魚，拉痢疾。病癒後，一日出牢城，沒有找到戴宗、李逵和張順，他獨自來到潯陽樓飲酒。酒醉，他在牆壁上題寫《西江月》詞和四句詩，於是引出導致梁山劫法場，「血染潯陽江口」的反詩案。先看這詩詞：

> 自幼曾攻經史，長成亦有權謀。
> 恰如猛虎臥荒邱，潛伏爪牙忍受。
> 不幸刺文雙頰，哪堪配在江州！
> 他年若得報冤仇，血染潯陽江口！
> 心在山東身在吳，飄蓬江海漫嗟籲。
> 他時若遂凌雲志，敢笑黃巢不丈夫！

　　這的確是一首反詩。宋江說自己「自幼曾攻經史，長成亦有權謀」，但沒有受到重用做大官，只是小小鄆城縣一個小小押司，因此心懷不滿，抱怨自己「恰如猛虎臥荒邱，潛伏爪牙忍受」以表達自己沒能做大官的憤怒，再加上「不幸刺文雙頰，哪堪配在江州」，故而有「他年若得報冤仇，血染潯陽江口」詛咒誓言，但四書五經並沒有教人做土匪，爭霸成黑道霸主啊。

中國歷代文人讀書只為了做官發財而不是做人：「書中自有千鐘粟，書中自有黃金屋，書中自有顏如玉，書中自有鐘與黍。」他們滿口之乎者也，但既無儒之德，也無儒之才。更為可笑的是宋江說自己黑官兩道均佔，因庇護晁蓋而殺閻婆惜，被發配江州為「不幸」有「冤仇」，因此發誓「報冤仇，血染潯陽江口」。後來，他和同黨們果然「血染潯陽江口」。真正「不幸」有「冤仇」的可是閻婆惜和閻婆、被冤枉的唐牛兒、青州城外被濫殺的百姓、被屠殺的清風寨知寨劉高及其家人，以及後來梁山劫法場被殺害的江州民眾。

周旋於江湖黑道和匪道與朝廷官道貪官污吏之間，宋江的確非常「有權謀」，而且嫻熟。他心中有做高官，掌威權的「凌雲志」，即如他出場詩中所說「胸懷掃除四海之心機」。他甚至「敢笑黃巢不丈夫」。我們從黃巢的為人也可以看出宋江的人格善惡。黃巢想推翻唐朝，自己做皇帝。他起事前的兩首詠菊詩，表達其獨霸天下的欲望。第一首《不第後賦菊詩》：

> 待到秋來九月八，我花開後百花殺。
> 沖天香陣透長安，滿城盡帶黃金甲。

自己科舉不第，心中不爽，賦詩抒懷說「我花開後百花殺。」可見，黃巢是一個見不得其他花盛開的小人。第二首《題菊花》說自己要做「青帝」：

> 颯颯西風滿院栽，蕊寒香冷蝶難來。
> 他年我若為青帝，報與桃花一處開。

青帝是我國古代神話中的五天帝[53]之一，是位於東方的司

---

[53] 據《山海經》記載五帝：東方青帝、西方白帝、南方赤帝、中央黃帝。

春之神及百花之神。自命青帝的黃巢想與天下桃花一處開，桃花在中國古代可是美女的象徵。黃巢就是《紅樓夢》第五回警幻仙子所言「皮膚濫淫」之物，即天下美女供他色欲享用。可見，「敢笑黃巢不丈夫」的宋江權力野心和色心不小。

宋江這首反詩被居住在江州對岸無為軍小城裡的賦閑通盤黃文炳發現，告發。蔡九知府命令身為兩院押牢節級的戴宗捉拿宋江。戴宗立即暗見酒醉臥床的大哥宋江，要他裝瘋。宋江在糞堆裡裝瘋，沒有騙過精明的黃文炳。黃文炳依據詩詞筆跡和宋江「瘋病」發生在寫反詩之後，判定宋江「詐瘋」。宋江被拷打，供認自己「酒後誤寫反詩」而被關押。黃文炳獻計給蔡九知府，要他以給父親蔡京送壽禮和家書的名義派遣戴宗到東京，請示如何處理宋江：是在本地處斬？還是押送京城？戴宗不知這信內容，以為只是一般家書。途中經過梁山，戴宗進酒店飲酒吃飯，被旱地忽律朱貴蒙汗藥麻翻，背入人肉作坊開剝。從書信中，朱貴發現這人是軍師吳用的心腹至交戴宗，而且文袋有關於宋江的密信。晁蓋、吳用得知宋江命將不保，立即派人下山，欺騙玉臂匠金大堅、聖手書生蕭讓上山。迫使蕭讓寫了一封蔡京體的書信，蓋上金大堅篆刻的假冒蔡京的印章，讓戴宗帶回江州，假傳蔡京旨意，要蔡九知府押送宋江到東京，而梁山一夥準備半途劫取宋江上山。哪知因為「諱字圖章」使用的錯誤[54]，這封假信又被精明的黃文炳識破，於是蔡九知府查問戴宗去京師，進出蔡京府交接書信的情形，判定有假。戴宗被拷打，招認自己被梁山賊人劫持，綁縛上山，帶了這封假書信回來。知府判定戴宗與梁山通情，決定將宋江和戴宗立即

---

[54] 即用了「翰林蔡京」圖章。在古代禮教社會，兒輩忌諱長輩名字，學生忌諱老師名字，叫「名諱」。蔡京不能對兒子自書其名。黃文炳據此判定這一回信，是假冒。

處死，於是就有梁山泊劫法場，大鬧江州。其他不說，單看他們殺人，尤其是李逵：

> 沒多時，法場中間，人分開處，一個報子，報導一聲「午時三刻。」監斬官便道：「斬訖報來！」兩勢下刀棒劊子便去開枷，行刑之人執定法刀在手。說時遲，那時快，鬧攘攘一起發作，只見那夥客人在車子上聽得「斬」字，數內一個便向懷中取出一面小鑼兒，立在車子上，當當地敲得兩三聲，四下裡一齊動手，又見十字路口茶坊樓上一個虎形黑大漢，脫得赤條條的，兩隻手握兩把板斧，大吼一聲，卻似半天起個霹靂，從半空中跳將下來，手起斧落，早砍翻了兩個行刑的劊子，便望監斬官馬前砍將來。……只見東邊那夥弄蛇的丐者，身邊都掣出尖刀，看著士兵便殺；西邊那夥使棒的大發喊聲，只顧亂殺將來，一派殺倒士兵獄卒；南邊那夥挑擔的腳夫輪起區擔，橫七豎八，都打翻了士兵和那看的人；北邊都夥客人都跳下車來，推過車子，攔住了人。兩個客商鑽將入來，一個背了宋江，一個背了戴宗。其餘的人，也有取出弓箭來射的，也有取出石子來打的，也有取出標來標的，原來扮客商的這夥便是晁蓋，花榮，黃信，呂方，郭盛；那夥扮使棒的便是燕順，劉唐，杜遷，宋萬；扮挑擔的便是朱貴，王矮虎，鄭天壽，石勇；那夥扮丐者的便是阮小二，阮小五，阮小七，白勝。<u>這一行梁山泊共是十七個頭領到來，帶領小嘍囉一百餘人</u>，四下裡殺將起來。只見那人叢裡<u>那個黑大漢，輪兩把板斧，一味地砍將來。</u>晁蓋等卻不認得，只見<u>他第一個出力，殺人最多</u>。晁蓋猛省起來，「戴宗曾說一個黑旋風李逵和宋三郎最好，是個莽撞之人。」晁蓋便叫道：「前面那好漢莫不是黑旋

風?」那漢哪裡肯應,火雜雜地掄著大斧只顧砍人。晁
蓋便叫背宋江,戴宗的兩個小嘍囉,只顧跟著那黑大漢
走。當下去十字街口,不問軍官百姓,殺得橫屍遍地,
血流成渠。推倒顛翻的,不計其數。眾頭領撇了車輛擔
仗,一行人跟了黑大漢,直殺出來。背後花榮,黃信,
呂方,郭盛,四張弓箭,飛蝗般望後射來。那江州軍民
百姓誰敢近前。這黑大漢直殺到江邊來,身上血濺滿身,
兀自在江邊殺人。晁蓋便挺樸刀,叫道:「不幹百姓事,
休只管傷人!」那漢哪裡來聽叫喚,一斧一個,排頭兒
砍將去。

　　黑旋風殺人如同砍瓜切菜,真是名不虛傳的「黑旋
風」。李逵如此為宋江賣命,就因為他「仗義疏財」,給他銀子,讓
他大碗喝酒,大塊吃肉。這也是宋江喜歡的「真實不假」和「忠
直」:誰給錢就忠於誰,想殺人就殺人,而且特別能殺。接著,
浪裡白條張順帶著自己的嘍囉,船火兒張橫引著穆弘、穆春、
薛永,帶十數個莊客,混江龍李俊引著催命判官李立、童威、
童猛和十數個賣鹽火家,都各執刀槍棍棒上岸,與晁蓋等十七
人,宋江、戴宗、李逵共是二十九人,都入白龍廟聚會。書中
說這是「白龍廟小聚義」。江州軍馬追來,他們出廟殺敗官軍。
宋江不解恨,一定要「打了無為軍,殺得黃文炳那廝,也與宋
江消了這口無窮之恨」。他們潛入小城鎮無為軍,殺人放火,
就有黃文炳一家的災難。黃文炳一家的災難與在他家做衣服的
通臂猿侯健有關。

　　薛永潛入無為軍城裡探查黃文炳家的住址,帶回在黃文炳
家做裁縫的侯健。文中沒有說這侯健為何出賣自己的雇主,只
是說「那人也是地煞之數,自然義氣相投」,也就是歹徒見歹
徒,蒼蠅見大糞,臭味相投。侯健自己說他在黃文炳家做衣服,

外出吃飯，遇見薛永，「提起仁兄大名，說出此一節事來。小人要結識仁兄，特來報知備細」。可見，這侯健也是黑道中人，想結識大哥宋江，投奔梁山，當然要為自己久仰的黑道匪道大哥幫忙，並以黃文炳一家性命為進見禮：

> 侯健先去開了菜園門，軍漢把蘆柴搬來堆在裡面。侯健就討了火種，遞與薛永，將來點著。侯健便閃出來，卻去敲門，叫道：「間壁大官人家失火！有箱籠搬來寄頓，快開門則個！」裡面聽得，便起來看時，望見隔壁火起，連忙開門出來。晁蓋、宋江等吶聲喊殺將入去。眾好漢亦各動手，見一個殺一個，見兩個殺一雙；<u>把黃文炳一門內外大小四五十口盡皆殺了，不留一人。</u>只不見了黃文炳一個。眾好漢把他從前酷害良民，積攢下許多家私金銀收拾俱盡，大哨一聲，眾多好漢都扛了箱籠家財，卻奔城上來。
>
> 且說石勇，杜遷見火起，各掣出尖刀，便殺把門的軍人，……只見薛永拿著火把，便就黃文炳家裡，前後點著，亂亂雜雜火起。

黃文炳此時正在江州府裡與蔡九知府論事，聽傳報無為軍城頭起火。以為失火，惦記自己家人，他告別蔡九知府，乘快船回家。他的船與李俊、張順所駕蓬船在江流中相逢。李俊懷疑，出言試探。黃文炳得知自己一家被殺，驚懼之情露出真相。李俊跳船擒拿，黃文炳轉身跳江，被張順捉拿。他們押著黃文炳，來到揭陽鎮一霸穆弘、穆春父親穆太公莊上。請看黃文炳之死：

> 見說拿得黃文炳，宋江不勝之喜。眾好漢一齊心中大喜，說：「正要此人見面！」李俊、張順，早把黃文炳帶上

岸。眾人看了，監押著，離了江岸，到穆太公莊上來。
朱貴、宋萬接著眾人，入到莊裡草廳上坐下。宋江把黃
文炳剝了衣服，綁在柳樹上，請眾頭領團團坐定。宋江
叫取一酒來與眾人把盞。上自晁蓋，下至白勝，共是三
十位好漢，都把遍了。宋江大罵：「黃文炳！你這廝！
我與你往日無冤，近日無仇，你如何只要害我，三回五
次，教唆蔡九知府殺我兩個！你既讀聖賢之書，如何要
做這等毒害的事！（聖賢教人除惡揚善。你宋江是江湖
匪道黑道的頭子，信奉孔孟讀書人正該擒拿，不該事不
關己，高高掛起。）我又不與你有殺父之仇，你如何定
要謀我！（為人者，當報私仇，更當報公仇，殺危害生
民的惡徒。）你哥哥黃文燁與你這廝一母所生，他怎恁
般修善！久聞你那城中都稱他做黃面佛，我昨夜分毫不
曾侵犯他。你這廝在鄉中只是害人，交結權勢，浸潤官
長，欺壓良善，我知道無為軍人民都叫你『黃蜂刺』！
我今日且替你拔了這個『刺』！」
黃文炳告道：「小人已知過失，只求早死！」（可惜！
一家死絕，自知必死，面對仇敵卻自稱「小人」，此言不
合情理。）晁蓋喝道：「你那賊驢！怕你死！你這廝！
早知今日，悔不當初！」宋江便問道：「那個兄弟替我
下手？」只見黑旋風李逵跳起身來，說道：「哥哥，動手
割這廝！我看他肥胖了，倒好燒吃！」晁蓋道：「說得是。」
叫：「取把尖刀來，就討盆炭火來，細細地割這廝，燒來
下酒與我賢弟消這怨氣！」（有人以為晁蓋等人劫取貪官
奸臣蔡京的生辰綱就據此判定他是好漢。看人可不能僅
據一事，而得全面考究。）李逵拿起尖刀，看著黃文炳，
笑道：「你這廝在蔡九知府後堂且會說黃道黑，撥置害

人，無中生有，揻攤他！今日你要快死，老爺卻要你慢死！」便把尖刀先從腿上割起。揀好的，就當面炭火上炙來下酒。割一塊，炙一塊。無片時，割了黃文炳，李逵方把刀割開胸膛，取出心肝，把來與眾好漢做醒酒湯。眾多好漢看割了黃文炳，都來草堂上與宋江賀喜。(「看割」，「賀喜」，殺人如觀戲，吃人肉燒烤，喝人心人肝湯。這可是中國江湖特色。)

　　黃文炳死得好慘！如此江湖，可以說他們是好漢？黃文炳該死？文中對賦閑在家的通判黃文炳似乎沒有好話，(第三十九回)說：「這人雖讀經書，卻是阿諛諂佞之徒，心地褊窄，只要嫉賢妒能——勝如己者害之，不如己者弄之。專在鄉裡害人。聞知這蔡九知府是當朝蔡太師兒子，每每來浸潤他；時常過江來請訪知府，指望他引出職，再欲做官。」黃文斌因何「賦閑」？文中沒有交代，但在專制貪污的官場，被「賦閑」者，多因不會用錢公關交際，且時常忍不住出言揭醜，故而名叫「黃蜂刺」。賦閑在家的通判想再做官是人情之常，沒見他用錢財買官，而且是他發現宋江的反詩，是他判斷宋江是假瘋，是他看出戴宗從梁山帶回的假充蔡京書信印章的假處。可見他是一個眼明心細的精明通判，真是蜂眼蜂刺。宋江讚揚黃文炳的哥哥是「黃面佛」，貶低黃文炳是「黃蜂刺」，借在黃文炳家做衣服的通臂猿侯建的口，對黃文炳進行間接描寫。侯健出賣了黃文炳，他說：「這黃文炳有個嫡親哥哥，喚做黃文燁，與這文炳是一母所生二子。這黃文燁平生只是行善事，修橋補路，塑佛齋僧，扶危濟困，救拔貧苦，那無為軍城中都叫他做『黃面佛』。這黃文炳雖是罷閑通判，心裡只要害人，慣行歹事，無為軍都叫他做『黃蜂刺』。他兄弟兩個分開做兩院住，只在一條巷內出入。靠著門裡便是他家。黃文炳貼著城住，黃文燁

近著大街。小人在那裡做生活，卻聽得黃通判回家來說：『這件事，蔡知府已被瞞過了，卻是我點撥他，教知府先斬了然後奏去。』黃文燁聽得說時，只在背後罵，說道：『又做這等短命促掐的事！於你無干，何故定要害他？倘或有天理之時，報應只在目前，卻不是反招其禍？』」

　　黃文燁行善事可嘉，但從他對宋江反詩案的態度看，他這一「黃面佛」，誰都不得罪，只要與自己「無干」。說黃文炳「心裡只要害人，慣行歹事，無為軍都叫他做『黃蜂刺』」並無具體實例，很可能就因為他一張利嘴如蜂刺，常愛指責歹人歹處，故而丟官賦閒在家，故而人們罵他「黃蜂刺」。人們尤其是官吏都喜歡聽好話，對批評者往往心生反感、厭惡，於是中國人大多都樂於做「黃面佛」，不願，也不敢做「黃蜂刺」。「事不關己，高高掛起；明知不對，少說為佳；明哲保身，但求無過」可是中國通行處世原則。再說，黑道人物侯健來投奔黑道匪道舵爺宋江大哥，出賣黃文炳，他能說大哥的仇敵黃文炳的好話嗎？自然以美為醜，指真為假，罵善為惡。

　　活剮，燒烤，吃了黃文炳的肉，喝了用黃文炳心肝做的醒酒湯，宋江下跪，叩求參與江州劫殺案者都上梁山，這些黑道人物和黑官兩均佔的人物就跟隨他和晁蓋上梁山。他們一行途經黃門山，遇見四個強人。

　　為頭的叫摩雲金翅歐鵬，黃州人，文中交代說本是「守把大江軍戶，因惡了本官，逃走在江湖上」，來到黃門山打家劫舍，攔路搶劫。因何「惡了本官」，文中沒說，但從他進入匪道看，此「惡」當屬不義。

　　第二位叫神算子蔣敬，湖南潭州人。「原是落科舉子出生，科舉不第，棄文就武，頗有謀略，精通書算，積萬累千，纖毫不差。亦能刺槍使棒，佈陣派兵」。文中沒有說他具體上山原

因，從以上推測，應該是文科不舉，武試不第，如同梁山泊締造者白衣秀士王倫一樣「合著一口鳥氣」，就上山落草，搶劫殺人。

第三位名叫鐵笛仙馬麟，文中沒有說他上山的原因，說他「閑漢出身，吹得雙鐵笛，使得好大滾刀，百十人近他不得。」他應該是自覺自願上山，如同阮家三兄弟，就想殺人搶劫，圖個一世快活。

第四位名叫九尾龜陶宗旺，文中沒有說他上山的原因，說他「莊家田戶出身，慣使一把鐵楸，有的是力氣，亦能使槍掄刀。」他也應該如同阮家三兄弟，自願上山，殺人劫財，圖一個大碗喝酒，大塊吃肉，大秤分金銀，一世快活。

（八）宋江江湖歷程總結：江湖人物組合與江湖之「義」

從第十八回私放晁蓋，到第二十一回殺閻婆惜之前，宋江是一個黑官兩道均佔的鄆城縣司法押司。從第二十一回殺閻婆惜，一直到第四十一回，作為一個逃犯和囚徒，宋江遊蕩於江湖黑道匪道與朝廷貪官污吏官道之間，最後「血染潯陽江口」，走上梁山，正式進入匪道。宋江這一段江湖黑道和匪道經歷展示了江湖中三類五種「好漢」。

黑道「做私商的」：偵查商路財物資訊，組成大團夥搶劫。托塔天王晁蓋最為有名，還有智多星吳用、赤髮鬼劉唐、入雲龍公孫勝。立地太歲阮小二、短命二郎阮小五、活閻羅阮小七、白日鼠白勝搶劫蔡京生辰綱，做了一次私商，就跟著晁蓋上梁山成了土匪。個人在潯陽江尋機搶劫的「潯陽江一霸」船火兒張橫。

市鎮鄉場黑道霸主：宋江的徒弟孔家莊霸主獨火星孔亮和毛頭星孔明。「揭陽三霸」：「揭陽上下一霸」揭陽嶺上的催命判官李立、嶺下混江龍李俊、出洞蛟童威和翻江蜃童猛。「揭

陽鎮一霸」沒遮攔穆弘和小遮攔穆春。「揭陽江一霸」船火兒張橫。江州魚行黑道霸主浪裡白條張順。無為軍通臂猿侯健。他們大多勾結當地貪官，獨霸一方或一行，魚肉生民，或暗地裡殺人劫財。

匪道人物：清風山土匪錦毛虎燕順、矮腳虎王英、百面郎君鄭天壽。梁山匪寇晁蓋、吳用、林沖等共十四匪首。黃門山四個強賊等等。他們攔路搶劫，打家劫舍，攻打縣府搶劫「借糧」。梁山泊也在梁山四周開黑店，探聽客商錢財資訊，兼營蒙汗藥搶劫、吃人肉。

黑官兩道均佔的朝廷官員：鄆城縣司法押司呼保義宋江、江州兩院節級神行太保戴宗、鄆城縣都頭插翅虎雷橫和美髯翁朱仝、青州駐守清風寨的副知寨小李廣花榮、黑旋風李逵均是黑官兩道均占的人。除了李逵只是江州牢城卒子，其他都是手握權柄的官道貪官污吏，同時又與黑道匪道權錢交易，庇護黑道匪道，成為黑官兩道均佔的人物。

投降黑道匪道的朝廷軍官。身為朝廷武官的官道人物，他們起初均信誓旦旦剿滅土匪，一旦被俘立即變臉投降。在此有霹靂火秦明、鎮三山黃信，其後愈來愈多。

這些江湖人物所秉行的「義」，其精要有三：

第一、江湖歹徒相互庇護，相互救援為「義」。

第二、江湖歹徒相互贈送不義之財，金錢來往，一擲千金，即所謂「遮奢」者為「義」。宋江就因「仗義疏財」，接納江湖黑道匪道人物，庇護做私商搶劫的晁蓋、吳用等七人，導致梁山聚集，興旺而名滿江湖，成為江湖大哥。

第三、江湖歹徒特佩服動輒殺人，出手狠，而且武功高強特能殺人，殺人多者。

請注意，他們相互都恭稱對方為「好漢」、「壯士」、「義

士」。這是江湖歹徒之間出自真心的相互恭維，以殺人搶劫為「好、壯、義」。毫無疑問，他們是黑道霸主、匪道強賊舵爺、黑官兩道均佔的貪官污吏與全無氣節的朝廷軍官。

這第四十一回以後，宋江走上梁山，正式進入匪道，成為匪道和黑道的領袖大哥，這是他一生的轉折點，也是梁山泊的轉折點。筆者將宋江上梁山后的人格變化及其經歷放在下一步評說，在此插入，談談第二回出現的九紋龍史進、第三回出現的魯智深、第七回出現的林沖、第十二回出現的楊志、第二十三回出現的武松，因為上述以宋江為線索展示的奸君奸臣、貪官污吏的官道社會與江湖黑道和匪道，最能理解《水滸傳》中這些重量級主題性人物。

第二節 《水滸傳》主要人物的江湖人生選擇與黑道匪道經歷

《水滸傳》中史進、魯智深、林沖、楊志、武松等之所以獨自成章，一在他們人格個性和進入江湖的經歷非常典型，二在他們的經歷特能展示封建時代江湖社會的原生態客觀。

一、九紋龍史進：幼稚，因江湖邪義，由官道進入匪道

史進是華陰縣少華山下史家村莊主兼里正[55]史太公的獨生子。父親死後，他繼承了父親這一管理村鎮的職務。史進從小喜歡槍棒武藝。第二回宋哲宗晏駕，無太子，而「這浮浪弟子門風，幫閒之事，無一般不曉，無一般不會，更無一般不愛」的端王成了天子，帝號徽宗。得到徽宗寵愛的潑皮高俅任殿帥府太尉，迫害東京八十萬禁軍教頭王進。王進攜帶老母逃往延

---

[55] 古時的民選鄉紳，主管一里，負責課督賦稅，逐捕盜賊。

安府投奔鎮邊老種經略相公。一路辛苦，老母生病，途經華陰縣史家村求宿，莊主史太公挽留母子住宿，並請醫治病。為報答，王進教史太公十八歲兒子史進學得十八般武藝。父親死後，史進繼承家業與里正職位。晁蓋是鄆城縣東溪村保正，兼「做私商」，是黑官兩道均佔的人物，而為里正小官的史進雖有江湖名號「九紋龍」，但此時還不見惡性惡行。他的人生轉折點也在第二回。小說描述了他在兩種身份——維護鄉鄰的里正與江湖「九紋龍」——之間的矛盾與曲折選擇。

六月的一天，他在莊外打麥場柳蔭下乘涼，從獵戶李吉口中得知「如今少華山添了一夥強人，紮下一個山寨，聚集著五七百個小嘍囉，打家劫舍」而「華陰縣禁他不得」。作為里正，他有保護村坊的職責反應：

> 史進歸到廳前，尋思這廝們大弄，必要來薅惱村坊。既然如此便叫莊客揀兩頭肥水牛來殺了，莊內自有造下的好酒，先燒了一陌「順溜紙」，便叫莊客去請這當村裡三四百史家村戶都到家中草堂上序齒坐下，教莊客一面把盞勸酒。史進對眾人說道：「我聽得少華山上有三個強人，聚集著五七百小嘍囉打家劫舍。這廝們既然大弄，必然早晚要來俺村中囉唣。我今特請你眾人來商議。倘若那廝們來時，各家準備。我莊上打起梆子，你眾人可各執槍棒前來救應；你各家有事，亦是如此。<u>遞相救護，共保村坊</u>。如果強人自來，都是我來理會。」
> 眾人道：「我等村農只靠大郎做主，梆子響時，誰敢不來。」當晚眾人謝酒，各自分散回家，準備器械。自此，史進修整門戶牆垣，安排莊院，設立幾處梆子，拴束衣甲，整頓刀馬，防賊寇，不在話下。

　　史進知道這三個傢夥是「強人」，「遞相救護，共保村坊」是他作為里正的職責和初衷。繼而，少華山的草寇神機軍師朱武、跳澗虎陳達、白花蛇楊春聽說華陰縣出三千貫賞錢捉拿他們。陳達決定搶劫「人民豐富，錢糧廣有」的華陰縣。前往華陰縣，必須經過史家莊，朱武和楊春勸告陳達：「九紋龍史進是個大蟲，不可去撩撥他。」陳達執意要「先打史家莊，再打華陰縣」，帶領小嘍囉下山來到史家村。史進得到莊客報告，敲響梆子，招來鄉親，與跳澗虎陳達兵戎相見：

> 二員將就馬上相見。陳達在馬上看著史進，欠身施禮。史進喝道：「汝等殺人放火，打家劫舍，犯著彌天大罪，都是該死的人！你也須有耳朵！好大膽！直來太歲頭上動土！」（史進知道這是彌天大罪。）陳達在馬上答道：「俺山寨裡欠少些糧，欲往華陰縣借糧，（明明是「搶」，偏偏說成「借」；自知是「匪寇」，偏自稱「好漢」；美化自我醜行是奸惡者通行伎倆。）經由貴莊，借一條路，並不敢動一根草。可放我們過去，回來自當拜謝。」史進道：「胡說！俺家現當里正，正要拿你這夥賊；今日倒來經由我村中過卻不拿你，倒放你過去，本縣知道，須連累於我。」（史進知道自己作為里正的職責與枉法後果。）陳達道：「四海之內，皆兄弟也。相煩借一條路。」（「四海之內，皆兄弟也」可不是孔孟以仁德待人，而是江湖規則，即：黑道和匪道兄弟應該相互協助，庇護。史進這時不理睬江湖兄弟的套話。）史進道：「甚麼閒話！我便肯時，有一個不肯！你問得他肯便去！」陳達道：「好漢，叫我問誰？」史進道：「你問得我手裡這口刀肯，便放你去！」陳達大怒道：「趕人不要趕上！休得要逞精神！」

史進也怒，掄手中刀，驟坐下馬，來戰陳達。陳達也拍馬挺槍來迎。

兩人挺槍交戰，史進賣個破綻，生擒陳達，莊客乘勢趕走小嘍囉。史進履行一個鄉村里正的職責，是一個真正的里正、好漢。朱武、楊春得知陳達被擒，自知不是史進對手。為了拯救陳達，朱武出了一個苦肉計，以江湖義氣刺激史進，史進就成了江湖「九紋龍」，拋棄里正的社會職責，與強賊勾結起來。看看史進的內心矛盾與選擇：

莊客飛報道：「山寨裡朱武、楊春自來了。」史進道：「這廝合休！我教他兩個一發解官！快牽過馬來！」一面打起梆子。眾人早都到來。

史進上了馬，正待出莊門，只見朱武、楊春，步行已到莊前，兩個雙雙跪下，擎著四行眼淚。史進下馬來喝道：「你兩個跪下如何說？」朱武哭道：「小人等三個累被官司逼迫，不得已上山落草。當初發願道，不求同日生，只願同日死。雖不及關，張，劉備的義氣，其心則同。今日小弟陳達不聽好言，誤犯虎威，已被英雄擒捉在貴莊，無計懇求，今來一逕就死。（劉關張桃園結義，同生同死，圖王霸業，可是江湖黑道匪道最為佩服的英雄。）望英雄將我三人一發解官請賞，誓不皺眉。我等就英雄手內請死，並無怨心！」

史進聽了，尋思道：<u>「他們直恁義氣！我若拿他去解官請賞時，反教天下好漢們恥笑我不英雄</u>。自古道：大蟲不吃伏肉。」史進道：「你兩個且跟我進來。」（「九紋龍」江湖義氣壓抑了史進里正的社會職責。「大蟲不吃伏肉」也是江湖規則，凡是服從我，崇拜我，聽命於我，認我

為大哥就容留他。這也表現在武松、魯智深等人的行為中。）

朱武、楊春並無懼怯，隨了史進，直到後廳前跪下，又叫史進綁縛。史進三四五次叫起來。他兩個哪裡肯起來？惺惺惜惺惺，好漢識好漢。史進道：「你們既然如此義氣深重，我若送了你們，不是好漢。我放陳達還你，如何？」（江湖歹徒，相互庇護，生死與共，就是義氣好漢。）朱武道：「休得連累了英雄，不當穩便，寧可把我們解官請賞。」史進道：「如何使得。你肯吃我酒食麼？」朱武道：「一死尚然不懼，何況酒肉乎！」

當時史進大喜，解放陳達，在後廳上座置酒設席管待三人。朱武、楊春、陳達，拜謝大恩。酒至數杯，少添春色。酒罷，三人謝了史進，回山去了。史進送出莊門，自回莊上。

作為江湖九紋龍，史進的江湖邪義取代了他作為鄉村里正的社會職責。朱武等三人歸到寨中坐下，朱武說：「我們非這條苦計，怎得性命在此？雖然救了一人，卻也難得史大郎為義氣上放了我們。過幾日備些禮物送去，謝他救命之恩。」過了十數日，三人收拾得三十兩蒜條金，使兩個小嘍囉送去史家莊上。史進初時推卻，次後尋思道：「既然好意送來，受之為當。」還叫莊客置酒管待小校吃了半夜酒，把些零碎銀兩賞了小校回山。又過半月餘，朱武等三人擄掠得碩大珍珠，又使小嘍囉連夜送來莊上。史進接受了，想：「也難得這三個敬重我，我也備些禮物回奉他。」次日，叫莊客尋個裁縫，自去縣裡買了三疋紅綿，裁成三領錦襖子；又揀肥羊煮了三個，將大盒子盛了，委派莊客王四送去。史進自此常常與朱武等三人往來。不時間，王四去山寨裡送物事；華陰山也頻頻地使人送金銀來與史進。

　　作為里正，九紋龍史進也被金錢財寶所收買，白成黑，變
身為黑官兩道均佔的里正。他不知道這些金銀是殺人搶劫而得
的不義之財嗎？可見所謂江湖義氣：江湖中人庇護江湖中人而
不顧其行為善惡，庇護則義氣，反之則「不義」，會被江湖好
漢「恥笑不英雄」。江湖中人「義氣」的基礎就是金銀財寶，
酒肉交往。這江湖義氣「邪」門。

　　繼後中秋，史進派莊客王四前往少華山，邀請山寨三頭領
來史家莊賞月。王四回史家莊途中，因酒醉暈倒在林中，攜帶
的書信被獵戶李吉發現。李吉連夜報官，華陰縣尉連夜前來擒
賊。於是年輕史進結束了自己的鄉村官道生活而進入江湖匪
道。史進與三頭目喝酒賞月：

> 酒至數杯，卻早東邊推起那輪明月。史進和三個頭領敘
> 說舊話新言。只聽得牆外一聲喊起，火把亂明。史進大
> 驚，跳起身來道：「三位賢友且坐，待我去看！」喝叫莊
> 客：「不要開門！」掇條梯子上牆打一看時，只見是華陰
> 縣尉在馬上，引著兩個都頭，帶著三四百士兵，圍住莊
> 院。史進及三個頭領只管叫苦。外面火光中照見鋼叉，
> 樸刀，五股寸，留客住，擺得似麻林一般。
> 兩個都頭口裡叫道：「不要走了強賊！」

　　都頭說出其情報來源，要史進交出土匪。史進下牆，一刀
殺了丟了回書的王四，燒了莊園，帶著細軟金銀衝殺而出，殺
了告密的獵戶李吉、兩個都頭，隨同朱武等強賊上了少華山。
史進有一些後悔：

> 一連過了幾日，史進尋思：「一時間要救三人，放火燒了
> 莊院。雖是有些細軟家財，重雜物，盡皆沒了！」心內
> 躊躇，在此不了，開言對朱武等說道：「我師父王教頭在

關西經略府勾當，我先要去尋他，只因父親死了，不曾去得。今來家私莊院廢盡，我如今要去尋他。」朱武三人道：「哥哥休去，只在我寨中且過幾日，又作商議。若哥哥不願落草時，待平靜了，小弟們與哥哥重整莊院，再作良民。」史進道：「雖是你們的好情分，只是我今去意難留。我若尋得師父，也要那裡討個出身[56]，求半世快樂。」朱武道：「哥哥便在此間做個寨主，卻不快活？只恐寨小不堪歇馬。」史進道：「我是個清白好漢，如何肯把父母遺體來玷污了！你勸我落草，再也休題。」

　　史進知道他們是土匪，自己落草為匪會玷污自己的清白和父母名聲，但他因江湖義氣而家毀身黑。他後悔想回頭，前往延安尋找師傅王進「討個出身」。途經渭州，他結識魯達。魯達打死黑道霸主鎮關西，史進逃到延安，尋找師傅不著，再到大名府，用光了錢，到荒郊野林隱伏打劫，（第五回）與已經是和尚的魯智深不期而遇。兩人聯手殺了霸占瓦罐寺的崔道成與邱小乙。與魯智深告別，史進自言無路可走，只得回到少華山，落草為匪：

　　獨木橋邊一個小小酒店，智深，史進，來到村中酒店內，一面吃酒，一面叫酒保買些肉來，借些米來，打火做飯。兩個吃酒，訴說路上許多事務。
　　吃了酒飯，智深便問史進道：「你今投哪裡去？」史進道：「我如今只得再回少華山去奔投朱武等三人入了夥，且過幾時，卻再理會。」智深見說了，道：「兄弟，也是。」便打開包裹，取些酒器，與了史進。

---

[56] 討個出身，在此指得到社會認可的職業、身份。

可惜！年僅十八九歲的史進被江湖義氣規則坑害，走上不歸路。最後這所謂「天微星」九紋龍史進上了梁山，跟從宋江投降，征討方臘，在昱嶺關被方臘手下大將「小養由基」[57]龐萬春一箭射死，了結此生。

二、魯智深：孤身俠客，人陷江湖身不由己

花和尚魯智深是《水滸傳》中唯一仗義行俠的俠客，這使他在沒有正義的貪官污吏官道社會無法容身，流落江湖。他陷身江湖，開始並沒有江湖濫行，也一路行俠，然而人在黑道匪道江湖，身不由己，為生存他後來容忍江湖濫行，依從江湖黑道，最後進入江湖匪道。

（一）仗義行俠救弱女，魯達拳打「鎮關西」

魯智深原名魯達，是渭州府提轄官。史進因勾結少華山草寇神機軍師朱武、跳澗虎陳達、白花蛇楊春被圍捕，他燒毀了自己祖傳史家莊，上了山，但不願「落草」，前往延安府尋找自己的師傅王進，途經渭州，引出了魯達。魯達與史進和打虎將李忠[58]初次相識，三人到潘家酒樓飲酒，聽得隔壁閣子裡有人哽咽啼哭。魯達焦躁，叫酒保帶來啼哭老父弱女，詢問緣由。於是就有拳打鎮關西：

> 那婦人拭著淚眼，向前來，深深地道了三個萬福。那老兒也都相見了。魯達問道：「你兩個是哪裡人家？為甚麼啼哭？」
> 那婦人便道：「官人不知，容奴告稟：奴家是東京人氏，因同父母來渭州投奔親眷，不想搬移南京去了。（可憐今

---

[57] 養由基是春秋時期楚國名射手。

[58] 史進第一個師傅。

兮，自稱「奴」。古代女子面對豪貴都自稱奴。奴象形會意字。「女」為女子下跪形，「又」為男子抓女之手：女子就是男子抓獲的「奴」。）母親在客店裡染病身故。父女二人流落在此生受。此間有個財主，叫做「鎮關西」鄭大官人，因見奴家，便使強媒硬保，要奴作妾。誰想寫了三千貫文書，虛錢實契，要了奴家身體。未及三個月，他家大娘子好生利害，將奴趕打出來，不容完聚，著落店主人家追要原典身錢三千貫。父親懦弱，和他爭不得。他又有錢有勢。當初不曾得他一文，如今哪討錢來還他？沒計奈何，父親自小教得奴家些小曲兒，來這裡酒樓上趕座子，每日但得些錢來，將大半還他，留些少父女們盤纏。這兩日，酒客稀少，違了他錢限，怕他來討時，受他羞恥。父女們想起這苦楚無處告訴，因此啼哭。不想誤犯了官人，望乞恕罪，高抬貴手！」

這鄭大官人是誰？魯達得知「原來是投托小種經略相公殺豬賣肉的鄭屠」，號稱「鎮關西」。「大官人」這名號在《水滸傳》只有柴進有，叫「柴大官人」。柴進是周世宗嫡派子孫，而鄭屠一殺豬賣肉屠夫，官帽從何而來？肯定是倚仗小種經略相公的權勢，用錢買來的。渭州民間社會尊稱他為「大官人」，黑道稱他為「鎮關西」，更可見他依仗小種經略相公，是渭州關西地區黑道霸主。他要了金翠蓮的身子，還要詐取典身錢三千貫。古人萬貫家財為極富裕者，三千貫對金老婦女可是天文數目。魯達當場拿出五兩銀子，請史進拿出十兩銀子，要金老父女回鄉。第二天一早，魯達便去金老所住客店，護送金老婦女。店小二不要金老父女走，說：「須欠鄭大官人典身錢，著落在小人身上看管他哩。」魯達要店小二放行，說：「鄭屠的錢，洒家自還他，你放了老兒還鄉去！」「那店小二哪裡肯放」。

可見，這「鎮關西」鄭大官人可不是虛名，是這關西街區的霸主，於是「魯達大怒，又開五指，去那小二臉上只一掌，打得那店小二口中吐血，再復一拳，打落兩個當門牙齒。小二爬將起來，一道煙跑向店裡去躲了。店主人也不敢出來攔他。金老父女兩個忙忙離了店中，出城自去尋昨日覓下的車兒去了」。

金老父女在渭州，幸遇仗義行俠魯達，否則一弱老，一小女，只有死路一條。魯達等金老婦女走遠了，逕到狀元橋來，三拳打死以小種經略相公為保護傘的「鎮關西」，回去收羅一番，棄家逃走。來到代州雁門縣，他又巧遇金老父女。得到養金翠蓮為外宅的大財主趙員外的引領，魯達來到五臺山文殊院當了和尚，改名魯智深。因兩次違背廟規醉酒打架，大鬧五臺山，智真長老將他逐出五臺山，要他前往東京，投奔大相國寺智清禪師。

（二）桃家莊匪王娶親案：魯智深行俠第一次變異變味

第五回《小霸王醉入銷金帳　花和尚大鬧桃花村》魯智深前往東京，途經桃花山桃家莊，恰逢莊主劉太公正愁苦地備辦婚禮。魯智深從劉太公口中得知：桃花山有兩個大王，「紮了寨柵，聚集著五七百人，打家劫舍，此間青州官軍捕盜，禁他不得，因來老漢莊上討進奉，見了老漢女兒，撇下二十兩金子，一疋[59]紅錦為定禮，選著今夜好日，晚間入贅。老漢莊上又和他爭執不得，只得與他，因此煩惱。」他第二次仗義行俠，這一情節內涵多多，一說信佛的劉太公信佛，但佛不靈，更說中國封建社會王權的本質就是刀槍。在此只說魯智深行俠變異變味。

為救助劉太公和女兒又不驚擾他們和鄉民，魯智深騙劉太

---

[59] 疋（pǐ），同匹。

公，說自己會說「因緣」：「俺就你女兒房內說因緣，勸他便回心轉意。」劉太公高興，大叫：「卻是好也！我家有幸，得遇這個活佛下降！」立即把女兒送到鄰莊去躲避。魯智深隱身新婦房中，等待土匪女婿。桃花山大王隊伍來了，劉太公稱土匪為大王。還未酒宴喜慶，大王迫不及待要進洞房：

> 小嘍囉把鼓樂就廳前擂將起來。大王上廳坐下，叫道：「丈人，我的夫人在那裡？」（因此而來，猴急。）太公道：「便是怕羞不敢出來。」大王笑道：「且將酒來，我與丈人回敬。」那大王把了一杯，便道：「我且和夫人廝見了，卻來吃酒未遲。」（猴急。）
>
> 那劉太公一心只要那和尚勸他，便道：「老漢自引大王去。」（有刀有槍，能殺人霸天下就是大王，這可是專制權力的本質。）拿了燭臺，引著大王轉入屏風背後，直到新人房前太公指與道：「此間便是，請大王自入去。」太公拿了燭臺一直去了──未知凶吉如何，先辦一條走路。
>
> 那大王推開房門，見裡面黑洞洞地。大王道：「你看，我那丈人是個做家的人；房裡也不點盞燈，讓我那夫人黑地裡坐地。明日叫小嘍囉山寨裡扛一桶好油來與他點。」（一事件，兩面描寫。讀者都明白，這傢夥還蒙在鼓裡，叫人發笑。）
>
> 魯智深坐在帳子裡，都聽得，忍住笑，不做一聲。（智深不能笑，我們笑。）那大王摸進房中，叫道：「娘子，你如何不出來接我？你休要怕羞，我明日要你做壓寨夫人。」一頭叫娘子，一頭摸來摸去，一摸摸著金帳子，便揭起來，探一支手入去摸時，摸著魯智深的肚皮，（我們大笑。）被魯智深就勢劈頭巾帶角兒揪住，一按按將

下床來。那大王卻掙扎，魯智深右手捏起拳頭，罵一聲：
「直娘賊！」連耳根帶脖子只一拳。那大王叫一聲道：
「做甚麼便打老公！」（我們哈哈哈大笑。）

魯智深喝道：「教你認得老婆！」拖倒在床邊，拳頭腳
尖一齊上，打得大王叫「救人！」（這時土匪女婿才酒
醒，方知命懸綠金帳中。）

劉太公驚得呆了；只道這早晚說因緣勸那大王，卻聽得
裡面叫救人。太公慌忙把著燈燭，引了小嘍囉，一齊搶
將入來。眾人燈下打一看時，只見一個胖大和尚，赤條
條不著一絲，騎翻大王在床面前打。為頭的小嘍囉叫道：
「你眾人都來救大王！」眾小嘍囉一齊拖槍拽棒入來救
時，魯智深見了，撇下大王，床邊綽了禪杖，著地打將
出來。小嘍囉見來得兇猛，發聲喊，都走了。劉太公只
管叫苦。（出太公意料之外，一家性命所繫，當然叫苦不
迭。）打鬧裡，那大王爬出房門，奔到門前摸著空馬，
樹上析枝柳條，托地跳在馬背上，把柳條便打那馬，卻
跑不去。大王道：「苦也！這馬也來欺負我！」再看時，
原來心慌，不曾解得韁繩，連忙扯斷了，騎著馬飛走，（我
們又笑。）出得莊門，大罵劉太公：「老驢休慌！不怕你
飛了去！」把馬打上兩柳條，撥喇喇地馱了大王上山去。
（女婿做不成，變臉：岳丈泰山眨眼變成老驢。）

劉太公扯住魯智深，道：「師父！你苦了老漢一家兒了！」
（當然苦，劉太公和全村人拋家棄產，金老父女似的四
處流浪？）

　魯智深暴露自己身份安慰老人，決定救人救到底：「俺是
延安府老種經略相公帳前提轄官。為因打死了人，出家做和尚。
休道這兩個鳥人，便是一二千軍馬來，洒家也不怕他。」桃花

山大頭領得知二頭領被一個胖大和尚打傷，他喝叫左右備馬，引了全部小嘍囉，一齊吶喊著殺下山來，與魯智深在莊前橫刀相見。情節發生了出人意外的變化：

> 魯智深把直裰脫了，拽紮起下面衣服，挎了戒刀，大踏步，提了禪杖，出到打麥場上。只見大頭領在火把叢中，一騎馬搶到莊前，馬上挺著長槍，高聲喝道：「那禿驢在哪裡？早早出來決個勝負！」智深大怒，罵道：「醃臢打脊潑才！叫你認得洒家！」掄起禪杖，著地卷將來。那大頭領逼住槍，大叫道：「和尚，且休要動手。你的聲音好廝熟。你且通個姓名。」魯智深道：「洒家不是別人，老種經略相公帳前提轄魯達的便是。如今出了家做和尚，喚作魯智深。」那大頭領呵呵大笑，滾下馬，撇了槍，撲翻身便拜，道：「哥哥，別來無恙？可知二哥著了你手！」魯智深只道賺他，托地跳退數步，把禪杖收住，定睛看時，火把下，認得不是別人，卻是江湖上使槍棒賣藥的教頭打虎將李忠。李忠當下剪拂了，起來扶住魯智深，道：「哥哥緣何做了和尚？」智深道：「且和你到裡面說話。」（原來是江湖熟人，就不打了。中國可是「熟人、朋友」文化。「熟人」之「熟」本義是火燒烹煮的肉，故而「熟人」就是酒肉桌上相識的人。「朋友」之「朋」，上古貨幣貝殼形，五貝為一朋，而「友」是象形會意字，即兩手相握，故而「朋友」之義即因金錢交往而兩手相攜的至交。第三回魯智深曾在渭州與李忠同桌飲酒吃肉，雖不是金錢朋友，也算是酒肉熟人。）
> 劉太公見了，又只叫苦：「這和尚原來也是一路！」（這一下，劉太公以為自己一家和村莊都完了。這一夜晚的曲折，超過劉太公一生的經歷，可使他老人家一夜頭更

白。）

魯智深到裡面，再把直裰穿了，和李忠都到廳上敘舊。
魯智深坐在正面，喚劉太公出來。那老兒不敢向前。智
深道：「太公，休怕他，他是俺的兄弟。」那老兒見說是
「兄弟」，心裡越慌，又不敢不出來。（江湖中人，就是
拜把子的兄弟，兄弟義氣第一，太公咋不慌！）李忠坐
了第二位，太公坐了第三位。

　　魯智深述說自己的經歷，李忠也述說自己與小霸王廝殺，
留在桃花山為匪的經歷。之後的言談有種種江湖規矩：

智深道：「既然兄弟在此，劉太公這頭親事再也休提。
他只有這個女兒，要養終身；不爭被你把了去，教他老
人家失所。」（魯智深看在江湖熟人的義氣上，不打了，
但要求放了這劉太公女兒。）太公見說了，大喜，安排
酒食出來管待二位。小嘍囉們每人兩個饅頭，兩塊肉，
一大碗酒都教吃飽了。太公將出原定的金子緞疋。魯智
深道：「李家兄弟，你與他收了去。這件事都在你身上。」
李忠道：「這個不妨事。且請哥哥去小寨住幾時。劉太
公也走一遭。」（李忠也看在江湖兄弟面上，答應放人，
當然更因自知不是對手。）太公叫莊客安排轎子，抬了
魯智深，帶了禪杖，戒刀，行李。李忠也上了馬。太公
也乘了一乘小轎。
卻早天色大明，眾人上山來。智深，太公來到寨前，下
了轎子。李忠也下了馬，邀請智深入到寨中，向這聚義
廳上，三人坐定。李忠叫請周通出來。周通見了和尚，
心中怒道：「哥哥卻不與我報仇，倒請他來寨裡，讓他
上面坐！」李忠道：「兄弟，你認得這和尚麼？」周通

道：「我若認得他時，須不吃他打了。」（江湖黑道、匪道人物認識互通姓名，成為酒肉熟人、金錢朋友，成了同夥兄弟就要相互庇護、相互合作危害生民。這是江湖規矩。）李忠笑道：「這和尚便是我日常和你說的三拳打死鎮關西的便是他。」周通把頭摸一摸，叫聲「阿呀，」撲翻身便翦拂。（這也是江湖規矩：拳頭大，拳頭硬就是大哥。）魯智深答禮道：「休怪衝撞。」三個坐定，劉太公立在面前。魯智深便道：「周家兄弟，你來聽俺說。劉太公這頭親事，你卻不知。他只有這個女兒，養老送終，奉祀香火，都在她身上。你若娶了，教他老人家失所，他心裡怕不情願。你依著洒家，把她棄了，別選一個好的。原定的金子緞疋將在這裡。你心下如何？」（巧遇魯智深，劉太公一家有幸躲過這一劫，可作一歎。「別選一個好的」？不知誰家女子倒楣！又一歎！）周通道：「並聽大哥言語，兄弟再不敢登門。」（小弟聽從大哥，這是江湖規矩。）智深道：「大丈夫作事卻休要翻悔。」（江湖賊寇之間也重然諾，這是江湖規矩。）周通折箭為誓。劉太公拜謝了，納還金子緞疋，自下山回莊去了。

接著李忠、周通殺牛宰馬，管待魯智深。魯智深告別，兩個苦留，他不願落草為匪，但目睹二人下山截殺，礙於身在江湖，卻沒有阻止，更不能殺了李忠、周通，只是心中怪怨二人「拿官路做人情」，只是兩拳打翻兩個小嘍囉，拿了桌上的金銀酒器，都踏匾了，拴在包袱裡，攜包袱出寨，來到後山，從亂草坡滾下去，取路便走。

再看李忠與周通攔路打劫：

那客人內有一個便撚著朴刀來戰李忠，一來一往，一去

一回，戰了十餘合，不分勝負。周通大怒，趕向前來，喝一聲，眾小嘍囉一齊都上。那夥客人抵當不住，轉身便走，有那走得遲的，早被搠死七八個。劫了車子財貨，和著凱歌，慢慢地上山來。（李忠、周通及其嘍囉們就是土匪，可有人卻說他們是好漢，是農民起義英雄。）

本回結尾說：「看官牢記話頭：這李忠、周通，自在桃花山打劫。」耐庵知道這是打劫，但卻又說他們是好漢。打劫者是好漢？施翁會如此糊塗？此為冰山刺骨的黑色幽默！而江湖歹徒自稱好漢、義士，更為江湖原生態客觀。

（三）瓦罐寺案：魯智深行俠更加變異，變味

繼而，第六回魯智深在瓦罐寺第三次仗義行俠，但更加變異，變味，即他與江湖歹徒聯手，行俠殺江湖另一派歹徒。離開桃花山，一路前行，曉行夜宿，途中他看見一個破落如廢墟的寺廟。因為肚餓，他步入「鐘樓倒塌，殿宇崩摧」的破敗之中，叫一番沒人應承，「尋到廚房後面一間小屋，見幾個老和尚坐地，一個個面黃肌瘦」。詢問得知此廟「被一個雲遊和尚引著一個道人來此住持，把常住有的沒的都毀壞了。他兩個無所不為，把眾僧趕出去了。我幾個老的走不動，只得在這裡過，因此沒飯吃」。而且「便是官軍也禁不得的。他這和尚道人好生了得，都是殺人放火的人！」那和尚姓崔，法號道成，綽號生鐵佛；道人姓邱，排行小乙，綽號飛天夜叉。「這兩個哪裡是個出家人，只是綠林中強賊一般，把這出家影佔身體！」魯智深在歹徒與和尚之間來往，詢問，辨疑，確定老和尚之言為真，於是魯智深仗義行俠，大戰匪徒：

智深大怒，只一腳踢開了，搶入裡面，看時，只見那生鐵佛崔道成仗著一條樸刀，從裡面趕到槐樹下來搶智

深。智深見了，大吼一聲，掄起手中禪杖，來鬥崔道成。兩個鬥了十四五合，那崔道成鬥智深不過，只有架隔遮攔，掣仗躲閃，抵擋不住，卻待要走。這丘道人見他擋不住，卻從背後拿了條樸刀，大踏步搠將來，智深正鬥間，忽聽的背後腳步響，卻又不敢回頭看他。不時見一個人影來，知道有暗算的人，叫一聲：「著！」那崔道成心慌，只道著他禪杖，托地跳出圈子外去。智深恰才回身，正好三個摘腳兒廝見。崔道成和丘道人兩個又並了十合之上。智深一來肚裡無食，二來走了許多路途，三者當不的他兩個生力，只得賣個破綻，拖了禪杖便走。兩個拈著樸刀，直殺出山門外來。智深又鬥了十合，掣了禪杖便走。兩個趕到石橋下，坐在欄杆上，再不來趕。

魯智深丟了包裹，無奈之中，趕路，途經一赤松林，巧逢一打劫歹徒，他又一次行俠，但此歹徒是在渭州一起喝過酒的熟人史進，情節在此發生變異，變味：

> 提了禪杖，逕搶到松林邊，喝一聲「兀那林子裡的撮鳥！快出來！」那漢子在林子聽得，大笑道：「禿驢！你自當死！不是我來尋你！」智深道：「教你認得洒家！」掄起禪杖，搶那漢。那漢撚著樸刀來鬥和尚，恰待向前，肚裡尋思道：「這和尚聲音好熟。」便道：「兀那和尚，你的聲音好熟。你姓甚？」智深道：「俺且和你鬥三百合卻說姓名！」那漢大怒，仗手中樸刀，來迎禪杖。兩個鬥到十數合後，那漢暗暗喝采道：「好個莽和尚！」又鬥了四五合，那漢叫道：「少歇，我有話說。」兩個都跳出圈子外來。那漢便問道：「你端的姓甚名誰？聲音好熟。」智深說姓名畢，那漢撇了樸刀，翻身便剪拂，說道：「認

得史進麼？」智深笑道:「原來是史大郎！」兩個再剪拂
了，同到林子裡坐定。

與見到李忠一樣，相互是江湖酒肉熟人，就不打了。對史
進剪徑打劫，魯智深什麼也沒有說，而且他與史進相互「剪
拂」。據《水滸傳》第四回解釋:「強人『下拜』，不說此二字，為
軍中不利;只喚作『剪拂』，此乃吉利的字樣。」「下拜」與
「下敗」同音，不吉利。「剪徑」是攔路搶劫，剪徑的強人相
互剪拂，指會「剪」來「財富」之意。可見，身為江湖中人，
魯智深對酒肉兄弟搶劫也得認可。

二人相互通報自己的經歷。史進到延安府，沒有找到師傅，
再到北京大名府尋覓，用完了錢，來這赤松林打劫。魯智深也
說了自己的經歷和眼下的處境。於是魯智深與歹徒史進回到瓦
罐寺，殺了江湖中的另一路歹徒「生鐵佛」崔道成和「飛天夜
叉」丘小乙。魯智深仗義行俠的行為變味。

魯智深為何可以打死詐騙金翠蓮的同樣是江湖黑道霸主鎮
關西鄭屠鄭大官人，殺了崔道成和丘小乙，而不殺強搶民女、
打家劫舍、攔路搶劫、殺人如麻的李忠與周通？因為他與李忠
和史進是在渭州結識，喝過酒的熟人。史進攔路搶劫，魯智深
認出他，兩人也不打。和尚崔道成江湖名號「生鐵佛」，道士
邱小乙江湖名號「飛天夜叉」，也是江湖中人，但因為不是江
湖因酒肉、金銀交往結成的同夥兄弟幫派就被剿滅。這就是中
國江湖規則:同一團夥者，就相互容忍其行為，而且一定講義
氣相互配合，對付另一夥。近代中國黑社會青幫與紅幫，四川
的清水袍哥與渾水袍哥都如此。當然，最慘的是瓦罐寺中的受
害者:「幾個老和尚見魯智深輸了，怕崔道成、邱小乙殺他們，
上吊自殺。那擄來的婦人投井而死。」魯智深和史進則「包了
金銀，揀好的衣服包了一包袱。尋到廚房，見魚及酒肉，兩個

打水燒火，煮熟來，都吃飽了，燒了寺廟走路」。再看他倆分手：

> 二人廝趕著行了一夜。天色微明，兩個遠遠地見一簇人家，看來是個村鎮。兩個投那村鎮上來。獨木橋邊一個小小酒店，……智深、史進，來到村中酒店內，一面吃酒，一面叫酒保買些肉來，借些米來，打火做飯。兩個吃酒，訴說路上許多事務。
>
> 吃了酒飯，智深便問史進道：「你今投哪裡去？」史進道：「我如今只得再回少華山去奔投朱武等三人入了夥，且過幾時，卻再理會。」智深見說了，道：「兄弟，也是。」便打開包裹，取些酒器，與了史進。
>
> 二人拴了包裹，拿了器械，還了酒錢。二人出得店門，離了村鎮，又行不過五七里，到一個三岔路口。智深道：「兄弟，須要分手。酒家投東京去。你休相送。你到華州，須從這條路去。他日卻得相會。若有個便人，可通個資訊來往。」史進拜辭了智深，各自分了路。

魯智深巧遇史進打劫，對史進上少華山為匪並沒有異見，因為是江湖兄弟。可見，魯智深行俠仗義，其刀鋒、禪杖只是面對自己所在的江湖派別之外其他江湖宗派。

（四）高衙內案：魯智深仗義救林沖

魯智深仗義救被高俅陷害的林沖，是他仗義行俠的頂點，也是他陷身江湖黑道匪道的轉折點。第七回魯智深到了東京，進入大相國寺，拜見智清長老，得令管理菜園。在菜園裡他結識了幾個潑皮，得到潑皮的擁戴。一天他與潑皮飲酒，演示武藝，結識陪伴妻子前來大相國寺燒香的東京八十萬禁軍教頭林沖。兩位交談，立即發生了御前殿帥高俅的乾兒子高衙內調戲

林沖妻子的事件。朝廷高官害人，魯智深再一次仗義行俠。請
看魯智深與林沖的不同表現：

> 當時林沖扳將過來，卻認得是本管高衙內，先自手軟
> 了。……高衙內說道：「林沖，干你甚事，你來多管！」
> 眾多閒漢見鬧，一齊攏來勸道：「教頭休怪。衙內不認
> 得，多有衝撞。」……眾閒漢勸了林沖，和哄高衙內出
> 廟上馬去了。
> 林沖將引妻小並使女錦兒也轉出廊下來，只見智深提著
> 鐵禪杖，引著那二三十個破落戶，大踏步搶入廟來。林
> 沖見了，叫道：「師兄，哪裡去？」智深道：「我來幫
> 你廝打！」林沖道：「原來是本管高太尉的衙內，不認
> 得荊婦，一時間無禮。林沖本待要痛打那廝一頓，太尉
> 面上須不好看。自古道：『不怕官，只怕管。』林沖不
> 合吃著他的請受，權且讓他這一次。」智深道：「你卻
> 怕他本管太尉，洒家怕他甚鳥！俺若撞見那撮鳥時，且
> 教他吃洒家三百禪杖了去！」林沖見智深醉了，便道：
> 「師兄說得是。林沖一時被眾人勸了，權且饒他。」智
> 深道：「但有事時，便來喚洒家與你去！」眾潑皮見智
> 深醉了，扶著道：「師父，俺們且去，明日和他理會。」
> 智深提著禪杖道：「阿嫂，休怪，莫要笑話。阿哥，明
> 日再得相會。」智深相別，自和潑皮去了。林沖領了娘
> 子並錦兒取路回家，心中只是鬱鬱不樂。

林沖為何與魯智深兩樣？如果高衙內調戲魯智深老婆，魯
智深會如何反應？林沖本性怯懦，而魯智深本性強傲；林沖有
八十萬禁軍教頭冠冕需要維護，不敢得罪高俅，而魯智深卻沒
有這顧慮，只要出氣；林沖有妻小牽掛，而魯智深赤條條來去

無牽掛。故而兩人行為、言語都不同。

就因為乾兒子喜歡林沖妻子，林沖被高俅陷害發配滄州。高俅派遣盧虞侯，買通押送公人董超、薛霸。林沖一路小心翼翼，忍受辱罵，被燙傷腳。來到野豬林，董超、薛霸捆綁林沖，舉棍打殺林沖。霎那間，是魯智深再一次行俠仗義救了他。這以後，魯智深一路護送林沖，直至距滄州不遠，他打斷一個大樹威脅董超、薛霸一番，方放心回東京開封。

魯智深與林沖結識就不到一個小時，就要打欺辱林沖娘子的高衙內。得知林沖被陷害發配，就一路跟蹤，在野豬林救了他的性命。可見，魯智深救林沖如同救助金翠蓮而拳打鎮關西，與江湖邪義無關，完全是仗義行俠。

（五）魯智深俠義人生的轉折：墜身江湖黑道匪道

第十七回交待董超、薛霸回東京，向高俅說出救林沖的和尚的身份姓名：大相國寺看菜園子的和尚魯智深。高俅捉拿魯智深，魯智深再次流落浪跡江湖。來到孟州十字坡，他差一點成了菜園子張青與母夜叉孫二娘的人肉饅頭。令人非常吃驚，他與此人肉夫婦結拜為兄弟，繼而攻打二龍山，準備做山大王。在山下巧遇也準備上山做大王的楊志，他對楊志說了自己因林沖再次流落江湖，差點成了人肉饅頭，與人肉饅頭廚師結為兄弟：

> 「逃走在江湖上。東又不著，西又不著。來到孟州十字坡過，險些兒被這個酒店裡的婦人害了性命，把酒家著蒙汗藥麻翻了。得他丈夫歸來得早，見了酒家這般模樣，又看了俺的禪杖、戒刀吃驚，連忙把解藥救俺醒來。因問起酒家名字，留住俺過了數日，結義酒家做了兄弟。那夫妻兩個，亦是江湖上好漢有名的，都叫他做菜園子張青，其妻母夜叉孫二娘，甚是好義氣。」

　　據第二十七回菜園子張青自己對武松說，魯智深「也從這裡經過。渾家見他生得肥胖，酒裡下了一些蒙汗藥，扛入在作坊裡，正要動手開剝。小人恰好回來，見他那禪杖非俗，卻慌忙把解藥救起來，結拜為兄。」

　　人在江湖，身不由己。因「禪杖非俗」，魯智深得以免成人肉饅頭。我們設身處地想想：當魯智深被灌解藥，醒來，得知自己高大壯實肥胖，本該被剝成人肉饅頭的肉餡，但因為自己禪杖非俗，做人肉饅頭的傢夥以為他是江湖歹徒，因此沒有剝解他，反而拜他為大哥，他該如何反應？打死這兩個「江湖上有名的好漢」？還是慶幸自己沒成人肉饅頭，與這兩口子結拜為兄弟？如果打死這江湖上有名的賣人肉饅頭的雌雄兩怪，他成為江湖黑道、匪道，朝廷奸君奸臣貪官污吏官道三方的對手。為了生存，他只得慶幸感歎一番，然後心中悲苦地結拜倆歹徒為兄弟。人在江湖，身不由己，魯智深總得為自己留一條後路。

　　離開菜園子張青和母夜叉孫二娘，無路可走的魯智深上二龍山，第十七回在二龍山下樹林中巧遇楊志、曹正。相互一番交底之後，他們三人合作設計，綁了魯智深，假稱將他獻給鄧龍大王。鄧龍中計被殺，魯智深和楊志奪取二龍山寶珠寺，成了草寇首領。

　　（六）魯智深的結局：懺悔自己

　　因鎮關西鄭大官人倚仗渭州小種經略相公的權勢，欺壓小金翠蓮及其父親金老，魯智深仗義行俠，三拳打死鎮關西，流落江湖。在桃花山下桃家莊，他從桃花山匪首小霸王周通手中救了劉太公的女兒；在瓦罐寺，他打死了霸佔廟宇的歹徒生鐵佛崔道成和飛天夜叉丘小乙；在東京郊外黑松林，他救了被奸臣高俅和乾兒子謀害的林沖。他仗義行俠，與奸君奸臣貪官污

吏官道社會為敵。他不認同江湖黑道匪道，但卻不能完全仗義行俠：在桃花山下桃花莊他沒有殺強搶民女的小霸王周通和打虎將李忠。在瓦罐寺外林間他沒有擒拿搶劫的九紋龍史進，卻與史進聯手殺了霸佔瓦罐寺的生鐵佛崔道成、飛天夜叉邱小乙。在母夜叉孫二娘和菜園子張青的人肉店裡，他差一點成人肉饅頭，因禪杖非俗而沒有成人肉菜肴，感於自己沒有死於非命，他也與這些惡徒互拜結為兄弟。人在黑道匪道江湖，身不由己，最後他自己也走進江湖黑道、匪道，成了強賊草寇。這與他的初衷完全相悖，可以想見魯智深內心當十分痛苦，所以上梁山後宋江要投降，他反對說：「只今滿朝文武俱是奸邪，蒙蔽聖聰，就比俺的直裰染做皂了，洗刷怎得乾淨。」此話自相矛盾，「聖聰」皇帝會滿朝奸邪？會被蒙蔽？專制制度專門生產奸邪貪官污吏，即便皇帝真非常「聖聰」，也無可奈何，因為他得依靠貪官們管理這個國家。梁山匪眾都贊成投降昏君奸臣當官，魯智深也無可奈何，只好與時俱進，跟著投降，參與征遼，討方臘。擒拿方臘後，他不願為官，決意留在杭州六和寺，做一個和尚。

請看第九十九回《魯智深浙江坐化　宋公明衣錦還鄉》魯智深在幫源洞烏龍嶺叢林中擒獲方臘後，他對宋江許以高官厚祿的反應：

> 宋江道：「吾師成此大功，回京奏聞朝廷，可以還俗為官，在京師圖個蔭子封妻，光耀祖宗，報答父母劬勞之恩。」魯智深答道：「洒家心已成灰，不願為官，只圖尋個淨了去處，安身立命足矣！」宋江道：「吾師既不肯還俗，便到京師去住持一個名山大剎，為一僧首，也光顯宗風，亦報答得父母。」智深聽了，搖首叫道：「都不要，要多也無用。只得個圓圓屍首，便是強了。」宋

　　江聽罷，默上心來，各不喜歡。點本部下將佐，俱已數
足，教將方臘陷車盛了，解上東京，面見天子，催起三
軍，帶領諸將，離了幫源洞清溪縣，都回睦州。

　　魯智深「心已成灰」，是對朝廷奸君奸臣貪官污吏官道的
灰心，是對江湖黑道匪道「邪義」的灰心，是對宋江等人對奸
君奸臣「邪忠」的灰心，是對整個社會和自己一生的灰心，他
「只圖尋一個淨了去處」，做一個乾乾淨淨的人。班師回朝（第
九十九回）途經杭州六合寺，魯智深留在六合寺，決意做一個
真正的和尚。沒想到，當天晚上錢塘江潮信湧來，驀然想起師
傅智真長老所贈之言：「聽潮而圓，見信而寂」，他知道自己
死期到了，便寫了一則偈頌，黑夜坐化在錢塘江潮的洶湧澎湃
聲中。請看他自己寫的偈頌對自己的評價和禪師法語對他的評
說：

　　比及宋公明見報，急引眾頭領來看時，魯智深已自坐在
禪椅上不動了。頌曰：
　　平生不修善果，只愛殺人放火。忽地頓開金繩，這裡扯
斷玉鎖。咦！錢塘江上潮信來，今日方知我是我。

　　宋江與盧俊義看了偈語，嗟歎不已。為他做個三晝夜道場
功果，請徑山住持大惠禪師來與魯智深下火。五山十剎禪師，
都來誦經，迎出裝載他屍體的佛龕子，去六和塔後燒化。那徑
山大惠禪師手執火把，直來龕子前，指著魯智深，道幾句法語，
是：

　　魯智深，魯智深！起身自綠林。兩隻放火眼，一片殺人
心。忽地隨潮歸去，果然無處跟尋。咄！解使滿空飛白
玉，能令大地作黃金。

　　魯智深偈頌之「潮信」，象徵人生對自我俠義的信守。魯智深痛悔歎息，自己沒有信守自我，跌身黑道匪道江湖、污穢朝廷，自責「平生不修善果，只愛殺人放火」。然而，起初在渭州任提轄官的魯達，只因鎮關西倚仗小種經略相公的權勢，欺負金翠蓮，他仗義行俠三拳打死鎮關西，就是修善果，因此為官道奸君奸臣貪官污吏社會所不容，流落江湖。出家做和尚從五臺山上前往東京的途中，他為桃花山下桃花莊劉太公及其女兒仗義行俠，殺了霸佔瓦罐寺的生鐵佛崔道成、飛天夜叉邱小乙也是修善果。初次相識，路見不平，拔刀相助救林沖性命，他仗義行俠也是修善果，卻被朝廷頂級奸臣殿帥高俅追殺，他只好再次進入江湖，不幸墜身黑道，最後無可奈何逃上二龍山，進入江湖匪道，開始了「不修善果，殺人放火」的人生。上梁山后，跟著宋江攻打祝家莊、曾頭市、青州、大名府等等，當然「兩隻放火眼，一片殺人心」。他曾反對投降昏君奸臣貪官污吏政府，但最後也只能隨大流，投降貪官污吏，然後征遼，討方臘，當然「兩隻放火眼，一片殺人心」。

　　「忽地頓開金繩，這裡扯斷玉鎖。錢塘江上潮信來，今日方知我是我。」「頓開」江湖義氣「金繩」，扯斷專制朝廷忠義「玉鎖」：「我該是我呀！」魯智深歎息痛悔！魯智深是《水滸傳》中最為悲劇性的人物，他本性善良，膽大心細，武功高強，仗義行俠，但這社會官道只有奸君奸臣、貪官污吏，江湖中只有黑道歹徒、匪道強寇，他手提禪杖孤零零無處容身，一不小心墜身落入江湖黑道匪道這個大糞坑。他後悔，自己應該出家，棲身高山野寺，遠離人間，乾乾淨淨了結殘生，卻早早坐化於杭州六合寺，真正成了一個死和尚，燒化成一捧灰，成了一個灰和尚。

　　魯智深呀，魯智深，《水滸傳》中的社會是專制朝廷官道

奸君奸臣貪官污吏與江湖黑道和匪道雙重統治,網布天下,想找一個清淨處,歸隱田園,或出家為僧,入庵為道,幾乎不可能。你目睹的瓦罐寺被生鐵佛崔道成和飛天夜叉丘小乙所霸佔毀滅就是典型。《水滸傳》中許多所謂「好漢」如道士入雲龍公孫勝、行者武松、道士飛天夜叉丘小乙,和尚生鐵佛崔道成等人,不過穿著和尚袈裟、戴著道士面具作惡,他們全無佛道禪心。這就是你魯智深的悲劇,中國的悲劇!可惜了你呀魯智深!你曾經是中國封建社會江湖中唯一的俠客。惜哉,嗚呼哀哉,痛煞我也!真可謂:

> 魯智深,魯智深!俠客一生孤零。上下均為貪官,江湖滿是歹徒橫行,人間儘是懦夫磕頭叩地聲聲。你驅馬長嘯,抬眼未見豪傑勒馬轉身,回首不見騎士執鞭隨塵。天高地遠,你愴然持劍獨行,仗義金翠蓮,行俠桃花莊,舉杖瓦罐寺,再保林沖野豬林,卻不慎身陷江湖糞坑,再跌身穢濁朝廷,弄得一身臭熏熏!
>
> 錢塘潮信轟然來,我本該是我呀,我是仗義行俠魯智深!

三、林沖:武藝高強,但生性怯儒,被逼由官道而陷身匪道

《水滸傳》中林沖由官道而黑道、匪道,是被逼上梁山的典型人物。在高太尉權勢下,他千忍萬忍,為了自家性命,他拋棄妻子、官位、家園,被發配滄州牢城服刑。高太尉派遣陸虞候來到滄州,指使管營、差撥,一把大火要燒死他。林沖難保自身性命,方才出手殺了陸虞候、管營、差撥,走上梁山。請看他被「逼」上梁山的過程與其結局。朝廷殿帥高俅乾兒子高衙內想要他娘子,林沖有四次忍。

林沖出場是在第七回,當時魯智深在東京大相國寺裡看守

菜園，與幾個潑皮認識，交好。一天與潑皮飲酒，他倒拔垂楊柳，使動禪杖，聽見牆外有人喝彩，這人就是林沖。這一天他帶著妻子來相國寺燒香拜佛。兩人相識，飲酒，杯酒之間林沖命運發生驟變。侍女錦兒，慌急跑來，告知林沖，娘子被人調戲。出於男人的性本能，林沖急別智深，前往：

> 搶到五嶽樓看時，見了數個人拿著彈弓，吹筒，粘竿，都立在欄杆邊，胡梯上一個年少的後生獨自背立著，把林沖的娘子攔著，道：「你且上樓去，和你說話。」林沖娘子紅了臉，道：「清平世界，是何道理，把良人調戲！」林沖趕到跟前把那後生肩胛只一扳過來，喝道：「調戲良人妻子當得何罪！」恰待下拳打時，認得是本管高太尉螟蛉之高衙內。原來高俅新發跡，不曾有親兒，借人幫助，因此過房這阿叔高三郎兒子在房內為子——本是叔伯弟兄，卻與他做乾兒子。因此，高太尉愛惜他。那廝在東京倚勢豪強，專一愛淫垢人家妻女。京師人怕他權勢，誰敢與他爭口？叫他做「花花太歲」。
> 當時林沖扳將過來，卻認得是本管高衙內，先自軟了。高衙內說道：「林沖，干你甚事，你來多管！」原來高衙內不曉得她是林沖的娘子，若還曉得時，也沒這場事。見林沖動手，他發這話。眾多閒漢見鬥，一齊攔來勸道：「教頭休怪。衙內不認得，多有衝撞。」林沖怒氣未消，一雙眼睜著瞅那高衙內。眾閒漢勸了林沖，和哄高衙內出廟上馬去了。
> 林沖將引妻小並使女錦兒也轉出廊下來，只見智深提著鐵禪杖，引著那二三十個破落戶，大踏步搶入廟來。林沖見了，叫道：「師兄，哪裡去？」智深道：「我來幫你廝打！」林沖道：「原來是本官高太尉的衙內，不認

得荊婦，适才無禮。<u>林沖本待要痛打那廝一頓，太尉面上須不好看。自古道：不怕官只怕管。林沖不合吃著他的請受，權且讓他這一次。</u>」智深道：「你卻怕他本官太尉，洒家怕他甚鳥！俺若撞見那撮鳥時，且教他吃洒家三百禪杖了去！」林沖見智深醉了，便道：「師兄說得是。林沖一時被眾勸了，權且饒他。」智深道：「但有事時，便來喚洒家與你去！」眾潑皮見智深醉了，扶著道：「師父，俺們且去，明日和他理會。」智深提著禪杖道：「阿嫂，休怪，莫要笑話。阿哥，明日再得相會。」智深相別，自和潑皮去了。林沖領了娘子並錦兒取路回家，心中自是鬱鬱不樂。

這是林沖第一次忍。前此已說，林沖為何與魯智深兩樣？如果高衙內調戲魯智深老婆，魯智深會如何反應？林沖本性怯懦，而魯智深本性強傲；林沖有八十萬禁軍教頭冠冕需要維護，不敢得罪高俅，而魯智深卻沒有這顧慮，只要出氣：你這撮鳥，竟敢欺負我老婆！他一定殺了高衙內，割了他的鳥。

就因為高俅是林沖頂頭上司，林沖「不怕官只怕管」，就「權且讓了他一次」。這是一個男人本能受制於自己的社會品性與怯弱本性，為了自己教頭官帽子與生存，林沖第一次忍了辱妻之恥，高衙內卻迷上林沖娘子。文中說「原來高衙內不曉得她是林沖的娘子；若還曉得時，也沒這場事」是不對的，因為他知道這美麗女子是林沖的娘子後，同樣千方百計要佔有，甚至暗算林沖性命。可見，如果早知道林沖有這樣一個美娘子，高衙內只會早動手。高衙內與其幫閒嘍囉福安設計，指使林沖的好朋友陸虞候去林沖家，騙林沖到他家喝酒。出門上街，陸虞候變卦，拉林沖上樊樓喝酒。兩人飲酒交談，林沖抑悶地說了高衙內的事，陸虞候假意勸慰道：「衙內必不認得嫂子。兄

且休氣，只顧飲酒。」林沖吃了八九杯酒，外出淨手，巧遇錦兒，方知妻子再次被算計：

> 回身轉出巷口，只見女使錦兒叫道：「官人，尋得我苦！卻在這裡！」林沖慌忙問道：「做甚麼？」錦兒道：「官人和陸虞候出來，沒半個時辰，只見一個漢子慌慌急急奔來家裡，對娘子說道：『我是陸虞候家鄰舍。你家教頭和陸謙吃酒，只見教頭一口氣不來，便撞倒了！叫娘子且快來看視。』娘子聽得，連忙央間壁王婆看了家，和我跟那漢子去。直到太尉府前巷內一家人家，上至樓上，只見桌子上擺著些酒食，不見官人。恰待下樓，只見前日在嶽廟裡囉唣娘子的那後生出來道：『娘子少坐，你丈夫來也。』錦兒慌忙下得樓時，只聽得娘子在樓上叫：『殺人！』因此，我一地裡尋官人不見，正撞著賣藥的張先生道：『我在樊樓前過，見教頭和一個人入去吃酒。』因此特奔到這裡。官人快去！」林沖見說，吃了一驚，也不顧女使錦兒，三步做一步，跑到陸虞候家，搶到胡梯上，卻關著樓門。只聽得娘子叫道：「清平世界，如何把我良人妻子關在這裡！」又聽得高衙內道：「娘子，可憐見救俺！便是鐵石人，也告得回轉！」林沖在胡梯上，叫道：「大嫂！開門！」那婦人聽得是丈夫聲音，只顧來開門。高衙內吃了一驚，幹開了樓窗，跳牆走了。

林沖把陸虞候家打得粉碎，帶著娘子下樓，回家。林沖拿了一把解腕尖刀，奔到樊樓前去尋找陸虞候，不見，四處尋三天，也不見，但他沒有去找高衙內。魯智深找他飲酒，他也沒有提這事，「自此每日與智深上街吃酒，把這件事都放慢了」。

這是林沖第二次忍辱。

接著，高衙內生病。高俅得知乾兒子因迷上林沖娘子而病，他與陸虞侯和福安設計讓林沖買了一口寶刀，立即命兩個承局見林沖，說太尉要看寶刀。林沖只得拿刀，跟著兩個承局進入軍機要地白虎節堂。高俅現身，陷害林沖「刺殺下官」，要林沖的命。幸虧當案一個孔目孫定為人耿直，知道林沖被陷害，不顧府尹的阻攔，判林沖「不合腰懸利刃，誤入節堂，脊杖二十，刺配遠惡軍州」。林沖被發配，出城見到在州橋酒店等候自己的岳丈張教頭。請看這一章節，尤其是林沖寫休書休妻的目的：

> 張教頭叫酒保安排按酒子，管待兩個公人。酒至數杯，張教頭將出銀兩，賫發他兩個防送公人已了。林沖執手對丈人說道：「泰山在上，年災月厄，撞了高衙內，吃了一屆官司。今日有句話說，上稟泰山：自蒙泰山錯受，將令愛嫁事小人，已經三載，不曾有半些兒差池，雖不曾生半個兒女，未曾紅面，無有半點相爭。今小人遭這場官司，配去滄州，生死存亡未保。娘子在家，小人心去不穩，誠恐高衙內威逼這頭親事；況兼青春年少，休為林沖誤了前程。（嫁給高衙內就是前程。）卻是林沖自行主張，非他人逼迫。（男子出賣妻子，無臉，故而被逼迫，卻強說非逼迫。）小人今日就高鄰在此，明白立紙休書，任從改嫁，並無爭執。如此，林沖去得心穩，免得高衙內陷害。」（陷害誰？當然娘子嫁給高衙內後，高衙內不會陷害娘子，也不會陷害出讓娘子的林沖，此可是一箭雙雕之出讓！）
>
> 張教頭道：「林沖，甚麼言語！你是天年不齊，遭了橫事，又不是你作將出來的。今日權且去滄州躲災避難，

早晚天可憐見，放你回來時，依舊夫妻完聚。老漢家中也頗有些過活，便取了我女家去，並錦兒，不揀怎的，三年五載養贍得她。又不叫她出入，高衙內便要見也不能夠。休要憂心，都在老漢身上。你在滄州牢城，我自頻頻寄書並衣服與你。休得要胡思亂想，只顧放心去。」林沖道：「感謝泰山厚意，只是林沖放心不下，枉自兩相耽誤。泰山可憐見林沖，依允小人，便死也瞑目！」張教頭哪裡肯應承。眾鄰舍亦說行不得。林沖道：「若不依允小人之時，林沖便掙扎得回來，誓不與娘子相聚！」（就為了自己的命，林沖威脅岳父。）張教頭道：「既然恁地時，權且由你寫下，我只不把女兒嫁人便了。」當時叫酒保尋個寫文書的人來，買了一張紙來。那人寫，林沖說。道是：

東京八十萬禁軍教頭林沖，為因身犯重罪，斷配滄州，去後存亡不保。<u>有妻氏年少，情願立此休書，任從改嫁，絕無爭執。</u>（這話是對高俅、高衙內說的。）<u>委是自行情願，並非相逼。</u>（明明是相逼，但此言表達自己出讓娘子的誠意。）恐後無憑，立此文約為照。*年*月*日。

林沖當下看人寫了，借過筆來，去年月下押個花字，打個手模。正在閣裡寫了，欲付與泰山收時，只見林沖的娘子，號天哭地叫將來。女使錦兒抱著一包衣，一路尋到酒店裡。林沖見了，起身接著道：「娘子，小人有句話說，已稟過泰山了。為是林沖年災月厄，遭這場屈事，今去滄州，生死不保，誠恐誤了娘子青春，今已寫下幾字在此。萬望娘子休等小人，有好頭腦，自行招嫁，莫為林沖誤了賢妻。」那娘子聽罷哭將起來，說道：「丈夫！我不曾有半些兒點污，如何把我休了？」林沖道：

「娘子，我是好意。恐怕日後兩下相誤，賺了你。」張
教頭便道：「我兒放心。雖是女婿恁的主張，我終不成
下得你來再嫁人？這事且由他放心去。他便不來時，我
安排你一世的終身盤費，只教你守志便了。」那娘子聽
得說，心中哽咽，又見了這封書，一時哭倒，聲絕在地。
未知五臟如何，先見四肢不動。但見：

荊山玉損，可惜數十年結髮成親；寶鑒花殘，枉費九十
日東君匹配。花容倒臥，有如西欄芍藥倚朱欄；檀口無
言，一似南海觀音來入定。小園昨夜春風惡，吹折江梅
就地橫。

可知林沖寫這休書的目的？休書說：「情願立此休書，任
從改嫁，絕無爭執。委是自行情願，並非相逼。恐後無憑，立
此文約為照。」據此可見林沖內心：他知道自己之所以到這步
田地，就因為高衙內迷上他妻子。這休書說「任從改嫁，絕無
爭執」是向高俅說：「這是我前妻與衙內自個兒的事，你可千
萬別再害我，讓我活著。」即便岳丈不答應，妻子見丈夫拋棄
自己而暈倒，他也堅持這樣做。

這是林沖第三次忍。可見八十萬禁軍教頭林沖之懦弱，只
想自己活命，他真不是一個男人。

接著，高俅指使陸虞侯買通董超和薛霸，在野豬林暗殺林
沖。林沖被魯智深救了。魯智深要殺董超、薛霸。看看林沖的
表現：

當時薛霸雙手舉起棍來，望林沖腦袋上便劈下來。說時
遲，那時快。薛霸的棍恰舉起來，只見松樹背後，雷鳴
也似一聲，那條鐵禪杖飛將來，把這水火棍一隔，丟去
九霄雲外，跳出一個胖大和尚來，喝道：「酒家在林子

裡聽你多時了！」兩個公人看那和尚時，穿一領皂布直裰，挎一口戒刀，提著禪杖，掄起來打兩個公人。林沖方才閃開眼看時，認得是魯智深。林沖連忙叫道：「師兄！不可下手！我有話說！」智深聽得，收住禪杖。兩個公人呆了半晌，動彈不得。林沖道：「非干他兩個事；儘是高太尉使陸虞候吩咐他兩個公人，要害我性命。他兩個怎不依他？你若打殺他兩個，也是冤屈！」

可憐的林沖！政府官員全無廉恥，恣意妄行！社會如此黑暗，怎叫人不反？！但林沖只要自己活命。他懇求魯智深別下手打殺兩個公人，就是為了有朝一日能刑滿出獄，苟且為人，全無造反的念頭。殺了兩個押送公人，就會被高俅全國通緝，從此沒有回頭路。這是林沖第四次忍讓。

魯智深救人救到底。他監管著兩個公人，一路護送林沖前往滄州。眼看距滄州不遠，魯智深一禪杖打斷大松樹，將董超、薛霸威脅一番，方告別林沖離去。林沖繼續前往滄州，進入柴進莊子結識了黑官兩道均佔的柴進，比武打翻洪教頭，得了五十兩銀子。過了幾天，他帶著柴進給牢城貪官管營和差撥的書信，進入滄州牢城報到服刑，在單身房裡聽候點視。

與宋江發配的江州牢城、武松發配的孟州牢城一樣，這滄州牢城管營和差撥視囚徒為「手中的行貨」，勒索賄賂「常例錢」。眾囚徒來看林沖，告誡林沖說：「此間管營、差撥十分害人，只要詐人錢物。若有人情錢物送與他時，便覷得你好。若是無錢，將你撇在土牢裡，求生不生，求死不死。若得了人情，入門便不打你一百殺威棒，只說有病把來寄下。若是不得人情時，這一百棒打得七死八活。」林沖問要多少銀子，眾人告訴他管營和差撥都需五兩銀子。請看林沖面見差撥，差撥得銀子前後的變臉表演：

那差撥不見他把錢出來，變了面皮，指著林沖罵道：「你
這個賊配軍，見我如何不下拜，卻要唱諾？你這廝可知
在東京做出事來，見我還是大剌剌的。我看你這賊配軍
滿臉都是餓紋，一世也不發跡。打不死、拷不殺的頑囚，
你這賊骨頭好歹落在我手裡，叫你粉身碎骨，少間叫你
便見功效。」林沖只罵得一佛出世，哪裡敢抬頭應答。
眾人見罵，各自散了。

林沖等他發作過了，卻取五兩銀子，陪著笑臉告道：「差
撥哥哥，些小薄禮，休嫌小微。」差撥看了道：「你叫
我送與管營和俺的都在這裡面？」林沖道：「只是送與
差撥哥哥的。另有十兩銀子，就煩差撥哥哥送與管營。」
差撥見了，看著林沖笑道：「林教頭，我也聞你好名字，
端的是個好男子，想是高太尉害了你。雖然目下暫時受
苦，久後必然發跡。據你的大名，這表人物，必不是等
閒之人，久後必做大官。」（送了錢，就是「好男子」
等等。）林沖笑道：「皆賴差撥照顧。」差撥道：「你
只管放心。」林沖又取出柴大官人的書禮，說道：「相
煩老哥將這兩封書下一下。」差撥道：「既有柴大官人
的書，煩惱做甚！這封書值一錠金子。（瞧，這警官差
撥的思維習慣，一切換算成錢。宋代一兩金錠=8—11 兩
白銀，二兩金錠=19—22 兩白銀，10 兩金錠=80—110
兩白銀，二十兩金錠=160—220 兩白銀。作為柴世宗皇
子皇孫的柴進，他一封書信當價值二十兩金錠。）少間
管營來點你，要打一百殺威棒時，你便說一路患病未曾
痊可。我自來與你支吾，要瞞生人眼目。」

差撥拿了銀子和柴進「值一錠金子」的書信走了。林沖歎
息：「有錢可以通神，此語不差。端的有這般苦楚。」因為銀

子和柴大官人的書信，林沖得以免打一百殺威棒，還「十分周
全」林沖，讓他看守天王堂，早晚只是燒香掃地，其他囚徒則
是苦役，從早做到晚，沒有人情銀兩的，則在土牢裡生死掙紮。
林沖再送差撥「三二兩銀子」，差撥便稟管營，給他開了枷鎖，
林沖可以自由出入牢城。

　　林沖沒想到，高俅的魔爪立即伸到滄州牢城，要他性命。
出賣朋友的陸虞候來到滄州，利用權勢和金錢買通管營和差
撥。管營和差撥要林沖去看守草料場，林沖還以為這是好事。
當天，冒著風雪趕到草料場。傍晚風雪大作，冰天雪地，林沖
外出買酒，回來看見自己住的草棚被積雪壓倒了，就睡在草料
場外的破土地廟裡。半夜時分，草料場火起，本想沖出廟門救
火的林沖從門縫看見陸虞候、富安、牢城差撥直奔土地廟而來，
背靠廟門看火，議論。林沖方知他們奉高俅之命，要他的命。
沒有被燒死，但草料場毀了，也是死罪。無論怎樣都是死，林
沖才出手，殺死這三個幫兇，逃亡江湖。

　　在逃亡途中，林沖再次巧遇柴進。黑官兩道均佔的柴進對
當時佔據梁山的王倫、朱貴、宋萬等人「有恩」，寫了一封介
紹信。憑著這信，林沖上梁山拜見白衣秀士王倫，王倫擔心武
藝高強的林沖會奪了他的第一把交椅，藉口「小寨糧食缺少，
屋宇不整，人力寡薄，恐日後誤了足下」，不想留他。在朱貴、
宋萬「柴大官人知道時，顯得我們忘恩背義」的勸告下，王倫
要林沖「把一個投名狀來」。林沖不懂，朱貴笑著解釋說：「但
凡好漢們入夥，須要納投名狀。是叫你下山去殺得一個人，將
頭獻納，他便無疑心。」為了生存，林沖被迫下山，刀殺無辜
人。第一天在「僻靜小路上等候客人過往。從朝至暮，等了一
日，並無一個孤單客人經過」。第二天，林沖在路邊林子裡埋
伏等候，遇見挑著一擔金銀的挑夫。林沖殺挑夫不成，搶了這

一擔金銀，引出跟在後面的金銀主人青面獸楊志，兩人打個平手。在山坡上觀戰的王倫叫停，他想留下楊志，作林沖的對頭。楊志積攢這一擔金銀珠寶，想回東京買官心切，不願意當土匪，討回金銀珠寶，下山走了。看在柴大官人面子上，王倫只好勉強留下林沖。後來晁蓋上山，心懷不滿的林沖火併王倫，晁蓋成為梁山泊主，林沖這時方想到自己妻子：

> 一日，林沖見晁蓋作事寬洪，疏財仗義，安頓各家老小在山，驀然思念妻子在京師，存亡未保，遂將心腹備細訴與晁蓋道：「小人自後上山之後，欲要投搬取妻子上山來，因見王倫心術不定，難以過活。一向蹉跎過了，流落東京，不知死活。」晁蓋道：「賢弟既有寶眷在京，如何不去取來完聚。你快寫信，便教人下山去，星夜取上山來，多少是好。」林沖當下寫了一封書，叫兩個自身邊心腹小嘍囉下山去了。
>
> 過兩個月，小嘍囉還寨說道：「直至東京城內殿帥府前，尋到張教頭家，聞說娘子被高太尉威逼親事，自縊身死，已故半載。張教頭亦為憂疑，半月之前染患身故。止剩得女使錦兒，已招贅丈夫在家過活。訪問鄰裡，亦是如此說。打聽得真實，回來報與頭領。」林沖見說了，潸然淚下；自此，杜絕了心中掛念。

「驀然思念妻子在京師，存亡未保」。驀然是「突然、意外」之意。在這之前林沖就沒有想到忠於他的賢妻在高俅、高衙內手中的處境和結局？只「因見王倫心術不定，難以過活」，就「一向蹉跎過了」？可見與他寫休書拋棄賢妻以免被高俅害命一樣，林沖只為自己。王倫嫉賢妒能，但最後還是收容了林沖，他應該能收留一個對他沒有任何威脅的小女子，討好林沖，

博得林沖的忠心吧？不管怎麼說，林沖妻子上梁山總比在高俅魔爪下的東京好吧？得知妻子被逼自殺，林沖潸然淚下，卻「自此，杜絕了心中掛念」。可見此林沖怯懦到絕情寡義，只為了自己狗命，根本不敢潛入東京，為妻子、岳丈報仇雪恨。林沖，真不是一個漢子！

這以後，林沖就成為梁山土匪重要頭目之一，打家劫舍，攔路搶劫，沖州闖府，最後跟著宋江跪拜投降，但他跪拜投降的就是奸君奸臣，特別是害得他家破人亡、十惡不赦的高俅。可見，林沖怯懦到極點，為了自己活命，他什麼都可以讓！什麼都能接受！什麼都能做！他真不是一個值得讚賞的人物！不是一個好漢！更不是一個真正的男人！後來征遼、討伐王慶、方臘，得勝後他癱瘓留在杭州六合寺裡，臥床半年後死了。可憐、可歎、可悲，但又可笑啊，林沖！林沖娘子會為這麼一個人「自縊身死」？我想，她是為保自身純淨。

林沖這一路經歷所遇柴進，是一個黑匪官三道均佔的冠冕堂皇的傢夥，是一個不是官的官道人物。他頭戴柴世宗嫡派子孫的冠冕，既與黑道宋江、武松等等廣泛交往，又與滄州牢城貪官來往密切，一封書信「值一錠金子」，同時又「有恩」於匪道梁山泊草寇白衣秀士王倫、旱地忽律朱貴、摸著天杜遷、雲裡金剛宋萬等。第十一回林沖上梁山，見到梁山開設酒店的朱貴。朱貴自我介紹說：「山寨裡叫小弟在此間開酒店為名，專一探聽往來客商經過。但有財帛者，便去山寨裡報知。但是孤單客人到此，無財帛的放他過去；有財帛的來到這裡，輕則蒙汗藥麻翻，重則登時結果，將精肉片為把子，肥肉煎油點燈。」文中描述梁山的防禦工事：「濠邊鹿角，俱將骸骨攢成；寨內碗瓢，盡使骷髏做就。剝下人皮蒙戰鼓，截來頭髮作韁繩。」他這「小旋風」如同蒼蠅，嗅著臭氣，得意洋洋，直往各種各

樣廁所官場、鄉野匪寇糞坑裡鑽。

林沖被逼上梁山這一路經歷，唯一值得讚揚的是魯智深。可惜，林沖娘子與魯智深沒有情緣，散曲一首，給他另一個人生：

> 魯智深啊魯智深，你禪杖行俠卻一生孤零，見林沖拋棄小娘子，該當心生不平。眼見高俅、高衙內逼婚，小娘子上吊，你拔刀割繩，救小娘子一命，再夜裡潛入殿帥府拔刀，一刀血斬高俅豬頭，一刀血割高衙內的鼠鳥。這晚該是雨嘯風狂夜，你背著小娘子逾城，遠遁荒野深深。雨住風停，皓月為證，兩人生情，牽手歸隱，築廬畦耕。松間天曉，溪水小橋；鶯叫窗櫺，荊牆炊煙飄飄；草青處幼女小手牽小弟，你呼牧犬喚牛羊；木房蕭草門，娘子圍裙，喚夫叫子，一聲遞一聲。秋風江上你夫妻手操新舟，小兒小女垂釣，一家子共渡藍天綠水江湖；看蘆嶼花洲，聽舟水歌夕陽，雁陣鳴秋風；細雨潤艙，娘子青髮沾露，面對一笑嫣然……如此呀，方不枉此生！可惜可歎呀！魯智深！可憐可歎啊，小娘子，你們無緣攜手此生！

四、楊志：一心想做奴才而不得，最後上山為匪的官道人物

楊志出場在第十一回。前面已經交待，林沖帶著柴進的介紹信上梁山。王倫要他下山殺人，繳納「投名狀」。林衝殺一個挑夫不成，但搶了挑夫「一擔財帛」，引出跟在挑夫後面的主人。兩人大戰，高處觀戰的王倫叫停，詢問那人的姓名。那漢道：

「洒家是三代將門之後，五侯楊令公之孫，姓楊名志。流落在此關西。年紀小時曾應過武舉，做到殿司制使官。道君因蓋萬歲山，差一般十個制使去太湖邊搬運『花石綱』赴京交納。不想洒家時乖運蹇，押著那花石綱來到黃河裡，遭風打翻了船，失陷了花石綱，不能回京上任，逃去他處避難。如今赦了俺們罪犯。<u>洒家今來收得一擔兒錢物，待回東京去樞密院使用，再理會本身的勾當。</u>（一擔錢財寶物！專制政府，官帽高價出賣。）打從這裡經過，雇請莊家挑那擔兒，不想被你們奪了。可把來還洒家，如何？」

王倫答應楊志的要求，邀請他上山飲酒。酒後，王倫本想留下楊志作林沖的對頭，保住自己的大王地位，但楊志一心想買官做官。王倫還財物，楊志背著財物回東京買官。他精於此道：

楊志到店中放下行李，解了腰刀、樸刀，叫店小二將些碎銀子買些酒肉吃了。過數日，央人來樞密院打點，理會本等的勾當，將出那擔兒金銀物買上告下，再要補殿司府制使職役。把許多東西都使盡了，方才得申文書，召去見殿帥高太尉，來到廳前。那高俅把從前曆事文書都看了，大怒道：「既是你等十個制使去運花石綱，九個回到京師交納了，偏你這廝把花石綱失陷了！又不來首告，倒又在逃，許多時捉拿不著！今日再要勾當，雖經赦宥，所犯罪名，難以委用！」把文書一筆都批了，將楊志趕出殿帥府來。（可惜，楊志的錢，沒能打點到高太尉懷裡，功虧一簣，所以他特恨高俅。）
楊志悶悶不已，回到客店中，思量：「王倫勸俺，也見得

是，只為洒家清白姓字，不肯將父母遺體來玷污了，指
望把一身本事，邊庭上一槍一刀，博個封妻蔭子，也與
祖宗爭口氣，不想又吃這一閃！——高太尉你忒毒害，
恁地刻薄！」心中煩惱了一回。在客店裡又住幾日，盤
纏使盡了。楊志尋思道：「卻是怎地好？只有祖上留下這
口寶刀，從來跟著洒家。如今事急無措，只得拿去街上
貨賣，得千百貫錢鈔好，好做盤纏，投往他處安身。」

　　一心想買回官職做奴才的楊志不願留在梁山為匪，當奴才
不成，窮愁潦倒，沒有錢而賣祖傳寶刀，殺了要搶他寶刀的「沒
毛大蟲」牛二。牛二是京師有名的破落戶潑皮，專在街上撒潑，
行兇，鬧鬧，開封府卻不管。楊志無意之間為這條街除了害。
於是，這條街的居民為他買通官員，使他得以輕判：

　　天漢州橋下眾人為是楊志除了街上害人之物，<u>都斂些盤
　　纏，湊些銀兩來與他送飯，上下又替他使用</u>。推司也覷
　　他是個有名的好漢，又與東京街上除了一害，牛二家又
　　沒苦主，把款狀都改得輕了，三推六問，卻招做「一時
　　鬥毆殺傷，誤傷人命」。待了六十日限滿，當廳推司稟
　　過府尹，將楊志帶出廳前，除了長枷，斷了二十脊杖，
　　喚個文墨匠人刺了兩行「金印」，送配北京大名府留守
　　司充軍。

　　錢錢錢，命相連；錢是貧民的命，是官的命。第十二回楊
志到大名府留守司充軍，見到奸臣太師蔡京的女婿大貪官梁中
書。「楊志在梁中書府中，早晚殷勤，聽候使喚。梁中書見他
謹勤，有心要抬舉他，欲要遷他做個軍中副牌，月支一分請受，
只恐眾人不伏，便傳下號令，教軍政司告示大小諸將人員來日
都要出東郭門教場中去演武試藝。」（第十三回）楊志武藝高

強,打敗急先鋒索超的徒弟周瑾,與索超打個平手。梁中書中封他們倆為提轄官。接著就是端陽節,梁中書夫人要丈夫為自己父親蔡京送「生辰綱」,這特體現專制朝廷腐敗。梁中書與蔡夫人在後堂家宴,慶賀端陽,但見:

> 盆栽綠艾,瓶插紅榴。水晶簾卷蝦須,錦繡屏開孔雀。菖蒲切玉,佳人笑捧紫霞杯。角黍堆金,美女高擎青玉案。食烹異品,果獻時新。弦管笙簧,奏一派聲清韻美。綺羅珠翠,擺兩行舞女歌兒。當筵象板撒紅牙,遍體舞裙拖錦繡。逍遣壺中閒日月,遨遊身外醉乾坤。(高高在上享用美食、美女、黃金屋,這就是梁中書奢侈無度的生活。而這一切均來自岳父泰山蔡京,因而有蔡京女兒的言語,此為高官重用自己親屬與奴才的目的。)
> 酒至數杯,食供兩套,只見蔡夫人道:「相公自從出身,今日為一統帥,掌握國家重任,這功名富貴從何而來?」梁中書道:「世傑自幼讀書,頗知經史;人非草木,豈不知泰山之恩?提攜之力,感激不盡!」蔡夫人道:「相公既知我父恩德,如何忘了他生辰?」梁中書道:「下官如何不記得泰山是六月十五日生辰。已著人將十萬貫收買金珠寶貝,送上京師慶壽。一月之前,幹人都關領去了,現今九分齊備。數日之間,也待打點停當,差人起程。——只是一件在躊躇:上年收買了許多玩器並金珠寶貝,使人送去,不到半路,盡被賊人劫了,枉費了這一遭財物,至今嚴捕賊人不獲。今年叫誰人去好?」蔡夫人道:「帳前見有許多軍校,你選擇知心腹的人去便了。」

前此已述,此「貫」是古代錢幣單位,一千文錢為一貫。古人說誰「萬貫家財」,就是贊誰極富。蔡京每年生日,僅一

個女婿就送十萬貫金珠寶貝。《宋史》記載蔡京之父蔡淮，官至侍郎。蔡京是他大兒子，官至丞相。二兒子蔡卞是王安石女婿，官至樞密使、尚書左丞，封為少保。蔡京有八個兒子，大兒蔡攸任宰相，三兒蔡翛任禮部尚書，其中六個兒子、五個孫子均是學士。蔡京長孫蔡行，官至保和殿大學士。蔡京五子蔡鞗娶宋徽宗公主為妻，成駙馬。《宋史》沒說蔡京有多少女兒，他身為朝廷高官三妻四妾，女兒當不少，女婿也應多多，而且他的門生故吏遍天下，奴才眾多，屬下官吏眾多。估計僅僅每年生辰，他收到的錢財應該達到萬萬貫以上。且借生辰、婚禮、節假日摟錢是專制政府官員通行傳統，帝一代，帝二代，……王一代，王二代……官二代、官三代，……代代摟錢，直至王朝覆滅，所以中國王朝最多兩百多年就完蛋。

第十六回蔡京女婿梁中書收買價值十萬貫金珠寶貝，夫妻選用楊志押送這「不義之財」。看楊志的反應：

> 楊志叉手向前稟道：「恩相差遣，不敢不依。只不知怎地打點？幾時起身？」（本為充軍囚徒，被封官，故而梁中書是「恩相」，甘效犬馬之勞。）梁中書道：「著落大名府差十輛太平車子，帳前撥十個廂禁監押著車，每輛車上各插一把黃旗，上寫著：『獻賀太師生辰綱』。每輛車子，再使個軍健跟著。三日內便要起身去。」楊志道：「非是小人推託，其實去不得。乞鈞旨別差英雄精細的人去。」梁中書道：「我有心要抬舉你。這獻生辰綱的劄子內，另修一封書在中間，太師跟前重重保你，受道敕命回來，如何倒生支調，推辭不去？」楊志道：「恩相在上。小人也曾聽得上年已被賊人劫去了，至今未獲。今歲途中盜賊又多，甚是不好。此去東京，又無水路，都是旱路。經過的是紫金山、二龍山、桃花山、傘蓋山、黃泥岡、

白沙塢、野雲渡、赤松林，這幾處都是強人出沒的去處。更兼單身客人，亦不敢獨自經過。他知道是金銀寶物，如何不來搶劫？枉結果了性命。以此去不得。」梁中書道：「恁地時多著軍校防護送去便了。」楊志道：「恩相，便差五百人去，也不濟事。這廝們一聲聽得強人來時，都是先走了的。」梁中書道：「你這般地說時，生辰綱不要送去了。」楊志又稟道：「若依小人一件事，便敢送去。」梁中書道：「我既委在你身上，如何不依你說？」楊志道：「若依小人說時，並不要車子，把禮物都裝做十餘條擔子，只做客人的打扮，行貨也點十個壯健的廂禁軍，卻裝做腳夫挑著。只消一個人和小人去，卻打扮做客人，悄悄連夜送上東京交付。恁地時方好。」梁中書道：「你甚說的是。我寫書呈，重重保你，受道誥命回來。」楊志道：「深謝恩相抬舉。」

楊志押送這十萬貫不義之財就因為「恩相差遣，不敢不依」。即梁中書對他有恩，讓他一個囚徒做了提轄。這一次恩相說：「我有心要抬舉你，這獻生辰綱的箚子內另修一封書在中間，太師跟前重重保你，受道敕命回來。」後又增加了賞賜，說：「我寫書，重重保你，受道誥命回來。」敕命、誥命都是皇帝的封賞詔。六品以下授敕命，五品以上授誥命。楊志押送蔡京這不義之財到東京，可以獲得五品以上的官職。

於是楊志一路上殫精竭慮。他監督挑擔軍人，「輕則罵，重則藤條鞭打，逼趕要行」。途經濟州黃泥崗，楊志一行遇見早就等著生辰綱的托塔天王晁蓋、智多星吳用、赤髮鬼劉唐、入雲龍公孫勝、立地太歲阮小二、短命二郎阮小五、活閻羅阮小七、白日鼠白勝一夥八人。楊志與挑擔軍人被騙，喝了摻有蒙汗藥的酒，被麻翻，生辰綱被劫。丟了生辰綱，自感「有家

難奔，有國難投」，他本想跳崖自殺，又不甘心，於是在第十七回與魯智深、曹正奪取二龍山，成了江湖匪道的山大王。

總之，楊志就是一個地地道道的奴才。在朝廷貪官污吏官道社會，為昏君徽宗押送花石綱，命運不濟翻船丟官，逃亡流落江湖。得遇昏君大赦天下，他用錢財買官，上下左右打點，但錢財用光，沒能送到高俅這一級貪官手中，致使買官不成。梁中書抬舉他成了提轄，是他的「恩相」，他殫精竭慮為梁中書、蔡京押送不義之財，希冀求取高官，但運氣不好被劫，走投無路，最後上二龍山落草，進入江湖黑道匪道社會，成了山大王，也算一個官。上梁山後，他跟隨宋江殺戮搶劫，浩劫天下。奸君奸臣招安，他跟著宋江接受招安，積極投降，終於如願以償，又成一個奴才官。最後征討方臘，他因傷帶病，死在丹徒縣，死也是一個可憐可鄙的奴才。

五、武松：以殺戮為能，具有江湖黑道匪道本性的人物

武松是江湖中一個重要人物，因景陽崗打虎，因為哥哥報仇殺了西門慶和嫂子潘金蓮，幾乎得到人人喜愛，以為是英雄。他是英雄嗎？

（一）逃匿柴進莊上的武松初露江湖習性：以打殺為能，以金錢為大哥

第二十三回《橫海郡柴進留賓　景陽崗武松打虎》武松出場。宋江因自己與梁山泊的機密暴露，殺了知情的閻婆惜。知縣和同僚朱仝、雷橫徇私枉法，他得以逃出鄆城縣，走上江湖，投奔滄州橫海郡黑官兩道均佔的大周皇帝嫡派子孫小旋風柴進。柴進黑官兩道均佔，他依仗先祖陳橋讓位換來的鐵卷丹書，自誇「做下十惡大罪的人，殺了朝廷命官，搶了府庫財物」也敢收留，「捕盜官軍，不敢正眼覷著小莊」。就在柴進莊上，

宋江遇見躲避在柴進莊上的「如同天上降魔主，真是人間太歲神」的武松，心中非常高興。互通姓名，武松納頭便拜。宋江問武松：「二郎因何到此？」看武松這一段自誇，可以看清武松的江湖黑道習性之一：

> 武松答道：「小弟在清河縣，因酒後醉了，<u>與本處機密相爭，一時間怒起，只一拳打得那廝昏沉</u>，小弟只道他死了，因此，一逕地逃來投奔大官人處來躲災避難。……」

　　文中說，這段話，「宋江聽了大喜」，為何大喜？因武松具有以暴力殺戮為能的江湖習性：酒後爭執，「一時間怒起，只一拳打得那廝昏沉」，就是自誇自己個性火爆，動輒出手而且拳頭厲害，可以一拳致人死命。對此他高高在上，完全沒有對生命的憐惜，更沒有悔過之意。第二十四回哥哥武大也說武松：「<u>當初你在清河縣裡，要便吃酒醉了，和人相打，時常吃官司，教我要便隨衙聽候，不曾有一個月淨辦，常教我受苦，這個便是怨你處。</u>」宋江初見武松也說「江湖上多聞說武二郎名字」。可見武松天生有動輒出手，打殺為能的江湖毒性。文中交代，他在柴進莊裡「但吃醉了酒，性氣剛，莊客有些顧管不到處，他便要下拳打他們」。眾莊客告狀，柴進見他如此，「雖不趕他，相待得他慢了」。武松因此抱怨柴進「有頭無尾，有始無終」。宋江卻不同，每天帶他「上座」喝酒，給他做新衣。武松帶著柴大官人贈送的金銀，背著包裹，要回清河縣，尋找哥哥。宋江送了十里路，在路邊酒店飲酒告別，武松拜四拜，拜宋江為大哥。宋江送武松十兩銀子，還取出碎銀，付了酒錢，弄得武松墮淚告別，路途尋思道：「江湖上只聞說及時雨宋公明，果然不虛。結識得這般弟兄，也不枉了。」

　　此可見武松有個性特徵有二：以打殺為能且自傲。對人的

衡量，只要對我好，給肉吃酒喝，給我錢，就是好漢，就是大哥。武松以後的經歷也表明這一點。

（二）陽谷縣都頭武松：為兄報仇，但自身也渾蟲一個

接著，回清河縣的武松路經陽谷縣景陽崗，酒醉中打死一隻吊巾白額大蟲，成了打虎英雄。景陽崗下鄉村上戶人家給他披紅掛彩，送他到陽谷縣。知縣給他賞錢一千貫。武松體貼眾獵戶受責罰，當廳將錢給散眾獵戶。知縣以為他「忠厚仁德」，抬舉他成為陽谷縣都頭。武松本來想回家看望哥哥，沒想到在陽谷縣做了都頭，他跪謝縣令：「若蒙恩相抬舉，小人終身受賜。」接著，完全在意料之外，在陽谷縣街頭他巧遇哥哥武大郎。

第二十四回兄弟相遇，武大郎向弟弟武松述說自己因為娶美女潘金蓮為妻，清河縣浮浪子弟嫉妒騷擾，他們倆口子就來到陽谷縣，賣炊餅為生。武大在街市巧遇弟弟武松，百感交集，說了一番話。這一番話的確表達了武松的火爆豪強個性與在司法無道的社會裡拳頭硬的作用：

> 話說當日武都頭回轉身來看見那人，撲翻身便拜。那人原來不是別人，正是武松的嫡親哥哥武大郎。武松拜罷，說道：「一年有餘不見哥哥，如何卻在這裡？」武大道：「二哥，你去了許多時，如何不寄封書來與我？我又怨你，又想你。」武松道：「哥哥如何是怨我、想我？」武大道：「我怨你時，當初你在清河縣裡，要便吃酒醉了，和人相打，時常吃官司，教我要便隨衙聽候，不曾有一個月淨辦，常教我受苦，這個便是怨你處。想你時，我近來取得一個老小，清河縣人不怕氣，都來相欺負，沒人做主；你在家時，誰敢來放個屁？我如今在那裡安不得身，只得搬來這裡賃房居住，因此便是想你處。」

接著，武松跟著，來到大哥的租賃房，見到嫂子潘金蓮。潘金蓮看上武松「這表人物」，怨恨自己嫁了武大這「身不滿五尺，面生得猙獰，頭腦可笑」的「三寸丁穀樹皮」，一心想勾引武松。看第二十三回描述武松形貌的詩詞，也難怪美女潘金蓮動心：

> 身軀凜凜，相貌堂堂。一雙眼光射寒星，兩彎眉渾如刷漆。胸脯橫闊，有萬夫難敵之威風；話語軒昂，吐千丈凌雲之志氣。心凶膽大，似撼天獅子下雲端；骨健筋強，如搖地貔貅臨座上。如同天上降魔主，真是人間太歲神。

潘金蓮作主，逼著武大郎要武松搬來家住。她每天好酒好菜善待武松。在一個飛雪的傍晚，潘金蓮獨自在家辦理美食款待武松。幾杯酒下肚，潘金蓮欲火中燒，直言挑逗：

> 那婦人欲心似火，不看武松焦躁，便放了火箸，卻篩一盞酒來，自呷了一口，剩了大半盞，看著武松道：「你若有心，吃我這半盞兒殘酒。」武松劈手奪來，潑在地下，說道：「嫂嫂！休要恁地不識羞恥！」把手只一推，爭些兒把那婦人推一交。武松睜起眼來道：「武二是個頂天立地噙齒戴髮男子漢，不是那等敗壞風俗沒人倫的豬狗！嫂嫂休要這般不識廉恥，為此等的勾當！倘有些風吹草動，武二眼裡認得是嫂嫂，拳頭卻不認得是嫂嫂！再來，休要恁地！」

武松知道「兄弟不犯自己嫂子」的人倫道德，但這是他在《水滸傳》展示的唯一社會人倫道德。因此，武松搬出了哥哥家，到縣衙門居住。

春天到了。到任兩年半的知縣「賺得好些金銀」，要派人

送到東京開封親眷處收藏，準備買官高升，他想到了武松。與楊志一樣，武松因為「小人得蒙恩相抬舉，安敢推顧。即蒙差遣，只得便去」。

為貪官押送買官金錢，要出遠門前往東京，武松最擔憂自己的哥哥武大。他知道哥哥為人懦弱，更擔心嫂子紅杏出牆。到哥哥家告別，他囑咐哥哥買炊餅，「晚出早歸」，「早關門」，警告嫂子潘金蓮要「籬笆牢固，狗犬不入」。然後告別哥哥，武松監押這縣令收刮的買官銀錢，前往東京。沒想到，這一去，陽谷縣就有了潘金蓮和西門慶謀殺武大郎案。陽谷縣這一案，最能體現縣鎮居民身處貪官污吏與地方黑道惡霸之間的生存選擇。

年輕美貌的潘金蓮本是清河縣一家大戶人家的使女，年方二十餘歲。那大戶糾纏她，她不肯，告訴了主人婆。大戶記恨在心，倒賠嫁奩，將潘金蓮嫁給清河縣醜得有名的「三寸丁榖樹皮」武大郎。潘金蓮見到武松，主動勾引不成，自以為今生無緣得遇美男，也順從武大，早早關門關窗，紮緊籬笆，一如武松臨別所警告「籬笆牢固，狗犬不入」。

第二十四回《王婆貪賄說風情　鄆哥不忿鬧茶肆》。一天武大早早歸來，潘金蓮關窗戶，手中的叉杆落下，無意打中了正從街道經過的陽谷縣第一富貴色魔與各衙門權錢深交的西門慶。西門慶抬頭一眼看中潘金蓮，買通開茶館的王婆。王婆貪賄說風情，以做壽衣為藉口，引潘金蓮與西門慶相識，在自己家裡廝會，勾搭成奸。好事不出門，惡事傳千里。半月之間，街坊鄰居都知道這事，但都不敢說什麼，只瞞著武大。

第二十五回《王婆計啜西門慶　淫婦藥鴆武大郎》。與武大熟識的小廝鄆哥，要尋西門慶賣雪梨，養活老爹。一個多嘴多舌的人告訴鄆哥，西門慶在紫石街王婆茶坊裡與武大的老婆

幽會。鄆哥闖去茶坊，找西門慶，把門望風的王婆阻攔他。鄆哥要王乾娘「不要吃獨食」，他也要「吃一點水」。王婆暴打他一頭「栗爆」。鄆哥打不過王婆，氣不過，找到正在買炊餅的武大，以三杯酒為價錢，將潘金蓮與西門慶私通告訴武大，並答應配合武大捉姦。第二天，他們來到王婆門前，鄆哥引出王婆，一頭撞頂在牆壁。武大搶入茶坊，敲門大喊「幹得好事」！潘金蓮激將西門慶，西門慶飛起右腳，踢中武大心窩，武大吐血倒地。王婆和潘金蓮抬武大回家，武大傷重，臥床不起。潘金蓮從此不管武大，天天與西門慶幽會。武大臥床五天，不見米水，也不見媳婦。一天，看見潘金蓮回來，他威脅說：「如果不肯看覷我，待弟弟回來，和你們說話。」潘金蓮和西門慶知道武松是個大蟲。為了做「長久夫妻」，王婆設計，西門慶帶來砒霜，潘金蓮將砒霜摻進藥裡，毒死了武大郎。武大死得慘。不說其他，單說明明知道武大郎橫死，各種人物的反應和行動：

> 得知武大死了，眾鄰居來吊問，聽潘金蓮說武大患心痛病死亡。眾鄰舍明知道此人死得不明，不敢死問她，只自人情勸道：「死自死了，活的自安過，娘子省得煩惱。」潘金蓮假意謝謝，眾人各自散了。

　　沒人可憐橫死的武大。西門慶則在紫石街巷口等候前來驗屍的地方團頭何九叔。見何九叔來，西門慶請何九叔進店喝酒，從袖裡摸出一錠十兩銀子，送給何九叔，說：「只是如今殮武大的屍首。凡百事周全，一床錦被遮蓋則個。」文中說：「何九叔自來懼怕西門慶是個刁徒，把持官府的人，只得受了。」
　　收了西門慶的銀子，何九叔知道其中有鬼，進武大家驗屍時看見「武大面皮紫黑，七竅津津出血，唇口微露齒痕，定是

中毒身死」，「想要聲張，卻怕武大沒人做主，惡了西門慶，卻不是撩蜂剔蠍？待要胡盧提入棺收斂了，武大有個兄弟，便是前日景陽崗上打虎的武都頭，他是個殺人不眨眼的男子，倘或早晚歸來，此事必然要發」。於是他假裝「中了惡」，昏倒在地，回家對老婆說了這事真相。老婆出計，他在潘金蓮到城外火化武大時，前去偷了兩塊吃毒藥而發黑的骨頭，加上這十兩賄銀，等武松回來。如果武松追究這事，就以此為武大中毒死亡的證據；如果武松不追究，也不管這閒事，給西門慶面子。「這條街上遠近人家，無有人不知此事，卻都懼怕西門慶那廝是個刁徒潑皮，誰肯來多管。」「各人自掃門前雪，休管他人瓦上霜」是專制社會處世名言，因為權利早就被金錢收買，伸張正義沒門，反會大禍臨門。

第二十六回。為貪婪知縣押送買官金銀珠寶的武松回來，他將知縣親戚的回信交給知縣，知縣賞給他一錠大銀子。武松惦記哥哥，來到哥哥家，驚雷一般看見堂屋裡豎著武大的靈牌。他追問嫂子，潘金蓮說他哥哥是「害心痛病」死的。那天晚上，武松祭祀這個從小撫養他長大成人的又醜又矮的哥哥，放聲痛哭：「哥哥陰魂不遠！你在世時軟弱，今日死後不見分明。你若負屈銜冤，被人害了，托夢與我，兄弟替你作主報仇。」晚上，武松守靈，武大靈魂出現在靈台下，叫苦道：「兄弟，我死得好苦！」

第二天一早，武松找到收斂屍體的何九叔，拔出尖刀，威脅何九叔。早有準備的何九叔說了實話，交出「兩塊黑骨頭和一錠十兩銀子」，並說出另一個見證人鄆哥。武松找到鄆哥，鄆哥說了西門慶與潘金蓮偷情，武大被打的事。武松帶著何九叔和鄆哥到縣衙，出示武大的骨質和西門慶收買何九叔的銀兩和狀紙，告狀：「要相公做主則個。」

　　這也可見，當時身為都頭的武松與以前動輒出手可以致人死命的武松不同，他要依法辦事，自以為憑他的都頭身份和與知縣的關係可以為哥哥報仇雪恨。沒想到，知縣與縣衙官吏都早「與西門慶有首尾的，……當日西門慶得知，卻使心腹人來縣裡許官吏銀兩」。縣令「貪圖賄賂，還回骨質和銀子」，勸告武松「休聽外人挑撥」。查案官吏也說證據不足，不可推問。

　　武松只好以江湖手段行事，將「自掃門前雪，休管他人瓦上霜」的眾位鄰居強請至哥哥靈堂裡作證。他手持尖刀，威逼潘金蓮和王婆說了實話，然後手段極為殘忍地殺了潘金蓮，提著她的頭，去找西門慶。在獅子橋酒樓，他抓住西門慶，扔出窗戶，跳下大街，割了他的頭，到縣衙投案自首。

　　大吃一驚的縣官心思又一變，「念武松是個義氣烈漢，又想他上京去了這一遭，一心要周全他，又尋思他的好處」，將狀子重新修改做：「武松祭奠亡兄，嫂子不容，鬥毆殺死。西門慶前來強護，鬥毆身死。」然後，終審的東平府陳文昭也改，武松得以從輕發落，流配孟州。王婆被重判「凌遲處死」：

> 大牢裡取出王婆，當廳聽命。讀了朝廷明降，寫了犯由牌，畫了伏狀，便把這婆子推上木驢，四道長釘，三條綁索，東平府尹判了一個字：「剮！」擁出長街，破鼓響，碎鑼鳴，犯由前引，混棍後催，兩把尖刀舉，一朵紙花搖，帶去東平府市心裡吃了一剮。

　　武大這一案件，前後非常典型形象地展示出封建社會在貪官統治下人們生存的原生態。開茶館的王婆貪圖錢財，非常老練地撮合西門慶與潘金蓮通姦，心地歹毒地出謀害死武大郎，但她被罪加一等也是枉法無道。不滿意武大「三寸丁穀樹皮」，性感覺得不到滿足的潘金蓮，只能紅杏出牆，死得也悲劇。西

門慶這樣的土豪劣紳與貪官污吏早有金錢交往,肆無忌憚。社會被權錢支配,完全沒有正義,故而老百姓大多選擇事不關己,高高掛起,明哲保身,但求無過的處世態度。武松要行使正義,只能用暴力私刑手段。黑社會的產生,一定與貪官污吏權錢交易,徇私枉法相關。社會正義無法伸張,民眾大多選擇了沉默,在沉默中苟活,在沉默中死去。

當然,此是武松面對自己哥哥遇害。如果是陽谷縣一位陸大郎或者齊二郎被西門慶殺害,與西門慶早有權錢交易的知縣要他放過西門慶,西門慶又送金銀賄賂他,他武松會做何選擇?從他為知縣押送貪濫金銀珠寶前往東京買官看,從他此後的江湖行為看,這武都頭當然會非常自然地選擇權錢交易,徇私枉法,故而為哥哥復仇殺西門慶、潘金蓮,還不能判定武松是否好漢,因為即便是惡貫滿盈的西門慶,如果他的妹妹被人殺了,他也會提刀為妹妹報仇。據此我們就判定西門慶為好漢?我們對人的判定,一要聽其言而觀其行,更要從他的整體行為進行全面衡量、判定,千萬不要聽其言而信其行,更不要以一為十,以偏概全。武松此後的江湖行為最能體現江湖本質。

(三)孟州十字坡人肉店:江湖真相與武松的江湖認同

這第二十七回,武松失去都頭職位,再次走進江湖黑道,成為黑道人物。這以後的經歷,最能表明武松的江湖人格:全無善惡衡量,以暴力和殺戮為能,為榮。他在江湖黑道匪道的名氣,就是因為他能動輒殺人,而且特別能殺,殺得慘,殺得狠。兩個公人押送武松前往孟州牢城,他在孟州道嶺前十字坡進了母夜叉孫二娘和丈夫菜園子張青開設的賣人肉的黑店。江湖上傳說:「大樹十字坡,客人誰敢那裡過?肥的切做饅頭餡,瘦的卻把去填河。」眼看孫二娘對他的錢囊動心,武松故意說春話,誘使她用蒙汗藥摻酒,他假意中毒暈倒。看看此人肉店

體現的江湖真相：

> 那婦人哪曾去切肉，只虛轉一遭，便出來拍手叫道：「倒
> 也！倒也！」那兩個公人只見天旋地轉，嚜了口，望後
> 撲地便倒。武松也把眼來虛閉了，撲地仰倒在凳邊。那
> 婦人笑道：「著了，由你奸似鬼，吃了老娘的洗腳水！」
> 便叫：「小二，小三，快出來！」只見廚房裡跳出兩個
> 蠢漢來，先把兩個公人扛了進去。這婦人便來桌上提那
> 包裹並公人的纏袋，捏一捏，約莫裡面是些金銀。那婦
> 人歡喜道：「今日得這三個行貨倒有好兩日饅頭賣，又
> 得這若干東西！」把包裹纏袋提進去，出來看。

　　兩個蠢漢扛不動武松，孫二娘喝罵著，「一面脫那綠紗衫
兒，解了紅絹裙子，赤膊著便來把武松輕輕提將起來。武松就
勢抱住那婦人，把兩隻手一拘拘將攏來，當胸前摟住，卻把兩
隻腿望那婦人下半截只一挾，壓在婦人身上。那婦人殺豬也似
叫將起來。……那兩個漢子驚得呆了。孫二娘只叫道：『好漢
饒我！』」湊巧她的丈夫張青挑柴回店，「大踏步跑將進來，
叫道：『好漢息怒！且饒恕了，小人自有話說。』」殺人劫財，
賣人肉夫婦尊稱武松「好漢」，那意思即「誤會，我們也是江
湖好漢！」果然一番江湖惡行交底之後，以打殺為能的江湖武
松與殺人劫財賣人肉的江湖歹徒相互認同，結為兄弟：

> （張青）看著武松，叉手不離方寸，說道：「願聞好漢大
> 名？」（能打能殺一定是「江湖好漢」。）武松道：「我行
> 不更名，坐不改姓！都頭武松的便是！」那人道：「莫不
> 是景陽岡打虎的武都頭？」武松回道：「然也！」（官名
> 加威名就是身份招牌。）那人納頭便拜道：「聞名久矣，
> 今日幸得拜識。」（此「聞名久也」，當指江湖流傳武松

打虎，殺西門慶，還有此前在故鄉清河縣打人的事。）

武松道：「你莫非是這婦人的丈夫？」那人道：「是小人的渾家。『有眼不識泰山』；不知怎地觸犯了都頭？可看小人薄面，望乞恕罪！」

武松見他如此小心，（「小心」就是跪拜，且恭維自己。）慌忙放起婦人來，便問：「我看你夫妻兩個也不是等閒的人，願求姓名。」（看看其後「不是等閒的人」即「江湖好漢」的內涵。）

　　張青叫老婆「拜」武松，然後自誇交底，說的就是「我可是一個非等閒、傑出的江湖好漢」：

那人道：「小人姓張，名青，原是此間光明寺種菜園子。為因一時爭些小事，性起，把這光明寺僧行殺了，放把火燒做白地。（真「不是等閒的人」。武松第二十三回對宋江自誇：「小弟在清河縣，因酒後醉了，與本處機密相爭，一時間怒起，只一拳打得那廝昏沉」，而「宋江聽了大喜」。菜園子張青更屬害，「一時爭些小事」，就殺光和尚，放火燒寺廟，宋江聽了一定「驚喜暈倒」。這就是江湖好漢！）後來也沒對頭，官司也不來問。（這就是貪官污吏宋朝中國。）小人只在此大樹坡下剪徑。（殺人搶劫也是非等閒的好漢。）忽一日，有個老兒挑擔子過來。小人欺負他老，搶出去和他廝拚，鬥了二十餘合，被那老兒一扁擔打翻。原來那老兒年紀小時專一剪徑，因見小人手腳活便，帶小人歸去到城裡，教了許多本事，又把這個女兒招贅小人做了女婿。（臭味相投。）城裡怎地住得？只得依舊來此間蓋些草屋，賣酒為生。實是只等客商過住，有那些入眼的，便把些蒙汗藥與他吃了便

死,將大塊好肉切做黃牛肉賣,零碎小肉做餡子包饅頭。小人每日也挑些去村裡賣。如此度日。(殺人賣肉更是非等閒的好漢。)小人因好結識江湖上好漢,人都叫小人做菜園子張青。(自誇心狠手毒,人肉就是他的菜,孟州道十字坡就是他的菜園子,而且江湖中有名,可見此血肉江湖。)俺這渾家姓孫,全學得他父親本事,人都喚他做母夜叉孫二娘。

如此「歹徒江湖」,曠古絕今!接著張青說有三等人不能做人肉饅頭肉餡,此為江湖規則:「雲遊僧道、(只因為許多雲遊僧道,不僧不道,是掛著僧道面具的江湖歹徒。如入雲龍公孫勝、第六回強佔瓦罐寺的和尚生鐵佛崔道成、道人飛天夜叉邱小乙。麻翻魯智深這真和尚,也只因他「禪杖非俗」,以為他是假和尚真歹徒,也救醒「結拜為兄」以求日後相助。)行院妓女、(多供貪官污吏、江湖黑道匪道享用,一夜鸞鳳百日恩嘛。)犯罪流配的人(許多江湖黑道匪道歹徒犯罪被流放,當然不能成人肉饅頭,相反得慰勞人肉饅頭。)」張青唯一最可惜的是孫二娘殺了一個頭陀,看看就知人肉店為何不殺所謂雲遊江湖的僧道:

> 張青道:「只可惜了一個頭陀,長七八尺,一條大漢,也把來麻壞了!小人歸得遲了些個,已把他卸下四足。如今只留得一個箍頭的鐵界尺,一領皂直裰,一張度牒在此。別的不打緊,有兩件物最難得:一件是一百單八顆人頂骨做成的數珠,(數珠本為佛徒誦經時計算誦經次數的串珠,此頭陀計算誦經次數用 108 個頭頂骨做成,是諷刺佛教還是鞭笞假冒佛徒的江湖歹徒?)一件是兩把雪花鑌鐵打成的戒刀。想這頭陀也自殺人不少,

直到如今，那刀要便半夜裡嘯響。小人只恨道不曾救得
這個人，心裡常常憶念他。（頭陀即蓬頭垢面、衣衫襤
褸，帶著象徵濕婆神的三叉杖，邊走邊吟誦古經文的苦
行僧，而這頭陀卻以 108 個人頂骨為數珠，故而張青判
他必定是江湖傑出殺人歹徒，故而「可惜、憶念」。）」

接著，武松請張青放了兩個公人，隨同參觀夫婦人肉作坊：

張青便引武松到人肉作坊裡，看時，見壁上繃著幾張人
皮，梁上吊著五七條人腿。見那兩個公人，一顛一倒，
挺著在剝人凳上。

對此武松並無義憤填膺之類的表現，反而稱張青「大哥」，
可見江湖歹徒相遇，臭味相同，他佩服張青心狠手毒。繼而張
青置酒相待，說江湖：

兩個又說些江湖上好漢的勾當，卻是殺人放火的事。（殺
人放火，就是江湖好漢「勾當」。）武松又說：「山東及
時雨宋公明，仗義疏財，如此豪傑，如今也為事逃在柴
大官人莊上。」兩個公人聽了，驚得呆了，只是下拜。
（這就是宋朝司法警察？）武松道：「難得你兩個送我
到這裡，終不成有害你之心。我等江湖上好漢說話，你
休要吃驚。」（能殺人害命就是江湖好漢。）次日，武
松要行，張青哪裡肯放，一連留住，管待了三日。武松
因此感激張青夫妻兩個厚意，論年齒，張青卻長武松五
年，因此武松結拜張青為兄。（「酒肉厚意」，也當有人
肉。）武松再辭了要行，張青又置酒相送，取出行李、
包裹、纏袋來交還了，又送十來兩銀子與武松，把二三
兩零碎銀子賚發給個公人。（江湖歹徒相遇，一定贈送

殺人搶劫、賣人肉得來的銀子。此為江湖規則。）

如此「江湖」！如此「江湖好漢」！雙方都以殺戮惡行為能，相互誇耀，全無忌憚。武松因張青一聽他是打虎武都頭，「納頭便拜」，「如此小心」地恭維他，便放了孫二娘；因為「管待了三日，武松因此感激張青夫妻兩個厚意」，便結拜這兩個殺人賣人肉，吃人肉的黑道惡徒為哥哥嫂子。可見，武松就是黑道中人，只要能殺人，心狠手毒，就是「非等閒人物」；能恭維我，服從我，給我喝酒吃肉，送我金銀，就是「好漢、大哥、兄弟」。

（四）武松拳打蔣門神，屠戮都監府案：孟州官道黑道爭霸

第二十八回武松來到孟州牢城，進了牢房。與林沖、宋江進牢房一樣，有十多個囚徒告誡武松：「若有人情書信並使用的銀兩，取在手頭，少刻差撥來了，就送與他。這樣吃殺威棒，也打得輕。」武松不願意送。差撥來了，大罵武松「陽谷縣做都頭，只道你曉事，如何這等不達時務？」大怒而去。眾囚徒以為「他如今去和管營相公說了，必然害你性命」，但是武松沒有被打殺威棒，也沒有被害性命，反而得到好酒、好肉、好房間超級款待，洗漱都有人伺候。武松想知道為何，第二十九回他逼出這一系列超級款待背後的牢城老管營的兒子小管營金眼彪施恩。就因為這幾天酒飯和江湖規則，武松參與了孟州黑道以牢城管營父親為後臺的金眼彪施恩，與以孟州武官張團練和文官張都監為後臺的蔣門神蔣忠的快活林黑道爭霸戰。

這快活林是孟州東門外一座市井。據施恩自己對武松說，快活林本來是施恩依仗父親權勢獨霸，但卻被後臺為張團練和張都監的武功更好的蔣門神奪走：

施恩道：「……但是山東、河北客商都來那裡做買賣，有百十處大客店，三二十處賭坊、兌坊。往常時，小弟一者倚仗隨身本事，二者捉著營裡有八九十個棄命囚徒，（爸爸是牢城管營，故而牢城服刑歹徒積聚施恩麾下，組成黑道集團。）去那裡開著一個酒肉店，都分與眾店家和賭錢兌坊裡。（必是強「分」，不是賣，不出高價，則毀店鋪。）但有過路妓女之人，到那裡來時，先要來參見小弟，然後許她去趁食。（此參見就是繳納保護費，妓女方能賣淫，而且妓女只是過路人的一類，當還有行旅客商等等，必須繳納過路錢，方可過路。）那許多去處每朝每日都有閒錢，（收取各家店鋪、賭坊的保護費。）月終也有三二百兩銀子尋覓。如此賺錢。（按宋朝的薪俸制度，一個正七品的知縣月俸為 30 貫。按照宋代銀、錢兌換比率：300 兩白銀=3000 貫銅錢=3000000 文銅錢。正因如此來錢，牢城管營和兒子施恩才仗勢獨霸快活林；也因如此來錢，張團練、蔣門神仗勢劫奪獨霸快活林。）近來被這本營內張團練，新從東潞州來，帶一個人到此。那廝姓蔣，名忠，有九尺來長身材，因此，江湖上起他一個諢名，叫做蔣門神。那廝不特長大，原來有一身好本事，使得好槍棒，拽拳飛腳，相撲為最。自誇大言道：『三年上泰嶽爭交，不曾有對；普天之下沒我一般的了！』因此來奪小弟的道路。小弟不肯讓他，吃那廝一頓拳腳打了，兩個月起不得床。前日兄長來時，兀自包著頭，兜著手，直到如今，瘡痕未消。本待要起人去和他廝打，他卻有張團練那一班兒正軍，（囚徒黑幫打不贏正規軍歹徒。）若是鬧將起來，和營中先自折理。有這一點無窮之恨不能報得。久聞兄

長是個大丈夫，怎地得兄長與小弟出得這口無窮之怨氣，死而瞑目；只恐兄長遠路辛苦，氣未完，力未足，因此教養息半年三月，等貴體氣完力足方請商議。不期村僕脫口先言說了，小弟當以實告。」

武松立即就要前往快活林，打蔣門神。他說自己：「平生只要打天下硬漢，不明道德的人。」

「只要打天下硬漢」，是說打不服自己的人，服我做小，就不打。如同史進放了少華山匪首朱武、陳達、楊春，就因為「大蟲不吃伏肉」這一江湖規則。「不明道德的人」的「道德」，指江湖中黑道生意規則：某種黑道營生已經由某位黑道人物搶先獨霸經營，倘若另一位黑道人物眼紅去強佔，就是「不明道德」。第十五回《吳學究說三阮撞籌　公孫勝應七星聚義》吳用前往石碣村，引誘阮家三兄弟入夥劫取生辰綱，他試探，要他們去奪晁蓋的黑道搶劫營生：「小生這幾年也只在晁保正莊上左近教些村學。如今打聽他有一套富貴待取，特地來和你們商議，我等就那半路裡攔住取了，如何？」阮小五道：「這個卻使不得。他既是仗義疏財的好男子，我們卻去壞他的道路，須吃江湖上好漢們知時笑話。」吳用就直誇他們義氣。

武松立馬就要去打悖逆江湖黑道規則的蔣門神。這時候一直躲在屏風後面窺探、偷聽的老管營露面，開口誇讚武松為「義士」，這是強說老鼠為大象；說自己兒子施恩獨霸快活林，「非為貪財好利，實是狀觀孟州，增添豪傑氣象」，這是指蛇為鳳凰。他要施恩拜了武松四拜，拜武松為兄。老管營熟悉江湖規則，兄弟結拜，歃血為盟。兄弟倒了霉，哥哥是要為弟弟報仇；如果不，就是不義氣，會被滿天下江湖污水，嘩嘩浪潮般恥笑。

可見，這二十九回《施恩重霸快活林武松醉打蔣門神》，不過是孟州江湖黑社會在快活林的利益爭霸戰。爭奪雙方都有

貪官污吏的權勢背景：施恩倚仗他父親老管營牢城裡的八九十個棄命囚徒；蔣門神依仗孟州軍方將領張團練一團正軍。為誘使打虎英雄出場，施恩要管營爸爸免打武松殺威棒，每天好酒好菜、好服侍、好房間，拜武松為兄，就在要武松出手，使他能「重霸孟州快活林」。幾天以後，武松跟施恩來到快活林，一招「玉環步，鴛鴦腳」，打得蔣門神鼻青臉腫，跪地求饒。「帶著二三十個悍勇軍健，都來相幫」的施恩根本就沒有機會出手，就得以「重霸快活林」。老管營「暗暗地選揀」前來「接應」的「一二十條大漢壯健的人」更沒有機會出手。第三十回說「快活林一境的人都知道武松了得，哪一個不來拜見武松」，「自此，施恩的買賣比往常加增三五分利息。各店家並各賭坊、兌坊，加倍送閒錢來與施恩。施恩得武松爭了這口氣，把武松似爺娘一般敬重。施恩自此重霸得孟州道快活林」。

　　黑社會的興起一定與官場權錢交易相關；黑社會團夥背後一定有權力保護傘；黑社會團夥之間權益爭霸，必定有官場介入。這一來，武松得罪了蔣門神的後臺大舵爺：孟州最高武官張團練、最高文官守禦兵馬都監張蒙方。張都監與張團練既是兄弟，又是同僚官員，他倆收了蔣門神的銀子，於是第三十回張都監設計陷害武松。他派自己的親隨前往快活林邀請武松到自己的府邸，而施恩因張都監是他父親的上司，只得叫武松前去。繼而就有張都監陷害武松，武松將張都監一家殺盡，加上張團練、蔣門神等共十九人。這一件案件，是快活林案件的繼續，其開始，發展，轉折，特別能體現武松人格全無善惡衡度，以心狠手毒為榮耀。

　　武松來參見張都監。張都監誇讚武松是「一個大丈夫，男子漢，英雄無敵」，要武松做自己的「親隨體己人」。武松立即腿軟，跪下稱謝說：「小人是營內囚徒，若蒙恩相抬舉，小

人當執鞭墜鐙，服侍恩相。」與楊志一樣，只要貪官污吏給好處，武松也是一個奴顏婢膝、地地道道的奴才。

武松成了「親隨體己人」，張都監與酒與食，放他「穿堂入戶，把做親人一般看待」。「武松歡喜難得這個都監相公，一力要抬舉我！」而且「相公見愛，但是有人有些公事來央求於他的，武松對都監相公說了，無有不依。外人都送些金銀、財帛、緞皮等件。武松買個柳藤箱，把這送的東西都鎖在裡面。」此可見，武松在陽谷縣做都頭，為縣令押送貪污金寶進京，他自己也一定是一個貪官。

一心想受抬舉做貪官的武松，完全沒有想到八月中秋節，他的黃粱美夢會破滅。他被張都監誣陷為賊，被捉拿，從他柳藤箱中搜出「銀酒器皿，約有一二百兩贓物」。武松被關押，於是張都監、張團練與老管營、小管營施恩又展開一場貪婪官場權錢交易大比拼。「張都監連夜使人去對知府說了，押司、孔目上下都是用了錢。」[60]武松被屈打成招。施恩得知這消息，進牢城與老管營商議，認定是「張團練為蔣門神報仇，買囑張都監，陷害武松」。施恩拿了二三百兩銀子賄賂康節級[61]。康節級說這是蔣門神央求張團練買囑張都監，「一應上下之人都是蔣門神用賄賂。我們都接了他錢。知府一力為他做主，定要結果武松性命」。他透露，只有一個葉孔目沒有接受錢財，「忠直仗義，不肯要害平人」。施恩送了康節級一百兩銀子，出門找到一個與葉孔目交好的人，送葉孔目一百兩銀子。葉孔目「今來又得了這一百兩銀子，亦知是屈陷武松」，於是把文案改輕。

---

[60] 此也可見原為鄆城押司宋江的錢財來源，不然就憑他父親和弟弟經營田地，他能「端的是揮金如土」，得以廣泛結交江湖黑道匪道和白道貪官污吏？

[61] 神行太保戴宗也是這樣的節級。

施恩又「央求人上下去使用」，張都監也再使人「送金帛來與知府」，知府傾向於張都監，要害武松性命。葉孔目將真相告訴知府，知府才知道張都監收了蔣門神金銀賄賂，與弟弟張團練同夥陷害武松。知府心中不服：「你倒賺了銀兩，叫我與你害人！」與張都監相比，知府抱怨自己得的金銀少，於是武松得了性命，被刺配恩州牢城。武松吃斷棒，因「老管營使錢通了，葉孔目又看覷他，知府亦知他被陷害」，因此斷得棒輕。但是蔣門神、張都監、張團練派遣兩個蔣門神的徒弟，收買押送公人，要害武松。案情進一步發展。

再看第三十一回武松殺人，慘無人道。武松發配恩州，出城就遇見前來送行，一身傷痕的施恩，得知蔣門神帶領一夥張團練手下的軍漢，打傷了他，重霸快活林。在飛雲浦石橋上下，武松扭裂枷鎖，先打殺了兩個公人和蔣門神兩個徒弟，想：「雖然殺了這四個賊男女，不殺得張都監、張團練、蔣門神，如何出得這口恨氣！」於是他當晚一更四點，回到孟州城，殺人解恨。

他在張都監後花園牆外馬院裡，殺喂馬的後槽。後槽告饒：「哥哥，不關我事，饒了我罷！」武松還是「手起一刀，把這後槽殺了，砍下頭來，一腳踢過屍首」。然後爬牆，跳牆入內，在廚房裡又殺了抱怨主子，自己「服侍了一日」的兩個丫鬟。繼而，徑奔鴛鴦樓殺了張都監、張團練、蔣門神，再殺了兩個「親隨人」。聽到樓下有人說話聲，武松沒有住手，想：「一不做，二不休。殺了一百個，也只是這一死。」提刀下樓：

> 夫人問道：「樓上怎地大驚小怪？」武松搶到房前。夫人見條大漢入來，兀自問道：「是誰？」武松的刀早飛起，劈面門剁著，倒在房前聲喚。武松按住，將去割頭，刀切不入。武松心疑，就月光下看那刀時，已自都砍缺了。

武松道：「可知割不下頭來！」便抽身去廚房下拿取樸刀，丟了缺刀，翻身再入樓下來。只見燈明下前番那個唱曲兒的養娘玉蘭引著兩個小的，把燈照見夫人被殺在地下，方才叫得一聲「苦也！」武松握著樸刀向玉蘭心窩裡搠著。兩個小的亦被武松搠死。一樸刀一個結果了，走出中堂，把閂拴了前門，又入來，尋著兩三個婦女，也都搠死了在房裡。武松道：「我方才心滿意足！走了甘休！」（武松殺人不眨眼，不論老弱婦孺與自己被陷害有關或無關，且殺人多方心滿意足。）

有詩為證：

都監貪婪甚可羞，謾施奸計結深仇。

豈知天道能昭鑒，流血橫屍滿畫樓。

從上述這首詩看，施翁似乎贊同這一殺戮。黑道武松共殺十九人，無辜者達十二人。他滿身沾血，洋洋得意地用鮮血在白粉牆壁大書：「殺人者，打虎武松也！」以殺人為榮，以殺人為能，以殺人出名，這是江湖榮耀。武松首次出名，是他與本處機密爭執，「與本處機密相爭，一時間怒起，只一拳，打得那廝昏沉」，當時以為打死。第二次出名是打虎，第三次出名是為哥哥殺死潘金蓮和西門慶，第四次出名是孟州快活林黑社會爭霸，醉打蔣門神。第五次使他江湖盛名鼎沸就是這孟州城張都監府邸裡的大屠殺。

武松逃出孟州，殺人辛苦，疲憊，轉進一古廟睡著，又被母夜叉孫二娘和菜園子張青的四個搗子捆綁，拖進人肉作坊。出來開剝的孫二娘認出武松：「這個不是我叔叔武都頭。」張青就說「快解了我兄弟」，武松得以免成人肉饅頭。他講了自己殺人的事，那四個搗子「便拜在地上」。

可見，江湖最為崇拜的就是能殺人，會殺人，殺得狠，殺

得特別多者。此前已述第二十七回菜園子張青對一個頭陀的「可惜」和「憶念」：「只可惜了一個頭陀，長七八尺，一條大漢，也把來麻壞了！小人歸得遲了些個，已把他卸下四足。如今只留得一個箍頭的鐵界尺，一領皂直裰，一張度牒在此。別的不打緊，有兩件物最難得：一件是一百單八顆人頂骨做成的數珠，一件是兩把雪花鑌鐵打成的戒刀。想這頭陀也自殺人不少，直到如今，那刀要便半夜裡嘯響。小人只恨道不曾救得這個人，心裡常常憶念他。」

武松躲避在張青、孫二娘店裡。有消息傳來，孟州城中、各鄉鎮追緝武松緊急。倆口子出主意要武松前往二龍山投奔魯智深、楊志落草。倆夫妻用那頭陀的遺物將武松假扮成一個苦行僧。武松頸項掛一百單八顆人頂骨做成的數珠，腰掛兩把雪花鑌鐵打成的戒刀，頭戴箍頭的鐵界尺，身穿皂直裰，懷揣度牒。請看，武松穿戴著殺人魔王衣飾後，他自己與張青和孫二娘的反應：

> 武松自看道：「卻好似與我身上做的！」張青、孫二娘看了，兩個喝彩道：「卻不是前身註定。」武松討面鏡子照了，也自哈哈大笑起來。張青道：「二哥為何大笑？」武松道：「我照了自己也好笑，我也做得個行者！」

武松就是這頭陀的前世今身。「行者」就是「頭陀」，即修行佛道的苦行僧人。《水滸傳》中的和尚、道士如生鐵佛崔道成、道士飛天夜叉丘小乙、道人入雲龍公孫勝、用一百零八個人頂骨做念珠念佛的頭陀可不是苦行僧人，只不過以此為佛道面具隱藏自己的魔鬼面目。武松就是這頭陀的前世今身，走出江湖哥嫂的人肉店，武松繼續自己一生的殺戮事業。

（五）江湖明星武松的結局

　　武行者投奔二龍山，途經蜈蚣嶺又殺了飛天蜈蚣王道人和道童。別以為武松這是行俠仗義，他殺人起因僅僅是看見「一個先生摟住一個婦人，在窗前看月嬉笑」，以為這不是山間出家人的勾當，就「怒從心上起，惡向膽邊生」，要「把這個鳥先生試刀」。他先殺了應門而出的道童，「把這鳥道童祭刀」，然後殺了那名叫飛天蜈蚣王道人。那婦人說這王道人把她一家都殺了，強迫她住在這蜈蚣嶺，是武松後來才知道的。如果飛天蜈蚣王道人是他們一夥的，如同菜園子張青和母夜叉孫二娘，拜服他，恭維他，他肯定與他相見甚歡，一定酒肉幾天，十里長亭金銀送別，方才依依不捨地告辭。

　　此前已述。繼而，武松在白虎山下酒店與宋江的徒弟孔家莊黑道霸主孔亮相遇。他眼饞孔亮桌上的酒肉，怪老闆不買酒肉給他，拳打酒店老闆，引得孔亮與他廝打。他將孔亮打翻，扔進冰凍溪流裡。幾個潑皮打撈孔亮，出水，逃跑。武松吃光肉喝光酒，出店門，醉倒在溪流裡，被孔亮的哥哥孔明帶著三十幾個潑皮拿獲。他倆兄弟本想打死武松出氣，因殺了閻婆惜，躲藏在孔家莊的他倆的師父宋江認出這人是「我兄弟武二郎」，於是他得以再一次免死。酒醒後，武松拜了宋江大哥，說了自己一系列的殺人案，使得「孔明、孔亮兩個聽了大驚，撲翻身便拜」。

　　幾天以後，宋江和武松離開白虎山孔家莊。宋江前往青州清風寨會見黑官兩道均佔的花榮，而武松則前往二龍山與楊志、魯智深為伍，落草為匪。後來孔明、孔亮兄弟，效法武松，「因和本鄉一個財主爭競（即孔亮所說『爭些閒氣』），把他一門良賤盡都殺了，聚集起五七百人，佔住白虎山，打家劫舍。」的的確確，武松是黑道匪道的榜樣明星，孔明孔亮就是追星族。

　　這就是武松從江湖黑道到匪道的經歷。他二十多歲，但生

性殘忍，以殺戮為能。完全沒有善惡衡量，只要對他酒肉錢財相待，賜予官帽，他一定肝腦塗地效勞。身為陽谷縣都頭，他為知縣押送貪濫而得的買官金銀，僅僅是張都監一名親隨，他也利用張都監職權貪濫，他如果真的蒙「張恩相」寵愛抬舉，必定是更大的貪官。後來在第五十八回《三山聚義打青州　眾虎同心歸水泊》攻打青州後，他同魯智深、楊志一起離開二龍山，投靠梁山泊。梁山泊接受招安投降後，他跟著宋江征遼，討方臘。在攻打烏龍嶺時，他被方臘手下包天師砍斷左臂，最後在杭州六合寺裡獨身終老。然而，分析者、讀者往往只注意他打虎，為哥哥報仇殺西門慶和嫂子，將他貼上「英雄」榜。勘察人事，一定要全面勘察，千萬不要以一當十，千萬不要以偏概全。

現在，再說宋江的江湖匪道經歷。

第三節　宋江的匪道搏殺經歷與相關人物

宋江上梁山後，立即篡權，控制了梁山。他竭力擴大梁山實力，謀取朝廷奸君奸臣招安。同時宋江這一線索也引出其他江湖人物特別是朝廷投降軍官，所以筆者兼及評述。

一、嚮往梁山和宋江的江湖人物：江湖臭味相投

宋江上山後，施耐庵照應「引首」天罡地煞降臨人間，將宋江神話，使他架空晁蓋，收羅朝廷降將，謀求招安與招安後的一切，成為上天意志。

晁蓋要宋江坐第一把交椅，宋江推辭，謙讓，坐了第二把交椅。吳用坐了第三把交椅。其他頭領依新舊上山者排序，以後按功勞定座次。第四十二回《還道村受三卷天書　宋公明遇九天玄女》，宋江潛回鄆城縣宋家村，搬取父親和弟弟等家人

上山。鄆城縣已得知宋江與梁山大鬧江州，每天都在戒嚴，巡邏，搜捕他。宋江被發現，逃出宋家村，逃進還道村，避身「玄女廟」。第四十二回照應第一回，梁山 108 個匪首為第一回伏魔之殿逃出的 108 個天罡地煞相聚，宋江為「星主」。九天玄女暗中保護宋江，平地卷起的惡風，嚇走進廟搜捕的都頭趙能、趙得。九天玄女稱宋江為「星主」，讓他吃仙棗，喝仙酒，說：「玉帝因為星主魔心未斷，道行未完，暫罰下方，不久重登紫府，切不可分毫懈怠。」即將宋江等禍亂人間，歸為玉帝要他們下凡殺人煉「魔心」。接著，玄女娘娘傳三卷天書給宋江，說：「汝可替天行道，星主全忠仗義，為臣輔國安民，去邪歸正。」許諾「他日功成果滿，作為上卿」。最後轉達四句天言：「遇宿重重喜，逢高不是凶。北幽南至睦，兩處見奇功。」即遇見奸臣宿元景是喜事重重，遭遇奸臣高俅也非凶事，是天命，後來宋江帶領梁山土匪投降貪官污吏，北征遼，南討方臘也是天命。可見施翁將天帝歸為朝廷昏君奸臣貪官污吏、江湖黑道匪道的總舵爺爺，因為昏君是天子，當貪官發財都是天帝指定的風水、星相，平民受苦受難都是天命。

（一）朱福與李雲上山

宋江回到梁山，晁蓋已經將宋江父親、弟弟等接上梁山。李逵也要回沂水縣，接自己老娘上梁山享受。於是又有一夥全無德行的江湖人物上山進入匪道。

第四十三回奉宋江之命，同為沂水縣人的朱貴陪伴李逵回鄉搬取老娘同享梁山財富，來到沂水縣西門外一個酒店。店主是朱貴弟弟朱富，李貴此時對李逵交代自己上山的原因：「這個酒店便是我兄弟朱福家裡。我原是此間人，因在江湖上做客消折了本錢，就於梁山落草。」當晚，李逵回家取母，李貴留在店裡等候。山野路途中，李逵殺了假冒他「黑旋風」凶名打劫

的李鬼，但李鬼老婆逃脫。回到百丈村，李逵與得知他是梁山
土匪的哥哥發生衝突，他背著老娘出逃。在沂嶺，老娘被老虎
吃了，李逵殺了四隻虎，得到沂嶺下曹太公的款待。曹太公問
他姓名，他說自己叫「張大膽」。在圍觀人群中，李鬼老婆認出
張大膽就是殺死他丈夫李鬼的梁山黑旋風李逵，於是李逵被曹
太公灌醉，捆綁。沂水知縣得知李逵被擒，命都頭青眼虎李雲
前往曹太公莊園押解李逵進城。西門酒店裡的李貴得知這一消
息，與自己的兄弟朱福設計，打算用蒙汗藥麻翻李雲，救李逵。
朱貴對朱福說：「兄弟，你在這裡賣酒也不濟事。不如帶領老小
跟我上山，一發入了夥，論秤分金銀，換套穿衣服，卻不快活！」
朱福也就收拾傢夥，準備帶著家人上梁山。這倆兄弟，上梁山
就為了打劫能「論秤分金銀，換套穿衣服」，全無丁點正邪善惡
之辨。

　　專制獨裁，一切都因為利益。因此專業生產三類人：主子、
奴才、奴隸。主子威權蓋天，橫行霸道，只為佔有享受全部財
富。奴才馴順猛犬，聽主子唆使，猛撲咬殺反抗者，只為主子
恩賜一塊黃金肉。為奴者大多聽命默默拉車耕耘，有的雖私下
悄悄橫眉怒眼，抱怨訴苦，同時也千方百計乖乖聽話，美馬身
牛嘴，鑽營討好，謀求成一奴才，不成則變馬身牛嘴成狼群，
組成黑道匪道，劫殺財貨，梁山匪眾就是這類人物。再看沂水
縣都頭青眼虎李雲上梁山。

　　李雲押解李逵，路逢徒弟朱福為他接風，他喝酒被麻翻，
士兵被殺，李逵被劫走。李雲醒來，追趕，與李逵相鬥。朱福
將他倆勸開。看看李雲聽了朱福一番話的反應：

> 朱福道：「師父聽說：小弟多蒙錯愛，指教槍棒，非不感
> 恩。只是我哥哥朱貴，現在梁山泊做了頭領，今奉及時
> 雨宋公明將令，著他來照管李大哥。不爭被你拿了解官，

叫我哥哥如何回去見得宋公明？因此做下這場手段。卻才李大哥乘勢要壞師父，卻是小弟不容他下手，只殺了這些士兵。我們本待遠去了，猜道師父回去不得，必來趕我，特地在此相等。師父你是一個精細的人，有甚不省得？如今殺害了許多人命，又走了黑旋風，你怎生回去見得知縣？你回去時，定吃官司責怪，又無人來相救。不如今日和我們一同上山，投奔宋公明入夥。未知尊意如何？」李雲尋思半晌，便道：「賢弟，只怕他那裡不肯收留我麼？」朱福笑道：「師父，你如何不知道山東及時雨大名？專一招賢納士，結識天下好漢。」（他們這些傢夥就是江湖本質的「賢士」、「好漢」。）李雲聽了，歎口氣道：「閃得我有家難奔，有國難投！只喜得我無妻小，不怕吃官司拿了。只得隨你們去休！」

　　就這樣，沂水縣的都頭就上山為匪，完全沒有善惡是非之分辨，只為自己著想。押送人犯被劫，知縣當然要問責，他應該說出真相，帶領人馬追捕。再者，他被蒙汗藥麻翻，醒來應該看見黑旋風李逵的殺人現場：

> 李逵趕上，先搠死曹太公並李鬼老婆，續後里正也殺了。性起來，把獵戶排頭一味價搠將去，那三十來個士兵都被搠死。這看的人和莊客，卻往深村野路逃命去了。

　　李雲甘心與李逵這樣的人為伍，是一個好漢？他們一夥到梁山，宋江果然招邪納屎，熱烈歡迎。宋江要戴宗去薊州，探聽回家探親不回的入雲龍公孫勝的下落。戴宗一路又引四個人上梁山泊。我們從他們的社會身份、上山原因就可以審定其人格善惡。

　　（二）鄧飛、孟康、裴宣上山

　　戴宗前往薊州尋訪入雲龍公孫勝，途中首先遇見的是錦豹子楊林。文中有一首詩描述楊林肖像，最後說：「遠看毒龍離石洞，近觀飛虎下雲端。」飛虎毒龍楊林自述「祖貫彰德府人氏，多在綠林中安身，江湖上都叫小弟做錦豹子楊林」。他自言曾在一家酒店與入雲龍公孫勝相遇吃酒，聽公孫勝說梁山泊「晁、宋二頭領招賢納士」，他決定投奔梁山。戴宗答應帶他上山，與他結拜為兄弟，一同與前往薊州選尋找公孫勝。兩人在飲馬川遇見打劫的火眼狻猊鄧飛、玉幡竿孟康、鐵面孔目裴宣。

　　鄧飛和孟康攔劫戴宗和楊林，大喝道：「行人須住腳！你兩個是甚麼鳥人？哪裡去的？會事的快把買路錢來，饒你兩個性命！」楊林拿槍，本想「結果那呆鳥」，一眼認出他們五年前曾是同在綠林中打劫的江湖同夥兄弟。於是他們相互認同，聽楊林介紹自己身邊人就是「梁山好漢中神行太保戴宗」，他倆忙翦拂，「拜識尊顏」。

　　小說中一首身份介紹詩，說鄧飛上山打劫的原因：「原是襄陽關撲漢，江湖漂蕩不思歸，多餐人肉雙眼赤，火眼狻猊[62]是鄧飛。」鄧飛一頭獅子，殺人吃肉是他的本性。

　　孟康上山為匪的原因是：為昏君徽宗押送花石綱，要造大船，不能忍受提調官「催逼責罰」，他殺了本官，逃入江湖，綠林安身。他這一殺有一點道理，但在綠林裡殺人打劫，比這提調官更惡。

　　鄧飛、孟康引他倆上山寨見到鐵面孔目裴宣。鐵面孔目裴宣上山打劫的原因是：「祖貫是京兆人氏。原本本府六案孔目出身，極好刀筆。為人忠直聰明，分毫不肯苟且，本處人稱他為鐵面孔目。亦會拈鎗使棒，舞劍掄刀，智勇足備。朝廷除將一

---

[62] 狻猊（suān-ní）：獅子。

位貪婪知府到來,尋事刺配沙門島。」路經此地得救而上山打劫。可以說他因正直而被逼上梁山。這三個人,就他還有理由,但當土匪以打劫殺人為生,與那貪婪知府何異?

按照江湖常理,他們三人設宴招待戴宗與楊林。戴宗大肆吹噓梁山,說得他們三人心動,答應上梁山「聽號令效力」。然後戴宗、楊林離開飲馬川,來到薊州城裡尋找公孫勝。沒見公孫勝一丁點蹤跡,他們在街上卻看見一場打鬥,引出後來上梁山的病關索楊雄、拼命三郎石秀、鼓上蚤時遷。

(三)楊雄、石秀、時遷上山

楊雄是薊州兩院押獄兼市曹行刑劊子。那天剛好在市中心行刑砍頭回來,眾位相識與他掛紅披彩賀喜,收得許多財物。薊州軍漢張保不服楊雄「詐得百姓許多財物」,他攔住楊雄,要「借錢」。楊雄不肯,張保和幾個軍漢就搶。在城中挑擔賣柴的石秀路見不平,出手相助。楊雄與石秀得勝,二人結拜為兄弟。楊雄丈人潘公留下石秀,開了一間屠宰作坊,設肉鋪賣豬肉。潘公女兒潘巧雲非常漂亮,丈夫死了,改嫁楊雄。時逢前夫祭日,於是情節發生了轉折。

第四十五回,在祭祀道場法壇上,石秀看見潘巧雲與海闍黎裴如海媚眼送情,她還扯住和尚袖子說話,他氣憤尋思道:「我哥哥恁地豪傑,卻恨撞了這個淫婦!」其後第二天潘巧雲與裴如海在報恩寺幽會,並約定在楊雄當牢值夜班時,和尚裴如海潛入楊雄家幽會。潘巧雲買通丫鬟迎兒,裴如海買通報曉的胡頭陀。每次楊雄值夜班不在家,迎兒就在後門燒夜香發出信號,頭陀就前去通知裴如海去楊雄家幽會。時值五更,頭陀到楊雄家後門高聲念佛,報知裴如海天亮。從此每當楊雄值夜班,五更時分,頭陀在後門高聲叫佛,驚醒心有疑惑的石秀,窺見此齷齪事,便將此事密報楊雄,倆人約定捉姦。楊雄憤怒,酒醉

回家，說醉話，洩密，使得潘巧雲反誣石秀勾引她。楊雄聽信其言，大怒，撤掉肉鋪，趕走石秀。

石秀交帳出店門，擔心楊雄會「枉送了性命」。他住在城中一家客店裡，偵探潘巧雲與和尚裴如海。一天，楊雄去牢城值夜班的五更時分，隱身暗處的石秀殺了前來報時辰的胡頭陀。繼而，他假扮頭陀，來到楊雄家後門，敲響木魚，喚出幽會潘巧雲的裴如海，殺了這和尚。繼而挑著擔賣早點的販子腳絆屍體，捽一個跟斗，發現屍體，報案。這一下，滿城皆知，真相大白。恍然大悟的楊雄找到石秀，兩人設計騙潘巧雲和使女迎兒到翠屏山還願。於是，這兩個女人被殺。

因這紅杏出牆案，殺了四人。他們該死嗎？潘巧雲婚姻中與人私通有違夫妻道德，一個和尚與女人幽會也有違寺廟佛規，但他們罪不該死。石秀和楊雄手段毒辣，看丫頭迎兒和潘巧雲之死：

> 楊雄割兩條裙帶把婦人綁在樹上。石秀把迎兒的首飾也去了，遞過刀來，說道：「哥哥，這個小賤人留她做甚麼！一發斬草除根！」楊雄應道：「果然！兄弟，把刀來，我自動手！」迎兒見勢頭不好，待要叫。楊雄手起一刀，揮作兩段。那婦人在樹上叫道：「叔叔，勸一勸！」石秀道：「嫂嫂！哥哥自來服侍你！」楊雄向前，把刀先斡出舌頭，一刀便割了，且教那婦人叫不得。楊雄卻指著罵道：「你這賊賤人！我一時誤聽不明，險些被你瞞過了！一者壞了我兄弟情分，二乃久後必然被你害了性命！我想你這婆娘，心肝五臟怎地生著！我且看一看！」一刀從心窩裡直割到小肚子下，取出心肝五臟，（心肝脾胃腸肺。）掛在松樹上。楊雄又將這婦人七件事（兩眼、嘴、鼻、兩耳、舌）分開了，卻將釵釧首飾都拴在包裡了。

楊雄道：「兄弟你且來，和你商量一個長便。如今一個姦
夫，一個淫婦，都已殺了，只是我和你投哪裡安身立命？」
石秀道：「兄弟已尋思下了，自有個所在，請哥哥便行，
不可耽遲。」楊雄道：「卻是哪裡？」石秀道：「哥哥殺
了人，兄弟也<u>殺了人，不去投梁山泊入夥，卻投哪裡去</u>？」
正是：

姦淫婦女說姻緣，頃刻屍骸化作塵。

若欲避他災與禍，梁山泊裡好潛身。

他們私刑殺人，殺了只有逃走。這也可見，依據律法潘巧
雲、侍女迎兒罪不該死，楊雄與石秀知法犯法，私刑殺人。石
秀所言「殺了人，不去投梁山泊入夥，卻投哪裡去？」詩中所
謂「梁山泊裡好潛身」指明梁山就是藏污納垢之窩巢。二人上
梁山，同行者還有隱藏在古墓地掘墳，觀看他們殺人的慣盜鼓
上蚤時遷。這時遷「做些飛檐走壁，跳離騙馬的勾當」，因盜竊
在薊州府裡吃官司，得楊雄違法「救了他」。石秀稱這小偷也是
「好漢中人物」，說梁山泊「招納壯士」。於是三人行，投奔梁
山。在梁山下附近的祝家莊一個路邊酒店住宿，時遷偷了小酒
店的雞，與楊雄、石秀大快朵頤。店小二質問，要雞。他們耍
賴，撒潑，發生衝突，然後燒酒店。這一醜行引來祝家莊民團，
將自稱梁山好漢的三傢夥打敗，並誓言剿滅梁山。時遷被捉拿，
楊雄和石秀逃上梁山。

二、祝家莊獨戰梁山的悲劇：背叛與毀滅，官府壁上觀

楊雄與石秀上山，敘述了這事。晁蓋大罵楊雄和石秀，說
梁山泊「以忠義為主，全施仁德於民……新舊上山的兄弟，個
個都有豪傑光彩。這廝兩個把梁山好漢的名目去偷雞，因此連
累我等受辱」。因此要斬了楊雄與石秀，然後「洗蕩了那個村坊」。

　　晁蓋這番話完全是胡說。他們的忠義為何？仁德何在？晁蓋上梁山之前，偵探商路資訊結夥「做私商」，山東河北做私商的多來投奔他，是「全施仁德於民」？上梁山後為了報答黑官兩道均佔的押司宋江的庇護之恩，前往江州劫法場，屠殺江州百姓，殺盡黃文炳家人，活剮烤吃黃文炳，是「全施仁德於民」？第五十八回《三山聚義打青州　眾虎同心歸水泊》交待，梁山設在山下專門打探上路財貨資訊兼帶殺人搶劫賣人肉的酒店有四處：「山西路酒店今令張青、孫二娘夫妻前去看守[63]；山南路酒店仍令孫新、顧大嫂看守；山東路酒店依舊朱貴、樂和看守；山北路酒店還是李立[64]、時遷看守。」這菜園子張青、母夜叉孫二娘、催命判官李立可是用蒙汗藥麻醉人，搶劫財物，開剝人體做人肉饅頭和菜肴的老手！這是「全施仁德於民」？他們「大秤分金銀」和「大碗喝酒，大塊吃肉，整套穿衣服」的日常花費的來源是「全施仁德於民」？

　　還是宋江出兵打祝家莊的理由直白：「一是為山寨報仇，不折了銳氣；二乃免此小輩，被他恥辱；三則得許多糧食；四者就請李應上山入夥。」在宋江眼中，誰罵他們這些土匪為土匪就是「仇」，就是土匪的恥辱，再者打下祝家莊搶劫糧食，又得到一個同夥李應。因此，就有祝家莊民團孤身大戰梁山眾匪的悲劇。

　　封建專制王朝末世都相同。昏君宋徽宗時代朝廷官府上下左右腐敗，滋生黑道匪道，各級軍警不作為，無能保境安民，匪道強賊草寇與黑道歹徒遍佈大宋天下。第十六回為蔡京押送生辰綱的楊志算計，僅僅從北京大名府到東京（山東開封），一

---

[63]　此夫妻可是孟州道十字坡賣人肉的老手。

[64]　賣人肉的揭陽嶺上的一霸，江湖名號「催命判官李立」。

路就有賊巢八處：紫金山、二龍山、桃花山、傘蓋山、黃泥岡、白沙塢、野雲渡、赤松林。只要沒有直接觸及官員的利益，官員們就視若無睹。晁蓋「做私商」搶劫平民客商財物，聞名江湖，却得到鄆城司法押司宋江、都頭朱全和雷橫的庇護，屁事沒有。天下匪道佔據津渡要道攔路搶劫，天下皆知，卻無官軍征討。如果不是晁蓋等人劫取當朝第一貪官太師蔡京生辰綱，逃往梁山，從朝廷到各州府根本沒有進剿梁山，保境安民的打算。第二十三回黃信出場，文中說青州地面就有三座強人草寇出沒的惡山：清風山、二龍山、桃花山。清風山與青州府武官副知寨小李廣花榮駐守的清風寨近在咫尺，但黑官兩道均佔的花榮視若無睹。朝廷官府或無能，或不作為，一些民間賢紳豪傑只得自組民團，村鎮聯盟自保。祝家莊就是民間村鎮聯盟自保的典型。祝家莊「祝氏三雄」和他們的槍棒教師欒廷玉是真正豪傑好漢。據出賣祝家莊的李家莊總管江湖號稱「鬼臉兒」的杜興說此三莊聯盟：

> 此間獨龍岡前面有三座山崗，列著三個村坊：中間是祝家莊，西邊是扈家莊，東邊是李家莊。這三處莊上，三村裡算來總有一二萬軍馬人家。惟有祝家莊最是豪傑。為頭家長喚做祝朝奉，有三個兒子名為祝氏三傑：長子祝龍、次子祝虎、三子祝彪。又有一個教師，喚做鐵棒欒廷玉，此人有萬夫不當之勇。莊上自有一二千了得的莊客。（訓練有素，保家安境。）西邊那個扈家莊。莊主扈太公，有個兒子，喚做飛天虎扈成，也十分了得。惟有一個女兒最英雄，名喚一丈青扈三娘，使兩口日月雙刀，馬上刀法了得。這裡東村上是杜興的主人，姓李名應，能使一條渾鐵點鋼，背鐵飛刀五口，百步取人，神出鬼沒。這三村結下生死誓願，同心共意，但有吉凶，

遞相救應。惟恐梁山泊好漢過來借糧，（此「借」就是
「劫」，「劫」必殺戮。）因此三村準備下抵敵他。

再看第四十八回宋江帶領人馬殺奔祝家莊，來到獨龍崗見
到的祝家莊氣象：

> 獨龍山前獨龍崗，獨龍崗上祝家莊。繞崗一帶長流水，
> 周遭環匝皆垂楊。牆內森森羅劍戟，門前密密排刀槍。
> 飄揚旗幟驚鳥雀，紛紜矛盾生光芒。強弩硬弓當要路，
> 毀瓶炮石護垣牆。對敵盡皆雄壯士，當鋒多是少年郎。
> 祝龍出陣真難敵，祝虎交鋒莫可當，更有祝彪多武藝，
> 叱吒喑嗚比霸王。朝奉祝公謀略廣，金銀羅緞有千箱。
> 樽酒常時延好客，山林鎮日會豪強。<u>久共三村盟誓約，
> 掃清強寇保村坊。白旗一對門前立，上面明書字兩行：
> 填平水泊擒晁蓋，踏破梁山捉宋江。</u>

祝家三兄弟、鐵棒欒廷玉真好漢。祝家莊中國稀有。

（一）因江湖邪義，李家莊李應背棄盟約

祝家莊毀滅的悲劇，首先開始於同祝家莊結盟的撲天雕李
應的背叛。楊雄、石秀燒了祝家酒店，逃往梁山的途中，遇見
江湖人稱鬼臉兒的杜興。這人在薊州做買賣，「因一口氣上打死
了同夥的客人，吃官司監在薊州府裡」。楊雄就因為「他說起槍
棒都省得，一力維持救了他」。《水滸傳》「好漢」大多如此，因
為會武功，往往一口氣不順就出手致人死地。因為「槍棒都省
得」，楊雄違背法律，放了這個殺人犯。倆罪犯在祝家莊附近一
村落酒店相遇，杜興稱楊雄「恩人」。聽楊雄說自己在薊州殺了
人，投奔梁山泊，昨晚在祝家客店投宿，偷雞，放火，殺翻幾
個追捕者，時遷被擒拿，杜興許諾「我叫放時遷還你」。接著，
他帶著楊雄、石秀到李家莊見到他的主子撲天雕李應。作為三

莊聯盟防備梁山同盟者的李應，因江湖邪義就與闞館先生商議，寫信，要求祝家莊釋放時遷。祝家莊祝家三兄弟不答應，要押解到州裡去法辦。李應親筆寫信，要杜興自己去祝家莊討回時遷。杜興去了，怒衝衝回來，敘述祝家三兄弟不買李應的賬：祝彪責罵李應「不曉人事」，堅決不放時遷。祝彪、祝虎還說：「休要惹得老爺性發，把你那李應捉來，也做梁山泊強寇解去。」李應生氣，覺得自己沒面子，於是背盟毀約，上馬帶著莊客討伐祝家莊，反罵祝彪「冤平人做賊」。兩人交戰，李應中了祝彪弓箭，敗回李家莊。他對楊雄、石秀道歉說：「非我不用心，實出於無奈，兩位壯士，只得休怪。」楊雄、石秀說：「我兄弟兩個只得上梁山去懇告晁、宋二公並眾頭領，來與大官人報仇。」李應也沒有拒絕，勸阻，反叫杜興取出金銀相贈，還說「江湖之上，二位不必推卻」。就這樣，李應因江湖邪義，非常輕易地背棄了三莊聯防梁山的盟約。梁山人馬攻打祝家莊，李應作壁上觀。祝家莊毀滅，他也被梁山泊冒充官府，抓上梁山成了賊寇。

　　第四十七回宋江下山「一打祝家莊」。因為祝家莊有「盤陀路」，宋江等強賊進去，就出不來，而且祝家莊四下早有埋伏。石秀奉命假扮成一個樵夫進祝家莊偵查，路遇複姓鐘離的老人，從老人口中得知「但有白楊樹的轉彎便是活路」的秘密，梁山匪軍方撤出包圍圈，但鎮三山黃信被活捉。

　　第四十八回宋江「二打祝家莊」。大戰之前，他先到李家莊見李應，企圖得知「本處地理虛實」。李應考慮「他是梁山泊造反的人，我如何與他廝見？」假稱臥病在床，拒絕見面，並拒絕了宋江的「彩緞名馬羊酒」。杜興前往宋江營壘，第二次出賣祝家莊，說李應「自不會去救應」祝家莊，要宋江謹防西路扈家莊女將一丈青扈三娘，並建議要「前後夾攻祝家莊」。

　　果然，援助祝家莊的扈三娘活捉了色鬼矮腳虎王英。祝家
莊槍棒教師欒廷玉搏殺有謀，飛錘打翻歐鵬，並使秦明中了絆
馬索被擒。林沖，這個嬌妻、岳父一家被奸臣高俅毀了的傢夥
生擒了追殺宋江的扈三娘，使宋江勉強贏得一點面子。當然「滿
村被殺死的人，不計其數」，也是他們的戰功。

　　（二）祝家莊的毀滅：鄧州提轄孫立出賣師兄，扈家莊背
棄盟約

　　祝家莊被毀滅的關鍵是鄧州提轄官病尉遲孫立出賣師兄欒
廷玉。宋江兩次攻打祝家莊失敗，退回寨子正在憂愁，吳用從
梁山下來，說「祝家莊也是合當天敗，卻好有此這個機會」。這
機會就是登州提轄官孫立投身梁山入夥。欒廷玉是祝家莊第一
好漢，是祝氏三傑的師父，而與孫立是師兄弟。作為鄧州提轄，
孫立投靠梁山原因在他的親戚解珍、解寶老虎案。這一案，特
別滑稽，被告、原告都臭熏熏。

　　登州附近山上有猛虎傷人。解珍、解寶受鄧州知府限期文
書，捕殺猛虎。他們用窩弓藥箭射中猛虎，猛虎滾跌進了山下
村鎮官員里正毛太公家後園。毛太公和兒子毛仲義倚仗權勢，
要白賴這虎。他們藏匿老虎，捆綁前來搜索老虎的解珍、解寶，
押送到登州府。登州司法六案孔目王正是毛太公女婿，他徇私
枉法誣賴解珍、解寶「混賴大蟲，搶擄財物」，將這倆兄弟打入
大牢，並要「斬草除根」。死囚牢的節級包吉得了毛太公銀兩和
王孔目傳話，要害他倆性命。得知這一消息，解珍、解寶的表
姐、黑道人稱「母大蟲」的顧大嫂和表姐夫小尉遲孫新要救出
解珍、解寶。登州提轄孫立與孫新是兄弟，倆兄弟的姑母又是
解珍、解寶的母親，故而孫新、孫立又是解珍、解寶的姑舅哥
哥。於是顧大嫂和孫新聯繫與他們「最好」的「最好賭」的，「如
今在登雲山臺峪裡聚眾打劫」的出林龍鄒淵、獨角龍鄒潤，威

逼登州提轄孫立同夥，劫獄。孫立被親情與武力所脅迫，隨同他們進城劫獄。他們這些黑道匪道人物救出解珍、解寶，殺了倚仗貪官污吏的毛太公、毛仲義並一門老小，搶得財物，燒毀其莊園，投奔梁山。

這讓人覺得完全是一團糟：村鄉官員里正毛太公為富不仁，混賴大蟲，利用權勢害人性命，毛太公女婿法官王正濫行職權，登州知府、監獄節級包吉司法腐敗，民間江湖「母大蟲」顧大嫂、「小尉遲」孫新與聚眾打劫的土匪勾結，導致官道貪官濫吏與黑道匪道歹徒兩相衝突。鄧州提轄和尉遲孫立完全沒有善惡衡量，從官道走向梁山，進入江湖黑道、匪道。

全無善惡衡量的孫立為自己的生存，為了討好梁山賊首晁蓋和宋江，出賣自己師兄欒廷玉作為「進身之報」順理成章，自然而然。他們一夥路途在「莊戶人家又奪得三五皮好馬，一行星夜奔上梁山泊去」。來到梁山泊佈置在路口要津的暗哨[65]石勇酒店，聽石勇說宋江攻打祝家莊兩次失利，孫立以為自己的機會來了：

> 孫立聽罷，大笑道：「我等眾人來投大寨入夥，正沒半分功勞，獻此一條計策，打破祝家莊，為<u>進身之報</u>，如何？」石勇大喜道：「願聞良策。」孫立道：「欒廷玉那廝，和我是一個師父教的武藝。我學的刀槍，他也知道。他學的武藝，我也盡知。我們今日只做登州對調來鄆州守把經過，來此相望，他必然出來迎接。我們進身進去，裡應外合，必成大事。此計如何？」

---

[65] 第五十八回交代。這樣的酒店暗哨有四處。負責探知來往客商消息行蹤，通報梁山大本營遣匪劫奪大夥有保鏢的客商。同時兼營用蒙汗藥麻翻，人數少的客人作人肉饅頭，搶劫這些人肉饅頭的金銀財貨。

　　身為朝廷軍官的孫立卻認同土匪，稱保衛鄉鎮的師兄欒廷玉為「那廝」，將師兄出賣給土匪，作為「進身之報」，真可歎，可恨，又可笑！筆者為中國一大哭！孫立立即趕到祝家莊外宋江營內中，參拜宋江。第二天即高舉著「登州兵馬提轄孫立」的旗幟，帶著樂和、鄒瑞、鄒淵、顧大嫂、孫新進入祝家莊。面見師兄欒廷玉，假言自己奉命到鄆城守把城池，提防梁山賊寇，騙得師兄欒廷玉和祝家父子的信任。接著他上馬出莊，「生擒」石秀進祝家莊，準備裡應外合。

　　祝家莊的悲劇還與祝家莊結盟的扈家莊扈成的背叛相關。扈成的妹妹扈三娘被林沖捉拿，為了保住妹妹性命，他牽牛擔酒，去見宋江，求宋江饒放自己的妹妹。宋江要他放回被扈三娘活捉的王英，作為交換。因王英關押在祝家莊，扈成無法辦到，但他答應不去「接應」祝家莊，而且捆綁投奔自己的祝家人。

　　然後孫立等與宋江裡應外合。宋江分兵四路攻打祝家莊，引誘欒廷玉、祝虎、祝龍、祝彪出戰。潛伏在祝家莊的李立、樂和等打開祝家莊前後門，鄒淵、鄒潤殺了監押莊兵數十個，放出被生擒關押的母大蟲顧大嫂、鼓上蚤時遷、錦豹子楊林、鎮三山黃信、矮腳虎王英、霹靂火秦明、火眼狻猊鄧飛和拼命三郎石秀。他們屠殺祝家莊，「顧大嫂掣出兩把刀，把應有的婦人，一刀一個盡都殺盡了」。祝家莊莊主祝朝奉「見頭勢不好，卻待要投井時，早被石秀一刀剁翻，割了首級」。解珍、解寶在後門殺莊客，將莊客的屍體一個個攛下牆。見自家莊園起火，臨陣對敵的祝虎回馬救援，在吊橋被孫立攔住，死在追來的呂方、郭盛雙戟之下。祝龍受到前後夾攻，死於李逵之手。

　　祝彪獨身難擋，投奔扈家莊，被未婚妻扈三娘的哥哥扈成捉拿，解送宋江。「恰好遇著李逵，只一斧，砍翻祝彪頭來。莊

客都四散走了。李逵再掄起雙斧，便看著扈成砍來。扈成見局面不好，拍馬落荒而走，棄家逃命，⋯⋯李逵正殺得手順，直搶入扈家莊裡，把扈太公一門老幼盡數殺了，不留一個。叫小嘍囉牽了所有牛馬，把莊裡應有財賦捎搭有四五十馱，將莊園一把火燒了，卻回來獻納。」扈成叛變背盟，結果如此，他悔恨乎？！

文中沒有直接描敘欒廷玉之死，只是通過宋江口說「只可惜殺了欒廷玉這個好漢」。宋江「可惜」是要欒廷玉上山為匪，拜他為大哥，但欒廷玉沒有投降。我想他臨死之前最恨的應該是出賣他，毀了祝家莊的師弟孫立。作為鄧州提轄官員，孫立出賣自己師兄，導致祝家莊、扈家莊毀滅，真可謂無義無德。梁山泊真是藏污納垢之地，完全就是當時中國最大的茅廁，全是在糞尿中拱動的蛆蟲！

梁山泊佔領祝家莊，「奪得好馬五百匹，牛羊不計其數，糧食五千萬擔」。宋江和吳用本想洗蕩村坊，殺盡民眾。石秀稟告，說祝家莊鐘離老人有「指路之力，救濟大恩」。宋江一打祝家莊時，石秀假扮樵夫，潛入祝家莊偵查。祝家莊戒備森嚴，與石秀同作奸細的楊林因不識盤陀路，被巡邏民團抓獲。石秀驚慌，聽小店的鐘離老人說「好個祝家莊，儘是盤陀路，容易入得來，只是出不去」，石秀大哭，謊稱自己是「折了本錢，流落異鄉打柴為生」的異鄉人，不幸撞見梁山與祝家莊廝殺，走不出去，求老人指路，讓他逃生。鐘離老人可憐這小夥子，說出祝家莊盤陀路的秘密：「只看白楊樹便可轉彎。」要他趕快回家，又給這可憐小夥子吃了一碗白酒、一碗糕糜。石秀回到梁山營壘。他這一情報使進入盤陀路，陷入埋伏的梁山人馬得以生還，進而使祝家莊毀滅。

為老人求情後，石秀還引著鐘離老人拜見宋江、吳學究。

宋江這個山大王「取一包金帛賞與老人」，還得意洋洋地對老人說：「不是你這個老人面上有恩，把你這個村坊盡數洗蕩了，不留一家。因為你一家為善，以此饒了你這一境村坊人民。」還不知羞恥，假充善良地說：「我連日在此攪擾你們百姓，今日打破了祝家莊與你村中除害，所有各家賜米一石，以表仁心。」

　　這是宋江與其他山大王不同之處，他顛倒黑白，說自己這土匪攻打正義祝家莊為「除害」，還將搶劫所得「各家賜米一石」，「以表仁心」。

　　「鐘離老人只是下拜」，他什麼也沒說。善良的鐘離老人能說什麼呢？目睹祝家莊、扈家莊斷檐飄火，殘牆熏煙，屍體狼藉的慘景，他必定潸然淚下，悔不當初：自己一番好心被矇騙說出「盤陀路」的秘密，毀了自己的村坊、鄰裡。兩莊孤兒寡母當指著他的白頭痛哭，痛罵，夜裡他會聽見死於殘殺的三莊鬼魂們淒慘的哭叫聲。

　　梁山人馬三打祝家莊，前後經歷兩年以上。朝廷、州縣官員不知道嗎？怎麼沒有援軍？他們都抱手，倚靠城牆門樓，做壁上觀。祝家莊、李家莊、扈家莊三莊聯盟自保，就因為官府腐敗無能，沒有作為不能倚靠。《水滸傳》中社會江湖黑道匪道遍佈全國，只因為上自皇帝徽宗朝廷中樞，下至各級衙門官員也是黑道匪道，只不過江湖黑道匪道在江湖，自稱「好漢、義士、壯士」，官員們在金碧輝煌的朝廷和衙門自稱「太師、太尉、刺史、縣令」而已。都是廁所蛆蟲，只要沒有直接衝突，相互之間互相理解，沆瀣一氣，安然無事，但如果江湖黑道匪道眼紅，搶劫朝廷官道貪官們口中物（比如晁蓋等劫取蔡京生辰綱），兩方必定大戰。雙方沒有直接衝突的時期，朝廷貪官們忙著經營自己的權錢色公司，對祝家莊大戰視若無睹，聽而不聞。

　　被林沖活捉的美女扈三娘被宋江送到梁山，收藏在他父親

宋太公處。他手下頭領都以為老大要留下美女自用，沒想到在第五十一回他將扈三娘賜給矮腳虎色鬼王英。此前已述第三十二回宋江在清風寨與色鬼結識，許諾要給色鬼配一個美女。文中說一丈青「認義」宋江的父親，宋江立即做主，說：「今日是個良辰吉日，賢妹與王英結為夫婦。」文中說「一丈青見宋江義氣深重，推卻不得，兩口兒只得拜謝了」，「晁蓋等眾人皆喜，都稱賀宋公明真乃有德有義之士」。憑此，宋江還應該博得「仗義送美」和「色鬼及時雨」的江湖名號。扈三娘，武藝精良，智勇超群，未婚夫祝彪慘死敵手，父母家人被李逵屠殺淨盡，哥哥逃走不知生死，財物被搶劫，莊園被燒毀成廢墟！她會認宋江的父親為「義父」？會以為宋江「義氣深重」？她會答應宋江，托身仇敵色鬼醜妖「矮腳虎」王英？她會從此跟著這些濫行無道的土匪們打家劫舍，攻打州縣，殺戮百姓？這完全不合情理，是施翁的敗筆。扈三娘即便瘋了，她也要瘋殺自己的仇敵，為自己的英雄未婚夫祝彪，為自己的父母家人，為死於戰陣的莊客，為被屠戮的百姓婦孺！

三、雷橫和朱仝上山經歷展示的官場與江湖

　　第五十回結尾，宋江將扈三娘賜給矮腳虎王英，正設宴慶賀，聽得山下來報：鄆城縣都頭雷橫出差往東昌府公幹，路經梁山，朱貴留住在酒店喝酒。雷橫在生辰綱案庇護放走晁蓋，在閻婆惜案中庇護宋江。他倆感恩，邀請雷橫上山，置酒款待五六天。宋江要雷橫入夥，雷橫以「老母年高，不能相從」推辭，但背馱「一大包金銀下山」，回到鄆城縣。接著第五十一回發生了雷橫打死新任知縣婊子白秀英等一系列案件。

　　白秀英原是東京戲子，鄆城新任知縣在東京時與她有情。情人到鄆城任知縣，她和父親特地來鄆城依附權勢，開設勾欄

唱戲。她是一個熟悉官場周旋的人，也曾來「參都頭」，因正值雷橫公差外出東昌府，無緣得拜尊顏。勾欄開張，白秀英色藝雙絕，「舞回明月，歌動行雲」，轟動鄆城。回到鄆城，耳聞其名的雷橫進勾欄看戲，因都頭身份坐了第一尊貴的青龍頭椅。唱到高潮處，看官喝彩不絕，白秀英停了下來與父親白玉喬拿著盤子請各位看客交錢。第一個該交錢買票的就是坐青龍頭椅的雷橫。雷橫沒有帶錢，被不知其身份的白玉喬羞辱，說他是「村裡人，不懂得這子弟門庭」，是「三家村使牛的」，是「驢筋斗」。雷橫揪住白玉喬，打得他「唇綻齒落」。白秀英立即到知縣衙門狀告雷橫，哭訴：「雷橫毆打父親，攪撒勾欄，意在欺騙奴家。」知縣大怒，捉拿，責打雷橫，戴枷上街號令示眾。示眾地點就在白秀英勾欄門口。牢獄禁子看在「同是一般公人的份上」不想這麼做，但白秀英威脅，只好枷號示眾。雷橫老母送飯，不堪兒子受辱，解開繩索，與白秀英相互辱罵。白秀英罵雷橫母親「老婢子、老咬蟲、吃貧婆、賤人」，雷橫老母罵白秀英「你這千人騎，萬人壓，亂人入的賤母狗」。白秀英大怒，打了雷橫老母一耳光。雷橫一時怒起，一枷打得白秀英腦漿迸流。雷橫被關押，老母求告當牢節級朱仝。朱仝看在哥們份上「央人去知縣處打關節，上下使用人情」，而知縣「雖然愛朱仝，只恨這雷橫打死了他婊子」，判決雷橫償命。於是解送雷橫的朱仝在半路徇私枉法私放雷橫，要他回家搬取老母，星夜逃難，上梁山投奔宋江大哥。

　　這一案件的雙方並無正義、非正義之分，完全是鄆城縣官場起始於誤會的權勢表演鬧劇。白玉喬不知道坐青龍頭椅上第一位的傢夥就是她女兒曾經去拜見，但因公差外出而未能目睹尊顏的鄆城縣都頭雷橫，因而出口譏諷，這是誤會！雷橫因才回鄆城縣，不知道白秀英是新來知縣昔日在東京的情人，因而

聽見這人竟敢譏諷我雷都頭，當然瞪眼要打這人耳光，這也是誤會！新任知縣從情人白秀英口中得知情人父親被雷橫打，如果他有點度量，應該會晤雷橫，叫雷橫拿些金銀去找白玉喬道歉，但他一聽白秀英哭訴「雷橫毆打父親，攪撒勾欄，意在欺騙奴家」就大怒。關鍵在「意在欺騙奴家」，雷橫就被頂頭上司處罰：在白秀英勾欄門口枷號示眾。這對鄆城縣都頭警官來講太沒有面子！再加上「那婊子」受不了雷橫老母罵「你這千人騎，萬人壓，萬人入的賤母狗」，出手打雷橫老母一耳光。雷橫本來憋足了氣，出手一枷打死白秀英。

　　當時已經升任節級的朱仝與雷橫都是黑官兩道均佔的哥們，曾是同僚都頭，自然而然，依據江湖規矩，朱仝要為雷橫徇私枉法，就像當年他與雷橫一起為晁蓋、宋江等大佬徇私枉法一樣。他為雷橫在知縣處打關節，用金錢賄賂沒有成功，最後在押送雷橫前往濟州終審途中，徇私枉法，私放雷橫，要他逃奔梁山。朱仝非常江湖，非常「義氣」。雷橫打死了人要判死刑，得放了他。他對雷橫說：「這裡我自替你吃官司」，「我放了你，我須不該死罪」。朱仝為朋友可以捨身進獄，但這是枉法無道。隨後朱仝進監獄，「朱仝家中人自著人去州裡使錢透了」，朱仝得以輕判，刺配滄州牢城。這樣一個庇護江湖弟兄不怕進監獄的「江湖好漢」，有些像關羽的「美髯翁」，梁山宋江大哥舵爺最喜歡。雷橫上山后，宋江得知朱仝被發配滄州，就派吳用、雷橫、李逵下山與滄州橫海郡柴進聯繫。

　　朱仝來滄州，見到知府。知府見朱仝「一表非俗」，留在本府使喚。諳熟官場規則的朱仝對上對下都和和氣氣，處處送錢，上下都喜歡他。知府四歲的小衙內特喜歡朱仝。得到知府恩准，朱仝經常抱著小衙內上街玩耍。「朱仝囊篋中又有，只要本官見喜，小衙內面上抵自賠費。」他深知媚官術，本想如楊志討好

蔡京女婿梁中書一樣，求個無罪得官的未來，可惜吳用、雷橫、李逵、柴進奉大哥宋江將令，來到滄州，要朱仝上山坐一把交椅。

七月十五盂蘭盆大齋看河燈的晚上，朱仝肩扛小衙內到地藏寺看河燈。雷橫從背後出現，一把拽住朱仝，要他到隱秘處說話。朱仝囑咐小衙內等他，他到一僻靜處，見到吳用。吳用要他上山入夥，朱仝拒絕並責問雷橫說：「你不想我為你母老家寒上放了你去，今日倒來陷我不義。」拒絕上山為匪，朱仝回地藏寺尋找小衙內，不見蹤影，他焦急，一路追尋，沒有想到：

> 乘著月色明朗，徑搶入林子裡尋時，只見小衙內倒在地上。朱仝便把手去扶時，只見頭劈做兩半個，已死在那裡。有詩為證：
> 遠從蕭寺看花燈，偶遇雷橫便請行。
> 只為堅心不入夥，更將嬰孺劈天靈。

為逼朱仝上山，李逵奉大哥宋江將令砍殺這四歲小孩。七月十五盂蘭盆大齋，中國民間祭祀薦舉亡靈，向河裡放花燈，看花燈承載亡靈順河漂流到大海，進入蓬萊仙境。祭亡大典本為佛心好事，但為脅迫朱仝上山結夥，年僅四歲小孩兒無辜慘死，「頭被劈成兩半個」！痛煞我也！宋江、晁蓋、李逵、雷橫、柴進心毒可見一斑。

柴進在第五十一回出現。朱仝見小衙內被殘殺，大怒追殺兇手李逵。趕到一個大莊院，出來見面的是小旋風柴進，兩人互通姓名，相互恭維一番。朱仝問柴進：「黑旋風那廝如何敢徑入貴莊躲避？」柴進道：「容復：小可小旋風專愛結識江湖好漢。為是家間祖上有陳橋讓位之功，先朝曾敕賜丹書鐵券，但有做下不是的人，停藏在家，無人敢搜。柴進有個愛友，和足下亦

是舊友，目今在梁山泊做頭領，名喚及時雨宋公明，寫一封密書，令吳學究，雷橫，黑旋風俱在敝莊安歇，禮請足下上山，同聚大議。因見足下推阻不從，故意叫李逵殺害了小衙內，先絕了足下歸路，只得上山坐把交椅。」他喚出吳用、雷橫、李逵向朱仝道歉。朱仝見自己貪官美好前程被毀，欲與李逵拼個你死我活。李逵說出真相，「叫你咬我鳥！晁、宋二位哥哥將令，干我屁事！」

朱仝只好上梁山。可以說黑官兩道均佔的朱仝是被自己江湖邪義和官場臭氣逼上梁山的，也是被自己的同夥逼上梁山的。他的經歷展示了他自己的濫污，也展示了官場的濫污、江湖的濫污。他當然不敢對晁蓋大哥、宋江二哥、軍師吳用三哥生氣，但不願再見李逵。李逵因此留在柴進莊裏。

四、高唐州之戰：奸臣貪官與梁山土匪的衝突　投降進入匪道的朝廷軍官

《水滸傳》組成江湖的人物有四類：黑道人物、匪道人物、黑官兩道均佔的貪官污吏、起初信誓旦旦剿滅匪寇，一旦被俘立即變臉投降的朝廷軍官。第五十二回黑官兩道均佔的柴進與高俅叔伯兄弟高唐州知府高廉之間的衝突引發朝廷貪官污吏官道與匪道梁山的一系列戰爭，一連串軍官投降土匪。《水滸傳》的官場就是如此，江湖黑道歹徒網布各個城鎮，欺壓，魚肉人民，江湖匪道強寇佔據各地要隘津渡殺人搶劫，但沒有觸及高官利益，相互之間安然無恙。「做私商」的晁蓋劫取生辰綱之前，江湖黑道和匪道與朝廷官道之間基本上互不侵犯，雙方目標一致禍害百姓。晁蓋等七人劫取蔡京十萬貫金珠寶貝生辰綱，才有蔡京急令追捕晁蓋，一直追蹤到梁山的一系列戰役。這一回，因為黑官兩道均佔的柴進與頂級大貪官高俅的叔伯兄弟高廉之

間的矛盾，引發梁山匪眾與貪官高廉的高唐州戰役。高廉之死
惹惱殿帥高俅，就有高俅這爛奸臣與宋江這梁山匪首之間的一
系列戰役。這一系列戰役，牽出一系列變臉投降軍官。

（一）高唐州戰役

第五十二回。柴進得到來自高唐州的信，得知叔叔柴皇城
被高唐州知府高廉的妻舅殷天錫欺辱而病危。柴進黑官兩道均
佔，是萬分得意的人物，憑「先朝曾賜丹書鐵券，但有做下不
是的人，停藏在家，無人敢搜」，與江湖黑道、匪道人物和官道
貪官污吏廣泛交好。此前他收藏了打死人在逃的武松、殺死閻
婆惜在逃的宋江，與梁山泊草寇白衣秀士王倫、朱貴是至交，
得以介紹林沖上梁山。第五十一回他配合吳用、雷橫、李逵殺
死滄州知府小衙內，也是一個面善心惡的傢夥。

第五十二回《李逵打死殷天錫　柴進失陷高唐州》就是官
道貪官污吏對陣黑道匪道。高俅為朝廷殿帥，提拔叔伯兄弟高
廉為高唐州知府。高廉橫行霸道，他的小舅子殷天錫沒把先朝
皇帝嫡派子孫柴皇城放在眼裡，要強佔柴皇城的花園，柴皇城
慪氣病倒，「早晚性命不保」。柴進帶著李逵趕往高唐州，看望
柴皇城。來到高唐州柴皇城宅院，進入臥房，見叔叔將死，他
坐在榻前，放聲慟哭。叔叔的繼室出見，說原由：

> 柴進施禮罷，便問事情，繼室答道：「此間新任知府高廉，
> 兼管本州兵馬，是東京高太尉的叔伯兄弟，倚仗他哥哥
> 勢要，在這裡無所不為。帶將一個妻舅殷天錫來，人盡
> 稱他做殷直閣[66]。那廝年紀卻小，又倚仗他姊夫的勢要，
> 又在這裡無所不為。（這特體現專制政府惟親為用，一人

---

[66] 直閣，宋官名。高俅因踢得好氣球，得徽宗寵信任殿帥，一人得道雞犬
升天，他的叔伯兄弟任知府、其妻舅任直閣，其他文中沒交代。

得道，雞犬升天。）有那等獻勸的賣科對他說我家宅後有個花園，水亭蓋造得好，那廝帶許多奸詐不良的三二十人，進入家院，來宅子後看了，便要發遣我們出去，他要來住。皇城對他說道：『我家是金枝玉葉，有先朝丹書鐵券在門，諸人不許欺侮。你如何敢奪佔我的住宅？趕我老小哪裡去？』那廝不容所言，定要我們出屋。皇城去扯他，反被這廝推搶毆打，因此受這口氣，一臥不起，飲食不吃，服藥無效，眼見得上天遠，入地近！今日得大官人來家做個主張，便有山高水低，也更不憂。」柴進答道：「尊嬸放心。只顧請好醫士調治叔叔。但有門戶，小侄自使人回滄州家裡去取丹書鐵券來，和他理會。便告到官府，今上御前，也不怕他。」繼室道：「皇城幹事全不濟事，還是大官人理論得是。」

　　殷天錫完全不把握有「先朝丹書鐵卷」的柴家放在眼裡，這就引發官道濫行貪官與黑道匪道梁山集團的血火衝突。柴皇城死後第三日，殷天錫來催逼柴進搬家：

宅裡請僧修設好事功果。至第三日，只見這殷天錫，騎著一匹攛行的馬，將引閑漢三二十人，手執彈弓川弩，吹筒氣球，拈竿樂器，城外遊玩了一遭，帶五七分酒，佯醉假顛，逕來到柴皇城宅前，勒住馬，叫裡面管家的人出來說話。柴進聽得說，掛著一身孝服，慌忙出來答應。那殷天錫在馬上問道：「你是他家甚麼人？」柴進答道：「小可是柴皇城親侄柴進。」殷天錫道：「我前日吩咐道，教他家搬出屋去，如何不依我言語？」柴進道：「便是叔叔臥病，不敢移動。夜來已是身故，待斷七了搬出去。」殷天錫道：「放屁！我只限你三日，便要出屋！三

日外不搬，先把你這廝枷號起，先吃我一百訊棍！」柴
進道：「直閣休恁相欺！我家也是龍子龍孫，放著先朝丹
書鐵券，誰敢不敬？」殷天錫喝道：「你將出來我看！」
柴進道：「現在滄州家裡，已使人去取來。」殷天錫大怒
道：「這廝正是胡說！便有誓書鐵券，我也不怕！——左
右，與我打這廝！」眾人就待動手。

於是李逵現身，一頓拳頭腳尖，打得殷天錫嗚呼哀哉，伏
惟尚饗，這非柴進之願。柴進本想憑龍子龍孫身份和誓書鐵卷，
使殷天錫知難而退，不用驚動宋大哥動用江湖匪道武力。如果
對手是一般惡霸貪官，只憑李逵就可收拾，如同斧劈小衙內，
但對手是高俅的叔伯兄弟高廉的小舅子，這就不同了。

殷天錫此次現身以前，柴皇城慪氣死了，李逵氣惱，柴進
要依條例打官司，說：「李大哥，你且息怒。沒來由和他粗魯做
甚麼？他雖是倚勢欺人，我家放著有護持聖旨。這裡和他理論
不得，須是京師也有大似他的，放著明明的條例和他打官司。」
李逵說了一句非常著名的話：「條例！條例！若還依得，天下不
亂了！我只是前打後商量！那廝若還去告狀，和那鳥官一發都
砍了！」

這條例就是社會公開的法律條文。《水滸傳》專制官場完全
腐敗，包括帝王、太師、太尉、知府、都監、團練、節級、管
營、知縣、押司、都頭等等從來沒有遵循「條例」；黑官兩道均
佔的押司宋江、都頭朱全、雷橫、節級戴宗、保正晁蓋等等從
來沒有遵循「條例」，都精通官場權錢交易潛規則；江湖匪道佔
山為王，打家劫舍，攔路搶劫，吃人肉心肝，江湖黑道遍佈天
下，各霸一方，從來沒有遵循過什麼「條例」。李逵自己更是如
此，他說「我只是前打後商量！」文中只見這黑旋風黑旋風一
般殺人，何曾見他打前打後「商量」過？江湖黑道匪道橫行人

間，完全是江湖魔怪，所以開場第一回施耐庵刻意設計他們是天罡地煞。

濫行腐敗官道與江湖黑道匪道，一般而言，只要稟行權錢交易規則，他們相互依存，相安無事，不會發生衝突。柴進結識滿天下黑道和匪道歹徒，與滄州各級貪官污吏，都是權錢交易的兄弟。他叔叔柴皇城卻是一個老實巴交的人，身在高唐州竟然與高俅叔伯兄弟知府高廉沒有權錢、酒色交往。如果柴進住在高唐州，一定想方設法攀附高俅，仗義疏財與知府高廉打得火熱，給他小舅子殷天錫造一座美麗花園。柴皇城不是侄兒柴進，殷天錫要他的花園，他就慪氣死了，殷天錫也不買自稱「龍子龍孫，有誓書鐵卷」柴進的帳，不依「條例」行事，這就引發了朝廷官道與江湖黑道匪道的衝突。

李逵打死了殷天錫，柴進要李逵逃跑，回梁山報信，以為「我自有誓書鐵卷護身」。結果高廉「抄紮柴皇城家私，監禁下人口，佔住了房屋莊園。柴進自在牢中受苦」。

於是為了小旋風柴進，宋江帶領梁山人馬征討高唐州。第一戰，他們被高廉的妖法打敗。第五十四回，宋江派遣戴宗與李逵前往二仙山請公孫勝對付高廉。

李逵前往二仙山，請來公孫胜，同時以發財和做頭領為誘餌將打鐵為生的湯隆帶入梁山。應宋江邀請，公孫勝用妖法破了高廉的妖法，高廉從空中跌落，被雷橫一刀兩斷。李逵下一口枯井，救出柴進，他們救活柴進。「卻把高廉一家老小良賤三四十口，處斬於市。再把應有家私並府庫財帛，倉廒糧米，盡數裝載上山。」請注意，這被殺的三四十口包括主子和僕人。

朝廷官道貪官與江湖黑道匪道之間的這次戰役結束。書中沒有描述梁山匪徒進城後對民眾的殺戮、搶劫慘景，但這些匪道強賊、黑道霸主能一身乾淨，沒有血污，沒有摟抱錢財美色，

走出高唐州？更重要還在，這一戰役引發朝廷官道奸君奸臣貪官污吏與江湖黑道匪道的一系列戰役，牽出一連串一霎間變臉投降的軍官。

（二）變臉投降進入江湖匪道的官道人物：朝廷軍官

前此已述，《水滸傳》的官場就是如此，江湖黑道網布各個城鎮，欺壓人民，江湖匪道草寇佔據各地要臨津渡攔路搶劫，吃人肉，喝人血，打家劫舍，沖州撞府，但沒有觸犯大官的利益，兩者之間就互不侵犯。這一回，因為奸臣貪官殿帥高俅的叔伯兄弟高唐州知府高廉之死，惹惱高俅，就有高俅與梁山泊宋江之間的一系列戰役。不說這一系列戰役的情節，只說在這一系列戰役中朝廷軍官的倏然變臉：他們起初都信誓旦旦要剿滅梁山，兵敗被俘他們全都立即變臉投降，成為江湖人物的一部分。然後這些由匪道強賊草寇、黑道霸主、黑官兩道均佔的腐敗官吏，和投降軍官組合而成的江湖好漢們一心一意，浴血奮戰，千方百計謀求招安，最後投降奸君奸臣，與奸君奸臣貪官們組成統一戰線，真是一場絕大的鬧劇，受損的是百姓。這一次是呼延灼、韓滔、彭玘、徐寧變臉投降。

第五十五回《高太尉大興三路兵　呼延灼擺佈連環馬》汝寧都統制雙鞭將呼延灼、陳州團練使百勝將軍韓滔、潁州團練使天目將軍彭玘出場。呼延灼號稱「雙鞭將」，是宋朝開國名將呼延贊嫡派子孫，使兩條銅鞭，有萬夫不當之勇，當時任汝寧都統制。在金鑾殿，殿帥高俅向徽宗保薦呼延灼，宋徽宗封呼延灼為兵馬指揮使，要他「克日掃清山寨，班師還朝」。呼延灼保舉陳州團練使韓滔、潁州團練使彭玘。韓滔武舉出身，使一條棗木槊，人呼為「百勝將軍」，為正先鋒。彭玘累代將門之後，使一口三尖兩刃刀，人稱「天目將軍」，為副先鋒。呼延灼帶領大軍征討梁山，與宋江匪軍相遇。

第一個變臉投降的是副先鋒彭玘。他出陣大罵花榮：「反國逆賊，何足為道，與吾拼個輸贏！」他似乎也覺得本來為朝廷清風寨副知寨的花榮投靠匪首宋江，上梁山為匪是「何足為道」的「反國逆賊」，然而當他被色鬼王矮虎的老婆一丈青扈三娘俘虜，面臨生死之際，立即變臉投降，阿諛奉承，前後判若兩人，十分可笑：

> 宋江收軍，退到山西下寨，屯住軍馬，且叫左右群刀手簇擁彭玘過來。宋江望見，便起身喝退軍士，親解其縛，扶入帳中，分賓而坐。宋江便拜，彭玘連忙答禮拜道：「小子被擒之人，理合就死，何故將軍以賓禮待之？」宋江道：「某等眾人無處容身，暫佔水泊，權時避難。今者朝廷差將軍前來收捕，本合延頸就縛，但恐不能存命，因此負罪交鋒，誤犯虎威，敢乞恕罪。」彭玘答道：「素知將軍仗義行仁，扶危濟困，不想果然如此義氣！倘蒙存留微命，當以捐軀以報。」宋江道：「某等中兄弟也只待聖主寬恩，赦宥重罪，忘身保國，萬死不辭。」宋江當日就將天目將彭玘使人送上大寨，教與晁天王相見，留在寨裡。

彭玘立即投降的原因就在「被擒之人，理合就死」，而宋江待若上賓，他以為這就是「義氣」、「仗義行仁」、「扶危濟困」，應當投降「捐軀以報」。黑道霸主、匪道山大王、黑官兩道均佔的宋江一夥曾經在何處「仗義行仁、扶危濟困」？宋江說自己「負罪交鋒」，最終目的在「只待聖主寬恩，赦宥重罪」，即由江湖黑道匪道進入他們渴望已久的朝廷，與奸臣貪官污吏同列，排班上朝，山呼萬歲，跪拜昏君。說到底，就是要高官做；說得冠冕堂皇些，這就是他們的「忠義」。

　　第二個投降的是呼延灼從京師請來的炮手轟天雷凌振。來
到梁山泊，他只放了三炮，隨後船翻被阮小二在水中活捉。凌
振只是擔心自己家人，得到宋江的承諾，立即投降：

> 且說眾頭領捉得轟天雷凌振，解上山寨，先使人報知。
> 宋江便同滿寨頭領下第二關迎接，見了凌振，連忙親解
> 其縛，便埋怨眾人，道：「教你們禮請統領上山，如何恁
> 地無禮！」凌振拜謝不殺之恩。宋江便與他把盞已了，
> 自執其手，相請上山。到大寨，見了彭玘已做了頭領，
> 凌振閉口無言。彭玘勸道：「晁、宋二頭領替天行道，招
> 納豪傑，專等招安，與國家出力。既然我等在此，只得
> 從命。」（此類軍官人生目的在當官。不投降，人死官丟；
> 投降土匪則可等待招安投降朝廷，再次做官。人在官在，
> 何不投降？）宋江又陪話。凌振答道：「小的在此趨侍不
> 妨，爭奈老母妻子都在京師，倘或有人知覺，必遭誅戮，
> 如之奈何！」宋江道：「且請放心，限日取還統領。」凌
> 謝道：「若得頭領如此周全，死亦瞑目！」

　　第三個投降的是金槍手徐寧。宋江被呼延灼連環鐵馬打
敗，從湯隆口中得知其姑舅哥哥東京金槍班教頭徐寧會使祖傳
鉤鐮槍，破連環馬。宋江派遣小偷時遷、湯隆前往東京賺取徐
寧上山。來到東京，時遷趁夜爬牆潛入徐寧家中，竊取徐寧祖
傳雁翎甲。第二天，湯隆去見自己的姑舅哥哥徐寧，騙徐寧一
路追趕竊賊，來到梁山泊附近，再讓樂和給他吃蒙汗藥酒，麻
翻徐寧，抬他上山。於是徐寧投降：

> 徐寧此時麻藥已醒，眾人又用解藥解了。徐寧開眼見了
> 眾人，吃了一驚，便問湯隆道：「兄弟，你如何賺我來到
> 這裡？」湯隆道：「哥哥聽我說：小弟今次聞知宋公明招

接四方豪傑，因此上在武岡鎮拜黑旋風李逵做哥哥，投托大寨入夥。今被呼延灼用連環甲馬沖陣，無計可破，是小弟獻此鉤鐮槍法，只除是哥哥會使。由此定這條計：使時遶先來偷了你的甲，卻教小弟賺哥哥上路，後使樂和假做李榮，過山時，下了蒙汗藥，請哥哥上山來坐把交椅。」徐寧道：「卻是兄弟送了我也！」宋江執杯向前陪告道：「見今宋江暫居水泊，專待朝廷招安，盡忠竭力報國，非敢貪財好殺，行不仁不義之事。萬望觀察憐此真情，一同替天行道。」林沖也把盞陪話道：「小弟亦到此間，兄長休要推卻。」徐寧道：「湯隆兄弟，你卻賺我到此，家中妻子必被官司擒捉，如之奈何？」宋江道：「這個不妨，觀察放心，只在小可身上，早晚便取寶眷到此完聚。」晁蓋，吳用，公孫勝都來與徐寧陪話，安排筵席作慶，一面選揀精壯小嘍囉，學使鉤鐮槍法，一面使戴宗和湯隆星夜往東京搬取徐寧老小。

「見今宋江暫居水泊，專待朝廷招安，盡忠竭力報國，非敢貪財好殺，行不仁不義之事。萬望觀察憐此真情，一同替天行道。」這是宋江對奸君、奸臣、朝廷軍官的套話，說白了就是封建社會江湖黑道匪道的求官真理：「要當官，殺人放火受招安。」徐寧也只是憂慮自己的家人，得到保證就放心投降，等待招安，再次做官。他教梁山泊匪徒使用鉤鐮槍，使呼延灼率領的鐵甲連環馬遭到覆滅。

第四個投降的是先鋒百勝將韓滔。昏君奸臣大軍與梁山匪眾對陣，他橫槊勒馬，大罵本為青州統制的秦明：「天兵到此，不思早早投降，還自敢抗拒，不是討死！我直把你水泊填平，梁山踏碎，生擒你這夥反賊，解京碎屍萬斷，吾之願也！」這是謾罵，更是臨陣誓言，然後他大戰秦明。這一戰彭玘被擒，

宋江被連環甲馬打敗。第二戰,連環甲馬再次大敗宋江。宋江派遣小偷時遷和湯隆前往京師盜取金槍手徐寧的雁翎甲。徐寧投降宋江,破了呼延灼的連環甲馬,生擒了韓滔。韓滔立即投降:

> 劉唐、杜遷拿得韓滔,把來綁縛解到山寨。宋江見了,親解其縛,請上廳來,以禮陪話,相待筵宴,令彭玘、凌振說他入夥。韓滔也是七十二煞之數,自然義氣相投,就梁山泊做了頭領。

所謂七十二地煞星、三十六天罡星是第一回交代的江西龍虎山鎮鎖在「伏魔之殿」的 108 個惡魔。魔王是宋江,惡魔之一的韓滔「義氣相投」,即臭味相投。

第五個投降的是呼延灼。第五十七回叛徒徐寧的鉤鐮槍破了連環甲馬,呼延灼孤身匹馬逃命。全軍覆沒,他「不敢回京」,猛然想起:「青州慕容知府舊與我有一面之交,何不去投奔他,卻打慕容貴妃的關節,那時再引軍報仇未遲。」利用皇親等各種關係「打關節」,是封建專制官道常用的免罪途徑,也是呼延灼第一選擇,但他命運不濟。拍馬奔走兩天,他歇宿在一個小村酒店,此地為桃花山匪徒打虎將李忠、小霸王周通的地盤。當天晚上,御賜的踢雪烏騅馬被桃花山小嘍囉偷走。呼延灼只得步行到青州,參拜慕容知府。慕容知府許諾「下官自當一力保奏,再叫將軍引兵復仇」,但有一個前提:他要呼延灼「先掃清桃花山,奪回那匹御賜的馬,再收伏二龍山、白虎山」。呼延灼只得領軍討伐桃花山。桃花山的李忠和周通不是呼延灼的對手,向二龍山的土匪花和尚魯智深、清面獸楊志、行者武松求救,許以「明朝無事了時,情願來納進奉」。二龍山魯智深、楊志、武松為了江湖義氣,也為了自己的面子出山,前往救援桃

花山。呼延灼戰敗，直歎自己「命薄」遇見這樣的敵手，這時慕容知府來信要呼延灼回救青州。

宋江的徒弟毛頭星孔明、獨火星孔亮「因和本地一個財主爭競，把他一門良賤盡都殺了，聚集五七百人，占住白虎山，打家劫舍」。慕容知府關押了他們在青州的叔叔孔賓。為救孔賓，他兄弟帶領匪眾圍攻青州。慕容知府派人請呼延灼回軍救援。慕容知府在城樓上觀看，呼延灼活捉了孔明。孔亮逃跑，途中巧遇武松，於是就有桃花山、二龍山、梁山三山結盟攻打青州。呼延灼中了陷阱，被俘。請看呼延灼投降：

> 宋江回到寨裡，那左右群刀手卻把呼延灼推將過來。宋江見了，連忙起身，喝叫快解了繩索，親自扶呼延灼上帳坐定。宋江拜見。呼延灼道：「義士何故如此？」（立刻變臉，賊寇成了「義士」。）宋江道：「小可宋江，怎敢背負朝廷？蓋為官吏污濫，威逼得緊，誤犯大罪，（稍微回顧，知此言從肛門出。）因此權借水泊暫時避難，只待朝廷赦罪招安。（此言雖屁，從嘴裡出。）不想起動將軍，致勞神力。實慕將軍虎威。今者誤有冒犯切乞恕罪。」呼延灼道：「呼延灼被擒之人，萬死尚輕，義士何故重禮陪話？」宋江道：「量宋江怎敢壞得將軍性命？皇天可表寸心，只是懇告哀求。」呼延灼道：「兄長尊意莫非教呼延灼往東京告請招安，到山赦罪？」宋江道：「將軍如何去得？高太尉那廝是心地偏窄之徒，忘人大恩，記人小過。將軍折了許多軍馬錢糧，他如何不見你罪責？如今韓滔、彭玘、凌振，已都在敝山入夥。倘蒙將軍不棄山寨微賤，宋情願讓位與將軍。等朝廷見用，受了招安，那時盡忠報國，未為晚矣。」呼延灼沈吟了半晌，一者是宋江禮數甚恭，二者見宋江語言有理，（此言有

理：不投降則死；投降等待招安，再次為官，官命雙修。）
歎了一口氣，跪下在地道：「非是呼延灼不忠於國，實感
兄長義氣過人，不容呼延灼不依！願隨鞭鐙，決無還理。」
宋江大喜，請呼延灼和眾頭領相見了。叫問李忠、周通
討這匹踢雪烏騅馬，還將軍坐騎。

呼延灼投降與其他四人投降相同，饒命不殺就是「義士」。
他說「非是呼延灼不忠於國，實感兄長義氣過人，不容呼延灼
不依！」似乎對宋江這個江湖黑道匪道大哥的義氣，大於對奸
君奸臣的忠？實則投降，等待招安，再次做官以求命、官皆存。
宋江說自己「蓋為官吏污濫，威逼得緊，誤犯大罪」完全是謊
言，說自己「權借水泊暫時避難，只待朝廷赦罪招安」是真言。
深得朝廷濫污好處的宋江一定非常思戀自己在鄆城縣做押司的
日子，縣府上下官僚、左右吏員聯手枉法，錢財如水流滾滾而
來，「呼保義」盛名泛濫於江湖黑道匪道。這一連串「殺人放火
受招安」之後，必將達官貴人，鐘鳴鼎食權錢色，而且必定《宋
史》留名，「留取蛋清照汗巾」。奸君奸臣、貪官污吏要的就是
自己朝廷的「穩定」，武力無法征服土匪，就將他們收羅帳下，
分給他們一杯羹，反正吃老百姓，苦老百姓，害老百姓，而且
自己又增加一些彈壓百姓的奴才，何樂而不為？！

在不投降土匪、效忠奸君奸臣，身死官帽落，與投降土匪，
再謀取投降朝廷，重戴官帽之間，呼延灼選擇了後者。宋江要
呼延灼「賺開城門」，救取孔明和叔叔孔賓。呼延灼沒有猶豫，
回答說「小將即蒙兄長收錄，理當效力」。他匹馬來到青州城下，
騙慕容知府說自己逃得性命，賺開城門，秦明沖入，一棍打死
慕容知府：

　　解珍、解寶放起火來……宋江急急傳令：休教殘害百姓，

且收倉庫錢糧。就大牢裡救出孔明並他叔叔孔賓一家老
小，便教滅了火，把慕容知府一家老幼，盡皆斬首，抄
紮家私，分賞眾軍。天明，計點在城百姓被火燒之家，
給散糧米救濟。把府庫金帛，倉廒米糧，裝載五六百車，
又得了二百餘匹好馬。就青州府裡，做個慶喜筵席，請
三山頭領同歸大寨。……

……宋江領了大隊人馬，班師回山，先叫花榮、秦明、
呼延灼、朱全四將開路。所過州縣，分毫不擾。鄉村百
姓，扶老挈幼，燒香羅拜迎接，數日之間，已到梁山泊
邊。

這就是呼延灼變臉導致的青州悲哀結局。慕容知府首次出
現在第三十三回。文中說：「那知府覆姓慕容，雙名彥達，是今
上徽宗天子慕容貴妃之兄，倚托妹子的勢要在青州橫行，殘害
良民，欺罔僚友，無所不為。」但他在三十三回命黃信和秦明
征討在清風山打家劫舍、攔路搶劫、吃人心肝、喝人血的土匪
金毛胡燕順、矮腳虎王英、白面郎君鄭天壽、黑白兩道均佔的
花榮、黑道匪道大哥宋江，與這一回他懇求呼延灼清剿青州三
山土匪，既是為了保自己，但也保青州一境百姓的平安。他一
家子遭此慘死，也可憐、可歎！宋江傳令：「休教殘害百姓，且
收倉庫錢糧。」也表明在搶劫府庫錢糧的同時，宋江與他手下
殺人放火的土匪兄弟們不同，想為自己收拾人心：「所過州縣，
分毫不擾。鄉村百姓，扶老挈幼，燒香羅拜迎接。」如同第七
十四回御史大夫崔靖所說，這是宋江的「曜民之術」。日、月、
星都叫「曜」。「曜民術」指奸雄強賊將自己裝扮成普照天下的
太陽、月亮以爭取民心。這一招果然有效。

老百姓知道他們是土匪，但因這些搶劫滿載而歸，路經此
地的土匪們對他們有不殺不搶之恩，而且「分毫不擾」，如同吃

飽了的虎狼，看不上幾隻小麻雀，他們就感激涕零，「燒香羅
拜」，五體投地。這也可歎，可憐！老百姓要求可真低，只要不
殺我，我就是你的奴，所以他們一致尊稱出沒於本地山野，要
道津渡搶劫殺人的土匪為「大王」，並且按時供奉銀錢、女色，
還要「燒香羅拜」，捧他們為神。「權利」一詞是會意字。「權」
為秤砣，本義為衡量。「利」本義是刀劍鋒利，殺人如同砍草割
禾苗。這可真特能體現專制權利的本質：他們就是衡量一切秤
砣；有刀有槍，殺人如割草就是王，就是人間太歲神。

五、華州覆滅與宿太尉

在這五十八回的末尾，魯智深和武松到華陰縣少華山勸說
九紋龍史進、神機軍師朱武、跳澗虎陳達、白花蛇楊春來梁山
泊入夥。他們從朱武口中得知史進身陷華州：

> 朱武說：「小人等三個在此山寨，自從史大官人上山以
> 後，好生興旺。近日史大官人下山，因撞見一個畫匠，
> 原是北京大名府人氏，姓王，名義。因許下西嶽華山金
> 天聖帝廟內裝畫影壁，前去還願。因為帶將一個女兒，
> 名喚玉嬌枝同行，卻被本州賀太守——原是蔡太師門
> 人，那廝為官貪濫，非理害民。——一日因來廟裡行香，
> 不想見了玉嬌有些顏色，累次著人來說，要取他為妾。
> 王義不從，太守將他女兒強奪了去，卻把王義刺配遠惡
> 軍州。路過這裡，正撞見史大官人，告說這件事。史大
> 官人把王義救在山上，將兩個防送公人殺了，直去府裡
> 要行刺賀太守，被人知覺，倒吃拿了，現監在牢裡。又
> 要聚起軍馬，掃蕩山寨。我等正在這裡無計可施！」

朱武這番話說出史進這人的兩面：《水滸傳》第二回身為華

陰縣里正的史進,因江湖義氣與少華山土匪朱武、陳達、楊春勾結,並得到許多金珠財寶,被獵戶王四告發。他殺死王四和緝捕他的官兵,燒了自家莊院。上少華山後,他又後悔,不願落草為匪,去延安府尋找師傅王進。第六回花光了錢,他來到這荒山野林搶劫,巧遇魯智深。告別魯智深,他回少華山成為匪首,使少華山「好生興旺」,可見他與朱武、陳達、楊春等人打家劫舍,攔路搶劫,殺人劫貨不少。然而他下山打劫,遇見被華州賀太守搶了女兒的王義,他卻開始仗義行俠:殺押送公人,救王義上山,潛入華州刺殺賀太守被知覺,擒拿,關押。接著,魯智深進華州刺殺賀太守「這撮鳥」,也被捕。

　　魯智深是《水滸傳》江湖人物唯一仗義行俠者,前面已有評述。對史進而言,這是他第一次仗義行俠。打家劫舍,攔路搶劫,殺人害命的史進會仗義行俠?文中並沒有交代他與畫匠王義是生死之交、朋友親戚之情,也沒有說他與玉嬌枝一見鍾情,他是否因受魯智深仗義行俠的影響而開始自己的仗義行俠,文中也沒有交代。第五十八回只說魯智深得知賀太守搶奪民女玉嬌枝,如同得知鎮關西欺騙金翠蓮,桃花山土匪小霸王周通強娶桃花莊劉太公女兒,頓時義憤填膺:「這撮鳥敢如此無禮,倒恁麼厲害。洒家與你結果了那廝!」又聽王義說:「賀太守貪酷害民,強佔良家女子。」他義無反顧地說:「賀太守那廝好沒道理!我明日與你去州裡打死那廝罷。」不顧武松勸阻,他進華州刺殺賀太守,也被有狐狸般嗅覺的賀太守發覺,捉拿,於是就有第五十九回梁山泊攻打華州戰役。

　　第五十九回宋江梁山泊匪眾大鬧西嶽華山,賺取華州,殺死賀太守既不是懲辦害民貪官污吏,也不是為了救出玉嬌枝,只因所謂江湖義氣:「既然兩個兄弟有難,如何不救!」如果不是魯智深、史進捲入其中,害民貪濫,強奪民女的賀太守必定

安然無恙，但這第五十九回最讓人覺得好笑的卻是：出賣害民貪濫賀太守的卻是同樣害民貪濫又怯懦無能的朝廷高官太尉宿元景。沒有正邪，都是邪，是妖魔與妖魔之間的戰爭。

　　梁山泊要打華州，因其「城高地壯，塹濠深闊」，「城池厚壯，形勢堅牢，無計可施」。宋江正在憂愁時，得知皇帝派遣殿司太尉宿元景，帶著御賜的金鈴吊掛，到西嶽華山降香，他大喜，機會來了。第四十二回在還道村九天玄女娘娘送宋江三卷天書，要他謀求招安投降並傳達四句天言，其中有「遇宿重重喜，逢高不是凶」，即遇見朝廷奸貪高官宿太尉喜事重重，與奸臣高俅相遇也不是凶事，反而距離招安投降更接近。請看害民貪濫又怯懦無能的宿太尉與宋江相逢時的變臉表演：

> 次日天明，聽得遠遠地鑼鳴鼓響，三隻官船下來，船上插著一面黃旗，上寫「欽奉聖旨西嶽降香太尉宿。」（高官駕到，威風凜凜。）宋江看了，心中暗喜道：「昔日玄女有言：『遇宿重重喜。』今日既見此人，必有主意。」（一個高級土匪，一個高級貪官，因為錢，一定臭味相投，心腹相愛。）太尉官船將近河口，朱仝、李應各執長槍，立在宋江背後。吳用立在船頭。太尉船到，當港截住。船裡走出紫衫銀帶虞候二十餘人，喝道：「你等甚麼船隻，敢當港攔截大臣！」（權貴為尊。）宋江執著骨朵，躬身聲喏。吳學究立在船頭上，說道：「梁山泊義士宋江，謹參祗候。」（面對貪官，自稱義士，畢恭畢敬遵行朝廷禮法，此為真心奴才之「義」。）船上客帳司出來答道：「此是朝廷太尉，奉聖旨去西嶽降香。汝等是梁山泊亂寇，何故攔截？」（既知是「亂寇」，還問何故？傻瓜嗎？應該拔劍出招呀！）宋江躬身不起。（對朝廷貪官執禮甚恭，對百姓非禮殺戮，真忠義也。）船頭上吳用

道：「我們義士，只要求見太尉尊顏，有告復的事。」客
帳司道：「你等是何人，敢造次要見太尉。」（廢話！）
兩邊虞候喝道：「低聲！」宋江卻躬身不起。（執禮甚恭。）
船頭上吳用道：「暫請太尉到岸上，自有商量的事。」客
帳司道：「休胡說！太尉是朝廷命臣，如何與你商量！」
宋江立起身來道：「太尉不肯相見，只怕孩兒們驚了太
尉。」朱仝把槍上小號旗只一招動，岸下花榮、秦明、
徐寧、呼延灼引出軍馬，一齊搭上弓箭，都到河沿，擺
列在岸上。（奴才禮節拜見不能，就武力相逼。）那船上
梢公都驚得鑽入船艙裡去了。客帳司等人慌了，只得入
去稟覆。宿太尉只得出到船頭坐定。（太尉終於露臉，怯
懦！應該忠義於你的昏君，寧死不屈。）宋江又躬拜唱
喏，道：「宋江等不敢造次。」宿太尉道：「義士何故如
此邀截船隻？」（武力為後盾，「亂寇」立刻被尊稱為「義
士」。）宋江道：「某等怎敢邀截太尉？只欲求太尉上岸，
別有稟復。」宿太尉道：「我今特奉聖旨，自去西嶽降香，
與義士有何商議？朝廷大臣如何輕易登岸！」船頭上吳
用道：「太尉若不肯時，只怕下面伴當亦不相容。」（又
一次武力相逼。）

李應把號槍一招，李俊、張順、楊春，一齊撐出船來。
宿太尉看見，大驚。（怯懦！應該挺著，貌似慷慨賦詩一
首，比如「生當為貪官，死也為貪鬼。至今思何珅，囊
括天下財」，或者「人生自古誰無死，留取蛋清照汗巾，
攜帶黃金照閻君」之類。）李俊，張順晃晃掣出尖刀在
手，早跳過船來，手起，先把兩個虞候丟下水裡去。宋
江忙喝道：「休得胡做，驚了貴人！」李俊、張順撲通地
跳下水去，早把這兩虞候又送上船來，自己兩個也便托

地又跳上船來。嚇得宿太尉魂不著體。(魂不附體。如此
高官重臣,宋朝憑何自保,當然就會敗於金,滅於蒙古。)
宋江、吳用一齊喝道:「孩兒們且退去!休驚著貴人!我
等慢慢地請太尉登岸。」宿太尉道:「義士有甚事,就此
說不妨。」宋江、吳用道:「這裡不是話說處,謹請太尉
到山寨告稟,並無損害之心,若懷此念,西嶽神靈誅滅!」
到此時候,不容太尉不上岸,宿太尉只得離船上岸。……
(他們劫持宿奸太尉到山上。)宋江、吳用,下馬入寨,
把宿太尉扶在聚義廳上當中坐定,兩邊眾頭領拔刀侍
立。宋江獨自下了四拜,跪在面前,(向奸臣五體投地跪
拜,的確真心奴才,確實忠心耿耿呀!)告稟道:「宋江
原是鄆城小吏,為被官所逼,不得已哨聚山林,(完全信
口雌黃。)權借梁山泊避難,專等朝廷招安,與國家出
力。(這是真話!宋江當土匪,就寄希望明日就招安,當
一個大貪官,而且能「留取官名照蛋清」。)今有兩個兄
弟,無事被賀太守生事陷害,下在牢裡。(這又是假話。)
欲借太尉御香、儀從並金鈴吊掛去賺華州,事畢並還,
於太尉身上並無侵犯。乞太尉鈞鑒。」(此為真言。)宿
太尉道:「不爭你將了御香等物去,明日事露,須連累下
官!」宋江道:「太尉回京,都推在宋江身上便是了。」
宿太尉看了那一班模樣,怎地推託得?只得應允了。(宿
太尉僅有連累自己的擔憂,而沒有青州生民陷入匪手的
生死度量,更無忠義氣節的考量。話說回來,一個奸臣
貪官,當然沒有甚麼節義廉恥,應允配合土匪作惡,自
然而然。)

宋江等人利用這金鈴吊掛,騙得華州賀太守來華山西嶽廟
拜見宿太尉。賀太守及部從三百餘人被殺,然後梁山伯匪眾裡

外配合殺進華州：

> 早見城中兩路火起，一齊殺將入來，先去牢中救了史進、
> 魯智深，就打開庫藏，取了財帛，裝載上車。（此事似乎
> 因玉嬌枝而起，但並未見拯救她，也沒她下落，梁山救
> 史進、魯智深，搶財帛才是出兵目的。一個小小民女，
> 只是土匪們強姦對象，絕不是拯救對象。）一行人離了
> 華州，上船回到少華山上，都來拜見宿太尉，納還御香、
> 金鈴吊掛、旌旗、門旗、儀仗等物，拜謝了太尉恩相。（欺
> 凌百姓肆無忌憚，自然跪拜朝廷奸臣貪官，稱「恩相」，
> 到底是奴才。第四十二回《還道村受三卷天書　宋公明
> 遇九天玄女》九天玄女對宋江這星主說「遇宿重重喜」，
> 第一次見面果然如此，宿太尉的確是「恩相」。）宋江教
> 取一盤金銀相送太尉，隨從人等，不分高低，都與了金
> 銀。
> 就山寨裡做了個送路筵席，謝承太尉。（合作甲方乙方彬
> 彬有禮！）眾頭領直送下山，到河口交割了一應什物船
> 隻，一些不少，還了原來的人等。宋江謝別了宿太尉，……
> （民間傳言他們互訴離愁別緒，詩歌唱和。宋江剽竊李
> 太白，賦詩一首：「貪官西辭梁山樓，煙花三月上京州。
> 孤帆黑影隱烏雲，唯見污水天際流。」宿太尉模仿李太
> 白，賦詩一首：「元景乘舟將欲行，忽聞岸上金銀聲。梁
> 山污水深千尺，不及土匪送我金。」）

　　用宿太尉的名義、行頭、儀仗，打開華州，劫得金銀，且
有金銀相送和送路筵席酬謝，而宿太尉和手下對此卻欣然照單
全收。宿太尉及其手下究竟為何種人？！
　　據坊間傳說，宿太尉和隨從們收受匪徒們打劫的金銀回

京。得知此事，初入官場的書生不解，議論紛紛。徽宗降旨，命宿太尉開設公開課，講授《官場經濟學》。其言曰：「自古以來，官匪一家，官就是匪，匪就是官。官匪合作，平分所得金銀，這叫按股分紅！他們借我的金鈴吊掛，取得華州金銀，更該加倍分紅利與我。再說，我吃了一驚，隨從也吃驚，也該有金銀，這叫精神賠償。有不法小民說，吾主持治黃工程，收受黃金 14 億斤，竟敢說此為貪污。小民愚蠢，汝等自當開悟。自古以來權就是錢，錢就是權；當官不發財，誰也不會來。權錢交易刺激經濟飛速增漲：錢是潤滑油，沒有錢，權力機器不運行，經濟停滯；給錢，經濟發展，給錢愈多，經濟飛速發展。此為貪污刺激經濟發展新理論！已經榮獲第 4444888 屆周蛹狁賴葬星雷政富權利經濟學理論創新獎。」一時間唾沫橫飛，天花亂墜。眾書生皆五體投地，高聲呼叫曰：「我等啟蒙矣！謝恩相！」

　　從此以後，宋江「遇宿重重喜」，而且對宿太尉及其手下都有大量金銀財寶贈送。文中說宿太尉下船來華州城中，得知梁山泊賊人賺開青州城門，殺盡守城軍兵人馬，劫了府庫錢糧；城中殺死軍校一百餘人，馬匹盡皆擄去；西嶽廟中又殺了許多人性命。果然，回到京城宿太尉聽宋江的話，「太尉回京，都推在宋江身上便是了」。他叫本州推官寫文書，申達中書省起奏：「宋江在途中劫了御香、吊掛，因此賺知府到廟，殺害性命。」

　　朝廷昏皇帝也沒有派遣其他奸臣貪官調查真相，追究宿太尉的責任，然而即便昏君要高俅、童貫、蔡京等奸臣調查，他們也必定互相庇護，蒙蔽昏君。後來童貫、高俅先後征討梁山大敗而回，童貫、高俅、蔡京相互庇護，謊言哄騙昏君。當然昏君即便知道真相也不會懲辦，因為無道濫行的昏君依靠的就是無道濫行奸臣貪官污吏組成的政府統治天下，懲辦奸臣貪官

污吏不是自敗家門嗎？殺貪官不是殺自己嗎？！奧古斯丁說得真好：「如果沒有社會正義，政府是什麼？不過是有組織的強盜罷了。」

六、梁山與芒碭山、曾頭市：匪道黑道之間的廝殺

華州戰役以後，《水滸傳》第六十回主要有芒碭山土匪事件和曾頭市事件。徐州沛縣芒碭山打家劫舍的土匪混世魔王樊瑞、八臂那吒項充、飛天大聖李袞要來吞併梁山泊。宋江大怒，兩匪軍對陣打了兩仗，公孫勝的妖法破了樊瑞的妖法，擒拿項充、李袞。宋江故伎重演，不殺他倆，以禮相待，使他們感動，因「大義」投降，自認是「逆天之人」。然後他倆回山以「宋江如此義氣」勸得樊瑞感動，三人一起投降梁山泊。

曾頭市事件在第六十回和第六十八回，其本質是地方黑道豪強與梁山匪寇爭霸，起因僅僅為爭奪一匹馬。盜馬賊金毛犬段景住「平生只靠去北邊地面盜馬」為生。他越過宋金邊界，到槍竿嶺盜得大金王子的照夜玉獅子馬。據他自己對宋江說本想「進獻與頭領，權表我進身之意」，路過位於淩州的曾頭市，被曾家五虎搶奪。

戴宗前往曾頭市「探聽那匹馬的下落」，得知曾長官和號稱曾家五虎的兒子曾塗、曾參、曾索、曾魁、曾升和教師史文恭、蘇定「聚集著五七千人馬，紮下寨，造下五十餘輛陷車，發願說他與我們勢不兩立，定要捉盡俺山寨頭領，做個對頭。那匹千里玉獅子馬現今與教師史文恭騎坐」。於是，晁蓋大怒，帶領梁山匪眾征討曾頭市。曾頭市法華寺兩個和尚，將晁蓋引入曾家五虎的埋伏圈，晁蓋中了史文恭的毒箭身亡。這是第六十回一打曾頭市。以後從六十一回到六十七回都是宋江、吳用騙取盧俊義上梁山引發的北京戰役。這且不說，先把梁山泊與曾頭

市的衝突說完。

　　盧俊義上山後，第六十八回宋江二打曾頭市也因為馬。段景住、楊林和石勇到北地買的二百餘匹馬被一夥頭領為險道神郁保四的強人搶去，解送曾頭市，可見這曾頭市曾家也與土匪勾結，是黑官兩道均佔的人物。宋江攻打曾頭市殺了曾塗、曾索、曾升、曾參、曾魁和教師蘇定。曾長官自縊身死。佔領曾頭市，宋江「先把曾升就本處斬首，曾家一門老少，盡數不留。抄擄金銀財寶，米麥糧食，盡行裝載上車，回梁山泊給散各部頭領，犒賞三軍」。教師史文恭被活捉，押解上山，被「破腹剜心，享祭晁蓋」。

　　曾頭市慘敗的原因之一就是先前與他們勾結來往的土匪頭目郁保四的背叛。他原本與曾家一夥，曾家派遣他與曾升一起到宋江營寨中講和。宋江暗地裡威脅利誘郁保四，要他做內應，威脅說：「你若肯建這場功勞，山寨裡也教你做一個頭領。奪馬之仇，折箭為誓，一齊都罷。你若不從，曾頭市破在旦夕。任從你心。」郁保四就出賣曾頭市，導致曾頭市毀滅。

　　可見，曾頭市事件就是梁山土匪與黑官兩道均佔的曾頭市曾家的爭霸戰，就因為幾百匹馬。

七、大名府戰役：毒計陷盧俊義為匪，毀滅大名府，牽出又一群投降軍官

　　第六十一回到第六十八回是吳用騙賺盧俊義上山。這一事件情節非常精彩，但最能體現封建專制社會之人性是這一事件的起因、結果，盧俊義上山前後的變化和朝廷軍官的變臉投降。

　　盧俊義本是大名府豪富，他收留「凍倒在盧員外門前」的李固，收養浪子燕青。文中說燕青「自小父母雙亡，盧員外家中養得他大」，可見盧俊義豪富又仁德。宋江和吳用賺取盧俊義

上山，目的在利用他「棍棒天下無對」，對付「官軍緝捕」，添增得到招安的本錢。

　　吳用假扮算命先生，混進北京，到盧家給盧俊義算命，要他「去東南方地一千里之外」，以免「家私不能保，死於刀劍之下」的血光之災，並要盧俊義在自家白粉壁上寫下隱含「盧俊義反」的所謂免災的藏頭卦歌：「盧花叢裡一扁舟，俊傑俄從此地遊。義士若能知此理，反躬逃難可無憂。」為避血光之災，盧俊義決定前往東南泰安州。心腹僕從燕青苦勸，說這一路正經過宋江那夥強人出沒處，說這可能是「梁山歹人假裝陰陽人來煽惑，要賺主人那裡落草」。自以為天下無敵的盧俊義不聽燕青所言，也不聽都管李固、妻子賈氏的勸告，執意取道梁山泊前往泰安州，車輛上還插四面旗子，寫著「慷慨北京盧俊義，遠馱貨物離鄉地。一心只要捉強人，那時方表男兒志」。途經梁山泊，經過一番打鬥，他落水，被活捉上山。宋江請他坐第一把交椅，盧俊義寧死不從，說：「寧就死亡，實難從命。」第二天，宋江等人設宴，再次引誘盧俊義：

> 請出盧員外來赴席，再三再四僞留在中間坐了。酒至數巡，宋江起身把盞陪話道：「夜來甚是衝撞，幸望寬恕。雖然山寨窄小，不堪歇馬，員外可看『忠義』二字之面。宋江情願讓位，休得推卻。」盧俊義道：「咄！頭領差矣！盧某一身無罪，薄有家私，生為大宋人，死為大宋鬼！若不提起『忠義』兩字，今日還胡亂飲此一杯，若是說起『忠義』來時，盧某頭頸熱血可以便濺此處！」

　　從這裡，我們可以見到盧俊義「忠義」與宋江的本質區別：他知道絕對不能做害國害民的土匪，才可稱「忠義」。

　　宋江、吳用見盧俊義不願上山為匪，再次設下毒計。他們

暫扣盧俊義，吳用卻對盧俊義管家李固說：「你的主人已和我們商議定了，今坐第二把交椅。此乃未曾上山時預先寫下四句反詩在家裡壁上。我叫你們知道：壁下三十八個字，每一句頭上出一個字『蘆花灘上有扁舟』，頭上『蘆』字，『俊傑俄從此地遊』，頭上『俊』字；『義士若能知此理』，頭上『義』字；『反躬逃難可無憂』，頭上『反』字。這四句詩包藏『盧俊義反』四字。今日上山，你們怎知？本待把你眾人殺了，顯得我梁山泊行短。今日姑放你們回去，便可佈告京城：主人決不回來！」

李固與盧俊義妻子本有私情，他回家立即向北京知府梁中書首告盧俊義「投降梁山泊落草，做了第二把交椅」。北京的陷阱安排好以後，盧俊義被宋江釋放，回到北京立即被梁中書捉拿，拷打，只得屈招認罪。於是又上演一場官場上下、原告被告、梁山泊強寇重重疊疊的權錢交易。李固「上下都使了錢」，他還買通兩院押獄行刑劊子手鐵臂膊蔡福和一枝花蔡慶兩兄弟。這倆兄弟後來也上了梁山，也須說一說：

> 蔡福行過州橋來，只見一個茶博士，叫住唱喏道：「節級，有個客人在小人茶房內樓上，專等節級說話。」蔡福來到樓下看時，正是主管李固。各施禮罷，蔡福道：「主管有何見教？」李固道：「奸不廝瞞，俏不廝欺。小人的事都在節級肚裡。今夜晚間只要光前絕後。無甚孝順，五十兩蒜條金在此，送與節級。廳上官吏，小人自去打點。」蔡福笑道：「你不見正廳戒石上刻著『下民易虐，上蒼難欺？』你那瞞心昧己勾當，怕我不知！你又佔了他家私，謀了他老婆，如今把五十兩金子與我，結果了他性命，日後提刑官下馬，我吃不得這等官司！」李固道：「只是節級嫌少，小人再添五十兩。」蔡福道：「李主管，你『割貓兒尾，拌貓兒飯！』北京有名怎地一個盧員外，只值

得這一百兩金子？你若要我倒地他，也不是我詐你，只把五百兩金子與我！」李固便道：「金子在這裡，便都送與節級，只要今夜完成此事。」蔡福收了金子，藏在身邊，起身道：「明日早來扛屍。」李固拜謝，歡喜去了。

可見司法警官蔡福是一個見錢害人性命的傢夥。盧俊義是北京豪富，他要價五百兩金子。然而，柴進代表梁山泊匪徒帶來一千兩金子再加以身家性命威脅，情節就發生了變化：

蔡福回到家裡，卻才進門，只見一人揭起蘆簾，跟將入來，叫一聲：「蔡節級相見。」蔡福看時，但見那一個人生得十分標緻，且是打扮整齊：身穿鴉翅青圓領，腰繫羊指玉鬧妝，頭帶俊莪冠，足躡珍珠履。那人進得門，看著蔡福便拜。蔡福慌忙答禮，便問：「官人高姓？有何見教？」那人道：「可借裡面說話。」蔡福便請入來一個商議閣裡分賓坐下。那人開話道：「節級休要吃驚，在下便是滄州橫海郡人氏，姓柴，名進，大周皇帝嫡派子孫，綽號小旋風的便是。只因好義疏財，結識天下好漢，不幸犯罪，流落梁山泊。今奉宋公明哥哥將令，差遣前來，打聽盧員外消息。誰知被贓官污吏，淫婦姦夫，通情陷害，監在死囚牢裡，一命懸絲，盡在足下之手。不避生死，特來到宅告知：若是留得盧員外性命在世，佛眼相看，不忘大德，但有半米兒差錯，兵臨城下，將至濠邊，無賢無愚，無老無幼，打破城池，盡皆斬首！久聞足下是個仗義全忠的好漢，無物相送，今將一千兩黃金薄禮在此。倘若要捉柴進，就此便請繩索，誓不皺眉。」蔡福聽罷，嚇得一身冷汗，半晌答應不得。柴進起身道：「好漢做事，休要躊躇，便請一決。」蔡福道：「且請壯士回

　　步。小人自有措置。」柴進便拜道:「既蒙語諾,當報大
恩。」出門喚個從人,取出黃金,遞與蔡福,唱個喏便
走。外面從人乃是神行太保戴宗,又是一個會走的!

　　從這裡,蔡慶、蔡福知道這盧俊義真是梁山泊要的人,他
們更知道梁山「兵臨城下」的後果,於是他們使用這一千兩金
子為盧俊義買上告下:

　　蔡福,蔡慶兩個議定了,暗地裡把金子買上告下,關節
已定。(這一下該李固著急。)次日,李固不見動靜,前
來蔡福家催並。蔡慶回說:「我們正要下手結果他,中書
相公不肯,已叫人吩咐要留他性命。你自去上面使用,
囑咐下來,我這裡何難?」李固隨即又央人去上面使用。
中間過錢人去囑託,梁中書道:「這是押獄節級的勾當,
難道教我下手?過一兩日,教他自死。」兩下裡廝推。
張孔目已得了金子,只管把文案拖延了日期。蔡福就裡
又打關節,教極輕發落。張孔目將了文案來稟,梁中書
道:「這事如何決斷?」張孔目道:「小吏看來,盧俊義
雖有原告,卻無實跡;雖是在梁山泊住了許多時,這個
是扶同詿誤[67],難同真犯。只宜脊杖四十,刺配三千里。
不知相公心下如何?」梁中書道:「孔目見得極明,正與
下官相合。」(梁中書這些傢夥們兩頭吃錢,真快活!手
頭有權,自然有錢!所以民間自古唱傳一民謠:自古衙
門朝錢開,有理無錢莫進來。官司勝敗由誰定,就看原
告被告的錢財。)
　　隨喚蔡福牢中取出盧俊義來,就當廳除了長枷,讀了招

---

[67] 詿 (guī) 誤:受欺蒙而牽連犯罪。

狀文案,決了四十脊杖,換一具二十斤鐵葉盤頭枷,就廳前釘了,便差董超、薛霸管押前去,刺配沙門島。
……李固得知,只得叫苦,便叫人來請兩個防送公人說話。董超、薛霸到得那裡酒店內,李固接著,請閣兒裡坐下,一面鋪排酒食管待。三杯酒罷,李固開言說道:「實不相瞞,盧員外是仇家。今配去沙門島,路途遙遠,他又沒一文,教你兩個空費了盤纏。急待回來,也待三四個月。我沒甚的相送,兩錠大銀,權為壓手。多隻兩程,少無數里,就便的去處,結果了他性命,揭取臉上金印回來表證,教我知道,每人再送五十兩蒜條金與你。你們只動得一張文書,留守司房裡,我自理會。」董超、薛霸兩個相視。董超道:「只怕行不得?」薛霸便道:「哥哥,這李官人,有名一個好男子,我便也把件事結識了他,若有急難之處,要他照管。」李固道:「我不是忘恩失義的人,慢慢地報答你兩個。」

　　有錢能使鬼推磨,大家都使錢,就看誰的錢多。權錢交易是專制社會權力運行的規則。不是浪子燕青這心腹僕從跟蹤主人來到野林中,殺死董超、薛霸,盧俊義必定命喪黃泉。面對官兵緝捕,他倆只好投奔梁山泊。途中,燕青外出打獵,留盧俊義在房中將息杖瘡。店小二舉報,盧俊義被捕。燕青只好去梁山泊報與宋江,救自己的主人。路途中,燕青巧遇從梁山泊到北京的病關索楊雄、拼命三郎石秀。三人商議一番,楊雄和燕青上梁山通報,石秀進北京打聽盧俊義的消息。來到北京,石秀得知盧俊義將被處斬,他劫法場,「殺人似砍瓜切菜。走不迭的,殺翻十數個」。接著,他與盧俊義一同被擒。繼而接著就有梁山泊攻打北京城,救取盧俊義和石秀的北京戰役。
　　其他不說,就說說後來投降梁山的司法官蔡京和蔡福,軍

官急先鋒索超、大刀關勝、醜郡馬宣贊、井木犴郝思文的變臉
表演。

（一）鐵胳膊蔡福和一枝花蔡慶投降

前面已經交代，他倆兄弟得到李固五百兩黃金，本想當夜
就害盧俊義，然而得到梁山泊一千兩金條和威脅，斟酌衡量一
番利弊，就變臉「上下使用」這一千兩金條，使盧俊義得以輕
判。燕青殺死董超和薛霸，主奴逃亡途中，盧俊義重新被捕，
判處死刑。臨刑之際，石秀劫法場，與盧俊義一起被關押，「蔡
福要結識梁山泊好漢，把兩個做一處牢裡關鎖著，每日好酒好
肉，與他兩個吃。因此不曾吃苦，倒將養得好了」。第六十六回，
柴進和樂和再次潛入北京密見蔡福，要他帶路前往劫獄。「蔡福
是個公人，早猜了八分。欲待不依，誠恐打破城池，都不見了
好處，又陷了一家老小的性命。只得擔著血海的干係」，帶著柴
進、樂和劫獄。隨後，北京被攻破，他倆兄弟與盧俊義一起上
山投降。可見這兄弟倆，本來就是貪錢可以害命的貪官，為了
自保，舔梁山強寇的屁眼，合作出賣北京貪官也是順理成章，
自然而然。通讀《水滸傳》，此為封建專制社會司法警官爛污原
生態。

盧俊義因梁山泊宋江與吳用的陰謀而家破人亡，受盡折
磨。宋江攻佔北京後，文中說他因宋江梁山「救拔賤體」，有「肝
膽塗地，難以報答」的感覺，就上梁山坐了第二把交椅。這的
確讓人感到可笑。他真是智障傻瓜？不知到梁山是自己災難的
始作俑者？！再看宋朝武將被俘前後判若兩人的變臉投降，筆
者為之一嘆。通觀《水滸傳》，此為封建專制社會爛污軍官原生
態。

（二）大名府上將急先鋒索超的變臉投降

先看索超與霹靂火秦明對陣的話語和行為：

宋江陣中早已捧出一員大將，紅旗銀字，大書「霹靂火秦明」。⋯⋯勒馬陣前，厲聲大叫：「大名濫官污吏聽著！多時要打你這城子，誠恐害了百姓良民。好好將盧俊義、石秀送將出來，淫婦姦夫一同解出，我便退兵罷戰，誓不相侵！若是執迷不悟，便叫昆侖火起，玉石俱焚，只在目前。有話早說，休得俄延！」

話猶未了，聞達大怒，便問：「誰與我力擒此賊？」話言猶未了，腦後鑾鈴響處，一員大將（索超）當先出馬。⋯⋯出到陣前，高聲喝道：「你這廝是朝廷命官，國家有何負你？你好人不做，卻落草為賊！我今拿住你時，碎屍萬段，死有餘辜！」這個秦明，又是一個性急的人，聽了這話，一發爐中添炭，火上燒油，拍馬向前，掄動狼牙棍，直奔將來。索超縱馬直取秦明。二匹烈馬相交，兩般軍器並舉，眾軍吶喊。鬥過二十餘合，不分勝敗。

秦明稱大名府官員為「濫官污吏」，索超罵秦明「落草為賊」，這都是真話。秦明自己沒有投降之前討伐清風山也罵宋江、花榮等為「賊」，但他自己也是貪官慕容知府的手下。索超罵秦明「落草為賊」，自己被俘也立即變臉，落草為賊：

（第六十五回）且說宋江到寨，中軍帳上坐下，早有伏兵解索超到麾下。宋江見了大喜，喝退軍健，親解其縛，請入帳中，置酒相待，用好言撫慰道：「你看我眾兄弟們一大半都是朝廷軍官。蓋為朝廷不明，縱容濫官當道，污吏專權，苦害良民，都情願協助宋江替天行道。若是將軍不棄，願求協助宋江，一同替天行道。」楊志向前另自敘禮，訴說別後相念。兩人執手灑淚，事已到此，不得不服。宋江大喜。再教置酒帳中作賀。

　　這一段對白言談非常可笑。宋江本身就是鄆城縣混賬貪酷押司，與知縣、都頭朱全、雷橫一夥貪贓枉法苦害良民，這會兒卻以討伐貪官，替天行道為藉口，攻打北京，苦害百姓。如同袁紹、呂布、劉備，他們自己本身就是奸雄，卻以討伐奸雄曹操為藉口，擴張自己的地盤。索超為投降而流淚，為了自己的命「事到如此，不得不服」，就投降。《水滸傳》中朝廷軍官沒有英雄，《宋史》史實也如此記載：蒙古軍隊入侵，大小城池守軍紛紛倒戈舉手投降，惟有重慶合川府釣魚城主將王堅與副將張珏的頑強抗擊，前後共三十六年。最後全中國都投降，也只好投降，所以全世界公認岳飛是中國古代最後一個武士。

　　（三）大刀關勝的變臉投降

　　第六十四回大刀關勝出場與宋江見面：

> 宋江在門旗下喝住林沖，縱馬親自出陣，欠身與關勝施禮，說道：「鄆城小吏宋江謹參，惟將軍問罪。」關勝喝道：「汝為小吏，安敢背叛朝廷？」宋江答道：「蓋為朝廷不明，縱容奸臣當道，不許忠良進身，設除濫官污吏，陷害天下百姓。宋江等替天行道，並無異心。」關勝喝道：「分明草賊！替何天？行何道？天兵在此，還巧言令色！若不下馬受縛，著你粉骨碎身！」猛可裡霹靂火秦明聽得，大叫一聲，手舞狼牙棍，縱馬直搶過來；林沖也大叫一聲，挺槍出馬，飛搶過來。兩將雙取關勝，關勝一齊迎住。

　　關勝對宋江的巧言令色，自我粉飾非常清楚：「分明是草賊！替何天？行何道？」宋江生擒關勝要他投降，目的在壯大自己的投降隊伍。他見關勝無法抵敵秦明和林沖，立即鳴笛收兵。關勝開始發生變化：

且說關勝回到寨中，下馬卸甲，心中暗忖道：「我力鬥二將不過，看看輸與他了，宋江倒收了軍馬，不知是何意思？」便叫小軍推出陷車中張橫、阮小七過來，問道：「宋江是個鄆城縣小吏，你這廝們如何伏他？」阮小七應道：「俺哥哥，山東、河北大名，叫做及時雨呼保義宋公明。你這廝，不知忠義之人，如何省得！」關勝低頭不語，且叫推過陷車。

阮小七說到「忠義」二字，關勝「低頭不語」。這不語就是語，能殺了我卻放生我，這就是「義」啊！身為關羽嫡派子孫，他應該知道自己祖宗被全中國讚賞的忠義：劉關張桃園結義，誓願「不求同日生，但求同日死」。劉備生死不明的時候，關羽可以投降曹操；得知劉備活著，他立即封金掛印，過五關斬六將回歸自己的主子懷抱。在中國封建專制社會，忠就是忠於自己的主子，忠於自己主子就是仗「義」，但關勝比自己祖宗關羽還差勁，自己的主子徽宗道君昏皇帝還活著，他被俘後幾乎沒有半點猶豫立即投降。第六十五回：

> 天曉，宋江會眾上山，此時東方漸明。忠義堂上分開坐次，早把關勝、宣贊、郝思文分頭解來。宋江見了，慌忙下堂，喝退軍卒，親解其縛，把關勝扶在正中交椅上，納頭便拜，叩首伏罪，說道：「亡命狂徒，冒犯虎威，望乞恕罪！」關勝連忙答禮，閉口無言，手足無措。呼延灼亦向前來伏罪道：「小可既蒙將令，不敢不依。萬望將軍免恕虛誕之罪！」關勝看了一班頭領，義氣深重，回顧宣贊，郝思文道：「我們被擒在此，所事若何？」二人答道：「並聽將令。」關勝道：「無面還京，俺三人願賜早死！」宋江道：「何故發此言？將軍倘蒙不棄微賤，可

以一同替天行道。若是不肯,不敢苦留,只今便送回京。」
關勝道:「人稱忠義宋公明,話不虛傳!人生世上,君知
我報君,友知我報友。今日既已心動,願住帳下為一小
卒。」宋江大喜。當日一面設筵慶賀,一邊使人招安逃
竄敗軍,又得了五七千人馬。投降軍內有老幼者,隨即
給散銀兩,便放回家。一邊差薛永書往蒲東搬取關勝老
幼,都不在話下。

　　關勝的投降理由非常可笑:土匪宋江說「倘蒙不棄微賤,
可以一同替天行道;若是不肯,不敢苦留,只今便送回京」就
是「忠義」,就是「知我」,就可以投降,故而他文縐縐地說自
己投降是「君知我報君,友知我報友」。與宋江一樣,關勝特能
為自己投降變臉找一些理由,做一些粉飾:這可不是投降土匪
啊,是「以德報德」,是「投之以瓊琚,報之以瓊瑤」。也就是
說他和宋江都是「德」,都是「瓊瑤」。

　　貪官污吏與梁山土匪北京之戰,平民遭遇悲慘。從第六十
三回《宋江兵打北京城　關勝議取梁山泊》到六十六回《時遷
火燒翠雲樓　吳用智取大名府》,就因為要騙賺盧俊義上梁山,
壯大梁山匪眾,增加招安當官的本錢,就有了北京戰役,有了
雙方死傷慘重的廝殺。他們殺入北京,殺人放火,文中說:「此
時北京城內,百姓黎民,一個個鼠竄狼奔,一家家神號鬼哭。」
蔡福和蔡慶投降梁山,配合柴進,劫獄放出盧俊義和石秀。柴
進保全了他們的家小。蔡福還剩有一點良心,乞求柴進不要傷
害一城百姓:

　　卻說柴進和蔡福到家中收拾家資老小,同上山寨,蔡福
　　道:「大官人可救一城百姓,休叫殘害。」柴進見說,便
　　去尋軍師吳用。比及柴進尋著吳用。急傳號令下去,休

叫殺良民時，<u>城中將及傷損一半</u>。但見：

煙迷城市，火燎樓臺，千戶萬戶受災危，三市六街遭患
難。鼇山倒塌，紅光影裡碎琉璃；殿宇崩摧，烈焰火中
燒翡翠。前街傀儡，顧不得面是背非；後巷清音，盡丟
壞龍笙鳳管。斑毛老子，猖狂燎盡白髭鬚；綠髮兒郎，
奔走不收華蓋傘。耍和尚燒得頭焦額爛；麻婆子趕得屁
滾尿流。踏竹馬的暗中刀槍，舞鮑老的難免刀捌。如花
仕女，人從中金墜玉崩；玩景佳人，片時間星飛雲散。
瓦礫藏埋萬金斛，樓臺變作祝融墟。可惜千年歌舞地，
翻成一片戰爭場。

第六十七回。他們殺人，搶劫。「梁中書、李成、聞達、王
太守各家老小，殺的殺了，走的走了，也不來追究。便把大名
府庫藏打開，應有金銀寶物，段匹綾緞都裝載上車。又開倉廒，
將糧米俵濟滿城百姓，余者也裝載上車，將回梁山泊倉用。」
據六十七回梁中書寫給朝廷的申奏表說：「民間被殺死者五千餘
人，重傷者不計其數。各部軍馬，總折三萬有餘。」這統計不
確，前此說「城中傷損一半」，也就是城中平民一半被殺，建築
一半被毀。當時的北京城當有居民十萬以上，被殺的一半當有
五萬以上。

梁山匪徒回到梁山泊，「大設筵宴，犒賞馬步水三軍」，「將
北京所得的府庫金寶財物，給賞三軍。連日殺牛宰馬，大排筵
宴，慶賀盧員外。雖無炮鳳烹龍，端的肉山酒海。」中國古代，
由於生產力低下和官僚社會的苛捐雜稅，一般百姓衣食不濟，
時常路有餓殍。如果天災人禍，奸雄混戰爭奪天下，更是曹操
詩中所描繪「白骨露於野，千里無雞鳴」。生死不保，何來酒
肉？！

梁山草寇與貪官污吏一樣是百姓的禍害，而且是更大的禍

害。土匪與貪官污吏之間的權位變化有兩種可能：

其一、土匪接受招安，投降昏君奸臣，也成為貪官污吏。本來就沒有道義感的土匪投降貪官污吏，成為昏君奸臣領導下的「名正言順」的貪官污吏，順理成章，自然而然。中國封建社會自古以來不是如此嗎？

其二、土匪在其首領奸雄韜略領導下，推翻奸君奸臣，自立王朝。中國自古以成敗論英雄，成了皇帝的土匪首領就是「天子」，他們都有「順天承運」、「替天行道」的面具。他們打天下目的，就是要佔有天下，所以專制和腐敗完全是一碼事。貪官污吏與民間歹徒權錢交易，滋生黑道匪道江湖社會，兩者相應相生，黑道官道渾然一體，形成黑就是官，官就是黑的社會形態。貪官污吏政府官道與江湖黑道、匪道社會本質完全一樣，只不過名號不同，這邊號稱皇帝天子、太尉、太師、知府、知縣、都頭等等；那邊號稱好漢、義士、壯士，大哥、二哥、三弟、嘍囉等等。這是封建專制的必然結果，中國自古以來都是如此。

第六十七回。得知梁山泊軍馬退去，敗退的梁中書、李成和聞達回城，「看覷老小時，十損八九。眾皆號哭不已」。「梁中書的夫人躲在後花園，逃得性命。」梁中書上書申奏朝廷，岳父太師蔡京第二天面奏道君皇帝宋徽宗。宋徽宗聞奏大驚失色，諫議大夫趙鼎出班建議：「赦罪招安，詔取赴闕，命作良臣，以防邊境之害，此為上策。」這就是讓土匪作官，利用他們。蔡京反對，說這是「翻滅朝廷綱紀，猖獗小人」。這是要堵住「要當官，殺人放火受招安」的路。他舉薦淩州團練使單廷圭和魏定國剿捕梁山土匪。

（四）單廷圭、魏定國變臉投降

單廷圭和魏定國奉命馳援北京。他倆與關勝等將領一樣，

起初與梁山臨陣對敵，似乎大義凜然，儼然英雄豪傑，被活捉立即就變臉投降，他們的變臉術彼此彼此，可稱一絕。請看他倆與關勝對敵：

> 凌州太守接得東京調兵的敕旨並蔡太師的劄付，便請兵馬團練單廷圭，魏定國商議，二將受了劄符，隨即選點軍兵，關領器械，拴束鞍馬，整頓糧草，指日起行。忽聞報說：「蒲東大刀關勝引軍到來侵犯本州。」單廷圭、魏定國聽得，大怒，便收拾軍馬，出城迎敵。兩軍相迎，旗鼓相望。門旗下關勝出馬。……聖水將軍單廷圭、神火將軍魏定國兩員虎將一齊出到陣前。
> ……關勝見了，在馬上說道：「二位將軍，別來久矣。」單廷圭、魏定國大笑，指著關勝罵道：「無才小輩，背反狂夫！上負朝廷之恩，下辱祖宗名目，不知廉恥！引軍到來，有何理說？」關勝答道：「你二將差矣，目今主上昏昧，奸臣弄權，非親不用，非仇不彈。兄長宋公明，仁義忠信，替天行道，特令關某招請二位將軍，倘蒙不棄，便請過來，同歸山寨。」單、魏二將聽得大怒，驟馬齊出，一個是遙天一朵烏雲，一個如近處一團烈火，飛出陣前。

關勝這番話完全是為自己投降找一個心安理得的面具。宋江「仁義忠信」完全是假話，他知道宋江一夥就是土匪。「主上昏昧，奸臣弄權」是事實，然而這能成為投降土匪的藉口？故而梁山泊各種身份的土匪都要為宋江、為自己蒙上仁義面具。這一戰，水火二將活捉宣贊、郝思文。第二戰單、魏二將被活捉，立即投降。首先投降的是單廷圭：

> 當下單廷圭出馬，大罵關勝：「辱國敗將！何不就死！」

關勝聽了，舞刀拍馬來鬥。兩個不到五十餘合，關勝勒轉馬頭，慌忙便走。單廷圭隨即趕將來，約趕十餘里，關勝回頭喝道：「你這廝不下馬受降，更待何時！」單廷圭挺槍直取關勝後心。關勝使出神威，拖起刀背，只一拍，喝一聲「下去！」單廷圭跌下馬來。關勝下馬，向前扶起，叫道：「將軍恕罪！」單廷圭惶恐伏地，乞命受降。關勝道：「某在宋公明哥哥面前多曾舉保你，特來相招二位將軍，同舉大義。」單廷圭答道：「不才願效犬馬之力，同共替天行道。」兩個說罷，並馬而行。林沖見二人並馬行來，便問其故。關勝不說輸贏，答道：「山僻之內，訴舊論新，招請歸降。」林沖等眾皆大喜。單廷圭回至陣前，大叫一聲，五百黑甲軍兵一齊過來。其餘人馬，奔入城中去了，連忙報知太守。

單廷圭投降，魏定國罵他「忘恩背主，不才小人」，自己被包圍，只是要求有臉面地投降：

關勝引軍馬把縣四下圍住，便令諸將調兵攻打。魏定國閉門不出。單廷圭便對關勝、林沖等眾位說道：「此人是一勇之夫，攻擊得緊，他寧死，必不辱。事寬即完，急難成效。小弟願往縣中，不避刀斧，用好言招撫此人，束手來降，免動干戈。」關勝見說，大喜，隨即叫單廷圭匹馬到縣。

小校報知，魏定國出來相見了，邀請上廳而坐。單廷圭用好言說道：「如今朝廷不明，天下大亂，天子昏昧，奸臣弄權，我等歸順宋公明，且居水泊；久後奸臣退位，那時臨朝，去邪歸正，未為晚也。」（此為投降軍官共同妙算：為了自己的狗命，暫時放棄貪官烏紗帽，投降土

匪，當一次土匪，然後再投降昏君奸臣當貪官。此選擇，絕頂聰明。）魏定國聽罷，沈吟半晌，說道：「若是要我歸順，須是關勝親自來請，我便投降；他若是不來，我寧死不辱！」單廷圭即便上馬，回來報與關勝，關勝見說，便道：「關某何足為重，卻承將軍謬愛？」匹馬單刀，別了眾人及單廷圭便去。林沖諫道：「兄長，人心難忖，三思而行。」關勝道：「舊時朋友，何妨？」直到縣衙。魏定國接著，大喜，願拜投降。同敘舊情，設筵管待。當日帶領五百火兵，都來大寨，與林沖、楊志並眾頭領俱各相見已了，即便收軍回梁山泊來。

總之，這一系列大宋朝廷軍官投降有一個共同的妙算：兵敗被俘，不投降，頭落官帽落；投降，再謀招安當貪官，頭在官帽在，這條路最是穩妥。

八、梁山攻打東平府和東昌府：兵馬都監董平和張清投降

第六十八回宋江和盧俊義攻打曾頭市此前已論。第六十九回宋江要遵循晁蓋遺囑，把梁山泊頭把交椅讓給捉拿曾頭市史文恭的盧俊義。眾頭領不服，宋江說：「目今山寨錢糧缺少，梁山泊東，有兩個州府，卻有錢糧：一處是東平府，一處是東昌府。我們自來不曾攪擾他那裡百姓。今去問他借糧，可寫下兩個鬮兒，我和盧員外各拈一處。如先打破城子的，便做梁山泊主，如何？」

本是黑道歹徒匪道強賊，卻自稱「好漢」，本是「聚惡」，卻自稱「聚義」，本為「搶劫殺人」，卻自稱「替天行道」，本是「搶」，卻說「借」，這可是歷代歹徒們的黑色幽默。大家贊同這一箭雙雕的惡行：既可得兩府錢糧，又憑本事、運氣選舉了

梁山匪首。鐵面孔目裴宣,寫下兩個鬮兒。焚香對天祈禱已罷,各拈一個。宋江拈著東平府,盧俊義拈著東昌府,於是有二州府的災難和雙槍將董平和沒羽箭張清的變臉投降。

(一)東平府兵馬都監董平投降

董平是東平府兵馬都監,善使雙槍,有萬夫不當之勇。文中說他「心靈機巧,三教九流[68]無所不通,品竹調弦,無有不會。山東、河北皆號他風流雙槍將。」這風流我們不論,但他心地忒窄小歹毒。此前,他看上東平府太守的女兒,累累使人求親未成,就與太守面和心不和。這一次大戰來臨,他立即「使一個就裡的人,乘勢來問這門親事」。程太守回說:「我是文官,他是武官,相贅為婿,正當其理。只是如今賊寇臨城,事在危急,若還便許,被人恥笑。待得退了賊兵,保護城池無事,那時議親,亦未為晚。」那人把這話回復董平,「董平雖是口裡應道:『說得是。』只是心中躊躇,不十分歡喜,恐怕程太守日後不肯。」

宋江連夜攻擊,董平出戰,中了陷阱,被一丈青扈三娘、母夜叉孫二娘活捉。他這樣的人自然變臉投降:

> 卻說宋江過了草屋,勒住馬,立在綠楊樹下,迎見這兩個女頭領解押董平。宋江隨即喝退兩個女將:「我教你去相請董平將軍,誰教你們綁縛他來!」二女將諾諾而退。宋江慌忙下馬,自來解其繩索,便脫護甲錦袍,與董平穿著,納頭便拜。董平慌忙答禮。

---

[68] 《漢書‧藝文志》三教指儒教、道教、佛教,九流指儒家者流、陰陽家者流、道家者流、法家者流、名家者流、墨家者流、縱橫家者流、雜家者流、農家者流。民間言語與古代小說則含貶義,指其人嫖、毒、賭、巫等浮浪子弟門風無一不曉,無一不會。

宋江道：「倘蒙將軍不棄微賤，就為山寨之主。」（這是宋江誘降的套路。他知道沒有誰敢接受，但以此表達「誠心」。）董平答道：「小將被擒之人，萬死猶輕。若得容恕安身，已為萬幸！（不殺，容我安身投降就「萬幸」。）若言山寨為主，小將受驚不小。」宋江道：「敝寨缺少糧食，特來東平府借糧，別無他意。」（這是土匪行話，以「搶」為「借」，但有借無還。）董平道：「程萬里那廝原是童貫門下門館先生，得此美任，安得不害百姓？若是兄長肯容董平回去，賺開城門，殺入城中，共取錢糧，以為報效。」（說程萬里害民卻沒有確證，這不過為自己投降，翻臉攻打本州找一個藉口。他自己投降土匪，出賣生民是愛民？可笑！）宋江大喜。便令一行人將過盔甲槍馬，還了董平，披掛上馬。董平在前，宋江軍馬在後，卷起旗，都往東平城下。董平軍馬在前，大叫：「城上快開城門！」把門軍士將火把照時，認得是董都監，隨即大開城門，放下吊橋。

董平拍馬先入，砍斷鐵鎖，背後宋江等長驅人馬殺入城來，都到東平府裡。急傳將令：不許殺害百姓、放火燒人房屋。董平逕奔私衙，殺了程太守一家人口，奪了這女兒。（這就是雙槍風流將董平！程太守女兒真可憐，可以想見她日後的生活，立即自殺？還是暗藏一把剪刀，待董平進屋迫不及待裸體的時刻，剪了這畜牲的鳥？再割了他的喉？建議：還是先割喉，再剪鳥為好。）宋江先叫開了大牢，救出史進。便開府庫，盡數取了金銀財帛，大開倉廒，裝載糧米上車，先使人護送上梁山泊金沙灘，交割與三阮頭領接遞上山。史進自引人去瓦子西裏李瑞蘭家，把虔婆老幼，一門大小，碎屍萬段。（瑞蘭

是一個妓女，史進浪跡江湖的時候曾與她有染。這一回潛入東平城中偵探，藏進她家，直言自己是梁山「頭領」，進城做「細作」，並送給她一包金銀，還許諾事成之後帶她一家「上山快活」。李瑞蘭和父母得知史進現在是「歹人」，她和父母怕連累，前往衙門告發，史進被捕。李瑞蘭一妓女也拒絕與歹徒合作，不受賄賂，但專制社會的官員卻與黑道勾結，造成黑社會。當然他們本身就黑，與黑社會比較，就像舊時戲臺倆歹徒：一個白臉黑心，一個黑臉黑心。）宋江將太守家私散居民，仍給沿街告示，曉諭百姓：害民州官已自殺戮，汝等良民各安生理。

這就是宋江！擺明是搶劫「錢糧」，但佈告曉諭百姓，卻以殺「害民州官」為藉口、面具。害程太守一家性命，搶他的女兒，還要誣他清白聲名。接著投降的就是東昌府沒羽箭張清。

（二）東昌府大將張清投降

宋江得勝，而攻打東昌府的盧俊義失敗，因為東昌府有善用飛石打人，百發百中的大將沒羽箭張清。他與宋江第一戰飛石連打梁山匪將：徐寧、燕順、韓滔、呼延灼、宣贊、雷橫、朱仝、關勝等。新投降的董平趨馬出戰：

> 雙槍將董平見了，心中暗忖：「我今新降宋江，若不顯我些武藝，上山去必無光彩。」（哇，這就是宋朝大將！）手提雙槍，飛馬出陣。張清看見，大罵董平：「我和你鄰近州府，唇齒之邦，共同滅賊，正當其理！你今緣何反背朝廷？豈不自羞！」（不說這狗屁朝廷，只說「唇齒之邦，共同滅賊」正當其理也！但他自己被俘也即刻變臉，悖理投降，豈不自羞！）董平大怒，直取張清。

這一戰張清副將龔旺、丁得孫被擒，但張清飛石連打梁山

匪將董平、索超等 15 人。接著宋江、吳用設計，先引誘張清劫得陸路糧食，然後引誘他前去劫取水路糧食。張清中了埋伏，被林沖趕下水，在水中被阮氏三兄弟擒拿。見到宋江，他立即變臉投降：

> 宋江等都在州衙裡聚集，眾人會面。只見水軍頭領，早把張清解來。眾多弟兄被他打傷，咬牙切齒，盡要來殺張清。宋江見解將來，親自直下堂階迎接，便陪話道：「誤犯虎威，請勿掛意！」邀上廳來。說言未了，只見階下魯智深，使手帕包著頭，拿著鐵禪杖，逕奔來要打張清。宋江隔住，連聲喝退：「怎肯叫你下手！」張清見宋江如此義氣，叩頭下拜受降。宋江取酒奠地，折箭為誓：「眾弟兄若要如此報仇，皇天不佑，死於刀劍之下。」眾人聽了，誰敢再言。也是天罡星合當聚會，自然義氣相投。

宋江不殺不打，就是「如此義氣」，於是張清投降。施耐庵說這「也是天罡星合當聚會，自然義氣相投」。天罡星、地煞星是《水滸傳》開篇第一回，洪太尉在江西信州龍虎山放出的，被鎮鎖在伏魔之殿的妖魔。妖魔相見，「自然義氣相投」。施耐庵反諷真是到家，不前瞻後顧細心品味，嘗不出這滋味。接著張清推薦東昌府獸醫紫髯伯皇甫端上山。皇甫端見宋江「如此義氣，心中甚喜，願從大義」。張清手下龔旺、丁得孫被俘，宋江「亦用好言撫慰。二人叩首拜降」。這些人都是 108 個天罡地煞之數，而宋江是九天玄女所稱「星主」，他們自然一見如故，聯手害民。宋江軍馬「殺入」城中打劫倉庫錢糧，一分拖回梁山，一分給散居民。太守平日清廉，饒了不殺。注意「殺入」城中，打劫。為收買民心，也賜給居民一份，也不殺因清廉得民心的太守。

第四節　宋江謀求招安做官的文韜武略

第七十回《忠義堂石碣受天文　梁山泊英雄排座次》。梁山實力壯大，宋江決定謀取招安，投降當官。

黑道匪道江湖大哥舵爺宋江，屢次表白自己對昏君奸臣貪官專制朝廷的「忠」，對江湖黑道匪道的「義」，這是他自我本質與朝廷本質和江湖本質的相互認同。這朝廷可是奸君奸臣貪官污吏充斥的官道，他自己原本為其中一員。他這個黑官兩道均佔的押司，在鄆城縣可是炙手可熱的權貴人物，錢財滾滾而來，必然忠於這個壓迫生民，滿足貪官的狗屁「朝廷」，更是忠於濫行無道的自己，這是「邪忠」。對江湖黑道霸主、匪道強賊的「義」是「邪義」。因為「邪義」，他黑官兩道均佔，嘔金吐銀，酒肉接待，與黑道歹徒和匪道強賊廣泛勾結，成為江湖大舵爺；因為邪義，他和雷橫、朱仝放了晁蓋，他殺了要洩密的閻婆惜，得到貪官污吏們的庇護，前往魚水之鄉江州道遙服刑，下江州一路南巡，視察拜自己為大哥的江湖黑道、匪道、黑官兩道，最後帶領他們上梁山泊進入匪道；因為「邪忠」，他壯大梁山的目的在迫使貪官朝廷招安，自己投降當個大貪官，「盡忠報國，死而後已」。後來他果然如願以償。封建專制社會的忠，就是忠於主子，效勞主子，禍害人民；所謂愛國就是愛主子，因為這國家是主子的國和家。法國皇帝路易十六直言不諱地說：「朕就是國家。」此言非常經典地概括出專制國家的本質。

「要當官，殺人放火受招安。」宋江上梁山后，一直到這七十回，他一門心思擴張梁山匪眾，攻打州府製造聲勢，震動朝廷，迫使奸君奸臣招安。宋江謀取招安的具體行動是在第七十一回——八十二回，有文韜，也有武略。

一、文韜之一：披上天意面紗，播出忠義廣告

中國封建社會的國民最信奉天命，故而為取得國民擁戴，立志為王者都要給自己披上天命服飾。七十一回《忠義堂石碣受天文　梁山泊英雄排座次》施耐庵刻意設計宋江借天降石碣篆刻自封，安排梁山泊首領座次，以穩定內部。與開篇「洪太尉誤走妖魔」，第四十二回宋江在還道村與九天玄女娘娘相見，玄女娘娘稱他「星主」，贈送他三卷天書遙相呼應，再一次將宋江所在的江湖匪徒集聚梁山，繼之投降奸君奸臣，掛上天意面具。這天，可是專制社會朝廷奸君奸臣貪官污吏、黑道匪道江湖的後台總舵。

梁山已成氣勢，宋江想招安求高官。他設羅天大醮，禱告天帝，祈願：「一則祈保眾兄弟身心安樂；二則惟願朝廷早降恩光，赦免逆天大罪，眾當竭力捐軀，盡忠報國，死而後已；三則上薦晁天王早生仙界，世世生生，再得相見。」這祈願之「一」和「三」都是常見的祈禱，最能體現宋江與梁山大部分匪眾心意的是二：「惟願朝廷早降恩光，赦免逆天大罪，眾當竭力捐軀，盡忠報國，死而後已。」這話是對奸君奸臣說的，懇切希望他們知道：「你們就是<u>天</u>，你們就是<u>國</u>，我們是你們的<u>忠狗</u>，叫我們去咬誰，我們就去咬誰，死而後已！」

祈禱之後的當天晚上，上帝顯靈，西北乾方天門開，「卷出一塊火來，如栲栳之形」，直滾下他們建造的「虛皇壇」來，還「繞壇滾了一遭，竟攢入正南地下去了」。他們用鋤頭發掘出一個儘是蝌蚪文字的石碣，一個姓何的道士說這是「天書」：「此石都是義士的大名，在上面。側首一邊是『替天行道』四字，一邊是『忠義雙全』四字。頂上皆有星辰南北二斗，下面爵士尊號。」「前面天書三十六行天罡星，背後天書七十二行地煞星。」

　　天書所列之梁山泊一百零八位「好漢」就是第一回洪太尉在江西龍虎山伏魔之殿放出被鎮鎖的「三十六員天罡星，七十二座地煞星，共一百單八個魔君」。也照應第四十二回宋江在還道村玄女之廟躲避追殺，夢見九天玄女娘娘，稱他為「星主」，說：「宋星主，傳汝三卷天書，汝可替天行道，為主全忠仗義，為臣輔國安民，去邪歸正。」並要宋江「終身佩受，勿忘於心，勿泄於世」四句天言：「遇宿（即奸臣太尉宿元景）重重喜，逢高（即奸臣太尉高俅）不是凶。北幽南至睦，兩處見奇功。」施耐庵遵循中國通行天命觀將宋江等江湖人物對人間的殘害歸結為天命，投降奸君奸臣，也是奉天命。這天真是專制朝廷奸君奸臣貪官污吏與江湖黑道匪道總舵爺爺。

　　當時何道士辨驗天書，教蕭讓寫錄出來。讀罷，眾人看了，宋江排名「天罡星」第一，名為「天魁星呼保義宋江」。「眾人看了，俱驚訝不已。」宋江與眾頭領道：「鄙猥小吏，原來上應星魁，眾多弟兄也原來都是一會之人。上天顯應，合當聚義。今已數足，上蒼分定位數，為大小二等。天罡、地煞星辰，都已分定次序，眾頭領各守其位，各休爭執，不可逆了天言。」眾人皆道：「天地之意，物理數定，誰敢違拗？」石碣所謂「天文」將原為朝廷將官的匪首排列在前，來自民間的匪首排列在後。

　　此石碣天文，一定是宋江等人假造。中國王朝歷代帝王自稱天子，都借天命威服天下。《史記‧本紀‧漢高祖》記載劉太公目睹蛟龍與他妻子劉媼野交生下劉邦：「劉媼曾息於大澤之陂，夢與神遇。是時雷電晦冥，太公往視，則見蛟龍於其上，已而有身，遂產高祖。」《史記‧項羽本紀》借項羽謀士範增之口說劉邦是天子：「吾令人望其氣，皆為龍虎，成五彩，此天子氣也。」《史記‧陳勝世家》陳勝決意起事，為了「威眾」：「乃

丹書帛曰『陳勝王』，置人所罾魚腹中。卒買魚烹食，得魚腹中書，固以怪之矣。又間令吳廣之次所旁叢祠中，夜篝火，狐鳴呼曰『大楚興，陳勝王』。卒皆夜驚恐。旦日，卒中往往語，皆指目陳勝。」宋江也如此，他自造為「星魁」，接著的「盟誓」也要大家信服他，跟隨他「投降做官」：

> 梁山泊忠義堂上，各人拈香已罷，一齊跪在堂上，宋江為首誓曰：「宋江鄙猥小吏，無學無能，荷天地之蓋載，感日月之照臨，聚弟兄于梁山，結英雄于水泊，共一百八人，<u>上符天數，下合人心</u>。自今已後，若是各人存心不仁，削絕大義，萬望天地行誅，神人共戮，萬世不得人身，億載永沉末劫。但願<u>共存忠義於心，同著功勳於國，替天行道，保境安民</u>。神天鑒察，報應昭彰。」誓畢，眾皆同聲共願，但願生生相會，世世相逢，永無斷阻。當日歃血誓盟，盡醉方散。

所謂「<u>共存忠義於心，同著功勳於國，替天行道，保境安民</u>」是冠冕堂皇的面具罷了，直言就是投降做貪官。其後的菊花會，樂和唱他新作《滿江紅》，唱到最後一句「望天王降詔早招安，心方足」時，眾人有反應：

> 只見武松叫道：「今日也要招安，明日也要招安去，冷了弟兄們的心！」黑旋風便睜圓怪眼，大叫道：「招安，招安，招甚鳥安！」只一腳，把桌子踢起，做粉碎。宋江大喝道：「這黑廝怎敢如此無禮！左右與我推去，斬訖報來！」眾人都跪下告道：「這人酒後發狂，哥哥寬恕。」宋江答道：「眾賢弟請起，且把這廝監下。」……（宋江）便叫武松：「兄弟，你也是個曉事的人，我主張招安，<u>要改邪歸正，為國家臣子</u>，如何便冷了眾人的心？」魯智

深便道:「只今滿朝文武,多是奸邪,蒙蔽聖聰,就比俺
的直裰染做皂了,洗刷怎得乾淨?招安不濟事,便拜辭
了,明日一個個各去尋趁罷。」宋江道:「眾弟兄聽說:
今皇上至聖至明,只被奸臣閉塞,暫時昏昧,有日雲開
見日,知我等替天行道,不擾良民,赦罪招安,同心報
國,青史留名,有何不美!因此只願早早招安,別無他意。」
眾皆稱謝不已。當日飲酒,終不暢懷。席散,各回本寨。

這是梁山內部非常典型的一場關於招安的爭論。武松、李
逵對招安擔憂,害怕自投羅網,不願意受朝廷轄制,只願自由
自在地在梁山攔路搶劫,打家劫舍,沖州撞府,大塊吃肉,大
秤分金銀。魯智深所言「滿朝奸邪」為真,「蒙蔽聖聰」卻不成
立,「聖聰」皇帝會被蒙蔽嗎?這時候的宋江一心投降為自己強
辯,其說辭與以前招降戰敗軍官的說辭完全相反。

他對武松說「我主張招安,要改邪為正」。這可是第一次他
承認梁山一夥「邪」,這是真言,但他強說昏君奸臣貪官污吏朝
廷為「正」卻是胡說八道,為自己投降當官找藉口。他說皇上
「至聖至明,只被奸臣閉塞,暫時昏昧……」。這更是胡說八道。
皇帝真至聖至明,會被奸臣蒙蔽?然而他一心投降當官的想法
得到大多數匪首,尤其是投降軍官的擁護。對來自江湖黑道、
匪道、黑官兩道均佔、朝廷投降軍官的梁山匪徒來說,赦罪招
安,大家做大貪官,最能吸引他們:當了大貪官,他們照樣能
大碗喝酒,大塊吃肉,大秤分金銀,而且名正言順;上有奸君
奸臣支持,下有奴才奴隸服侍,八門府邸,內有妖姬美妾,鐘
鳴鼎食,外有青樓風流,且能「留取蛋清照汗巾」,雖死猶生,
有何不可?!從宋江自身想,過去他在鄆城縣作一個小小的押
司官就能「端的是揮霍,視金如土」,如果招安做了大貪官,他
的金銀財寶必定如浩蕩長江,取之不盡,用之不竭,浩渺似海,

而且安穩如泰山。蔡京不是這樣嗎？僅一個女婿梁中書每年一次的生辰綱就是十萬貫金珠寶貝。他可有五個當官的兒子、多個當官的女婿，而且門生故吏遍天下，每年僅僅生辰綱，就當有萬萬貫以上，加上節日、婚嫁賀禮，更不得了。

施翁表面極力讚賞這樣的「忠義」。宋江依據石碣碑所列名次，安排各位座次後，文中一篇詩文將梁山泊匪徒狠狠誇讚一番，文末說他們「人人戮力，個個同心。休言嘯聚山林，真可圖王霸業。列兩副仗義疏財金字障，豎一面替天行道杏黃旗」。

「休言嘯聚山林，真可圖王霸業」直言宋江等以「嘯聚山林」的方式「圖王霸業」。「仗義疏財金字障」是對內宣傳：凡梁山匪徒，錢財共用，共產主義。「替天行道杏黃旗」是對外宣傳，即他們禍害生民，投降昏君奸臣是替天行道，昏君奸臣朝廷就是天！同時，梁山的搶劫對象似乎也有改變：

> 途次中若是客商車輛人馬，任從經過；若是上任官員，箱裡搜出金銀來時，全家不留。所得之物，納庫公用；其餘些小，就便分了。即便是百十里地，若有錢財廣積，害民的大戶，便引人去，公然搬去上山。誰敢阻擋！但打聽得有那欺壓良善，暴富小人，積攢些家私，不論遠近，令人便去盡數收拾上山。如此之為，大小何止千百處。為是無人可以抵擋，又不怕你叫起撞天屈來，因此不曾顯露。所以無有話說。

這一段文字非常有意思。梁山泊這些黑道歹徒、匪道強賊居然開始行俠仗義了？他們不再攔路搶劫，攻打州縣劫取食糧、錢財？只是打土豪劣紳？他們也有幾個代表理論？宋江思想工作做得好嗎？梁山軍紀嚴密嗎？施翁刻意設下一個謎，看讀者是否能辨假面，識真相。所有的土匪都說自己仗義行俠，

殺惡人，劫不義之財，為人民服務。

　　《水滸傳》沒有說梁山人馬的具體數字，但我們可以依據文中敘述進行推測。第七十一回交代說，梁山 108 將統領馬步水三軍，把守六關：山前南路三關、東山一關、西山一關、北山一關。六關之外還有八寨，四旱寨：正南旱寨、正東旱寨、正西旱寨、正北旱寨。四水寨：東南水寨、西南水寨、東北水寨、西北水寨。這還沒有算守備梁山中心地帶的人馬安排。在第七十六回，他們兩贏童貫，可以打敗童貫率領的八路軍州和御林軍共十萬人馬。在第七十八——八十回他們三敗高俅，打敗高俅率領的十節度馬軍、金陵建康水軍、御營精兵等共十三萬人馬。可見，梁山馬步水三軍應在十萬以上。

　　第八十二回打敗高俅後，宋徽宗被迫招安梁山泊匪寇。宋江大喜，山呼萬歲地接受招安，號令士卒「願去的，作速上名進發。如不願去的，就這裡報名相辭」。不願意接受招安，「當下辭去的也有三五千人」。梁山一般小嘍囉當土匪，不過就為了一張吃飯的嘴，現在可以安安穩穩吃官糧，願意吃這官糧的小嘍囉當然應該是 99%以上，而僅僅「當下辭去的也有三五千」。可見，梁山人馬也當在十萬以上。

　　十萬人馬的日常飲食消費就是一個了不得的數字。他們不攔路搶劫，打家劫舍，沖州撞府，其錢糧從何而來？僅僅搶劫土豪劣紳夠他們吃嗎？不夠吃用，小嘍囉們軍心動搖，就會離軍而去，而且「大碗喝酒，大塊吃肉，大秤分金銀，圖個一世快活」可是諸如阮家三兄弟等許多黑道歹徒和匪道草寇上山為匪的目的。他們是黑道歹徒、匪道草寇，黑官兩道均佔的貪官污吏，全無氣節的投降軍官。如果錢財吃喝基本目的不能達到，梁山必然崩潰。

　　第七十四回《燕青智撲擎天柱　李逵壽張喬坐衙》燕青與

李逵到泰山與擎天柱任原爭跤，引發盧俊義、史進、魯智深、穆宏、武松、解珍、解寶等一千餘人大鬧泰山。東京進奏院接到泰安州與各處州縣關於宋江反亂的申奏表文。早朝面見徽宗，進奏院卿出班奏曰：「臣院中收得各處州縣累次表文，皆為宋江等部領賊寇，公然直進府州，劫掠庫藏，搶擄倉廒，殺害軍民，貪厭無足，所到之處，無人可敵。若不早為剿捕，日後必成大患。」這才是事實！

小說名為《忠義水滸傳》，施耐庵「傳」的就是以昏君奸臣貪官污吏官道社會為背景的「江湖黑道和匪道」，主題就是「邪忠、邪義」：「邪義」即黑道霸主、匪道強賊、黑官兩道均佔的貪官污吏相互庇護，金銀交往，以劫財為榮，以殺戮為能；「邪忠」即黑道霸主、匪道強賊、黑管兩道均佔貪官污吏、全無氣節投降土匪的軍官忠於昏君奸臣貪官污吏朝廷政府。

第七十一回宋江、吳用等人建立「忠義堂」、「斷金亭」[69]、立「替天行道」杏黃旗，在堂前金書「常懷貞烈常忠義，不愛資財不擾民」，就是為了引爆「無道天君」的眼球，確認這群土匪確是難得好奴才。後來，果然如願以償，真是工夫不廢有心人，只要堅持不懈，兩座廁所，臭味相投，遲早要走在一起，合併為一座大廁所。

二、文韜之二：走妓女李師師門路，求招安當官

第七十一回末，宋江開始謀求招安的具體行動，他求取招安的第一招是走東京名妓李師師的門路。第七十二回時值年末，天降大雪，宋江攜帶大量金銀財寶與柴進、燕青、李逵潛入東京看花燈。這一回特別能展現徽宗昏君之無道與宋江「邪

---

[69] 取《易經》「二人同心，其利斷金」之意。

忠」。

　　柴進和燕青先入城探路。在皇宮所在御街，他倆騙一位皇宮值班小官到一個酒樓喝酒。燕青用蒙汗藥麻翻這值班小官，脫下他身上的錦襖、鞋褲、花帽。柴靜穿戴上，直入皇宮東華門，到了人間天上的內廷。他過禁門，因有服色，無人阻擋，直到紫宸殿，轉過文德殿、凝暉殿，步入睿思殿。這是徽宗看書之處：

> 側首開著一扇朱紅格子。柴進閃身入去看時，見正面鋪著御座，兩邊几案上放著文房四寶、象管、花翎、龍墨、端硯。書架上儘是群書，各插著牙籤。正面屏風上堆青疊綠畫著山河社稷混一之圖。轉過屏風後面，但見素白屏風上御書四大寇姓名，寫著道：
> 山東宋江　　淮西王慶　　河北田虎　　江南方臘
> 柴進看了四大寇姓名，心中暗忖道：「國家被我們擾害，因此時常記心，寫在這裡。」便去身邊拔出暗器，把山東宋江那四個字刻將下來，慌忙出殿，隨後早有人來。柴進便離了內苑，出了東華門，回到酒樓上看那王班直時，尚未醒來，依舊把錦衣，花帽，服色等項，都放在閣兒內，……。
> 柴進回到店中，對宋江備細說內宮之中，取出御書大寇「山東宋江」四字，與宋江看罷，歎息不已。

　　這一段文字特別有意思。柴進穿著值班人的衣帽就能進入皇宮內廷徽宗看書的睿思殿。這徽宗連自己的皇宮都不能看守，何況他的國家。柴進看到徽宗親筆御書四大寇姓名，宋江名列第一，心想「國家被我們擾害，因此常記在心，寫在這裡」。他刻下這「山東宋江」四字，回到他們藏身的客店中給宋江看，

「宋江看罷，歎息不已」。似乎他倆這時才知道自己「擾害」國家？他柴進倚仗自己有祖傳誓書鐵卷護身，與黑道歹徒和匪道草寇以及貪官污吏廣泛勾結，後來上梁山為匪，打家劫舍，沖州陷府；他宋江黑官兩道均佔，與黑道歹徒和匪道草寇以及貪官污吏廣泛勾結，後來上梁山成為黑道匪道首領，他倆就不知道這是「擾害」國家？這麼低的智商？這時候，看到徽宗所書四大寇姓名，就「歎息不已」。可見，在他們心目中，國家就是皇帝徽宗，而不是人民。在封建專制社會，皇上就是國家，一如路易十六所言：「朕就是國家。」

徽宗讀書殿名叫「睿思殿」。「睿思」詞義即「聖明的思慮」或「英明的思慮」，封建社會常用於歌頌皇帝英明睿智。這徽宗濫用奸臣貪官污吏盤剝人民；全中國城鄉江湖黑道匪道侵害民間；宋朝皇族生活奢侈浮華，揮霍無度，他徵收「花石綱」，逼得江南方臘起事。這是「英明睿智」？

施耐庵用「睿思殿」歌頌徽宗，而其思想行為卻形象地體現其「昏思」，造成極為強烈的反諷效果。匪首宋江與這「昏思」皇帝見面地點，就在東京名妓李師師家裡。徽宗在妓女家裡的表演最能體現昏君之昏思如死。宋江和柴進在一家茶館喝茶，看到東京名妓李師師、趙元奴的招牌，其描述與情節的發展表明宋江等事先知道昏君嫖妓，臭味相投，前來求招安：

> 十四日黃昏，明月從東而起，天上並無雲翳，宋江、柴進扮作閒京官，戴宗扮作承局，燕青扮為小閒，只留李逵看房。四個轉過御街，見兩行都是煙月牌，來到中間，見一家外懸青布幕，裡掛斑竹簾，兩邊盡是碧紗廚，外掛兩面牌，牌上各有五個字，寫道：「歌舞神仙女，風流花月魁」。宋江見了，便入茶坊裡來吃茶，問茶博士道：「前面角妓是誰家？」茶博士道：「這是東京上廳行首，

喚做李師師。間壁便是趙元奴家。」宋江道：「莫不是和
今上打得熱的。」茶博士道：「不可高聲，耳目覺近。」
（人人心知其醜惡，但人人都不能言，不敢言。挖心堵
嘴，可是專制統治者必用統治術。）宋江便喚燕青，附
耳低言道：「我要見李師師一面，暗裡取事，你可生個婉
曲入去，我在此間吃茶等你。」宋江自和柴進、戴宗在
茶坊裡吃茶。

　　徽宗皇帝三宮六院美女如雲，兀自不滿足，掘地道與名妓
李師師和趙元奴幽會，這可是一個秘密的耗資巨大的工程，而
人不敢言，因京師大街小巷中密佈錦衣府特務。李師師可是〔
宋〕劉延世《李師師外傳》記載的真實人物。父親為汴京一染
匠王寅，母親生女兒，難產而死。王寅送女兒到寶光寺，取名
李師師。師師四歲，父親王寅犯罪死於監獄，無所歸依，為坊
間一老鴇收養。長成，因色藝絕倫，名冠諸坊曲。樂於聲色犬
馬的徽宗聞其名，掘地道來往，「前後賜金銀錢、繒帛、器用、
食物，不下十萬」。宋江、柴進對此濫行沒有一丁點指責，宋江
反而「要見李師師一面，暗裡取事」即謀求招安，做昏君奸臣
手下的貪官。

　　燕青奉命進李師師家門探路，他對虔婆[70]誇說：自己侍從
的河北燕南第一財主來到東京，一者賞元宵，二者省親，三者
買賣貨物，四者求見李師師一面。說該財主出錢千百兩金銀，
不敢想與李師師同床交歡，只求「同席一飲」。虔婆聽了，忙
叫李師師出來，李師師要燕青請財主立即前來相會。燕青急回
茶坊，帶著宋江、柴進、戴宗來到李師師家。與李師師見面，
相互恭維一番，喝茶罷，宋江欲言歸正傳，說自己內心話，這

---

[70] 妓院的鴇母。

時奶子來報：「官家來到後面。」李師師對宋江說：「其實不敢相留，來日駕幸上清宮，必然不來，卻請諸位到此，少敘三杯。」宋江喏喏連聲，帶了三人，跑出李師師門。

宋江一見李師師，巧遇昏君駕臨來嫖妓。他不敢與昏君見面，逃出李師師家門，尋思徽宗與李師師和趙元奴同時交往，他想來一個兩路出擊：

> 他與柴進道：「今上兩個婊子，一個李師師，一個趙元奴。雖然見了李師師，何不再去趙元奴家走一遭？」
>
> 宋江徑到茶坊間壁，揭起簾幕。柴進便請趙婆說話。燕青道：「我這兩位官人，是山東巨富客商，要見娘子一面，一百兩花銀相送。」趙娘道：「恰恨我女兒無緣，不快在床，出來相見不得。」宋江道：「如此卻再來求見。」趙婆相送出門，作別了。

徽宗可是宋朝第一高富帥，他上李師師的床，趙元奴就吃醋「不快在床」。

第二天夜裡宋江再見李師師，又遇見昏君徽宗夜會李師師。「一日不見如三秋兮」，李師師可真迷住了昏君。這一回宋江見李師師，可出了大價錢——一百兩金子。李師師親自宴請宋江，席間宋江吟詩一首：

> 宋江乘著酒興，索紙筆來，磨得墨濃，蘸得筆飽，拂開花箋，對李師師道：「不才亂道一詞，盡訴胸中鬱結，呈上花魁尊聽。」當時宋江落筆，遂成樂府詞一首，道是：天南地北，問乾坤：何處可容狂客？借得山東煙水寨，來買鳳城春色。翠袖圍香，絳綃籠雪，一笑千金值。神仙體態，薄幸如何消得？想蘆葉灘頭，蓼花汀畔，皓月空凝碧。六六雁行連八九，只等金雞消息。義膽包天，

　　忠肝蓋地，四海無人識。離愁萬種，醉鄉一夜頭白。

　　這《樂府詞》是宋江畢生傑作。詩言志，宋江自誇為「狂客」。他「狂」就在「借得山東煙水寨，來買鳳城春色」。這「鳳城春色」可不是他恭維的「翠袖圍香，絳綃籠雪，一笑千金值」的李師師。對李師師，黑矮宋江自卑地說「神仙體態，薄幸如何消得？」他求見李師師目的是「借得山東煙水寨，來買鳳城春色」，即借梁山泊匪幫實力，到京城謀取招安，討要高官。這「狂客」夠狂。

　　此前提及在封建王朝，當官有兩條路：

　　其一、讀書仕進做官，是正常的科舉之路。大多士子科考目的在「書中自有黃金屋，書中自有顏如玉，書中自有鍾與粟」，而不是修身齊家治國平天下。科舉即進士科和武舉。宋朝三年一次三級考試：州試、省試、殿試。過州試為秀才，過省試為舉人，過殿試為進士。進士分為三等：一等稱進士及第；二等稱進士出身；三等賜同進士出身。每次錄取二、三百人，或五、六百人。錄取名額很少，因為當時政府就京畿、州府、縣衙三級，更沒有重重疊疊的各級政黨、社團、經濟機構。

　　其二、「想當官，殺人放火受招安」。這可是封建王朝不通文墨，無法進入科舉考試的歹徒們求官的通暢大道。第七十七回童貫征討梁山，兩次大敗，回到東京。第七十八回《十節度議取梁山泊　宋公明一敗高太尉》高俅出征梁山，文中說他所率領十節度「舊日都是在綠林叢中出身，後來受了招安，直做到許大官職」。節度在唐宋可是主持省級軍政的第一長官。

　　宋江走的就是「殺人放火受招安」的路，的確夠「狂」。第十八回宋江出場時說他「常懷掃除四海之心機」，但宋江實現這「心機」的道路卻非科舉，而是從官道，進入江湖黑道，再到匪道，呼喚同夥，嘯聚梁山，倚仗武力迫使朝廷昏君奸臣

招安，進入貪官朝廷做大貪官，即「借得山東煙水寨，來買鳳城春色」。「六六雁行連八九，只等金雞消息」是說梁山 108 個兄弟如同飛雁，日夜盼望招安做貪官，只等徽宗金雞鳴叫，朝廷大門洞開，他們進殿排班，山呼萬歲，但這雞沒叫，所以他自歎「義膽包天，忠肝蓋地，四海無人識」，而「離愁萬種，醉鄉一夜頭白」。李師師不曉其意，昏君又來了：

> 寫畢，李師師反復看了，不曉其意。宋江只要等李師師問，說心裡話，不料奶子來報：「官家從地道中來至後門。」李師師忙道：「不能遠送，切乞恕罪。」火速趕往後門接駕。宋江等卻閃在黑暗處，親眼看見李師師拜在昏君徽宗面前，（施翁直言「昏君」，土匪忠於昏君索討高官。）奏道：「起居聖上龍體勞困。」（後宮三千嬪妃，還要挖地道，鑽地道與兩個花魁妓女上床進行地道戰，當然「龍體勞困」，必有御醫隨駕。醫箱中藥品定有御用滋陰壯陽長硬丸。可惜皇帝藥品不私傳民間，據說宋被蒙古滅亡，這些御用藥方被太醫燒毀。這藥方如果遺傳，必定勝過美國「威而鋼」，滿足貪官污吏。想想啊，中國皇帝後宮美女三千，因御用滋陰壯陽長硬丸，還外出嫖妓，可見完全遊刃有餘。）只見天子頭戴軟紗唐巾，身穿滾龍袍，說道：「寡人今日幸上清宮方回，教太子在宣德樓賜萬民御酒，令御弟在千步廊買市，（臺上當面一套：皇帝愛民啊，親教太子王子美酒賜民，表達仁愛；親令皇弟下凡深入民坊，賣布，體察民生。臺下背後一套：暗自夥同奸臣貪官，進入高級妓院，賭錢，飲酒，嫖妓。此官場傳統，從古到今，與時俱進，「永春不休」。）約下楊太尉，久等不至，寡人自來，愛卿近前與朕攀話。」
> 宋江在黑地裡說道：「今番錯過，後次難逢，俺三個就此

告一道招安赦書，有何不好！」柴進道：「如何使得？便
是應允了，後來也有翻變。」三個正在黑影裡商量。

這時候，守候在門外的李逵見宋江、柴進與那美色婦人吃
酒，卻教他和戴宗看門，一肚子醋缸鳥氣。楊太尉推開扇門，
見了李逵：

（楊太尉）喝問：「你這廝是誰？敢在這裡？」李逵提起
交椅，將楊太尉打翻地下。扯下幅畫來，在蠟燭上點著
放火，香桌椅凳，打得粉碎。宋江等三個聽得，趕出來，
拉住李逵跑出門。見李師師家火起，這昏君一道煙走了。

李逵這一打，全城戒嚴。魯智深、武松、朱仝、劉唐殺入
城中救出宋江等四人。高太尉軍馬沖出，宋江手下五虎將關勝、
林沖、秦明、呼延灼、董平突到城邊，立馬濠塹上大叫道：「梁
山好漢全夥在此！早早獻城，免汝一死！」高太尉聽見，嚇得
不敢出城追擊。

這是宋江第一次親眼見到昏君徽宗，卻是在妓女家裡。貪
官污吏出身的匪首忠於一個掘地道嫖妓的昏君，自然而然，正
當其理。忠的目的就是招安，作奸君奸臣手下的貪官。這「楊
太尉」就是宋史記載的宦官楊戩，因為最能為宋徽宗提供最刺
激的聲色犬馬娛樂，且陪同護衛，博得徽宗歡心而官任太尉。

接著的主角就是李逵。第七十三回《黑旋風喬捉鬼　梁山
泊雙獻頭》說李逵和燕青逃出京城，路經四柳村「捉鬼」，砍
了「裝鬼私通」的狄太公的女兒和情人王二的頭。然後，李逵
和燕青來到梁山泊北面的一個村莊投宿，從劉太公口裡得知一
個名叫宋江的人搶走了他的女兒。李逵這時候似乎要仗義行
俠。回到梁山，他先砍倒「替天行道」杏黃旗，拿著兩把板斧
要殺宋江，被五虎將阻攔。後來披露的事實真相是其他山頭的

兩個綠林草賊王江、董海假冒宋江搶了劉太公的女兒。這一事件作者之意在張揚宋江德行，但與李逵心性不合。在李逵心中，哥哥是他的天王老子，這天王老子要劉太公女兒，他應該辱罵，踢打哭泣的劉太公：「打脊的老牛，不識好歹！我大哥要了你小母牛作壓寨夫人，是抬舉你，別不識相！」

三、武略之一：梁山大鬧泰山，昏君第一次招安

梁山大鬧泰山，迫使宋徽宗第一次招安，雖不是梁山策劃的，但可啟發了宋江、吳用等匪首。第七十四回講述燕青上泰山與自稱「相撲世間無敵手，爭跤天下我為魁」，自號「擎天柱」的任原爭跤。任原被燕青扔下獻技台，他的徒弟亂搶利物。李逵、史進、穆宏、魯智深、武松、解珍、解寶「引一千餘人，殺開廟門」，大鬧泰山。文中沒有描述這一千餘人殺人搶劫，但所殺必定上千，泰山一定精光。在回梁山的途中，李逵自個來到梁山泊附近的壽張縣。在這裡李逵有兩種具有梁山泊特色的表演。李逵先展示「黑旋風」凶名，嚇唬百姓尋樂子：

> 李逵來到縣衙門口，大叫入來：「梁山泊黑旋風爹爹在此！」嚇得縣眾人手腳都麻木了。原來這壽張縣離梁山泊最近，若聽得「黑旋風李逵」五個字，端的醫得小兒夜啼驚哭。今日親身到來，如何不怕。

他還闖進一學堂，「嚇得先生跳窗走了。眾學生哭的哭，叫的叫，跑的跑，躲的躲」，而他大笑出門。

此可見李逵和梁山的惡名，與他們自誇自讚完全相反，而李逵卻以此得意。黑道匪道，就是要人人都怕，故而人稱黑旋風。縣衙門坐堂的知縣聽得李逵到，獨自逃走。李逵穿戴縣官服飾，要兩個牢子假扮倆廝打者告狀。看李逵表演體現的江湖

規則：

> 兩個跑到廳前，這個告道：「相公可憐見，他打了小人。」
> 那人告：「他罵了小人，我才打了他。」李逵道：「哪個
> 是吃打的？」原告道：「小人是吃打的」李逵道：「哪個
> 是打了他的？」被告道：「他先罵了，小人是打他來。」
> 李逵道：「這個打了人的是好漢，先放了他去。這個不長
> 進的，怎地吃人打了？與我枷號在衙門前示眾。」李逵
> 起身，把綠袍抓紮起，槐簡揣在懷裡，掣出大斧，直看
> 著枷號那個原告人，方大踏步去了，也不脫那衣靴。
> 縣門前看得百姓，哪裡忍得住笑。

百姓笑，百姓知道不可以這樣判案，但他們不知道這就是
江湖黑道匪道的第一規則：動輒出手，最好一拳致命，拳頭大
就是大哥，拳頭小，就是小弟；不出手，講求禮儀廉恥，就該
打，就該被嘲笑示眾。

梁山匪眾大鬧泰山，使宋徽宗第一次招安。第七十二回李
逵大鬧李師師家，徽宗在李師師床上驚魂，接著梁山泊匪眾兵
臨東京城外，徽宗隱居不出。第七十四回進奏院收到泰安州關
於梁山泊大鬧泰山的事和各個州縣關於宋江反亂騷擾的事。「有
一個月不曾臨朝理事」的徽宗不得已出朝，請看他的「睿思」：

> 當日早朝，正是三下靜鞭鳴御闕，兩班文武列金階。聖
> 主臨朝，百官拜罷，殿頭官喝道：「有事出班早奏，無事
> 捲簾退朝。」進奏院卿出班奏曰：「臣院中收得各處州縣
> 累次表文，<u>皆為宋江等部領賊寇，公然直進府州，劫掠</u>
> <u>庫藏，搶擄倉廒，殺害軍民，貪厭無足，所到之處，無</u>
> <u>人可敵</u>。（請注意：此州縣稟報宋江衝州撞府，殺戮搶劫
> 為事實，而第七十一回宋江、吳用等人在梁山建立「忠

義堂」、「斷金亭」，立「替天行道」杏黃旗，在堂前金書「常懷貞烈常忠義，不愛資財不擾民」則為下敘「曜民術」，即土匪將自己裝飾為太陽、月亮。這可是知識歹徒常用招數：本是殺人搶劫的黑道匪道歹徒，偏要自稱自誇好漢、義士、太陽、星辰。）若不早為剿捕，日後必成大患。」天子乃云：「上元夜此寇鬧了京國，今又往各處騷擾，何況那裡附近州郡？朕已累次差遣樞密院進兵，至今不見回奏。」傍有御史大夫崔靖出班奏曰：「臣聞梁山泊上立一面大旗，上書『替天行道』四字，此是<u>曜民之術。民心既服，不可加兵。即目遼兵犯境，各處軍馬遮掩不及，若要起兵征伐，深為不便。以臣愚意，此等山間亡命之徒，皆犯官刑，無路可避，遂乃嘯聚山林，恣為不道。若降一封丹詔，光祿寺頒給御酒珍饌，差一員大臣，直到梁山泊，好言撫諭，招安來降，假此以敵遼兵，公私兩便。伏乞陛下聖鑒。」天子云：「卿言甚當，正合朕意。」便差殿前太尉陳宗善為使，擎丹詔禦酒，前去招安梁山泊大小人。

　　宋徽宗第一次招安，與李師師沒有關係。梁山成為徽宗心病，且「遼兵犯境，各處軍馬遮掩不及」，而「招安來降，假此以敵遼兵，公私兩便」，就聽了御史大夫崔靖的話，招安梁山匪眾對付遼國，以毒攻毒。第七十五回宋江等匪徒得到招安，看看他們的醜態：

　　　　宋江等都在那裡迎接，香花燈燭，鳴金擂鼓，並山寨裡鼓樂，一齊都響。將御酒擺在桌子上，每一桌令四個人抬，詔書也在一個桌子上抬著。陳太尉上岸，宋江等接著，納頭便拜。宋江道：「文面小吏，罪惡彌天，曲辱貴

人到此，接待不及，望乞恕罪。」

戰陣中，面對朝廷軍官，勸降被俘軍官，宋江都說自己被貪官污吏所逼，不得已嘯聚山林，說自己「替天行道」。這一次見到朝廷招安官員，宋江說：「文面小吏，罪惡彌天。」可見在他心目中，徽宗這傢夥就是「天」。這一次招安沒有成功，在詔書顯示的朝廷威權傲慢，更在沒有高官封賞的許諾：

> 制曰：文能安邦，武能定國。五帝憑禮樂而有疆封，三皇用殺伐而定天下。事從順逆，人有賢愚。朕承祖宗之大業，開日月之光輝，普天率土，罔不臣伏。近為爾宋江等嘯聚山林，劫擄郡邑，本欲用彰天討，誠恐勞我生民。今差太尉陳宗善前來招安，詔書到日，即將應有錢糧、軍器、馬匹、船隻，目下納官，拆毀巢穴，率領赴京，原免本罪。倘或仍昧良心，違戾詔制，天兵一至，齏粉不留。故茲詔示，想宜知悉。宣和三年孟夏四月三日詔示

詔書居高臨下，一番威脅，更沒有高官厚祿的許諾！已經可以圍攻東京開封的梁山匪眾當然心中不滿。李逵大怒所叫：「你那皇帝，正不知我這裡眾好漢，來招安老爺們，倒要做大！你的皇帝姓宋，我的哥哥也姓宋，你做得皇帝，偏我哥哥做不得皇帝？你莫要來惱犯著黑爹爹，好歹把你那寫詔的官員，盡都殺了！」

招安沒有成功，還在阮家三兄弟不願招安，在御酒裡灌了水。早就想嘗嘗皇帝御酒的梁山匪首們一嘗，大怒，一如《西遊記》妖魔虎力大仙、鹿力大仙、羊力大仙跪求三清賜仙酒，卻喝了孫悟空、豬八戒、沙僧和尚的尿，大家都鬧起來。

四、武略之二：大敗奸臣，跪拜奸臣求招安

第一次讀詔書招安的官員在宋江護送下「屁滾尿流，飛奔濟州去了」。軍師吳用說了一番得到大家贊同的這番話。說白了，打仗就為了討價還價做高官：

> 吳用道：「哥哥，你休執迷！招安須自有日，如何怪得眾兄弟們發怒？朝廷忒不將人為念！如今閒話都打迭起，兄長且傳將令：馬軍拴束馬匹，步軍安排軍器，水軍整頓船隻，早晚必有大軍前來征討。一兩陣殺得他人亡馬倒，片甲不回，夢著也怕，那時卻再商量。」眾人道：「軍師言之極當。」

《宋史·卷三百五十一·侯蒙傳》記載侯蒙上書招安，徽宗同意招安，就因宋江等「橫行齊、魏」，無人可敵[71]：

> 宋江寇京東，蒙上書言：「江以三十六人橫行齊、魏，官軍數萬無敢抗者，其才必過人。今青溪盜起，不若赦江，使討方臘以自贖。」

陳太尉招安沒有成功，回京向蔡京、童貫、高俅哭述。次日早朝，蔡京推薦，加以高俅、楊戩保舉，童貫帶領東京管下八路軍州和御林軍共十萬人馬征討梁山泊。第七十六回——第七十七回梁山泊匪軍兩贏童貫，九路軍馬損失殆盡，施翁耐庵寫道：「宋江有仁有德，素懷歸順之心，不肯盡情追殺。」故而童貫與手下大將畢勝得以逃命，連夜回東京。

施翁耐庵說「宋江有仁有德，素懷歸順之心，不肯盡情追殺」。這童貫可是徽宗宋朝著名「六賊」之一，排名蔡京之後

---

[71] 轉引自《水滸傳資料彙編》，南開大學出版社，第 30 頁。

的第二大奸臣、大貪官,不追殺大奸臣大貪官是有仁有德?此可是冰山刺骨的反諷,黑色幽默。以逆歸正叫「歸順」,宋江是黑道匪道,是逆,昏君奸臣貪官污吏也是逆,只不過有「小逆」和「大逆」之分,所以耐庵真話是:「宋江小逆,素懷歸順大逆之心,不肯盡情追殺。」後來宋江三敗高俅也如此,他這小逆下跪,謀求高俅這大逆的認可。

第七十八回兵敗回京的童貫,直接面見高俅,再與蔡京商議矇騙昏君。次日早朝蔡京向徽宗奏報說童貫征討梁山泊,因為「天氣暑熱,軍士不服水土,權且罷戰退兵」。高俅出班奏請親征梁山泊,昏君准奏。高俅帶領十節度十路人馬,加上水軍和御林軍精兵共十三萬,而且這十節度「舊日都是在綠林叢中出身,後來受了招安,直做到許大官職」,他們就是梁山泊的榜樣,「節度使」可是封疆大吏。

第七十八回宋江一敗高俅。第七十九回,阮氏三兄弟活捉高俅帳前牙將黨世雄、雲中雁門節度使韓存保。宋江面見二人,殷勤相待,說:「二位將軍,切勿相疑。宋江等別無異心,只被濫官污吏逼得如此。若蒙朝廷赦罪招安,情願與國家出力。」這是宋江的套話,他為「濫官污吏逼得如此」是假話,但「若蒙朝廷赦罪招安,情願與國家出力」是真話。心有靈犀一點通,同樣是綠林出身的韓存保被釋放,回東京走門路為宋江幫忙。出身綠林的韓存保又是國老太師韓忠彥的侄兒。他先見韓忠彥提拔為御史大夫的鄭居忠,再見尚書余深,最後見蔡京。於是徽宗再次招安。

第七十九回高俅第二次敗於宋江,回到濟州正憂悶,此時得到招安詔書,他心中躊躇,主張不定:「待不招安來,又連折了兩陣,拘刷得許多船隻,又被盡行燒毀;待要招安來,恰又羞回京師。」濟州老吏王瑾說:「詔書上最要緊是中間一行。

道是：『除宋江盧俊義等大小人眾所犯過惡並與赦免』。此一句是囫圇話。如今開讀時，卻分作兩句讀，將『除宋江』另做一句，『盧俊義大小人眾，所犯過惡，並與赦免』，另做一句；賺他漏到城裡，捉下為頭宋江一個，把來殺了，卻將他手下眾人，盡數拆散，分調開去。自古道：『蛇無頭而不行，鳥無翅而不飛。』但沒了宋江，其餘的做得甚用？此論不知恩相意下若何？」

高俅大喜，任王瑾為帥府長史，用了此計。宋江等人以為喜從天降，齊聚城下聽詔書：

> 吳用聽讀到「除宋江」三字，便目視花榮道：「將軍聽得麼？」卻才讀罷詔書，花榮大叫：「既不赦我哥哥，我等投降則甚？」搭上箭，拽滿弓，望著那個開詔使臣道：「看花榮神箭！」一箭射中面門，眾人急救。城下眾好漢一齊叫聲：「反！」亂箭望城上射來，高太尉回避不迭。四門突出軍馬來，宋江軍中，一聲鼓響，一齊上馬便走。城中官軍追趕，約有五六里回來。只聽得後軍炮響，東有李逵，引步軍殺來；西有扈三娘，引馬軍殺來。兩路軍兵，一齊合到。官軍只怕有埋伏，急退時，宋江全夥卻回身卷殺將來。三面夾攻，城中軍馬大亂，急急奔回，殺死者多。宋江收軍，不教追趕，自回梁山泊去了。高太尉在濟州寫表，申奏朝廷說：「宋江賊寇，射死天使，不伏招安。」外寫密書，送與蔡太師、童樞密、楊太尉，煩為商議，教太師奏過天子，沿途接應糧草，星夜發兵前來，並力剿捕群賊。

接著第八十回宋江第三次大敗高俅，浪裡白條張順在梁山泊水中生擒高俅。宋江叩拜奸臣高俅，宋朝主管國防的奸臣與

匪首們一同歡會：

> 宋江、吳用、公孫勝等，都在忠義堂上，見張順水淥淥
> 地解到高俅。宋江見了，慌忙下堂扶住，便取過羅緞新
> 鮮衣服，與高太尉從新換了，扶上堂來，請在正面而坐。
> 宋江納頭便拜，口稱：「死罪！」高俅慌忙答禮。（土匪
> 拜奸臣，奸臣答禮。）宋江叫吳用、公孫勝扶住，拜罷，
> 就請上坐。再叫燕青傳令下去：「如若今後殺人者，定依
> 軍令，處以重刑！」號令下去，不多時，只見紛紛解上
> 人來：童威、童猛解上徐京；李俊、張橫解上王文德；
> 楊雄、石秀解上楊溫；三阮解上李從吉；鄭天壽、薛永、
> 李忠、曹正解上梅展；楊林解獻丘嶽首級；李雲、湯隆、
> 杜興，解獻葉春、王瑾首級；解珍、解寶擒捉聞參謀並
> 歌兒舞女一應部從，（奸臣出征，還得歌兒舞女陪同。）
> 解將到來。單單只走了四人：周昂、王煥、項元鎮、張
> 開。宋江都教換了衣服，從新整頓，盡皆請到忠義堂上，
> 列坐相待。但是活捉軍士，盡數放回濟州。另教安排一
> 只好船，安頓歌兒舞女一應部從，令他自行看守。有詩
> 為證：
> 奉命高俅欠取裁，被人活捉上山來。不知忠義為何物，
> 反宴梁山嘯聚台。

看看，施翁直言宋江等是「嘯聚」梁山的土匪，但此詩甚
不理解高俅與宋江：高俅與宋江都無人倫道德，「忠」於昏君，
謀取高官，掠奪錢財並以為「義」是他們的共性。一時因利益
衝突而戰爭，此時歡宴，相互交流，達成協定，同為貪官，為
何不可？

當時宋江便教殺牛宰馬，大設筵宴，一面分頭賞軍，一

面大吹大擂，會集大小頭領，都來與高太尉相見。各施禮畢，宋江持盞擎杯，吳用、公孫勝執瓶捧盞，盧俊義等侍立相待。宋江開口道：「文面小吏，安敢叛逆聖朝，奈緣積累罪尤，逼得如此。（請注意，此為宋江掏心窩子的話，只不過因身兼二職，既是狗屁朝廷文面小吏，又是黑道匪道大哥舵爺，「積累罪尤」不得已「叛逆」狗屁朝廷。）二次雖奉天恩，中間委曲奸弊，難以縷陳。萬望太尉慈憫，救拔深陷之人，得瞻天日，刻骨銘心，誓圖死保。」（此「天日」即昏君徽宗，而「得瞻天日」即能做高官，上朝排班，叩拜昏君。）

高俅見了眾多好漢，一個個英雄猛烈，林沖、楊志怒目而視，有欲要發作之色，（林沖被逼，拋棄妻子、家園、官帽，妻子自殺，但只是「怒目而視」，即：「給我官做，我就饒了你！」楊志買官，但錢少沒送到高太尉手上，沒能如願，因而「怒目而視」，即：「給我官做，我就饒了你！」）先有了十分懼怯，便道：「宋公明，你等放心！高某回朝，必當重奏，請降寬恩大赦，前來招安，重賞加官，大小義士，盡食天祿，以為良臣。」（這「英雄猛烈、怒目而視」果然見效。）宋江聽了大喜，拜謝太尉。當日筵會，甚是整齊，大小頭領，輪番把盞，殷勤相勸。

高太尉大醉，自誇「我自小學得一身相撲，天下無對」，與燕青相撲，被顛翻：

宋江、盧俊義慌忙扶起高俅，都笑道：「太尉醉了，如何相撲得成功！切乞贖罪！」高俅惶恐無限，卻再入席，飲至深夜，扶入後堂歇了。有詩為證：

禽爭獸攘共喧嘩，（罵得好，貪官污吏與黑道匪道賊寇，

就是禽獸。）醉後高俅盡自誇。堪笑將軍不自重，被人跌得眼睛花。（不是「不自重」，應該是朝廷嬌養禽獸「非」荒野禽獸「對手」。此詩應改為：「禽爭獸攘共喧嘩，醉後公雞盡自誇，勘笑公雞不自量，被狗跌得眼睛花。」）

宋江等賠罪後：

次日又排筵會，與高太尉壓驚，高俅遂要辭回，與宋江等作別。宋江道：「某淹留大貴人在此，並無異心。惹有瞞昧，天地誅戮！」（大貪官就是大貴人，因為他可能讓宋江也做貪官。）高俅道：「若是義士肯放高某回京，便好全家於天子前保奏義士，定來招安，國家重用。若更翻變，天所不蓋，地所不載，死於槍箭之下！」（許諾：放了我，就是「義士」，就可以「重用」。）宋江聽罷，叩首拜謝。高俅又道：「義士恐不信高某之言，可留下眾將為當。」（以部下眾將為值當，向土匪贖回自己的狗命。這就是宋朝的國防殿帥。）宋江道：「太尉乃大貴人之言，焉肯失信？何必拘眾將。容日各備鞍馬，俱送回營。」高太尉謝了：「既承如此相款，深感厚意。只此告回。」宋江等眾苦留。當日再排大宴，序舊論新，筵席直至更深方散。

第三日，高太尉定要下山，宋江等相留不住，再設筵宴送行，抬出金銀彩緞之類，約數千金，專送太尉；眾節度使以下，另有饋送。飲酒中間，宋江又提起招安一事。高俅道：「義士可叫一個精細之人，跟隨某去，我直引他面見天子，奏知你梁山泊衷曲之事，隨即好降詔敕。」宋江一心只要招安，便與吳用計議，教聖手書生蕭讓跟隨太尉前去。吳用便道：「再教鐵叫子樂和作伴，兩個同

去。」高太尉道:「既然義士相托,便留聞參謀在此為信。」宋江大喜。至第四日,宋江與吳用帶二十餘騎,送高太尉並眾節度使下山,過金沙灘二十里外餞別。拜辭了高太尉,自回山寨,專等招安消息。

這一段表演非常好笑。魯迅先生說《水滸傳》主題是「只反貪官,不反皇帝」。實際上宋江為首的梁山匪眾既不反貪官,也不反皇帝。相反,奸臣貪官與土匪同筵共歡,最後奸臣馱著宋江奉送的數千兩黃金回東京,被高俅害得家破人亡的林沖也在跪拜之列。黑道匪道歹徒跪拜奸臣貪官,是他們相互的本質同性認同,同性戀。然而高俅這一去,卻杳無音信。據民間傳說,梁山宋江晝思冥想,輾轉難眠,賦有《長相思·戀高俅》:

> 想一時,夢一時,
> 那刻執手擁抱親嘴時,
> 歡夢醒來無此事。
> 念一時,盼一世,
> 只恨當初離別分手時,
> 相逢同枕在何時?

五、文韜之三:再走妓女李師師門路,求定招安

第八十一回高俅回東京,串通蔡京、童貫,向昏君上奏,假稱「病患不能征進,權且罷戰回京」。隨後稱病不出門。梁山泊軍師吳用推斷:「他折了許多軍馬,廢了朝廷許多錢糧,回到京師,必然推病不出,朦朧奏過天子,權將軍士歇息,蕭讓、樂和軟監在府裡。若要等招安,空勞神力!」於是宋江派遣戴宗和燕青前往李師師家裡,拜見徽宗昏君,謀取招安。這一回李師師可出了大力,更見昏君之昏。扮成白衣秀士的道君皇帝

出地道見李師師，宴飲：

> 李師師舉杯上勸天子，天子大喜，叫：「愛卿近前，一處
> 坐地。」李師師見天子龍顏大喜，向前奏道：「賤人有個
> 姑舅兄弟，從小流落外方，今日才歸，要見聖上，未敢
> 擅便，乞取我王聖鑒。」天子道：「既然是你兄弟，便宣
> 將來見寡人，有何妨？」奶子遂喚燕青直到房內，面見
> 天子。燕青納頭便拜。官家看了燕青一表人物，先自大
> 喜。李師師叫燕青吹簫，伏侍聖上飲酒，少刻又撥一回
> 阮，然後叫燕青唱曲。燕青再拜奏道：「所記無非是淫詞
> 豔曲，如何敢服侍聖上？」官家道：「寡人私行妓館，其
> 意正要聽豔曲消悶，卿當勿疑。」（人常說酒色和尚，不
> 說酒色皇帝。）燕青借過象板，再拜罷，對李師師道：「音
> 韻差錯，望姊姊見教。」燕青頓開喉咽，手拿象板，唱
> 《漁家傲》一曲，道是：
> 一別家山音信杳，百種相思，腸斷何時了。燕子不來花
> 又老，一春瘦得腰兒小。薄幸郎君何日到，想自當初，
> 莫要相逢好。好夢欲成還又覺，綠窗但覺鶯啼曉。
> 燕青唱罷，真乃是新鶯乍囀，清韻悠揚。天子甚喜，命
> 教再唱。燕青拜倒在地，奏道：「臣有一隻《減字木蘭花》，
> 上達天聽。」天子道：「好，寡人願聞。」燕青拜罷，遂
> 唱《減字木蘭花》一曲，道是：
> 聽哀告，聽哀告！賤軀流落誰知道，誰知道！極天罔地，
> 罪惡難分顛倒。有人提出火坑中，肝膽常存忠孝，常存
> 忠孝。有朝須把大恩人報！
> 燕青唱罷，天子失驚，便問：「卿何故有此曲？」燕青大
> 哭，拜在地下。天子轉疑，便道：「卿且訴胸中之事，寡
> 人與卿理會。」燕青奏道：「臣有迷天之罪，不敢上奏！」

天子曰：「赦卿無罪，但奏不妨！」（不問罪，先赦罪。）
燕青奏道：「臣自幼飄泊江湖，流落山東，跟隨客商，
路經梁山泊過，致被劫擄上山，一住三年。今年方得脫
身逃命，走回京師，雖然見得姊姊，則是不敢上街行走。
倘或有人認得，通與做公的，此時如何分說？」李師師
便奏道：「我兄弟心中，只有此苦，望陛下做主則個！」
天子笑道：「此事容易，你是李行首兄弟，誰敢拿你！」
（燕青只要說：「我姐姐李師師之第一嫖客是徽宗皇上。」
他橫霸中國，諒無人敢擋。）燕青以目送情與李師師。
李師師撒嬌撒癡，奏天子道：「我只要陛下親書一道赦
書，赦免我兄弟，他才放心。」天子雲：「又無御寶在
此，如何寫得？」李師師又奏道：「陛下親書御筆，便
強似玉寶天符。救濟兄弟做得護身符時，也是賤人遭際
聖時。」天子被逼不過，只得命取紙筆，奶子隨即捧過
文房四寶。燕青磨得墨濃，李師師遞過紫毫象管，天子
拂開花箋黃紙，橫內大書一行。臨寫，又問燕青道：「寡
人忘卿姓氏。」燕青道：「男女喚做燕青。」天子便寫
御書道：

神霄玉府真主宣和羽士虛靜道君皇帝，特赦燕青本身一
應無罪，諸司不許拿問。（這就是昏君，就因花魁妓女
李師師，就「特赦燕青本身一應無罪」。亂自上作，昏君
濫行無道，臣子必定效法，貪官污吏權錢和權色交易遍
天下，黑道匪道遍天下。有此一試探，自然有招安。）
寫罷，下面押個御書花字。燕青再拜叩頭受命，李師師
執盞擎杯謝恩。天子便問：「汝在梁山泊，必知那裡備
細。」燕青奏道：「宋江這夥，旗上大書『替天行道』，
堂設『忠義』為名，不敢侵佔州府，不肯擾害良民，單

殺贓官污吏、讒佞之人，（放屁！）只是早望招安，願
與國家出力。」（國家就是昏君，做奸臣效忠昏君的確
神往已久。）天子乃曰：「寡人前者兩番降詔，遣人招
安，如何抗拒，不伏歸降？」燕青奏道：「頭一番招安，
詔書上並無撫恤招諭之言，更兼抵換了御酒，儘是村醪，
以此變了事情。第二番招安，故把詔書讀破句讀，要除
宋江，暗藏弊幸，因此又變了事情。童樞密引軍到來，
只兩陣，殺得片甲不回。高太尉提督軍馬，又役天下民
夫，修造戰船征進，不曾得梁山泊一根折箭，只三陣，
殺得手腳無措，軍馬折其三停，自己亦被活捉上山，許
了招安，方才放回，又帶了山上二人在此，卻留下聞參
謀在彼質當。」天子聽罷，便歎道：「寡人怎知此事！
童貫回京時奏說：『軍士不伏暑熱，暫且收兵罷戰。』
高俅回京奏道：『病患不能征進，權且罷戰回京。』」
李師師奏道：「陛下雖然聖明，身居九重，卻被奸臣閉
塞賢路，如之奈何？」天子嗟歎不已。（嗟歎啥？一在
官軍不敵草寇，二在自己被蒙蔽。）約有更深，燕青拿
了赦書，叩頭安置，自去歇息。天子與李師師上床同寢。
（色權交易，放生燕青。）當夜五更，自有內侍黃門接
將去了。（徽宗幽會李師師，有詩百首。吾有幸偶得徽
宗遺詩一首，真好詩：「花魁床上伴朕眠，花香襲身，朕
魂酥軟。花露裹身，身心恍然一仙。料想歷朝千萬帝，
皆無花魁花緣，誰敵朕一夜色仙。仙就是色，色就是仙，
色仙即涅槃。」）

　燕青說「宋江這夥，旗上大書『替天行道』，堂設『忠義』
為名，不敢侵佔州府，不肯擾害良民，單殺贓官污吏、讒佞之
人」是梁山泊常用的謊言，「只是早望招安，願與國家出力」

當官，的確是真話。

　　從李師師家出來，燕青和戴宗再走宿太尉的門路。他們挾了一籠子金珠細軟之物，拿了被俘作為人質的聞煥章的書信。宿太尉看了書信，收了「金珠寶物」，決定次日早朝奏請徽宗招安。

　　第二天早朝，得知真相的昏君質問，大罵童貫、高俅，最後卻昏昧地說：「本當拿問，姑免這次，再犯不饒！」童貫、高俅損失人馬二三十萬且瞞哄不報，但昏君卻不拿問，他完全是宋朝官場第一大黑哨。於是，多次收取宋江許多賄賂的貪官奸臣宿太尉自告奮勇，受命招安：

> 宿元景出班跪下，奏道：「臣雖不才，願往一遭。」天子大喜：「寡人御筆親書丹詔。」便叫抬上御案，拂開詔紙，天子就御案上親書丹詔。左右近臣，捧過御寶，天子自行用訖。又命庫藏官，教取金牌三十六面，銀牌七十二面，紅錦三十六匹，綠錦七十二匹，黃封御酒一百八瓶，盡付與宿太尉。又贈正從表裡二十四匹，金字招安御旗一面，限次日便行。宿太尉就文德殿辭了天子。

　　再看宿太尉上山招安，梁山匪眾大喜臨門、奴顏婢膝的醜態：

> 宿太尉在馬上看了，見上面結彩懸花，下面笙簫鼓樂，迎道迎接。再行不過數十里，又是結彩山棚。前面望見香煙拂道，宋江、盧俊義跪在面前，背後眾頭領齊齊都跪在地下迎接恩詔。（國人自古腿軟，封官下跪，被斬也跪，而下跪者中有被奸臣高俅誣陷充軍，逼得妻子上吊的林沖。）宿太尉道：「都教上馬。」一同迎至水邊，那梁山泊千百隻戰船，一齊渡將過去，直至金沙灘上岸。

三關之上，三關之下，鼓樂喧天，軍士導從，儀衛不斷，異香繚繞，直至忠義堂前下馬。香車龍亭，抬放忠義堂上。中間設著三個几案，都用黃羅龍鳳桌圍圍著。正中設萬歲龍牌，將御書丹詔放在中間；金銀牌面，放在左邊；紅綠錦緞，放在右邊；御酒表裡，亦放於前。金爐內焚著好香。宋江、盧俊義邀請宿太尉、張太守上堂設坐。左邊立著蕭讓、樂和，右邊立著裴宣、燕青。宋江、盧俊義等，都跪在堂前。裴宣喝拜。拜罷，蕭讓開讀詔文。制曰：

朕自即位以來，用仁義以治天下，公賞罰以定干戈，求賢未嘗少息，愛民如恐不及，遐邇赤子，咸知朕心。（以放屁自我標榜，且行文天下，記入史館中，故而史館書籍均臭。）切念宋江、盧俊義等，素懷忠義，不施暴虐，（專制政治，假話就是政治。這既讓自己有了面子，也讓投降自己的人有了面子。「投降」不是也叫「起義」嗎？）歸順之心已久，報效之志凜然。（真話！容許「歸順」當官，要的就是「報效」。）雖犯罪惡，各有所由，察其衷情，深可憐憫。（這是不得不說的假話。）朕今特差殿前太尉宿元景，齎捧詔書，親到梁山水泊，將宋江等大小人員所犯罪惡，盡行赦免。給降金牌三十六面、紅錦三十六匹，賜與宋江等上頭領；銀牌七十二面、綠錦七十二匹，賜與宋江部下頭目。赦書到日，莫負朕心，早早歸順，必當重用。（這句話最關鍵，一字萬億金！）故茲詔敕，想宜悉知。

招安先賞「金牌、銀牌、紅錦、綠錦」，更許諾「早早歸順，必當重用」當大官，於是，蕭讓讀罷丹詔，宋江等山呼萬歲，再拜謝恩。宿太尉發送皇帝恩賜，一連串的肉山酒海以後，

「宋江親捧一盤金珠到宿太尉幕次，再拜上獻。宿太尉哪裡肯受。宋江再三獻納，方才收了。其餘跟來人數並皆厚贈金銀財帛，眾人皆喜。仍將金寶齎送聞參謀。宋江請聞參謀隨同宿太尉回京師。梁山泊大小頭領，金鼓細樂，相送太尉下山，渡過金沙灘，俱送過三十里外，眾皆下馬，與宿太尉把盞餞行。」

　　魯迅先生說，宋江只反貪官，不反皇帝，錯了。宋江等黑道歹徒，匪道草寇，即不反昏君也不反貪官，自己只為投降，效忠昏君，當一個貪官。他們所謂「反貪官」，只不過說給不知真相的百姓聽，籠絡民心罷了。

　　據宋史記載，方臘才是真正的農民起義領袖。方臘，一名方十三，歙州人，到睦州青溪縣（今浙江淳安西北）萬年鄉幫源峒保正方有常家當傭工。北宋宣和年間，宋徽宗在江南設「蘇杭應奉局」，派朱勔[72]等到東南各地，搜刮民間花石竹木和奇珍異寶，用大船運向汴京，每十船組成一綱，時稱「花石綱」。青溪多產竹木漆，是應奉局重點酷取之地。沉重的負擔都落在農民身上，尤其是靠出賣勞動力度日的赤貧者身上。方臘身為傭工，更痛感這種剝削壓迫之苦，對宋王朝的反動統治懷有刻骨仇恨，遂起反抗之心。宣和二年（1120）十月，在萬年鄉洞源保正方有常家做傭工的方臘，聯絡四方百姓，準備起義。他們的活動被保正方有常發覺，便派二子方熊向縣告發。十月初九，方臘發現事泄，遂在洞源村殺保正方有常一家（唯三子方庚越牆逃脫）而舉義。方臘集合千餘人，在方有常家的漆園誓師。在誓師會上，方臘慷慨陳詞：「今賦役繁重，官吏侵漁，農桑不足以供應。吾儕所賴為命者，漆楮竹木耳，又悉科取無

[72] 勔（miǎn）：形聲。從心，面聲。盡力不倦，勉力。為了自己主子尋歡作樂，奴才「豬」，都非常勤勉不倦。

錙銖遺。……獨吾民終歲勤動,妻子凍餒,求一日飽食不可得。」
最後,方臘發出「東南之民,苦於剝削久矣」的呼聲,號召大
家為了正義,揭竿而起。

童貫率領十五萬精兵,趕到秀州。方七佛攻不下秀州,退
回杭州。宣和三年二月,方臘撤出杭州,最後退守幫源。方臘
在幫源的嚴家溪灘與宋軍決戰。在戰鬥中,方臘坐騎戰死,戰
刀丟失,最後帶親信,前往洞源村東北的石洞中躲藏。裨將韓
世忠以方庚為嚮導,收買叛徒方京,尋得方臘躲藏的石洞。四
月二十七日,經過一番殊死搏鬥,方臘和妻子邵氏、兒子方亳、
宰相方肥等 52 人被俘。宿將辛興宗隨後趕到,因爭功而截洞掠
俘,方七佛等人乘機逃脫,實俘三十九人,被解往汴京。八月
二十四日,方臘在汴京被處死。

當然,由於歷史的局限,方臘奪得天下,必定以專制維持
自己的天下,而專制必定製造貪官污吏,貪官污吏必定黑官兩
道均佔,製造出江湖黑道匪道。中國封建專制社會,歷朝歷代
無不如此。此為專制社會原生態。

第五節　大結局

一、以宋江為首的江湖黑道匪道覆滅,昏君奸臣貪官污吏大獲全勝

接受招安投降後,宋江帶領梁山泊人馬征遼,圍困遼國京
城燕京。遼國商議投降,其右丞相褚堅奏請:「可多把金帛賄
賂,以結人心。」一路前往宋江寨內,賄賂宋江;一路賄賂蔡
京、童貫、高俅、楊戩。文中說,宋江沒有接受賄賂,行賄者
褚堅押送「十車金寶禮物」到宋朝京師,賄賂蔡京、童貫、高
俅、楊戩,次後賄賂後省院各官處,答應「年年進奉」,於是

昏君准奏。

　　得到大筆金寶賄賂的宿太尉和趙樞密前往遼國頒詔，對宋江說：「省院等官，蔡京、童貫、高俅、楊戩俱收了遼國賄賂，在天子前極力保奏此事，准其投降，休兵罷戰。詔回軍馬，守備京師。」宋江感歎：「非是宋某怨望朝廷，功勳到此，又成虛度。」宿太尉許諾說：「先鋒休憂，元景回朝，天子前必重保。」趙樞密也許諾：「放著下官為證，怎肯虛費了將軍大功。」開讀詔書後，「國主金盤捧出玩好之物，上獻宿太尉、趙樞密」。他們又笑納。

　　第九十回班師回國後，昏君封宋江皇城使、盧俊義團練使、吳用等三十四人正將軍、朱武等七十二人偏將軍，但有名無實，引發眾怒，要「把東京劫掠一空，再回梁山泊」落草。這些傢伙進入黑道、匪道，上梁山是為了「富貴」，投降為了當大官獲取「大富大貴」。他們要軍師吳用造反，吳用說「蛇無頭不行」。面見宋江，他說「弟兄們都有怨心」，提醒宋江：「此是人之常情。富與貴，人之所欲；貧與賤，人之所惡。」第二天，宋江對大夥說：

　　　　「你們眾人，若嫌拘束，但有異心，先斬我首級，然後
　　　　你們自去行事，不然，吾亦無顏居世，必當自刎而死，
　　　　一任你們自為。」眾人聽了，俱各垂淚，設誓而散。

　　眾人垂淚為何？沒有官做，心中怨恨，但又不能違逆「大哥」的意旨。時間一晃，時值元宵節，燕青和李逵便裝入城，得知方臘造反，占了八州二十五縣，朝廷命張招討、劉光世征討。宋江再走宿太尉的路子，要征討方臘，「宿太尉聽了大喜」。他把宋江意願上奏徽宗，「天子聞奏大喜：『卿言正合朕意』」。徽宗和宿太尉等開始為何沒用宋江等出征？想來就怕征遼回來

沒有得到高官厚祿的宋江等人不答應，聽說他們自願出征，此謂「以毒攻毒」，自己討死也，奸君奸臣當然大喜。心懷「邪忠、愚忠」，宋江帶領梁山人馬討方臘，陣亡五十九人，征途病故十一人。回師途中，魯智深坐化杭州六合寺，武松和公孫勝出家，燕青隱居。李俊和童威、童猛駕船出海，占海島成霸王。加上原本留在京師五人，梁山一百零八人只剩下三十二人生還，十二人做了官：

先鋒使宋江加授武德大夫、楚州安撫使，兼兵馬都總管。副先鋒盧俊義加授武功大夫、廬州安撫使兼兵馬副總管。軍師吳用授武勝軍承宣使。關勝授大名府正兵馬總管。呼延灼授御營兵馬指揮使。花榮授應天府兵馬都統制。柴進授橫海軍滄州都統制。李應授中山府鄆州都統制。朱全授保定府都統制。戴宗授袞州府都統制。李逵授鎮江潤州都統制。阮小七授蓋天軍都統制。

第一百回敘述當官者的結局。做官後，戴宗「夜夢崔府君勾喚」。他納還官帽，出家泰山，數月之後，「大笑而終」。這笑可有深意。本為江州牢城節級官員的戴宗得到地獄崔府君勾喚，是閻王邀請他到地獄作押牢節級官。想想，地獄囚徒應當比江州牢城囚徒多億萬倍，他得到閻王賞識，下地獄作地獄的節級，自然比他做江州牢城節級榨取囚徒們的「常例錢」多億萬倍！他當然「大笑而終」！阮小七因攻佔方臘宮殿後，穿過方臘龍衣玉帶，被奪了官帽，「依舊回家打漁為生」。得知這消息，柴進因自己曾經做間諜，打入方臘王朝，是方臘駙馬，他怕奸君奸臣以此追究，自己辭官，回滄州為民。李應也自稱風癱，回故鄉獨龍崗村中過活，與杜興一起做富豪。呼延灼後來討金國陣亡。「只有朱全在保定府管軍有功，後隨劉光世破了大金，直做到天平軍節度使。」這一官職可與原本也出身綠

林，後來招安成為節度使的「十節度」相同。

宋江與盧俊義結局是吃了奸君與奸臣的毒酒死去。殿帥府太尉高俅、楊戩商議道：「這宋江、盧俊義皆是我等仇人，今日倒吃他做了有功之臣，受朝廷這等恩賜，卻教他上馬管軍，下馬管民。我等省院官僚，如何不惹人恥笑？自古道：『恨小非君子，無毒不丈夫！』」楊戩設計，派幾個盧州軍漢，來省院舉報：盧俊義招軍買馬，積草屯糧，意在造反。申呈蔡太師，奏過天子，請旨令人賺他來京師。待徽宗賜御食與他，他們於內下了些水銀，導致盧俊義中毒，墜河而死。他們奏聞徽宗說：「泗州申復盧安撫行至淮河，因酒醉墜水而死。臣等省院，不敢不奏。今盧俊義已死，只恐宋江心內設疑，別生他事。乞陛下聖鑒，可差天使，御酒往楚州賞賜，以安其心。」看徽宗的反應：

> 上皇沈吟良久，欲道不准，未知其心，意欲准行，誠恐有弊。上皇無奈，終被奸臣讒佞所惑，片口張舌，花言巧語，緩裡取事，無不納受。遂降御酒二樽，差天使一人，往楚州，限目下便行。這使臣亦是高俅、楊戩二賊手下心腹之輩，將御酒內放了慢藥在裡面，卻教天使擎了，逕往楚州來。

明知這酒是毒酒，徽宗欣然批准。於是到任不到半年的宋江，飲了御酒之後，自覺肚腹疼痛，想必是徽宗賊臣們下了毒，苦歎說：「我自幼學儒，長而通吏，不幸失身於罪人，並不曾行半點異心之事。今日天子輕聽讒佞，賜我藥酒，得罪何辜。我死不爭，只有李逵現任潤州都統制，他若聞知朝廷行此奸弊，必然再去哨聚山林，把我等一世清名忠義之事壞了。只除是如此行方可。」他連夜使人往潤州，要李逵星夜到楚州，讓李逵

吃毒酒。李逵喝了毒酒，他哭著說：「兄弟，你休怪我！前日朝廷差天使，賜藥酒與我服了，死在旦夕。我為人一世，只主張『忠義』二字，不肯半點欺心。今日朝廷賜死無辜，寧可朝廷負我，我忠心不負朝廷。我死之後，恐怕你造反，壞了我梁山泊替天行道忠義之名。因此，請將你來，相見一面。昨日酒中，已與了你慢藥服了，回至潤州必死。你死之後，可來此處楚州南門外，有個蓼兒窪，風景盡與梁山泊無異，和你陰魂相聚。我死之後，屍首定葬於此處，我已看定了也！」李逵垂淚道：「罷，罷，罷！生時服侍哥哥，死了也只是哥哥部下一個小鬼！」回到潤州，毒發身死。

宋江這傢夥臨死都說假話。他「學儒」，可何曾有孔孟之仁愛？他是「不幸失身於罪人」嗎？他「不曾行半點異心之事」嗎？的確，他對奸君奸臣貪官污吏和黑道匪道「不曾行半點異心之事」，非常「忠義」；的確，他黑官兩道均佔，貪濫，殺戮，是他一心一意要做的事。他的心非人心，是人面獸心。

總之，宋江對朝廷昏君奸臣之「忠」既邪又愚；對江湖黑道、匪道之「義」既邪又毒，真江湖絕唱。近代獨霸上海的青紅幫第一大舵爺黃金榮和杜月笙都效法宋江大哥：揮金如土，廣交接江湖黑道、匪道與官道貪官污吏，對貪官政府忠心耿耿。宋江之江湖名號當為：「毒義邪忠」宋公明。

花榮、吳用得知宋江死，自知無好結果，也自縊於宋江墳前。

第一百回名為《宋公明神聚蓼兒窪 徽宗帝夢遊梁山泊》，敘述宋徽宗不顧陽痿纏身，從地道裡再次駕臨李師師床上，酒香肉色中夢見宋江叩拜，隨之夢遊梁山泊，聽宋江訴苦，被黑旋風板斧驚醒。次日上朝，看看徽宗得知他們「冤死」的反應：

上皇見說，不勝傷感。次日早朝，天子大怒，責罵高俅、

楊戩：「敗國奸臣，壞寡人天下！」二人俯伏在地，叩
頭謝罪。蔡京、童貫亦向前奏道：「人之生死，皆由註
定。省院未有來文，不敢妄奏。昨夜楚州才有申文到院，
臣等正欲啟奏。」上皇終被四賊曲為掩飾，不加其罪，
當即喝退高俅、楊戩，便教追要原御酒使臣。不期天使
自離楚州回還，已死於路。

宋徽宗特能演戲。他不知道盧俊義和宋江死於高俅、楊戩、
蔡京、童貫之手？這恩賜御酒的詔書可是他親手簽發，授意配
送的。盧俊義吃毒酒墜河而死，四位奸臣怕宋江造反，要徽宗
批准「御酒往楚州賞賜，以安其心」。徽宗認可奸臣的陰謀，
喝罵不過是敷衍塞責，蒙蔽天下罷了。他不能讓天下的黑道、
匪道知道投降的結局就是毒酒，「堵塞賢路」，使土匪們不投
降，危及自己的天下。於是他批准宿太尉奏請，宣召宋江弟弟
宋清，要他承襲哥哥宋江名爵。宋清上表辭謝，只願在鄆城縣
宋家村務農為生，徽宗就賜錢十萬貫、田三千畝，以贍其家，
待有子嗣，朝廷錄用。徽宗還親書聖旨，敕封宋江為「忠烈義
濟靈應侯」，出錢在梁山泊起蓋廟宇，大建祠堂，妝塑宋江等
歿於王事諸多將佐神像。敕賜殿宇牌額，御筆親書「靖忠之廟」。
但見：

> 金釘朱戶，玉柱銀門。畫棟雕樑，朱簷碧瓦。綠欄杆低
> 繞軒窗，繡簾幕高懸寶檻。五間大殿，中懸敕額金書；
> 兩廡長廊，彩畫出朝入相。綠槐影裡，星門高接青雲；
> 翠柳陰中，靖忠廟直侵霄漢。黃金殿上，塑宋公明等三
> 十六員天罡正將；兩廊之內，列朱武為頭七十二座地煞
> 將軍。門前侍從猙獰，部下神兵勇猛。紙爐巧匠砌樓臺，
> 四季焚燒楮帛。桅竿高豎掛長幡，二社鄉人祭賽。庶民

> 恭禮正神祇，祀典朝參忠烈帝。萬年香火享無窮，千載
> 功勳表史記。又有絕句一首，詩曰：
> 天罡盡已歸天界，地煞還應入地中。
> 千古為神皆廟食，萬年青史播英雄。

此與第一回相照應。在第一回，施翁將梁山 108 人（晁蓋在內 109 人）定調為禍害人間的妖魔下凡，而妖魔下凡是「宋朝必現忠良」。通觀《水滸傳》，這宋朝的確是巨大妖魔集團。小妖魔忠於大妖魔，大妖魔一定封小妖魔為神。《水滸傳》深刻揭露中國專制王朝忠義文化原生態本質：小妖魔忠於大妖魔，被大妖魔封為神、英雄。

遵循史傳文學原生態客觀主義多視角傳統，對宋江的結局，施翁還以詩詞形式表達了兩種國人常有的看法，讓讀者思考，選擇。

史官有唐律二首哀挽，詩曰：

> 莫把行藏怨老天，韓彭赤族已堪憐。
> 一心報國摧鋒日，百戰擒遼破臘年。
> 煞曜罡星今已矣，讒臣賊子尚依然！
> 早知鴆毒埋黃壤，學取鴟夷范蠡船。

這首詩與上述絕句不同。以韓信、彭越功成當官封爵被滅，范蠡功成身退為借鑒。韓信被漢高祖劉邦害死之前曾說：「狡兔死，走狗烹；飛鳥盡，良弓藏；敵國破，謀臣亡。」史官以為宋江等人應該學越王勾踐的謀臣范蠡，功成身退，讓奸君奸臣霸天下，自己則攜帶美人西施操舟遠去，隱居江湖。宋江也該攜帶李師師、趙盼奴，歸隱梁山下水泊打魚，但此路不通，宋徽宗一定會衝冠一怒為紅顏。

史官另一首詩：

> 生當鼎食死封侯，男子生平志已酬。
> 鐵馬夜嘶山月曉，玄猿秋嘯暮雲稠。
> 不須出處求真跡，卻喜忠良作話頭。
> 千古蓼窪埋玉地，落花啼鳥總關愁。

「生當鼎食死封侯」是封建社會男子漢的志向，大碗喝酒，大塊吃肉，死後封侯澤被子孫，留取丹青照汗巾，而當官忠於皇帝是實現這一志向的唯一途徑。這宋江不是如願以償了嗎？還「愁」什麼？袁行霈先生主編《中國文學史》（第四冊）回答說：

> 作者在這裡要強調的乃是這樣一個悲劇：「全忠仗義」的英雄不能「朝廷」、「在君側」、「在干城心腹」（李贄《忠義水滸傳敘》），而反倒在「水滸」；「替天行道」的好漢改變不了悖謬的現實，而最後還是被這個「不忠不義」的社會所吞噬。「自古權奸害忠良，不容忠義立家邦。」作者以「忠義」為武器批判這個無道的天下時，對傳統道德無力扭轉這個顛倒乾坤感到極大的痛苦和悲哀，以至對「忠義」這一批判武器自身也表現出一種深沉的迷惘。

此判詞將施翁遵循史傳原生態文學傳統羅列的史官之詩，解為施翁之言，曲解施翁《水滸傳》。與《三國演義》、《西遊記》、《紅樓夢》一樣，《水滸傳》也處於明性主題與原生態客觀隱性主題雙重共存狀態。

施翁以專制社會昏君奸臣、貪官污吏為社會背景，原生態展示以宋江為首的江湖及其忠、義。文本表面，施翁讚頌這些江湖人物之忠、義，這些江湖人物也自我吹捧，互相讚頌，但他們的醜惡濫行卻揭示此義為邪義，此忠為邪忠。江湖人物有

四類：佔山為王的匪道人物、橫霸州縣鄉鎮的黑道人物、黑官兩道均佔的貪官污吏、起初信誓旦旦剿滅梁山，一旦被俘立即投降的朝廷軍官。他們構成江湖，禍害生民，他們之間的江湖之「義」是邪義。作為水滸江湖社會的國家政治背景，朝廷是昏聵荒淫之君，奸貪之臣，州縣官場全是貪官污吏，故而上述江湖匪寇歹徒投降效勞奸君奸臣、貪官污吏之「忠」是小邪效忠大邪，是「邪忠」。

從原生態客觀主義文學論，專制君主貪官污吏、黑道匪道以黑為白，以假為真，以非為是，乃封建專制社會原生態客觀。從表達手法論，此為施翁極為老道的反諷，刺骨冰山的黑色幽默。從施翁所在封建專制社會處境而言，如果某人敢明目張膽反對忠於封建專制王朝，必被官府以謀反罪砍頭並禍及九族；在黑道匪道江湖泛濫，橫霸市鎮，得到敬畏的社會，如果某人竟敢明目張膽著書痛罵江湖，必定被「好漢」所殺並禍及九族。故而施翁也只得深藏不漏，用黑色幽默反諷。

亂自上作，奸君奸臣貪官污吏官道，必定滋生江湖黑道匪道。二者相依相生，官就是黑，黑就是官，黑官一體，危害生民。奸君奸臣貪官污吏與江湖黑道匪道利益衝突，引發江湖黑道匪道與官道昏君奸臣貪官污吏之間的戰爭，受苦遭難的依然是百姓，一如曹操詩詞所言「白骨露於野，千里無雞鳴。生民百餘一，念之斷人腸」。最後宋江以邪忠領導邪義，謀求招安，投降奸君奸臣當貪官，結局是梁山匪眾覆滅，奸君奸臣貪官大獲全勝。

然而，有專制王朝官道奸君奸臣貪官污吏，必有遍佈天下的黑道和匪道江湖，二者相依相生，權錢交易，魚肉生民；二者權錢爭奪，刀槍相拼，禍害生民。只要專制政府官道貪官污吏在江湖中，以宋江為首的黑道匪道幫派消滅了，其他黑道匪

道依然會連綿而起，網布中國州縣鄉鎮江湖山野。專制王朝黑官兩道，黑就是官，官就是黑，不過冠冕名稱不同罷了。此為封建專制政府社會性原生態客觀。

　　我讀懂您了嗎？施翁耐庵先生！

二、《宋史》宋徽宗、欽宗、高宗與「宣和六賊」

　　宋徽宗趙佶，他本一浪蕩才子，其書「瘦金體」、繪畫尤可，但作為帝王則是毀了北宋的昏君。在位期間，他追求奢侈，在南方採辦「花石綱」，運到東京汴梁修建宮殿園林，任用貪官污吏，尤其是丞相蔡京、宦官將軍童貫等「宣和六賊」，貪財害民，橫徵暴斂，激起民變。

　　趙佶全無攻交方略，本當宋遼聯合抵抗金國，但他不顧宋遼百年和平，在宣和二年（1120 年）與金國結成「海上聯盟」，聯合滅遼。1122 年，金軍攻克遼南京（今北京），遼國滅亡。宣和七年（1125 年）十月，金太宗兩路大軍南下入侵北宋。徽宗急傳位於兒子趙桓做欽宗，自己卸責旁觀，當太上皇。

　　宋欽宗全無能為。靖康元年（1126 年）八月，金太宗再次東、西兩路大軍南下。面對強敵，兵部尚書孫傅卻迷信道士郭京「六甲神兵」，結果「六甲神兵」大敗。靖康二年二月，金兵攻佔汴京，徽宗、欽宗和皇室成員、機要大臣、百工等三千餘人都做了俘虜。北宋至此滅亡，史稱「靖康之恥」。父子倆被押送北上。一路上金兵姦淫曹才人和宮女，食物匱乏，風雨中餓殍遍地，徽宗無可奈何。七月二十日，父子倆到中京（今北京），天會六年（1128 年）八月二十一日抵達金上京會寧。二十四日，父子和其他被俘臣僚袒胸裸背，身披羊皮，跪拜金太

祖廟，行「牽羊禮」[73]，然後在乾元殿拜金太宗。金太宗封宋徽宗為「昏德公」，欽宗為「重昏侯」。繼後，他們被遷往韓州（今遼寧昌圖八面城）。據《宋俘記》說：「給田四十五頃，種蒔自給。」天會八年（1130年）七月，又遷移五國城（今黑龍江依蘭縣城北古城）。五年後，天會十三年（紹興五年，1135年）四月，病死於此地，火葬。

　　他倆的後代宋高宗趙構殺中國第一名將岳飛以自保。宋高宗天眷三年（1140年），完顏宗弼再次率領金軍南侵，在開封順昌先敗於劉錡「八字軍」。在開封西南郾城、穎昌，岳飛「岳家軍」兩次大敗金國精銳騎兵部隊，金軍被壓縮到開封東部和西部。完顏宗弼轉向議和，高宗連下十二道金牌，令岳飛回軍。皇統元年（1141年）二月，金熙宗為改善關係與南宋達成協定：金追封宋徽宗為一品昏德公，欽宗為二品重昏侯，同時南宋朝廷關押岳飛，解除韓世忠、劉琦、楊沂等兵權。十一月，宋、金達成《紹興議和》書面協定。依據協議，十二月末除夕夜，南宋丞相秦儈殺中國第一名將岳飛、他的兒子岳雲、大將張憲。

　　北宋末年著名太學生陳東上書，稱蔡京、童貫、朱勔、李彥、王黼、梁師成為六賊。蔡京是太師，童貫是樞密使。

　　宋代太師掌管民政，樞密院掌管軍政，三司使掌管財政。太師蔡京、樞密使童貫職位相當。

　　蔡京，「六賊」之首，出生於1047年，1070年中進士，官至太師。蔡京弟弟蔡卞，官至樞密院事。蔡京有八個兒子，六個兒子、五個孫子都是學士。靖康元年（1126）蔡京事發，

---

[73]　《史記·宋微子世家》：「周武王克殷，微子乃持其祭器造於軍門，肉袒面縛，左牽羊，右把茅，膝行而前以告。於是武王及釋微子，復其位如故。」後以「牽羊」、「牽羊肉袒」、「牽羊把茅」表示降服，即戰敗者自認是戰勝國之羊，伸頸待殺，絕無怨恨。

宋欽宗詔令蔡京貶逐韶州。行至潭州崇教寺，蔡京和七子蔡脩暴病身亡，隨之詔令賜死長子蔡攸、三子蔡翛，抄斬四子蔡脩全家。餘下子孫分別流放湖南長沙、衡陽、江西南昌、廣東海康、廣西博白等邊遠地區。八子蔡條死于流放地白州（今廣西博白）。蔡家一門望族，因蔡京被株連九族。五子蔡鞗官至宣和殿侍制，娶徽宗女兒福金公主為妻，因身為駙馬都尉而免罪。繼後之「靖康之恥」，他與妻子福金公主首當國難，被押送金國。蔡京是北宋最腐敗昏庸的宰相之一，為「六賊之首」。

　　童貫（1054-1126）北宋宦官，「六賊」之一。字道夫（一作道輔），開封（今屬河南）人，性巧媚。初任供奉官，他在杭州為徽宗搜括書畫奇巧，協助奸相蔡京，進而官拜西北監軍，領樞密院事，掌兵權二十年，權傾內外。時稱蔡京為「公相」，稱他為「媼相」。宣和四年‧他攻遼失敗，乞求金兵代取燕京，以百萬貫巨資贖燕京等空城而回，侈言恢復之功。宣和七年，金兵南下，他由太原逃至開封，再隨徽宗南逃。欽宗趙桓即位，處死童貫，《宋史》列為「奸臣」。童貫一生開創中國宦官之最：掌兵權最大、時間最長的宦官，爵位最高的宦官，第一位代表國家出使的宦官，唯一冊封為王的宦官。

　　王黼（1079-1126年），宋開封府祥符縣（今屬河南開封）人，字將明，原名甫，賜改為黼。為人多智善佞，寡學術。崇寧進士，初任校書郎，遷左司諫。因助蔡京，驟升至御史中丞，歷任翰林學士、承旨，勾結宦官梁師成，以父事之。宣和元年（1119），拜少宰，權傾一時。蔡京覆滅後，他執政偽順民心，沽名釣譽，利用權勢廣求子女玉帛，生活糜爛奢華，苛取四方水陸珍異之物，據為己有。時朝廷買金攻遼，王黼大肆搜括，計口出錢，得錢六千餘萬貫，買五、六座空城偽稱勝利，進封太傅、楚國公。欽宗趙桓即位，抄沒其家，貶為崇信軍節度副

使，後被開封尹聶山派人誅殺。

梁師成（-1126 年）北宋末宦官，籍貫不詳。為「六賊」之一，字守道。為徽宗所寵信，官至檢校太殿，凡御書號令皆出其手，因而權勢日盛，貪污受賄，賣官鬻爵，無惡不作，甚至蔡京父子也諂附，故時人稱之為「隱相」。欽宗趙桓即位後，他被貶為彰化軍節度副使，途中被縊殺。梁師成外表愚訥謙卑，老實厚道，實卻內藏奸詐，善察言觀色，處事老道，深得徽宗寵信。

朱勔（1075-1126 年），宋蘇州（今屬江蘇）人。因父親朱沖諂事蔡京、童貫，父子均得官。當時宋徽宗醉於奇花異石，朱勔奉迎上意，搜求浙中珍奇花石進獻，並逐年增加。政和年間，在蘇州設置應奉局，靡費官錢，百計求索，勒取花石，用船從淮河、汴河運入京城，號稱「花石綱」。此役連年不絕，百姓備遭盤剝，中產之家全都破產，甚至賣子鬻女以供索取。方臘起義時，即以誅殺朱勔為號召。朱勔竭力奉迎皇帝，同時又千方百計，巧取豪奪，廣蓄私產，生活糜爛。他權勢煊赫，諂事之人立即得官，不附己者統統罷去。州郡官吏奔走聽命，奴事朱勔，當時號稱「東南小朝廷」。欽宗趙桓即位，將他削官放歸田里，以後又流放到循州（今廣東龍川）關押，復遣使將他斬首處死。

李彥（-1125 年），北宋宦官，名列六賊。給事掖庭出身，後掌管後苑。宣和三年（1121 年）楊戩死，李彥為大內總管，將楊戩收刮的田地併入西城所，共得田三萬四千三百餘頃，先後杖死討要自家田地的平民千餘人，導致京東、河北人民群起反抗。宣和七年（1125 年）十二月，詔罷西城所，將土地還予農家。次年，欽宗趙桓賜死李彥。太學生陳東書中說：「今日之事，蔡京壞亂于前，梁師成陰謀于後，李彥結怨于西北，朱勔結怨于東南，王黼、童貫又結怨于遼、金，創開邊釁。宜誅

六賊，傳首四方，以謝天下。」

　　高俅史有其人，是一個濫行人物，但非「宣和六賊」。他本是蘇軾的「小史（侍從）」，蘇軾送高俅給王晉卿，王晉卿又送給後來成為徽宗的端王。只因踢得好腳氣毬，端王登上徽宗寶座後「上優渥之，不次遷拜」，而且同類踢腳氣毬的傢夥也「儕類援以祈恩」，但高俅權力有限，其惡行還不算大奸大惡，不屬於「宣和六賊」。隱惡揚善是中國傳統，文學詩詞蘇軾外，還有另一個不堪入目的蘇軾。

　　《水滸傳》中的護送徽宗嫖李師師的楊戩在《宋史》有列傳。楊戩小兒時就做了太監，因善於揣度皇上心意，成為太監主管，深得徽宗的喜愛。他幫助徽宗驕奢淫逸，其諂媚功夫堪稱一流。搬運花石綱，大興土木建造各種宮殿，楊戩都非常賣力。據《宣和遺事》，徽宗風流，時常秘密出宮，在東京城裡逛當時叫瓦肆的妓女窯子。楊戩拉皮條，讓徽宗勾搭上東京名妓李師師。每一次都是楊戩打前站，陪從服侍。為了感謝，徽宗為楊戩「立明堂，鑄鼎鼐、起大晟府、龍德宮，皆為提舉」。政和四年，楊戩官拜至彰化軍節度使，手握重權，其聲勢與當時權臣梁師成不相伯仲。楊戩還曾歷任鎮安、清海、鎮東三鎮節度使，由檢校少保升遷至太傅，影響皇室決策。

　　宣和六賊以外，還有「十惡」：譚模、梁方平、李毅、蘭從熙、王仍、張見道、鄧文誥、李彥等專權宦官。以六賊、十惡為代表的貪官污吏把持朝政，宋不亡不成。

本書結語和全套書綜述

一、本書結語

在《三國演義》，羅貫中表面遵從封建社會主流忠義思想文化意識與看官聽客意願，以「尊劉貶曹」和「政治上嚮往仁政，人格上注重忠義，才能上崇尚智勇」為明性主題，實則秉承史傳文學原生態客觀傳統，設計眾多主題性兼線索性人物——即興魏的曹操、建蜀漢的劉備、立吳國的孫堅、孫策、孫權、滅三國建立晉朝的司馬懿、司馬師、司馬昭、司馬炎等大奸雄，全面鋪展，引出小奸雄袁紹、袁術等、無奸無雄的漢少帝、獻帝、蜀漢劉禪等等人物，氣勢博大又悲哀可笑地展示了封建王朝末世奸雄政治這一原生態客觀主題：雄者必奸，奸者方雄，而大奸大雄者，必以忠義仁德為面具，以權財名位為誘餌，以奸詐權謀為手段，以武力專權為本質。這些大奸雄、小奸雄、無奸無雄各有其讓人難忘、令人感歎的人格個性與幽深難測的權場處境。

羅翁貫中先生，我讀懂您了嗎？

在《水滸傳》，施耐庵表面遵從封建社會主流文化規則讚頌封建專制王朝奉行之「忠」並冠冕堂皇，又表面讚頌封建社會黑道、匪道、官道組合的江湖之「義」並玲琅滿目，而實則以宋朝奸君奸臣貪官朝廷為社會背景，通過黑官兩道均佔的江湖舵爺宋江這一主題性人物為主線，其間連鎖引出史進、魯智深、林沖、楊志、武松等典型江湖人物，全面鋪展，原生態客觀地展示，描述封建社會由各種各樣黑道人物、匪道人物、黑官兩道均佔的貪官污吏，與被俘立即投降的朝廷軍官組合的江湖社會，揭示此江湖之義，是危害生民的邪義，這些傢夥忠於奸君奸臣貪官污吏朝廷之忠是邪忠。如此原生態客觀地以專制王朝昏君奸臣貪官污吏腐敗政治為社會背景，全面展示封建社會江湖真相，深刻揭示封建專制王朝之邪義邪忠本質，古今中外只有施翁耐庵，然而自從《水滸傳》成書以來，我們後人沒能辨識施翁用心、江湖人物行為體現的江湖真相，真令人扼腕歎息。

施翁耐庵先生，我讀懂您了嗎？

二、全套書綜述

文學是訴諸語言的形象的人格展示學。

文學寫作的關鍵在：理解人，洞察人及其社會、歷史、文化，提煉主題；設計人物與其個性，設計線索，安排情節展示個性以吸引受眾，表達主題。文學批評主題分析的關鍵在：找准作品的主題性人物，對人物在某種處境中的表現進行人格分析，發現其促使情節發生，推動情節發展，導致故事結局的種種人格因素。這些人格因素與處境就是主題所在。主題性人物是促使情節發生，推動情節發展，導致故事結局的人物。

從中國史傳文學傳統論：四大古典名著依據歷史、社會現

實設計眾多的原生態的主題性人物，原生態的人格個性，多線索連鎖形式，全面鋪展，深入描繪展示原生態客觀的社會政治、歷史文化、人生悲劇。古今中外，只有曹翁雪芹先生、吳翁承恩先生、施翁耐庵先生、羅翁貫中先生。筆者名之為原生態客觀主義文學。

從雙重主題論：在古典四大名著中，曹翁雪芹先生、吳翁承恩先生、施翁耐庵先生、羅翁貫中先生刻意設置了明性主題與原生態客觀隱性主題，各有其奧妙。明性主題體現封建社會統治階級主流思想文化，而原生態客觀隱性主題則是封建社會政治、歷史文化的原生態客觀真相，是統領文本全篇的真正的主題。明性主題正是隱性主題全面揭露，嚴厲駁斥，深刻批判的對象。最後，明性主題轟然倒塌，原生態客觀隱性主題卓然而立。如此卓絕地形象地廣泛深入地批判，論證，古今中外，惟有曹翁雪芹先生、吳翁承恩先生、施翁耐庵先生、羅翁貫中先生。設身處地，應該理解，在專制獨裁社會，他們要批判獨裁者之統治制度及其統治文化，只得選擇此寫作方法把自己與觀點隱蔽起來，一如英國電影《V字仇殺隊》中V先生所言：「政治家用謊言掩蓋裝飾真相，文學家用謊言揭露批判真相。」

從主題論：原生態地全面地展示封建專制社會奸雄政治，古今中外只有羅翁貫中先生。原生態地令人觸目心驚地展示封建專制王朝黑道匪道官道組合之江湖社會，古今中外只有施翁耐庵先生。以神話魔幻形式原生態地令人觸目驚心地展示封建專制政權及其宗教文化且如此深刻，古今中外只有吳翁承恩先生。原生態地全面地展示封建社會女兒們的人格個性及其淒慘命運，血淚控訴皇權、官權、族權、夫權、主子權，深刻揭露佛教、道教、禮教「假作真時真亦假；無為有處有還無」，古今中外惟有曹翁雪芹先生。毫無疑義，曹翁雪芹是女權主義奠基

人，《紅樓夢》是女權主義文學奠基代表作。

從表達方法論：古典四大名著是原生態客觀主義與魔幻現實主義的結合，只不過二者組合多寡有異，匠心不同。對《三國演義》、《水滸傳》而言，原生態客觀描繪刻畫為主，原生態的魔幻描述刻畫為輔，只是人們意識現實的一部分。對《西遊記》而言，原生態的魔幻就是原生態的封建專制政治、宗教文化；魔幻就是扭曲變異的社會現實，現實社會就是扭曲變異的魔幻。對《紅樓夢》而言，魔幻即是佛教、道教「假作真時真亦假；無為有處有還無」製造的「太虛幻境」、「真如福地」，是佛教、道教專為封建專制製造的令人迷幻麻痺，消滅一切生命感覺，皈依佛教、道教、禮教，順從皇權、官權、族權、夫權、主子權，進入人肉作坊的蒙汗藥。

原生態的主題性人物設計，原生態的人格個性刻畫，原生態的多線索形式地全面鋪展，表達原生態的社會政治、歷史文化和人生悲劇主題，原生態客觀主義與魔幻現實主義結合，而且如此卓絕，古今中外，惟有我們中國古典四大名著：《紅樓夢》、《西遊記》、《水滸傳》、《三國演義》。

在此，筆者感謝退休的何元智、朱興榜教授夫婦，他們首先審讀論著初稿並鼓勵了我。感謝重慶師範大學王于飛教授、本校鄧齊平教授，他們審讀初稿，並推薦為市重點項目，雖未成功，但感激更多。感謝本校李偉民教授，感謝本校中文系古典文學教研室的同事羅燕萍博士、段麗惠博士、王慧穎老師、王曉萌博士、張紅波博士，他們都審閱了拙著，鼓勵了我。我們是一個很好的學術團隊。

感謝中文系研究生陳思楊、楊嬌，她們為樣書做了最後的審校，幫了我大忙。

參考文獻：

1.袁行霈主編《中國文學史》(第四卷)高等教育出版社。2005 年 7 月第二版。

2.劉大傑《中國文學發展史》(下卷)復旦大學出版社。2006 年 1 月第一版

3.朱一玄、劉毓忱主編《三國演義資料彙編》(中國古代小說名著資料叢刊第一冊)。南開大學出版社 2003 年 6 月第一版。

4.孫遜主編《紅樓夢鑒賞辭典》。漢語大詞典出版社。2005 年 5 月第一版。

5.朱一玄、劉毓忱主編《水滸傳資料彙編》(中國古代小說名著資料叢刊第二冊)。南開大學出版社 2003 年 6 月第一版。

6.《紅樓夢資料研究彙編》。中華書局。2004 年。

7.朱一玄、劉毓忱主編《西遊記資料彙編》。南開大學出版社 2003 年 6 月第一版。

國家圖書館出版品預行編目資料

「三國」所「演」之「義」 「水滸」所「傳」之江湖/孫定輝著.
--初版－ 臺北市：蘭臺, 2016.3
面； 公分
ISBN 978-986-6231-93-3
1.三國演義 2.水滸傳 3.研究考訂
857.4523 　　　　　　　　　　　103015885

古典文學研究叢刊 9

「三國」所「演」之「義」
「水滸」所「傳」之江湖

作　　者：孫定輝
編　　輯：高雅婷
美　　編：高雅婷
封面設計：林育雯
出 版 者：蘭臺出版社
發　　行：蘭臺出版社
地　　址：台北市中正區重慶南路 1 段 121 號 8 樓之 14
電　　話：(02)2331-1675 或(02)2331-1691
傳　　真：(02)2382-6225
E—MAIL：books5w@yahoo.com.tw 或 books5w@gmail.com
網路書店：http://bookstv.com.tw/、http://store.pchome.com.tw/yesbooks/、
　　　　　http://www.5w.com.tw、華文網路書店、三民書局
總 經 銷：成信文化事業股份有限公司
電　　話：(02)2219-2080　　　　傳 真：(02)-2219-2180
劃撥戶名：蘭臺出版社　帳號：18995335
網路書店：博客來網路書店 http://www.books.com.tw
香港代理：香港聯合零售有限公司
地　　址：香港新界大埔汀麗路 36 號中華商務印刷大樓
　　　　　C&C Building, 36,Ting, Lai, Road, Tai,Po, New,Territories
電　　話：(852)2150-2100　　　傳真：(852)2356-0735
總 經 銷：廈門外圖集團有限公司
地　　址：廈門市湖裡區悅華路 8 號 4 樓
電　　話：86-592-2230177
傳　　真：86-592-5365089
出版日期：2016 年 3 月 初版
定　　價：新臺幣 800 元整
ISBN：978-986-6231-93-3